Irische Ballade

Roman

Aus dem Amerikanischen von
Sindy Ganas

MIRA®

MIRA® TASCHENBUCH
Band 25174
4. Auflage: November 2006

MIRA® TASCHENBÜCHER
erscheinen in der Cora Verlag GmbH & Co. KG,
Axel-Springer-Platz 1, 20350 Hamburg
Deutsche Erstveröffentlichung

Titel der nordamerikanischen Originalausgabe:
The Parting Glass

erschienen bei: Mira Books, Toronto
Published by arrangement with
Harlequin Enterprises II B.V., Amsterdam

Konzeption/Reihengestaltung: fredeboldpartner.network, Köln
Umschlaggestaltung: pecher und soiron, Köln
Redaktion: Claudia Wuttke
Titelabbildung: Getty Images, München
Autorenfoto: © by Harlequin Enterprise S.A., Schweiz
Satz: Buch-Werkstatt GmbH, Bad Aibling
Druck und Bindearbeiten: Ebner & Spiegel, Ulm
Printed in Germany
ISBN 3-89941-232-X

www.mira-taschenbuch.de

PROLOG

1923
Castlebar, County Mayo

Mein lieber Patrick,
so viele Jahre schon sind wir durch so viele Meilen getrennt, teurer Bruder. Dabei waren die McSweeneys doch über die Jahrhunderte immer eine traute Familie, in der jeder den anderen gut kannte und niemand sich einsam fühlen musste. Denn was sonst war von Bedeutung? Was kann wichtiger sein als die Familie, das Land und die Kirche? Alles andere ist wie die Butter auf dem Brot, lediglich eine zusätzliche Freude, doch nicht die eigentliche Nahrung des Lebens.

Nun sind die Unseren wie Schiffsballast an weit voneinander entfernten Küsten verstreut. Du in Ohio, unsere geliebten Schwestern in Australien, in Nova Scotia und im Grabe. Wir sind alt, die letzten Verbliebenen und durch weit mehr als nur Meilen getrennt. Jetzt kennen wir uns kaum noch. Die neue Fotografie, die man in St. Brigid's für dich hat anfertigen lassen, habe ich erhalten, und ich danke dir dafür. Aber was ist mit dem jungen Mann geschehen, den ich kannte, dieser hoch gewachsene Bursche, der sich so aufrecht hielt? Wo ist der Priester geblieben, dessen Augen Feuer sprühten und der voller Lebenskraft voranschritt? Hat er den Weg eingeschlagen, auf dem ich mich selbst auch befinde? Diesen Pfad, der nur zu einem Ziel führt?

Ich kann mir dich einfach nicht als alten Mann vorstellen, mein lieber Patrick. Du zelebrierst die Messe lediglich an Feiertagen, nimmst nur noch selten die Beichte ab, liest jeden Tag stundenlang und denkst nach?

Woran genau denkst du nun in deiner freien Zeit, mein Bruder? An die Jahre, die du hinter dir hast? An die grüne Insel deiner Geburt? An unsere so sehr geliebte Heimaterde, auf der die McSweeneys nie wieder etwas anbauen werden?

Vielleicht, wenn ich geheiratet hätte, könnte ich Besseres mit meiner Zeit anfangen. Ich hätte Enkelkinder und Urenkel, die ich stolz auf meinen Knien schaukeln würde. Stattdessen, ohne jegliche Nachfolger, denke ich nun an die Familie, aus der ich komme, an dich und Ciara und Selma, an die liebe Una, die nur so kurze Zeit unter uns weilte. Nicht einer davon mit einem eigenen Spross, doch einer stolzen Reihe von verblichenen Vorfahren.

Noch immer erinnere ich alles, auch wenn ich mich bereits in der letzten Phase meines Lebens befinde. Ich höre die Lieder und das Lachen, rieche das duftende Brot im Steinofen, vernehme das Blöken der Schafe auf unseren Weiden. Auch diesen kleinen Kerl sehe ich vor mir, der an meinen Röcken zupfte und mit seiner lispelnden Kinderstimme die Gebete aufsagte. Der sich aus Angst vor dem Butzemann hinter verschlossenen Türen versteckte, wenn über den Sümpfen von Mayo der kalte Nebel aufstieg.

Wie glücklich kann ich mich schätzen, dass ich diese Erinnerungen besitze, die mir Trost spenden. Welch ein Segen für uns alle, aus einer so wunderbaren Familie zu kommen. Das, mein lieber Patrick, kann uns niemand mehr nehmen. Egal wie viele Jahre uns nun schon trennen, Du und all unsere Lieben werden immer in meinem Herzen sein.

Deine Schwester,
Maura McSweeney

1. KAPITEL

Peggy Donaghue vermied es nach Möglichkeit, den Parkplatz des Whiskey Island Saloon zu benutzen. Was nicht gerade einfach war, weil der direkt vor ihrem Haus lag. An Tagen, wo sie keine Lücke auf der Straße fand, nutzte sie notgedrungen die reservierte Stelle in der Nähe des Hintereingangs und hastete von dort zur Küchentür. Sie war nicht abergläubisch. Doch man musste das Schicksal auch nicht herausfordern.

Es sei denn, die Umstände verlangten es.

Der junge Mann direkt hinter ihr räusperte sich. „Ganz schön stürmisch, Miss D. Sie brauchen nicht hier draußen zu bleiben. Es wird schon nichts passieren, ich versprech's Ihnen."

Peggy strich sich das lange kastanienbraune Haar zurück und drehte es zu einem Pferdeschwanz, damit ihr die Strähnen nicht ins Gesicht wehten. Über die Schulter blickte sie zu dem großen, schlaksigen Jungen, der sich offensichtlich unwohl in seiner Haut fühlte und ihr nicht in die Augen sah. Das konnte sie verstehen. Josh hatte zum ersten Mal ein Auto gestohlen. Und er hoffte, genauso wie Peggy, dass der Besitzer das Verschwinden seines brandneuen Honda Civic nicht bemerkte.

„Ich vertraue dir, Josh. Und sogar denen da." Peggy deutete mit einer Kopfbewegung in Richtung einer Gruppe von vier Jugendlichen, die gerade an dem Auto klebte wie die heiße Butter am Pierogi Spezial vom Freitagsmenu des Saloons. „Aber ich bleibe hier, für den Fall, dass sie mich brauchen."

„Nick hat sich in seinem Arbeitszimmer eingeschlossen. Wenn er so drauf ist, kriegt er nichts mit. Er wird's nicht erfahren." Joshs Tonfall verriet, dass er sich nicht ganz so sicher war, wie er behauptete.

„Er hat wahrscheinlich jede Menge zu tun, bevor er wegfährt."

Peggy entdeckte eine wohlbekannte Gestalt, die zwischen den Reihen von geparkten Wagen auf sie zukam. Die schlanke Rotblonde war unverwechselbar – und gehörte zur Familie. „Oh, oh, man hat uns erwischt", sagte sie in ihrer besten Jimmy-Cagney-Imitation. „Jetzt droht uns der Galgen, Scarface."

Joshs bleiche Wangen röteten sich. „Ich muss abhauen. Winston wird dafür sorgen, dass alles funktioniert. Falls Nick doch was merkt, verschwinde ich lieber ..."

Peggy winkte ihn weg. „Geh schon. Ich höre mir den Vortrag allein an."

Josh war die Erleichterung anzusehen, und er machte sich davon. Dabei vermied er, Peggys älterer Schwester zu begegnen, indem er an der hinteren Autoreihe vorbeischlich und sich seinen Weg über verstreute Plastikbeutel und Zeitungspapier aus einem umgekippten Abfallcontainer bahnte.

Casey Donaghue Kovats stellte sich neben Peggy und beobachtete einen Moment die Gruppe von Jugendlichen, die eine Reihe von Feuerwerkskörpern an der hinteren Stoßstange von Niccolo Andreanis Wagen befestigte. Der silberfarbene Civic war in der Nähe des Hintereingangs zum Saloon geparkt, sodass man ihn von der Straße aus nicht sehen konnte.

„Du lässt zu, dass die Kids Feuerwerkskörper ans Auto hängen? Hast du nicht beim Notfalldienst gearbeitet, um zu wissen, wie gefährlich die Dinger sind?"

„Kein ‚Hallo, wie geht's, ist es nicht ziemlich windig heute'?"

„Peggy, bist du verrückt geworden?"

„Feuerwerkskörper sind gefährlich, ja. Das sind aber nur Knallfrösche, und die können nicht mehr Schaden anrichten als Blechbüchsen oder alte Schuhe."

„Megan wird einen Anfall kriegen."

„Das hoffe ich doch. Wir haben uns ganz schön viel Mühe gegeben.“ Peggy winkte einem der Jugendlichen zu, ein hübscher Afro-Amerikaner mit sorgfältig frisierten Rastalocken, der eine Rolle Klebeband über das Handgelenk geschoben hatte. „Winston, kannst du bitte mal Casey davon überzeugen, dass Nicks Auto nicht in die Luft geht?“

Der Junge verließ seinen Posten, von dem aus er die Aktion überwacht hatte, und kam zu den beiden Schwestern herüber. „Echt, Miss K. Da passiert nichts, wird nur ein bisschen krachen.“

Casey sah immer noch nicht überzeugt aus. „Ich vertraue ja deinen Fähigkeiten, Winston, wirklich, aber was ist, wenn – ich weiß, die Chancen sind gering –, was ist, wenn was schief geht?“

„Kann nicht. Wir haben's gestern ausprobiert.“

„Gestern?“ fragte Peggy erstaunt. Davon hatte sie nichts gewusst.

„Ja, bei einer Hochzeit. Da unten in der Baptistenkirche.“

„Bekannte von dir?“

Winston zuckte mit den Schultern. „Hab dabei jedenfalls 'ne Menge gelernt. Zum Beispiel sollte man die Knallfrösche nicht an dieselbe Stoßstange binden wie die Luftballons, wenn man nicht unbedingt eine riesen Sauerei veranstalten will.“

Peggy unterdrückte ein Grinsen. „Siehst du? Ich hab dir doch gesagt, dass ein Meister am Werk ist.“

Winston verschwand schnell wieder, um seinen Job zu Ende zu führen, als er Caseys genervten Blick sah. „Ich begreife sowieso nicht, warum Nick seinen Wagen ausgerechnet vor dem Saloon stehen lässt.“

„Macht er auch nicht. Josh hat das Auto vor einer halben Stunde hergebracht. Nick weiß noch nichts davon.“

„Und wie kommt er dann in die Kirche?“

„Ich dachte, er könnte laufen. Ist doch nur ein paar Häuserblocks entfernt.“

Ein heftiger Windstoß warf Peggy fast um, sodass sie gegen Casey prallte und im gleichen Moment Zweifel an ihrem Vorschlag bekam. Der Himmel wurde immer dunkler, und Sturm kam auf. Bei der Wettervorhersage für den heutigen Frühlingstag war am Morgen noch von leichtem Wind und eventuell aufkommendem Regen die Rede gewesen. Aber schließlich lebten sie in Cleveland. Sicher war nur, dass es Wetter gab. Wie genau es sich nun entwickelte, wusste nur Gott allein.

„Ich würde ihm ja meinen Wagen leihen, aber ich hab keinen mehr", sagte Peggy.

„Musst du mich daran erinnern, dass du morgen ans andere Ende der Welt fährst? Als wenn ich nicht schon so ständig daran denken würde."

Peggy ging nicht auf diese Bemerkung ein. „Jon könnte Nick ja zur Kirche fahren. Rufst du ihn an und fragst?"

Jon war seit knapp einem Jahr mit Casey verheiratet und bot seine Hilfe an, wann immer er konnte. „Es macht ihm bestimmt nichts aus. Wenigstens wird er bei diesem Sturm nicht von der Straße geweht. Jon kann selbst auf sich aufpassen." Casey lächelte. Peggy fiel auf, dass Casey das in letzter Zeit ziemlich oft tat. Grinste zu jeder passenden Gelegenheit und lächelte geheimnisvoll, auch wenn es keinen offensichtlichen Grund gab. Die Ehe tat ihr gut.

Peggy und Casey waren vor über zwei Jahren in ihre Heimat zurückgekommen, zwei verlorene Seelen auf der Suche nach einem Platz zum Unterkriechen. Jetzt war Peggy Mutter eines Jungen, Casey hatte ihren besten Freund geheiratet, und Megan, die den Familien-Saloon führte, würde nun ebenfalls bald Ehefrau.

Das, was zunächst wie ein dreifaches Happy End klang, war es natürlich nicht. Nicht ganz. Jede der drei Schwestern hatte noch immer mit handfesten Problemen zu kämpfen, doch Peggy wollte nicht darüber nachdenken. Jedenfalls im Moment nicht. Heute gehörte der Tag allein Megan.

„Erinnerst du dich daran, wie wir das letzte Mal so auf dem Parkplatz gestanden haben?“ fragte Casey, als hätte sie erraten, was in Peggys Kopf vorging. Die beiden Schwestern hatten schon immer Peggys Gedanken lesen können.

„Ja, wir wurden mit Waffen bedroht. Und Niccolo hat uns gerettet. Jetzt heiratet er unsere Schwester. Schon merkwürdig, wie sich die Dinge entwickeln, was?“

„Ich hab schon mal reingesehen. Unglaublich, was sie da drinnen gemacht haben.“

Mit „sie“ war die Donaghue-Familie gemeint – und alle in Cleveland, die dazugehörten oder -gehören wollten. Eine beachtliche Ansammlung von Freunden und Familienangehörigen war heute Morgen erschienen, um den Saloon zu putzen und auszuschmücken, in dem nach der Trauungszeremonie in St.Brigid's der Empfang stattfinden sollte.

Peggy sah auf die Uhr. „Ich muss noch tausend Sachen erledigen, bevor Kieran aufwacht.“ In seinem alltäglichen Lebensrhythmus war Peggys kleiner Sohn pünktlicher als eine Atomuhr.

„Du hast immer noch vor, ihn mit einem Babysitter oben in der Wohnung zu lassen?“

„Er wird sich da wohler fühlen. Es ist für alle am besten so.“

„Der alte Saal sieht großartig aus. So wie früher in unserer Kindheit, wenn Mom Empfänge für die Hochzeiten in der Familie organisiert hat. Megan wird es bestimmt gefallen.“

Peggy dachte da anders. Irgendwann würde ihre älteste Schwester Megan bestimmt dankbar, ja womöglich auch sehnsüchtig an diesen Tag zurückdenken. Aber heute bemerkte sie wahrscheinlich gar nichts. Allen Anzeichen nach zu urteilen, absolvierte Megan die ganze Trauungszeremonie und den Empfang anschließend wie eine Verurteilte, die gerade dazu verdonnert worden war, den Rest ihres Lebens als Barkeeperin zu verbringen.

Casey grinste. „Na gut, vielleicht ist sie nachher ein bisschen nervös, und es könnte sein, dass ihr dieses und jenes Detail entgeht ...“

„Komm schon, wir dürfen uns glücklich schätzen, wenn sie nur wie im Wachkoma durch die Gegend läuft. Ich wunder mich, warum die beiden nicht durchgebrannt sind.“

„Sie wollte kein schlechtes Vorbild sein.“

„Für wen?“ Im gleichen Moment, wo Peggy es ausgesprochen hatte, war ihr bereits klar, für wen. „Für mich? Hat sie Angst, wenn sie durchbrennt, dass ich es ihr irgendwann nachmache?“

„Zum Teil schon.“

„Unglaublich.“

„Und ich denke, Nick wollte eine richtige Hochzeit haben“, fügte Casey dazu, bevor Peggy sich weiter darüber auslassen konnte. „Und dass seine Kids dabei sind. Denen gefällt so was, auch wenn sie es niemals zugeben würden.“

Bei den besagten Kids handelte es sich um eine Gruppe Jugendlicher, von denen einige gerade ohne Rücksicht auf Verluste Niccolos Auto dekorierten. Zusammen waren es über ein Dutzend gefährdete, aber im Grunde liebenswürdige Heranwachsende, die zu einer Organisation mit dem Namen „Stein auf Stein“ gehörten. Niccolo Andreani, der den Laden schmiss, war Leiter, Gründer und Mädchen für alles.

„Also veranstaltet Megan diese Hochzeit hauptsächlich für die anderen?“

„Sie will nicht darüber reden, es ist also nur meine Vermutung. Aber du weißt, dass sie völlig fertig ist, seit sie Nicks Heiratsantrag angenommen hat. Sie betet ihn an, deshalb wird sie es wohl kaum bereuen. Ich glaube einfach, dass sie nicht so gern im Mittelpunkt steht. Am zufriedensten ist sie ja, wenn sie bei allen anderen aus dem Hintergrund die Fäden ziehen kann."

„Na, es wird Zeit, dass sie mal drankommt, ob es ihr gefällt oder nicht." Peggy sah auf ihre Uhr. Es war zehn, um eins fand die Trauung statt. „Was steht denn bei dir noch auf dem Programm heute Morgen?"

„Ungefähr tausend Sachen, bevor ich Megan beim Ankleiden helfe, inklusive Friseurtermin."

„Also ich hab ungefähr ein Dutzend mehr. Dann muss ich mich umziehen, Kieran fertig machen ..."

„Und packen."

„Ich hab alles so weit fertig. Tante Dee kam heute Morgen und hat unsere Koffer mitgenommen. Ich kann also heute Abend nach dem Empfang alles saubermachen, ohne dass sie mir im Weg stehen. Megan hat wegen des Apartments schon eine Anzeige aufgegeben." Peggy versuchte eine Diskussion über ihre bevorstehende Abreise zu vermeiden. Es hatte bereits Dutzende derartiger Auseinandersetzungen gegeben, alle vergeblich, seit sie angekündigt hatte, für ein Jahr nach Irland zu gehen. „Ich werde mich besser gleich in Bewegung setzen. Kieran muss wirklich jeden Moment aufwachen ..."

Ein heftiger Windstoß riss sie fast von den Füßen, und diesmal prallte sie mit voller Wucht gegen Casey. Peggys Aufschrei wurde von einem ohrenbetäubenden Krachen begleitet. Zuerst hatte sie gar nicht mitbekommen, was passiert war. Dann drehte sie sich ängstlich zum Wagen um und sah das Desaster.

„Alles weg vom Auto! Sofort!" Wie auf Kommando rannten die beiden Schwestern los. „Der Baum ...!"

Winston und seine Crew waren nicht gerade zimperlich, aber sie wussten, wann man sich besser in Sicherheit brachte. Instinktiv stoben sie auseinander, als es von dem riesigen Ahornbaum, unter dem Niccolos neuer Civic parkte, Blätter regnete. Ein lautes Kratzen ertönte, als würde ein Riese seine Fingernägel über eine überdimensionale Tafel ziehen. Dann beobachtete Peggy entsetzt, wie der mächtige Baum in zwei Teile zerfiel.

Mit einem donnernden Krachen, gefolgt von einem metallischen Quietschen, fiel die eine Hälfte auf Niccolos Wagen und zerdrückte Dach und Motorhaube. Die andere Hälfte des Baumes verharrte noch bedrohlich schwankend in der Luft. Nicks Auto sah aus wie ein zerquetschtes Sandwich, das man aus der Schultasche eines Teenagers gefischt hatte.

Peggy überprüfte hektisch die Anzahl der Jugendlichen. Der Baum war gerade noch langsam genug gestürzt, um den Kids die Flucht zu ermöglichen. Sie waren mit dem Schrecken davongekommen.

„Keiner ist verletzt", bemerkte sie. Dann wiederholte sie den Satz noch mal als Frage und bekam von allen die Bestätigung, dass ihnen nichts passiert war. Winston scheuchte die Gruppe ans andere Ende des Parkplatzes, wo sie aufgeregt durcheinander schrien und auf den Wagen zeigten.

„Er hat den Saloon nicht getroffen", stellte Casey mit zittriger Stimme fest. „Aber die Küchentür können wir ohne Hilfe nicht mehr öffnen. Die Tür geht nach außen auf und ist vom Baumstamm blockiert."

„Wen interessiert denn jetzt die Tür?" rief Peggy gegen den immer stärker tobenden Sturm. „Was ist mit Nicks Wagen? Wie bringen wir's ihm bei? Und womit sollen die beiden in die Flitterwochen fahren?"

„Na ja … sie können sich mein Auto für die Reise ausleihen. Jon und ich kommen solange mit einem aus, bis sie wieder zurück sind."

„Bleibt immer noch, es ihm beizubringen."

„Ja? Und wann genau?“

Peggy überlegte. Sie handelte von den Schwestern sonst immer am rationalsten, aber im Moment war sie nicht in der Lage, einen klaren Gedanken zu fassen. „Würdest du denn so was kurz vor deiner Hochzeit erfahren wollen?“

„Besser nicht.“

„Können wir die Kids dazu bringen, den Mund zu halten?“

Casey blickte über die Schulter zurück, und ein Windstoß fegte ihr die Haare ins Gesicht. „Winston wird dafür sorgen. Außerdem war es sicher seine Idee, den Wagen hierher zu bringen. Ich wette, er möchte sein Geständnis so lange wie möglich rausschieben.“

Die Familienmitglieder und Freunde kamen aufgeregt durch den Vordereingang aus dem Saloon gestürzt.

„Beim Heiligen Patrick! Wir sollten besser den Baumdienst rufen!“ schrie jemand.

„Holt einen Abschleppwagen!“

„Jeder vernünftige Mensch würde den Empfang abblasen“, bemerkte Casey.

Peggy begann zu zittern, als ihr klar wurde, wie viel Glück alle gehabt hatten. „Du hast es ja schon festgestellt. Der Hintereingang ist blockiert. Von Rechts wegen müssten wir den Laden schließen.“

Casey legte Peggy den Arm um die Schulter. „Das ist das Gute an den Donaghues. Keiner von den Gästen wird uns anzeigen.“

„Meinst du, wir könnten den Parkplatz der Stadt überschreiben und die Familie ein für alle Mal davon befreien?“

Zwei Stunden später starrte Megan Donaghue in den hohen Standspiegel des Kleiderschranks in Caseys Schlafzimmer. Eine schlecht gelaunte Frau in einem schlichten elfenbeinfarbenen Seidenkleid blickte ihr entgegen. „Ich weiß wirklich nicht, wie ich mich dazu hab überreden lassen können. Ich sehe ja aus wie ein Lampenschirm."

„Du siehst fantastisch aus", sagte Casey, die auf dem Fußboden hockte. „Und an diesem Kleid gibt es kein bisschen Flitter. Wenn es noch einfacher wäre, könnte man ja glatt Slip dazu sagen."

„Ich sollte ein Kostüm tragen. Das Problem ist nur, dass ich im Kostüm wie ein Pinguin aussehe. Wieso hast du nur diese Beine und Peggy so herrliches glattes Haar und ich ..." Sie brach ab. „Gar nichts. Aber auch nicht das Geringste."

„Offensichtlich ist Nick der Meinung, dass du das ausgleichende Element bist. Und wenn du jetzt nicht ruhig stehen bleibst, landet meine Nähnadel aus Versehen irgendwo, wo sie nicht hingehört."

Megan kannte ihre Schwester, deshalb hielt sie still. Außerdem schien Casey heute Morgen ungewöhnlich gereizt. Sie wollte das Schicksal lieber nicht herausfordern. „Vielleicht ist das ja nur so ein Moment. Du weißt schon, vielleicht sind wir da einfach reingerutscht und immer tiefer hineingeraten, bis er irgendwann nicht mehr wusste, wie er sich wieder rausmanövrieren soll. Womöglich hat er versucht, mir zu sagen, dass er mich nicht heiraten will, und ich hab nicht hingehört."

„Megan, Niccolo hat dich zwei Jahre klang bekniet, ihn zu heiraten. Du wolltest nie was davon wissen. Dann hast du irgendwann keine Ausreden mehr gehabt, und hier bist du." Casey stach die Nadel in den Teil des Saums, der noch nicht umgenäht war.

Megan starrte ihr Spiegelbild an. Sie hatte gehofft, dass wenigstens an ihrem Hochzeitstag eine sinnliche Rothaarige mit einladendem Gesichtsausdruck und vollen Brüsten dort zu sehen sein würde. Mit richtigen Brüsten, die ihren Ausschnitt ausfüllten, verführerisch und vielversprechend. Stattdessen stand dort eine ziemlich kleine, schmale Figur mit einem ovalen Gesicht. Zugegeben, an diesem Gesicht war eigentlich nichts auszusetzen: Die bernsteinfarbenen Augen waren groß, ihr Ausdruck offen. Und die hellroten Locken hatte Caseys Friseur mehr oder weniger in Form gebracht.

„Was findet er denn bloß an mir, Casey? Ich meine, Nick ist ein gut aussehender Mann. Schließlich bin ich ja nicht blind. Einige würden ihn sogar als unwiderstehlich bezeichnen. Ich hab einen Push-up-BH angezogen, die Wimpern getuscht, und trotzdem ist meine erotische Ausstrahlung gleich null."

„Megan, bitte frag ihn nicht während der Flitterwochen, was er an dir findet, okay? Das tötet nur die Leidenschaft, womöglich lacht er sich noch halb tot deshalb."

„Warum tu ich das denn?" Megan zupfte eine widerspenstige Locke zurecht. Man hatte sie regelrecht in diese Hochzeitsboutique zerren müssen, bevor sie sich dann für das einfachste Kleid, das dort zu finden gewesen war, entschieden hatte. Allerdings hatte sie niemand dazu überreden können, einen Schleier zu tragen. Dafür zierte nun ein Zweig mit orangefarbenen Seidenblüten ihr kurzes Haar und drohte an einen unbekannten Ort zu verschwinden, wenn sie weiterhin so den Kopf schüttelte.

„Lass mal sehen." Casey schnitt den Faden ab und lehnte sich zurück, um ihre Schwester zu betrachten. „Warum du das machst? Vielleicht weil du ihn liebst, obwohl du selbst absolut keine Liebe verdient hast?"

„Sehr komisch, Case."

„Wenn es keine Liebe ist, womöglich ja einfach guter Sex? Oder brauchst du etwa jemand, der die Leitung repariert, wenn das Wasser tropft?"

„Ich weiß, wie man einen Wasserhahn dicht macht."

„Dann also doch Sex."

„Dafür muss man nicht heiraten."

„Dann sag du's mir."

„Ich mach das alles mit, weil Nick mit dem einfachen Zusammenleben nicht glücklich war. Er glaubt an Liebe und Heirat." Megan blickte verärgert auf die falsch sitzende Haarlocke und zupfte sie noch einmal energisch zurecht.

„Also ein Romantiker?"

„Er war Priester." Megan holte einmal tief Luft und atmete langsam aus. „Er ist immer noch tief religiös. Es hat ihm nie besonders gepasst, dass wir einfach so zusammen wohnen. Er braucht Gelübde und den Segen der Kirche."

„Du machst es demnach nur ihm zuliebe." Casey stand vom Boden auf und ging zum Schrank, um ihr eigenes Kleid herauszuholen. „Gratuliere. Du bist ja die reinste Märtyrerin. Die Kirche reserviert für Leute wie dich einen extra Platz im Himmel."

Megan wartete schweigend, bis ihre Schwester Shorts und T-Shirt abgelegt und Slip und Strumpfhose angezogen hatte. Casey schlüpfte in ihr Brautjungfernkleid und drehte ihr den Rücken zu. „Kannst du mal den Reißverschluss zumachen?"

Megan tat ihr den Gefallen. Die feurigrote Seide hatte fast die Farbe von Caseys Haar, das ihr normalerweise in fülligen Locken auf die Schulter fiel, heute jedoch in einem französischen Zopf mit eingeflochtenem zarten Seidenband gebändigt war.

Alle drei Donaghue-Schwestern hatten rotes Haar, doch ansonsten sahen sie sich nicht besonders ähnlich. Peggy, mit ihrem ovalen Gesicht und den großen bernsteinfarbenen Augen, konnte man als makellose Schönheit bezeichnen. Ihre Gesichtszüge waren feiner geschnitten als die ihrer Schwestern, und sie besaß einen sehr weiblichen Körper, besonders seit ihrer Schwangerschaft.

Casey sah eher interessant aus als schön, doch sie brachte ihre unregelmäßigen Züge, das helle Haar und ihre schmale Modelfigur durch aufregende, ausgefallene Kleidung und raffiniertes Make-up gut zur Geltung. Casey erregte immer großes Aufsehen.

Und dann Megan. Die sensible, zurückhaltende Megan, die sich in ihren Khakihosen und einem grünen Polohemd am wohlsten fühlte, wenn sie im Saloon der Familie arbeitete. Heute kam sie sich vor wie ein kleines Mädchen, das Verkleiden spielte. Ein besonders unbeholfenes kleines Mädchen.

„Das ist das Problem", sagte Megan schließlich. „Ich tu's nicht nur für Nick. Ich glaube auch an die Ehe. Zumindest theoretisch."

„Als wir noch Kinder waren, hast du nicht gerade viele glückliche Paare um uns herum als Beispiel gehabt. Und du hattest zu viel mit uns zu tun, um irgendwas anderes mitzubekommen."

„Mom und Rooney waren zeitweise glücklich."

„Ja, sicher, wenn er nicht gerade unter Halluzinationen litt. Dann ist Mutter gestorben, und er drehte vollkommen durch und verschwand in unbekannte Sphären. Alles blieb an dir hängen."

„Es gibt eine Menge glücklicher Ehen in der Familie. Sieh dir doch Tante Deirdre und Onkel Frank an."

Casey ging zum Spiegel, um ihr Make-up zu überprüfen. „Du warst so sehr damit beschäftigt, dein Revier zu verteidigen, dass du nicht darauf achten konntest."

Casey hatte wohl Recht. Rooney, ihr Vater, hatte die Familie verlassen, als Megan erst vierzehn gewesen war. In den folgenden Jahren hatte sie ihre ganze Kraft aufgebracht, um den Familien-Saloon am Laufen und ihre Geschwister zusammenzuhalten. Dass sie von ihrem Vater verlassen worden war, hatte tiefe Narben bei ihr hinterlassen. In der ersten Zeit war Niccolo derjenige gewesen, der es zu spüren bekam.

„Ich hab ziemlich darunter gelitten, ich weiß", sagte Megan. „Aber das Schlimmste ist überwunden. Ich bin jetzt ein großes Mädchen. Mir ist auch klar, warum Rooney abgehauen ist. Und ich bin froh, dass wir ihn wiederhaben – mehr oder weniger jedenfalls. Er konnte eben nicht anders."

Casey sah sich zu ihr um. „Wenn sich jeder Gesunde solche Mühe gäbe wie Rooney, würde die Welt sicher anders aussehen."

„Es geht nicht darum, ob ich genug glückliche Ehen als Beispiel habe oder nicht", platzte Megan schließlich heraus, „es ist die eine, die ich sehe. Deine. Das macht mir in letzter Zeit Sorgen."

„Wie meinst du das?"

„Du und Jon. Ich weiß nicht, wie ihr das schafft. Ihr beide seid so glücklich wie noch nie. Bei euch sieht es so aus, als bräuchtet ihr euch nicht mal dafür anzustrengen."

„Jon und ich waren schon in der Highschool befreundet." Casey zog Megans Kleid vorn am Ausschnitt ein wenig nach unten und gab ihrer Schwester einen Klaps auf die Hand, als die es wieder hochziehen wollte. „Aber was hat das denn mit euch zu tun? Du liebst Nick. Du magst ihn. Wo ist das Problem? Du hast doch, was du brauchst, oder?"

„So wie du es sagst, klingt es einfach, aber das ist es nicht. Ich nehme die Ehe nicht so leicht wie du und Jon. Das geht mir bei allem so, ich hab diese Gelassenheit nicht. Ich glaube, Nick geht es genauso."

„Jeder muss was dafür tun, dass eine Ehe gut läuft. Vielleicht sieht es bei mir und Jon einfach aus, aber ich kann dir sagen, dass wir auch ein paar ziemlich harte Auseinandersetzungen hatten." Caseys Augen begannen zu leuchten. „Und so manchen fantastischen Versöhnungssex."

„Was ist, wenn ich alles gebe, was ich kann, und es am Ende trotzdem nicht reicht? Du machst doch manchmal Eheberatung, oder?"

Casey, seit Kurzem Leiterin einer Wohltätigkeitsorganisation, die im West Side Sozialarbeit leistete, zuckte die Schultern. „Das ist nicht mein Spezialgebiet."

„Ist denn diese Angst normal?" Megan biss sich auf die Lippe, dann fiel ihr ein, dass sie Lippenstift trug. „Ein Wort genügt, und ich mache einen Satz zur Tür und haue ab."

„Und was wäre dann? Was wartet denn da draußen auf dich so Aufregendes?"

„Ich möchte nicht versagen."

„Und was ist, wenn doch?"

Megan dachte kurz nach. „Dann würde ich sterben. Ich darf es nicht versauen. Wenn ich heirate, dann für immer. Aber woher soll ich denn wissen, wie ich es richtig mache?"

Casey legte ihrer Schwester die Hände auf die Schultern. „Megan, du trägst nicht allein die ganze Verantwortung. Ihr seid zwei, schon vergessen? Und ich kenne kein Paar, das vielversprechender ist als ihr. Ihr werdet es ganz bestimmt schaffen. Eines Tages wirst du dir einen Tritt dafür verpassen, dass du mir das hier alles erzählt hast."

Auf dem Flur ertönten Schritte, und die Tür flog auf.

Peggy stürzte herein. „Hey, Megan, du siehst sagenhaft aus! Einfach umwerfend. O je, ich heule gleich."

„Das lässt du besser sein. Wage es ja nicht."

„Ich muss mich umziehen." Peggy ging zum Kleiderschrank. „Ich bin spät dran, weil ich dem Babysitter noch Anweisungen geben musste. Für meinen Friseur war keine Zeit mehr, aber bei dem Sturm macht das sowieso keinen Unterschied. Wenn ich die Haare nach hinten nehme und mit den Schmuckkämmen feststecke, könnte es gehen. Außerdem gucken ja eh alle nur auf Megan."

„O Gott, ich werde heiraten." Megan bedeckte ihr Gesicht mit den Händen. „Hört mal, eine von euch nimmt meinen Platz ein, okay?"

Peggy zog ihr Kleid aus Megans Schrank. Es war genauso einfach geschnitten wie Caseys, nur in Waldgrün. „Ich würde Nick gern heiraten. Meinst du, ihm fällt der Unterschied auf?" Sie zog ihr T-Shirt aus und schlüpfte in das Kleid. „Ich sag ihm einfach, du hättest es dir anders überlegt. Es wird ihm schon nichts ausmachen."

„Oder ich tu's", fiel Casey ein. „Dann können sich Jon und er nachts vor meinem Bett duellieren."

Megan hatte das Gefühl, wenn sie noch einmal tief durchatmete, würde sie hyperventilieren. „Ich kann mich nicht drücken, was?"

„Wenn doch, dann hat der ‚Plain Dealer' eine Superstory." Peggy stellte sich mit dem Rücken zu Casey, damit sie ihren Reißverschluss hochzog. „Irgendeine Nachricht von Rooney?" fragte sie Megan.

Megan hatte lange gebraucht, bis sie die Krankheit ihres Vater verstehen und akzeptieren konnte. Irgendwann in den zwei Jahren, seit er wieder zur Familie zurückgekehrt war, hatte sie eingesehen, dass sie ohne eine einfache Diagnose auskommen und die Tatsache hinnehmen musste, dass Rooney nicht wie andere Männer war. Er hatte inzwischen viel für seine Gesundheit getan, doch die Jahre und seine Alkoholabhängigkeit forderten ihren Tribut.

Aber Rooney war zumindest nicht mehr heimatlos, so wie damals, als Megan noch eine Jugendliche gewesen war. Jeden Abend kam er zum Dinner und zum Schlafen in Niccolos Haus in Ohio City, der Nachbarschaft von West Side Cleveland. Er trank keinen Alkohol mehr, und er nahm Medikamente, die ihm halfen, klarer zu denken. Manchmal war er verwirrt, doch seine Töchter erkannte er meist. Er hatte einen großen Teil ihres Lebens versäumt, jetzt lernte er sie auf seine eigene Art wieder kennen.

„Ich habe ihn heute Morgen an die Hochzeit erinnert", erwiderte Megan. „Er war früh auf."

„Was hat er gesagt?"

„Irgendwas Unverständliches, aber er schien nicht überrascht zu sein und wusste noch, worum es ging. Kommt er, was meinst du?"

„Er weiß, wo St. Brigid's ist", sagte Peggy. „Da findet er auch hin. Da bin ich mir sicher."

„Megan, gib dich damit zufrieden, dass er sich daran erinnert hat, okay?“ warf Casey ein. „Er weiß, wer du bist und dass du heute heiratest. Bestimmt will er auch kommen, egal ob er's letztendlich schafft. Vor einem Jahr, als Jon und ich geheiratet haben, wusste er nicht mal mehr meinen Namen.“

Megan war klar, wenn sie ihren Vater suchen und ihn ins Auto setzen würden, geriete er in Panik. Sie dachte stattdessen lieber an das, was sie selbst in der Hand hatte. „Ich könnte immer noch nach Botswana oder auf die Kanarischen Inseln fliehen. Welche, ist mir egal.“

Peggy stellte sich neben ihre Schwester und beugte sich hinunter, um ihr einen Kuss zu geben. Dann trat sie einen Schritt zurück und wischte den Lippenstift von Megans Wange. „Wie wär's stattdessen mit der Kirche? Du hast doch gar keinen Reisepass.“

„Doch, hab ich. Darum habe ich mich gekümmert.“

„Aber kein Ticket.“

„Es gibt zu jeder vollen Stunde einen Flug nach Botswana.“

„Von Hopkins? Wenn du Glück hast, bekommst du gerade mal einen Flieger nach New York.“

„Das würde auch reichen.“ Megan richtete sich gerade auf. „Du glaubst wohl, ich mache Scherze.“

„Ich glaube, du stirbst vor Angst“, entgegnete Casey. „Ich hätte nie gedacht, dass ich den Tag noch mal erlebe, an dem du's zugibst. Also, gehen wir jetzt zur Kirche, oder soll ich allen sagen, du wärst ein bedauernswerter Angsthase?“

„Dumme Frage.“ Megan wirbelte herum und betrachtete sich ein letztes Mal im Spiegel. Eigentlich war der Anblick gar nicht so schlecht wie befürchtet. Sie sah aus wie … eine Braut. „Lasst uns aufbrechen.“

Casey zuckte die Schultern. „Du bist so verdammt durchschaubar.“

2. KAPITEL

Niccolo war froh, dass Megan sich nicht für ein traditionelles Hochzeitskleid entschieden hatte. Dann hätte er nämlich einen Smoking tragen müssen, und er befürchtete sowieso schon, dass sein selten benutzter Anzug am Ende der Zeremonie von Schweiß triefte. In der St. Brigid's war es nicht gerade besonders heiß, aber er war besonders nervös.

„Josh, komm mal kurz her." Er winkte dem Jungen, der sich gerade bemühte, eine Gruppe von drängelnden Teenagern zu einer Bank in der vorderen Reihe zu führen.

Josh übergab die Gruppe an Tarek, ein anderer Jugendlicher, der eine ordentlich gebügelte Hose mit Sportjackett und glänzenden Schuhen trug. Tarek hatte Niccolo erklärt, dass er noch nie in einer christlichen Kirche gewesen sei, und sich eine detaillierte Liste der erforderlichen Kleidung geben lassen, bis hin zur konservativen Krawatte.

„Wo bleibt Winston?" erkundigte sich Niccolo bei Josh, als er zu ihm in die Vorhalle kam. „Er könnte helfen, sie zusammenzuhalten."

Josh sah ihm nicht in die Augen. „Ach, der ist noch nicht da. Musste heute Morgen noch was erledigen."

Winston, Josh, Tarek und alle anderen Kids auf der vordersten Bank gehörten zu den Steinen. „Stein auf Stein" war aus einer Hand voll Jugendlichen der Nachbarschaft entstanden, die Niccolo beim Renovieren eines alten Hauses in Ohio City zugesehen hatten. Inzwischen war es eine gemeinnützige Organisation, in der Heranwachsende eine Grundausbildung für Zimmerhandwerk und Klempnerarbeit erhielten, um alte Häuser umbauen zu können. Die Reparaturarbeiten und Renovierungen waren zweitrangig neben den wirklichen Fähigkeiten, die die Mitglieder erlernten: Selbstbeherrschung, Selbstbewusstsein, eine Sache zu Ende führen zu können und etwas für die Gemeinschaft zu tun. Die Steine bewegten sich nur in kleinen Schritten, aber sie bewegten sich vorwärts.

Niccolo hatte das Gefühl, von seinem Kragen erwürgt zu werden. Er zerrte daran. „Kannst du sie so lange im Zaum halten, bis der Empfang anfängt?"

„Aber klar, sie werden schon auf mich hören", versprach Josh. Niccolo zweifelte nicht daran.

Josh war Niccolos größter Erfolg. Obwohl die meisten Steine-Kids aus einigermaßen intakten Elternhäusern kamen, hatte Josh nicht so viel Glück. Er war vor zwei Jahren zu Niccolo gezogen, um den Wutanfällen seines betrunkenen Vaters zu entfliehen, und seitdem schnell aufgeblüht. Zum ersten Mal in seinem Leben hatte er gute Schulnoten, und sein Selbstbewusstsein wuchs. Inzwischen redete er schon überzeugt vom College. Niccolo war sicher, dass er es schaffte.

„Siehst du diesen großen Typen am Ende der zweiten Reihe?" Niccolo zeigte nach vorn. „Der mit dem schwarzen Haar und der hübschen Frau in Blau neben sich?"

„Hmm."

„Das ist mein Bruder Marco."

„Der sieht ja aus wie du. Warum hat er dich nie besucht?"

Niccolo überlegte, wie er die hässliche Wahrheit einigermaßen nett ausdrücken könnte. „Meine Familie war nicht gerade glücklich darüber, dass ich das Priesteramt aufgegeben habe. Marco hat mir Schützenhilfe geleistet ..." Er bemerkte, dass Josh nicht begriff. „Er hat versucht, den anderen verständlich zu machen, dass die Veränderung richtig für mich war. Besonders meinen Eltern und Großeltern, die noch leben."

„Verstehe. Er will sich nicht mit ihnen überwerfen, indem er herkommt, während er noch dabei ist, sie zu bearbeiten."

Niccolo gefiel es, wie Josh die Situation in Worte fasste. Er hatte ein gutes Gespür für psychologische Zusammenhänge.

„Du hast es erkannt. Aber er ist heute hier, und ich möchte gern, dass er eine Nelke für sein Revers bekommt." Niccolo zeigte auf Joshs. „Die gleiche wie du. Bringst du ihm eine?"

„Klar. Cool." Josh nahm eine Ansteckblume aus der weißen Floristen-Schachtel, die neben Niccolo stand. „Kommt sonst noch jemand? Ich meine, von deiner Familie?"

Als Niccolo daraufhin den Kopf schüttelte, sah er ihn erstaunt an. „Können sie Megan nicht leiden?" Natürlich konnte sich Josh das überhaupt nicht vorstellen, da er Megan praktisch anbetete.

„Ihnen würde sicher keine gefallen, für die ich mich entschieden habe. Mach dir keine Gedanken darüber. Marco ist hier. Das ist ein Anfang."

„Sogar in guten Familien benehmen sie sich verrückt, was?" Josh schien dieser Gedanke zu gefallen. Er grinste vor sich hin, als er ins Hauptschiff zurück und den Gang entlang zu seinem Platz ging.

„Was machst du denn hier?"

Niccolo drehte sich um, als sein Trauzeuge durch die Tür kam. Jon Kovats, Caseys Mann, trug ebenfalls einen dunklen Anzug, nur sah es bei Jon vollkommen natürlich aus. Er war ein attraktiver Rechtsanwalt mit klaren Gesichtszügen, die seinen Klienten Vertrauen einflößten, und einem unerschütterlichen, festen Blick, der seinen Kontrahenten eine Gänsehaut über den Rücken jagte.

„Musst du dich nicht bis zum Beginn der Zeremonie irgendwo mit Pater Brady verstecken?" fragte Jon.

Niccolo wollte ihm nicht gestehen, dass er, nachdem Jon ihn am Nebeneingang abgeliefert hatte, in den Narthex geschlichen war, um zu beobachten, wer kam. Er hatte gehofft, dass seine Eltern sich hatten erweichen lassen und doch erschienen, auch wenn er es Josh gegenüber nicht erwähnt hatte.

„Ich musste ein bisschen frische Luft schnappen", erwiderte er, „und nachsehen, ob hier draußen noch irgendwas gemacht werden muss."

„Nick, du kannst ruhig eine Weile mal verschnaufen. Überlass uns die weiteren Einzelheiten. Dafür sind wir ja da."

„Hast du irgendwas von Casey gehört?"

„Irgendwas?"

Niccolo zerrte erneut an seinem Kragen. Er hatte vor Jahren den steifen Priesterkragen gegen ein weiches Flanellhemd getauscht. Krawatten fühlten sich ungewohnt an. „In letzter Zeit, meine ich. In der vergangenen halben Stunde."

„Kein Wort. Warum? Sie hilft Megan mit ihrem Kleid. Ich bin sicher, dass sie nicht viel Zeit hatte." Jon runzelte die Stirn. „Du hast Angst, dass Megan kneift, oder was?"

„Das ging mir kurz durch den Kopf. Es könnte wirklich sein, dass sie nicht kommt."

„Megan hält ihre Versprechen. Und zwar bis zur Besessenheit. Das habt ihr gemeinsam."

Jon kannte beide zu gut. Niccolo musste grinsen, doch dann wurde er sofort wieder ernst. „Sie hat Angst, dass sich danach alles ändert. Dass ich womöglich eines Morgens aufwache und feststelle, ich hab einen Fehler gemacht, aber ein zu guter Katholik bin, um es zuzugeben."

„Megan? Sie mit ihrem starken Selbstbewusstsein? Das kann ich kaum glauben."

„Starkes Selbstbewusstsein, ja. Aber sie weiß nicht, wie man eine Ehe anpacken soll. Und Megan kann es nicht leiden, wenn sie sich einer Sache nicht sicher ist."

„Nur Megan? Oder du auch?"

Niccolo wunderte sich nicht über diese verständnisvolle Frage. In den zwei Jahren, die er Jon kannte, waren sie sehr enge Freunde geworden, und Jon war ein Meister darin, Geheimnissen auf die Spur zu kommen.

„Ich war noch nie verheiratet, aber ich bin entschlossen, mir die größte Mühe zu geben", erwiderte Niccolo.

„Nun mal langsam. Nicht zu viel Mühe, sonst habt ihr ja gar keinen Spaß miteinander. Das ist kein Job, sondern eine Beziehung."

„Sie hat das Beste verdient. Hundert Prozent. Zweihundert."

„Sie verdient einen Mann, der sich wohl fühlt."

Als Bewegung am Haupteingang entstand, blickte Niccolo hinüber. Ein vornehm wirkender Mann mit silbergrauem Haar führte seine etwas füllige, aber attraktive Begleiterin durch die Tür. Niccolo erstarrte, dann sah er Jon an und räusperte sich. „Kommst du mal bitte mit? Ich möchte dir meine Eltern vorstellen." Er warf noch einen Blick nach vorn. „Und meinen Großvater."

Jon kannte Niccolo gut genug, um die Tragweite dieser Worte zu verstehen. Er klopfte seinem Freund auf die Schulter. „Glaubst du an Vorzeichen?"

„Ich bin zu katholisch, um nicht daran zu glauben."

Megan hatte keine Limousine gewollt. Dazu sah sie nicht die Notwendigkeit, denn sie verspürte wenig Lust, solchen Wirbel zu veranstalten, und weigerte sich, so viel Geld dafür auszugeben. Weder sie noch Nick würden irgendwann reich werden. Es gab bessere Verwendungsmöglichkeiten für ihre Dollars.

Mit der Familie hatte sie auch nicht mitfahren wollen und Jons Angebot, sie in dem feuerroten Kabriolett eines Freundes zu chauffieren, abgelehnt, so wie alles andere auch, bis auf die einfachste Lösung. Sie, Peggy und Casey würden zusammen in Caseys Wagen zur Kirche fahren.

Sie hatte nur nicht mit einem kaputten Reifen gerechnet.

Jetzt standen die Schwestern vor Caseys Haus und starrten auf die Bescherung.

„Auf den Straßen liegen von dem Sturm überall Schutt und Trümmerreste. Wahrscheinlich bin ich auf dem Rückweg vom Saloon irgendwo drüber gefahren“, bemerkte Casey.

„Ja, zum Beispiel über eine Eisenbahnschiene. Der Reifen ist platt wie eine Flunder.“

„Und ich hab mein Auto verkauft“, sagte Peggy. „Onkel Den hat mich hierher gefahren.“

„Na fantastisch.“ Megan trat gegen die traurigen Reste des Reifens, was eher ihren elfenbeinfarbenen Pumps schadete. „Ich nehme an, keiner von euch beiden hat vor, den zu wechseln?“

„In diesem Kleid?“ Casey blickte an sich herunter. „Auf keinen Fall.“

„Wir rufen ein Taxi“, schlug Peggy vor.

„Wir sind nicht in Manhattan. Nick wird inzwischen jemand anders geheiratet haben, bis hier eins kommt.“ Megan tat erneut gegen den Reifen, ohne Rücksicht auf ihre Schuhe. „Vielleicht ist noch einer im Saloon. Casey, kannst du mal nachfragen?“

Casey wühlte in ihrer Handtasche nach dem Handy und rief in der Kneipe an. Die anderen beiden standen schweigend daneben und warteten, bis ihre Schwester den Kopf schüttelte und das Mobiltelefon wieder ausschaltete. „Es ist ein Wunder. Sie sind alle pünktlich zur Hochzeit. Alle außer uns. Jon ist bereits mit Nick hingefahren, und ich wette, er hat sein Handy ausgeschaltet.“ Um sicherzugehen, tippte sie noch ein paar weitere Nummern ein, aber niemand meldete sich.

„Kennst du deine Nachbarn?“ Megan blickte sich um. „Du musst doch schon mit irgendjemandem bekannt sein.“

Casey wandte den Kopf nach links. „Die sind weggefahren.“ Dann nickte sie zur rechten Seite. „Ich kümmer mich um ihre

Post.“ Sie deutete mit einer weiteren Kopfbewegung zum Haus gegenüber auf der anderen Straßenseite. „Die befinden sich leider auf der falschen Seite in einem von Jons Fällen und haben vor, in eine Gegend zu ziehen, die sicherer ist. Das Haus daneben steht leer.“

Megan dachte angestrengt nach, während sie sich umsah. Casey und Jon hatten eines von Niccolos Ohio-City-Renovierungsprojekten gekauft. Das Haus, ein Backsteingebäude im Neokolonialstil mit klassischen Verzierungen passte perfekt zu dem berufstätigen Paar. Und das Beste war, dass es nur vier Blocks von Niccolos Haus in der Hunter Street entfernt stand.

„Okay, dann lasst uns losgehen. Wir holen Charity.“

Ihre Schwestern stöhnten auf. Megans klappriger Chevy war für seine Macken bekannt und deshalb aus Spaß Wohlfahrt, Charity getauft worden. Die „Wohlfahrt“ beginnt immer erst zu Hause, hieß ein gängiger Witz unter ihnen. Doch so richtig komisch war das nie.

„Habt ihr einen besseren Vorschlag?“ wollte Megan wissen.

„Na gut, mal sehen, ob Charity sich bei Nick wie zu Hause fühlt. Wenn nicht, sind vielleicht deine Nachbarn hilfreicher als Caseys“, sagte Peggy. „Dann mal los.“

Megan lief in ziemlichem Tempo voraus. Ihre Schwestern blieben hinter ihr zurück, doch sie ging nicht langsamer, denn schließlich hatte sie jetzt etwas Wichtiges zu erledigen. Sie hatte Niccolo versprochen, ihn zu heiraten, und es war zu spät, um die Hochzeit noch auf elegante Art abzublasen.

Die Schwestern wanderten schweigend weiter, drei Frauen in langen, flatternden Seidenkleidern und mit im stürmischen Wind umherwehenden Haaren.

„Oh mein Gott, es wird regnen!“ kündigte Casey einen Block von Nicks Haus entfernt an. „Himmel, ich hoffe wirklich, wir kommen ins Auto, bevor es losgeht.“

Megan marschierte weiter. „Der Regen sollte sich besser zurückhalten!“

Sie bogen in die Hunter Street ein, und Megan konnte Charity bereits am Ende der Straße vor Niccolos – ihrem – Haus sehen. „Ich bete, dass sie fährt!“

„Das muss man sich echt im Kalender anstreichen“, bemerkte Casey. „Megan betet.“

„Ich möchte betonen, dass ich mich mit Gott gut verstehe. Muss ich ja wohl, wenn ich in der Kirche heirate.“

„Na jedenfalls manchmal. Ist Pater Brady ohnmächtig geworden, als du zu ihm in den Beichtstuhl gekommen bist?“

„Pater Brady ist netter als ihr und in Bezug auf meine Seele offensichtlich auch optimistischer.“ Megan wagte nicht, auf die Uhr zu sehen. Sie waren sehr spät dran, und es würde noch eine Menge Zeit in Anspruch nehmen, um an sich die ganzen Verwüstungen vom Sturm wieder in Ordnung zu bringen.

Gerade als sie am Auto ankamen, fielen die ersten Tropfen, aber Charity startete sofort, als sie den Schlüssel das erste Mal in der Zündung drehte.

„Glaubst du an Vorsehung?“ fragte Peggy, als sie neben Megan in den Wagen stieg.

„Das muss ich doch, als richtige Irin.“

Megan hielt mit Charity in der zweiten Reihe am Bürgersteig, aber sie stellte den Motor nicht aus. Der kleine Parkplatz war offensichtlich voll besetzt und erschien ihr auch zu weit von dem Eingang entfernt, den sie benutzen wollte. An der St. Brigid's gab es eine Nebentür gleich hinter dem Altarraum, die zu einer Treppe führte. In der ersten Etage befand sich eine Kammer, in der sich die Bräute normalerweise umziehen konnten – und jetzt wünschte sie sehnsüchtig, sie hätte davon Gebrauch gemacht. Einmal dort oben und fertig, könnte sie über eine andere Treppe in den Narthex gelangen und dann den Gang nach vorn auf Niccolo und Pater Brady zugehen.

Wirklich Pech, dass sie ihre Wanderausrüstung nicht mithatte.

„Wir schaffen's." Sie holte tief Luft. „Ich lasse den Schlüssel stecken. Hier wird sie dann bestimmt einer klauen. Und wenn sie dann merken, was sie ergattert haben, werden sie sie irgendwo an einem netten, sicheren Plätzchen abstellen, wo ich sie wiederfinden kann."

„Wir sind immer noch fünfhundert Meter von der Tür entfernt", sagte Casey vom hinteren Sitz.

„Es nieselt doch nur."

Peggy fuhr mit den Fingerspitzen über die beschlagene Windschutzscheibe. „Weißt du was? Du lebst schon zu lange hier in dieser Gegend. Für jeden anderen ist das ein echter Regenguss. Und soweit ich weiß, wirst du nicht gern nass."

„Megan", ließ Casey sich von hinten hören. „Kein Mensch wird Charity stehlen, aber wenn du hier stehen bleibst, wirst du abgeschleppt."

Charity wählte diesen Moment, um abzusaufen und zu verstummen.

„Sieht aus, als wäre die Entscheidung jetzt gefallen, und ich zahle lieber die Abschleppgebühr, als zu meiner eigenen Hochzeit zu spät zu kommen."

„Wenigstens bist du inzwischen entschlussfreudiger, Megan", bemerkte Casey.

Megan sagte nichts darauf. „Könnt ihr beide da auch allein reingehen?"

Peggy hatte unter dem Sitz einen Schirm gefunden. Sie hielt ihn Megan entgegen. Es war eine traurige Ausgabe dieser Spezies, aber noch immer zu gebrauchen. „Geh du schon mal vor. Das Wetter wird immer schlimmer. Ich versuche, dieses Monster wieder zu starten."

„Ich geh nicht ohne euch durch den Kirchengang. Ihr müsst mich stützen." Nach langem Hin und Her, wer sie denn den Gang entlangführen sollte, hatte Megan Casey und Peggy gebeten, als ihre Begleitung vorauszugehen. Es gab ein Dutzend Männer in der Familie, die sie gern geführt hätten, aber sie wollte, dass ihre Schwestern es taten. Der Mann, der normalerweise für diese Aufgabe vorgesehen war, konnte es nicht machen.

Megan schätzte die Entfernung und die Stärke des Regens. „Was soll ich opfern? Meine Pumps oder die Strumpfhose?"

Peggy beugte sich nach vorn. „Ich hab noch eine als Reserve mitgebracht."

Megan zog die Schuhe aus und öffnete die Tür. „Wir sehen uns drinnen." Sie spannte den Schirm auf und rannte auf Strümpfen über den Rasen auf den Seiteneingang zu. An der Tür klappte sie den Schirm zusammen und schüttelte sich mit geschlossenen Augen wie ein Spaniel, dass die Tropfen flogen. Als sie die Augen wieder öffnete, blickte sie ihr zukünftiger Ehemann an.

„Nick!" Sie hielt sich die Hand aufs Herz. „Was machst du denn hier?"

„Mich vergewissern, ob du mich auch nicht am Altar sitzen lässt."

Sie starrte ihn an. Der dunkle Anzug betonte seine breiten Schultern, das schwarze Haar und den sorgfältig gestutzten Bart. Mit der dunklen Haut und den Gesichtszügen eines römischen Kriegers, erschien er ihr wie das perfekte Ziel aller Wünsche.

„Du solltest mich nicht so sehen."

Er lächelte. „Ich erinnere mich an unseren ersten Abend. Du auch?"

Im Moment war sie nicht mal sicher, ob ihr überhaupt noch

ihr eigener Namen einfallen würde. Sie sah ihn an, diesen wundervollen, männlichen, gut aussehenden Typ, der sein Leben mit ihr verbringen wollte.

„Du hast mich nach einem Arbeitstag zu dir eingeladen", sagte er. „Und du warst ziemlich erledigt. Deshalb hast du geduscht, während ich in der Küche saß. Dann kamst du mit nassen Haaren wieder. So ähnlich wie jetzt. Und ich war platt vor Verlangen."

„Platt?"

„Na ja, im übertragenen Sinn. Wahrscheinlich wohl eher das Gegenteil, nehme ich an."

Sie lachte. „Das hab ich ganz vergessen."

„Ich steh also drauf, wenn ich dich so nass sehe. Na ja, und trocken auch. Einfach nur dich zu sehen."

„Ach Nick." Am liebsten wäre sie ihm in die Arme gefallen. Stattdessen nahm sie ihren Rock und hielt ihn sich vom Körper ab wie ein kleines Mädchen im Petticoat. „Bist du sicher, dass du das durchziehen willst? Ich bin ja nicht gerade der beste Fang."

„Eine Garantie bekommt man nie, aber ich glaube, du bist eine gute Anlage."

„Ich befinde mich in grässlichem Zustand. Mein Kleid ist klatschnass, mein Wagen wird vermutlich abgeschleppt, und ich habe mir meine Strumpfhosen zerrissen." Sie fuhr sich hektisch übers Haar. „Und jetzt ist diese verdammte Orangenblüte auch noch verschwunden."

„Gut. Du siehst für mich vollkommen aus." Er holte kurz Luft. „Obwohl meine Mutter und mein Vater noch mehr beeindruckt sein dürften, wenn du dir Schuhe anziehst."

„Sie sind da?"

Er nickte.

Diesmal fiel sie ihm doch in die Arme. Casey und Peggy kamen gerade, als sie sich wieder voneinander lösten.

„Peggy hat Charity geparkt. Wir ...“ Casey verstummte, als sie Niccolo erblickte. „Aber ganz schnell raus hier“, sagte sie gespielt entrüstet. „Warte da, wo du als Bräutigam warten sollst. Das gibt sonst Unglück.“

Er grinste nur.

„Jetzt geh schon!“ Casey gab ihm einen Schubs. „Sag der Organistin, sie soll noch mal eine Runde ‚Jesus bleibet meine Freude‘ spielen. Gib uns zehn Minuten.“

„Fünf.“

„Sieben. Geh jetzt!“

„Bis bald ...“ Megan sah ihm hinterher. An der Tür drehte sich Nick um und warf ihr einen Luftkuss zu.

„Megan!“ Casey packte sie an den Schultern und schob sie zur Treppe.

Nach zehn Minuten waren sie fertig, Strumpfhose gewechselt, die Haare mehr oder weniger trocken. Megan betrat die Eingangshalle, flankiert von ihren Schwestern. Durch die offene Tür konnte sie sehen, dass Nick, Jon und Pater Brady das Kirchenschiff bereits durch den Haupteingang betreten hatten. Die Orangenblüten saßen wieder ordentlich an ihrem Platz – Casey hatte sie zu Beginn ihrer Wanderung in Sicherheit gebracht und gut verwahrt –, und sogar Megans Schuhe glänzten. Sie war bereit.

„Meinst du, Rooney hat's in die Kirche geschafft? Ob er hier irgendwo ist?“ Megan stellte sich in den Türrahmen. Nach und nach drehten sich die Köpfe in ihre Richtung.

„Er hatte es vor“, erwiderte Peggy.

Die ersten Takte von Beethovens Ode an die Freude ertönten im vorderen Kirchenschiff. Megan hatte die Organistin bekniet, das Stück ein bisschen schneller zu spielen, damit die Wanderung nach vorn nicht so lange dauerte. Jetzt hörte sich die wohlbekannte Melodie für sie an wie eine Auswahl aus den anstrengendsten Sequenzen der gesammelten Aerobicübungs-Videos von Richard Simmons. Schwitzen bis zum Martyrium. Nachdem sich alles so lange verzögert hatte, wollte die arme Frau sicher so bald wie möglich Feierabend machen.

„Okay, wir gehen zusammen rein. Lauft nicht zu schnell und lasst mich nicht zurück." Megan holte tief Luft. „Dann mal los."

„Ich hab dich lieb", sagte Casey, und Peggy wiederholte ihre Worte.

Megan stiegen plötzlich die Tränen in die Augen. „Geh einfach los, okay?"

Sie liefen zum Mittelgang hinüber. Fast gleichzeitig erhoben sich die versammelten Gäste von ihren Sitzen. Aus dem Augenwinkel bemerkte Megan eine Gestalt, die auf den Mittelgang zukam. Dann, als hätte er die Geste bereits stundenlang geprobt, trat Rooney Donaghue auf sie zu, das Hemd ordentlich zugeknöpft, sauber und frisch rasiert, und bot ihr mit einem Lächeln den Arm.

3. KAPITEL

Die Donaghue-Schwestern waren nicht sentimental, aber trotzdem musste Peggy während der Zeremonie die Tränen zurückhalten. Megan strahlte, als sie auf Nick zuging, um ihm ihr Ja-Wort zu geben, und obwohl Peggy in ihrem Leben nicht oft in die Kirche gegangen war, berührten sie die bekannten Weisen der Hochzeitsmesse. Doch am meisten bewegte sie der Anblick ihres Vaters, wie er seinen rechtmäßigen Platz an der Seite der ältesten Tochter einnahm.

Dieses rührende Bild vor ihren Augen zerplatzte in dem Moment, als sie die Tür zum Whiskey Island Saloon öffnete.

„Eismaschine hat den Geist aufgegeben." Barry, der Barmann, schob sich an ihr vorbei zum Ausgang. „Muss Eis besorgen."

„Ich …"

„Und die Musiker sagen, sie brauchen mehr Platz für ihr Equipment, als du für die Band vorgesehen hast", rief er über die Schulter zurück. „Deshalb hab ich die Tische da vorn weggeräumt. Allerdings sind jetzt nicht mehr genug da …"

„Ich …"

„Und in ganz Cleveland sind Bäume umgestürzt, es besteht also kaum Hoffnung, dass heute noch eine Firma kommt, um den Stamm vor der Tür abzusägen. Wir haben den Platz um den Kücheneingang herum mit einem Seil abgesperrt, damit keiner neben dem halben Baum parkt, der noch in der Luft hängt. Aber wir können das Auto nicht abschleppen, bevor …" Seine Stimme war nicht mehr zu hören, als er im Wagen verschwunden war und die Tür hinter sich zugeschlagen hatte.

Peggy fragte sich, welche Erklärung sie Niccolo und Megan bloß geben sollte, wenn der Zeitpunkt ihrer Abreise kam und Caseys Fahrzeug – wenn der Reifen bis dahin repariert war – statt des Hondas am Bürgersteig auf sie wartete.

„Peggy?" Jemand packte sie mit kräftigen Armen und schob sie herein. Sie sah zu Charlie Ford auf, einem ihrer treuen Stammgäste. „Die Bäckerei hat gerade angerufen. Die Torte ist fertig, aber sie haben das Potpourri oder so ähnlich vergessen."

„Petit Four. Ich dachte, sie hätten das vielleicht schon in die Küche gestellt." Sie fühlte Panik aufsteigen. Die Gäste wollten sicher etwas Süßes essen, bevor die Torte angeschnitten wurde.

„Sie meinten, dass sie das schnell noch erledigen würden. Kein Grund zur Sorge."

„Die haben gut Reden."

Charlys Augen leuchteten. Sein einziger Sohn lebte in New York, und die Belegschaft und Stammkunden des Whiskey Island Saloon waren seine Ersatzfamilie in Cleveland. „Und Greta meint, sie würde kündigen, wenn sie noch einen einzigen Kohl füllen muss."

Greta war Megans geschätzte Küchenhilfe und ihrer Meinung nach eine sagenhafte Köchin, genauso auch eine loyale Angestellte. „Das sagt sie immer. Noch was?"

„Kieran ist vor etwa einer Stunde ins Bett gebracht worden, und der Babysitter ist gegangen. Das Babyfon liegt bei Greta in der Küche." Das war so mit Peggy verabredet gewesen. Der Babysitter musste noch andere Pflichten erledigen, und sie hatten sich auf diesen Kompromiss geeinigt, da man sich auf Kierans regelmäßigen Schlafrhythmus verlassen konnte. Die ältere Frau gehörte zu den wenigen Personen außerhalb der Familie, die bereit waren, sich ab und zu um den Jungen zu kümmern. Wie angenehm es war, ihren Sohn für ein paar Stunden der Obhut von jemand anderem zu überlassen. Das würde ab morgen nicht mehr möglich sein.

Aber so hatte sie es beschlossen.

Charlie klopfte Peggy auf die Schulter. „Hast du den schon

gehört, vom irischen Priester, der wegen überhöhter Geschwindigkeit auf der Euclid Avenue gestoppt wird? Also, der Polizist riecht die Alkoholfahne vom Pater und bemerkt die leere Weinflasche auf dem Boden, deshalb muss er ihn zur Rede stellen. ‚Pater, haben Sie getrunken?' fragt er. ‚Nur Wasser, mein Sohn', erwidert der Priester. Da zeigt der Polizist auf die Flasche. ‚Und was ist das hier, Pater?' Der Priester wirft die Arme hoch. ‚Jesus, Maria und Josef! Er hat's schon wieder getan!'"

Sie stöhnte. „Charlie, du bist die größte Nervensäge."

Er grinste und mischte sich wieder unter die immer zahlreicher werdenden Gäste.

Peggy ging sofort in die Küche. Greta kommandierte eine Gruppe von Cousinen und Stammgästen, die das Essen auf Platten anrichteten und es für den Empfang nach draußen zur Bar trugen. Hinter sich hörte Peggy die Vordertür ständig auf- und zugehen, und sie wusste, innerhalb kürzester Zeit würde es im Saloon aussehen wie am St.Patrick's Day.

„Alles in Ordnung hier?"

Greta sah auf, ihr rundes Gesicht glänzte vor Schweiß. „Hast du gewusst, dass Nicks Familie Essen mitbringt?"

Bevor Peggy sie in der Kirche gesehen hatte, war ihr nicht einmal bekannt gewesen, dass Nicks Familie überhaupt anwesend sein würde.

Greta wedelte mit der Hand nach hinten zu einem Stahltresen an der hinteren Wand. „Haufenweise davon. Sie haben's vor der Hochzeitszeremonie hier abgeladen. Seine Mutter hat mir noch Anweisungen gegeben, als wüsste ich nicht, wie man Essen aufwärmt. Warum hat mir das keiner gesagt? Ich hab eine ganze Woche gekocht."

„Kein Mensch wusste, dass sie kommen, Greta. Tut mir Leid. Aber ich kann dir garantieren, dass alles gegessen wird, was du vorbereitet hast. Bis zum letzten Krümel, und danach werden sie noch die Teller ablecken."

„Ein Manicotti, von dem du träumst. Würste und Paprika. Bouletten!" Greta verzog das Gesicht. „Und alles gut gelungen."

Peggy umarmte sie kurz. „Ehrenwort. Von den Donaghues wird jeder so viel essen, wie er wiegt, darauf kannst du zählen."

„Wehe, wenn nicht!"

„Keine Geräusche von oben?"

„Kein Pieps, und das Babyfon ist die ganze Zeit angestellt."

„Sag mir sofort Bescheid, wenn doch was kommt." Peggy hörte das charakteristische Plopp eines Sektkorkens und rannte raus in den Saloon hinter die Bar. „Sam, wer hat gesagt, du sollst die schon öffnen?"

Sam Trumball, ein weiterer treuer Stammgast, grinste sie schief an. Er war ein kleiner Mann mit chronischem Durst, der jeden Fremden innerhalb von zehn Sekunden dazu brachte, ihm einen Drink zu spendieren. „Jemand hat mich darum gebeten, ich weiß nicht mehr genau, wer."

Es gab gerade genug Sekt für eine gute Runde von Toasts auf das Paar, bevor die Torte angeschnitten wurde. Davor mussten die Gäste sich mit dem exzellenten Wein, den Niccolo ausgesucht hatte, Barrys Mixgetränken und dem besten Guinness von Cleveland zufrieden geben.

„Keine weitere Flasche", warnte sie ihn. „Nicht, bevor ich es dir gesagt habe. Sonst wird es nicht reichen."

„Ich dachte nur, ich prüfe nach, ob er die richtige Temperatur hat." Er hielt die Flasche hoch. „Möchtest du mal kosten?"

„Aber nur ein Glas, Sam, nicht mehr. Den Rest bring dann bitte …" Sie drehte sich um und zeigte auf einen Mann und eine Frau. „… zu den beiden da hinten. Das sind meine Tante Deirdre und mein Onkel Frank."

Er schien enttäuscht, nickte aber.

Der Wind draußen tobte immer lauter, und Peggy sah auf die Uhr im Saloon. „Ich hoffe, dass alle es hierher schaffen, bevor der Sturm richtig losgeht. Es regnet, dann hört es auf, dann regnet es wieder ...“

„Frühling in Cleveland.“ Sam zuckte die Schultern.

„Na ja, wenn erst mal alle hier sind, ist es ja egal.“ Sie blickte zur Tür, als Jon und Casey hereinkamen, gefolgt von einer Gruppe entfernter Verwandter.

Casey entdeckte sie und zeigte hinter sich, während sie ihr mit Zeichensprache signalisierte: „Sie kommen.“ Peggy verstand sofort. „Die Hochzeitsgesellschaft wird gleich eintreffen“, sagte sie zu Sam. „Denk dran, keine knallenden Korken, bevor ich das Zeichen dazu gebe. Versprochen?“

Casey bahnte sich einen Weg zur Bar, als Peggy sie zu sich winkte. „Wo ist Kieran?“

„Der schläft oben. Das Babyfon ist in der Küche.“

„Hier sind eine Menge Leute, die dir ihre Hilfe angeboten haben, Peggy.“

„Kieran braucht keine Menge Leute, Casey. Er benötigt nur Ruhe und meine volle Aufmerksamkeit.“

„Du weißt, dass du jederzeit hier wieder willkommen bist, sollte sich der Trip nach Irland als Flop rausstellen, nicht? Keiner wird dir vorhalten, dass er’s ja gewusst hätte.“

Die Tür wurde erneut geöffnet, und diesmal kamen Megan und Niccolo, angeführt von Rooney. Hinter ihnen zeigten sich die Familienmitglieder von Niccolo. Peggy wusste sofort, dass es sich um die Andreanis handelte, da sie die einzigen unbekannten Gesichter im Saloon waren.

„Benehmen sie sich auch anständig?“ fragte sie Casey. „Ich meine, Nicks Familie?“

„Sie sind entzückend. Seine Mom ist ein bisschen reserviert, so als wäre sie nicht ganz von der Sache überzeugt, aber die anderen sind fantastisch. Und erzählen können die. Mit den Geschichten, die ich auf dem Weg von Pittsburgh hierher gehört habe, könnte man ein Buch füllen. Vielleicht sind die Italiener und die Iren ja irgendwie verwandt? Sie werden sich jedenfalls mit allen gut verstehen."

„Und wie geht es Rooney?"

„Er ist hier, sagt das nicht alles? Und es sieht so aus, als hätte ihn Tante Deirdre unter ihre Fittiche genommen. Sie wird dafür sorgen, dass er was zu Essen bekommt, unterhalten wird und nichts trinkt."

Megan schob sich zu ihren Schwestern durch. Auf ihrem Weg wurde sie von allen umarmt und geküsst. „Andere Leute haben einen netten, ruhigen Empfang", stöhnte sie. „Ein Dinner am Tisch. Kammermusik …"

Wie auf ein Zeichen begann die Keltische Band zu spielen – der Leadsänger war ein Cousin zweiten Grades mütterlicherseits. Sofort verdoppelte sich der Lärmpegel.

„Andere Leute amüsieren sich nicht dermaßen!" Peggy umarmte sie. „Geht es dir gut?"

„Wir mussten am anderen Ende der Straße parken. Onkel Den meinte, der Parkplatz wäre schon voll und es gebe nicht mal mehr eine Lücke für das Hochzeitspaar."

Im Stillen dankte Peggy dem Bruder ihrer Mutter und vermied es, Casey anzusehen, aus Angst, dass sie sich verraten könnte. Sie fragte sich nur, wie lange es dauern würde, bis jemand in Gegenwart von Megan oder Nick den umgestürzten Baum erwähnte.

„Wer hat denn diese ganzen Leute eingeladen?" rief Megan.

„Du natürlich!"

„Niccolos Familie wird spätestens jetzt denken, er hat in ein Irrenhaus eingeheiratet!"

Peggy sah an Megan vorbei zu der Ecke, in der sich die Andreanis zuerst versammelt hatten. Doch dort standen sie nicht mehr. Sie hatten sich unter die anderen Gäste gemischt und machten den Eindruck, als würden sie sich glänzend unterhalten. Sogar Mrs. Andreani, die ein kleines, schwarzhaariges Mädchen auf dem Arm trug, schien lockerer geworden zu sein. Sie begegnete Peggys Blick und lächelte vorsichtig.

Als die Band gerade zwischen zwei Stücken eine kurze Pause machte, hörte Peggy, wie Greta nach ihr rief. „Oh, oh, ich gehe besser diesem Geräusch nach, wahrscheinlich ist Kieran eben aufgewacht."

„Was wirst du denn mit ihm machen?" wollte Megan wissen.

„Ich bringe ihn für einen Moment runter und sehe, wie er es packt. Wenn es ihm zu laut und chaotisch ist, nehme ich ihn wieder mit hoch. Es gibt genug Leute, die abwechselnd mal nach ihm sehen." Peggy drängelte sich Richtung Küche, aber bevor sie dort anlangte, wurde sie von ihrer Tante Deirdre aufgehalten.

„Ich kann es kaum fassen, dass du morgen wegfährst."

Peggy liebte ihre Tante. Deirdre Grogan war Rooneys Schwester, und sie und ihr Mann Frank hatten Peggy zu sich genommen, nachdem ihre Mutter gestorben und Rooney verschwunden war. Gleichzeitig hatte sich Deirdre trotz ihres Wunsches, das volle Sorgerecht für das Mädchen zu übernehmen, Megans Bedürfnis gegenüber, ein Mitspracherecht für die Belange ihrer kleinen Schwestern zu bekommen, sehr einfühlsam gezeigt. Es war für Deirdre nicht einfach gewesen. Sie war nett und geduldig, aber absolut gegen Peggys Entscheidung gewesen, mit Kieran nach Irland zu gehen.

„Ich mag diese Farbe", bemerkte Peggy in der Hoffnung, das Thema wechseln zu können. Deirdre war immer sehr dezent, teuer und geschmackvoll gekleidet. Heute trug sie ein olivgrünes Leinenkostüm, das ihr Haar, früher einmal in der gleichen Farbe wie Caseys, aber inzwischen weniger feurig, gut zur Geltung brachte.

„Bist du sicher, dass du es dir nicht anders überlegen willst, meine Liebe? Was weißt du denn letztendlich über diese Frau? Wer von uns hat schon irgendwas über sie gehört? Und wie können wir uns denn um Kieran kümmern, wenn du dich irgendwo in unbekannten Gefilden aufhältst?"

Peggy wusste, dass ihre Tante sich wirklich Sorgen machte, denn Deirdre war sonst immer sehr tolerant. Vor zwei Jahren, als Peggy ihr eröffnet hatte, dass sie schwanger sei und nicht beabsichtige, den Vater des Kindes zu heiraten, hatte sich Deirdre lediglich erkundigt, wie sie ihr helfen könne.

„Ich weiß genug über Irene Tierney, um die Reise zu riskieren", erwiderte Peggy. „Sie klang sehr warmherzig und angenehm, und sie brennt darauf, auch nur einen winzigen Teil ihrer Familie aus Amerika kennen zu lernen. Bis vor zwei Monaten hat sie nicht gewusst, dass wir existieren."

„Aber kommt dir das alles nicht merkwürdig vor? Sie ist über achtzig? Und sie hat dich übers Internet gefunden?"

„Ihr Arzt hat dafür gesorgt, dass sie einen Computer mit Internetanschluss bekommt, damit sie sich die Zeit vertreiben kann, wenn sie nicht aus dem Haus kommt. Auf diese Weise ist sie trotzdem mit der Außenwelt verbunden. Sie kann nicht mehr so oft raus. Und ich finde, es ist wundervoll, dass sie geistig so beweglich und interessiert ist und uns aufgespürt hat."

„Ich verstehe immer noch nicht, was sie will."

Peggy blickte zur Küche hinüber, wo Greta an der Tür stand und zur Treppe zeigte. Peggy machte ihr ein Zeichen, dass sie die Nachricht empfangen hatte. Sie wurde jetzt nervös, die ganz natürliche Reaktion einer Mutter, die wusste, dass sie von ihrem Kind gebraucht wurde. „Ich muss Kieran holen. Wir können später reden."

Deirdre blickte sie zerknirscht an. „Kann ich helfen? Soll ich denn vielleicht ..."

„Nein, aber vielen Dank. Amüsier dich. Ich bin gleich mit ihm unten."

Peggy fügte nicht dazu, dass sie vorhatte, sich Zeit zu lassen. Es gab ein Dutzend Familienangehörige, die sie im Laufe des Abends abfangen und über ihr ungewöhnliches Vorhaben zur Rede stellen würden, Tausende von Kilometern zu fliegen, um im ländlichen Irland bei einer Frau zu leben, die sie nicht kannte. Sie war nicht sehr erpicht darauf, jetzt einem von ihnen zu begegnen.

Der Luft in dem winzigen Apartment im oberen Stockwerk, das im späten Frühjahr normalerweise stickig war, hatte der starke Wind am Nachmittag gut getan. Peggy wusste schon, bevor sie die Schlafzimmertür geöffnet hatte, dass Kieran auf die dünne Gardine neben seiner Krippe starren würde. Obwohl das Fenster nur ein paar Zentimeter offen stand, flatterte der leichte Stoff mit jedem Windstoß, und Kierans Blick war sicher von dieser Bewegung angezogen. Er würde vielleicht sogar die Hand hin und her bewegen, um das Wehen des Vorhanges nachzuahmen. Wenn sich keine Gardine rührte, kein Uhrpendel hin und her schwang, kein Deckenventilator kreiste, dann hatte sie schon beobachtet, wie er mit dem Blick seiner Hand folgte, die er langsam vor und zurück bewegte, und das für eine Stunde, gebannt und beruhigt durch diese monotone, sinnlose Bewegung, während sie besorgt daneben saß.

Wenn sie nur diesem Mysterium, das Kieran Rowan Donaghue darstellte, auf die Spur käme.

Sie öffnete die Tür und fand ihre Vermutung bestätigt. Kieran war wach, aber er hatte sich nicht aufgesetzt. Ohne einen Laut von sich zu geben, lag er da und schwang seine Hand im gleichen Rhythmus vor und zurück, in dem sich der Vorhang bewegte.

Wenn Kieran in der Lage war, Glück zu empfinden, dann fühlte er sich in Momenten wie diesen am glücklichsten. Allein mit sich, mit niemandem, der etwas von ihm wollte, niemand, der seine volle Aufmerksamkeit forderte oder, noch schlimmer, Zuneigung. Niemand, der ihn aus seiner Isolation, die er suchte, herausholen wollte.

„Kieran?"

Er drehte sich nicht um, aber das wunderte sie auch nicht. Gehört hatte er sie trotzdem. Das merkte sie daran, wie sich sein kleiner Körper versteifte und die Hände aus dem Takt kamen. Sein Mund verzog sich, und er gab einen gequälten Laut von sich, wie ein Tier, das in die Enge getrieben wurde.

„Schätzchen, ich bin es, deine Mommy. Wie geht es meinem Kieran-Jungen?" Langsam ging sie auf sein Bett zu. Sie wusste, dass es keinen Zweck hatte, ihn zu sehr zu drängen, seine eigene Welt zu verlassen. Es war noch nicht so lange her, dass die Familienmitglieder über Kierans „Sensibilität" gescherzt hatten. Er würde sicher Künstler werden, ein Poet oder Musiker, ihr Kieran. Er wäre ein Träumer, der jüngste Donaghue. Er sehe die Welt mit anderen Augen, erlebte sie mehr von innen, ursprünglicher als die meisten anderen Kinder.

In diesen glücklichen Tagen, bevor die Krokusse und ersten Narzissen sich gezeigt hatten und dieser Frühling in Cleveland durch die Diagnose Autismus zu Peggys Albtraum geworden war.

„Kieran", sagte sie leise. „Kie-ran."

Schließlich wandte er sich zu ihr um. Auf seinem kleinen Engelsgesicht lag ein unglücklicher Ausdruck. Die weichen rotblonden Löckchen umrahmten seinen rosigen Teint. Seine blauen Augen leuchteten hell wie Sterne, aber was immer sich dahinter verbarg, das war Kierans Geheimnis.

„Deine Mommy ist hier", wiederholte sie säuselnd. „Mommy

liebt dich, und sie ist hier bei dir. Mommy wird nicht weggehen, mein Schatz. Kieran, mein Liebling.“

Er hob nicht den Arm. Lächelte nicht. Sein Körper, der im Schlaf so weich und schmiegsam gewesen war, hatte sich versteift. Dann drehte er das Gesicht wieder weg, hin zum geöffneten Fenster und der wehenden Gardine, und begann zu summen.

4. KAPITEL

So weit hatte Megan überlebt. Es war wie ein Geschenk für sie gewesen, dass Rooney an ihrer Seite erschienen war. Nie hätte sie erwartet, am Arm ihres Vaters den Gang nach vorn zu gehen, dem Mann entgegen, den sie liebte und der dort auf sie wartete. Niccolos Lächeln und Pater Bradys geduldige Stimme hatten ihr dann geholfen, die Zeremonie zu überstehen.

Und jetzt würden ihr hoffentlich Champagner und Guinness dabei behilflich sein, den Rest des Empfangs hinter sich zu bringen.

„Mein Wagen hat sich verabschiedet“, rief ihr Niccolo ins Ohr.

Für einen kurzen Moment verstand sie nicht, was er meinte. Der Civic war fast neu. Wenn er jetzt schon nicht mehr lief, war das ein schlechtes Omen.

„Ich glaube, jemand hat ihn weggeschafft, um ihn zu dekorieren“, fuhr er fort.

Eine leichte Röte überzog ihr Gesicht, der Fluch der Rothaarigen. Nach dem Empfang wollten sie und Niccolo nach Drummond Island im Michigan See zum Cottage eines Verwandten aufbrechen. Sie hatte sich eigentlich eine friedliche Fahrt, ohne großes Aufsehen zu erregen, vorgestellt.

„Wir halten am besten bei der ersten Autowaschanlage“, kündigte sie an.

Er grinste. Sie konnte sich nicht erinnern, Niccolo jemals glücklicher gesehen zu haben. Manchmal fragte sie sich, wie sie so jemanden wie ihn überhaupt verdient hatte, diesen Mann, der zu ihr gehalten hatte während ihrer Phase des Zweifelns, der Ängste und Neurosen.

„Ich würde dem Sturm gern ausweichen“, sagte Niccolo, „aber ich fürchte, wir fahren direkt rein.“

„Regnet es schon wieder? Vielleicht brauchen wir ja keine Autowäsche."

„Es gießt in Strömen. Ich bin ja an dieses merkwürdige Wetter gewöhnt, aber das ist wirklich der Wahnsinn."

Casey schob sich mit einem Teller voller Leckereien durch die Meute und reichte ihn Megan. „Du hast noch keinen Bissen zu dir genommen. Das hier ist sagenhaft. Sowohl die Andreanis wie die Donaghues haben sich übertroffen."

Megan stellte plötzlich fest, dass sie langsam am Verhungern war. „Und Nick?" Aber sie hätte sich keine Gedanken machen müssen. Im gleichen Moment sah sie, wie Jon ihn zur Bar schleifte, damit er sich seinen Teller füllte. Niccolos Bruder Marco half ihm dabei.

„Amüsierst du dich?" wollte Casey wissen.

Megan tauchte gerade in das köstlichste Manicotti ein, das sie je gekostet hatte. Sie fragte sich, ob Mrs. Andreani ihr wohl das Rezept verraten würde. Aber dazu müssten sie sich erst noch besser kennen lernen, wenn sie bedachte, dass Niccolos Mutter ja noch bis vor wenigen Stunden nicht einmal ihre Existenz zur Kenntnis hatte nehmen wollen.

„Nennt man so was amüsieren?" fragte Megan zurück.

„Du hast doch Spaß, oder?"

Einer ihrer Cousins blieb mit einem voll mit Guinness beladenen Tablett neben ihr stehen, und Megan nahm sich einen Halben, während sie wieder mit Glückwünschen überschüttet wurde. „Wie soll ich denn essen und das gleichzeitig halten?"

„Ich nehm's solange." Casey griff nach dem Bier.

„Mir geht's ganz gut", erwiderte Megan schließlich.

„Alle freuen sich so, dass du Nick geheiratet hast."

Megan hätte nie gedacht, dass der Donaghue-Clan einen so außerordentlichen Geschmack besaß. „Nick meint, sein Auto wäre verschwunden?" Sie beobachtete ihre Schwester. „Casey? Ich glaube, dieser Gesichtsausdruck gefällt mir gar nicht."

„Was hat Nick genau gesagt?"

„Dass ihn wahrscheinlich jemand geholt hat, um ihn zu schmücken."

„So was machen die Leute doch bei Hochzeiten, oder?"

„Du weißt doch sicher mehr darüber."

„Es gibt gute und schlechte Momente, um über Überraschungen zu reden."

„Und es gibt gute und schlechte Überraschungen."

Die Band begann gerade „Cockles and Mussels" zu singen, und über ihrem Kopf flatterte der weiße Tüll im Zugwind, als jemand die Eingangstür öffnete. „Ich hoffe doch wirklich, dass das keine schlechte wird", fuhr sie lauter fort, um den Lärm zu übertönen. „Sag mir einfach, was ihr mit dem Wagen angestellt habt: Seife auf den Scheiben, Schuhe an der Stoßstange, was auch immer schnell wieder beseitigt werden kann, sobald wir außer Sichtweite sind."

Peggy erschien mit Kieran auf dem Arm. „Wer ist außer Sichtweite?"

Megan zog sich das Herz schmerzhaft zusammen, wie immer, wenn sie ihren Neffen sah. „Hallo, Kiddy."

Sie versuchte möglichst leise zu sprechen, auch wenn sie dabei kaum noch zu verstehen war. Kieran reagierte empfindlich auf jede Art von Lärm oder Durcheinander, und jetzt, inmitten dem Trubel, sah er sie an wie eine Fremde, obwohl Megan ihn so oft gefüttert, auf den Knien gewiegt und auch seine Windel gewechselt hatte.

Nach der Geburt war er vollkommen normal erschienen. Noch während seiner Säuglingszeit hatte Peggy ihre medizinische Ausbildung begonnen, und der Kleine war liebevoll von den anderen Familienmitgliedern versorgt worden, die sich nur zu gern um ihn gekümmert hatten, während Peggy studierte. Aber egal wie viel Zeit sie mit ihm verbrachten, Kieran schien sie nie wiederzuerkennen.

Peggy strich ihm mit den Fingerspitzen die rotblonden Locken zurück. „Versuch doch mal Hallo zu sagen“, bat sie Megan.

„Hallo“, begrüßte sie ihn.

Kieran starrte sie an, sein Engelsgesicht war ausdruckslos, dann blickte er auf einen Punkt hinter ihr. Megan drehte sich um, weil sie sehen wollte, was sein Interesse geweckt hatte, und entdeckte die Reflexion ihres wehenden Tüllschleiers im Spiegel hinter der Bar.

„Hallo“, sagte sie noch einmal.

Kieran achtete nicht auf sie. Er schien von der Bewegung hinter ihr wie hypnotisiert. Gerade als sie von etwas anderem sprechen wollte, grinste er schief und streckte die Hände nach dem Spiegel aus. „Hal-lo.“

Peggy machte ein enttäuschtes Gesicht. „Na ja, besser als gar nichts.“

„Er ist noch nicht mal zwei“, bemerkte Casey. „Jungs fangen erst später an zu sprechen als Mädchen.“

„Aber die meisten Jungen kennen den Unterschied zwischen tanzenden Lichtreflexen im Spiegel und ihrer Lieblingstante“, entgegnete Peggy gelassen. „Nun, das wird sich ändern. Wenn du ihn das nächste Mal siehst, wirst du von seinen Fortschritten überrascht sein.“

Megan wollte schon widersprechen. Am liebsten hätte sie ihre Schwester geschüttelt, damit sie Vernunft annahm. Nachdem Peggy von Kierans Krankheit erfahren hatte, hatte sie ihr Medizinstudium unterbrochen, sich vielleicht für immer von ihrem Lebenstraum verabschiedet, um sich voll und ganz ihrem Sohn zu widmen. Jetzt nahm sie Kieran mit nach Irland, um dort bei einer entfernten Cousine zu wohnen, von deren Existenz die Familie bis vor zwei Monaten nicht einmal etwas gewusst hatte. All das, um ihn irgendwie zu einem „normalen“ Kind zu erziehen.

Unglücklicherweise war Peggy die einzige Donaghue, die damit den richtigen Kurs zu verfolgen glaubte.

„Er kommt mir ziemlich forsch vor, dafür, dass um ihn herum so ein Chaos herrscht“, bemerkte Casey.

Megan wusste, dass Casey die Unterhaltung in andere Bahnen lenken wollte, und sah ein, dass es eigentlich auch egal war. Peggy hatte ihren Entschluss gefasst, und jede Diskussion war zwecklos.

„Ich versuche mal, ob er was isst, dann gehe ich mit ihm hoch in sein Zimmer, damit er ein bisschen Ruhe hat. Zum Tortenessen kommen wir dann wieder runter.“

Megan und Casey beobachteten, wie sie sich langsam ihren Weg Richtung Bar bahnte.

„Ich kann es immer noch nicht glauben, dass sie nach Irland zieht“, bemerkte Megan.

„Iss deinen Teller leer. Die Band spielt sich schon warm und bringt bald was Fetziges zum Tanzen, das heißt natürlich, dass du dran bist.“

Megan stöhnte auf. „Du kannst sie nicht davon abbringen?“

„Sie spielen umsonst, schon vergessen?“

„Gib mir das Guinness, bitte.“

Oben setzte Peggy den Jungen mit einer Decke und einer Menagerie von Stofftieren auf den Wohnzimmerteppich. Ihr Apartment war einfach, aber praktisch. Und das Beste: Die bescheidene Miete wurde durch ihren Anteil am Gewinn der Kneipe beglichen. Der Whiskey Island Saloon befand sich seit seiner Entstehung vor mehr als einem Jahrhundert im Besitz der Familie Donaghue. Die drei

Schwestern waren gleichberechtigte Partnerinnen, und obwohl im Moment Megan dafür sorgte, dass die Getränke flossen und das warme Essen nicht ausging, leisteten Peggy und Casey auch ihren Beitrag.

„Morgen werden wir mit dem Flugzeug reisen", erzählte sie ihrem Sohn.

Er blickte nicht auf. Monatelang, vor den vielen Tests, die Kierans Problem genau auf die Spur kommen sollten, hatte sie sich Sorgen gemacht, ob der Kleine nicht richtig hören konnte. Auf Autismus war sie damals nicht gekommen, deshalb war sie auf die Diagnose auch nicht vorbereitet gewesen.

Der Tag, an dem sie von der Krankheit ihres Sohnes erfahren hatte, würde für immer in ihrem Gedächtnis haften bleiben.

„Autistische Störung", hatte der Spezialist unbeteiligt gesagt, als spreche er von einer Erkältung. „Eine gemäßigte Form, nehmen wir an, obwohl es etwa nicht so einfach festzustellen ist, wie man denken könnte. Es gibt wirklich ein weites Spektrum, Miss Donaghue. Normalerweise können die Betroffenen Emotionen anderer Menschen nicht verstehen. Sie haben Probleme mit der Sprache und Kommunikation, und oft fixieren sie einen Gegenstand oder beobachten Bewegungen. Die Prognose hängt von vielen Faktoren ab. Der Schlüssel ist eine rechtzeitige Behandlung. Aber ich muss Sie warnen, der Aufwand an Zeit und Kosten kann enorm sein."

Peggy ließ sich neben Kieran auf dem Boden nieder und setzte sich in den Schneidersitz. „Wir werden ganz hoch in die Luft steigen, mitten in die Wolken. Und ich werde die ganze Zeit bei dir sein. Nur Mommy und Kieran."

Er zupfte an den Filzaugen eines Teddybärs. Nie hielt er seine Stofftiere im Arm und knuddelte sie. Stattdessen suchte er eine Stelle zum auseinander pflücken und konnte sich lange Zeit ununterbrochen damit beschäftigen, bis er müde wurde und sich nur noch hin und her wiegte.

„Dann werden wir in Irland ankommen“, redete sie weiter. „Und Mommy wird ein Zimmer für dich bei der Cousine Irene einrichten. Da haben wir Spielzeug und Spiele, und du wirst viel lernen. Da bin ich ganz sicher. Und wenn wir nach Cleveland zurückkommen, kannst du sprechen und auch jemanden ansehen und ...“

Er blickte auf. Die Gardinen am Wohnzimmerfenster raschelten und erweckten seine Aufmerksamkeit. „Hal-lo.“

Sie zog ihn an sich, obwohl er bei ihrer Berührung leise wimmerte. „Du wirst jede nur erdenkliche Chance bekommen“, sagte sie entschlossen. „Und wenn ich deshalb bis zum Mars fliegen müsste!

Vier der Steine-Kids entdeckten ein unberührtes Tablett mit Guinness und verdrückten sich damit in den Lagerraum, um ihre Privatparty zu veranstalten. Casey erwischte sie noch vor Niccolo und konfiszierte den schwer erkämpften Schatz.

Marco, seine Frau Paula und deren zwei Töchter zeigten eine Dia-Show an einer der Saloonwände mit Fotos von Niccolo als kleinem Jungen. Um dem in nichts nachzustehen, fesselte dafür Onkel Den eine Gruppe von Bewunderern mit einer Geschichte nach der anderen über die drei Schwestern, als sie noch klein gewesen waren.

„Um Himmels willen, lasst uns bloß endlich mit den Toasts beginnen“, stöhnte Megan. „Noch viel mehr von der Sorte werde ich nicht überleben.“

„Kopf hoch“, sagte Peggy. „Du heiratest nur einmal.“

„Kannst du nicht Kieran und Tante Dee runterholen? Ihr müsst alle anwesend sein, wenn wir die Torte anschneiden.“ Peggy hatte

Kieran vor einer Stunde oben im Apartment gelassen. Jetzt saß Deirdre bei ihm und verabschiedete sich.

„Meinst du wirklich, es ist so weit?“

Niccolo gesellte sich zu ihnen. „Wisst ihr, wenn wir jemals vorher diese ganzen Andreanis und Donaghues in einen Raum gepackt hätten, wären wir wahrscheinlich zu ängstlich gewesen, unsere Gene zu vermischen. Könnt ihr euch vorstellen, dass unsere Kinder beide Anlagen mitbekommen?“ Er schüttelte den Kopf.

Megan konnte sich überhaupt nicht vorstellen, mit ihm ein Baby zu haben. Sie wusste, dass Niccolo am liebsten sofort Nachwuchs bekommen würde. Zögernd hatte sie zugestimmt, irgendwann Kinder einzuplanen, aber nicht in nächster Zukunft. Die Ehe an sich würde zunächst einmal genug Prüfungen und Schwierigkeiten bereithalten.

„Kannst du schon mal alle in den hinteren Teil des Saloons bitten?“ fragte sie ihn. „Ich glaube nicht, dass ich noch mehr von dem hier überstehe.“

„Du hast doch Spaß.“ Er lehnte sich vor und küsste sie. Sofort begannen einige zu klatschen.

„Ich würde gern hier wegkommen, bevor es dunkel wird“, sagte sie lächelnd.

„Nicht gucken, aber es ist doch schon den ganzen Nachmittag dunkel.“

„Du weißt, was ich meine.“

„Ich werde sie zusammentreiben. Aber glaub nicht, dass das hier bald ein Ende hat.“

„Von mir aus können sie bis in die Puppen feiern, aber wir beide verschwinden, sobald die Torte serviert ist.“

„Leere Versprechen.“ Er zwinkerte Peggy zu, bevor er sich davonmachte, um die Gäste zur Hochzeitstorte hinüberzulocken.

Megan sah zu, wie Niccolo seine Aufgabe erstaunlich schnell bewerkstelligte. Auf ihren Vorschlag hin hatten sie die Torte im hinteren Teil des Saloons präsentiert. Vorhin hatte sie versucht, in die Küche zu gelangen, um sich davon zu überzeugen, dass alles fertig zum Anschneiden und Servieren war, aber man hatte sie hinausmanövriert. Den ganzen Tag war eine Verschwörung im Gang gewesen, um sie so weit wie möglich von der Küche fern zu halten.

Als wenn sie versucht hätte, ihren eigenen Hochzeitsempfang an sich zu reißen.

Casey gesellte sich zu ihnen. „Ist es schon so weit? Kannst du denn Kieran runterholen?“ fragte sie Peggy.

„Vielleicht, nachdem er jetzt ein bisschen Ruhe gehabt hat. Aber ich kann nicht garantieren, dass er keinen Wutanfall bekommt.“

„Den kriegen alle Zweijährigen mal ab und zu“, sagte Megan. „Du hast sicher auch deinen Anteil gehabt.“

„Du solltest dich daran gewöhnen, dass er nicht einfach irgendein Zweijähriger ist, Megan“, entgegnete Peggy. „Alles andere hilft ihm nicht weiter.“

Megan wusste, dass ihre Schwester Recht hatte. Zuerst war es Peggy selbst schwergefallen, die Krankheit ihres Sohnes zu akzeptieren, aber schließlich hatte sie sich darauf eingestellt. Megan befand sich immer noch in der Phase der Verdrängung. „Ich liebe ihn. Ich liebe dich. Ich will keinen von euch beiden verlieren.“

Peggy küsste sie auf die Wange. „Das wirst du auch nicht. Ich hole ihn jetzt.“

„Und ich helfe Nick“, sagte Casey. „Er hat es fertig gebracht, dass sich alle in Bewegung setzen. Womit hat er denn nur alle dazu verlocken können, so schnell zum hinteren Teil des Saloons zu gehen? Mit Torte oder Champagner, was meinst du?“

Megan befand sich nur wenige Meter von Niccolo entfernt, als das Gebäude zu beben begann. Einen kurzen Moment dachte sie, die Band hätte ihre Lautsprecheranlage aufgedreht, um sich die Aufmerksamkeit der Gäste zu sichern. Aber der Krach klang nach mehr als ein paar lautstarken Bässen, eher schon wie ein Schnellzug, der durch die Mauern raste.

Erneut wurde der Saloon erschüttert. Eine Frau schrie auf, und Megan registrierte den alarmierten Gesichtsausdruck der Gäste um sie herum. Dann, als sie Niccolo entdeckte, der sich durch den Pulk von Leuten zu ihr vorkämpfte, schwankte der Boden ein weiteres Mal, das Getose wurde ohrenbetäubend, und plötzlich krachte die Vorderfront des Hauses nach innen.

Viele schrien auf, als ein weiteres Zittern durch das Gebäude ging. Gläser an der Bar fielen scheppernd zu Boden, und ein Loch von der Größe eines Kinderplanschbeckens öffnete sich zu ihrer Linken. Gips rieselte herunter, dicht gefolgt von Wasser. Der Krach und das Beben endeten.

„Megan!" Niccolo zog sie in seine Arme, als er zu ihr durchgedrungen war. „Alles in Ordnung bei dir?"

„Was …" Sie konnte kaum atmen und schnappte nach Luft. Ihre Beine fühlten sich an wie Gummi, und sie klammerte sich an ihn. Alle um sie herum schoben sich hektisch an ihr vorbei zum anderen Ende des Raumes.

„Immer mit der Ruhe. Es ist alles okay." Er strich ihr übers Haar, aber seine Hand zitterte.

Endlich konnte sie wieder normal durchatmen. „Was …"

„Ein Tornado, er hat einen Teil des Daches runtergerissen. Verdammt, wir sind Idioten. Keiner hat auf die Sturmwarnungen gehört. Ich …"

„Nick!" Casey kam zu ihnen gestürzt. „Wo ist Jon?"

Niccolo ließ Megan los. „Er war im hinteren Teil. Ich muss sehen, was für Schaden entstanden ist. Und meine Familie suchen."

Megan folgte ihm. Sie wusste, dass er überprüfen wollte, ob

jemand noch immer im vorderen Raum gewesen war und sich beim Einsturz der Mauer verletzt hatte. Der Anblick, der sich ihr bot, raubte ihr fast erneut den Atem. Das Dach über dem vorderen Viertel des Gebäudes war heruntergestürzt und hatte den Eingang vollkommen verbarrikadiert. Der Schutt, der sich davor auftürmte, war hüfthoch. „O mein Gott!"

Casey zog sie schnell zur Seite. „Bleib weg da, geh bloß nicht näher ran."

Jon tauchte neben ihnen auf. „Geht nach hinten, wo die anderen sind. Bitte. Es ist sicherer."

„Und wenn jemand ..." Megan wagte nicht, den Gedanken zu Ende zu denken.

„Die meisten waren schon hinten und haben sich um die Torte versammelt. Wenn wir Glück haben ... Helft uns einfach, den Rest der Gäste nach hinten zu bringen. Wir zählen alle einzeln durch. Macht ihr das mal?"

Jon hatte Recht. Dicke Staubwolken schwebten im Saloon und erschwerten die Sicht. Aber nichts deutete daraufhin, dass sich irgendjemand gerade ganz vorn befunden hatte, als die Mauer eingebrochen war.

Casey begleitete bereits ein paar Gäste nach hinten. Einer von den Steine-Kids hielt sich den Kopf, aber Megan stellte fest, dass er sich nicht schwer verletzt hatte und ohne Hilfe gehen konnte. Eine von Marcos Töchtern blutete an der Wange, jedoch nicht besonders stark. Niccolos Mutter hatte den Arm um ihren Vater gelegt und stützte ihn. Als Megan sich umdrehte, sah sie, wie Peggy sich mit der Tür zum Apartment abmühte, und ihr fiel ein, dass Kieran mit ihrer Tante dort oben war.

Inmitten des ganzen Chaos schaffte es Peggy schließlich, die Tür aufzureißen, und sie verschwand im Treppenaufgang. Im hinteren Teil des Hauses schien man sicher zu sein, aber was, wenn dies nicht für den ersten Stock zutraf? Was war, wenn die obere Etage, die praktisch auf dem Saloondach saß, weggefegt worden war? Das Apartment befand sich im hinteren Teil, aber …

Megan stolperte vorwärts und zeigte einem Großonkel, der etwas desorientiert schien, den Weg. Als sie sicher sein konnte, dass er in die richtige Richtung lief, ging sie zum Aufgang, der zum Apartment hoch führte.

„Peggy?“ Sie rief nach ihrer Schwester, während sie die Treppe hochstieg. Die Stufen schienen sicher zu sein. Oben sah alles aus wie immer. „Peggy! Tante Dee!“

Die Tür am letzten Treppenabsatz stand offen. Megan gelangte ohne Weiteres zum Apartment und fand dort Peggy und ihre Tante vor, die sich verängstigt umarmten. Kieran schreiend dazwischen.

„Gott sei Dank.“

„Das Schlafzimmer ist ein Trümmerhaufen“, sagte Deirdre beherrscht. „Die Fensterscheibe ist zerbrochen, überall liegt Glas. Aber Kieran und ich waren hier.“

„Lasst uns runtergehen. Wir können durch die Küchentür nach draußen. Der Vordereingang ist ein Albtraum.“

„Nein, wir kommen hinten nicht durch“, sagte Peggy. „Der hintere Ausgang ist blockiert.“

Megan wusste, dass sie nicht klar denken konnte, aber jetzt war sie vollkommen durcheinander. „Woher weißt du das? Du bist doch direkt nach oben gegangen.“

„Heute Morgen ist ein Baum gegen die Hintertür gestürzt, Megan. Direkt auf Nicks Wagen. Wir haben seinen Civic da hinten geparkt, um ihn zu schmücken. Und der alte Ahornbaum ist genau auf sein Dach gekracht. Keiner wollte euch was sagen, bevor wir's nicht unbedingt mussten. Wir wollten euch nicht das Fest verderben …“

„Ich denke mal, das habt ihr nicht.“

„Tut mir Leid."

Im Moment schien der Verlust des Wagens belanglos. „Nicks Auto wird wohl nicht das einzige in Cleveland sein, das in dem Sturm zu Schaden gekommen ist. Geht es Kieran gut?"

„Er hat eben Angst. Wir haben alle Angst." Peggy küsste ihn aufs Haar.

„Tante Dee?"

Deirdre richtete sich gerade auf. „Lasst uns runtergehen. Hast du deinen Onkel gesehen?"

Megan versuchte sich zu erinnern, ob sie Onkel Frank irgendwo begegnet war. „Nein. Tut mir Leid. Aber es scheint sich keiner ernsthaft verletzt zu haben." Sie dachte an das eingestürzte Dach vor dem Saloon und was sich darunter befinden könnte. „Nick und Jon haben gerade alles überprüft, als ich nach oben kam."

„Ich denke, wir sollten so schnell wie möglich runtergehen." Deirdre klang jetzt nicht mehr so ruhig, und Megan vermutete, dass ihr langsam bewusst wurde, was passiert war.

Sie gingen zur Treppe, Megan zuerst, Peggy mit Kieran direkt hinter ihr, gefolgt von ihrer Tante.

Niccolo wartete am Treppenabsatz schon auf sie und sah erleichtert aus, als sie erschienen. „Ich glaube nicht, dass irgendjemand unter dem Schutt begraben ist", sagte er leise. „Es gibt keine Anzeichen dafür, dass sich einer so dicht an der Stelle aufgehalten hat. Ein paar Leute sind durch herumfliegenden Putz verletzt worden. Ein paar Kratzer und Prellungen, aber nichts Lebensgefährliches. Wir zählen gerade alle durch."

„Nick, es gibt keinen Ausgang." Megan trat zur Seite, um Peggy und ihre Tante vorbeizulassen. „Ein Baum blockiert die Küchentür."

„Hat Jon mir schon erzählt."

„Vielleicht ist es besser, wenn wir so lange hier drinnen bleiben, bis die Feuerwehr uns befreit. Da draußen muss es genauso schlimm sein wie hier. Heruntergefallene Stromleitungen, umgestürzte Bäume. Wenn keiner von uns ernsthaft verletzt wurde …"

„Megan, ein paar Leute meinen, sie hätten Gas gerochen."

Wieder schnürte sich ihr die Kehle zu. Sie ärgerte sich über sich selbst, dass sie sich so schnell verängstigen ließ.

„Immer ruhig", sagte er, als er bemerkte, dass sie keine Luft zu bekommen drohte. „Ganz locker lassen, denk nicht ans Atmen …"

Sie gab sich die größte Mühe. Dann ließ das Schwindelgefühl nach, und sie konnte wieder atmen. „Warum sind wir denn so dumm? Wir hätten doch das Radio anschalten müssen. Wie kommt es, dass uns keiner gewarnt hat?"

Nick erwiderte nichts darauf und begann ihre Möglichkeiten aufzuzählen. „Wir kommen vorne nicht raus. Das Dach ist zu unsicher. Wenn wir anfangen, den Schutt wegzuräumen, könnte noch mehr runterfallen und jemanden ernsthaft verletzen oder vielleicht sogar umbringen."

„Wir haben vor zwei Jahren nach dem Autodiebstahl eine Stahltür in der Küche angebracht. Die können wir unmöglich aufbrechen, nicht mit dem Wagen und dem umgestürzten Baum davor."

„Gibt es irgendwelche weiteren Ausgänge? Irgendwas, von dem ich nichts weiß?"

Sie dachte angestrengt nach. Es waren nirgends Fenster an den Gebäudeseiten. „Das Küchenfenster?"

„Zu klein für die meisten von uns, und außerdem blockiert. Der Baum hat volle Arbeit geleistet."

Jetzt verstand sie auch, warum niemand sie in die Nähe der Küche gelassen hatte.

„Zur Not könnten wir die kleineren Kinder da rauslassen", fuhr sie fort.

Megan hatte sich oft vorgestellt, ein Panoramafenster über dem Arbeitstisch zu haben. Ständig hatte sie sich geschworen, es eines Tages einzubauen, auch wenn der Ausblick nicht gerade atemberaubend war und sie ein paar Stützbalken würde einbauen müssen. „Die Feuerwehr ist bestimmt schon unterwegs", sagte sie.

„Ich fürchte, so schnell sollten wir nicht mit denen rechnen. Wir sind garantiert nicht der einzige Fall."

„Im Dach ist ein riesiges Loch."

„Keine Hilfe."

„Der Gasgeruch wird doch nicht schlimmer, oder? Selbst wenn irgendwas undicht ist, wird es sich verteilen."

„Ich möchte es lieber nicht rausfinden."

„Ist die Telefonleitung ..."

„Tot. Und bisher scheint kein Handy zu funktionieren. Der Sendeturm ist womöglich zusammengebrochen, oder das System ist überlastet, weil alle telefonieren."

Jon gesellte sich zu ihnen. „Rooney ist verschwunden."

Megan sah zu Niccolo. „Bist du ihm vor Kurzem begegnet? Erinnerst du dich? Als ich ihn das letzte Mal gesehen habe, hatte ihn Tante Dee unter ihre Fittiche genommen, aber die war oben bei Kieran, als der Tornado einbrach."

„Er war mit Onkel Frank zusammen", sagte Jon.

„Ist Onkel Frank ..."

„Ihm geht es gut. Aber er hat Rooney nach dem Tornado aus den Augen verloren."

„Waren sie im vorderen Teil?"

„Nein, hinten. Er ist bestimmt in Sicherheit, aber einfach verschwunden."

„Wird sonst noch jemand vermisst?" erkundigte sich Niccolo.

„Nicht dass wir wüssten. Es sei denn, jemand war hier, den niemand kannte."

Megan dachte hektisch nach. „Wo könnte Rooney hingegangen sein?"

„Oben?" schlug Jon vor.

„Nein, da kommen wir gerade her. Vielleicht versteckt er sich irgendwo. In der Küche oder hinter der Bar?"

„Haben wir alles abgesucht."

„Abstellraum?"

„Auch."

„Der Keller", sagte Megan. „Hat einer denn im Keller nachgesehen?"

Die Tür befand sich – unpraktischerweise – in der Speisekammer. Der Keller war klein, feucht und unfreundlich und wurde nur zur Lagerung von Bierfässern oder zeitweise für Konserven benutzt.

„Ich kann mir nicht vorstellen, dass er da runtergegangen ist", sagte Jon. „Weiß er denn überhaupt noch, wo der Keller ist? Ich jedenfalls nicht."

„Es ist nicht so leicht nachzuvollziehen, an was er sich erinnert und an was nicht. Aber der Saloon war für lange Zeit sein Leben. Er kennt hier jeden Winkel."

„Ich werde es mal überprüfen." Jon wandte sich ab, aber Megan hielt ihn zurück.

„Nein, lass mich das machen."

„Ich komme mit", sagte Nick sofort.

„Solltest du nicht mit Jon hier bleiben und abchecken, was man tun könnte?"

„Es dauert ja nur einen Moment."

Sie drängten sich durch den Pulk von Gästen Richtung Küche. Megan war beeindruckt, wie ruhig sich alle verhielten. Sie hörte leises Weinen, und einige husteten wegen der staubigen Luft, aber keiner brach in Panik aus. Sie tröstete einige von ihnen, so gut sie konnte, und versprach, dass sie bald eine Lösung für das Problem hätten. Als sie in der Küche ankam, bemerkte sie sofort den alten Ahornbaum vor dem Fenster, die schweren Äste wie Arme nach oben in den Himmel ausgestreckt. Greta und eine Küchenhilfe warteten auf sie.

„Ich hab keine Ahnung, warum diese Scheibe noch ganz ist, aber so ist es“, bemerkte Greta. „Sollen wir das Glas rausbrechen?“

„Noch nicht.“ Megan konnte sich nicht vorstellen, dass jemand auf diesem Weg nach draußen käme. Vielleicht wäre es groß genug für ein kleines Kind. Aber niemand wusste, was einen da draußen erwartete. Im Moment war es besser, alle zusammenzuhalten. „Greta, warst du die ganze Zeit hier? Seit dem Tornado?“

„Ich bin kurz danach in den Saloon gerannt. Wie alle. Um zu sehen, was passiert ist.“

„Du hast nicht beobachtet, wie Rooney hier reinkam, oder?“

„Ich hab nicht darauf geachtet.“ Greta klang zerknirscht, so als würde sie sich vorwerfen, nicht die ganze Zeit während des Unglücks die Nerven behalten zu haben.

Megan kämpfte gegen aufkommende Panik an. „Ich rieche Gas“, sagte sie. „Ziemlich schwach, aber es ist da.“

„Der Herd ist ausgeschaltet. Und ich habe die Sparflamme gelöscht“, sagte Greta. „Das war das Erste, wonach ich gesehen hab, als ich wieder hier reinkam.“

„Wir werden die Heizung überprüfen, wenn wir unten sind, aber die ist ziemlich neu, oder?“ fragte Niccolo.

„Vom letzten Winter.“

„Dann sollte sie eine Sicherheitsschaltung haben. Das ist wahrscheinlich nicht der Auslöser.“

„Lass uns nach Rooney sehen. Eins nach dem anderen.“ Megan legte Greta die Hand auf die Schulter. „Du hältst hier die Stellung, ja?“

„Wir haben saubere Handtücher und auch Wasser. Damit werden wir den Leuten so gut wir können helfen."

Megan ging zur Speisekammer. Der Keller wurde so selten genutzt, dass die Tür teilweise mit Lebensmittelkisten voll gestellt war, um jeden Zentimeter des Raumes auszuschöpfen. Für den Saloon hatte sie schon immer mehr Stauraum benötigt. Jetzt war das aber wohl das kleinste Problem.

„Ich nehme an, dass er hier durchkommen konnte, ohne was zur Seite zu schieben", sagte sie und zeigte auf die Kartons. „Wenn er hier rübergestiegen ist, die Tür ein Stück geöffnet und sich durchgequetscht hat."

„Der Strom ist ausgeschaltet, da unten gibt es also kein Licht."

„Wir haben immer ein paar Taschenlampen auf einem Regal im Treppenaufgang. Ich geh nie ohne eine da runter, weil ich zu viel Angst hab, bei Stromausfall im Dunkeln dazustehen."

„Wir werden kurz nachsehen."

„Ich hatte vor, unsere Versicherungssumme zu erhöhen", bemerkte Megan, während sie zusammen ein paar Kisten beiseite schoben, sodass die Tür ein Stück weiter aufging. „Ich hab einfach nie genug Zeit gehabt, um mich mit unserem Versicherungsvertreter zusammenzusetzen."

„Denk jetzt nicht an so was."

„Ich wette, als du geschworen hast, in guten wie in schlechten Tagen zu mir zu halten, hast du nicht daran gedacht, dass der Allmächtige da oben dich so bald wegen des letzten Teils beim Wort nimmt."

„Megan, das hier ist der erste Teil. Es ist ein Wunder, dass niemand dabei umgekommen ist. Wenn der Wirbelwind uns direkt getroffen hätte, wäre das gesamte Gebäude mit uns allen weggeflogen. Wir haben wahrscheinlich nur den winzigsten letzten Ausläufer mitbekommen."

Da musste Megan ihm wirklich zustimmen. Es war nicht übertrieben, das als Wunder zu bezeichnen, besonders wenn die Feuerwehr schnell zu Hilfe kam und den Ausgang frei räumte.

Sie drängte sich vor ihn. „Lass mich lieber zuerst gehen. Ich kenne die Räumlichkeiten. Die Taschenlampe werde ich im Dunkeln finden."

„Ich sehe Licht da unten." Nick trat zur Seite.

Megan war erleichtert. Licht hieß, dass Rooney im Keller war. Sie fürchtete nur, dass sie ihn in schlechter Verfassung vorfanden.

Sie tastete die Wand nach dem Regal ab, wo gewöhnlich die Taschenlampen lagen, und griff nach einer, die sie anknipste, um den Weg zu beleuchten. „Rooney!" rief sie. „Keine Angst. Nick und ich kommen runter und holen dich."

Sie stieg die Stufen hinab und hielt den Lichtstrahl nach vorn gerichtet, so dass Nick ebenfalls sehen konnte. Als sie halb unten waren, erblickte Megan ihren Vater schon, der mit den Fäusten gegen eine Holzwand hämmerte. Rooney war ziemlich schmal und – wie sie feststellen musste – blasser als gewöhnlich. Sie fragte sich, ob er tatsächlich glaubte, dass er mit seinem Leichtgewicht etwas an der Mauer des Saloons ausrichten konnte.

„Er muss in Panik sein", flüsterte sie Niccolo zu. Sie ging schneller und hoffte, dass ihr frisch gebackener Ehemann trotzdem noch genug sehen konnte. Unten stellte sie sich neben Rooney.

„Hey, Rooney, ist schon gut. Die Feuerwehr wird bald eintreffen. Dann holen sie uns hier raus. Aber du solltest mit Nick und mir hochkommen und nicht allein hier unten bleiben."

Rooney drehte sich um und musterte sie. Er sah nicht so aus, als wäre er besonders ängstlich. Eigentlich machte er eher den Eindruck, als fühlte er sich durch ihre Einmischung gestört. „Hier irgendwo."

Megan wusste oft nicht, was ihr Vater genau meinte. Es hatte mal Phasen gegeben, als fast alles, was er sagte, für sie ein Rätsel gewesen war. In der letzten Zeit allerdings hatten die ganzen Veränderungen in seinem Leben sich positiv auf seine Konstitution ausgewirkt. Es gab richtige Gespräche zwischen ihnen, bei denen sie sich gegenseitig auch tatsächlich verstanden. Sie fürchtete nur, im Moment würde es weniger erfreulich ablaufen.

„Ja, du bist hier", sagte sie. „Aber es wäre besser, wenn du nach oben kämst."

Er sah sie an, als wäre sie wieder ein kleines Mädchen. „Kein Ausgang."

„Jetzt vielleicht nicht, aber die Feuerwehr ..."

„Kein Ausgang da." Er schüttelte den Kopf und zeigte nach oben. Er blickte sie fast verärgert an, weil sie ihn nicht verstand.

„Nein, aber es wird bald einen geben."

Er wandte sich wieder um und hämmerte mit den Fäusten gegen die Wand. Megan erinnerte das an einen Gefangenen, der gegen seine Zellentür schlug. „Rooney, das wird uns kaum helfen. Komm mit nach oben, ja?"

„Suchst du was?" mischte sich Niccolo jetzt ein.

Megan wünschte, er würde sich da raushalten. Sie befürchtete, dass er Rooney noch mehr durcheinander brachte. „Nick, ich ..."

„Hier irgendwo." Rooney ging ein kleines Stück weiter und fuhr fort, gegen die Wand zu schlagen.

„Megan, er hat keine Angst. Er sucht was", sagte Niccolo. „Kannst du dir vorstellen, was?"

„Ich glaube nicht, dass ..."

„Hört ..." Rooney hörte kurz auf zu klopfen und begann dann von Neuem.

Megan wurde nervös. Es gefiel ihr nicht, dass sie so lange von den anderen getrennt waren. Vielleicht hatte inzwischen jemand die Feuerwehr erreicht. Sie wollte wissen, ob schon Hilfe unterwegs war. Sich vergewissern, wie es ihren Gästen ging. „Rooney, ich kann nichts hören! Bitte komm mit hoch."

„Es klingt hohl." Niccolo nahm ihren Arm. „Tu, was er sagt, und hör genau hin."

„Und was ist, wenn es hohl klingt? Wer weiß denn, warum ..." Sie beendete den Satz nicht, weil sie wusste, dass es ja doch keinen Sinn hatte, etwas zu sagen.

„Was ist dahinter?" fragte Nick.

Rooney grinste. „Gefängniszeit."

Megan sah Niccolo an und schüttelte den Kopf. Er erwartete zu viel von Rooney.

„Gefängniszeit?" wiederholte er. „Gefängnis für wen?"

Rooney begann jetzt an einer der Holzlatten zu ziehen, versuchte sie mit den bloßen Händen von der Wand zu entfernen, mit Händen, die nicht gerade für diese Arbeit geeignet waren.

„Für wen?" wiederholte Nick.

Rooney trat offensichtlich frustriert einen Schritt zurück. „Werkzeug. Hammer könnte reichen."

„Was finden wir, wenn wir die Holzlatten entfernen?" wollte Niccolo von ihm wissen.

„Nick, bitte, lass es doch sein", flehte Megan.

„Gefängniszeit", sagte Rooney. „Für Schmuggler."

Megan blickte ihren Vater verwundert an. „Schmuggler?"

Rooney grinste wieder. „War ich noch nicht geboren."

„Megan, weißt du, was er meint?" fragte Niccolo.

Plötzlich schämte sie sich. Sie war so davon überzeugt gewesen, dass Rooney Unsinn redete. „Als ich noch klein war, haben die Erwachsenen immer über irgendwelche Tunnel hier unten gesprochen. Wenn sie glaubten, dass wir nicht zuhörten, natürlich. Wir sollten es eigentlich nicht erfahren. Es war so was wie ein Familiengeheimnis. Aber ich hab die ganzen Jahre über gar nicht mehr daran gedacht. Ich vermutete, dass die Tunnel eben nur Geschichten sind, ein Donaghue-Märchen."

„Schmuggler?" fragte Niccolo noch einmal nach.

„Ich bin mir nicht sicher, aber wenn es einen Tunnel gibt, ist er wahrscheinlich angelegt worden, um während der Prohibition Whiskey hier reinzuschmuggeln. Es gibt noch eine andere Bar an der West Side, wo die Besitzer behaupten, es gäbe unterirdische Gänge zum Meer."

„Durch die Küstenstraße wird das hier wahrscheinlich kaum möglich sein."

„Aber die gab es ja in den zwanziger Jahren noch nicht. Außerdem, wenn hier unter dem Saloon Gänge existieren, dann haben sie vielleicht zu einer Straße auf Whiskey Island geführt, auf der Alkohol von der Küste her transportiert wurde. Ich weiß, dass Cleveland jede Menge Schnaps-Dealer hatte. Kanada liegt auf der anderen Seite des Sees, und da gab es keine Prohibition."

„Also wenn das stimmt, dann könnten wir auf einen Tunnel stoßen?"

„Könnten wir schon, allerdings fragt sich, in welchem Zustand der ist. Wenn die Gänge existieren, dann waren sie auf jeden Fall, solange ich lebe, immer geschlossen. Ich nehme an, es hängt davon ab, wie robust die Wände waren."

„Ich wette, robust genug. Wenn sie für Schmuggler angelegt wurden, wollten die wahrscheinlich nichts riskieren. Alkohol war ein einträgliches Geschäft."

„Ja, für Leute wie Al Capone. Wir sind hier in Cleveland."

„Elliot Ness ist nach der Prohibition hierher gekommen, um die Stadt zu säubern", sagte Niccolo. „Also muss es schon genug Leute in diesem Geschäft gegeben haben, die ihn dazu animierten."

Offensichtlich hatte er Jon gut zugehört, wenn der über sein Lieblingsthema, die Geschichte Clevelands geredet hatte. „Meinst du, wir könnten die Wand hier rausreißen und nachsehen, was dahinter ist?" fragte sie ihn.

„Rooney, führt der Tunnel nach draußen?" Niccolo legte seinem Schwiegervater die Hand auf die Schulter. „Kommen wir da raus?"

Rooney nickte nur.

Das reichte Niccolo. Es gab eine Möglichkeit. „Kannst du meine Kids rufen und Werkzeug besorgen?" richtete er sich an Megan. „Und noch mehr Taschenlampen, wenn du welche hast?"

„Die Kids?"

„Weißt du jemanden, der etwas mehr Talent hat, was kaputtzumachen?"

Sie ließ die beiden Männer unten allein zurück und rannte die Treppe hoch. Im Saloon klatschte sie laut in die Hände, um sich die Aufmerksamkeit der anderen zu sichern. „Hat jemand die Feuerwehr verständigen können?"

Niemand. In der Ferne waren Sirenen zu hören gewesen und irgendwo vom Ende der Straße die Rufe von Leuten.

Sie berichtete schnell von Rooneys Entdeckung und was sie planten. Jon und Casey hatten alle in kleine Gruppen eingeteilt. Eine funktionierte die Handtücher zu provisorischen Verbänden um, die ihre Erste-Hilfe-Ausrüstung vervollständigen sollten. Eine andere hatte sich so weit wie möglich im vorderen Teil postiert, um nach Hilfe zu rufen. Eine weitere beschäftigte sich mit dem Reinigen und Verbinden von Wunden. Eine Gruppe kümmerte sich um die Kinder und spielte mit ihnen, um sie abzulenken.

Barry, der Barkeeper, hortete hinter dem Tresen immer ein Stemmeisen, für alle Fälle. Er reichte es Winston, der damit sofort zur Küche ging. Die anderen Jungen folgten ihm mit was immer man ihnen als Werkzeug in die Hand drückte. Megan holte einen Werkzeugkasten und weitere Taschenlampen aus dem Lagerraum. Greta gab Josh einen Holzhammer, mit dem sie sonst die Steaks bearbeitete. Peggy, die den unruhigen Kieran im Arm hielt, meldete sich freiwillig, um oben im Apartment nach weiteren Taschenlampen zu suchen, aber das wurde als zu gefährlich abgelehnt.

Megan versprach, sofort Bescheid zu sagen, sollten sie herausfinden, dass die unterirdischen Gänge tatsächlich existierten und ins Freie führten.

„Sie existieren garantiert." Deirdre nahm sie beim Arm, als sie in die Küche zurück wollte. „Dein Vater hat sich das nicht zusammengesponnen."

„Weißt du, wo sie hinführen?"

Deirdre schüttelte den Kopf. „Das sollten wir nicht erfahren. Ich glaube, unsere Eltern hatten Angst, dass wir Kinder es irgendwie schaffen, da reinzukriechen und uns verletzen. Möchtest du, dass ich mit runterkomme und helfe?"

„Bleib lieber hier und unterstütz Peggy mit Kieran, ja?" Megan hörte ihren Neffen jammern. Die vielen Menschen, der Lärm und das Durcheinander wären schon für ein normales Kind schlimm genug gewesen.

Sie ließ Casey und Jon mit ihrer Aufgabe zurück, sicher, dass die beiden das Chaos gut im Griff hatten. Unten waren die Jungen bereits an die Arbeit gegangen. Was die Zerstörungswut anging, so war der Tornado nichts gegen die Steine-Kids.

Jemand war fest entschlossen gewesen, den unterirdischen Gang für immer zu verschließen. Es dauerte jedoch nur fünf Minuten, in denen gehämmert und geklopft wurde, um diesem Jemand einen Strich durch die Rechnung zu machen.

„Tretet zurück", kommandierte Niccolo, und die Kids gehorchten ohne Widerrede. Mit voller Wucht trat er die letzten Reste der Holzwand ein und leuchtete dann mit der Taschenlampe dahinter.

„Was siehst du?"

„Ich muss reingehen, um das rauszufinden.“

Megan wollte nicht, dass er das tat. Selbst wenn der Tunnel einmal sicher gewesen war, man hatte ihn Jahrzehnte nicht mehr benutzt. Aber was für eine Möglichkeit gab es sonst? Im Saloon, mit dem heruntergestürzten Dach und dem Gasgeruch, war es auch nicht sicher.

„Ich komme mit dir“, sagte sie. „Mit zwei Lampen sehen wir mehr.“

„Bitte nicht. Nicht bevor ich erst mal nachgesehen habe.“

„Ich komme.“

Er wusste es besser, als mit ihr zu diskutieren, besonders vor den Jungen, die aufmerksam beobachteten, ob sie vielleicht gleich Zeugen eines ersten Ehestreites wurden. „Ist gut, aber sei vorsichtig.“

„Ach, wirklich? Ich dachte, wir könnten vielleicht einen irischen Gigue auf dem Weg da durch hinlegen.“ Sie zwinkerte Josh zu. Jetzt, wo der erste Spaß vorüber war, sahen die Kids wieder ein bisschen besorgt aus. „Wir sind gleich zurück“, versprach sie. „Einer von euch kann mal hochrennen und nachfragen, ob inzwischen jemand die Feuerwehr erreicht hat.“

Keiner rührte sich. „Oder auch nicht.“ Sie sah, wie Niccolo durch den provisorischen Durchgang in den Tunnel trat. Rooney, der die ganze Zeit zugesehen hatte, wie die Wand demoliert wurde, folgte ihm.

„Rooney“, rief sie. „Bitte nicht.“ Ihre Bitte wurde überhört. Sie ging den beiden nach und beleuchtete den Raum mit ihrer Taschenlampe. Niccolo und Rooney liefen voraus.

Sie hatte keine Gelegenheit gehabt, in der kurzen Zeit, seit sie Rooney an die Wand klopfen sahen, darüber nachzudenken, was sie wohl auf der anderen Seite erwartete. Irgendwie hatte sie sich einen schmalen, steinigen Gang vorgestellt, voller Fledermäuse und Spinnweben. Sie war überrascht, einen Tunnel zu betreten, der so breit war, dass dort drei Menschen nebeneinander stehen könnten. Sie hatte auch keine massiven Deckenbalken oder roh verputzte Wände erwartet. Sie lief Niccolo und ihrem Vater hinterher.

„Sieh dir das an." Niccolo leuchtete nach links.

Sie folgte dem Lichtstrahl und entdeckte einen Lagerraum, ähnlich wie der, den sie gerade verlassen hatte. Er war mit Kisten voll gestellt, und auf Regalen lagerten alte Glasbehälter, manche von ihnen noch mit eingemachtem Obst gefüllt.

Sie pfiff leise. „Ich hatte ja keine Ahnung, sieh mal an."

„Lass uns weitergehen."

„Wohin, meinst du, führt das?"

„Es geht ab hier ein Stück runter. Da vorne sind Stufen." Niccolo richtete das Licht auf die Stelle.

„Als sie die Küstenstraße bauten, müssen sie den Eingang doch zugeschüttet haben", sagte Megan. „Wir werden in einer Sackgasse landen."

„Nein", entgegnete Rooney.

Sie hatte neue Achtung vor Rooneys Einschätzung der Situation. Also folgte sie den beiden und leuchtete mit ihrer Lampe die Wände aus.

Die Stufen waren ziemlich steil, es gab zehn, und sie gingen hintereinander, weil die Treppe zu schmal war. Die Decke wurde immer niedriger, bis sie gebückt gehen mussten. Plötzlich mündete der Abstieg in eine steinerne Plattform. Große Steinblöcke lagerten vor der Wand. Der Mut verließ sie. Dann ging Rooney in die Knie und rüttelte an einem Stein unter der Decke.

Sie sah Licht.

„Nick?"

Aber Niccolo war schon dabei, seinem Schwiegervater zu helfen, den Felsblock wegzuschieben. Mit jedem Zentimeter strömte mehr Licht in den Gang. „Hol die Kids“, bat er sie. „Und dann geh nach oben. Wenn die Feuerwehr noch nicht unterwegs ist, bring sie alle runter. Sag ihnen, sie sollen vorsichtig sein. Aber das hier ist unser Weg nach draußen, Megan, und wir wären dumm, wenn wir den nicht benutzen würden.“

5. KAPITEL

Der Tunnel mündete in einen Abhang, von dem aus man die Küstenstraße sehen konnte. Niccolo nahm an, dass der Gang früher einmal länger gewesen und der Rest durch den Bau der neuen Straße zerstört worden war. Den größten Teil des Eingangs versperrten ein Haufen Schutt und ein paar kleine Weiden, die dort wuchsen. Aber versteckt im Gehölz entdeckten sie ein Loch, groß genug, um durchzuschlüpfen.

„Hab hier gelebt", sagte Rooney, nachdem Megan wieder in den Tunnel zurückgegangen war. „In schlechten Jahren."

Zuerst wusste Niccolo nicht, was er meinte, dann begann alles Sinn zu ergeben, und er verstand, wovon der alte Mann sprach. Rooney war für mehr als zehn Jahre aus dem Leben seiner Töchter verschwunden. Wahrscheinlich hatte er sich manchmal in diesem Gang aufgehalten, in der Nähe der Menschen, die er liebte, aber außerhalb deren Sicht. Deshalb hatte er bestimmt dafür gesorgt, dass dieser Ausgang immer frei blieb und nicht von Geröll verstopft wurde. Sie konnten Rooney für diesen Fluchtweg dankbar sein.

„Ich habe dich an dem Abend, als das Auto gestohlen wurde, gesehen. Erinnerst du dich? Und du bist hinter dem Hügel verschwunden. Ich dachte, du wärst über die Küstenstraße gegangen. Hast du damals schon in dem Tunnel gelebt?" wollte Niccolo wissen.

Er erwartete eigentlich keine Antwort, und er bekam auch keine. Rooney besaß kein richtiges Zeitgefühl. Es gab Tage, da glaubte er immer noch, seine Frau wäre am Leben, Momente, in denen er sich wunderte, dass seine Töchter bereits erwachsen waren. Vor zwei Jahren hatte Niccolo den alten Mann in einer behelfsmäßigen „Unterkunft" auf Whiskey Island aufgespürt, aber jetzt wusste er, wo Rooney in den kältesten Tagen des Winters gewesen war. In der schwersten Phase seiner Erkrankung hatte er wahrscheinlich immer irgendwo in der Stadt ein Versteck gefunden, in dem er sich sicher fühlen konnte. Niccolo hoffte nur, dass diese Zeit endgültig vorbei war.

Er bemühte sich zusammen mit Rooney, den Fels am Eingang zur Seite zu schieben, bis ihnen Josh, Winston und Tarek zu Hilfe kamen. Megan hatte die restlichen Kids gebeten, mit ihr zusammen die anderen herunterzubringen und durch den Gang nach draußen zu führen. Die Jungen waren auf einem echten Adrenalintrip. Von diesem Tag würden sie sicher noch den Rest ihres Lebens zu erzählen haben.

Von den dreien unterstützt, konnten sie den Fels nun leichter zur Seite rollen. Sie nahmen sich einen weiteren vor und vergrößerten die Öffnung nach und nach, bis Niccolo sich durchquetschen konnte. Draußen fiel feiner Nieselregen, und der Himmel war noch von Wolken verdunkelt. Aber der Sturm hatte nachgelassen, und die Luft roch frisch und sauber. Es herrschte kein Verkehr auf der Küstenstraße, die nur einige Meter entfernt unten am Hügel vorbeiführte. Er gab Winston ein Zeichen, ihm zu folgen. Der Junge kroch durch das Loch und blickte sich um.

„Na ja, der Teil von C-City sieht ja gar nicht so übel aus“, bemerkte er.

„Schaffst du es, dich zur Straße runter durchzuschlagen? Vielleicht gibt es irgendwo ein Telefon, das funktioniert, und du kannst der Feuerwehr melden, was im Saloon passiert ist?“

„Und dann muss ich meine Mutter anrufen.“

So ein harter Bursche war Winston also doch nicht. „Ruf sie zuerst an, okay?“ sagte Niccolo.

„Ich werde schon jemanden erreichen, der weiß, was zu tun ist.“

„Pass aber auf, falls irgendwelche Stromkabel herumliegen.

Die musst du meiden wie giftige Schlangen. Also sei sehr, sehr vorsichtig."

„Ich komme zurück und sage euch Bescheid."

„Nein, das brauchst du nicht. Geh nach Hause." Niccolo zögerte. „Wenn du durchkommst."

Winston nickte. „Du meinst, der Tornado hat viel Chaos angerichtet?"

Von hier oben konnte Niccolo das nicht beurteilen. Alles sah aus wie immer, nur dass keine Autos auf der Küstenstraße fuhren. „Tornados sind erstaunlich. Sie nehmen manchmal ein Haus mit und lassen alles andere im Umkreis in Ruhe. Es kann sein, dass er die Lookout Avenue verwüstet hat und der Rest in Ordnung ist."

„Okay, Mann, ich bin schon weggebeamt." Winston winkte ihm kurz zu und kletterte den Hügel hinunter.

„Viel Glück!" rief ihm Niccolo nach.

„Hab den Finger am Abzug!"

Das überhörte Niccolo lieber. Er drehte sich um und blickte nach oben. Von der Rückseite machte der Saloon, soweit er sehen konnte, einen intakten Eindruck. Die Vorderfront war von seinem Standpunkt aus nicht zu überblicken. Gerade als er in den Tunnel zurückkam, erschienen Josh und Tarek mit der ersten Gruppe von Gästen, die sie zum Ausgang führten.

Niccolo erklärte ihnen, wie sie weitergehen sollten. „Seid ihr alle in der Lage, den Hügel bis zur Straße runterzuklettern?" Der Abstieg war nicht allzu steil, aber einige der Älteren würden etwas mehr Zeit benötigen, zumal der Boden vom Regen durchgeweicht war und niemand daran gedacht hatte, mit Wanderstiefeln zum Hochzeitsempfang zu erscheinen.

„Offensichtlich ist sie gesperrt worden, weil überhaupt kein Verkehr herrscht", fuhr er fort. „Wir werden uns da unten wieder treffen und gehen zusammen bis zur ersten Ausfahrt. Das ist mir lieber, als nach vorn zur Straße hochzugehen. Ich habe nämlich keine Ahnung, wie der Rest von der Lookout aussieht."

Die anderen stimmten ihm zu. Er half allen hinaus und tröstete den einen oder anderen und erkundigte sich, ob sie sich verletzt hätten.

Damit war er die nächsten zwanzig Minuten beschäftigt. Peggy kam mit Kieran auf dem Arm heraus. Niccolo zählte die Andreanis, bis alle aus dem Gang gekommen waren. Als die letzte Gruppe erschien, hatte es fast vollständig aufgehört zu regnen. Megan kam zum Schluss, hinter Casey und Jon. „Nick, der Gasgeruch ist stärker geworden."

„Sind alle draußen?"

Sie zögerte kurz, was ihn sofort stutzig machte.

„Du bist nicht sicher?" fragte er nach.

„Ist Josh schon rausgekommen? Tante Dee hat ihn zuletzt an der Tür nach oben zum Apartment gesehen. Eine der Taschenlampen ging nicht mehr, und er wollte eine andere besorgen."

Niccolo hatte den Jungen mindestens zweimal herauskommen sehen, aber er wusste nicht, ob er danach erneut umgekehrt war, um weitere Gäste zu holen, oder sich bereits auf dem Weg zur Küstenstraße befand. Er versuchte sich zu erinnern, aber die Ereignisse des Nachmittags hatten ihn so durcheinander gebracht, dass er nur noch ein Wirrwarr von Gesichtern und Situationen vor Augen sah.

„Bevor ich gegangen bin, hab ich unten an der Treppe nach ihm gerufen", sagte Megan. „Ich denke, wenn er im Apartment gewesen wäre, hätte er mich gehört. Da bin ich ganz sicher. Er ist wahrscheinlich schon draußen, du kannst dich bloß nicht erinnern."

Wahrscheinlich reichte ihm das nicht. Obwohl Josh sehr gut in der Lage war, den Weg nach draußen zu finden, war ihm womöglich nicht klar, wie brenzlig die Situation wurde. Sie hatten nicht viel Aufhebens von dem Gasgeruch gemacht, um niemanden unnötig aufzuregen. Ein Ausbruch von Panik wäre weitaus gefährlicher gewesen.

Niccolo beschloss, ihr zumindest nach außen hin zuzustimmen. „Ich denke, du hast Recht. Hilfst du der letzten Gruppe, nach unten zur Küstenstraße zu kommen?"

„Du hast doch nicht vor zurückzugehen, oder?"

Wenn Megan erfuhr, dass er noch einmal im Saloon nachsehen wollte, dann würde sie garantiert darauf bestehen mitzukommen. Niccolo bat im Stillen um Verzeihung, dass er sie an ihrem Hochzeitstag anlog. „Nein, ich überprüfe mal, wie es da oben aussieht. Ich habe Winston gebeten, eine Telefonzelle zu suchen und die Feuerwehr anzurufen."

Megan zögerte.

„Geh ruhig schon vor. Ich kann auf mich selbst aufpassen", versicherte er ihr.

„Soll ich dich nicht lieber begleiten?"

„Ich glaube, du solltest bei unseren Gästen bleiben. Jon, wirst du Megan mit Casey helfen und dafür sorgen, dass alle sicher hier wegkommen?"

Jon ahnte, was Niccolo vorhatte. Niccolo sah es an seinem Blick, aber er nickte. „Wir werden uns darum kümmern."

„Ich komme so bald wie möglich nach."

„In Ordnung."

Niccolo blickte ihnen nach. Rooney hatte den Abstieg schon begonnen, und hier am Ausgang war niemand übrig geblieben. Er wartete, bis Megan ihn nicht mehr sehen konnte, dann ging er wieder zurück in den Gang und stieg die Stufen hoch. „Josh?"

Erneut versuchte er sich zu erinnern, wann der Junge zuletzt in den Tunnel gegangen war. Er lief weiter durch den Gang und leuchtete den Weg vor sich mit der Taschenlampe aus, dabei horchte er auf alle Geräusche. „Josh?"

Niccolo war fast am Eingang zum Keller angelangt, als er einen Knall hörte. Kurz darauf wurde alles um ihn herum dunkel.

Etwas später kam er wieder zu sich. Er hatte überhaupt kein Zeitgefühl, und als er die Augen öffnete, wusste er nicht, wo er sich befand und was eigentlich los war. Er lag auf dem Rücken und starrte auf eine roh verputzte Wand. Der Raum war dunkel, nur ein schmaler Lichtstrahl erfasste den unteren Teil der Steinmauer. Er verspürte keine großen Schmerzen, trotzdem vermied er es, sich zu hastig zu bewegen, um sein Glück nicht herauszufordern. Er lag eine Weile nur da, ohne sich zu rühren, und versuchte einen klaren Gedanken zu fassen.

Er hatte dieses Krachen gehört. Dann glaubte er sich daran zu erinnern, wie er durch die Luft geschleudert worden war. Vielleicht war er ja tot. Er hatte diese Geschichten über Tunnel gehört, in denen man sich in großer Geschwindigkeit auf ein gleißendes, wunderbares Licht zu bewegte. Aber wenn das hier das Leben nach dem Tod sein sollte, dann hatten die Leute ziemlich übertrieben. Der Boden unter seinen Fingern fühlte sich klamm an, in der Luft lag ein Geruch von Rauch. Auch wenn er Priester gewesen war, hatte er an die Existenz der Hölle, die in der Bibel beschrieben wurde, nie geglaubt. Diese Möglichkeit schlug er sofort aus.

„Nick?"

Aus einiger Entfernung hörte er die Stimme einer Frau. Der Klang seines Namens brachte sofort die Erinnerung zurück. Er war in den Tunnel gegangen, um Josh zu suchen. Es hatte eine Explosion gegeben … Als er vorsichtig versuchte, sich aufzusetzen, begann es sofort in seinem Kopf zu hämmern. Für den Augenblick entschied er sich, lieber liegen zu bleiben.

„Nick?" Diesmal war es die Stimme eines Mannes.

„Hier!" krächzte er. „Ich bin hier, alles in Ordnung, glaube ich."

Er hörte Schritte, die sich schnell näherten. Die lauten, hallenden Geräusche verstärkten das Hämmern in seinem Kopf. Der Lichtstrahl, stellte er fest, kam von einer Taschenlampe. *Seiner* Taschenlampe. Er hatte sie fallen lassen. Er tastete danach, bis er sie in die Finger bekam. Dann beleuchtete er damit die Wand und hoffte, dass seine Retter ihn so besser fanden.

„Hier", krächzte er noch einmal.

Er wartete. Noch sah er alles ein bisschen verschwommen, aber während er an die Wand blickte, konnte er nach und nach die Einzelheiten erkennen. Da war ein Bild über ihm. Eine Frau blickte auf ihn herunter, ein Gesicht, das er wie sein eigenes kannte.

Die Schritte waren jetzt näher gekommen, doch er achtete nicht darauf. Mit der Taschenlampe beleuchtete er die Umrisse des Bildes. Schwenkte hoch, runter, zur Seite. Es war sehr deutlich zu erkennen und ganz sicher keine Einbildung, die durch seine Kopfverletzung herrührte. Er hatte keine Wahnvorstellung.

Die Jungfrau Maria blickte auf ihn herab, und sie weinte.

„Nick, mein Gott, bist du verletzt?"

Die Männerstimme. Jon. Dann redete die Frau, und ihm war klar, dass er das Schlimmste noch nicht überstanden hatte.

„Megan". Er drehte den Kopf und erblickte eine Vision in Weiß, die auf ihn zulief. Sie hockte sich neben ihn auf den Boden.

„Geht es dir gut? Beweg dich nicht. Was ist passiert?"

„Explosion. Das Gas. Vielleicht im Keller. Entzündet durch … womöglich den Wasserboiler. Ich hätte dran denken sollen, die Kontrollflamme auszumachen." Er hustete.

Jon kam näher. „Warst du im Keller, als er explodierte?"

Niccolo dachte kurz nach. „Fast. Wo bin ich?"

„Ungefähr zehn Meter entfernt im Tunnel."

Niccolo wurde klar, dass er von der Druckwelle bis hierher geschleudert worden sein musste. „Ich hätte …"

„Tot sein können", beendete Jon den Satz. „Und zwar sicher. Ich weiß gar nicht, warum du noch lebst. Man könnte es fast als Wunder bezeichnen. Kannst du deine Arme und Beine bewegen?"

Niccolo versuchte es. Er spürte überall die Blutergüsse, aber nichts schien gebrochen zu sein. „Josh?"

„Unten. Du hättest abwarten sollen."

„Die Zeit war knapp."

„Du hast gesagt, du willst nach oben zur Straße gehen", sagte Megan vorwurfsvoll. „Du hast mich angelogen."

„Ich wollte nicht, dass du dir Sorgen machst ..."

„Vielleicht solltet ihr beide das später besprechen", unterbrach sie Jon. „Jetzt müssen wir dich so schnell wie möglich rausbringen. Die Feuerwehr ist unterwegs. Sie werden sich um die undichte Stelle kümmern, wo immer sie ist, aber wir können hier drinnen nicht warten, bis es noch einmal knallt."

„Feuer ..." Normalerweise brannte es nach einer Explosion.

„Hier unten kann nicht viel brennen. Der Heizungskeller wird wohl hinüber sein."

Niccolo versuchte sich aufzurappeln. Beim zweiten Versuch, mit Jons und Megans Hilfe, schaffte er es. Alles drehte sich, und er schloss kurz die Augen. Als er sie wieder öffnete, starrte die Jungfrau ihn immer noch an.

„Sag mir, dass ich sie mir nicht einbilde."

„Ich bin ganz real", entgegnete Megan.

„Das weiß ich. Aber sie." Niccolo leuchtete mit der Taschenlampe an die Wand.

Jon und Megan drehten sich um. Niccolo beobachtete Megans Gesicht. Sie riss die Augen auf und starrte das Bild an, dann ihn. Und dann bekreuzigte sie sich, Megan, die nie allzu viel von der Kirche gehalten hatte.

6. KAPITEL

Der Hopkins Flughafen von Cleveland war in Betrieb, und die Flugzeuge starteten und landeten wie immer. Das schien Peggy unvorstellbar, die sich noch einen Tag zuvor gefragt hatte, ob Cleveland die Verwüstungen durch den Tornado überstehen würde. Jetzt starrte sie in Megans und Niccolos Gästezimmer an die Decke und dachte darüber nach, wie sie sich wohl morgen um diese Zeit fühlte, wenn sie in einem anderen fremden Bett aufwachte. Diesmal in Irland.

Ein leises Klopfen ließ sie aufspringen. Sie öffnete die Tür einen Spalt und blickte in Megans ernstes Gesicht.

„Phil hat dich aufgespürt", sagte Megan leise, um Kieran nicht aufzuwecken. „Nett von ihm."

Peggy war über den Ton ihrer Schwester nicht überrascht. Megan mochte Kierans Vater nicht, genauso wenig wie Casey. „Wenigstens ruft er an. Ich hätte mich selbst gestern Abend bei ihm melden sollen. Aber es war einfach zu viel los."

„Ich nehme mal an, selbst Phil kann es schlecht ignorieren, dass der Saloon von einem Tornado getroffen worden ist. Wir sind sozusagen das Stadtgespräch. Die Nachrichten darüber sind sogar überregional verbreitet worden."

„Ihr solltet doch in die Flitterwochen fahren." Peggy sah sich nach etwas um, das sie sich schnell über das T-Shirt ziehen konnte, bevor sie Phils Anruf entgegennahm.

„Wir fahren, nachdem ich die Kostenvoranschläge für die Reparaturarbeiten bekommen habe. Ich werde genug Zeit zum Relaxen haben, die nächsten Monate komme ich nämlich nicht zum Arbeiten", sagte Megan und machte ein Gesicht, als müsste sie sich erst an diesen Gedanken gewöhnen. „Warte, ich hol dir einen Bademantel. Niemand ist in der Küche. Du kannst das Gespräch da annehmen."

Peggy sah kurz nach Kieran, der noch tief und fest schlief, der kleine Körper zu einem Ball zusammengerollt. Sie wollte ihn ausschlafen lassen, da ihr Flug nach Irland noch eine echte Strapaze werden würde. Als Megan zurückkam, warf sie sich den Flanellmorgenmantel über und knotete den Gürtel zu. Sie nickte ihrer Schwester zu und ging nach unten in die Küche, um den Hörer abzunehmen.

„Phil?"

„Ich hab schon gedacht, du würdest nicht mit mir sprechen wollen."

Sie suchte sich einen Stuhl und machte es sich so weit wie möglich bequem. „Es herrscht ein ziemliches Chaos hier, aber uns geht es allen gut. Tut mir Leid, dass du es von jemand anders erfahren musstest."

„Im ‚Columbus Dispatch' stand ein Leitartikel. Geht es Kieran denn gut?"

„Ja. Wir hatten alle Glück. Es gab nur Blutergüsse, kleine Schnittwunden und eine leichte Gehirnerschütterung. Es war wirklich ziemlich beängstigend. Die Lookout Avenue ist vom Ausläufer des Tornados erwischt worden. Überall in West Side lagen umgestürzte Bäume, aber es hätte noch viel schlimmer kommen können."

„In der Zeitung stand, dass der Saloon von den Gebäuden in der Straße am meisten verwüstet wurde?"

„Sagen wir mal so: Wir werden für eine ganze Weile kein Guinness verkaufen. Glücklicherweise ist er nicht völlig zerstört. Und da Megan jetzt sowieso schließen und renovieren muss, hat sie beschlossen, bei der Gelegenheit gleich jede Menge Verbesserungen vorzunehmen."

„Megan meint, du hast immer noch vor, heute zu fliegen."

„Das stimmt." Peggy überlegte sich ihre nächsten Worte genau und beschloss, direkt zu sein. „Ich wünschte, du hättest diese Woche vorbeikommen und dich verabschieden können, Phil. Kieran wird ein ganzes Jahr älter sein, wenn wir wiederkommen."

„Tanya ist die ganze Zeit schon krank. Ich wollte sie nicht allein lassen."

Tanya war Phils Frau. Sie hatten vor sechs Monaten geheiratet, und kurz darauf war sie schwanger geworden. Peggy fragte sich, ob Kieran der Grund für diese Eile war – und ihre ständige Morgenübelkeit. Tanya war jung und unsicher. Peggy hatte versucht, ihr klarzumachen, dass Kieran keine Bedrohung für ihre Ehe darstellte, aber die Botschaft war nicht richtig angekommen.

„Ich werde einen extra Scheck nach Irland senden", versicherte Phil ihr, als Peggy schwieg. „Einen sehr großzügigen. Ich weiß, dass du ihn sicher gut gebrauchen kannst, wenn du dich da niederlässt."

Bei der finanziellen Unterstützung des gemeinsamen Kindes war Phil nicht knauserig und tat, was er konnte. Das war ein Bereich, in dem Peggy keinen Grund hatte, ihm Vorwürfe zu machen. Er zeigte sonst nicht viel Interesse an Kieran, aber diese Verantwortung nahm er ernst. Er hatte sich gerade als Architekt niedergelassen und musste noch sein jahrelang erhaltenes Stipendium zurückzahlen, aber er gab das, was ihm möglich war.

„Ich weiß das zu schätzen", sagte sie. „Ich werde alles Notwendige für Kierans Zimmer kaufen, wenn ich dort ankomme. Dafür werde ich das, was du schickst, benutzen."

„Wie geht es ihm?"

Eine unfreundliche Antwort lag ihr schon auf der Zunge, aber sie unterdrückte sie. „Wie immer."

„Spricht er schon?"

„Er kann Hallo sagen. Aber wenn ich ihn zurück nach Hause bringe, wird er wie ein Wasserfall reden."

„Tut mir Leid, dass ich nicht ... du weißt schon."

Sie wusste nicht. Dass er nicht vorbeikommen konnte? Seinen hübschen kleinen, so weit von ihm entfernten Jungen lieben? Nicht versprechen konnte, dass er es jemals tun würde?

„Ich hoffe, du wirst ihm schreiben", sagte sie. „Ich werde ihm deine Briefe vorlesen und Fotos in seinem Zimmer aufstellen."

„Sicher. Das ist eine gute Idee. Tu das."

„Auf Wiedersehen, Phil. Grüße Tanya bitte von mir und richte ihr aus, ich wünsche ihr baldige Besserung." Sie legte auf. Wahrscheinlich würde es Tanya wieder gut gehen, sobald das Flugzeug mit Peggy und Kieran auf dem Weg zum Shannon Airport war.

„Ich mach Kaffee." Megan kam hereingestolpert. „Eine Tasse oder zwei?"

„Ich nehme eine Kanne." Peggy beobachtete ihre Schwester, die noch ein bisschen desorientiert durch die Küche schlurfte und den Kaffeefilter suchte. Normalerweise war Megan ein Morgenmensch, doch gestern hatte sie die Energie für ein ganzes Jahr aufgebracht, und das sah man ihr an.

„Geht es Nick gut?" erkundigte sich Peggy.

„Sein Schädel muss aus Titanium gemacht sein. Ich hab ihn jede Stunde geweckt, so wie der Arzt mir aufgetragen hat, bis Niccolo mir drohte, die Scheidung einzureichen, wenn ich ihn noch einmal aus dem Schlaf rüttel."

„Ein bisschen empfindlich, was?"

„Er behauptet, er hätte nicht mal Kopfschmerzen."

„Das grenzt schon fast an ein Wunder, oder?"

„Peggy ..." Megan füllte die Glaskanne mit Wasser. Sie drehte den Hahn ab und wandte sich zu ihrer Schwester um. „Ich muss dir was sagen. Aber nur, wenn du mir versprichst, dass du nicht lachst."

„Gibt es denn irgendeine Chance, dass ich das Versprechen einhalten kann?"

„Vielleicht.“ Megan schien plötzlich zu merken, dass sie die Kanne mit dem Wasser an ihre Brust presste. Sie drehte sich um, goss das Wasser in die Kaffeemaschine und setzte den Filter ein. „Als wir Nick gestern fanden …“

Peggy lief es eiskalt über den Rücken. Sie hatte nicht gut geschlafen, obwohl sie so erschöpft gewesen war. Immer wenn sie die Augen geschlossen hatte, war sie wieder hochgeschreckt, weil sie das Gefühl gehabt hatte, das Haus bebte, so wie der Saloon von dem Tornado erschüttert worden war. Oder sie hatte die Explosion noch einmal gehört und fürchterliche Ängste ausgestanden, die gleiche Furcht, die sie empfunden hatte, als ihr klar geworden war, dass Niccolo davon überrascht worden sein konnte.

„Ich war sicher, dass er es nicht überlebt hat“, sagte Peggy.

„Ich weiß. Eigentlich wäre das auch zu erwarten gewesen. Er ist zehn Meter oder mehr weiter geschleudert worden.“

„Du wolltest mir doch was Komisches erzählen. Das könnte ich jetzt gebrauchen.“

Megan füllte den Kaffee in die Maschine und stellte sie an. „Es ist nur komisch, weil es mich betrifft. Als wir ihn gefunden haben, Peggy, da konnte ich es kaum glauben, dass er noch am Leben war. Und mit uns redete, fast so, als wäre gar nichts passiert. Wir erklärten ihm, dass wir ihn rausbringen müssen, und er setzte sich aufrecht hin. Dann leuchtete er mit der Taschenlampe auf die Wand, unter der er gelandet war.“

Peggy wartete auf die Pointe. „Und?“

„Da war ein Bild.“

Peggy schwieg. Sie hatte keine Ahnung, worauf ihre Schwester hinaus wollte.

„Ich weiß nicht, wie ich es erklären soll“, fuhr Megan fort. Es war nicht besonders deutlich. Vielleicht ein Wasserfleck. Aber es sah aus wie die Jungfrau.“

„Jungfrau?“ fragte Peggy verständnislos.

„Ja, die heilige Jungfrau Maria. Den Blick auf die gegenüberliegende Wand gerichtet, in einer Robe, und ihre Arme hatte sie so ausgestreckt.“ Megan machte eine Geste, als würde sie Gäste willkommen heißen. „Und, na ja, es waren keine richtig ausgeprägten Gesichtszüge. Aber da, wo sich die Augen befanden …“ Megan wandte sich ab. „Tränen. Es sah aus, als wenn sie weinte. Nick kam zu sich und sah das Bild.“

Peggy wusste nicht, was sie sagen sollte. „Also …“ Sie runzelte die Stirn. „Megan, du denkst doch nicht, es wäre so eine Art Wunder oder so? Das sieht dir gar nicht ähnlich.“

„Ich glaube, es war nur Zufall, und Niccolo übrigens auch. Es war einfach, na ja, ein bisschen unheimlich.“ Sie schüttelte den Kopf. „Nein, das stimmt nicht. Es war nicht unheimlich. Es war wundervoll. So tröstlich, als wenn …“ Sie zuckte die Schultern. „Für einen kurzen Augenblick fühlte ich mich wieder so wie früher, als ich ein kleines Mädchen war und mit der Familie zur St. Brigid's ging. Manchmal, wenn alles ganz still war und das Kerzenlicht an der Wand flackerte und die Orgelmusik jeden Moment einsetzen musste. Wie in diesem Moment, weißt du, so fühlte ich mich.“

Megan sprach selten über Religion und wenn, dann meist abwertend. Sie war als Katholikin geboren und würde auch als solche sterben. Wie alle liebte sie Pater Brady, und sie hatte auch Verständnis für Niccolos Frömmigkeit. Aber ohne ihren Ehemann wäre sie nur auf Grund der Taufe mit der Kirche verbunden gewesen. Sie gehörte zu den typischen Feiertags-Kirchgängern und ihre Schwestern genauso.

„Du hattest ein spirituelles Erlebnis“, sagte Peggy. „Ich denke, das ist wunderbar. Du musst es einfach schätzen.“

Megan machte den Eindruck, als wolle sie die Erinnerung daran lieber loswerden. Sie öffnete den Schrank und holte die Kaffeebecher heraus. „Meinst du? Na ja, ich bin nicht scharf drauf, so was noch mal zu erleben. Nicht wenn Nick dafür erst mal in einem unterirdischen Gang in die Luft gejagt werden muss. Das ist das echte Wunder. Er lebt noch."

Peggy hob ihre Kaffeetasse. „Darauf trinke ich einen."

„Worauf wollt ihr einen trinken?" Niccolo kam in die Küche, er sah ziemlich verschlafen aus, aber ansonsten wohl vollkommen gesund.

„Auf deine Gesundheit." Peggy hielt ihrer Schwester die Tasse hin, und die füllte sie mit Kaffee.

„Dann trink ich einen darauf, dass du und Kieran einen angenehmen Flug heute habt." Niccolo durchquerte die Küche und umarmte Megan, bevor er sich ebenfalls einen Becher holte.

Peggy fühlte sich wie zu Hause. Der Raum war warm und freundlich. Einfache Ahornholzschränke, weiß geflieste Arbeitsflächen und dunkelrote Tapeten, die Megan im letzten Monat angeklebt hatte. Niccolos Ölbilder von toskanischen Dörfern harmonierten mit Megans Sammlung von lustigen Blechdosen mit Farmtiermotiven. Sie hatte die Küchenstühle mit Resten von alten Steppdecken gepolstert. Den Tisch hatte Niccolo aus dem schwarzen Holz eines Walnussbaums gezimmert, der einem Anbau der Nachbarn hatte Platz machen müssen.

„Bist du sicher, dass du heute fliegen willst?" fragte Megan. „Ich meine, die Fluggesellschaft würde dein Ticket jederzeit umbuchen, oder?"

„Brauchst du mich hier? Sei ehrlich."

Megan sah hin- und hergerissen aus, aber schließlich schüttelte sie den Kopf. „Es gibt nichts, was du tun könntest. Die Beamten der Bauaufsicht werden kommen, die Schadenssachverständigen und dann die Bauunternehmer. Es wird wie im Affenhaus zugehen, aber wenigstens hab ich dann was zu tun und muss nicht ständig über das nachgrübeln, was passiert ist."

„Das war auch noch so ein Glücksfall, dass Tante Dee unsere Koffer schon abgeholt hatte", sagte Peggy. „Und ich nehme an, es gibt keine Eile, was das Ausräumen des Apartments betrifft ..."

„Wir werden es für eine Weile nicht vermieten, das ist schon mal sicher."

„Ich könnte Irene schlecht erklären, warum ich die Reise verschoben habe. Sie hat schon alles organisiert, dass wir in Shannon abgeholt werden."

„Ich wünschte, wir würden die Frau kennen. Dass einer aus der Familie sie schon mal gesehen hätte."

„Sie ist ein Teil der Familie", sagte Peggy. Sie hatte erwartet, dass Megan noch einen letzten Versuch starten würde, sie umzustimmen, und war schon gewappnet.

„Aber was wissen wir von ihr? Ihr Großvater war der Bruder unseres Ururgroßvaters. Das ist nicht gerade eine enge Verbindung. Und bevor sie uns durch das Internet aufgespürt hat, wussten wir überhaupt nicht, dass es noch Verwandte von dieser Seite der Familie gab. Wir dachten, wir wären die Letzten aus der Linie."

„Nun, das werden wir auch bald sein." Peggy wusste nicht sehr viel über Irene Tierney, aber sie hatte erfahren, dass es der alten Frau nicht besonders gut ging. Sie war einundachtzig, nie verheiratet gewesen und besaß keine Verwandte in der kleinen Stadt Shanmullin oder überhaupt in Irland. Sie lebte in einem einfachen Cottage, das einmal das Haus von Terence Tierney gewesen war, dem Ururgroßvater der Schwestern. Traurigerweise ging ihr Leben dem Ende zu, und die ganze Zeit hatte sie nichts von der Existenz der drei gewusst.

„Und ich verstehe wirklich nicht, warum sie sich überhaupt für uns interessiert", sagte Megan. „Informationen über ihren Vater, von dessen Existenz wir nicht mal wussten? Ich wüsste nicht, was wir ihr erzählen könnten."

Peggy fand die Geschichte Irenes faszinierend. In ihrem ersten Brief hatte Irene geschildert, dass deren Eltern sie nach Cleveland gebracht hätten, als sie ein kleines Kind gewesen war. In Irland gab es keine Zukunft für die Familie, und sie hatten gehofft, noch lebende Verwandte in Cleveland vorzufinden. Doch leider hatten sie dabei keinen Erfolg gehabt, und nachdem Irenes Vater wenige Jahre danach gestorben war, hatte die Mutter ihre Tochter wieder zurück nach Irland gebracht, um sich auf dem Tierney-Land mühsam durchzuschlagen. Erst vor vier Monaten, als Irene beim Surfen im Internet auf einen Zeitungsartikel über den Whiskey Island Saloon gestoßen war, hatte sie erfahren, dass es in Ohio tatsächlich noch Nachfahren der Tierney-Familie gab.

„Sie will herausfinden, wie ihr Vater hier gestorben ist", sagte Peggy. „Das ist doch normal. Gerade du solltest dafür Verständnis haben. Als Rooney die ganzen Jahre verschwunden war, wollten wir ja auch wissen, was mit ihm passiert ist."

„Ich verstehe bloß nicht, warum ihre Mutter ihr das nicht erzählt hat. Oder wie sie sich vorstellt, dass wir irgendwas herausfinden."

Das wusste Peggy auch nicht. Sie hatte im Rathaus für Irene ein paar Nachforschungen betrieben, aber nichts gefunden. Sie hoffte, dass ihre Schwestern damit weitermachen würden, während sie in Irland war.

„Für mich klingt das einfach nach ziemlich viel Stress, den du dir auferlegst", sagte Megan. „Kieran, für eine alte Frau sorgen, die du nicht kennst ..."

Peggy wiederholte nicht noch einmal, was sie ihrer Schwester so oft vorher schon erklärt hatte, aber es hing unausgesprochen zwischen ihnen. Sie war entschlossen, ihrem Sohn zu helfen, und das hieß, sich täglich stundenlang mit ihm zu beschäftigen. Irene brauchte Gesellschaft, aber keine ständige Pflege. Der Aufenthalt in Irland schien ihr die einzige Möglichkeit, ohne einen Vollzeitjob zu existieren. Irene bot ihr freie Kost und Logis, und mit Phils monatlichem Scheck konnte Peggy die anderen Ausgaben bestreiten, wenn sie bescheiden lebten. Und was sollte man im ländlichen Irland auch sonst tun? Das Arrangement war ideal, ein überraschendes und wunderbares Geschenk.

„Sie freut sich schon darauf, Kieran dort zu haben." Peggy stand auf. „Sie hatte nie ein Kind im Haus. Sie braucht Hilfe, sie braucht eine Familie. Es ist eine Gelegenheit, die ich mir nicht leisten kann auszuschlagen. Ich habe oft genug mit ihr telefoniert, um zu wissen, dass wir gut miteinander auskommen werden. Vertrau mir ein bisschen, ja?"

Megan stellte ihren Kaffeebecher auf dem Counter ab und umarmte Peggy. „Ich hab dich lieb. Und du weißt, dass es nur darum geht, oder?"

Peggy erwiderte die Umarmung ihrer Schwester. Dabei sah sie, wie Niccolo sie beobachtete. Sie freute sich, ihre ältere Schwester in so guten Händen zu wissen. Megan war sich gar nicht bewusst, wie sehr sie jemanden brauchte, an den sie sich manchmal anlehnen konnte. „Du passt auf sie auf, ja?" sagte sie zu ihm.

„Wenn sie mich lässt."

Peggy drückte Megan noch einmal ganz fest und ließ sie dann los. „Sie zu, dass du ihm das gestattest", riet sie ihrer Schwester. „Und hör auf, dir um mich Gedanken zu machen. Mir wird es schon gut gehen. Kieran und mir wird es gut gehen."

Es ging ihnen nicht gut, das hatte Peggy eigentlich auch nicht wirklich erwartet. Kieran verkraftete Veränderungen sehr schlecht. Er hatte Probleme mit Fremden, mit Krach um ihn herum, er ließ sich nicht gern von einem Ort zum nächsten tragen und tränenreich von Familienmitgliedern umarmen, während seine Mutter sich bemühte, nicht ebenfalls loszuheulen.

Wie sich herausstellte – und Peggy befürchtet hatte –, ertrug er Flugreisen genauso wenig. Als sie mit der ersten Maschine in Boston landeten, hatten sich hundert Augenpaare missbilligend auf sie gerichtet. Was für eine Mutter war das, die ihren eigenen Sohn nicht trösten konnte? Und warum beruhigte sich dieses hübsche kleine Kind nicht, wenn sie es in die Arme nahm? Warum wehrte es sich gegen die Umarmung?

Sie verstand den Tadel, den sie in den Gesichtern ihrer Mitreisenden erkannte. Die Mischung aus Besorgnis für diesen kleinen Jungen mit dem Engelsgesicht genauso wie den Ärger darüber, dass dieser kleine Teufel ihnen den Flug vermieste. Sie hatte sich auf so etwas gefasst gemacht, war aber natürlich nicht wirklich darauf vorbereitet gewesen. Das wäre wohl niemandem gelungen.

Sie mussten in Boston lange auf den nächsten Flug warten, von Kierans kindlicher Warte aus ein weiterer Grund, diese Reise zu hassen. Irgendwann schaffte sie es, ihn in seinem Kinderwagen zum Einschlafen zu bringen, und lief mit ihm den ganzen Flughafen auf und ab, bis sie vollkommen erschöpft war, aber alles war besser, als ihren Sohn schreien zu hören. Als sie ihn endlich zum Einchecken bringen musste und er aufwachte, um festzustellen, dass er wieder woanders war, ging das Gebrüll von Neuem los.

Er ließ sich nicht beruhigen, und sie trug ihn so an Bord, hörte sich die leisen Beschwichtigungen der Flugbegleiter an und deren wohlgemeinte Ratschläge, auch wenn sie genau wusste, dass nichts helfen würde. Sie schaffte es, ihm das Antihistamin und Beruhigungstropfen zu geben, die der Kinderarzt für die Reise verschrieben hatte, damit er nicht unter dem Druck in den Ohren leiden musste und etwas ruhiger wurde, aber die Medikamente schlugen nicht zufrieden stellend an. Der Flug war ausgebucht, und es gab kaum Bewegungsfreiheit.

Sie erklärte der freundlichsten der Stewardessen so weit wie möglich Kierans Problem, und wie durch ein Wunder schaffte es die junge Frau, ein paar Passagiere zu überreden, die Plätze zu tauschen, um Peggy und Kieran mehr Komfort zu bieten. Sie zogen nach hinten um, wo sie eine Reihe mit drei Sitzen für sich hatten und wo Kierans Schreien weniger zu hören war. Die größere Bewegungsfreiheit durch den leeren Platz neben ihm tröstete ihn ein bisschen, und nach zwei Stunden hörte er auf zu schluchzen und griff nach seiner Lieblingsdecke. Er zupfte an den Fäden und löste Stück für Stück auf. Aber da er ruhig blieb, machte es Peggy nichts aus.

Sie fütterte ihn, redete mit ihm, sang ihm leise etwas vor – was sie normalerweise nicht in der Öffentlichkeit tat, da sie den Ton nicht immer traf. Wenn er zwischendurch einnickte, schlief sie ebenfalls. Aber als das Flugzeug endlich in Shannon Airport landete, fühlte sie sich, als wären sie bis ans Ende der Welt gereist. Kierans runde Wangen waren schmutzig von den Tränen und seine Augen gerötet. Ein Überseeflug war für jedes kleine Kind hart, aber was war es für ihren Sohn, dem die Welt als beängstigender Ort erschien und das Verhalten der Menschen, die ihn liebten, ein Wirrwarr von Signalen, die sein Gehirn nicht nachvollziehen konnte?

Sie wartete, bis die anderen ausgestiegen waren, was außerordentlich zügig passierte. In ihrem Kummer fragte sich Peggy, ob die Hast etwas mit Kieran zu tun hatte, ob die Mitreisenden ihnen so schnell wie möglich entkommen wollten. Sie verstand das nur zu gut, vor allem jetzt, wo sie so erschöpft war und sich fast selbst weit weg wünschte. Als sie an der Reihe waren, nahm sie ihr Handgepäck und lief den Gang nach vorn.

Der Shannon Airport war übersichtlich und angenehm ruhig.

Nachdem sie den Zoll passiert hatten, sah sich Peggy nach Irenes Arzt Finn O'Malley um, der versprochen hatte, Peggy und Kieran nach Shanmullin im County Mayo zu fahren. Dass ein Arzt dafür einen ganzen Tag in seinem vollen Terminkalender opferte, schien ihr merkwürdig genug, doch Irenes Warnung war noch merkwürdiger.

„Du wirst nicht viel aus Finn herausbekommen", hatte sie bei ihrem letzten Telefonat gesagt. „Er ist ein stiller Mann und ziemlich undurchsichtig. Aber lass dich nicht von ihm einschüchtern, Peggy. Einer, den man leicht durchschauen kann, hat nicht viel in sich."

Im Moment hätte sie nichts gegen einen unbedarften Typ auszusetzen gehabt. Sie konnte sich nicht vorstellen, jetzt noch eine Unterhaltung zu führen, und schon gar nicht mit einem schwierigen Menschen. Sie fragte sich, ob Doktor O'Malley Irene schon seit vielen Jahren behandelte, ob er halb pensioniert war und deshalb in der Lage eine solche Fahrt zu unternehmen, ohne seine Patienten zu vernachlässigen. Irene hatte ihr nicht gerade viele Details übermittelt. Dunkles Haar, Tweedjackett, pünktlich.

Sie blickte sich um, in der Hoffnung, jemanden zu entdecken, auf den diese Beschreibung zutraf. Kieran wählte diesen Moment, um völlig durchzudrehen. Der Flughafen war ein weiteres unbekanntes Terrain. Das Kind war ausgelaugt, durcheinander und für keinen Trost empfänglich. Der Junge strampelte, weil er aus Peggys Armen wollte, und als sie ihn auf die Füße stellte, warf er sich auf den kahlen Boden, begann zu heulen, zu strampeln und mit den Fäusten auf den Boden zu schlagen.

Kieran bei einem seiner Wutausbrüche zu beobachten war wirklich erschreckend. Ein weinender Zweijähriger zog immer die Aufmerksamkeit der Leute um ihn herum auf sich. Aber Kierans Anfälle waren so unkontrolliert, so beängstigend heftig, dass Peggy die Erfahrung gemacht hatte, bald von einer Gruppe Menschen umgeben zu sein, die zusahen und warteten, bis sie sicher sein konnten, dass etwas unternommen wurde.

Unglücklicherweise wusste Peggy, dass sie nichts tun konnte, außer ruhig zu bleiben und die Beherrschung nicht zu verlieren. Sie blieb neben ihm stehen, passte auf, dass er sich nicht verletzte, aber mehr nicht. Ihn in den Arm nehmen zu wollen, machte alles noch schlimmer. Wenn er so wütend war, nahm er sie oder was sie sagte überhaupt nicht mehr wahr. Die schwachen Bande, die Kieran zu ihr und seiner Umwelt verspürte, hatten sich in einer Welle von Emotionen aufgelöst.

„Sie warten einfach, bis er nicht mehr kann?"

Peggy sah den Unbekannten an, der sich neben sie gestellt hatte, dann wieder ihren Sohn. Der Mann war sicher älter als sie, aber immer noch jung. Sein Haar war kohlrabenschwarz, und mit einem kurzen Blick hatte sie die strengen Züge und die Missbilligung in seinen Augen erkannt. „Tut mir Leid, wenn es Sie stört, aber das wird aufhören." Sie fügte nicht „bald" dazu. Das wäre eine zu große Hoffnung gewesen.

Der Fremde ging nicht. Sie konnte ihm kaum einen Vorwurf machen. Gutmeinende Passanten gaben immer Ratschläge, als würde sie das von jeder Schuld lossprechen, sollte sich das Kind verletzen.

„Das ist Kieran Donaghue, oder? Und Sie sind Peggy Donaghue?"

Sie sah ihn erneut an. „Dr. O'Malley?"

„Finn. Einfach nur Finn. Und Sie haben das schreiende Kind zu Irene mitgebracht?"

Sofort traten Peggy Tränen in die Augen. Sie stand seit achtundvierzig Stunden unter enormer Anspannung, und trotz äußerlich zur Schau getragener Selbstsicherheit, hatte sie die ganze Zeit Zweifel gehabt, ob das, was sie tat, auch das Beste für ihren

Sohn wäre. Jetzt hatte dieser Mann mit dem kühlen Blick und seinem missbilligenden Gesichtsausdruck ihre schwache Stelle berührt.

„Er hat Stunden im Flugzeug verbracht und ist erschöpft, durcheinander und frustriert. In solchem Zustand ist er nicht immer."

„Aber oft genug, nehme ich an."

Sie richtete sich gerade auf, obwohl sie sich wunderte, woher sie noch die Energie nahm. „Ich habe Irene erklärt, welche Probleme Kieran hat. Sie weiß davon. Aber trotzdem wollte sie, dass wir kommen."

„Sie ist eine leichtgläubige alte Frau, sehr allein, obwohl sie das nicht zugibt, und wird nicht mehr lange leben. Nicht der beste Zustand, in dem man Entscheidungen treffen sollte, oder?"

Kieran wälzte sich immer noch schreiend und strampelnd auf dem Boden, und eine Gruppe von Menschen hatte sich schon um sie versammelt. Aber sein Tobsuchtsanfall wurde bereits schwächer. Kieran war ebenfalls von der Reise erschöpft und besaß nicht genug Energie, um diese kraftraubende Aktion lange durchzuhalten.

Peggy sah Finn an. Er war groß, über eins achtzig, mit breiten Schultern und schmalen Hüften. Sie hatte ein Tweedjackett erwartet, doch sie sah eine Jacke im Fischgrätenmuster über ausgeblichenen Jeans und einem marineblauen T-Shirt.

„Sie wird sich über meine Gesellschaft freuen", behauptete sie, „und auch über Kieran. Ich bin keine Krankenschwester, aber ich habe eine medizinische Ausbildung, und ich mag sie. Das weiß ich ganz sicher. Mir ist klar, dass sie sich allein fühlt. Das braucht sie jetzt nicht mehr."

„Manchmal ist es besser, allein zu sein, das kommt auf die Alternative an."

„Und manchmal ist es besser, seine Nase nicht in Angelegenheiten zu stecken, die einen nichts angehen!"

In seinen Augen blitzte etwas auf. „Ich kann Ihnen versichern, dass das auf mich nicht zutrifft."

Ihr Ärger verrauchte. „Ich weiß, dass sie eine gute Freundin von Ihnen ist. Das hat sie mir erzählt. Und Sie machen sich Sorgen. Das brauchen Sie aber nicht. Wenn es nicht funktioniert, fahre ich wieder ab. Darauf können Sie sich verlassen. Ich denke aber, einen Versuch ist es wert. Oder sind Sie sich so sicher, dass es nicht klappt?"

Er ließ den Blick zu Kieran wandern, der immer noch schlecht gelaunt um sich trat. „Irene sagt, er ist autistisch?"

Peggy hasste diese Bezeichnung. Sie reduzierte ihren Sohn auf ein Wort, einen Zustand, eine Krankheit. Er war Kieran, ihr einziges Kind, Phils Sohn, Megans und Caseys Neffe. Von ihr besaß er das irische Blut, von Phils Seite slowakisches. Sein Vater war ein talentierter junger Architekt, und seine Mutter würde irgendwann Ärztin werden. Er war intelligent, obwohl sie wusste, dass es nicht einfach war, diesen Teil von ihm freizulegen. Er war ein hübscher kleiner Junge und würde zweifellos zu einem gut aussehenden Mann heranwachsen.

Es war Kieran.

„Er ist, wer er ist", sagte sie. „Und nach diesem Jahr hier werden wir ihn und seine Fähigkeiten besser kennen."

Er schien nicht überzeugt. „Ist das Ihr Gepäck?"

„Ja, aber ich muss warten, bis er sich beruhigt hat. Das ist die einzige Möglichkeit. Ich kann ihn jetzt nicht stören."

„Ich trage die Sachen in meinen Wagen, das schaffe ich schon allein. Draußen warte ich auf Sie." Ohne ein weiteres Wort packte er sich die größten Koffer, ließ das Handgepäck stehen und ging davon.

Die Fahrt nach Shanmullin würde Stunden dauern. Peggy hoffte, dass sie es alle überstanden.

Finn O'Malley hatte diese Fahrt zum Shannon Airport nicht machen wollen. Wiederholt hatte er versucht, Irene dieses verrückte Vorhaben, eine vollkommen Fremde aus den Staaten zu holen, die sich um die alte Frau kümmerte, auszureden. Aber Irene war genauso störrisch wie diese Irin. In ihrer Jugend hatte sie ebenfalls rotes Haar gehabt, heller als Peggy Donaghues, aber genauso voll und glatt wie das der jungen Frau. Er gab nichts auf Stereotypen, aber dieser Mythos von halsstarrigen Rothaarigen hatte seinen Reiz. In ihrem langen Leben hatte sich Irene immer dagegen gesträubt zu heiraten, sich dagegen verwehrt, in die Stadt zu ziehen, als sie älter wurde, es abgelehnt, eine Hilfe anzustellen und auch ins Krankenhaus zu gehen, als ihr Zustand es erforderte.

Und sie hatte sich geweigert, auch wenn ihr Leben davon abgehangen hätte, die Tatsache zu akzeptieren, dass Finn nicht mehr praktizierte. Sie wollte keinen neuen Arzt haben, und Finn hatte schließlich nachgegeben und eingewilligt, sie zu behandeln, sonst hätte er zusehen müssen, wie sie ohne Hilfe starb.

Störrisch.

Jetzt schien diese junge Cousine von ihr zu beweisen, dass Irenes widerspenstige Natur in einer entfernten Verwandtschaftslinie weitergetragen wurde.

„Sind Sie sicher, dass Sie mit ihr verwandt sind?" fragte er, als sie sich endlich dem Dorf näherten.

Neben ihm öffnete Peggy die Augen und sah ihn an. Ihre Lider waren schwer vor Müdigkeit, aber trotzdem war er von der Schönheit dieser Frau überrascht gewesen, die ihn am Flughafen erwartet hatte. „Wie bitte?"

Er hatte auf der ganzen Fahrt bisher kein Wort mit ihr gewechselt. Glücklicherweise hatte sich das Kind beruhigt, als sie vom Parkplatz losgefahren waren. Das kommt wohl daher, dass er sich den Kopf auf dem Fußboden eingeschlagen hat, dachte Finn.

Der Junge wirkte völlig ausgelaugt, und die Mutter war vor drei Stunden fast genauso schnell eingeschlafen.

„Ich sagte, sind Sie sicher, dass Sie eine Cousine von Irene sind? Das scheint mir alles wenig überzeugend."

„Irgendwie habe ich das Gefühl, dass Sie sich erst mit einem Gentest überzeugen lassen würden." Sie sagte das mit einem schwachen Lächeln, um ihren Worten die Schärfe zu nehmen. Dann gähnte sie und streckte sich, und der Sicherheitsgurt straffte sich dabei um ihre Brüste. Dummerweise ließ ihn der Anblick nicht kalt.

„Es scheint meine Aufgabe zu sein, Irene zu beschützen, ob es mir gefällt oder nicht", erwiderte er und blickte starr auf die Straße vor sich.

„Warum eigentlich? Was für eine Beziehung haben Sie denn zu ihr, außer dass Sie ihr Arzt sind?"

„Sie war die beste Freundin meiner Großmutter."

„Und Sie führen die Tradition fort, das gefällt mir."

„Sie lässt mir gar keine andere Möglichkeit."

„Das glaube ich gern. Nachdem wir über dieses Arrangement gesprochen haben, ließ sie mir auch keine andere Möglichkeit mehr. Sie ist eine Tyrannin, was?"

So wie sie das ausdrückte, konnte er ihr die Bemerkung nicht übel nehmen. Voller Bewunderung und Zuneigung. Und außerdem stimmte es ja auch.

„Hat Irene Ihnen erklärt, wie wir verwandt sind?" fragte sie.

„Da war sie eher vorsichtig."

„Hier ist ein bisschen Geschichtsunterricht. Im neunzehnten Jahrhundert haben vier Tierney-Brüder in dem Haus gelebt, das Irene jetzt bewohnt. Zwei von ihnen sind gestorben. Ein dritter, Terence, emigrierte nach Cleveland, wo ein anderer Bruder vor ihm hinzog und starb. Terence ist mein Vorfahre. Der vierte, Lorcan, ist nach England gereist und verschollen. Alle glaubten, er wäre dort gestorben."

Finn wusste nicht, warum er danach gefragt hatte. Die Einzelheiten waren zu kompliziert und sehr persönlich, aber jetzt, wo sie schon davon angefangen hatte, konnte er ihr das schlecht sagen. „Doch wenn er tatsächlich gestorben wäre, nehme ich an, wären Sie jetzt nicht auf dem Weg nach Shanmullin. Weil es Irene dann nicht gäbe."

„So ist es. Lorcan war ihr Vorfahre. Er hat in Liverpool im Gefängnis gesessen, warum, weiß ich nicht. Als er nach Shanmullin zurückkam, war seine Familie nicht mehr da. Seine Brüder waren inzwischen alle gestorben und die Eltern Jahre vorher nach Cleveland ausgewandert, um die wenigen verbleibenden Jahre dort bei Terences Witwe zu wohnen, die noch einmal geheiratet hatte, und zwar einen Mann namens Rowan Donaghue. Lorcan war arm und ungebildet und wusste nicht, wie er sie aufspüren sollte oder ob sie überhaupt noch existierten. Der Dorfpriester war ebenfalls gestorben, und zu der Zeit war ein beträchtlicher Teil der Bewohner von Shanmullin ebenfalls emigriert."

„Ihr Name ist Donaghue, nicht Tierney."

„Lena, Terence Tierneys Frau, hatte einen Sohn von ihm, der nach seinem Tod geboren wurde. Als sie Rowan Donaghue heiratete, adoptierte der den kleinen Terry, und sie nannten ihn auch Donaghue. Sie hatten noch viele Kinder, aber Terry ist mein Vorfahre. Also eigentlich sind ich und meine Schwestern durch Adoption Donaghues, nicht dass das einen großen Unterschied macht. Wir haben alle dieselben Wurzeln."

„Und Irenes Großvater blieb in Irland und bebaute das Land?"

„Irene meint, dass Lorcan um die vierzig war, als er nach Irland zurückkehrte, ausgelaugt und verbittert. Er heiratete eine hier ansässige Frau, hatte mit ihr einen Sohn, Liam, und starb Jahre später."

„Liam ist Irenes Vater."

„Genau."

Den Rest kannte Finn. Anfang der zwanziger Jahre hatten Liam und seine Frau Brenna Irland verlassen, um in die Vereinigten Staaten auszuwandern, in der Hoffnung, dort ein neues Leben beginnen zu können. Irene war zu der Zeit ein kleines Kind gewesen und konnte sich kaum daran erinnern. „Ich nehme an, deshalb hat Irenes Familie keine Tierneys in Cleveland gefunden."

„Das stimmt. Lena hat einen Donaghue geheiratet und den Namen ihres Sohnes geändert. Das war viele Jahre, bevor Liam in Cleveland ankam, und offensichtlich hatte er nie mit den Menschen Kontakt, die sich daran hätten erinnern können, eingeschlossen Lena selbst, die zu der Zeit schon alt war. Irene hat zufällig übers Internet von uns erfahren. Der ‚Cleveland Plain Dealer' hat einen Artikel über die Geschichte des Saloons veröffentlicht, der meiner Familie gehört, und Terence Tierneys Name wurde dort erwähnt, weil Lena das Lokal eröffnet hatte und er ihr erster Ehemann war."

„Merkwürdig, dass Irene überhaupt noch nach Verwandten gesucht hat, oder?"

Peggy strich sich das Haar zurück, eine anmutige, feminine Geste, die er schon lange nicht mehr gesehen hatte. „Eigentlich nicht. Sie hat nie geheiratet und keine Kinder. Wir alle wollen doch das Gefühl haben, irgendwo hinzugehören, oder? Sie ist krank. Ich denke, der Wunsch, dass ein Teil von einem selbst später weiterlebt, ist ganz natürlich."

Er versteifte sich und umklammerte das Lenkrad. Es hatte mal eine Zeit gegeben, als er diesen Wunsch ebenfalls sehr gut nachvollziehen konnte.

Peggy blickte über die Schulter zurück auf ihren schlafenden Sohn. „Ich denke, Kieran ist mein Beitrag zur Unsterblichkeit. Haben Sie Kinder, Finn?"

Er brachte es nicht fertig, darauf ganz gelassen zu reagieren, und das ärgerte ihn. Die Frage war einfach genug. Darauf zu antworten fast unmöglich.

„Sie werden meine Tochter Bridie kennen lernen“, sagte er schließlich. „Sie besucht Irene immer, wenn sie Zeit hat.“ Er erwartete weitere Fragen, aber sie war erstaunlich scharfsinnig und schwieg dazu.

Um sicherzugehen, wechselte er das Thema. „Wir haben das Dorf bald erreicht. Schlafen Sie ein bisschen, und wir sind durch, bevor Sie die Augen wieder aufschlagen.“

„Es ist alles so schön hier.“ Peggy blickte fasziniert aus dem Fenster.

„Ja, ihr Amerikaner scheint das alle so zu sehen.“

„Und Sie nicht?“

„Hier hat es so viel Elend gegeben, das sich Leute wie Sie wahrscheinlich gar nicht vorstellen können. Erst jetzt erwacht hier alles langsam wieder zum Leben. Nicht unbedingt mit den alteingesessenen Familien. Mit neuen Leuten und Ferienhäusern und Menschen, die zu Hause arbeiten. Sie sehen Märchenhügel und Kobolde, ich dagegen Menschen, die zu hart arbeiten und zu wenig verdienen.“

„Trotzdem bleiben Sie hier? Es muss eine Anziehungskraft besitzen.“

Sie fuhren durch die Hauptstraße des Dorfes, die von farbig angestrichenen, dicht stehenden Häusern gesäumt wurde. Die Berge erhoben sich dahinter wie Theaterkulissen, und in der Ferne glitzerte der Ozean. Ein Bach floss durch die Mitte eines winzigen Dorfplatzes. Es sah alles pittoresk und ordentlich aus, wie Dörfer eben so wirkten. Er konnte sich vorstellen, dass sie von dem Anblick bezaubert war.

Bevor er auf ihre Frage antwortete, hatten sie das Dorf bereits wieder hinter sich gelassen. „Ich bleibe hier, weil ich bleibe.“

Die letzten Kilometer legten sie schweigend zurück. Er bog in eine unbefestigte Straße ein, neben der eine unebene Hecke verlief, die zu Irenes Cottage führte. Er riskierte kurz einen Seitenblick. Peggy Donaghue hatte sich vorgelehnt, und obwohl ihr Sohn sich hinten bewegte, drehte sie sich nicht um. „Oh, sehen Sie doch nur. Hier kommen meine Schwestern und ich her. Und es ist so schön. Wie konnte Terence Tierney nur jemals von hier weggehen?"

„Ich nehme an, er war am Verhungern." Finn parkte vor dem Haus und stellte den Motor ab. „Irene wird herauskommen, um Sie zu begrüßen, darauf können Sie wetten."

Peggy öffnete die Tür und machte einen Schritt auf das strohgedeckte Haus zu. Es tat ihm fast Leid, dass es so bezaubernd aussah mit der weiß gekalkten Fassade und den Glasfenstern. Er sah Irene, die die traditionelle Doppeltür öffnete, eine Tür, die sie, davon war sie nicht abzubringen gewesen, in leuchtendem Blau gestrichen hatte. Finn blieb im Wagen sitzen, während die beiden Frauen sich musterten. Dann schüttelte er den Kopf, als Peggy auf Irene zurannte, die sie mit ausgebreiteten Armen empfing.

7. KAPITEL

Das Tierney-Cottage war zu Irenes Zeiten umgebaut worden. Ihre Mutter Brenda hatte mehrere Jahre nach ihrer Rückkehr nach Irland wieder geheiratet, und Irenes Stiefvater war ein recht vermögender Mann gewesen. Er hatte das Land, welches die Tierneys Jahrhunderte lang als Pächter bebaut hatten, und noch mehr Fläche darüber hinaus gekauft. Zusammen hatten die beiden noch weitere Schlafräume angefügt und eine Küche mit einladendem Kamin. Als Irene das Haus nach deren Tod geerbt hatte, war es an das Stromnetz angeschlossen und neu verputzt worden, sie hatte eine Gasheizung installieren lassen und inzwischen ihre persönliche Note dazugefügt.

Eine Woche nach ihrer Ankunft lag Peggy im Bett und starrte auf die helle Decke des Zimmers, das sie sich mit Kieran teilte. Nicht ein Spinnennetz hing dort, kein noch so winziger Schmutzfleck war zu entdecken oder blätternde Farbe. Das Cottage war tipptopp in Ordnung. Irene hatte sich zwar bis zu Peggys Besuch geweigert, eine Mitbewohnerin zu suchen, war jedoch mit einer Hilfe im Haus einverstanden gewesen. Als ihr klar geworden war, dass sie das Haus nicht mehr allein sauber halten konnte, hatte sie eine Nachbarin angeheuert, die morgens zum Putzen kam und das Feuer anmachte. Bei gutem Wetter kam Nora Parker mit dem Rad durch die Straßen mit Kopfsteinpflaster gefahren, nach dieser Übung gut gelaunt und bereit, die Wohnung auf Vordermann zu bringen. Sie machte auch das Frühstück, und obwohl es erst sieben war, konnte Peggy sie bereits in der winzigen Küche herumwerkeln hören.

Noras Anwesenheit war eine angenehme Überraschung gewesen. Peggy hatte sich darauf eingerichtet, sauberzumachen und zu kochen, aber Irene hatte ihr erklärt, dass sie Nora niemals entlassen oder sie vor den Kopf stoßen könnte, indem sie Peggy einige ihrer Aufgaben übergab. Nora brachte die neuesten Nachrichten aus dem Dorf und frische Lebensmittel. Sie trat mit einer Heiterkeit auf, die ihren analytischen Charakter, der jedem Militärkommandanten zur Ehre gerecht hätte, verbarg. Nur Nora hatte die gleichen eisernen Prinzipien wie die Frau des Hauses, und jeden Morgen gingen die beiden Frauen ausgelassen dem kleinsten Staubkörnchen von Tierney Cottage an den Kragen.

Am Abend war es ziemlich warm gewesen, und Peggy hatte bei offenem Fenster geschlafen. Jetzt bewegte eine kühle Brise die Spitzengardinen, aber draußen schien die Sonne. Im Haus roch es angenehm nach dem in Jahrzehnten ständig verbrannten Torf, ein natürlicher, erdiger Duft, tief eingebettet in Holz und Stein. Der Wind brachte den Geruch des Ozeans mit sich, der ungefähr vierhundert Kilometer entfernt lag.

Peggy fragte sich, so wie jeden Morgen, woran ihre Vorfahren wohl gedacht hatten, wenn sie morgens aufstanden. Waren sie so von Hunger und Sorgen ausgelaugt, dass sie die steinigen, vom Wind gepeitschten Berge verfluchten, inmitten denen ein romantischer Vorfahre ihr Haus errichtet und die Schafe hatte weiden lassen? Hatten sie die Invasoren verflucht, die sie so hart mit Steuern belegten und ihre Erträge veräußerten, die sie eigentlich selbst benötigten, um ihre Kinder zu ernähren? Hatten sie irgendwann mal nur für einen Moment ihr Elend vergessen und die Schönheit ihrer Umgebung genießen können?

Finn sagte, sie sähe Kobolde und verwunschene Hügel, aber der gute Doktor irrte sich. Peggy sah die Realität. Doch deshalb liebte sie dieses Land nicht weniger.

Kieran rührte sich und erwachte. Er lachte, ein Klang, der ihr immer durch und durch ging. Sie wusste nicht, warum er es tat, aber das war egal. Sein Lachen, so selten, wie es kam, sagte ihr immer noch, dass Kieran vielleicht eines Tages in seinem Leben einen gesunden Humor entwickeln könnte. Ein lachendes Kind war nicht verängstigt oder verwirrt oder unempfänglich für seine Umgebung.

„Kieran“, rief sie leise. „Kieran …“

Sie setzte sich auf und blickte zu seinem Bett hinüber. Kieran lag auf der Seite und sah sie an. „Kieran“, sagte sie lächelnd. „Wie geht es meinem kleinen Jungen?“

Wieder lachte er. Ihr Lächeln wurde breiter. Dann bemerkte sie, dass er den Blick auf etwas hinter ihr an die Wand geheftet hatte. Sie drehte sich um und sah die Reflexe vom Sonnenlicht, das durch das Ostfenster fiel. Es glitzerte und bewegte sich durch die wehenden Gardinen.

„Das gefällt dir, was?“ sagte sie zu ihm, nur ein bisschen enttäuscht. „Es sieht aus wie flüssiges Gold, findest du nicht auch?“ Sie hob die Hand mit ausgestrecktem Zeige- und Mittelfinger, deren Schatten wie kleine Hasenohren wirkten. „Hopp, hopp, hüpft das kleine Häschen.“ Ihr kleiner Schattenhase bewegte sich über die Wand.

Kieran quietschte vor Vergnügen, was Peggy ebenso glücklich machte. Sie ließ den Hasen zurückhoppeln. Vorwärts, rückwärts, ein großer Sprung ins Leere und dann erneut in Sichtweite. Ein Ohr knickte ein, dann richtete es sich wieder auf. „Hier kommt Peter Buschelschwanz“, sang sie, ohne den richtigen Ton zu treffen. „Auf dem Weg zum Hasentanz.“ Der Rest des Liedes fiel ihr nicht mehr ein. Stattdessen summte sie weiter und ließ den Schattenhasen im Rhythmus dazu hüpfen.

Kieran stand auf und rüttelte an den Stäben seines Bettchens. „Hal-lo.“

„Hase“, sagte Peggy. „Ha-se.“

„Hal-lo.“

Sie war so froh, ihn glücklich zu sehen, dass alles weitere unwichtig war. Für andere Mütter stellte das meist nichts Besonderes dar, aber bei Kieran war diese Ausgelassenheit äußerst selten, so dass sie es zu schätzen wusste. Niemals wieder würde sie kindliche Unbeschwertheit als etwas ganz Normales ansehen.

Sie stand auf, als sie von der Hasenhüpferei genug hatte, und ging zur Krippe hinüber. Er blickte zu ihr auf, dann hinüber zur Wand, und seine Unterlippe begann zu zittern.

„Ja, Mammi hat das Häschen hoppeln lassen", sagte sie. „Kieran kann das auch." Sie hob ihn hoch, trug ihn zu ihrem Bett und setzte sich mit ihm darauf. Dann nahm sie seine kleine Hand, obwohl er sich etwas sträubte, und hob sie gegen das Licht.

„Siehst du, Kieran kann auch solche Schatten zaubern."

Er hatte sich in dem Moment versteift, als sie ihn berührt hatte. Noch immer war er nicht entspannt, aber er schien interessiert. Sie beobachtete, wie er die Augen konzentriert etwas zusammenkniff.

„Kieran kann auch Schattenspiele machen." Sie nahm ihn beim Ellbogen und führte seinen Arm vorsichtig vor und zurück, vor und zurück. Er hatte die Faust geballt, als wollte er gleich zuboxen. Dann sah er, wie der Schatten sich veränderte, und legte den Kopf leicht schief, um das Schauspiel genauer zu beobachten.

„Kieran kann auch Schattenspiele machen." Sie zeigte auf den Schatten, den seine kleine Faust warf. „Schatten." Dann bewegte sie erneut seinen Arm hin und her. „Vor und zurück, vor und zurück."

Dabei beobachtete sie seinen Gesichtsausdruck. Er dachte nicht mehr an seine Gegenwehr, seine Angst, war nicht mehr angespannt. Die Bewegung nahm ihn gefangen. Sie führte seine Hand, aber er machte das meiste allein.

Schließlich hatte er genug und strampelte, um wegzukommen,

aber sie hielt ihn fest. „Tut mir Leid, Kollege, aber lass uns schnell deine Windeln wechseln, bevor du abzischst.“ Er protestierte, doch sie blieb eisern. In wenigen Minuten hatte er frische Windeln und einen neuen Overall an. Dann schlüpfte Peggy in ihre Jeans und ein flauschiges Sweatshirt, bevor sie die Tür zum Wohnzimmer öffnete.

Der Raum war der schönste im Haus, mit weiß verputzten Wänden, Steinfliesen und hohen Decken. Ein Kamin für Torfblöcke schmiegte sich in die Wand, zwei unterschiedliche Fenster mit einem spektakulären Blick auf die felsigen Felder mit weidenden Schafen waren in die beiden anderen Wände eingelassen.

„Guten Morgen!“ rief sie Nora zu. „Was für ein wunderschöner Tag.“

„Das stimmt“, erwiderte Nora. „Aber Madam bleibt heute Morgen im Bett.“

Peggy wurde hellhörig. Normalerweise war Irene gebadet und angezogen und wartete schon auf Noras Ankunft. „Es geht ihr doch nicht schlechter, oder?“

„Nicht schlechter als normal, falls Sie das meinen. Nur müde. Die Hüften machen ihr etwas zu schaffen, und sie hat nicht so gut geschlafen.“

Peggy hatte darauf geachtet, dass Irene ihre Medikamente vor dem Schlafengehen nahm, deshalb wusste sie, dass es nicht daran liegen konnte. Glücklicherweise war Irene damit einverstanden gewesen, dass Peggy sich ein bisschen um ihr Wohlbefinden kümmerte, und Peggy hatte beschlossen, immer sicherzustellen, dass Irene jede Pille zur rechten Zeit einnahm.

„Vielleicht braucht sie stärkere Entzündungshemmer“, sagte Peggy. „Ich werde mal mit Dr. O’Malley sprechen.“

„Sie nimmt sowieso schon zentnerweise Tabletten.“ Nora war in den Fünfzigern, grauhaarig und dünn wie die Weiden auf Irenes

Land. Sie war verwitwet – und behauptete, das Witwendasein wäre eine echte Verbesserung zu dem, was vorher stattgefunden hatte –, aber sie besaß drei von ihr angebetete Söhne, die in der Gegend lebten, und sechs Enkelkinder, sodass sie nicht allein dastand.

„Sie nimmt reichlich", musste Peggy zustimmen, „aber zu viele auch wieder nicht. Dr. O'Malley ist da vorsichtig."

„Er war der beste Arzt in Mayo, das ist eine Tatsache. Meine ganze Familie, von der Großmutter angefangen, war bei ihm. Und er hat uns allen immer geholfen."

Peggy sah sie fragend an. „War?"

„Sie wissen doch bestimmt, dass er nicht mehr praktiziert?"

Peggy dachte an eine entzogene Medizinerlizenz wegen irgendwelcher unschönen Vorfälle und fragte sich, ob Irene sich tatsächlich in so guten Händen befand. „Das wusste ich nicht, warum denn um alles in der Welt?"

„Ich würde es Ihnen erzählen, wenn ich Zeit für eine Tasse Tee und einen Plausch hätte, aber die gibt es jetzt nicht mehr. Er ist auf dem Weg hierher, und ich habe Irene versprochen, ihr das Tablett ans Bett zu bringen."

Peggy knöpfte Kieran das Hemd zu. „Natürlich. Tut mir Leid. Ich werde Irene fragen ..." Sie sah hoch. „Ist es okay, wenn ich sie darauf anspreche?"

„Oh, sie wird sich freuen, mit Ihnen darüber reden zu können, da bin ich sicher."

„Ich mache jetzt Kierans Frühstück."

„Alles schon fertig und für Sie auch."

Peggy bedankte sich bei ihr, und Nora schenkte ihr ein warmes Lächeln. „Sie sind anders, als ich erwartet habe."

„So?"

„Wir sehen ja nur, was im Fernsehen gezeigt wird, was wissen wir schon?"

Peggy gefiel der Gedanke überhaupt nicht, dass ihre Landsleute weltweit durch „Survivor" und die „Simpsons" repräsentiert wurden. „Ich fürchte, wenn Sie Glamour und Aufregung erwartet haben, werden Sie bei mir enttäuscht sein."

„Ich habe gehofft, dass jemand mit guten Umgangsformen und einem herzlichen Wesen kommt, und es ist beides eingetroffen."

Peggy fühlte sich gerührt. „Sie und Irene sind wunderbar. Ich hätte nicht mehr Glück haben können."

„Jetzt aber Schluss damit, ich muss schließlich etwas tun." Nora ging in die Küche.

Peggy folgte ihr, sobald sie Kieran vom Fenster wegbekam, das auf die Straße hinausging. Es war tief genug, dass er über den Sims sehen konnte, und der Anblick der endlos langen Steinmauern, bewachsen mit windschiefen immergrünen Pflanzen, Schwarzdorn und Fuchsien schien ihn immer wieder zu faszinieren. In der letzten Woche hatte sie ihn oft dort beobachtet und sich gefragt, was er wohl genau sah.

„Es gibt Haferflocken und Schinken, und ich habe Kaffee gekocht, so wie Sie ihn gern trinken", sagte Nora, während sie zwischen dem Herd und dem Kühlschrank hin und her eilte.

„Ich finde es wunderbar, dass Sie sich so um mich kümmern, aber ich befürchte, dass wir Ihnen zu viel Arbeit machen."

„Überhaupt nicht. Ich hätte sonst dasselbe vorbereitet, nur eben weniger."

Peggy setzte Kieran an den Tisch. Vor ihrer Ankunft hatte sich Irene von Familien aus ihrer Gemeinde Kindermöbel geliehen, da sie ja selbst nie welche benötigt hatte. Der hohe Babystuhl passte perfekt an den alten Pinienholztisch, den Generationen von Tierney-Frauen geschrubbt hatten.

Sie mischte das Getreide für ihren Sohn mit Honig und einer Menge frischer Milch, direkt aus der Molkerei des Nachbarn. Sie achtete besonders auf Kierans Ernährung, vermied Süßigkeiten und Lebensmittel mit chemischen Zusätzen, da einige Leute behaupteten, dies sei ein spezielles Problem für autistische Kinder. Von dem dunklen Sauerbrot, das Nora heute Morgen aus dem Laden im Dorf mitgebracht hatte, schnitt sie ihm eine dicke Scheibe ab und dachte dabei an Megan und das Brot, das sie im Whiskey Island Saloon immer zu den Mittagsmahlzeiten buk. Mittagsmahlzeiten, die vor Abschluss der Renovierungsarbeiten erst einmal nicht mehr serviert werden würden.

Nora trocknete sich die Hände an einem Küchenhandtuch ab. „Das ist der Wagen vom Doktor. Ich mache ihm nur mal schnell auf."

Peggy bereitete weiter das Frühstück für Kieran vor, der bereits quengelte und auf den Tisch klopfte. „Ich bin gleich fertig, Junge", versuchte sie ihn zu beruhigen. „Gutes Essen für einen guten Jungen." Sie stellte den Teller mit dem Brot vor ihn auf den Tisch, der gleiche Plastikteller, den er auch zu Hause benutzt hatte. Er griff sofort nach dem Brot und begann zu essen, ohne auf den Löffel zu achten, den sie neben die Schüssel mit den Haferflocken gelegt hatte.

Peggy machte sich in Gedanken eine Notiz, dass an diesem Morgen zu Kierans „Unterricht" eine Einführung in das Halten eines Löffels gehören würde. In der Zwischenzeit fütterte sie ihn mit den Haferflocken, wenn immer er es zuließ.

Ein Stück Brot landete auf dem Boden, und sie bückte sich, um es aufzuheben und in den Mülleimer unter dem Waschbecken zu werfen. Als sie sich wieder aufrichtete, stand Finn an der Tür.

„Er lässt mehr fallen, als er isst", bemerkte Finn.

„Finden Sie, dass er unterernährt aussieht, Doktor?"

„Finn. Nora meint, Sie wollten mir einen Rat geben?"

Peggy nahm an, dass er von den Entzündungshemmern sprach.

„Kein Rat. So überheblich bin ich nicht. Aber ich habe eine Frage an Sie. Irenes Hüfte macht ihr zu schaffen."

„Sie hat sich geweigert, es operieren zu lassen, als es noch möglich war. Jetzt geht es nicht mehr."

Das hatte Peggy bereits gewusst. Sie hatte inzwischen auch mitbekommen, dass Finn keine Lust hatte, mit ihr zu reden. In ihrer Gegenwart verhielt er sich immer ziemlich kurz angebunden, aber gleichzeitig ging er immer sehr warmherzig und geduldig mit Irene um und war bei ihr ein völlig anderer Mensch. Aus diesem Grund nahm sie ihm sein Verhalten ihr gegenüber nicht übel.

„Gibt es denn noch irgendetwas, das wir gegen ihre Schmerzen tun können? Vielleicht die Entzündungshemmer verstärken? Sie wird Ihnen nicht sagen, dass sie leidet."

Sein Gesichtsausdruck wurde weicher. „Aber ich weiß es."

„Und es gibt nichts, was Sie tun können?"

„Ihre Medikamente sind sorgfältig ausbalanciert. Sie hat diesen wenig beneidenswerten Zustand erreicht, in dem ein Leiden das andere überschattet und man immer vor einer schwierigen Entscheidung steht."

Peggy fühlte kurz den Eifer in sich aufflammen, den sie während ihres kurzen Medizinstudiums verspürt hatte. Dafür hatte sie so hart gearbeitet. Die Entscheidungen. Das sorgfältige Abwägen der Prioritäten. Die Möglichkeit, Schmerzen zu mindern und die Lebensqualität zu erhöhen. „Ich weiß, dass es schwierig ist", sagte sie. „Quantität kontra Lebensqualität."

„Es ist selten so einfach."

„Ich dachte nur, Sie wollten es wissen", sagte sie, „ich hatte nicht vor, ihren Job zu übernehmen."

„Sie haben Recht, danke."

Sie musterte ihn. Während der ersten Woche hier in Irland war sie zu dem Schluss gekommen, dass Finn einer der bestaussehenden

Männer war, die sie je getroffen hatte. Er war groß und sehr schlank, aber nicht zu dünn. Er hatte schwarzes, lockiges Haar, das ein kleines bisschen zu lang war. Das gefiel ihr. Es gab ihm ein leicht wildes Aussehen, das seinem Typ überhaupt nicht entsprach. Er besaß hohe Wangenknochen, und seine dunklen Brauen beschatteten Augen, die alles genau aufzunehmen schienen, jedoch nichts preisgaben.

Die wenigen Männer, die kurz ihr Leben geteilt hatten – inklusive Phil –, waren das genaue Gegenteil gewesen. Offene, freundliche Gesichter und ein breites Spektrum an Smalltalk, sodass sie sich nie besonders anstrengen musste, wenn sie mit ihnen zusammen war. Sie mochte es nicht, wenn sie Gedanken oder Gefühle erst lange erforschen musste. Sie hatte nie große Lust und Muße dazu gehabt.

Dieser Mann war anders. Vielleicht hatte das mit dem relativ friedlichen Leben hier zu tun, mit der Zeit, die ihr zum Grübeln blieb, aber manchmal machte sie sich Gedanken über Finn. Er war ihr ein Rätsel, und fast schien es so, als hätte sie diesmal die entsprechenden Voraussetzungen, um es zu lösen.

„Wie hat der Junge sich denn hier eingewöhnt?" erkundigte sich Finn.

Die Frage überraschte sie. Außer dass er sie über ihre Beziehung zu Irene gelöchert hatte, war seit ihrer Ankunft in Shannon nie etwas Privates über seine Lippen gekommen. „Er passt sich langsam an", erwiderte Peggy. „Möchten Sie einen Kaffee?"

Er schüttelte den Kopf. „Sie wollen selbst mit ihm arbeiten?"

„Ich habe schon angefangen. Wir haben im dritten Schlafzimmer einen kleinen Klassenraum für ihn eingerichtet. Heute ist die erste Stunde."

„Sind Sie denn qualifiziert?"

„Wer könnte qualifizierter sein? Wer liebt ihn mehr und wem ist wichtiger, was aus ihm wird?"

„Liebe kann oft ein Hindernis darstellen." Er sagte das, als wäre er Moses, der dem israelitischen Volk die zehn Gebote vorstellte.

„Kann." Peggy legte noch mehr Brot vor Kieran auf den Tisch, bevor sie zum Küchentresen ging, um sich etwas von dem Kaffee einzugießen, den sie Finn angeboten hatte. „Ich weiß, dass ich objektiv bleiben muss. Ich besitze gutes Informationsmaterial, Internetkontakte und die Verbindung zu einer Therapeutin, die ich telefonisch konsultieren kann, wenn es notwendig wird." Sie goss sich die Tasse voll, bevor sie sich umdrehte. „Und um ehrlich zu sein, ich bin billig genug, um mir mich leisten zu können."

Er lächelte sogar. Plötzlich überfiel sie das gleiche Gefühl wie am Morgen, als sie Kierans Lächeln beobachtet hatte. Für einen Moment schien sich die Sonne zu zeigen und das Leben voller Möglichkeiten zu sein.

„Sie kommen mir aber nicht gerade billig vor, Miss Donaghue."

„Wenn ich Sie Finn nennen soll, bin ich Peggy für Sie. Andererseits muss ich das wieder ändern."

Einen Augenblick sagte er nichts. Sein Lächeln war verschwunden, das Gesicht ausdruckslos. Als er weiterredete, schien seine Stimme von weither zu kommen. „Ich habe ein paar Kinderspielsachen. Irene meinte, dass Sie nicht sehr viel mitgebracht hätten und noch mehr gebrauchen könnten. Wenn Sie möchten, kann ich was für Kieran mitbringen."

Sie hätte niemals von Finn erwartet, dass er ihr seine Hilfe anbot, und auch nicht diese Betroffenheit, die er bei diesem Angebot offensichtlich verspürte. Für einen Moment wusste sie nicht, was sie sagen sollte. Dann nickte sie. „Wir werden sehr vorsichtig damit umgehen. Aber, Finn, ich kann nicht versprechen …"

Er hob die Hand, um den Rest ihres Satzes abzublocken. „Nicht nötig. Ich will es nicht zurückhaben. Wenn noch was übrig ist, nachdem Sie es nicht mehr brauchen, geben Sie es jemand anders." Er wandte sich ohne ein weiteres Wort um und verschwand im Wohnzimmer.

Sie stand da und fragte sich, wie viel diesen Mann sein Angebot gerade gekostet hatte. Und warum das eben so schwierig für ihn gewesen war.

Irene Tierney war zu dünn, und sie brauchte zu viel Zeit, um sich von einer Stelle zur anderen zu bewegen, auf Beinen, die ihr nicht zu gehorchen schienen. Ihr Haar war so weiß wie die Gischt, die die Wellen an der Küste aufpeitschten, und ihre grauen Augen hinter den dicken Brillengläsern waren von dem beginnenden grauen Star getrübt. Sie war eingefallen, mürrisch, aber geistig sehr jung.

„Es ist der Segen des Alters", erklärte sie Irene an diesem Nachmittag nach dem Essen. „Man sieht sich selbst, wie man einmal war. Nicht so, wie die anderen einen wahrnehmen. Ich bin siebenundzwanzig. Nur ein bisschen älter als du, meine Liebe."

„Hast du Fotos? Damit ich dich auch so sehen kann?"

„Ich habe ein ganzes Album, das ist so dick wie dein Arm. Aber ein andermal, wenn du nicht so erschöpft bist."

Peggy war tatsächlich müde. Der Vormittag war gut verlaufen. Sie wusste, es würde einige Zeit dauern, bis Kieran sich an seinen Schulraum und die „Unterrichtsstunden" gewöhnen würde. Zur Einführung hatte sie sich etwas Einfaches ausgedacht. Einen Löffel halten. Zwei Klötze aufeinander stellen. Auf sie zeigen, wenn sie ihn fragte: „Wo ist Mammi?" Sie war so langsam wie möglich vorgegangen und hatte geplant, ihn mit Käse oder Kräckern, seine Lieblingsspeisen, zu belohnen, wenn er Fortschritte machte.

Es waren keine zu verzeichnen gewesen.

„Es lief nicht gut, was?" fragte Irene. „Heute mit dem *bábai.*"

„So wie erwartet." Peggy bemerkte, dass Kieran die Augen

zufielen. Er wirkte genauso müde, wie sie sich fühlte, obwohl er sein Lieblingsfenster noch nicht verlassen hatte. „Alles braucht seine Zeit."

„Er hat Talente. Da bin ich ganz sicher. Ich spüre das in meiner Seele, wenn ich ihn ansehe. Was meinst du, sieht er, wenn er so aus dem Fenster starrt?"

„Ich wünschte, ich wüsste es. Ich wünschte, ich könnte in seine Welt eintauchen und es sehen. Es wäre eine große Hilfe."

„Du weißt doch sicher, dass du das nicht allein schaffen kannst, oder?"

Peggy wollte protestieren, aber Irene unterbrach sie. „Du bist geduldig und arbeitest hart, aber selbst der beste Lehrer braucht Unterstützung. Und für den Jungen wäre es gut, wenn er noch andere Bezugspersonen hätte."

„Er hatte immer eine Menge Bezugspersonen. Zu viele. In der Familie haben sich alle um ihn gekümmert, ihn überallhin mitgenommen und viel Wirbel um ihn gemacht. Das ist einer der Gründe ..." Peggy verstummte.

„Ich kann es mir schon denken, aber meinst du nicht, dass du dich deshalb vielleicht ein bisschen schuldig fühlst? Dass sich so viele andere um ihn gekümmert haben, während du studiert und gearbeitet hast?"

Irene war keine Hellseherin, Peggy nahm an, dass sie anhand der Dinge, die sie ihr erzählt hatte, zu diesem Schluss gekommen war. Von Anfang an hatte Irene alles über sie und ihre Schwestern wissen wollen. Alles, was mit der Familie zu tun hatte, saugte Irene förmlich in sich auf, und sie konnte nicht genug hören. Eine Woche lang hatten sie fast ununterbrochen darüber geredet.

„Es stimmt, ich fühle mich schuldig", räumte Peggy ein. „Ich denke ständig, dass er vielleicht eine Beziehung zu mir aufgebaut hätte, wenn ich die ganze Zeit bei ihm gewesen wäre. Dass er mich damals mehr gebraucht hätte, als es jetzt der Fall zu sein scheint."

„Hat das nicht etwas mit seinem Zustand zu tun? Keine Beziehung zu den Menschen zu entwickeln, die ihn lieben, zumindest nicht so, wie wir es uns wünschen?"

Peggy war überrascht und gerührt gewesen, als sie herausgefunden hatte, dass Irene so gut über Autismus informiert war. Sie hatte sehr intensive Recherchen im Internet angestellt und wusste jetzt so gut wie alles, was man dort über diese Störung finden konnte. „Es hat damit zu tun, aber ich fürchte, dass ich dazu beigetragen habe."

„Du und jede Mutter eines solchen Kindes."

„Er braucht jetzt viel Zeit mit mir."

„Die er auch bekommt, egal, was du tun wirst. Aber würde er nicht schneller vorankommen, wenn du etwas Hilfe hättest und mehr Zeit, mit ihm zu lernen? Ein Mädchen aus dem Dorf, vielleicht? Eins, das später mal Lehrerin werden will. Wir könnten Nora um Rat bitten."

„Ich werde darüber nachdenken." Peggy stand auf, um ihren Sohn wegzubringen, bevor er im Stehen einschlief. „Ich habe heute Morgen eine gute Nachricht erhalten."

„Ja?"

„Finn meint, er hätte Spielzeug für Kieran. Ich weiß nicht genau, was, aber er sagte, er würde es nicht mehr benötigen." Sie hob Kieran hoch, der sich sofort dagegen sträubte. „Ich bin gleich zurück."

„Ich werde in nächster Zeit keine Reise unternehmen."

Peggy kam zurück, nachdem sie Kieran ins Bett gebracht hatte. Als sie gegangen war, hatte er mit der Hand gegen die Gitterstäbe seines Bettchens geschlagen. Das würde er so lange tun, bis er mitten in der Aktion einschlief.

„Spielzeug?“ sagte Irene. „Das ist bemerkenswert.“

„Warum?“ Peggy wartete einen Moment, bevor sie fortfuhr. „Nora hat mir heute Morgen erzählt, dass Finn nicht mehr praktiziert. Der Mann ist mir ein echtes Rätsel.“

„Die beiden Sachen haben einen Zusammenhang“, erklärte Irene. „Setz dich einen Augenblick.“

Peggy setzte sich, obwohl sie unbedingt noch einen Spaziergang machen wollte. Sie war vorher schon mit Kieran losgegangen, aber nicht sehr weit gekommen. Kieran fürchtete sich vor Wind, von dem es an der Küste reichlich gab, und sie hatte ihn nach wenigen Minuten wieder ins Haus bringen müssen.

Irene kam gleich zum Punkt. „Finn hat seine Frau und zwei Söhne vor zwei Jahren verloren. Sie sind während eines Sturms ertrunken. Finn leidet darunter, dass er nicht umgekommen ist. Das wird er sich nie verzeihen.“

Peggy war erstaunt. „Das ist zu schrecklich, um es nachvollziehen zu können.“

„Es ist ein unermesslicher Schmerz, ja. Glücklicherweise war seine Tochter nicht dabei. Bridie war älter als die beiden Jungen und hat den Tag mit einer Freundin verbracht. Sie fanden Finn nahe der Küste, er wäre auch fast ertrunken. Danach hat er einfach aufgegeben.“ Irene zuckte die Schultern. „Hat das Interesse verloren, weiter als Arzt zu arbeiten. Am Leben genauso …“

Peggy war hin- und hergerissen zwischen Mitleid mit Finn und Sorge um Irene. Immerhin war er noch ihr Arzt. „Aber er kümmert sich zumindest noch um ein paar Patienten?“

„Oh, er hat seine Praxis in der Stadt behalten. Aber er behauptet, das sei nur, weil der Immobilienmarkt hier nicht so rege wäre und niemand sie kaufen wolle. Nein, er kommt nur zu mir, und das auch nur, weil ich mich geweigert habe, jemand anderen zu konsultieren. Ich habe Finn erklärt, dass ich lieber in meinem Bett sterben würde, als Dr. Joseph Beck kommen zu lassen. Ich hätte es auch fast bewiesen. Er behandelt mich, weil ich die beste Freundin seiner Großmutter war, und er will sich im nächsten Leben nicht vor ihr verantworten müssen. Eveleen konnte ziemlich ungemütlich werden. Nichts, worauf man sich freuen könnte."

Peggy musste immer noch an das Unglück denken, das Finn passiert war. „Das erklärt vieles bei ihm. Er ist so ..." Sie suchte nach dem richtigen Wort.

„Schwierig", sagte Irene. „Ja, das ist er, unser Finn. Das war nicht immer so. Ein unkomplizierter Mensch war er noch nie, aber man konnte sich glücklich schätzen, mit ihm bekannt zu sein. Heute ist es keine richtige Freude mehr. Zu seinem Glück erinnern sich die Leute von Shanmullin an den alten Finn und beten, dass er bald zurückkommt. Keiner versteht Schmerz besser als die Iren, obwohl sie natürlich nicht die Einzigen sind, die darin Erfahrung haben."

„Das Spielzeug muss von seinen Söhnen sein."

„Das nehme ich an. Und das Problem ist sicher nicht, die Sachen loszuwerden. Nein, das Problem ist, sie wieder in die Hand zu nehmen, sie zusammenzupacken und zu uns zu bringen, sich zu erinnern ..."

„Hilft es ihm denn, Bridie zu haben, was meinst du? Er muss doch sehr froh sein, dass sie verschont wurde."

„Ein schwieriger Mann und ein schwieriger Vater seitdem, fürchte ich. Vor dem Unfall war er sehr fürsorglich. Aber er hat sich in seinem Schmerz verbarrikadiert und teilt ihn nicht mit ihr. Sie ist ein süßes kleines Ding, einer der liebsten Menschen, die ich kenne. Du wirst sie bald kennen lernen, denke ich. Sie kommt oft zu Besuch."

„Wie alt ist sie?"

Irene rechnete nach. „Elf. Und wenn sie ihren Vater nicht bald wiederfindet, wird sie demnächst in andern Männern nach ihm suchen, denk an meine Worte.“ Irene tätschelte Peggys Hand. „Nora will bis vier bleiben. Die Fenster sind heute dran und Boden schrubben. Warum fährst du nicht ins Dorf? Würde dir ganz gut tun. Wenn Kieran aufwacht, werden wir schon dafür sorgen, dass ihm nichts fehlt.“

Peggy bezweifelte, dass ihr Sohn aufwachte. Mit einem gleichmäßigen Lebensrhythmus schien er zu versuchen, sich in dieser verwirrenden Welt einzurichten. Der Gedanke, mit dem Rad nach Shanmullin zu fahren, das sie bisher nur aus dem Auto kurz gesehen hatte, reizte sie. Irene hatte ihr gesagt, dass es in einer nahegelegenen Scheune Fahrräder gebe. Peggy war sicher, dass es sich um alte handelte, und genauso sicher, dass sie gut erhalten waren.

„Meinst du wirklich?“

„Aber ja.“

Peggy spürte, wie sie wieder Energie bekam. Frische Luft und ein bisschen Bewegung waren sicher erholsamer als ein Mittagsschlaf. Sie umarmte Irene. „Was kann ich dir aus dem Dorf mitbringen?“

„Na ja, ich hab gehofft, du würdest mich fragen. In der Küche liegt eine Liste. Fahr nur und amüsier dich. Biege an der Hauptstraße rechts ein, dann bist du bald da. Und merke dir die Ausfahrt gut, damit du dich auf dem Weg nach Hause nicht verirrst.“

Freiheit. Lächelnd und mit einem fröhlichen Winken verabschiedete sich Peggy und ging in die Küche, um die Liste zu holen und sich von Nora zu verabschieden.

8. KAPITEL

Peggy rechnete sich aus, dass ihr ungefähr zwei Stunden blieben, bevor Kieran aufwachte. Für den Nachmittag hatte sie eine weitere Unterrichtsstunde eingeplant. Noch etwas Löffel halten, etwas „Mammi“ und eine sehr farbige Sitzung mit roter Kreide. Wenn dann noch Zeit oder Geduld blieb, würde sie damit beginnen, ihm zu zeigen, wie man die Seiten in einem Bilderbuch umblätterte. Bisher hatte er noch nie Interesse an den Geschichten gezeigt, die man ihm vorgelesen hatte, aber sie hoffte, dass sich das ändern würde.

In der Scheune fand sie ein Sortiment von Fahrrädern. Eins, leuchtend grün mit einem hohen Korb, sah neuer aus als die übrigen, und eine Proberunde zeigte, dass es gut funktionierte. Sie fuhr den Feldweg hinunter und blickte dann auf halbem Weg zurück, um den Frauen im Cottage zuzuwinken, die sie natürlich anspornten.

Nach einer düsteren Woche war der Tag atemberaubend schön, doch gerade noch kühl genug, um nicht in Schweiß auszubrechen, während sie sich den Hügel hoch arbeitete, der zur Hauptstraße führte. Gelbe Schlüsselblumen wuchsen am Straßenrand, und die Schwertlilien standen kurz vor der Blüte. In der Ferne konnte sie den Atlantik sehen mit der vom Nebel eingehüllten Clare Island und weiter dahinter Croagh Patrick, dem kegelförmigen Berg, benannt nach dem Heiligen, der dort gefastet haben sollte. Die Fuchsien in den Hecken begannen ebenfalls zu blühen, die scharlachroten Blütenblätter bewegten sich in der Brise auf und ab, eine Elster hockte auf der mit Flechten überwachsenen Steinmauer und beobachtete sie erstaunlich gelassen.

Die wenigen Autos, die ihr auf der Hauptstraße begegneten, machten einen großen Bogen um sie, worüber sie froh war, denn es war schon lange her gewesen, dass sie sich auf ein Rad gesetzt hatte. Megan und Casey hatten es ihr beigebracht, natürlich, und waren mit halsbrecherischer Geschwindigkeit hinter ihr hergerannt, um sie aufzufangen, wenn sie zu fallen drohte. Sie waren immer da gewesen, um sie aufzufangen, wie besorgte Mütter, dabei selbst noch so jung, und sie vermisste die beiden bereits.

Sie radelte an Schafen vorbei, die auf den mit Büscheln von Binsen bewachsenen Feldern grasten und ein pittoreskes Bild boten. Sie waren von den jeweiligen Besitzern mit verschiedenen Farben gekennzeichnet und gaben der Landschaft einen komischen bunten Anstrich. Bauernkaten und Ferienhäuser standen hier und da zwischen den in Wellen verlaufenden Hügeln, und „Hunger-Hütten", einfache verlassene Steinhäuser ohne Dach, waren zahlreicher anzutreffen, als sie vermutet hätte. Einige der Farmhäuser waren alt und nicht so wie Irenes mit einem Strohdach versehen. Sie war dankbar für das Glück, in einem so malerischen Heim gelandet zu sein. Tierney Cottage hätte ebenso schon vor Jahren verfallen sein können, wenn Brenna und ihr zweiter Ehemann das Haus nicht restauriert hätten.

Als sie die ersten Häuser von Shanmullin erreichte, war sie von der Anstrengung etwas atemlos. Ihre Beine taten weh, und ihr Po schien gegen den schmalen Plastiksattel zu protestieren. Trotzdem fühlte sie sich erfrischt. Dabei war die Pause eigentlich dazu gedacht gewesen, Kieran etwas Erholung zu gönnen. Jetzt genoss sie es in vollen Zügen.

Shanmullin wäre ein Motiv für das Titelbild vom „National Geographic" gewesen. Die Hauptstraße führte in einer sanften Kurve den Hügel hinauf. Sie war von Häusern gesäumt, von denen manche wie Tierney Cottage weiß gestrichen und mit hellen Fensterleisten versehen waren, jeweils in verschiedenen Schattierungen von Grün, Gold oder Blau. Die Schilder an den Geschäften waren teilweise in „Irisch“, der originalen gälischen Sprache des Landes, und Englisch beschriftet. Eine große Anzahl von ihnen gehörte zu den Pubs, und die Guinness-Werbung ließ sie wehmütig an Zuhause denken.

Auf einer Seite der Straße strolchte ein Hund zwischen den geparkten Autos herum und setzte sich ab und zu auf ein sonnenbeschienenes Fleckchen, um sich zu kratzen. Auf der anderen Seite schwatzte eine Frau mit drei Männern, die Gummistiefel und Wollmützen trugen, vor einer Bar.

Peggy lehnte das Rad gegen eines der Gebäude und lief eine Seitenstraße hinunter, betrachtete die Schaufenster und sah sich an, was Shanmullin zu bieten hatte. Sie kam an der Kirche vorbei, sah ein Restaurant und etwas versteckt in einer Seitenstraße sogar Finns „Praxis“, die einen leicht verlassenen Eindruck vermittelte. Eine Stunde später verließ sie einen Lebensmittelladen, in dem sie die letzten Posten von Irenes Liste besorgt hatte. Sie hatte Haarnadeln gekauft, Stricknadeln – denn Irene war entschlossen, einen Pullover für Kieran zu stricken – und die neueste Ausgabe der „Irish Times“. Als Zugabe hatte sie noch einen guten „craic“ mitbekommen: lebhafte irische Konversation. Der Besitzer des Zeitungsladens hatte sie nach ihrer Lebensgeschichte ausgefragt und seine eigene zum Besten gegeben, seine weitaus abwechslungsreichere als ihre. Sie glaubte, einen Freund gewonnen zu haben.

Am Ende der Straße erblickte sie denselben Hund, den sie schon vorher bemerkt hatte. Er besaß lange Schlappohren, das Fell in verschiedenen rotbraunen Schattierungen, und sah ein bisschen nach einem Bluthund aus, eine Abwechslung zu den vielen Schottischen Schäferhunden, die ihr auf ihrer Fahrt in die Stadt begegnet waren. Er hatte sich quer über den Bürgersteig gelegt, den Kopf auf die Pfoten gebettet. Wenn ein Hund verloren aussehen konnte, dann dieser.

Vorsichtig näherte sie sich dem Tier. Sie hatte großen Respekt vor dem besten Freund des Menschen und blieb ein paar Meter entfernt von ihm stehen, überlegte, ob sie einfach an ihm vorbeilaufen und ihn in Ruhe lassen sollte.

„Hallo, Kumpel."

Er wackelte ein bisschen teilnahmslos mit dem Schwanz. Das Tier war eindeutig zu dünn und ließ erbärmlich die Lider sinken. Während sie ihn betrachtete, kam ein Mädchen in Schuluniform mit Schottenrock und blauem Sweater zu ihrer Linken aus einem Laden und stellte sich neben Peggy. Ihr Haar war eine Wolke von weißblondem Haar, das zweifellos irgendwann nachdunkeln würde. Die Kleine verzog ihr hübsches Gesicht.

„Der treibt sich hier schon eine Woche herum", sagte sie in dem typisch irischen Singsang. „Der Besitzer ist gestorben."

Peggy schüttelte den Kopf. „Das ist ein Jammer. Hat er denn einen Namen?"

„Banjax. Mr. McNamara meint, er wäre zu nichts nütze, aber Mr. McNamara meckert ja gern, nicht?"

„Würde ich auch sagen." Peggy betrachtete das arme verlassene Tier. „Keiner will ihn haben? Die Familie auch nicht?"

„Ein paar Leute haben ihn gefüttert, glaube ich, von den Pubs abends. Chips und so Sachen. Aber mein Vater meint, irgendjemand wird ihn bald aufs Land schaffen, und dann kommt er nicht zurück."

Das gefiel Peggy überhaupt nicht. „Ich nehme an, es gibt hier im Ort keine Organisation, die sich um verlassene Haustiere kümmert."

„Nur ein paar Leute, die sie aufnehmen, wenn sie können." Das Mädchen sah zu Peggy hoch. „Sie sind nicht von hier."

„Nein, aus den Vereinigten Staaten, Ohio."

„Ich bin Bridie O'Malley."

Finns Tochter. Das hätte Peggy nicht erwartet, nicht nur, weil es solch ein großer Zufall war, sich auf diesem Weg zu begegnen, sondern auch weil Bridie ihrem Vater überhaupt nicht ähnlich sah. Sie war so hellblond wie er dunkel. Peggy konnte sich jetzt ganz gut vorstellen, wie Finns Frau ausgesehen haben musste.

Peggy stellte sich ihr vor. „Irene Tierney meint, du wärst eine gute Freundin von ihr."

„Ach, Sie sind die Amerikanerin, die im Tierney Cottage wohnt. Ich hab schon von Ihnen gehört."

„Dein Vater war so nett, mich vom Flughafen abzuholen."

„Er hat an dem Tag nicht gearbeitet. Eigentlich wollte ich mitkommen, aber ich musste zur Schule."

Peggy sah auf ihre Uhr. Es war erst halb zwei. „Du hattest heute früher Schluss?"

„Die Lehrer haben am Nachmittag Elternsprechstunde." Sie verzog wieder das Gesicht.

Peggy lächelte sie an. „Machst du dir deshalb Sorgen? Ich war vor diesen Besprechungen immer nervös, auch wenn ich keine Probleme im Unterricht hatte."

„Ach, mein Vater wird nicht hingehen. Der arbeitet den ganzen Tag in Louisburgh."

Peggy hatte gar nicht daran gedacht, dass Finn irgendeiner anderen Arbeit nachgehen könnte. Das hätte sie sich eigentlich denken sollen, schließlich mussten er und seine Tochter ja etwas essen, auch wenn er nicht mehr als Arzt praktizierte. Sie wollte Irene später mal danach fragen.

„Ich würde Banjax mit nach Hause nehmen", sagte Bridie, „weil ich so gern einen Hund hätte."

Peggy hörte das unausgesprochene „Aber" in ihrem Satz. Sie nahm an, dass es etwas mit Finn zu tun hatte. Er wollte sicher nicht noch einen zusätzlichen Esser im Haus haben. „Du machst dir

Sorgen um ihn. Lass uns mal nachdenken, gibt es vielleicht irgendjemanden, der ihn nehmen würde? Jemand, den du darum bitten könntest?“

Bridie runzelte die Stirn. Im Gegensatz zum Vater, der meist ein unbewegtes Gesicht zeigte, hatte die Tochter eine äußerst lebhafte Mimik. „Granny Rene!“ Sie sah Peggy an. „Sie können ihn doch mitnehmen, Mrs. Donaghue!“

Jetzt war es an Peggy, das Gesicht zu verziehen. „Bridie, ich fürchte …“

„Aber Granny Renes Hund ist letztes Jahr gestorben. Pickles. Ein kleiner Kläffer, der jedes Mal an meinen Knöcheln rumgeknabbert hat, wenn ich da war. Irene mochte ihn auch nicht so besonders, aber sie meinte, er wäre ein alter Freund, und selbst ein nervender alter Freund musste beschützt werden. Na ja, Banjax war ein guter Freund von Mr. McNamara, und er braucht jetzt auch Hilfe. Und Granny Rene wird das übernehmen.“

Peggy merkte, wie sie immer weiter in diese konspirativen Pläne eingesponnen wurde. Irene ging es gesundheitlich nicht gut, und sie musste sich bereits auf zwei Fremde in ihrem Haus einstellen. Ein Hund, der dringend Zuwendung benötigte, schien eine zu große Zumutung. „Ich schlage dir Folgendes vor: Ich werde sie fragen, und wenn sie Ja sagt …“

„Aber das wird nicht funktionieren“, unterbrach sie Bridie. „Er könnte heute Abend verschwunden sein. Was dann? Wie würden wir uns dann fühlen? Oder die arme Granny Rene, wenn sie beschlossen hat, dass sie ihn haben will?“ Sie merkte, dass Peggy protestieren wollte, und fügte schnell hinzu: „Ich habe ein paar Männer vorhin gesehen, bevor ich in den Laden gegangen bin, die auf ihn gezeigt und den Kopf geschüttelt haben. Wirklich, das stimmt. Bitte.“

Peggy fand, es könnte nicht allzu schlimm sein, den Hund mitzunehmen. Das Hundefutter würde sie kaufen und in dem Korb auf dem Rad transportieren. Und mit ein wenig Aufmunterung und ein paar Leckereien würde Banjax sicher mit ihr mitlaufen. Sollte Irene etwas dagegen haben, was sie befürchtete, könnte sie das Tier ja das nächste Mal zurück in die Stadt bringen, in der Hoffnung, dass ihn jemand anders aufnimmt. Oder sie könnte ihn am nächsten Morgen mit Finn zurückschicken, wenn sie ihn dringend loswerden musste.

Bridie schien zu spüren, dass sich die Chancen für Banjax erhöhten. „Ich kann Ihnen helfen, ihn zum Cottage zu bringen. Dann lasse ich eine Nachricht für meinen Vater zu Hause und schreib ihm auf, dass ich Granny Rene besuche. Es wird ihm nichts ausmachen. Wirklich. Und zusammen kriegen wir ihn da hin, da bin ich ganz sicher."

„Wie alt bist du, Bridie?"

„Elf."

„Wenn du erst mal fünfzehn bist, dann müssen wir, glaube ich, mal darüber reden, wie gefährlich es ist, diese schönen grünen Augen dafür einzusetzen, das zu bekommen, was du möchtest."

Bridie grinste sie an, und Peggy ahnte, dass ihre neue kleine Freundin bereits bestens über die Wirkung grüner Augen und einem charmanten Lächeln Bescheid wusste.

„Ein Hund? Noch dazu ein großer, hässlicher, stinkender Hund wie der?" Irene stand auf der Veranda und starrte auf Banjax, Peggy und Bridie herunter. „Also ich muss schon sagen, Peggy Donaghue. Was hast du dir denn dabei gedacht?"

„Ich bin überrumpelt worden", sagte Peggy. „Becirct. Mein Gehirn hat nicht mehr richtig gearbeitet, weil mich ein paar große Augen in ihren Bann geschlagen haben, und das waren nicht die von Banjax."

Irene versuchte ihr Lächeln zu unterdrücken. „Bridie, das war deine Idee, oder?"

„Er braucht einen Platz, an dem er unterkriechen kann, Granny. Sie wollten ihn aufs Land schaffen!"

„Also hast du das erledigt, vor den anderen?" Irene musste jetzt doch grinsen. „Also reinkommen darf er auf keinen Fall. Da lasse ich nicht mit mir handeln."

„Ich werde ihn baden", versprach Bridie. Sie hatte von ihrem eigenen Taschengeld ein Stück Flohseife gekauft, während Peggy das Hundefutter besorgt hatte. „Morgen nach der Schule. Ehrenwort. Aber er braucht eure Hilfe. Wirklich."

Irene sah Peggy an, und Peggy zuckte die Schultern. „Er wird einen guten Wachhund abgeben", sagte sie.

„Und vor wem soll er uns hier bewachen?"

„Krähen? Schmetterlinge?" Peggy konnte noch nicht einmal Schlangen mit aufzählen. Um die hatte sich bereits der Heilige Patrick gekümmert.

„Wir werden's mal ausprobieren und ihm eine Chance geben, armes altes Ding", sagte Irene. „Er kann, wenn er will, in meiner Scheune schlafen."

„Ich baue ihm ein Lager", sagte Bridie.

Peggy vernahm ein vertrautes Jammern aus ihrem Schlafzimmer. „Na, sieht aus, als wäre ich gerade rechtzeitig gekommen."

Nora kam heraus und starrte den Hund an. „Den kenne ich. Ist so nutzlos wie eine Teekanne aus Schokolade. Der wird bloß essen und schlafen, weiter nichts."

Das schien eine Saite bei Irene anzuschlagen, deren Tage inzwischen auch nicht viel anders abliefen. „Er kann hier bleiben. Wir werden sehen."

Peggy und das Mädchen folgten ihr ins Haus. Bridie warf einen Blick in die Richtung von Peggys Schlafzimmer. Auf dem Weg nach Hause hatte sie von Kieran erfahren. „Darf ich ein bisschen mit ihm spielen?"

Peggy suchte nach einer möglichst unbefangenen Antwort. Kieran spielte nicht, zumindest nicht so, wie Bridie es sich vermutlich vorstellte.

„Ich kann gut mit Kindern umgehen", versicherte sie. „Er wird mich gern haben."

Sie sagte das mit solcher Überzeugung, dass Peggy sich erweichen ließ. „Das glaube ich dir gern. Es ist bloß so, dass Kieran nicht besonders gut mit Menschen umgehen kann, die er nicht kennt." Und selbst die, die er kannte, wussten nicht so recht, wie sie sich ihm nähern sollten.

„Ach, das ist nicht so schlimm. Ich werde ihn erst mal beobachten."

„Ich hole ihn jetzt aus dem Bett. Bin gleich wieder da. Warum gibst du Banjax nicht inzwischen etwas von dem Hundefutter?"

Als sie mit einem frisch gewickelten Kieran zurückkam, hatte Nora Tee gekocht und mit einem Teller selbst gebackener Hörnchen serviert, über die sich Bridie gerade hermachte. Sie liebäugelte mit dem Kleinen, hielt sich aber zurück und bedrängte ihn nicht. Während sie am Tisch sitzen blieb und weiteraß, beobachtete sie ihn aus dem Augenwinkel.

Kieran sah sich verschlafen und misstrauisch in der Küche um. Wie immer fragte sich Peggy, was für eine verdrehte Mischung aus Signalen sein kleines Gehirn wohl empfing. Als er sich losstrampelte, setzte sie ihn auf dem Boden ab, blieb aber neben ihm, falls er wegen des fremden Gesichtes beschützt werden wollte. Aber Kieran starrte Bridie an, so wie er sonst das flackernde Licht an der Wand betrachtete. Er krabbelte näher zu ihr heran, sah zu ihr hoch, blieb sitzen und beäugte sie erneut. Peggy hielt den Atem an. Sie spürte, dass es Irene neben ihr genauso ging.

„Ha-lo", sagte er schließlich. Er rückte noch näher. „Ha-lo."

Bridie registrierte es gelassen. „Oh, hallo, Kleiner." Sie beschäftigte sich weiter mit ihrem Teegebäck, ohne zu ahnen, dass sich vor ihrer Nase gerade ein kleines Wunder abgespielt hatte.

„Kieran war von Bridie fasziniert", sagte Peggy abends, als sie mit Irene zusammensaß und das glimmende Feuer im Kamin betrachtete. „Ich glaube, das hat mit ihrem Haar zu tun. Es ist so auffallend hell, und von Licht hat er sich schon immer angezogen gefühlt."

„Sie ist ein sehr hübsches Mädchen." Irene lehnte sich in ihrem gemütlichen Sessel zurück und legte die Füße auf einen kleinen gepolsterten Schemel. „Sheila war auch sehr attraktiv. Bridie sieht ihr ähnlich, hat aber einen feineren Knochenbau. Sheilas Schönheit wäre wahrscheinlich ab vierzig verblasst, aber bei Bridie ist das bestimmt anders."

„Sie muss ihre Mutter fürchterlich vermissen. Ein Mädchen in ihrem Alter braucht eine Mutter." Peggy hatte ihre verloren, als sie noch viel jünger gewesen war, aber sie hatte ihre Schwestern und Tante Deirdre gehabt, die ihre Stelle einnahmen. Trotzdem empfand sie tief im Inneren noch immer eine große Sehnsucht nach Kathleen Donaghue, die nie so richtig verging.

„Ich vermute, dass sie jetzt, wo du hier bist, viel öfter nach Tierney Cottage rauskommt. Sie mag dich."

„Und Banjax auch", sagte Peggy. Der Hund hatte sich in der Scheune eingenistet, als wäre das schon immer sein Zuhause gewesen. Irene war persönlich nach draußen gegangen, um die Einrichtung seines Lagers zu überwachen, und hatte sich sogar dazu herabgelassen, ihm den knochigen Kopf zu tätscheln.

„Ein Mädchen braucht seinen Vater auch", bemerkte Irene. „Bridie meint, Finn hätte heute in Louisburgh gearbeitet?"

„Auf dem Bau. Er will nichts mehr mit Medizin zu tun haben und sträubt sich sogar, in einem Labor zu arbeiten. Er verausgabt sich dermaßen auf den Baustellen, dass er seine Tochter kaum zu Gesicht bekommt."

Diese Situation kannte Peggy nur zu gut, die ebenfalls ohne Vater aufgewachsen war.

Irene zog sich eine Wolldecke über den Schoß, als würde sie es sich für ein längeres Gespräch gemütlich machen. „Ich brauchte und vermisste meinen Vater jeden Tag, als ich noch ein Kind war."

Seit Peggys Ankunft hatten sie kaum über Liam Tierney und seinen Tod in Cleveland gesprochen. Dabei war das überhaupt der Anlass für Irene gewesen, Kontakt zu den Donaghue-Schwestern aufzunehmen. Und Peggy hatte ihr bisher so wenig über ihn sagen können.

„Ich wünschte, ich hätte mehr Zeit gehabt, um die Eintragungen beim Standesamt genauer zu studieren", sagte Peggy. „Manchmal ist es ein Fluch, wenn man eine dermaßen unüberschaubare Menge an Informationen hat."

„Ich bin aufgewachsen mit dem Wunsch, mehr über ihn zu erfahren. Und dieses dringende Bedürfnis scheint sich nicht zu legen. Ich habe nur Angst, dass ich sterbe, ohne mehr rausgefunden zu haben. Das macht mich nervös, obwohl ich mir gar nicht erklären kann, warum."

„Erzähl mir doch, was du schon weißt", schlug Peggy vor. „Megan und Casey haben versprochen, weiterzurecherchieren. Der ganze Abend liegt noch vor uns, wenn du nicht zu müde bist. Fang ganz von vorne an und berichte alles, an das du dich erinnerst. Vielleicht hast du ja eine Information, die ihnen helfen kann, schneller fündig zu werden."

„Ich war noch sehr jung."

„Dann sag mir, was deine Mutter dir erzählt hat."

Irene seufzte bereitwillig. „Eine Tasse Tee wäre jetzt ganz nett, was meinst du? Während ich dir die Geschichte erzähle."

Peggy stand auf. „Ich mache welchen. Du ordnest inzwischen deine Gedanken."

„Das tue ich." Irene schloss die Augen. „Es ist eine glückliche Erinnerung, zumindest die erste Zeit. Davon berichte ich gerne, das fällt mir nicht schwer."

1923
Castlebar, County Mayo

Mein lieber Patrick,
wie immer denke ich an Dich, mein einziger Bruder, der Du so weit von Irland entfernt bist. Ich bin immer noch so traurig darüber, dass du nach Ohio ausgewandert bist, als wärest Du erst seit Kurzem dort und nicht schon fast ein ganzes Leben lang. Cleveland ist jetzt Deine Heimat und Dir vertrauter, als Irland es je gewesen ist, und St. Brigid's scheint noch immer das Wichtigste für Dich, obwohl du inzwischen pensioniert bist und nur noch gelegentlich das Priesteramt übernimmst. Aber wie scharf Dein Verstand noch immer arbeitet, und wie genau Deine Beobachtungen sind. Wir können uns glücklich schätzen, Du und ich, dass wir noch immer alle Sinne beisammen haben und nur der Ozean uns trennt, nicht der Tod.

Wie verschieden sind unsere Ansichten über das Elend unserer Mitmenschen. Deine Sichtweise auf die Tragödie unseres Volkes von Deinem dortigen Standpunkt aus gesehen und meine von hier aus. Du siehst die Immigranten vom Schiff oder aus der Bahn steigen, in eine Welt voll rau-

chender Fabrikschornsteine und hastig aufgebauten Baracken. Ich beobachte sie, wenn sie aufbrechen, das arme, karge Bauernland hinter sich lassen, Gebete in ihren Herzen und Hoffnung in ihren Augen schimmernd.

Es heißt, wir leben in einem neuen Irland. Bisher habe ich davon noch nichts bemerkt. Letztes Jahr haben Attentäter den „Big Fellow" in Beal na mBlath getötet, ein schrecklicher Verlust für alle Männer und Frauen, die daran glauben, dass nur Kompromisse zu einem besseren Schicksal führen. Wir Iren bekämpfen uns noch immer gegenseitig, so entschlossen und mit einer Selbstverständlichkeit, wie wir uns früher gegen die englischen Invasoren gewehrt haben. Männer, die das Grauen von Gallipoli überlebten, fallen nun in den Straßen von Dublin, und Sabotage, Hinrichtung und andere Scheußlichkeiten gelten inzwischen genauso als Symbole für unsere alte und ehrenwerte Kultur wie Regenbogen und Kirchtürme.

Du erzählst in Deinen Briefen Geschichten von neuem irischen Blut für Cleveland, von Menschen mit Namen wie Durkan und Doyle, Heneghan und Lavelles, Namen so vertraut für mich wie mein eigener. Ich trauere um diese Zeitgenossen, auch wenn ich sie nie kannte, dass sie das Land ihrer Geburt verlassen mussten und nun solche unangenehmen Überraschungen bei ihrer Ankunft erleben. Ich erinnere mich zu gut an Deine Briefe, in denen Du einen Ort namens Whiskey Island beschreibst, mein lieber Patrick, und die grauenhaften Dinge im Leben dieser Menschen, die bisher nur die grüne Pracht Irlands gekannt haben. Vielleicht haben sich die Umstände ja inzwischen gebessert, aber Cleveland wird niemals Irland sein, oder?

Es gibt immer noch sehr wenige Möglichkeiten hier, be-

sonders für jene, die sich mit den Republikanern verbündet haben. Manche Wunden heilen nie. Womöglich ist es besser, wenn sie sich an die weit entfernten Küsten von Amerika aufmachen, aber vielleicht auch nicht. Denn was soll unser geliebtes Irland ohne seine starken, mutigen Söhne nur anfangen?
Deine bekümmerte Schwester,
Maura McSweeney

9. KAPITEL

Schon als er noch auf den Knien seines Vaters gesessen hatte, lernte Liam Tierney, dass er vom Leben nichts erwarten konnte. Von seiner Mutter war ihm beigebracht worden, es nicht wert zu sein, geliebt zu werden. Glücklicherweise lernte er Brenna Duffy kennen, als er noch jung genug war, um an diesen Lehren zu zweifeln.

Lorcan Tierney, Liams Vater, war ein harter Mann, und dass er ziemlich spät in seinem Leben einen Sohn bekam, machte ihn nicht zugänglicher. Ohne jemals zu lächeln, sorgte er für das Nötigste zum Leben und forderte ansonsten nichts mehr von sich selbst.

Walton Gaol, das Gefängnis von Liverpool, hatte Lorcan zu dem Mann gemacht, der er war. Als unbedarfter Junge noch hatte er sein Elterhaus in Shanmullin verlassen, um in England sein Glück zu versuchen. Doch nur einen Monat später wurden seine Hoffnungen durch einen unerträglichen Hunger, ein Stück hastig gestohlenes Fleisch und einen Augenzeugen, der den Diebstahl unglücklicherweise beobachtet hatte, zunichte gemacht. Tief beschämt darüber, hatte er niemandem erzählt, was er getan hatte und wo er gewesen war.

Nach seiner Entlassung Jahre später kehrte er nach Irland zurück und fand niemanden mehr aus seiner Familie vor. Möglicherweise waren alle verstorben, nichts war mehr dort für ihn vorzufinden, lediglich der steinige Boden und das zerfallende Cottage, das er in seiner Jugend mit so hohen Erwartungen verlassen hatte.

Liams Mutter war eine nicht mehr junge, kränkliche und mürrische Jungfrau gewesen, die Lorcans Heiratsantrag angenommen hatte, nachdem ihr Bruder gedroht hatte, sie aus dem Haus zu werfen, wenn sie es nicht täte. Sie gebar Liam, ihr einziges Kind, mit den größten Schmerzen und ohne viel Freude an ihm zu haben. Wenn Lorcan es nicht verhindert hätte, wäre ihr kleiner Sohn noch in derselben Nacht auf den Treppenstufen des Pfarrhauses von ihr abgeliefert worden.

Zwölf Jahre später, nach Lorcans Tod, machte sie ihre Drohung wahr und ließ den jungen Liam vor dem Haus des Priesters zurück. Sie verschwand noch an diesem Abend auf Nimmerwiedersehen. Der gewissenhafte Geistliche von Castlebars Gemeinde sandte Liam nach Süden zu den Christlichen Brüdern, wo er unter deren strengen Aufsicht heranwachsen sollte. Sehr wenig von dem, was er in diesem Waisenhaus lernte, sollte ihm später gute Dienste erweisen.

Einsame, aggressive Jungen trafen auf Ihresgleichen. Einsame, aggressive Jungen suchten Trost in Gewalt, in Aktionen und Aufgaben, die ihre innere Leere füllen sollten. Nachdem er das Waisenhaus mit sechzehn verlassen hatte, fand er genau solche Freunde und eine solche Aufgabe in den politischen Aufständen dieser Zeit. Nur durch Brenna, ein rothaariger Engel mit blauen Augen aus einem anderen Waisenhaus, der wie ein Wunder auftauchte, wurde er vor Schlimmerem bewahrt.

Nun waren Liam und Brenna nach Cleveland gekommen, um ein neues Leben zu beginnen und ein neues Haus für sich und ihr kleines geliebtes Baby aufzubauen. Brenna hatte ihre rothaarige Tochter Irene genannt. Es war kein irischer Name, denn bei Irenes Geburt hatte Brenna verzweifelt gehofft, dass die Tierneys eines Tages nicht mehr irisch wären.

„Irishtown Bend?“ Brenna musterte das winzige schiefe Häuschen auf dem Berg, von dem aus man über das Stück Land blickte, welches von den Bewohnern Whiskey Island genannt wurde. „Wir sind den ganzen Weg hierher gekommen, froh, alles hinter uns zu lassen, um an einem Ort zu leben, der Irishtown Bend heißt?“

Es war so außergewöhnlich für Brenna, sich zu beschweren,

dass Liam die Worte doppelt wehtaten. „Mir ist schon klar, wie komisch das klingt", erwiderte Liam, „aber wir müssen ja nicht für immer hier bleiben. Es ist ein Anfang, und so übel scheint es auch nicht zu sein. Meinst du nicht, es ist besser, mit Menschen zu leben, die uns verstehen? Leute, die uns mögen? So viele von ihnen kommen aus Mayo. Ich könnte ja sogar auf jemanden treffen, den ich noch von dort kenne."

„Genau das, was ich gehofft hatte zu vermeiden."

Liam wollte Brenna und Irene die Welt zu Füßen legen. Dummerweise ging das jedoch nicht so schnell. Und das war es auch nicht, was sie von ihm erwartete. Sie wollte nur ohne Sorgen leben, frei von der Vergangenheit, die sie nachts verfolgte. Von *seiner* Vergangenheit.

„Ich finde, das Haus hat irgendwie seinen Reiz." Liam legte den Kopf schräg und betrachtete das Gebäude. Es war schmal wie die Hüften eines jungen Mannes und schoss so in die Höhe wie dessen Träume. Eine wacklige Veranda verlief um die Vorderfront. Bei der Besichtigung hatte er Dielen zu Tage befördert, die dermaßen verrottet waren, dass sie selbst unter Irenes Gewicht zu Staub zerfallen würden.

Brenna schob ihre Tochter höher auf ihre Hüfte. Meist ließ Irene es nicht zu, sich herumtragen zu lassen. Sie war ein lebhaftes Kind, das immer in Bewegung sein musste. Aber die lange Reise, die Nächte in Boston, dann die Übernachtungen in einem Hotel von West Side, in dem es so viele Ratten wie Immigranten gab, hatten ihre normalerweise gute Stimmung verdorben. Sie rieb sich die Augen und strich sich ärgerlich ein paar rotgoldene Locken aus dem Gesicht.

Seine Tochter. Der Grund, warum er hierher gekommen war.

„Vielleicht hat es seinen Reiz", sagte Brenna, „aber ich fürchte, es wird auch voller Mäuse und Ungeziefer sein, und im Winter hängen die Eiszapfen von der Decke."

„Im Winter werden wir schon woanders wohnen, weiter oben auf dem Hügel vom Angel, vielleicht irgendwann auch ganz weg von dem Irish." Er zögerte kurz. „Es sei denn, wir treffen auf Familienangehörige."

Brenna wirkte genauso erschöpft wie ihre Tochter, und diese Aussicht schien ihr überhaupt nicht zu gefallen. „Die Möglichkeit erscheint sehr gering, Liam. Du solltest dir nicht zu große Hoffnungen machen."

Diese Warnung brauchte Liam nicht. Er erwartete sowieso nie viel. Tatsächlich wusste er gar nicht, was er sich wünschen sollte. Einst, in einer der seltenen Unterhaltungen mit seinem Vater, hatte der ihm von irgendwelchen Onkeln erzählt, die im Laufe des letzten Jahrhunderts hierher gekommen waren, Lorcans Brüder, Darrin und Terence, die jung und arm das Zeitliche gesegnet hatten.

Die Mitglieder der Tierney-Familie waren bereits verstorben oder hatten Shanmullin verlassen, als Lorcan aus Liverpool zurückgekehrt war, so wie die meisten Bewohner des Ortes, die Lorcan noch als Junge gekannt hatte. Selbst der Priester von Shanmullin war nach Amerika ausgewandert, aber ein Nachbar hatte sich daran erinnert, dass Terence geheiratet hatte und seine Frau womöglich noch leben könnte. Vielleicht hatte diese Frau sogar ein Kind von Terence. In einem Ort namens Cleveland, wo sie und Terence sich niedergelassen hatten.

Liam wusste so wenig von der Vergangenheit seiner Familie, und es interessierte ihn auch nicht besonders. Seine Eltern hatten ihn so schändlich vernachlässigt. Weshalb sollte er glauben, dass sich irgendetwas änderte? Er hatte seine eigene Familie gegründet, als er Brenna Duffy heiratete und mit ihr Irene zeugte. Wenn hier irgendwelche Tierneys existierten, würde er sie sorgfältig beobachten, bevor er sich zu erkennen gab.

Jetzt versuchte er das Beste aus dieser schlechten Situation zu machen und hoffte, seine Frau aufmuntern zu können. „Sei vorsichtig auf den Stufen“, sagte Liam. „Am besten lässt du mich Irene tragen, ich weiß, wo man hintreten kann.“

Er nahm das kleine Mädchen, das sich beschwerte und wand, während er die Treppe hochstieg. Nachdem er die größten Löcher umrundet hatte, stieß er die Tür auf. Im Inneren sah es trostlos, aber überraschend sauber aus. Die Vorbewohner waren zu arm gewesen, um Reparaturen am Haus in Angriff zu nehmen, aber stolz genug, um es immer zu putzen. Der wacklige Tisch in der Ecke war kaum mit Staub bedeckt, ebenso wenig der mit Leder bezogene Stuhl daneben. Es gab nicht viele Fenster, aber die blitzten.

„Hier haben gute Leute gewohnt.“ Das war das Beste, was er dazu sagen konnte, da es auch nicht mehr zu kommentieren gab. Es war eng und dunkel, und die modrigen Holzplanken auf der Veranda besaßen hier drinnen viele Verwandte. Er hatte das Haus vorher noch nie betreten. Mehr hätte er sich gar nicht leisten können, deshalb war dessen Zustand auch ohne Belang gewesen. Es besaß ein Dach und einen Boden, eine Kochstelle und einen Platz zum Schlafen. Bevor er keine Arbeit fand, durfte er nicht mehr erwarten.

Liam mied Brennas Blick. Das Entsetzen in ihrem Gesicht wollte er sich ersparen. Er hatte sie hierher gebracht, weit weg von allem, was ihr vertraut war. Genau wie er hatte sie keine Angehörigen in Irland. Das Waisenhaus, in dem sie seit ihrer Geburt gelebt hatte, war grausam gewesen, und ihre Erinnerungen an Irland waren furchtbar. Aber sie hatte ihn geheiratet, um es im Leben besser zu haben. Und das hier war nicht besser.

„Ach, Liam, sieh doch nur, wie die Sonne durch das Glas scheint.“ Sie ging vorsichtig durch den Raum bis ans Fenster und blickte hinaus, auf den sanften Hügel, der zum Fluss hinunter führte und zu dem Rauch von Whiskey Island.

Das Tageslicht flackerte durch die alten Scheiben und warf Muster an die Wand. Es freute ihn sehr, dass sie so etwas bemerkt hatte.

„Und es gehört uns", sagte sie und drehte sich zu ihm um.

„Es ist nicht viel, was …"

„Mein ganzes Leben lang habe ich in einem Raum mit zwanzig Mädchen oder mehr gehaust. Ich habe mich nach einem solchen Platz gesehnt, ein Haus, in dem ich mich bewegen kann, ohne über jemand anders zu stolpern."

Er wusste, was sie versuchte, erkannte, wie sie sich bemühte, optimistisch zu wirken. Und dafür liebte er sie nur umso mehr. „Wenn du dich hier bewegst, musst du auch vorsichtig sein. Sonst könntest du womöglich im Keller landen."

„Aber es wird unser Keller sein, oder? Kein Almosen. Und niemand wird uns ständig ermahnen, dass wir es nicht verdient haben und uns glücklich schätzen sollten, so etwas zu besitzen. Keine Schwestern, die uns schlagen, wenn wir nicht genug Dankbarkeit zeigen. Ja, Liam, es ist nicht sehr viel. Aber es tut mir Leid, was ich vorhin gesagt habe. Sollte es hier Mäuse geben, dann sind es unsere Mäuse, oder nicht? Und wenn sich hier an der Decke Eiszapfen bilden, dann wissen wir genau, wo wir sie reparieren müssen, und sind dankbar für diese Erkenntnis."

„Ich werde einen Job finden. Ich weiß, dass es hier Arbeit gibt, und zwar genug. Das habe ich von allen Männern gehört, mit denen ich zusammengetroffen bin. Wir werden nicht lange in diesem Haus bleiben. Und ich repariere die Bodendielen. Es gibt Treibholz am Ufer des Sees. Das hat man mir auch schon gesagt. Ich mache es in Ordnung, und wir richten uns hier ein, bis wir was Besseres finden."

„Ich hatte nie erwartet, so viel zu besitzen. Ich habe dich und unsere liebe Irene, und nun sind wir in diesem Land, weit weg von all den traurigen Erinnerungen. Wir fangen hier ganz von vorn an. Wir drei.“

Er setzte Irene ab, und sie rannte zum Fenster, an dem ihre Mutter stand. Brenna hob ihre Tochter hoch.

„Rauch“, sagte Irene und zeigte den Berg hinunter.

„Ein Zeichen des Fortschritts“, bemerkte Brenna. „Ein Zeichen, dass es gute Aussichten gibt.“

Liam folgte seiner Tochter. Brenna streckte den Arm nach ihm aus, und er nahm die Einladung an. Die einzigen Momente der Freude, die er je in seinem Leben erfahren hatte, verdankte er dieser Frau. Er spürte ihre warme Brust an seine Seite gepresst, roch den Duft von Wind und Wetter in ihrem Haar. Er legte den Arm um die einzigen beiden Menschen auf dieser Welt, die er liebte, und Liam dankte dem Schicksal für das, was er hatte.

10. KAPITEL

Megan bog mit Caseys rotem Mazda in den Parkplatz des Whiskey Island Saloon ein und schaltete den Motor ab. Sie rührte sich nicht, um die Tür zu öffnen. Die Hände hatte sie noch immer um das Lenkrad gelegt, den Fuß auf der Bremse. Sie schloss die Augen und konzentrierte sich darauf zu atmen.

Als sie die Lider hob, hatte sich nichts verändert. Keine gute Fee hatte mit dem Zauberstab gewedelt, um innerhalb von Sekunden diesen Geröllhaufen in einen funktionierenden irisch-amerikanischen Pub zu verwandeln. Der Whiskey Island Saloon würde Wochen, vielleicht auch Monate an Arbeit benötigen, und Megan musste wohl akzeptieren, dass das Leben nicht mehr so wie vorher weiterging.

Jemand öffnete die Fahrertür. Erschrocken sah sie auf und erblickte ihre Schwester. „Dir gefällt mein Auto wohl so sehr, dass du es gar nicht über dich bringst, es zurückzugeben, was?"

„Woher wusstest du denn, dass ich wieder da bin?" Megan starrte Casey an. „War das geschwisterliche Eingebung?"

„Nick hat Jon angerufen und ihm erzählt, was passiert ist. Ich hab Charity für dich mitgebracht und wollte den Mazda abholen."

Dass Niccolo mit Jon telefoniert hatte, überraschte Megan nicht. Er verhielt sich schon ganz wie der Ehemann, obwohl sie erst zwei Wochen verheiratet waren. Die Rolle hatte er so verinnerlicht wie Olivier den Hamlet.

„Es war eine lange Fahrt für dich." Casey streckte die Hand aus. „Es tat ihm Leid, dass du sie ganz alleine zurücklegen musstest. Nicht gerade die beste Art, seine Flitterwochen zu beenden, was?"

Megan stieg aus Caseys Wagen. „Niemandes Schuld."

„Jon sagt, Nicks Mutter hatte einen Herzanfall? Sie ist im Mercy Hospital in Pittsburgh?"

„Schmerzen in der Brust. Sie haben sie gestern früh eingeliefert, um ein paar Untersuchungen vorzunehmen. Ich habe bisher noch nicht erfahren, welche Ergebnisse sie bekommen haben, aber Nick dachte, er sollte dort sein. Er ist gestern Abend hingeflogen. Es war zu spät, um nach Hause zu fahren, deshalb bin ich noch allein da geblieben bis heute Morgen."

„Was hattet ihr, vier Nächte zusammen? Nicht gerade viel für Flitterwochen."

Wenigstens waren es Nächte voller Glück gewesen. Das plätschernde Wasser am Ufer des Sees, die von Niccolo liebevoll ausgewählten Weine, gemeinsam gekochte Gourmetmahlzeiten, Spaziergänge im Mondschein, der Wald hinter der Hütte mit den glühenden Augen der Nachttiere. Ein großes, weiches Bett.

„Es war eine unangenehme Unterbrechung, aber leider nicht zu ändern", sagte Megan. „Marco meinte, Nick soll bleiben, wo er ist, aber du kennst ja Nick. Wenn er nicht helfen darf, kann er nicht existieren. Und immerhin ist sie ja seine Mutter."

„Du hättest mehr Zeit verdient. Erst der Tornado, die Angebote durchgehen, Kostenvoranschläge, Verhandlungen mit dem Versicherungsagenten, und dann das ..."

„He, wir hatten Glück, überhaupt etwas Zeit rausschlagen zu können. Mit den Renovierungsarbeiten und Nicks Arbeit mit den Steinen kann es Jahre dauern, bis wir wieder mal wegkommen."

„Sag so was bloß nicht. Ihr müsstet euch einfach mal zusammen Zeit nehmen."

Megan ging zum Kücheneingang hinüber. Der alte Ahornbaum war jetzt verschwunden, ebenso Niccolos Honda Civic. Der erste brandneue Wagen, den er jemals besessen hatte, war jetzt ein glitzernder Würfel auf dem Schrottplatz von Cleveland. Sogar ein wendiger Versicherungsagent, der ohne Frage einen bescheidenen Scheck für die Reparaturen ausstellen wollte, hatte beim Anblick des Fahrzeugs nach Luft geschnappt und es als Totalschaden deklariert.

„Ich denke nicht, dass der Bauunternehmer viel Zeit hier verbracht hat“, sagte Megan. Sie hatte sich über die Aufbauarbeiten mit einem Mann aus Westlake geeinigt, bevor sie losgefahren war. Casey hatte sich bereit erklärt, bei den Besichtigungen, die der Mann vornehmen wollte, anwesend zu sein, solange Megan weg war. „Mit dem vielen Regen, den ihr hier gehabt habt, und allem anderen, könnte ich wetten, dass er sich kaum hat sehen lassen.“

Sie betraten den Saloon durch die Küche. Sie war, genauso wie der Rest des Lokals, vollkommen leer geräumt. Vor ihren kurzen Flitterwochen am Michigan hatte Megan eine Umzugsfirma beauftragt, alles, was nicht niet- und nagelfest war, in einem Depot unterzubringen, bis die Reparaturen abgeschlossen waren. Die Frontseite hatte man so weit abgestützt und gesichert, dass der Schutt weggeräumt werden konnte. Aber hundertprozentig sicher war es erst, wenn die Wände wieder aufgerichtet und Türen eingebaut und verschlossen waren.

„Megan, was den Bauunternehmer betrifft.“ Casey folgte ihrer Schwester in den richtigen Schankraum, obwohl dort im Moment absolut nichts richtig war. „Das ist zum Teil noch ein Grund, warum ich hergekommen bin, um dich zu treffen.“

Megan wedelte mit der Hand, als wollte sie den unangenehmen Geruch von kochendem Kohl loswerden. „Hör zu, ich weiß, er ist ein widerlicher Zeitgenosse. Er hat Umgangsformen wie eine Bulldogge, aber seine Referenzen sind gut. Und das war der einzige Kostenvoranschlag, der auch nur annähernd der Summe entsprach, die unsere Versicherung versprochen hat zu zahlen. Wir müssen immer noch Tausende von Dollars dazubuttern. An Vergrößerung und Modernisierung ist gar nicht zu denken.“

„Er hat den Kostenvoranschlag nicht schriftlich gegeben, oder?“

Megan runzelte die Stirn und drehte sich zu Casey um. „Er meinte, er würde es zu Nick … zu uns nach Hause schicken. Es müsste eigentlich schon da sein. Warum?"

„Ich kann es mir nicht vorstellen."

„Casey, was willst du damit sagen?"

„Er hat mich vorgestern angerufen. Da erklärte er dann, er hätte die Posten noch einmal durchgerechnet, bevor er alles aufgeschrieben hat. Die Summe war beträchtlich höher als die erste. Jetzt behauptet er, er kann es nicht für den Betrag machen, den er dir genannt hat. Seine neue Berechnung hat sich denen der anderen Firmen angenähert. Es ist viel mehr."

„Das kann er doch nicht machen!" rief Megan wütend. „Er hat mir den Preis schon genannt!"

„Keinen, auf den du ihn festnageln kannst. Er hat sich mit der Quadratmeterzahl vertan, und die Holzpreise sind letzte Woche enorm in die Höhe gegangen. Er meint, die einzige Möglichkeit, es zu dem Preis zu machen, den er genannt hat, wäre zu schludern. Und das willst du ja wohl nicht."

Megan hatte das Gefühl, einen Schlag in den Magen bekommen zu haben. Sie hätte wissen müssen, dass dieser Kostenvoranschlag zu gut war, um wahr zu sein. „Wir hätten uns höher versichern müssen. Ich wusste es. Ich bin bloß einfach nicht dazu gekommen, es in sie Wege zu leiten."

„Jon und ich werden aushelfen. Das weißt du. Und die anderen beteiligen sich auch …"

„Welche anderen?"

„Die Familie. Die Angebote häufen sich. Jeder will dazu beitragen, dass der Saloon schnell wieder fertig und einsatzbereit ist. Vielleicht gehört er uns auf dem Papier, aber im Grunde sind alle Donaghues daran beteiligt. Mit den ganzen Erinnerungen und der Geschichte der Familie, die daran hängen."

Es kam sehr selten vor, dass Megan weinte. Jetzt spürte sie einen Kloß im Hals. Sie wollte keine Hilfe annehmen. Sicher, der Whiskey Island Saloon war eine Ikone der Familie, aber niemand von den anderen zog irgendeinen Profit daraus. Seit Jahren führte sie die Kneipe, und die Verwandten hatten ab und zu ihren Spaß daran gehabt. Das hatte so immer gut funktioniert, ohne Murren. Verwandte stellten sich manchmal aus Lust und Laune hinter die Bar und halfen in der Küche. Dann gingen sie abends nach Hause und führten ihr normales Leben weiter. Der Saloon war ein Hobby für sie, ein verbindendes Element für die Familie. Sie wollte daran nichts ändern.

„Onkel Frank und Tante Deirdre bieten an, die ganze Rechnung zu begleichen", sagte Casey. „Sie haben mir bereits einen Scheck gegeben."

„Zerreiß ihn." Megan unterdrückte die aufsteigenden Tränen. Sie konnte jetzt nicht heulen. Es gab zu viel zu tun.

„Onkel Frank hat es gern gemacht, das weißt du doch auch."

„Er ist ein Juwel. Ich mag ihn sehr gern. Ich mag sie alle unheimlich gern. Aber wir können das nicht zu einem Familienunternehmen machen, Casey. Es ist zu gefährlich. Zu viele Hitzköpfe und festgefahrene Meinungen, dazu ausschweifende Diskussionen über Tradition gegen Modernisierung."

Casey widersprach nicht. Megan wusste, dass sie der gleichen Meinung war.

„Und die anderen Möglichkeiten?" fragte sie schließlich.

Die Küchentür wurde zugeschlagen, und die beiden Frauen sahen sich an.

„Megan?"

Megan konnte es kaum glauben. „Nick?"

Er kam durch die Küchentür in den Saloon. „Überraschung!"

„Nick!" Megan freute sich so, ihn zu sehen, dass sie ihre Würde vergaß. Sie rannte ihm entgegen und stürzte in seine Arme, als hätte sie ihn seit Wochen nicht gesehen. „Was ist los? Warum bist du schon zurück?“

„Akuter Angstzustand“, sagte Nick. „Aber ich rede nicht von mir, sondern von meiner Mutter. Mama hat unsere Heirat doch nicht so gut verkraftet, wie wir dachten.“ Er hielt sie ein wenig von sich und grinste. „Wir hatten eine kleine Unterredung, Mama und ich. Sie ist auf dem Weg der Besserung.“

„Du machst Witze!“

„Im Ernst. Sie neigt nicht zur Hysterie. Einfach zu viele Veränderungen in ihrem wohlgeordneten Leben. Aber sie wird damit klarkommen. Es ist ihr sehr peinlich. Wahrscheinlich wird sie das nächste Mal lieber an einer Herzattacke sterben, als jemandem zu erzählen, dass sie Schmerzen in der Brust hat. Sie wird ab jetzt Yoga machen. Meine Mutter im Lotussitz. Ich hab schon ein Foto bestellt.“

„Die Arme“, sagte Casey. „Ich mag deine Mutter, obwohl sie mir beim Empfang die meiste Zeit davon erzählt hat, wie du zum Priester geweiht wurdest.“

„Geht es dir gut?“ erkundigte er sich bei Megan. „War die Rückfahrt in Ordnung?“

„Ich hab mich allein gefühlt.“ Sie lächelte ihm zu, dann wurde sie wieder ernst. „Nick, Casey hat schlechte Neuigkeiten.“

„Jon hat es ihm schon berichtet“, sagte Casey. „Er war der Meinung, dass Nick gewarnt werden müsste.“

„Warum das? Damit er darauf vorbereitet ist, zu einem totalen Wrack nach Hause zu kommen?“ Sie milderte die Worte durch ein angestrengtes Lächeln ab. „Hört zu, ihr beiden. Ich komme schon klar. Vielleicht werde ich ja auch mit Yoga anfangen. Irgendwie werde ich einen Weg finden, und wenn ich die verdammten Reparaturen selbst durchführen muss. Und ihr wisst, dass ich das könnte. Wenn ich müsste.“

„Musst du aber nicht“, bemerkte Nick.

„Ich sollte jetzt abhauen“, warf Casey ein. „Ihr seid zum Abendessen eingeladen. Ich sehe euch später. Ihr könnt mir ja dann ...“

„Nein, ich will, dass du es auch hörst“, unterbrach Nick sie.

Casey wartete.

„Da es meiner Mutter gut ging und ich schon mal in Pittsburgh war, nutzte ich die Gelegenheit, um ein bisschen Zeit mit Marco zu verbringen.“

Es war eindeutig, dass Niccolo langsam wieder im Herzen der Familie aufgenommen wurde, und das freute Megan. Sie wünschte sich, dass er glücklich war.

„Das ist wirklich eine gute Nachricht.“ Sie wusste nicht, was sie sonst dazu sagen sollte.

„Es war wie in alten Zeiten. Aber das wollte ich eigentlich nicht sagen. Wir haben uns über den Saloon unterhalten.“

Sie fragte sich, ob es Marco vielleicht nicht gefiel, dass Niccolos Ehefrau als Barfrau arbeitete. Er war ein traditionell eingestellter Mann. Seine Frau Paula blieb zu Hause bei den zwei Kindern und kochte. Und kochte. Megan wünschte, sie könnte sie anheuern.

Marco besitzt die Fähigkeiten, die mir fehlen“, fuhr Niccolo fort. „Ich könnte die Reparaturen hier niemals allein in Angriff nehmen, besonders wenn wir uns vergrößern wollen und notwendige Veränderungen vornehmen.“

Megan wagte den Gedanken, der ihr kam, nicht weiterzudenken. Sie hatte Angst, sich umsonst Hoffnungen zu machen.

„Aber Marco könnte den Job mit verbundenen Augen machen. Das Problem ist nur, dass er seine Arbeitstruppe bezahlen muss. Selbst wenn er die Anfahrt übernimmt und dafür sorgt, dass sie hier umsonst unterkommen, mit den vorgeschriebenen Löhnen und dem Baumaterial wäre es wieder unerschwinglich für uns.“

„Und er würde seine Crew sowieso nicht hier rüberbringen

können“, gab Megan zu bedenken. „Warum sollten sie denn nach Cleveland kommen?“

„Stimmt. Aber wenn ich die Arbeit mit Marco und den Steinen mache und wir ab und zu mal ein Team zur Verstärkung einsetzen, schaffen wir es mit dem Geld von der Versicherung. Wir sind gestern Abend die Posten alle immer wieder durchgegangen. Ich hab Jon gebeten, mir die sämtlichen Kostenvoranschläge durchzufaxen, die wir bereits hatten, und die Pläne, die ich für die Veränderungen angefertigt hatte, die du haben wolltest. Es ist machbar.“

„Aber warum sollte Marco herkommen und das tun? Er muss sich doch um sein Unternehmen kümmern. Kann er denn so lange wegbleiben?“

„Er wird nach Hause fahren, so oft er kann. In der Zwischenzeit – und lass dir das mal auf der Zunge zergehen – kann Paula sich um das Geschäft kümmern.“

Megan starrte ihn an. „Paula? Die mit der legendären Petersiliensoße? Dem sonnengetrockneten Tomatenravioli?“

„Sie hat bereits jahrelang für ihn die Telefonate angenommen, Rechnungen ausgedruckt und mit den Lieferanten verhandelt. Sie hat sogar schon ein- oder zweimal sein Team angeleitet, als er krank war. Marco meint, sie könnte es. Er wird eben pendeln. So lange dauert die Fahrt auch nicht. Ein paar Tage hier, ein paar Tage dort.“

„Warum?“

Niccolo lächelte. „Weil er mein Bruder ist.“

Megan konnte ihr Glück kaum fassen. Casey reagierte schneller. Sie kam auf beide zugestürzt und umarmte sie. „Das ist ja großartig! Jetzt kannst du alles bekommen, was du wolltest, Megan! Eine größere Küche, einen erweiterten Raum hinter der Bar. Und wenn du Geld von der Familie annehmen musst, dann wird es nur ganz wenig sein.“

„Ich könnte es mir leihen“, sagte Megan. „Und es ihnen mit Zinsen dann wieder zurückzahlen.“ Deren Bankkonten vorübergehend ein wenig zu belasten, schien ihr noch die erträglichste Lösung zu sein.

„Dann ist es abgemacht?“ fragte er.

„Klar ist es abgemacht!“ Sie umarmte ihn, dann Casey. „Danke, dass du das ausgetüftelt hast. Ich kann es kaum glauben!“

„Wir werden langsamer sein als richtige Profis“, warnte Niccolo sie. „Von einem Tag auf den anderen wird das nicht fertig.“

„Das macht nichts. Hauptsache es wird erledigt. Ich helfe auch dabei. Bei solchen Sachen bin ich gut.“

„Das bist du.“ Er strich ihr sanft übers Haar. „Bei allem, was du tust.“

Casey löste sich von den beiden. „Das wird mir jetzt hier zu nett und lieb. Seit ihr die Jungfrau in dem Tunnel gesehen habt, Leute, kommt mir das hier vor wie eine Szene aus ‚Ein Hauch von Himmel‘. Würg!“

„Es gibt ein paar Leute, die sich die Jungfrau ansehen wollen“, erwiderte Niccolo. „Marco zum Beispiel. Würde es dir was ausmachen, wenn ich ihn durch den Gang führe, Megan?“

Im Moment fühlte sie sich zu euphorisch, um sich Gedanken über etwas so Unwichtiges zu machen. Tatsächlich war sie Marco dermaßen dankbar, dass sie das Bild sogar von der Wand kratzen und ihm zu Weihnachten schenken würde, wenn er darum bäte.

„Je mehr, desto besser.“ Megan konnte nur noch über das ganze Gesicht grinsen. „Ich bin bald selbst so weit, dass ich an Wunder glaube. Zünde ein paar Kerzen an und verbrenne Weihrauch, halte Andachten, mir ist alles egal.“

„Ich geh jetzt mal nach Hause, bevor ihr noch mit den gregorianischen Gesängen anfangt“, kündigte Casey an. „Die Einladung steht. Ihr beide kommt heute Abend zum Dinner.“

Niccolo sah Megan an. Megan blickte zu Niccolo. Casey beobachtete die beiden.

„Okay, dann ein andermal", bemerkte sie. „Ich kennen diesen Blick schon."

„Danke. Und du kannst dann noch einen Abend auf Rooney achten?"

„Kein Problem. Und Josh wird in eurem Haus die Stellung halten. In welches Hotel zieht ihr?"

„Das geht dich überhaupt nichts an."

11. KAPITEL

Bridie war außerordentlich kontaktfreudig, und Kieran versuchte jeden so weit wie möglich von sich fern zu halten. Trotzdem zeigten sich die beiden voneinander fasziniert. Sie war ein intelligentes Mädchen, das für ihr Alter erstaunliche Fähigkeiten besaß, Probleme zu lösen. Kierans Sehnsüchte und Bedürfnisse betrachtete sie wie ein Puzzle, das sie zusammensetzen musste, sodass am Ende das Bild entstand, mit dem jeder zufrieden sein konnte. Sie drängte ihn nicht und verlangte nie mehr von ihm, als er geben wollte. Es schien, als hätte sie kein Bedürfnis nach Umarmungen oder Küssen. Wenn er „Hal-lo" in ihre Richtung rief, nahm sie das wie selbstverständlich hin. Wenn er einen seiner Wutanfälle bekam und sich auf den Boden warf, zuckte sie nur die Schultern, als wolle sie sagen: „Ich hab dich ja gewarnt, dass er überfordert ist".

Bridie kam jetzt fast täglich, und Peggy hatte sich so schnell an die nüchterne Art und das gute Verständnis des elfjährigen Mädchens gewöhnt, dass sie schon von ihrer Gesellschaft und ihrer Hilfe abhängig geworden war.

„Rot." Bridie hob einen roten Pullover hoch und ließ ihn auf den kleinen Tisch fallen, an dem Kieran in seinem „Schulzimmer" saß. Dann nahm sie noch einen roten Pantoffel, den sie von Zuhause mitgebracht hatte, und legte den ebenso vor Kieran. „Rot." Ein dritter Gegenstand, diesmal ein schön polierter roter Apfel, folgte den anderen beiden. „Rot."

Kieran zeigte wie üblich wenig Interesse an den Aktionen, stand auf und wanderte um den Tisch herum. Peggy führte ihn vorsichtig zu seinem kleinen Stuhl zurück, und nachdem er sich auf ihre Anweisung hin wieder gesetzt hatte, reichte sie ihm einen winzigen Cracker in Fischform.

In der Zwischenzeit hatte Bridie den Tisch abgeräumt. Diesmal präsentierte sie ein großes Stück roter Kreide. „Zeig auf Rot", sagte sie. „Wo ist das Rot, Kieran?"

Peggy korrigierte sie nicht. Bridie hätte sich einfacher, mit weniger Worten ausdrücken sollen und die Frage nicht noch einmal anders wiederholen, aber Kieran schien auf jeden Fall darauf zu reagieren. Und er blieb sitzen, so wie Peggy es ihm gesagt hatte. Das war der größte Erfolg dieses Tages, an dem nicht viel mehr zu verzeichnen war.

Er runzelte die Stirn, aber nicht so, wie er das tat, bevor er sich wütend auf den Boden schmiss. Er schielte nach der Kreide, sah zu Bridie hoch, und dann fegte er das Stück vom Tisch. Peggy beobachtete, wie das Mädchen die Kreide aufhob und wieder an ihren Platz legte. „Zeig auf Rot." Bridie machte es vor. „Zeig auf Rot."

Er stand auf und watschelte zum Lampenschirm in der Ecke. Peggy legte Bridie die Hand auf den Arm, als sie aufstand, um ihm zu folgen. „Er hat hart gearbeitet. Lass ihm eine Minute für sich."

Bridie setzte sich wieder auf ihren Stuhl. „Er weiß, was Rot ist."

Peggy fragte sich, wie sie darauf kam, hielt sich aber wohlweislich zurück. Das Mädchen fühlte sich auf gewisse Art mit ihrem Sohn verbunden, und Peggy würde nichts tun, das dieses Gefühl zerstören könnte.

„Du hast mir nichts von deinem Unterricht erzählt", begann Peggy. „Wie war es heute?"

„Langweilig." Bis auf den singenden Tonfall, hörte sich Bridies Antwort genauso an wie die der Kinder in Cleveland.

„Hast du dein Buch-Referat gehalten?"

„Ja, hab ich, und keinem hat's gefallen. Sarah McElroy meint, ich hätte geredet und geredet, und sie fand, es war das blödeste Buch, von dem sie je gehört hätte."

Peggy war empört. „‚Anne aus Green Gables' war eins meiner Lieblingsbücher. Sarah hat einen komischen Geschmack."

„Die hat ein Buch besprochen, was ich vor drei Jahren gelesen habe. Damals fand ich's schon blöd, und heute noch viel mehr."

„Du liest gern, nicht?"

„Es ist bei uns in der Wohnung abends immer sehr still."

Sie sagte das, als wäre es etwas Gutes, aber Peggy wusste es besser. In ihrer unschuldigen Art hatte Bridie ihr bereits einige Hinweise auf das Leben mit Finn gegeben. Nach dem Tod ihrer Mutter und den Brüdern hatte Finn ihr Haus verkauft und war mit seiner Tochter in ein kleines Apartment in der Stadt über der einzigen Galerie für Handwerkskunst gezogen. Er hatte viele Stunden gearbeitet, und die Ladenbesitzerin kümmerte sich um Bridie, wenn die aus der Schule kam, aber das Mädchen war zu oft allein. Peggy hatte den Verdacht, dass Bridie sich selbst dann allein fühlte, wenn Finn zu Hause war.

„Gehst du am Wochenende zum *Fleadh Ceoil?*" fragte Bridie.

Das *Fleadh Ceoil* war ein traditionelles Musikfestival, das jedes Jahr um diese Zeit in Shanmullin im Grünen stattfand. Seit ihrer Ankunft hatte Peggy sich schon darauf gefreut. Die Veranstaltung war vor zehn Jahren ins Leben gerufen worden, um Touristen in den Ort zu locken, aber die Musik und Tänze waren authentisch und die gute Stimmung dabei sicher ansteckend.

„Nora wird uns abholen." Peggy wusste, dass Irene sich auch darauf freute, und Finn hatte ihr seine Erlaubnis dazu erteilt. „Wirst du dort sein?"

„Unsere Schule trägt ein paar Lieder vor." Sie summte die Takte eines Liedes, das Peggy nicht kannte. „Mein Dad singt auch."

Das überraschte Peggy, aber alles, was sie über Finn O'Malley erfuhr, überraschte sie. Am meisten erstaunte sie der tiefe Respekt und die Bewunderung, die Shanmullins Bewohner noch immer für ihn zu empfinden schienen, obwohl er beschlossen hatte, nicht mehr als Arzt zu praktizieren. Er hatte sie mit einem einzigen Arzt zurückgelassen, einem hochnäsigen jungen Mann, dessen Praxis für mehrere kleine Orte und das nahe gelegene Westport zuständig war. Doch trotz langer Wartezeiten und Unbequemlichkeiten nahmen sie es ihm nicht übel, die Leute schienen Finn gut gesonnen zu sein.

Wenn Peggy Finn mit Irene beobachtete, glaubte sie auch zu verstehen, warum. Er verhielt sich der alten Frau gegenüber ganz anders als bei Peggy oder selbst seiner Tochter. In diesen Momenten glaubte sie, vielleicht, den Menschen zu sehen, der er einmal gewesen war. Warm, aufmerksam, ein guter Zuhörer und ein verständnisvoller Heiler. Dann stellte er genau das dar, was einen guten Arzt ausmachte, alles, von dem sie hoffte, dass sie es eines Tages selbst sein würde.

Kieran kam zurückgestolpert, und Peggy bat ihn, sich zu setzen. Das tat er, und sie reichte ihm einen weiteren Fischcracker.

„Zeig auf Rot“, sagte Bridie.

Er verzog das kleine runde Gesicht, aber er weinte nicht. Dann schob er seine Unterlippe vor und starrte wütend in ihre Richtung. Einen Augenblick machte es den Anschein, als würde er ihr in die Augen sehen, aber stattdessen blickte er auf den Tisch. „Nein!“

Peggy richtete sich ruckartig auf. „Was hast du gesagt?“ fragte sie. „Kieran, was hast du gesagt?“

„Nein!“ Er stand wieder auf und wackelte davon.

Peggy lachte.

„Was ist denn daran so komisch?“ wollte Bridie nun verwundert wissen.

Erfreut umarmte Peggy sie kurz. „Weil ich die einzige Mutter in der ganzen Welt bin, die sich darüber freut, dass ihr Sohn das Trotzalter erreicht hat!“

Bridie sah sie immer noch verständnislos an.

„Er hat Nein gesagt", erklärte Peggy. „Das ist vorher noch nie passiert, Bridie. Jedenfalls nicht so. Er wusste, was er gesagt hat."

„Na ja, eigentlich solltest du bedauern, dass er so was gelernt hat, Peggy", erwiderte Bridie weise. „Irgendwann wirst du das wohl auch."

Peggy war in Hochstimmung. Ihrer Meinung nach machten sich jetzt die wochenlangen Sitzungen mit ihrem Sohn bezahlt. Nach seinem Ausbruch hatte sich Kieran in die Ecke gesetzt, wo ihn ein hoher Turm von Klötzen erwartete, die Bridie aufeinander gestellt hatte. Er stieß die Klötze um, immer wieder und wieder und wartete jedes Mal geradezu geduldig, dass sie den Turm wieder aufbaute.

„Nicht jeder würde das unbedingt als Fortschritt sehen", sagte Peggy zu Irene, als sie Mittag aßen. „Das ist mir klar. Aber er hat nichts getan, bevor Bridie fertig war. Sie haben zusammen gespielt."

„Na ja, es klingt so", stimmte Irene zu. „Und wer weiß, bald wird er derjenige sein, der die Klötze aufbaut, und sie wirft sie um."

„Ich hab ihn dazu gebracht, eine Seite umzublättern", berichtete Bridie.

Peggy bezweifelte das irgendwie, denn sie war nicht sicher, ob Kieran das beabsichtigt hatte. Sie fürchtete, die Geste hatte eher etwas mit Wut zu tun gehabt als mit bewusstem Umblättern. Das eigentliche Wunder sah sie darin, dass er Bridie nahe genug an sich heranließ, um solche Situationen überhaupt erst entstehen zu lassen. Er setzte sich neben sie, wenn sie etwas vorlas, und obwohl er nie den Eindruck machte, als würde er tatsächlich zuhören, war Peggy sich nicht sicher. Auf jeden Fall kommunizierten sie. Und es schien nicht nur Bridie zu sein, die Fortschritte machte.

„Er hat sich nicht gewehrt, als ich ihn heute aufhob, nachdem er gefallen ist“, sagte Peggy.

„Tust du das nicht immer?“ Irene legte die Gabel auf den Teller. Sie hatte nur einen kleinen Happen von ihrem Kartoffelpüree gegessen und die Hälfte eines kleinen Lammkoteletts. Peggy hoffte, sie würde nur eine Pause einlegen.

„Normalerweise, wenn ich ihn hochnehme, ist er steif wie ein Stock. Heute hat er sich in meine Arme geschmiegt.“ Sie war fast beschämt gewesen, wie sehr sie sich darüber gefreut hatte. Aus Erfahrung wusste sie, dass sie nicht zu große Erwartungen auf körperliche Nähe hegen sollte, da Kieran womöglich nie dazu in der Lage sein würde. Aber, ach, es hatte sich so gut angefühlt, so richtig, das Gefühl zu haben, in diesem kurzen Augenblick gebraucht zu werden, sogar willkommen zu sein.

„Dann würde ich sagen, das muss gefeiert werden“, schlug Irene vor.

Peggy blickte zu ihrem Sohn. Kieran schien jeden Moment einzuschlafen. Er hatte schon immer viel Schlaf benötigt. Jetzt, wo sie so hart mit ihm arbeitete, brauchte er sogar noch mehr.

Bridie bemerkte es auch. „Der Knirps sieht aus, als wenn er gleich auf dem Teller liegt.“

„Ich bringe ihn ins Bett, dann können wir unseren Nachtisch essen“, sagte Peggy. Nora hatte an diesem Nachmittag eine Schichttorte gebacken, die mit frischen Früchten belegt war. Bridie würde über Nacht bleiben, weil Finn an diesem Abend etwas zu tun hatte.

„Ich denke, du solltest ihn ins Bett bringen und dann in die Stadt gehen“, sagte Irene. „Da er so müde ist und Bridie hier bleibt, werden wir es sicher auch allein schaffen, meine Liebe. Du kannst dir mal einen Abend freinehmen, ganz für dich. Was sagst du dazu?“

Peggy wusste nicht, was sie davon halten sollte. Größtenteils bedeutete das friedliche Leben in Tierney Cottage für sie einen willkommenen Ausgleich zu der Hektik von Ohio. Doch hier gab es nicht besonders viel zur Unterhaltung. Irene besaß einen Fernseher mit Satellitenschüssel, aber außer „ER" und zwei Krankenhaus-Serien im BBC hatte Peggy wenig im Programm gefunden, das sie interessierte. Sie hatte alle Bücher ausgelesen, die sie mitgebracht hatte, weitere besorgt und auch diese gelesen. Wahrscheinlich wäre es ganz gut für sie, wenn sie mal einen Abend ausginge.

Peggy blickte zu Bridie hinüber, die gerade ihr zweites Kotelett in Angriff nahm. Sie wollte sie eigentlich nicht hier zurücklassen, wenn es so wenig für sie zu tun gab. „Ich dachte, wir könnten vielleicht Charades spielen", sagte sie, „das würde Bridie sicher gefallen."

„Ach, ich hab noch Hausarbeiten zu machen", erwiderte die. „Ich hätte gar nicht so viel Zeit."

Peggy hatte das Gefühl, hier war ein Komplott geschmiedet worden. Bridie hatte das ganze Wochenende Zeit für ihre Hausaufgaben. „Was gibt es denn in der Stadt?"

Irene schob ihren Teller zur Seite. „Na ja, auf jeden Fall die Pubs. Aber heute Abend fangen sie schon mit dem *Fleadh Ceoil an*, dann gibt es dort Lifemusik. Heute fängt es richtig an, nur für uns, nicht für die Touristen. Geh, und trink ein Bier im Grünen und hör dir das an. Lern ein paar von den Leuten aus der Stadt kennen. Nimm diesen lächerlichen Hund mit und lass ihn gleich da." Sie zwinkerte Peggy zu.

Bridie blickte entrüstet von ihrem Teller auf. „Banjax gefällt es hier, und du magst ihn doch. Oder willst du das Gegenteil behaupten?"

„Na ja, ich nehme an, da wo er jetzt ist, geht es ihm erst mal ganz gut. Aber vergiss trotzdem nicht, dass er nicht mehr hier reinkommt. Ich hab ihn heute Nachmittag nur ins Haus gelassen, weil ich dachte, es würde regnen und der Wind womöglich die Stalltür zuschlagen."

Peggy sah zu ihrem Sohn und versuchte nicht zu grinsen. Der Himmel war am Nachmittag so klar wie Waterford-Glas gewesen.

„Also wirst du diesen Abend ausgehen?" wollte Irene wissen. „Es wäre eine wunderbare Gelegenheit, finde ich."

„Ja, das mache ich." Peggy stand auf und legte ihre Serviette neben den Teller. Sie streckte die Arme nach Kieran aus, dem bereits die Augen zufielen. Er würde tatsächlich bald den Kopf auf sein Kartoffelpüree sinken lassen. „Ich werde eine kleine Radtour dorthin machen, wenn du sicher bist, dass …"

„Wir sind beide ganz sicher. Geh nur. Bridie und ich werden einen Abend für uns haben, nur wir beide. Und trink einen Halben für mich mit, machst du das, meine Liebe? Da ich ja wohl in absehbarer Zeit kaum dazu kommen werde."

Finn wusste, dass er die Bewohner von Shanmullin enttäuscht – nein, dieser Ausdruck war zu milde – verstimmt hatte, als er seine Arztpraxis schloss. Selbst diejenigen, die die arrogante Art seines Kollegen Beck bevorzugten, weil sie seine Gefühllosigkeit mit größerer Kompetenz verwechselten, waren sauer, teilweise sogar wütend gewesen, als Finn seine Tür für immer zumachte. Mit nur einem Arzt, der für diese Gegend zuständig war, blieb für jeden Patienten nur noch wenig Zeit zur Verfügung.

Finn hatte getan, was er konnte, um den Schaden so gering wie möglich zu halten. Er hatte Shanmullins Situation zu jeder Gelegenheit vorgebracht und um Verstärkung von Freunden und Kollegen aus anderen Grafschaften geworben, bei regionalen wie überregionalen Behörden darum gebeten, dass diese Lücke geschlossen würde, und sogar seine Praxis mit sämtlichem Inventar zu einem Spottpreis angeboten. Aber niemand wollte in diesem kleinen westirischen Dorf am fernsten Winkel der Cleve Bay wohnen. O ja, für einen Urlaub war es perfekt, malerisch und ursprünglich und wie eine Rückkehr zu den lange ausgetrockneten Wurzeln der irischen Tradition. Freunde berichteten von warmen Erinnerungen an Familientreffen in Dörfern wie diesem. Dann zogen sie erleichtert in Städte wie Galway oder selbst Westport, die bessere berufliche Möglichkeiten boten.

Und Shanmullin besaß weiterhin nur einen einzigen Arzt.

Finn hatte so viele Leute enttäuscht, dass er nie Nein sagen konnte, wenn er jedes Jahr gefragt wurde, ob er am *Fleadh Ceoil* des Dorfes teilnehmen würde. Er hätte es aber sehnlichst gern getan. Es tat ihm jedes Mal weh, wenn er von den Erinnerungen an Sheila heimgesucht wurde, den kleinen Brian im Arm und Mark an ihrem Rockzipfel hängend, wie sie am Rand der Menge standen, auf die Bühne starrten, wo er mit den anderen die Lieder vortrug. Sheila hatte Harfe gespielt, die schöne ätherische Sheila mit dem hellblonden Haar, vererbt von ihren norwegischen Vorfahren, den skandinavischen Eroberern. Einige Jahre hatte das Komitee sie ebenfalls zum Spielen überreden können, und sie hatte die angeheiterte Menge mit ihren traurigen Klängen und dem klaren, betörenden Sopran zum Schweigen gebracht.

Sheila, Brian und Mark waren für immer gegangen.

„Du siehst aber gar nicht gut aus, Finn“, bemerkte Johnny Kerrigan, „du wirst dir doch wohl nicht die Grippe eingefangen haben, die gerade hier die Runde macht, oder?“

Finn ließ den Blick über die vielen Leute schweifen, die fröhlich schwatzten, während Kinder und Enkel durcheinander schrien. Dann suchte er sich eine Reihe von Bäumen am Ende des Rasens, auf die er seinen Blick richten konnte. Er zählte die Baumkronen, während sie mit der im Ozean versinkenden Sonne zunehmend dunkler wurden. Einen Augenblick schien der stechende Schmerz in seiner Brust, der sich immer mit den Erinnerungen einstellte, nachzulassen.

„Mir geht es gut." Finn holte seine Zinnflöte aus dem Kasten und begann sie aufwendig zu putzen. „Hab einen langen Tag hinter mir, das ist alles."

„Du solltest wieder zum Pillenverschreiben zurückkehren, weißt du. Da ist der Tag zwar auch lang, aber wenigstens hast du die Stunden hier in Shanmullin abgerissen."

Finn war an solche Bemerkungen schon gewöhnt, deshalb reagierte er gar nicht darauf. „Ganz schön viele Leute werden das heute Abend."

„Sind jedes Jahr mehr." Johnny holte seine Ziehharmonika aus dem Kasten und zog sie ein paar Mal probeweise auseinander. Das Instrument gab ein paar quietschende Töne von sich. „Wir wollen eben unsere Tradition nicht vergessen."

Finn war nicht sicher, ob die Aufrechterhaltung der Tradition, zumindest bei den meisten Leuten, die tatsächliche Motivation für dieses Festival war. Die Bewohner von Shanmullin waren über jeden Anlass, sich zu versammeln, dankbar. Und für die Gelegenheit, miteinander zu schwatzen.

„Na, wer könnte das denn sein?"

Finn sah auf, als er die Bewunderung in Johnnys Stimme hörte. Johnny ging stark auf die Siebzig zu, sein Kopf war so kahl wie die Spitze vom Croagh Patrick und sein Körper so ausladend wie der ganze Berg. Er betrachtete sich selbst als ein Frauentyp und hatte Finn eröffnet, dass er nach einem langen Leben allein endlich mal nach einer Ausschau halten würde.

Finn hatte erwartet, eine ältere Witwe zu sehen, vielleicht eine, die ihre Figur und ihren Sinn für Humor erhalten hatte, da Johnny behauptete, beides zu haben. Stattdessen entdeckte er Peggy Donaghue keine zehn Meter von der Bühne entfernt, die mit einer Gruppe älterer Frauen plauderte.

Ihr langes Haar hatte sie zu einem Zopf geflochten, und ihre Wangen waren leicht gerötet. Sie trug einen rostroten Pullover zu schwarzen Jeans und praktische Wanderstiefel. Und obwohl sie sich nicht zurechtgemacht und geschminkt hatte, sah sie aufregend schön aus.

„Um die zusammenzubauen, hat sich der Herr unser Gott aber viel Zeit gelassen, was?" bemerkte Johnny. „Und dann hat er sie direkt nach Irland geschickt, um uns alle zu quälen."

„Nicht ganz direkt. Sie ist Amerikanerin."

Johnny pfiff leise. „Ich werde mal meinen Reisepass in Ordnung bringen." Er drehte sich zu Finn um. „Du kennst sie?"

„Peggy Donaghue. Sie wohnt im Tierney Cottage. Eine kürzlich erst entdeckte Verwandte von Irene."

„Die kommen immer zurück, glaub mir, die verlorenen Amerikaner suchen ein Heim und Familie. Meinst du, sie werden genauso von Polen und Portugal angezogen?"

„Ich meine, Irene hat sie überredet, sie zu besuchen. Peggy tut ihr gut." Letzteres aus seinem Mund überraschte ihn. Er hatte den Gedanken kaum gefasst, da war er ausgesprochen. Aber es stimmte. Irene freute sich wirklich, Peggy und den kleinen Jungen um sich zu haben. Selbst seine Tochter fand, dass die beiden das Non plus Ultra waren, und verbrachte so viel Zeit bei Irene, wie sie durfte.

„Du hast wohl ein Auge auf sie geworfen, was?" fragte Johnny.

Der unausgesprochene Folgesatz war natürlich, dass, wenn Finn es nicht getan hätte, Johnny sich gern darum kümmern würde. Finn verspürte im ersten Moment den irrsinnigen Impuls, seinen Freund daran zu erinnern, dass er bereits verheiratet sei, was natürlich nicht stimmte. Sheila war schon seit zwei langen Jahren nicht mehr da, und vor Kurzem hatten die Matronen aus dem Dorf begonnen, ihm ihre Töchter und Enkelinnen vorzuführen, unbeachtet der Tatsache, dass sie sich im einundzwanzigsten Jahrhundert befanden und ein Mann nicht mehr notwendigerweise heiraten musste, um wirtschaftlich zu überleben.

Oder vielleicht machte er zu viel aus ihrem Wunsch, ihn wieder glücklich zu sehen. Niemand verstand tatsächlich, wie stark die Dämonen waren, die ihn beherrschten.

„Na ja, womöglich ist ja die Witwe, die gerade bei Mary Sullivan zu Besuch ist, mehr meine Kragenweite", bemerkte Johnny, als Finn ihm keine Antwort gab. „Mary behauptet, sie bevorzugt ältere Männer." Er strich sich über die Glatze.

Peggy sah genau in diesem Moment hoch, und ihre Blicke trafen sich. Er nahm an, dass sie wohl kaum einen Grund hatte, ihn als Freund zu betrachten. Sie strahlte ihn nicht gerade an, aber ihr Lächeln war echt. Er bezweifelte, dass sie eine Reaktion darauf erwartete. Sie verließ die Gruppe, die sie mit Beschlag gelegt hatte, und kam zur Bühne herüber.

„Ich wusste nicht, dass Sie ein Instrument spielen, Finn. Bridie hat mir erzählt, dass Sie auch singen?"

Unerklärlicherweise fühlte er sich peinlich berührt, als hätte das Auftreten hier mehr oder weniger gegen seinen Willen eine geheime Tür zu seinem Inneren geöffnet. Er fragte sich nicht einmal, warum er sie von sich fern halten wollte. Er wusste nur, dass es so war.

„Hier kann man sonst nicht viel machen", erwiderte er schroff. „Ich habe es als Junge gelernt."

„Ich liebe Musik. Obwohl ich absolut keinen Ton halten kann, aber ich glaube, das ist meine Kehle, nicht die Ohren."

Die anderen Musiker versammelten sich nach und nach auf

der Bühne. Zwei Fiedler, an deren Namen er sich nicht erinnerte, Matt mit einem Akkordeon, Sean mit seiner Bodhran, der irischen Rahmentrommel, und Sarah mit dem Dudelsack. Die Musiker von Shanmullin spielten so oft zusammen wie möglich, in den Pubs, im Gemeindehaus, Fremde setzten sich dazu und spielten mit ihnen, Nachbarn, die ausgegangen sind, um zusammen einen Halben zu trinken oder zu rauchen. Die Musik wurde bereits seit Jahrhunderten so gespielt und im Laufe der Zeit, in der sie lediglich mündlich weitergegeben wurde, nur ganz wenig verändert. Variationen von alten Weisen wurden in Achtung derer, die vor ihnen gewesen waren, vorsichtig, ganz vorsichtig ins neue Zeitalter übertragen. Es bestand keine Notwendigkeit, etwas neu zu erfinden, was ihnen so lange so gute Dienste geleistet hatte.

Er fragte sich, ob Peggy das verstand. Sie mochte vielleicht irische Vorfahren besitzen, aber was wusste sie von einem Kulturkreis, der so fieberhaft an etwas festhielt, was ihm im Laufe der jahrhundertelangen Besetzung fast verloren gegangen war?

„Ist es nicht ein wundervoller Abend?" Sie legte den Kopf schief. „Wenn ich Ihnen eine so direkte Frage stelle, müssen Sie schon antworten."

Ihm wurde plötzlich bewusst, dass er sie die ganze Zeit angestarrt hatte. Nicht wie ein Mann, der eine schöne Frau betrachtete, sondern eher wie ein Mann, der seinen Feind musterte. So als würde er erwarten, dass sie, die so freundlich zu ihm war, ihm jeden Moment wütend mit einem Fleischermesser drohte.

Er brachte ein höfliches Nicken zustande. „Ja, es ist perfekt. Sagen Sie mir nicht, Sie sind bis hierher gelaufen. Ich hätte Sie doch abholen können."

„Ich bin mit dem Fahrrad gekommen. Die Bewegung brauche ich auch unbedingt, wenn ich den ganzen Tag bei Kieran im Zimmer herumsitze. Ich werde mich glücklich schätzen, sobald seine Beine etwas länger sind und er den Wind lieben lernt. Dann können wir wenigstens ein paar gute Spaziergänge unternehmen."

„Er hat Angst vor Wind?"

„Er ist kein anpassungsfähiges Kind."

Das war eine der typischen Untertreibungen. Er bewunderte ihr Verhalten. Sie hatte der Realität über ihren Sohn ins Gesicht gesehen und tat alles, was sie konnte, um ihm zu helfen. Er hatte keine Ahnung, welche Methoden sie anwandte – tatsächlich wollte er nie etwas darüber erfahren –, aber er war sicher, ohne zu fragen, dass sie sich sehr viel Mühe gab. Er wusste genauso wenig wie die Fachärzte und Wissenschaftler, wodurch Autismus hervorgerufen wurde, aber er konnte sehen, dass dieses Kind mehr Glück hatte als andere. Man würde es nicht im Stich lassen oder misshandeln. Peggy sorgte bestimmt dafür, dass er jede erdenkliche Chance erhielt, um seine Situation zu verbessern.

„Ich wusste gar nicht, dass Sie lächeln können." In ihrem Blick lag Wärme, ja sogar Mitgefühl.

„Ich wusste nicht, dass ich es tue", entgegnete er. „Ich werde wohl etwas vorsichtiger sein müssen."

Die Fiedler begannen ihre Instrumente zu stimmen. Johnny, der sich unter die Menge gemischt hatte, bevor Peggy zu ihnen gekommen war, kehrte zurück. Finn stellte sie schnell vor und beobachtete erstaunt, wie Johnny errötete und anfing zu stammeln, da er nicht viel Erfahrung mit Frauen besaß. Als Peggy wieder gegangen war, wandte er sich an den alten Mann.

„Hast du dich noch nie mit einer schönen Frau unterhalten, Johnny?"

„Ist schon eine Ewigkeit her. Und sie ist wirklich nett, nebenbei bemerkt. Das ist eine tödliche Mischung, oder?"

Finn wollte schon gleichgültig die Schultern zucken, doch er musste sich eingestehen, dass es stimmte. Zwei Jahre lang hatte er keine Lust mehr auf Frauen gehabt. Jede noch so leichte Erregung war sofort von der Erinnerung an die Vergangenheit unterdrückt worden. Aber jetzt hatte er die Vergangenheit vor sich, die Vision von Sheila am Bühnenrand stehend, so lebendig wie immer, und trotzdem spürte er Verlangen in sich aufsteigen.

Und nicht nach einer Frau, die schon so lange nicht mehr da war. Sondern nach einer, die gerade dort unten am Bühnenrand gestanden und sich mit ihm unterhalten hatte.

„Tödliche Mischung", stimmte er zu.

„Die meisten Frauen, die so hübsch sind, würden dich doch einsingen, bis dir die Ohren schlackern, aber die nicht. Die hat mehr drauf, da könnte ich wetten." Johnny wackelte theatralisch mit den Augenbrauen und griff nach seiner Ziehharmonika. Kurz darauf begann die Musik, und Finn konnte erst mal dieses Thema und die Gedanken an Peggy Donaghue hinter sich lassen.

Peggy war überrascht, wie viel Spaß sie hatte. Sie war in einer großen Familie aufgewachsen, gehätschelt und getätschelt von Menschen, die sich nicht allzu sehr von diesen hier unterschieden. Vielleicht fanden manche Leute, die Donaghues seien „Plastik-Paddys", Amerikaner irischer Herkunft, die zu viel Grün trugen und zu viel Wesen um St.Patrick's Day machten. Aber der eigentliche Kern ihrer Familie war keineswegs künstlich, sondern wahrhaftig, ausgesprochen irisch. Sie fühlte sich hier wie zu Hause.

„Fährst du wieder los, Peggy?"

Sie lächelte die Frau an, die sich vorher bei ihr vorgestellt hatte. Tippy – Kurzform für Tipperary, wie sie verschämt verraten hatte – besaß eine Tochter in Kierans Alter, und sie hatten sich mit größter Begeisterung über Kinder unterhalten. Sie war eine fröhliche Dicke mit schwarzem Haar und ebenso dunklen Augen. Peggy hatte sie sofort gemocht.

„Ich denke, ich sollte." Peggy blickte auf ihre Uhr und sah, dass es fast zehn war. Inzwischen, schließlich befand sie sich ja in Westirland, waren schwere Wolken am bereits dunklen Himmel aufgezogen. Der Weg nach Hause dauerte lange.

„Wenn du nur ein kleines bisschen länger bleibst, vielleicht können sie ja Finn überreden, das letzte Lied zu singen."

Peggy zog die Augenbrauen hoch. „Er hat bis jetzt keinen einzigen Ton gesungen." Finn hatte allerdings den ganzen Abend Flöte gespielt, und das mit viel Geschick und Begeisterung. Sie hatte noch niemanden gehört, der das Instrument besser beherrschte.

„Er singt auch nur, wenn man ihn dazu drängt. Wirklich schade, da es ja eine Gottesgabe ist, oder? Die sollte man nutzen und nicht horten."

Peggy hatte den Verdacht, dass Finns Fähigkeiten hier ein oft diskutiertes Thema waren. „Vielleicht bleibe ich noch."

„Ich hab mir gedacht, wir sollten unsere Kleinen mal bald zusammenbringen." Tippy machte ihrem Mann, der hinter ihnen in einer Reihe anderer Männer stand, die zusammen tranken, ein Zeichen, zu ihnen zu kommen. Er grinste nur und ignorierte die Aufforderung. Stattdessen prostete er ihr zu. Tippy rollte frustriert mit den Augen.

Peggy hatte ihrer neuen Freundin nichts von Kierans Problemen erzählt. Jetzt war es an der Zeit. „Das würde ich sehr gern tun, aber du solltest von vornherein wissen, dass Kieran kein guter Spielkamerad für Maeve wäre. Er ist autistisch."

Sie war sich nicht sicher, ob Tippy sich darunter etwas vorstellen konnte. Peggy hatte ein Jahr Medizin studiert und verstand es selbst kaum. Doch Tippy runzelte die Stirn. „Ist er das? Und du hast es schon rausgefunden? Dann hat der Kleine aber Glück, wirklich, dass er so eine aufmerksame Mutter besitzt."

„Das hört sich so an, als kennst du dich damit ein bisschen aus."

„Ich bin ausgebildet, um Kinder mit Lernproblemen zu unterrichten. Dabei hatte ich auch Schüler wie deinen Kieran."

Peggy hätte jetzt tausend Fragen stellen können, aber sie war nicht sicher, ob sie auch bereit war, die Antworten zu hören. Sie wollte nicht mehr darüber wissen, als sie bisher erfahren hatte, was ihren Sohn erwartete, die Einschränkungen und Hindernisse. Noch nicht. Erst wenn es sein musste.

„Ich bringe Maeve vorbei, wann immer du möchtest", bot Tippy an. „Oder ihr kommt zu uns nach Hause. Je eher Kieran anfängt, mit anderen Kindern zu spielen, desto besser ist es für ihn, meinst du nicht?"

Peggy wusste, dass der Ausdruck „spielen" in diesem Alter relativ war, auch bei gesunden Kindern. Für einen kurzen Moment musste sie die Tränen wegblinzeln. Sie war von so weit her gekommen und fand Wärme und Verständnis. „Ich würde mich freuen", sagte sie. „Danke."

Tippy zögerte. „Peggy, ich habe eine Schwester, die zur Senior Cycle geht. Sie will später studieren und Lehrerin werden, so wie ich. Wenn du Hilfe brauchst, wäre sie bestimmt begeistert, dir helfen zu können, das weiß ich. Das wäre auch eine gute Erfahrung für sie, dabei kann sie gleich feststellen, ob sie die richtige Richtung eingeschlagen hat."

Peggy nickte, weil ihr vor Dankbarkeit keine Antwort einfiel. Tippy drückte ihr kurz den Arm. „Das ist ‚The King of the Fairies', was sie gerade spielen. Eins meiner Lieblingsstücke."

Peggy blickte zur Bühne und bemerkte, dass jemand anders, eine Frau mittleren Alters mit Dauerwelle, Finns Platz eingenommen hatte. Sie suchte die Menge nach ihm ab und entdeckte ihn, als er sich gerade mit Tippys Ehemann und dessen Nachbarn unterhielt. Er verdiente wohl eine Pause und einen Drink, nachdem er stundenlang gespielt hatte.

Sie beobachtete, wie einer der Männer einen Flachmann aus seiner Tasche zog und ihn Finn entgegenhielt. Finn schien zu erstarren. Einen Augenblick tat er gar nichts, sah nur auf die Flasche, dann den Mann an. Die Umstehenden schwiegen ebenso.

Kurz darauf wandte sich Finn ab und ging davon. Einer der Männer packte den mit der Flasche und schien ihn zurechtzuweisen. Der verstaute seinen Sprit wieder und zuckte nur die Schultern, als wollte er sagen: „Seine eigene Schuld".

Das Ganze spielte sich innerhalb von Sekunden ab. Peggy fragte sich nachher, ob sie sich das alles nur eingebildet hatte.

Auf „The King of the Fairies" folgte „The Green Fields of Ardkiernan", und dann „Nine Points of Roguery". Tippy, die alles Traditionelle liebte, informierte sie jedes Mal, was gerade gespielt wurde, obwohl Peggy Schwierigkeiten hatte, die Stücke auseinander zu halten.

Wieder warf sie einen Blick auf ihre Uhr, gerade als Finn wieder auf die Bühne ging. Jemand applaudierte, und andere folgten dem Beispiel. Er verzog das Gesicht, ging aber zum Mikrofon.

„Wir müssen uns noch was für morgen aufheben", sagte er.

Es gab noch mehr Applaus, einige begannen mit den Füßen zu stampfen. Wieder verzog er das Gesicht. „Na gut, wenn ich es singe, werdet ihr dann friedlich nach Hause gehen?"

Lachen kam als Antwort, und nach einem resignierenden Seufzer räusperte er sich. In der Menge wurde es still. Finn trat näher ans Mikrofon und begann zu singen. Peggy hatte das Lied schon einmal gehört, doch sie wusste nicht, wie es hieß.

„The Parting Glass", sagte Tippy, als hätte sie ihre Gedanken gelesen. Peggy war fasziniert. Finn besaß einen reinen, vollen Bariton. Er sang ohne Begleitung, und seine kraftvolle Stimme erfüllte die Abendluft. Text und Melodie waren sehr einfach und schlicht, aber gerade deshalb so beeindruckend und voller Kraft.

Die Worte übten einen eigenen Zauber aus. Es ging um das Auseinandergehen. Das letzte Glas in der Kneipe, weiterziehen, sich zu Freundschaften bekennen, Fehler, die gemacht wurden. Das würdevolle und letzte Abschiednehmen am Ende eines Lebens.

Sie war zutiefst berührt. Keltische Musik hatte sie schon immer bewegt, doch dieses Stück besonders. Die Luft war kühl, der Wind hatte nachgelassen. Finns Bariton schien von dem Berg widerzuhallen, auf dem St. Patrick gewandert war. Man hätte meinen können, seine Stimme schallte bis zur Küste, bis nah an den Ort, von dem aus ihre Vorfahren nach Amerika gesegelt waren.

„Doch da es nun mein Schicksal ist, dass ich jetzt geh'n muss und ihr nicht, steh ich ruhig auf und ruf leise zurück, Gute Nacht für euch und auch viel Glück."

Neben ihr seufzte Tippy, und plötzlich wurde Peggy klar, dass Finns Gesang zu Ende war. Die Leute begannen zu klatschen. Sie machte mit, obwohl es ihr so vorkam, als würde man in der Kirche applaudieren.

„Keiner kann es so singen wie Finn", bemerkte Tippy.

Peggy beobachtete, wie die Menge sich zerstreute. Der Himmel hatte sich inzwischen noch mehr verdunkelt, doch sie wollte trotzdem noch abwarten, bis es auf der Straße etwas ruhiger wurde. Sie hatte zwar ihre Fahrradkünste in der letzten Woche verbessern können, doch die Wege waren schmal, und viele Leute hatten einiges getrunken. Sie sollte lieber vorsichtig sein.

Sie verabschiedete sich von Tippy und einigen anderen, die sie an diesem Abend kennen gelernt hatte, und versprach, sie so bald wie möglich zu besuchen. Als ihre neuen Freunde gegangen waren, hatte sich die Menge etwas gelichtet, und sie lief zu ihrem Fahrrad. Finn fing sie ab.

„Es wird gleich regnen."

Das bezweifelte sie nicht. Sie bedauerte es, dass sich der so selten klare Himmel nicht gehalten hatte. „Ich mache mich deshalb mal lieber auf den Weg."

„Ich fahre Sie."

Sie konnte sich nicht erklären, warum Finn sich für sie verantwortlich fühlte, aber sie wollte ihn sofort von seinem Pflichtgefühl befreien. „Das ist wirklich sehr nett von Ihnen, aber ich werde schon nicht aufweichen", sagte sie lächelnd.

„Ich muss sowieso da rausfahren. Bridie hat vergessen, saubere Sachen für morgen mitzunehmen."

„Sie kann das anziehen, was sie heute getragen hat. Wir haben nichts gemacht, wobei sie dreckig wurde. Oder Sie bringen es morgen vorbei."

„Sie wollen es wohl nicht zulassen, dass ich Ihnen behilflich bin, was?"

„Finn, Sie haben schon so viel für mich getan, indem sie mich von Shannon abholten. Ich will Ihnen nicht zur Last werden."

„Meine Tochter weiß Ihre Freundschaft sehr zu schätzen. Und Irene ebenfalls. Ich habe also die Verantwortung, dass Sie nicht an einer Lungenentzündung sterben." Wie auf ein Signal hin begannen die ersten Regentropfen zu fallen.

„Was ist mit meinem Rad?"

„Ich habe einen Dachgepäckträger. Kommen Sie."

Es erschien ihr albern, weiter darüber zu diskutieren. Sie holte ihr Fahrrad und folgte ihm durch die Straße zu seinem Auto. Er nahm das Rad und hob es auf das Autodach, bevor sie noch ihre Hilfe anbieten konnte. „Steigen Sie ein", befahl er. „Es ist einfacher, wenn ich das allein mache. Ich kenn mich damit schon aus."

Das tat sie, und er folgte ihr, gerade als der Himmel seine Schleusen öffnete und der Regen gegen die Windschutzscheibe prasselte. Der Wagen schaukelte, als der Wind stärker wurde.

„Gerade noch rechtzeitig“, sagte sie. „Ich sollte mich eigentlich mit plötzlich aufkommenden Stürmen auskennen. Einen Tag vor meiner Abreise hat ein Tornado fast den ganzen Saloon unserer Familie zerstört. Und alle waren übrigens gerade da drin versammelt.“

„Sie waren dabei?“

„Wir haben den Hochzeitsempfang meiner Schwester gefeiert. Alle sind in den hinteren Teil des Raumes gegangen, um zuzusehen, wie die Hochzeitstorte angeschnitten wird. Wenn nicht ...“ Sie schüttelte den Kopf. Sie hatte wenig Zeit gehabt, um darüber nachzudenken, dass sie gerade noch davongekommen waren. Oder wie viel Glück Kieran an diesem Nachmittag gehabt hatte. Der Regen und Sturm brachte jetzt die Erinnerung zurück.

„Gibt es hier auch Tornados?“ erkundigte sie sich.

„Kaum. Aber Stürme haben wir hier.“

Sie hörte die Anspannung in seiner Stimme. Wäre es jemand anders gewesen, hätte sie nachgehakt. Aber da sie Finn vor sich hatte, wusste sie es besser.

Er drehte den Zündschlüssel noch nicht um. Sie nahm an, dass er erst noch abwarten wollte, ob der Sturm etwas nachließ, bevor er losfuhr. „Die Musik heute Abend hat mir sehr gefallen.“ Sie wandte sich zu ihm um. „Sie spielen virtuos.“

Er nickte nur kurz. Sie erwartete, dass ihr Gespräch damit beendet war, aber vielleicht erschien es zu intim, so schweigend zusammenzusitzen. „Sie langweilen sich hier auch nicht zu sehr?“

„Überhaupt nicht. Ich habe viel mit Kieran und auch mit Irene zu tun, und in der Zwischenzeit genieße ich die Stille. Ich hatte wenig Ruhe in meinem Leben. Und wenn ich jemals wieder mein Medizinstudium aufnehmen sollte, wird es auch in Zukunft nicht viel davon geben.“

„Sie haben es immer noch vor?“

„Irgendwann, wenn ich sicher sein kann, dass meinem Sohn meine Abwesenheit nichts ausmacht."

Finn begann mit den Fingern auf das Lenkrad zu trommeln. Sie bedauerte, dass er ihr das Angebot gemacht hatte. Sicher hatte er nicht damit gerechnet, mit ihr jetzt festzusitzen.

Die Minuten vergingen, und sie versuchte eine weitere Unterhaltung in Gang zu bringen. „Das Lied, das Sie gesungen haben, war wunderschön. Ich hatte es vorher schon mal gehört, aber nie so richtig auf den Text geachtet."

„Einige unserer besten Songs sind Trinklieder."

„Die Pubs sind ein wichtiger Teil des täglichen Lebens, oder? Ich nehme mal an, das ist nur logisch."

„Mit Ihrem Hintergrund müssten Sie das verstehen."

„Ich weiß, dass ein paar Drinks bei einer Unterhaltung Wunder wirken können. Ein paar zu viel wiederum bringen der Notaufnahme im Krankenhaus viel Arbeit. Mir ist aufgefallen, dass Sie nicht trinken."

„Tatsächlich?"

„Es dürfte schwierig sein, zu viel zu trinken und dann so gut zu spielen. Ich habe beobachtet, wie Sie den Whiskey abgelehnt haben, den Ihnen jemand anbot", erklärte sie.

Er schwieg so lange, dass sie glaubte, dieses Thema wäre nun auch beendet. Der Regen fiel noch immer in Strömen, aber der Wind hatte nachgelassen. Finn startete den Motor und fuhr aus der Parklücke.

„Ich habe die Flasche nicht angenommen", sagte er, als sie losfuhren, „aber ich hätte es gern getan. Am liebsten hätte ich alles ausgetrunken und dazu noch jeden Drink, den ich zwischen die Finger bekommen hätte. Ich kann nicht trinken. Oder besser ausgedrückt, ich kann trinken, aber nicht mehr aufhören."

Sie hatte es nicht gewusst, und es wunderte sie, dass Irene ihr dies verheimlicht hatte. Finn war trockener Alkoholiker. Der Mann hatte wirklich sein Päckchen zu tragen.

Sie hätte gern erfahren, ob dies der Grund gewesen war, warum er die Arztpraxis aufgegeben hatte. War ihm die Lizenz entzogen worden oder hatte man es angedroht? Machte er lediglich eine Pause, bis er sicher war, dass er sein Problem unter Kontrolle hatte? Sie fragte ihn nicht. Das war zu persönlich. Doch sie wollte ihn wissen lassen, dass sie sich sein Dilemma vorstellen konnte.

„Mein Vater ist Alkoholiker. Nur fürchte ich, in seinem Fall ist das nicht alles. Das Trinken war ein Versuch, mit seiner Psychose klarzukommen, obwohl wir nicht sicher sind, was zuerst da war. Es war ein furchtbarer Kampf für ihn und alle anderen in der Familie. Ich weiß es zu schätzen, was Sie hinter sich gebracht haben."

„Hinter mich gebracht? Als wenn es vorbei wäre?"

„Das habe ich nicht gemeint. Tut mir Leid. Ich habe nur versucht, Ihnen klarzumachen, dass ich so was ebenfalls hautnah erlebt habe, aus einem anderen Blickwinkel, und ich bewundere jeden, der dagegen ankämpft. Ich weiß, dass es ein täglicher Kampf ist."

„Daran gibt es nichts zu bewundern", sagte er barsch. „Ich bin ein Säufer, und Sie haben erlebt, was ein Säufer den Menschen antun kann, die er liebt. Ich denke, Sie sollten es besser wissen, um auch nur Mitgefühl zu zeigen. Sie müssten die Beine in die Hand nehmen und flüchten, so schnell und so weit Sie können. Es sei denn, Sie empfinden es als eine Herausforderung, mich kennen zu lernen."

Ihr war klar, dass sie das Gespräch nicht besonders geschickt in Angriff genommen hatte. Aber sie dachte, wenn sie etwas aus ihrem Leben erzählte, könnte sie ihm damit signalisieren, dass sie Verständnis hatte. Doch inzwischen war jedes Gefühl von Mitleid verschwunden, stattdessen wurde sie wütend. Wahrscheinlich verhielt er sich absichtlich so ungehobelt, um sie auf Abstand zu halten. Aber was hatte sie ihm denn anderes angeboten als ein bisschen Verständnis? War es solch ein riesiges Verbrechen, wenn man versuchte, Finn O'Malley zu verstehen?

„Wissen Sie", sagte sie schließlich, als er in die Straße einbog, die zum Tierney Cottage führte, „ich kenne Sie noch nicht lange. Vielleicht haben die Leute von Shanmullin dermaßen gute Erinnerungen an Sie, dass sie Ihre unhöfliche Art in Kauf nehmen, weil sie hoffen, der Finn, den sie von früher kennen, wird zurückkehren. Aber dieser Mann ist für mich nur eine Legende. Also machen Sie sich keine Sorgen, dass ich versuchen könnte, Ihre Barrieren, die Sie zwischen uns aufgerichtet haben, zu zerstören, um an ihr armes kleines Herz zu gelangen. Das ist nicht der Fall. Sie haben wohl einiges durchgemacht, aber da sind Sie nicht der Einzige. Doch nicht alle von uns nehmen sich das Recht heraus, aus lauter Vergeltung dermaßen unfreundlich mit den andern umzugehen."

„Sie haben tatsächlich das passende Temperament zu Ihrer Haarfarbe."

„Sie irren sich. Ich bin die ruhigste von den Donaghue-Schwestern. Megan und Casey hätten Ihnen jetzt bereits ein Messer an die Kehle gehalten."

Er parkte den Wagen, und sie riss die Tür auf und ging in den strömenden Regen hinaus. „Ich hole das Rad runter, bleiben Sie drin."

Er stieg trotzdem aus, aber sie hatte das Fahrrad schon losgemacht und hievte es gerade vom Gepäckständer, als er neben ihr stand.

„Danke fürs Mitnehmen, wenn auch nicht für die Konversation." Sie drehte sich um und schob das Rad weg. Dann musste sie doch noch eine Bemerkung zum Schluss machen.

„Ich habe selbst auch Probleme, Finn. Sie brauchen nicht zu befürchten, dass ich mir Ihre noch aufladen möchte." Damit ging sie endgültig. Hinter sich hörte sie den Motor starten. Sie drehte sich nicht um, als er wegfuhr.

12. KAPITEL

Die Arbeit am Saloon machte Fortschritte. Marco und Niccolo hatten eine Gruppe von Saisonarbeitern angeheuert, um den Schutt wegzuräumen und das Gebäude so weit zu sichern, dass keine Einsturzgefahr mehr bestand. Ein neues Dach wurde gerade gebaut, und bald konnte man die Reparaturen im Inneren richtig beginnen.

Niccolo nutzte die Gelegenheit, um den Steine-Kids etwas über Baupläne und Entwürfe beizubringen. Jeder der Jugendlichen sollte einen eigenen Plan für die Renovierungsarbeiten entwerfen, und einige von ihnen waren erstaunlich einfallsreich. Megan gefiel Winstons Idee für die preiswerte Installation von Regalen in der Küche so sehr, dass sie Niccolo bat, dies in die Pläne einzubeziehen. Winstons Schwester Elisha, deren Begabung für Innendekoration sich bereits bei ihrem ersten Zusammentreffen gezeigt hatte, schlug für eine Ecke der Bar vor, eine Wand mit der Landschaft Irlands zu bemalen und kleinere Tische aufzustellen, um so eine ruhige Nische einzurichten. Eine *relativ* ruhige Nische natürlich, aber Megan gefiel auch diese Idee.

Sie wusste, dass sie eigentlich zufrieden sein sollte. Dass sie eigentlich viel Glück hatten und wie unwichtig die Renovierung im Vergleich zu allem anderen war. Aber irgendetwas störte sie, und sie versuchte Casey, die eine zeitige Mittagspause von ihrem Job im Albaugh Center eingelegt hatte, zu erklären, wie sie sich fühlte.

„Mir ist, als hätte ich keine Aufgabe mehr.“ In dem Teil, der einmal eine geschäftige Küche gewesen war, setzte Megan einen Kessel Wasser auf, um etwas Tee zu den Sandwichs zu machen, die Casey mitgebracht hatte. Einen Herd hatte sie nicht mehr, was für jemanden, dessen Selbstbewusstsein aus seinen Kochkünsten herrührte, ein großer Schlag war. Der Kessel stand auf einer Kochplatte, die auf einem Sperrholzbrett mit zwei klapprigen Sägeböcken als Füßen stand. Dieses, das alte Waschbecken und zwei Plastikstühle machten ihre ganze Kücheneinrichtung aus. Selbst der abgetretene Linoleumboden war schon herausgerissen worden, dafür sah man nun raue, mit Teer versiegelte Holzplanken.

Casey rutschte auf ihrem Stuhl herum, um es sich, allerdings ohne Erfolg, bequemer zu machen. „Ist es nicht deine Aufgabe, darauf zu achten, dass alles richtig gemacht wird?“

„Na wenigstens versuchst du nicht so zu tun, als hätte ich noch eine größere Mission zu erfüllen, wie zum Beispiel die anderen zu großen Taten zu inspirieren oder die Welt mit meinem Lächeln zu verschönern.“ Megan zog eine Grimasse, Letzteres schien ihr im Moment völlig unmöglich.

„Ich weiß, es muss frustrierend sein, aber kannst du nicht die Zeit für irgendwas nutzen, wozu du vorher nie gekommen bist?“

„Wie zum Beispiel?“

„Die Antikläden in Lorain durchstöbern. Ein paar winterfeste Pflanzen in deinem neuen hinteren Garten anpflanzen. Teepartys auf deiner Terrasse veranstalten. Davon hast du doch immer geträumt, schon vergessen? Und jetzt hast du die Möglichkeit. Ich könnte an meinem freien Tag rüberkommen. Dann spielen wir die vornehmen Ladys in Weiß in ihren Mußestunden. Vielleicht können wir ja auch Krocket spielen lernen.“

Megan spürte absolut kein Bedürfnis nach irgendwelchem Zeitvertreib. Sie könnte höchstens für zwei Tage ihren Hobbys nachgehen. So etwas machte man mal in seiner freien Zeit, aber es war kein Ziel, für das man lebte.

Es tat ihr überhaupt nicht gut, sich selbst zu analysieren, aber dummerweise hatte sie nun alle Zeit der Welt, um genau dies zu tun. „Ich arbeite schon seit meiner Kindheit. Wie hast du das nur ertragen, als du deinen Job aufgegeben hast und von Chicago wieder zurückgekommen bist?

„Ich hab für dich in der Bar gearbeitet.“ Casey deutete mit einer Kopfbewegung Richtung Saloon. „Schon vergessen?“

„Nicht mal das kann ich tun. Keine Bar da, hinter der man Getränke mixen könnte. Keine Tische mit Leuten, die man bedienen kann. Keine Mahlzeiten, die gekocht werden müssen.“ Megan ließ die Mundwinkel hängen und musste wohl genauso frustriert aussehen, wie sie sich fühlte. Sie zwang sich zu einem optimistischen Lächeln. „Das klingt albern, was? Schließlich ist das ja nur eine Angelegenheit von ein paar Wochen.“

Casey fuhr sich mit der Zunge über die Lippen, eine typische Geste von ihr, bevor sie zum Angriff überging. „Es hat nicht nur was mit dem Saloon zu tun, oder?“

„Was könnte denn sonst noch schief gehen? Reicht das nicht?“

„Du siehst nicht viel von Nick, was?“

Es gab Tage, da wünschte Megan manchmal, sie hätte Brüder statt Schwestern wie Casey und Peggy. Brüder, die sich nicht um ihre Gefühle scherten oder wenn, sie dann nicht durchschauten.

„Er ist ziemlich beschäftigt“, erwiderte Megan. Sie versuchte lässig die Schultern zu zucken, aber es wirkte mehr wie ein nervöser Tick. „Natürlich ist er beschäftigt. Er tut sein Bestes, um hier zu helfen. Und Marco und er leisten wirklich hervorragende Arbeit.“

„Und du siehst nicht viel von ihm.“

„Weißt du, wie viele Leute Nick angerufen und um eine Privattour durch den Tunnel gebeten haben?“ Megan war über die Bitterkeit in ihrer Stimme selbst überrascht. Ging es ihr so schlecht?

„Ich habe keine Ahnung. Viele?“

„Ich versuche mich da weitgehends rauszuhalten. Wirklich. Aber das Telefon klingelt ununterbrochen, Casey. Familie.

Freunde. Freunde von Familienangehörigen. Leute, die mit irgendwelchen Freunden von Freunden bekannt sind." Wieder zuckte sie mit den Schultern.

„Und Nick führt sie alle da durch?"

„Frag ihn doch selbst. Da kommt er."

Als Casey sich umdrehte, kam Niccolo gerade durch die Tür. „Nicht gerade der gemütlichste Platz, um sich zu versammeln." Er beugte sich herunter und drückte Megan einen Kuss aufs Haar. „Vielleicht sollten wir einen Picknicktisch für den Parkplatz besorgen. Wir könnten alle einen besseren Aufenthaltsort für unsere Pausen gebrauchen."

Diese Aufmerksamkeit war typisch für Niccolo. Solche Feinheiten entgingen ihm nie. Die Küche sah düster aus, und sie wusste, dass ihr Gesichtsausdruck genauso düster wirkte. Niccolo wollte sie nach draußen ans Licht bringen. Himmel, er hatte die meiste Zeit seines Lebens damit verbracht, Leute ans Licht zu bringen. Sein Wohlwollen ärgerte sie.

Casey hob ihm die Wange zum Kuss entgegen. „Nick, Megan meint, die Leute würden dich nerven, damit du sie durch den Tunnel führst?"

„Nur ein paar."

„Ein paar Dutzend?" Megan fragte sich, ob er tatsächlich so blind war.

„Es ist keine besonders große Sache, oder? Machst du dir deshalb Sorgen?"

Megan konnte schlecht Ja sagen. Sie befürchtete, wenn sie alles, was sie im Moment ärgerte, aufschrieb, würde die Liste so lang werden wie Joshs Beine. „Du wirst dich noch übernehmen. Das ist alles. Mit der Renovierung und den Steine-Kids hast du schon genug zu tun."

Er lehnte sich gegen das Waschbecken. „Ich mache mir eigentlich mehr Sorgen darum, was passieren könnte, wenn ich es den Leuten nicht zeige."

„Und das wäre?" fragte Casey.

„Ich bin fast sicher, dass es sich um einen Wasserfleck handelt. Soweit ich es beurteilen kann, gab es an der Wand dahinter eine kleine lecke Stelle. Wahrscheinlich gibt es sie noch. Wenn wir das Rohrsystem im Saloon erneuern, trocknet es bestimmt aus. Aber bis dahin werden die Leute darüber reden. Und der beste Weg, um das Gerede zum Schweigen zu bringen, ist, allen zu zeigen, was es genau ist."

Casey sah jetzt interessiert aus. „Was für Gerede?"

„Bei deinem Job wirst du sicher auch erfahren haben, dass die Menschen immer auf Wunder hoffen. Einer gräbt eine Kartoffel aus und sieht auf der Oberfläche die Kreuzung eingraviert. Jemand bemerkt Rost auf einem alten verlassenen Auto und kann darin die Himmelfahrt Christie erkennen. Ich bin nach meinem Unfall wieder zu mir gekommen und hab die Jungfrau Maria in einem Wasserfleck gesehen."

Niccolo zuckte die Schultern, und Megan fand seine Geste weitaus überzeugender als ihre vorher, er sah so viel gelassener aus. „Es ist ja auch nicht besonders überraschend, dass die Leute nach Wundern suchen. Die Kirche unterstützt so was ja. Wahrscheinlich hast du auch darüber gepredigt."

„Die Kirche ist da jetzt sehr vorsichtig. Wir leben in einem Jahrhundert der wissenschaftlichen Aufklärung. Niemand will etwas zum Wunder erklären, das sich als vollkommen natürliches Phänomen herausstellen kann. Die Kirche hat genug Probleme. Schließlich wollen sie nicht dumm dastehen."

„Du zeigst es also den Leuten und erklärst ihnen, woher es kommt", sagte Casey. „Das scheint mir vernünftig."

Er grinste. „Solange niemand anders das da unten erlebt, was ich durchgemacht habe."

„Du meinst die Explosion?" fragte Megan.

„Ich meine, diese Explosion zu überleben. Das gehört zu dieser Mythologie. Es geht die Geschichte um, dass die Jungfrau mich gerettet hätte."

Megan fragte sich, warum sie vorher nie die Muße für ein solches Gespräch gehabt hatten. Zu Hause waren ständig Josh und Rooney dabei, aber sie und Niccolo könnten sich immer Zeit füreinander nehmen, wenn sie es wirklich wollten. Warum hatten sie es nicht getan?

„Wann wird das ein Ende haben?" Die Frage klang etwas spitz, aber das kümmerte sie nicht. „Wann wird das Gerücht verstummen, damit du die Leute nicht mehr zu jeder Stunde durch diesen Gang führen musst?"

Er schien ihre Bemerkung falsch zu verstehen. „Es macht mir nichts aus. Ich zeig es ihnen und erkläre alles, aber die Leute scheinen trotzdem was Wichtiges mit auf den Weg zu nehmen. Das ist irgendwie schön. Das Beste an der Zeit als Priester war, an den spirituellen Erlebnissen der Menschen teilhaben zu können."

„Klingt, als würdest du es ganz gut managen." Casey stand auf. „Und ich sollte mich besser aufmachen und meine Besorgungen erledigen."

Ihre Worte wurden durch ein Klopfen an der Küchentür unterbrochen. Megan blickte auf und sah eine ihr unbekannte Frau mit der Nase gegen die Scheibe des Fensters daneben gepresst. „Irgendjemand, den wir kennen?" fragte sie Casey.

Casey kniff die Augen zusammen, um gegen das Sonnenlicht etwas sehen zu können. „Ist das nicht Beatrice Stowell? Du weißt schon, die alte Dame, die neben Onkel Den wohnt? Sie ist gute zehn Jahre älter als er und versucht ihn schon seit Jahren einzuwickeln."

„Und ich soll jetzt unbefangen zur Tür gehen, mit dieser Information, die mir in den Ohren klingt?" Megan stand jedoch auf und öffnete. Als sie vor ihr stand, erkannte sie Beatrice ebenfalls. Die Frau war in den Achtzigern und offensichtlich das Opfer eines sadistischen Friseurs, der ihr fussliges weißes Haar im Pudelstil geschnitten hatte. Ein paar längere Quasten standen über den Ohren und der Stirn, doch der Rest war kurz genug, um die rosafarbene Kopfhaut zu betonen. Megan vermutete, dass die mit Rheinkieseln geschmückten Hauspantoffeln an ihren Füßen ein Versuch sein könnten, die Aufmerksamkeit von ihrer Frisur abzulenken, bis die Haare wieder etwas nachgewachsen waren.

„Ihr Onkel Den hat mir gesagt, ich soll herkommen“, erklärte Beatrice ohne Einleitung. „Ich soll mir den Tunnel ansehen.“

Megan trat zur Seite, und Beatrice kam herein. Sie nickte Niccolo und Casey kurz zu. „Wer von Ihnen möchte mich runterführen? Ich bin bereit.“

Megan stellte sich schon vor, wie das nächste Gespräch mit ihrem Onkel aussehen würde. Womöglich verdienten diese beiden sich ja. „Wir sind gerade beschäftigt“, begann sie.

„Ich bringe Sie runter.“ Niccolo stieß sich vom Waschbecken ab. „Aber nur eine kurze Besichtigung. Es ist nicht besonders schön da unten.“ Er blickte auf ihre Schuhe. „Wir müssen ein paar Stufen steigen. Können Sie das, äh, in diesen Schuhen denn?“

„Ich sagte doch, ich wäre bereit“, erklärte Beatrice äußerst eifrig, wenn auch nicht unbedingt sehr freundlich.

„Ich komme auch mit“, kündigte Megan an und sah zu Niccolo. „Ich sollte mich besser auch mit dieser Tour vertraut machen, oder? Nur für den Fall, dass du gerade zu viel zu tun hast.“ Sie schwieg kurz. „Du weißt schon, mit den … Renovierungen.“

Er grinste sie an, und wie jedes Mal bekam sie dabei sofort Herzflattern. Es ärgerte sie, dass er sie immer noch dermaßen durcheinander bringen konnte. Die Heirat hatte da keine magische Wendung erreicht.

Casey beschloss ebenfalls mitzugehen. Beatrice zum Schutz in die Mitte genommen, ausgerüstet mit Taschenlampen, gingen sie langsam nach unten und durch den Vorratskeller. Auf dem halben Weg zum Ziel und zu spät, um wieder umzukehren, kündigte Beatrice an, sie leide unter Arthritis, und jeder Schritt ginge ihr wie ein Messerstich durch und durch.

„Was ich dir schon vorher sagen wollte", wandte sich Niccolo an Megan, als sie die letzte Stufe hinter sich hatten und den Tunnel erreichten. Er knipste seine Taschenlampe an. „Es gibt ein paar Seitengänge. Sie sind so eng, dass ich erst dachte, es wäre von Versuchsbohrungen vor dem Anlegen des richtigen Tunnels gewesen. Einer führt auch in eine Sackgasse, aber es gibt einen anderen, durch den man in einen weiteren Vorratskeller kommt. Den würdest du bestimmt gern mal näher untersuchen. Er ist voll mit interessanten Sachen."

„Was denn, Fledermäusen? Mäusen? Spinnen? Das Letzte wäre mir übrigens am liebsten."

„Na ja, man müsste da natürlich mal sauber machen", räumte er ein.

Beatrice unterbrach ihr Geplauder. „Ich denke doch, wir sollten uns etwas ehrfurchtsvoller verhalten. Wenn unsere Heilige Jungfrau hier ist, wird sie sicher nicht dieses ganze Gewäsch hören wollen."

Megan, die hinter Beatrice lief, begann sich bereits ein paar Vergeltungsmaßnahmen für den guten Onkel Den auszudenken.

Den Rest des Weges legten sie in erzwungenem Schweigen zurück. Niccolo blieb dort stehen, wo er nach der Explosion aufgewacht war. Er richtete den Schein seiner Lampe gegen die Wand, wo sich der Wasserfleck befand. Megan wusste nicht, was sie erwartet hatte, nachdem sie seit dem Unfall ihres Ehemannes nicht mehr hier unten gewesen war, aber das Bild sah noch immer genauso aus wie vorher, nur dass heute kein Wasser von der Stelle tropfte, wo sich die Augen der Jungfrau befanden.

Beatrice fiel auf die Knie und bekreuzigte sich. Zweifellos war sie katholisch, wenn auch nicht Mitglied der St. Brigid's Gemeinde.

„Wir sind sicher, dass da irgendwo drüber ein Wasserfleck ist", sagte Niccolo leise. „Wahrscheinlich befindet er sich schon seit Jahren da, es gibt eine ganz natürliche Erklärung dafür. Aber es ist eine schöne Mahnung an die wichtigeren Dinge im Leben ..."

„Pst!" Beatrice öffnete die Augen und blickte ihn verärgert an. „Um Himmels willen, schweigen Sie."

Casey riss erstaunt die Augen auf. Doch Niccolo lächelte nur verständnisvoll und sagte nichts mehr. Megan wartete. Minuten verrannen, und sie war begierig darauf, sich den anderen Vorratsraum anzusehen. Schließlich war ihre Geduld am Ende. „Hören Sie, Beatrice, es hat uns nichts ausgemacht, Sie hierher zu bringen, aber Nick hat Ihnen bereits erklärt, dass wir nicht lange hier unten bleiben können, und wir haben wirklich keine Zeit. Wir müssen jetzt wieder hochgehen. Warten Sie, ich helfe Ihnen auf." Sie streckte die Hand aus.

„Ich verstehe einfach nicht, wie unsere Jungfrau an einen solchen Ort kommen konnte!" Beatrice legte ihre Hand in Megans, offensichtlich doch nicht ganz so enttäuscht von ihnen, um die Hilfe abzulehnen.

Megan wollte einen der beiden darum bitten, mit anzufassen, und Niccolo hatte schon den Arm ausgestreckt, um der alten Frau aufzuhelfen. Aber Beatrice beachtete ihn nicht und sprang mit beachtlicher Eleganz und Energie hoch. Von ihrer eigenen Forschheit überrascht, riss sie die Augen auf. „Haben Sie das gesehen?"

Die anderen sahen sie verständnislos an.

„Die Schmerzen sind verschwunden." Zum ersten Mal, seit sie

vor der Saloontür gestanden hatte, lächelte Beatrice. „Sie sind weg. Halleluja, sie sind verschwunden!“

Niccolo fing Megans Blick auf. Sie machte ihm ein Zeichen, etwas zu sagen, irgendetwas. Er wandte sich an die alte Frau und nahm ihre Hand. „Ich freue mich, dass es Ihnen besser geht, Beatrice. Aber wir sehen lieber zu, dass wir die Treppe hochsteigen, solange es Ihnen keine Schmerzen bereitet.“

„Verstehen Sie denn nicht? Von nun an geht es mir wieder gut. Ich bin geheilt. Meine Arthritis ist verschwunden!“

„Es ist kühl und feucht hier unten. Ein großer Unterschied zu der Junihitze. Wahrscheinlich haben Sie deshalb das Gefühl, als wenn …“

„Ein Wunder“, unterbrach sie ihn und riss sich von ihm los. Dann schlug sie ihm auf den Arm. „Es ist ein Wunder.“

Megan konnte schon sehen, was in Zukunft passieren würde, und diese Vorstellung war alles andere als wunderbar und von Licht erfüllt. „Das ist kein Wunder“, sagte sie ziemlich scharf. „Und bitte gehen Sie jetzt nicht los und erzählen allen Leuten, dass Sie hier unten geheilt wurden, sonst müssen wir diesen Tunnel für immer abschließen.“

„Sie wollen die Menschen von diesem Ort fern halten?“ Beatrice sah sie erstaunt an. „Sie würden es verhindern, dass andere Menschen geheilt werden?“

Casey versuchte sich einzumischen, aber Beatrice würgte sie sofort ab. „Ich werde es jedem erzählen, Sie haben kein Recht, sie von dem hier auszuschließen. Wenn es sein muss, gehe ich zum Heiligen Vater. Ich kann jetzt zum Vatikan gehen, das sage ich Ihnen. Ich bin geheilt!“

„Sie glaubt, dass sie geheilt ist“, erzählte Megan Peggy später am Telefon. Die Schwestern hatten sich vorgenommen, einmal die

Woche zu telefonieren, und Donnerstag war der Tag, den sie verabredet hatten. In Shanmullin war es Nacht, und jetzt, wo Irene und Kieran schliefen, hatte Peggy das Haus für sich.

Peggy machte es sich bequem. Sie ging davon aus, dass ihr Gespräch heute Abend ein bisschen länger dauern würde. „Und du hast versucht, es ihr auszureden?"

„Nick meint, sie wäre ganz einfach zu allein. Das Albaugh Center hat ein interessantes Programm für ältere Bürger, und Casey wird Beatrice dort einführen. Sie und Nick sind sich darin einig, damit das Problem lösen zu können. Beatrice wird die Geschichte mit dem Wunder ziemlich schnell vergessen und sich dafür mit Bingo beschäftigen."

Peggy lachte. „Das ist ja fast dasselbe."

„Sie ist gehumpelt, als wir sie die Treppe wieder hochbrachten. Aber sie hat trotzdem behauptet, gar keine Schmerzen mehr zu haben." Megan dachte kurz nach, und als sie weiterredete, hatte sich ihr Tonfall geändert. „Ich weiß nicht, wie es ist, wenn man alt und allein ist. Vielleicht ist da wirklich irgendeine Art von Wunder geschehen. Casey hilft ihr, ein paar neue Freunde und eine Beschäftigung zu finden. Das kann man ja auch schon als etwas in der Richtung ansehen."

„Du bist gar nicht so eine Hartgesottene, was?"

Megan ging nicht auf diese Bemerkung ein. „Erzähl mir was von Kieran."

„Also, das ist wirklich sehr merkwürdig. Er hat ein paar grundlegende Fortschritte erzielt." Sie machte eine Kunstpause, und Megan enttäuschte sie nicht, als sie ein leises anerkennendes Pfeifen hören ließ.

„Und was für welche?" erkundigte sich Megan. „Berichte mir alles genau."

Peggy war nicht ganz sicher, wie sie das erklären sollte. Für jemand anders würde sich das Erreichte nicht besonders aufregend anhören, aber sie sah es als wichtigen Hinweis auf das, was Kieran einmal schaffen könnte, wenn sie weiterhin mit ihm arbeitete. „Ich … wir haben versucht ihm beizubringen, bestimmte Farben wiederzuerkennen. Am Montag hat er auf Rot gezeigt, als ich ihn darum bat. Wenn ich zwei Klötzer auf den Tisch stelle, einen roten und einen blauen, und ihn fragte, welches der rote wäre, hat er auf den richtigen gedeutet. Jedes Mal. Und er saß neben mir, während ich ihm vorlas. Er hat sogar die Seite umgeblättert, als ich ihn darum bat."

Während Megan am anderen Ende der Leitung ihre „Ohs" und „Ahs" als Kommentar abgab, vermisste Peggy ihre Schwester mehr denn je. „Und dann hat er schließlich heute einen Löffel beim Essen benutzt. Zum ersten Mal, Megan. Er macht es noch nicht besonders gut, aber weiß schon, wie es funktioniert. Und das alles, obwohl er gerade einen Zahn bekommt und sich nicht besonders wohl fühlt und kaum isst. Tatsächlich hat er das bisschen, was er heute geschafft hat, allein gegessen. Ich hab den ganzen Tag sonst nichts in ihn reingekriegt."

„Das sind aber echt wunderbare Neuigkeiten", sagte Megan. „Ich vermisse den Kleinen."

Peggy war immer gerührt, wenn sie so etwas hörte. Kieran konnte die Zuneigung, die er erhielt, nicht zurückgeben. Vielleicht eines Tages, aber im Moment noch nicht. Die Tatsache, dass er von der Familie so bedingungslos geliebt wurde, bedeutete ihr sehr viel.

„Und wie sieht es sonst aus?" wollte Megan wissen. „Was ist mit dem Arzt?"

Peggy hatte mit jemandem über ihre Begegnung mit Finn reden müssen. So war es nicht überraschend, dass sie dabei zuerst an Megan gedacht hatte. „Er war höflich. Ich war höflich. Bridie kommt immer noch fast jeden Tag nach der Schule zu uns und hilft mir mit Kieran."

„Klingt irgendwie nicht so angenehm."

Es war tatsächlich nicht sehr angenehm. Peggy tat es Leid, dass sie Finn gegenüber die Beherrschung verloren hatte, aber sie sah auch nicht ein, dass sie sich entschuldigen musste. Schließlich war er ausfallend geworden. „Ich sollte mir keine Gedanken darüber machen, aber ihm geht es wahrscheinlich schlecht. Und ich hatte wirklich nicht die Absicht, ihn zu beleidigen."

„Das glaube ich dir. Aber es gibt Leute, die es nicht leiden können, wenn man Mitleid mit ihnen zeigt. Sie werden nicht gern darauf hingewiesen, dass sie ihre Gefühle nicht gut genug verborgen haben."

Wie immer hatte Megan eine sehr vernünftige Erklärung parat. Peggy hatte Finns Reaktion nicht von dieser Warte aus betrachtet. „Ich nehme mal an, ich bin ins Fettnäpfchen getreten, was?"

„Er war auch nicht gerade feinfühlig. Such nicht die ganze Schuld bei dir. Es war genauso sein Ding."

„Wie geht es Nick?" Peggy blickte aus dem Fenster auf die vom Mondlicht beschienene Landschaft.

Megan schwieg so lange, dass Peggy schon befürchtete, die Verbindung sei unterbrochen. Als sie schließlich antwortete, klang ihre Stimme angespannt. „Er hat letzte Nacht geträumt, er wäre wieder Priester."

„Wir träumen doch alle von Dingen aus unserer Vergangenheit, oder? Geht es dir nicht so? Manchmal wache ich auf und wunder mich, dass ich nicht mehr acht Jahre alt bin und die Nacht mit dir und Casey über dem Saloon verbringe." Als Megan nichts darauf erwiderte, fügte sie hinzu: „Megan, du denkst doch wohl nicht, dass er es bereut, aufgehört zu haben?"

„Nein."

Peggy fand nicht, dass sich ihre Schwester sehr überzeugt anhörte. „Er ist sich in dieser Beziehung absolut sicher, und das war er auch schon, als ihr euch kennen gelernt habt", sagte Peggy. „Er hat die Kirche nicht deinetwegen verlassen. Da hat er dich doch noch gar nicht gekannt."

„Es ist bloß so, dass wir gerade geheiratet haben, und er träumt von dem, was er früher gemacht hat. Es ist ..."

„Beunruhigend?"

„Ich hab einfach zu viel Zeit im Moment." Jetzt klang Megan wieder mehr wie sie selbst. „Und das ist nicht das Schlechteste. Denn rate mal, was ich heute gefunden habe."

Peggy ließ sich berichten, wie ihre Schwester den zweiten Abstellraum fand, der abseits vom Haupttunnel lag. Obwohl sich ihre Begeisterung ein bisschen aufgesetzt anhörte, war das schon eher die Megan, die sie kannte.

„Es ist ein richtiger Schatz, den ich gefunden habe", beendete Megan ihren Bericht. „Stapel von alten Zeitungen, Kisten mit Whiskey, Schallplatten – wahrscheinlich die Überbleibsel einer alten Musikbox – Wirtschaftsbücher. Ich denke mal, die Zeitungen sollten zum Verpacken der Flaschen sein, die durch den Tunnel hochgeschafft wurden."

„Die Donaghues waren schon immer sehr einfallsreich", bemerkte Peggy. „Und was bedeutete schon so ein läppisches Gesetz, wenn es das Geschäft versaute?"

„Ich hatte nie irgendwelche Zweifel daran, dass im Saloon noch was anderes serviert wurde als Softdrinks, du etwa? Aber ich bin erstaunt, wie kompliziert dieses Unternehmen gewesen sein muss. Die Geschäftsbücher sind erstaunlich. Ich hatte noch nicht die Zeit, die einzelnen Posten Stück für Stück durchzugehen, aber man kann schon erkennen, dass es da zwei sehr unterschiedliche Aufstellungen gibt, und in der einen boomt das Geschäft."

„Tante Deirdre weiß vielleicht noch was über diese Zeit. Hast du sie mal gefragt?“

„Ich hab sie angerufen und ihr erzählt, was ich gefunden habe. Sie meint, das Apartment da drüber wäre ein Speakeasy gewesen, eine Art Lounge, zu der nur geladene Gäste Zugang hatten und in der Alkohol getrunken wurde. Die Bar unten hatte man zu einem ruhigen kleinen Restaurant und Softdrink-Salon gemacht. Offensichtlich hat es da jemand nicht eingesehen, warum man sich nach den gesetzlichen Bestimmungen halten soll, was? Ich frage mich, wie viel von den Einnahmen dazu verwendet werden mussten, um die örtliche Polizei zu bezahlen.“

„Und wenn man bedenkt, dass ich direkt dort in diesem kleinen Stück von Clevelands Geschichte gewohnt habe.“

„Ich hab aber das Beste noch gar nicht erwähnt.“ Megan machte eine wirkungsvolle Pause. „Ich habe ein paar Informationen über Liam Tierney.“

Peggy war aufgestanden und ans Fenster gegangen. Draußen bewegte sich etwas in den Schatten. Als sie genauer hinsah, erkannte sie Banjax, der zum Haus schlich und sich auf die Vordertreppe legte. Peggy fragte sich, wie lange es wohl dauern würde, bis der Hund jede Nacht vor dem Kamin schlief. „Ich hoffe, es sind keine schlechten Nachrichten für Irene.“

„Du magst sie inzwischen wirklich gern, was?“ fragte Megan.

„Sie ist einfach wunderbar. Du wirst sie mögen.“ Peggy musste plötzlich daran denken, dass Irene vielleicht gar nicht mehr lange genug lebte, um ihre Schwestern jemals kennen zu lernen. Sie wünschte, Megan und Casey könnten sie bald besuchen.

„Ich hab heute Nachmittag einen Stapel Zeitungen mit nach Hause gebracht. Du wärst wirklich erstaunt, wie billig Essen und Kleidung in den zwanziger Jahren waren.“

„Was hat das denn mit Liam zu tun?“

„Nicht das Geringste. Hat mich nur erstaunt, das ist alles. Aber ich hab die Seiten durchgeblättert und die Überschriften überflogen, und ich habe einen Artikel entdeckt über einen Mann, der von einem rasenden Auto angefahren wurde, als er die Straße in der Nähe von Whiskey Island überquerte."

Peggy verstand, warum die Erwähnung von Whiskey Island die Aufmerksamkeit ihrer Schwester erregt hatte. Die Geschichte ihrer Familie in Cleveland hatte dort begonnen, zusammen mit der von so vielen anderen irischen Immigranten. „Liam hatte was damit zu tun?"

„Der Wagen wurde von der Polizei verfolgt, nachdem bei einer Routineüberprüfung Kisten mit Alkohol im Kofferraum gefunden worden sind. Nachdem der Prohibitionsagent – so nannten sie die Beamten damals – den Fahrer festgenommen hat, attackierte der ihn mit einem Brecheisen und flüchtete mitsamt den Spritkisten."

„Sag bitte, dass es sich bei diesem Typ nicht um Liam gehandelt hat." Peggy schwieg kurz. „Ich könnte jedenfalls wetten, dass er kein Prohibitionsagent war."

Megan lachte. „Liam wurde als Fußgänger angefahren, als das Auto den Berg hoch und in die Stadt gerast ist. Offensichtlich war er einfach nur ein Unbeteiligter in der Geschichte."

„Ich werde verrückt. Und das hast du gerade gefunden?"

„Es ist nicht so ein Zufall, wie es vielleicht scheint. Ich nehme an, die Story ging über Wochen durch die Presse, weil sie sich immer wieder auf irgendwas beziehen, von dem sie bereits berichtet haben. So eine Art Sommerloch, nehme ich an. Nach dem Artikel hatten sie den Fahrer noch nicht erwischt und gingen wohl auch nicht davon aus, dass es jemals der Fall sein würde. Liams Name ist nur einmal erwähnt worden."

„Er wurde dabei aber nicht getötet, oder?" Megan hatte lediglich von „angefahren" gesprochen. Peggy hätte Irene nicht gern berichtet, dass ihr Vater von einem flüchtenden Gangster mit dem Auto umgefahren worden war.

„Nach dem, was ich gelesen habe, nicht. Es sei denn, er wäre später im Krankenhaus an seinen Verletzungen gestorben. Ich bin die anderen Zeitungen durchgegangen, aber ich hatte keine mehr von diesem Monat oder dem folgenden. Morgen gehe ich zur Historischen Gesellschaft und sehe mal nach, ob die irgendwelche Zeitungen aus dieser Ära auf Mikrofilm lagern. Vielleicht kann ich mehr über die Geschichte herausfinden."

„Hast du denn so viel Zeit? Du bist doch immer noch eine frisch Getraute."

„Ich hab gar nichts anderes als Zeit", erwiderte Megan. „Neben den Tunnel-Touren, die Niccolo durchführt, ist er dermaßen mit den Renovierungsarbeiten beschäftigt und versucht nebenher mehr finanzielle Unterstützung für die Steine zu bekommen, dass wir uns nur noch zunicken, wenn wir uns in der Diele begegnen. Ich glaube, vor unserer Hochzeit habe ich ihn öfter gesehen."

Peggy wusste, dass Megan versuchte, es witzig klingen zu lassen, aber sie konnte nicht darüber lachen. „Wenn du ihn vermisst, solltest du es ihm besser sagen. Das klingt mir nach einem Gewitter, das im Anzug ist."

„Mir geht es gut."

Peggy kannte ihre Schwester. Megan ging es anscheinend immer gut, egal wie es tatsächlich aussah. „Ich wünschte, du würdest mich hier besuchen. Kannst du Nick nicht mal zu einem Kurztrip überreden, wenn die Renovierung fertig ist?"

„Wenn wir so weit sind, muss ich den Betrieb wieder aufnehmen. Wir verlieren unsere ganze Kundschaft, wenn wir nicht so schnell wie möglich öffnen."

„Die würden auch noch eine weitere Woche warten. Das sind doch treue Gesellen. Denk mal drüber nach."

Offensichtlich wollte Megan dieses Thema so schnell wie möglich beenden. Sie räusperte sich. „Ich will eigentlich nicht Schluss machen, aber das kostet ein Vermögen."

Peggy hätte die Verbindung nach Hause am liebsten noch nicht abgebrochen. „Bestell Casey alles Gute von mir. Und Nick und Jon und Rooney und allen anderen."

„Sie werden dich anrufen." Die Schwestern verabschiedeten sich, und Peggy legte widerstrebend auf.

Draußen lag still und friedlich die irische Landschaft. Sie fragte sich, was Liam Tierney und seine Frau wohl empfunden hatten, als sie das ruhige Cottage verließen, in dem sie jetzt lebte, um in den Trubel vom Cleveland der 20er Jahre zu ziehen. Dann in einem fremden Land einen Unfall haben, ohne Familie und Freunde, die einem beistanden? Wie immer, wenn sie darüber nachdachte, staunte sie über die Ausdauer und den Mut dieser Familienmitglieder, die sie nie gekannt hatte.

Kieran hatte diese zähe Natur geerbt. Darüber war sie froh, denn er würde jeden Tropfen des starken, widerstandsfähigen Tierney-Blutes benötigen, den er mitbekommen hatte.

1923
Castlebar, County Mayo

Mein lieber Patrick,
Deine Briefe treffen nach wie vor bei mir ein, und ich stürze mich darauf, als wären sie die Heilige Schrift. Dein Irisch ist so ausgeprägt und ursprünglich, als würdest Du es täglich sprechen. Gebrauchst Du es denn überhaupt noch? Gibt es Menschen in Deiner Gemeinde, die zu Dir kommen und ihre Beichte in der alten Sprache ablegen?

Unsere ursprüngliche Kultur wurde stetig und brutal aus uns geprügelt, wie man die Molke von der Milch schlägt. Wir Iren sind eine Rasse von solcher Kraft und so wenigen Möglichkeiten der Entfaltung. Erst gestern hat mir der Bursche, der mir das Brot liefert, gesagt, er würde die Bäckerei seines Vaters übernehmen, wenn der alte Herr dahinscheidet. Nicht überraschend natürlich, aber dennoch traurig. Er ist ein Mann mit vielen Fähigkeiten. Leiht sich meine Bücher aus und liest sie immer und immer wieder. Er versteht den Inhalt, die Poesie, die Philosophie, die Geschichten von großen Helden und Liebenden. Er bewegt sich so sicher in dieser intellektuellen Welt, als wäre die Beschäftigung mit Mehl und Hefe nicht seine Berufung. Doch was für eine Wahl hat er schon? Und wie sehr ist er sich des Glücks bewusst, dass er das Geschäft seines Vaters erbt. Immerhin wird er seine Familie und sich zu einer Zeit ernähren können, wo dies keine Selbstverständlichkeit ist.

Was für ein Tag, wenn Irland wieder sein eigener Herr sein wird, wenn die unzähligen Kräfte und Talente der irischen Männer und, ja, auch der Frauen, gepflegt und genutzt werden. Ich selbst hatte einen Traum, mein teurer Patrick. Ich wollte lehren und reisen, in der Welt umherziehen, wie das meine frühen Vorfahren wohl getan haben müssen. Hunderte von Jahren zuvor waren die keltischen Frauen, deren stolzes Blut noch immer in meinen Adern pocht, Kriegerinnen, Heilerinnen und Herrscherinnen. Ach, hätte ich nur eine von diesen Möglichkeiten gehabt.

Wir irischen Bewohner des zwanzigsten Jahrhunderts sind so stolz auf das, was wir erreicht haben. Wir sind jetzt Christen, und bald, so Gott will, werden wir von jeglicher Tyrannei befreit sein. Doch was haben wir auf diesem

Wege alles verloren? Welchen Verlust haben unsere irischen Männer und Frauen in den vergangenen Jahrhunderten nur erleiden müssen? Wie viele Poeten und Philosophen backen Brot und pflügen den Acker? Wie viele sind nach Amerika gegangen, um dort den Tod zu finden oder ihre Talente in Fabriken und Mühlen zu verschwenden?

Ich werde ganz traurig, mein lieber Bruder. In Deinem nächsten Brief nach Hause berichte mir von glücklichen irischen Familien, von der Hoffnung für zukünftige Generationen, von den Poeten und Philosophen, die aus dem jahrhundertelangen Dunkel auferstehen, um eine Welt wieder aufzurichten, die untergegangen zu sein scheint.

Deine Schwester,
Maura McSweeney

13. KAPITEL

Liam war froh, dass er diesen Job gefunden hatte. Nach einer Woche Suchen hatten sich ihm mehrere Möglichkeiten geboten, eine verwirrende Situation für einen jungen Mann, der in seinem Leben so wenig gehabt hatte. Es fiel ihm nicht leicht, zu entscheiden, welche Stelle er nun annehmen sollte. Bisher hatte es solche Probleme nie gegeben, da er nie viel zur Auswahl gehabt hatte, deshalb war er ziemlich durcheinander. Schließlich hatte Brenda mit der ordentlichen Handschrift, die ihr unter der Rute einer Ordensschwester beigebracht worden war, eine Liste von den jeweiligen Vor- und Nachteilen auf die Rückseite einer Papiertüte geschrieben, um alles genau abwägen zu können.

Der Kistenhersteller war ihrem Haus am nächsten, nur eine Strecke mit der Straßenbahn entfernt. Die Bezahlung war nicht so gut wie bei der U.S.Steel's Kabelfabrik, aber wenn er bei der Fabrik mit den Kisten arbeiten würde, könnte Liam mehr Zeit zu Hause verbringen. Er brauchte keinen Gedanken daran verschwenden, welcher Job angenehmer wäre. Der Geruch von Klebstoff in der Kistenherstellung wäre genauso quälend wie die Hitze und der Krach in der Stahlfabrik. Liam bereitete sich schicksalsergeben auf jede Tortur vor und wählte die Kistenherstellung, die ihm mehr Stunden mit seiner Frau und Tochter ließ.

Zuerst fühlte er sich von den Dämpfen um ihn herum ziemlich benebelt. Doch nach und nach gewöhnte er sich an den Geruch, den Lärm und die Splitter, die sich wie Stacheln auf seine Handflächen und Finger verteilten. Er dachte an das neblige, zerklüftete Irland und die Freunde, die er dort zurückgelassen hatte, und lachte darüber.

Sechs Monate später war er befördert worden und weg von dem Klebstoff. Er lernte die einfachen Maschinen zu bedienen, mit denen der Draht um die Holzkisten gezogen wurde, und dass man die Finger von beweglichen Teilen fern hielt. Er war allgemein beliebt, ein Mann, der sich nie beschwerte und nichts gegen einen gelegentlichen Schluck geschmuggelten Whiskey einzuwenden hatte, der in den Destillierkolben stickiger Dachkammern hergestellt worden war. Liam war weder jemand, der sich nicht allzu sehr um die Gesetze kümmerte, die er nicht selbst gemacht hatte, noch suchte er Ärger. Seine irischen Nachbarn schätzten ihn wegen Ersterem, seine slowakischen Arbeitgeber für das Zweite. Liam hatte sich eine gute Stellung erarbeitet.

Ein Jahr nach seiner Ankunft stieg Liam weiter auf zum Außendienst, dem Lieferservice der Fabrik. Die Bezahlung war nicht besser, aber er freute sich so, draußen an der frischen Luft und in relativer Ruhe arbeiten zu können, dass er diese Gelegenheit ergriff wie ein hungriger Mann das Brot. An diesem Abend sprach er mit Brenna darüber.

„Ich habe das alles ertragen, weißt du, für dich und Irene. Alles, um uns das Leben zu erleichtern. Aber wenn ich jetzt außerdem noch die Gelegenheit bekomme, draußen mit dem LKW herumzufahren ...“ Er grinste und schüttelte den Kopf. „Jetzt wird es uns noch viel besser gehen.“

Brenna blickte ihn besorgt an. „Ich weiß, dass du es gern machen willst, und das kann ich auch gut verstehen, aber bleibst du denn auch auf der West Side?“

„Die meiste Zeit, ja, und ich komme wirklich jeden Abend hierher zurück.“

„Und wahrscheinlich wirst du auch mit vielen Leuten zu tun haben?“

„Aber ich komme immer wieder zu euch nach Hause.“

„Liam, diese Veränderung macht mir ein wenig Kummer, ich will nicht so tun, als wäre es nicht so.“

„Er wusste, sie befürchtete, dass er vielleicht wieder etwas anstellen könnte, wenn er mehr Freiheit hätte, so wie in Irland. Sein festes Eingebundensein in die Fabrikarbeit hatte ihr ein gewisses Gefühl der Sicherheit vermittelt. Er arbeitete dort hart, und am Ende des Tages hatte er für nichts weiter Energie übrig, als zu seiner kleinen Familie zurückzukehren.

„Die einzige Veränderung, über die du dir Gedanken machen kannst, ist, dass du mich wieder zufrieden siehst", versprach er. „Und wenn wir etwas Glück haben, werde ich bald den Lieferwagen selbst fahren und viel mehr Geld verdienen. Wir könnten in ein besseres Haus ziehen, weiter oben am Hügel. Das würde dir doch sicher gefallen, oder?"

Sie wirkte nicht überzeugt, aber sie ließ sich von ihm in die Arme nehmen. „Ich will, dass du dich wohl fühlst", sagte sie. „Das ist alles."

Es war nicht alles, und er wusste es. Aber er nahm sie nur noch fester in die Arme und küsste ihre nagenden Ängste fort.

So wie erwartet, gefiel ihm sein neuer Job. Er war stark, auch wenn er nicht so kräftig aussah, und er fürchtete sich nicht davor, hart anzupacken. Zuerst gaben ihm der Fahrer und die anderen beiden Lieferanten die schwersten Arbeiten, standen rauchend daneben und überließen es ihm, die größten Kisten allein hochzuhieven. Aber nach einem guten Faustkampf, bei dem Liam seinen Mut bewies, wurde er im Team akzeptiert. Er atmete die frische Luft ein, genoss die neue Umgebung außerhalb der beengten Fabrikhallen und gratulierte sich zu seinem Erfolg.

Einen Monat später, nach täglichen Lieferungen und schwerem Schleppen, das seinen Muskeln kaum noch erlaubte, sich zu entspannen, sprang Liam vom Lastwagen, um eine letzte Lieferung in der Nähe seines Hauses auszuführen. Whiskey Island faszinierte Liam nicht gerade, obwohl hier so viele Iren gelebt hatten und zu Tode gekommen waren. Jetzt war der größte Teil der Insel ein Umschlagplatz für Eisenerz- und Güterwagen, und zwar rund um die Uhr.

Er wusste von den Saloons hier, Fat Jacks und Corrigans, die vor der Prohibition blühende Geschäfte betrieben hatten. Die Türen der Saloons waren selten geschlossen gewesen, und in den Lokalen fand man Freunde zum Preis eines Drinks. Er hatte Geschichten von einem anderen Etablissement gehört, Mother Carey's, wo sich einst Bankräuber trafen und ihre Beute zählten.

„Lasst uns das hier mal schnell über die Bühne bringen", sagte der Fahrer. Herman war ein riesiger Typ mit bleistiftdünnem Schnurrbart und Overalls, die ihm an den Beinen immer zu kurz waren und über dem geriffelten Bund seiner selbst gestrickten Socken endeten. Wenn er seine erstaunlichen Kräfte tatsächlich mal einsetzte, konnte die Truppe doppelt so schnell fertig werden.

Liam suchte das kleine Lagerhaus nach einem Schild ab, fand aber keines. Das Gebäude war lang gezogen und niedrig, und der Wachmann, der sie einließ, deutete mit einer Flinte auf eine Ecke des dreckigen Bodens, die extra frei geräumt worden war. Nachdem Liam alles kurz interessiert registriert hatte, stapelte er die Boxen dort, ohne weiter darüber nachzudenken, bis Herman mit dem Kopf in die Ecke deutete.

„So mancher Whiskey, den ihr Paddys so gern habt, kommt direkt von hier", flüsterte er.

Liam hob die Augenbrauen. Wenn er ein bisschen mehr darüber nachgedacht hätte, wäre ihm das auch klar geworden. In diesem Gebäude gab es keinerlei Anzeichen dafür, dass irgendwelche Arbeiten verrichtet wurden. Die Volstead-Verordnung hatte eine völlig neue Spezies von Unternehmern hervorgebracht. Nicht nur solche, die in kleinen Destillierkammern in ihrem Keller oder unter dem Dach werkelten, oder diejenigen, die sie mit dem dafür benötigten

Rohrzucker belieferten, und Leuten, die ihn produzierten, sondern einen besonderen Typ von Schmuggler. Alkoholschmuggler, „rum-runner“ genannt. Kanada lag gleich hinter dem See, und Kanada hatte keinerlei Intention seine Gesetze zu ändern, nur weil die dummen Nachbarn im Süden so selbstgerecht waren.

„Ich stapel nur Kisten“, sagte Liam. „Was die damit anfangen, ist deren Angelegenheit.“

Herman richtete sich gerade auf und legte ihm die Hände auf die Schultern. „Wir sind fertig. Ich kümmer mich um die Papiere. Du kannst draußen warten, wenn du willst.“

Liam ging nach draußen, froh, dass er gleich Feierabend hatte. Brenna wollte heute Abend Fisch zum Essen servieren, etwas ganz Besonderes, obwohl sie nicht weit vom See lebten, der riesig war wie ein Ozean, und mit verborgenen Schätzen lockte. Anschließend hatte er Irene einen Spaziergang versprochen, nur sie beide in den belebten Straßen von Angle, die Gegend um Irishtown Bend, während Brenna die Küche sauber machte. Er selbst konnte sich an solche Freuden mit seinem Vater nicht erinnern.

Die anderen Arbeiter lehnten am Lieferwagen und rauchten, und da er seinen letzten Tabak für die Pfeife bereits verbraucht hatte, sah er keinen Grund, sich dazuzugesellen. Er beschloss, den Pfad, der vom Warenhaus wegführte, entlangzugehen, um sich etwas die Beine zu vertreten. Herman würde ihn auf dem Weg zurück zur Fabrik mitnehmen. In der Zwischenzeit könnte er ein bisschen Luft schnappen. Er unterrichtete die anderen von seinem Vorhaben und begann den Berg hoch zu laufen. An der Kreuzung zu einer etwas größeren Straße bog er rechts ab. In diesem Teil von Whiskey Island herrschte gewöhnlich nicht viel Verkehr, aber zwei Wagen rasten an ihm vorbei und hüllten ihn in eine Staubwolke. Er konnte gerade noch rechtzeitig zur Seite springen und fluchte. „Herr Jesus noch mal!“

Er lief zur Mitte der Straße und wedelte ihnen wütend mit den Fäusten hinterher, auch wenn er kaum noch mehr als das kurze Aufblitzen der hinteren Stoßstange inmitten dem aufgewirbelten Staub erkennen konnte. In seiner Rage hörte er den dröhnenden Motor des anderen Autos erst, als es direkt hinter ihm auftauchte. Erneut sprang er zum Straßenrand, schimpfte laut und wirbelte herum. Der Wagen kam direkt auf ihn zu. Dem Fahrer stand die ganze Straße zur Verfügung, doch Liam bemerkte entsetzt, dass der sich nach hinten umdrehte, als würde er nach jemandem Ausschau halten, der ihm folgte.

Liam schrie auf, aber bevor er noch weiter ausweichen konnte, hatte ihn das Fahrzeug erfasst, und er flog durch die Luft.

Er landete als Häufchen Elend fünfzehn Meter weiter auf dem Boden. Der Fahrer hatte nicht einmal abgebremst. Liam, der unglücklicherweise noch immer bei Bewusstsein war, sah nur noch, wie er verschwand.

Dem Werkmeister der Kistenfabrik tat es wirklich Leid, aber was konnte er Liam jetzt anbieten? Im Büro waren keine Stellen frei, selbst wenn Liam fit genug gewesen wäre, dort eine Arbeit zu übernehmen. Bevor es nicht vollständig ausgeheilt war, konnte er auf seinem gebrochenen Bein nicht stundenlang stehen und die Maschinen bedienen. Mit dem verletzten Rücken, der vielleicht nie wieder vollständig hergestellt sein würde, war es ihm ebenso wenig möglich, Kisten zu heben. Bei der Firma handelte es sich um ein Familienunternehmen, wo man sicher nicht skrupellos mit den Arbeitern umging. Aus Rücksicht gab man ihm den Lohn für zwei Wochen und sprach ihm aufrichtiges Bedauern aus.

„Was sollen wir denn jetzt bloß machen?“ fragte Brenna und starrte auf das wenige verbliebene Geld, nachdem sie die Miete bezahlt und Kartoffeln, Mehl und Milch gekauft hatte. „Ich würde alles tun, was ich kann, Liam, aber ich weiß nicht, wo ich anfangen soll."

Liam wusste, dass es in solchen Momenten immer wichtig war, wenn man eine Familie im Hintergrund hatte. Unglücklicherweise hatten seine nicht sehr intensiv betriebenen Nachforschungen nach Verwandten zu keinem Ergebnis geführt. Er und Brenna befanden sich allein in Cleveland, und in Irland gab es sowieso niemanden, an den man sich hätte wenden können.

„Eine Sache, die ich bei den Ordensschwestern gelernt habe, ist, wie man ein Haus in Ordnung hält", sagte Brenna, als er keine Antwort gab. „Ich werde irgendeine Arbeit in dieser Richtung finden, aber kannst du denn für Irene sorgen, während ich außer Haus bin?"

Liam wusste, dass es keinen Sinn hatte, falschen Stolz zu zeigen, damit brachte man kein Essen auf den Tisch. „Ich werde schnell wieder gesund. Du musst nicht für immer den Boden von reichen Frauen schrubben, Brenna."

Sie küsste seine Hand, dann klopfte sie ihm das Kissen im Rücken zurecht. „Das war wieder typisch für dich, Liam, oder, dass du mitten im Geschehen sein musstest? Auch wenn niemand in der Nähe zu sein scheint?"

„Meinst du nicht, ich hätte mich selbst auch schon gefragt, wie das nur passieren konnte? Das Schicksal lacht sich bestimmt auf unsere Kosten eins ins Fäustchen."

Die Polizei hatte Liam wiederholt über den Unfall befragt. Im Laufe der Zeit hatte er erfahren, was sich zugetragen hatte, bevor er angefahren worden war. Die Routineinspektion des Prohibitionsagenten. Das Stemmeisen des Schmugglers. Die Flucht dieses Mannes. Der Beamte hatte eine schwere Gehirnerschütterung davongetragen, aber er bekam zumindest eine Unterstützung vom Staat, während er sich erholte. Liam dagegen blieb nur eine Menge Fragen, die er nicht beantworten konnte.

„Und du kannst dich an nichts erinnern, was du gesehen hast?“ erkundigte sich Brenna. „Keinen Hinweis auf den Wagen? Nichts, was für die Polizei interessant sein könnte?“

Er verzog das Gesicht, als er seinen Fuß bewegen wollte, der auf einer mit einem Kissen gepolsterten Kiste ruhte. „Ich kann mir auf gar nichts einen Reim machen.“

Brenna schien noch eine Bemerkung machen zu wollen. Aber was sollte sie schon dazu sagen? Sie war lange genug mit Liam verheiratet, um zu wissen, dass er seine Meinung, wenn er sie einmal gefasst hatte, nie änderte. Und wenn er behauptete, er könne sich an nichts erinnern, dann bliebe das auch so, bis er ins Grab ginge.

„Mrs. O'Reilly, die ein Stück die Straße runter wohnt, wird sich morgen um Irene kümmern, während ich Arbeit suche“, erklärte Brenna schließlich und stand auf. „Danach werde ich sie hier bei dir lassen, Liam, aber Miss O'Reilly bringt das Mittagessen.“

„Sobald es mir besser geht, finde ich einen neuen Job.“

„Das weiß ich.“ Sie lächelte ihn warm an. „Wir werden das durchstehen. Ein bisschen Glück hatten wir ja schon.“

Im Augenblick war er zu entmutigt, um zu begreifen, wovon sie redete.

„Du hast den Unfall überlebt.“ Sie wedelte mit dem Zeigefinger vor ihm herum. „Und nur, weil Gott uns gnädig ist.“

Während der folgenden Woche war er sich nicht sicher, ob es eine Gnade darstellte, den Unfall überlebt zu haben. Er hatte seit seiner Kindheit mehr Schmerzen als genug durchgestanden und glaubte schon dagegen immun zu sein. Doch sein Rücken tat so weh, dass er es kaum auszuhalten glaubte. Irene schien es zu spüren, und sie benahm sich wie ein kleiner Engel, spielte ganz ruhig in einer Ecke, legte sich schlafen, wenn es von ihr verlangt wurde, und wartete auf Mrs. O'Reilly, wenn sie irgendetwas wollte.

Die alte Frau war ein bisschen schroff, aber trotzdem freundlich.

Sie brachte mittags das Essen, half Liam aus dem Bett, damit er seine Notdurft verrichten konnte, und half ihm wieder hinein, wenn er fertig war. Brenna fand eine Anstellung als Haushaltshilfe bei einer alten Frau und ihren drei unverheirateten Töchtern. Und obwohl sie unglaublich viel von ihr verlangten, behandelten sie sie doch einigermaßen gut, schickten ihr abends Lebensmittel mit und gaben ihr Kleidung, die sie nicht mehr anzogen. Einige der Kleidungsstücke trennte Brenna auseinander und nähte aus dem Stoff bis spät in die Nacht hinein im Licht einer Kerosinlampe Kleider für Irene oder Decken für ihr Bett.

Am Ende des Monats konnte Liam die Wanderung zur Toilette mit Hilfe einer Krücke, die Brenna ihm gebracht hatte, schon allein unternehmen. Er hatte immer noch rasende Rückenschmerzen, doch sie ließen mit jedem Tag ein wenig nach. Er hatte herausgefunden, dass entgegen dem Rat des Arztes ihm ein bisschen Bewegung gut tat, nicht umgekehrt. Er begann langsam zu glauben, dass er sich erholen würde.

„Es gibt nicht mehr so viele Stellen wie am Anfang", erklärte er Brenna am nächsten Morgen. Am Abend zuvor hatte sie ihm eine Zeitung mitgebracht, und er hatte sich bis zum Morgengrauen damit beschäftigt, ein paar Möglichkeiten anzukreuzen.

„Die Zeiten sind gut, oder? Ich höre dauernd, dass es so wäre."

„Tja, schon, aber offensichtlich hier bei uns weniger als woanders."

„Aber würde man dich nicht wieder in der Kistenfabrik anstellen, wenn du gesund bist?"

Er hatte diese Möglichkeit ausgekundschaftet, als Herman, der Lieferwagenfahrer, ihn überraschend besuchte. „Sieht nicht so aus", erwiderte Liam. „Es sind weniger Aufträge geworden. Sie haben bereits Männer entlassen, die schon vor mir angefangen hatten. Es sieht wirklich nicht gut aus, Brenna."

„Du wirst schon irgendwas finden, Liam.“ Sie griff nach seiner Hand. „Es gibt immer irgendetwas, oder?“

Es fand sich nichts. Als er endlich ohne Krücke laufen und aufrecht stehen konnte, lag Cleveland in einer wirtschaftlichen Krise. An Brennas freiem Tag streifte er langsam durch die Straßen, quälte sich in Warteschlangen, um sich um schlecht bezahlte Arbeiten zu bewerben, wurde aber nicht mal zu einem Gespräch vorgeladen. Er versuchte es mit Gartenarbeit, zu der er Irene mitnahm, musste aber feststellen, dass ihm bald vom ständigen Bücken der Rücken wieder steif wurde. Er versuchte es mit Fensterputzen, doch auch diese Bewegungen hatten den gleichen Effekt.

„Ich weiß langsam nicht mehr, was ich probieren soll“, sagte er eines Abends zu Brenna. Er fühlte sich so nutzlos und war wütend über seine eingeschränkten Kräfte. Brennas Job brachte kaum genug zum Überleben. Ein weiteres Unglück wäre ihr endgültiges Ende.

Brennas Gesicht war von der vielen Arbeit schmal geworden, und ihre Lippen eine harte, dünne Linie, doch sie tätschelte ihrem Mann die Hand, ohne sich zu beschweren. „Versuch es einfach weiter, Liam. Ich weiß, du schaffst es. Ich glaube an dich.“

Am nächsten Morgen begleitete er sie nach draußen, als sie zur Arbeit ging, dann setzte er sich auf die alte Bank, von der aus man ihre Straße mit den vielen alten Bruchbuden überblicken konnte. Heute konnte er den Stolz und den Arbeitseifer einiger seiner Nachbarn nicht sehen, den Garten zwei Türen weiter mit den schulterhohen Stockrosen, dem neuen Anstrich und die Terrasse des Hauses gegenüber. Er sah nur Verzweiflung und Armut, als hätte er ein Filter vor den Augen, das smaragdgrüne Filter seiner Heimatinsel.

Er hatte Irland nie so sehr vermisst wie in diesem Moment.

Ein Auto tuckerte die Straße herauf, nicht gerade ein gewöhnlicher Anblick in Angle. Und dieser Wagen war noch bemerkenswerter, ein ganz besonderes und elegantes Modell, eine andere Klasse als das, was Liam sich bisher vergeblich gewünscht hatte. Die Limousine glänzte in Schwarz, mit polierten, goldenen Zierleisten und hohen Sitzen, die so weich wie ein Federbett wirkten. Die hohen Scheinwerfer blitzten wie die Augen eines Tigers. Zwei Männer saßen vorn und einer allein auf dem Rücksitz. Selbst aus dieser Entfernung war es für Liam nicht schwierig auszumachen, dass der Mann hinten derjenige war, der das Sagen hatte.

Er stand auf, als der Wagen vor seinem Haus hielt. Er wartete gefasst, aber angespannt und ohne sich zu rühren. Liam merkte sofort, wenn Ärger anstand.

„Bist du Liam Tierney?“ fragte der Fahrer. Er war klein und stämmig, und sowohl sein Haar wie sein Schnurrbart glänzten von Pomade.

„Wer will das wissen?“

„Ich“, entgegnete der Mann auf dem Rücksitz. Er wartete mit dem Aussteigen, bis der andere Typ vom Vordersitz herumgerannt kam und ihm die Tür öffnete. Er setzte den Fuß auf das blütenweiße Trittbrett und stieg schließlich ganz aus dem Wagen. Sein Lakai zog sofort ein Taschentuch vor und wischte das Brett wieder sauber, kaum dass sein Boss die Straße betreten hatte.

„Ich bin Tim McNulty.“ Er kam näher, blieb aber genau vor der Treppe stehen. Liam sah auf ihn hinunter, registrierte die breite Stirn, eng zusammenstehende Augen, den wohlbeleibten Körper und, vor allem, den maßgeschneiderten Anzug mit den glänzenden Messingknöpfen und dem gefalteten Leinentaschentuch in der Brusttasche.

„Was kann ich für Sie tun?“

„Ich bin hier, um mich nach deinem Unfall zu erkundigen.“

Liam schob die Hände in die Taschen, sie waren zu Fäusten geballt. „Und warum das?"

McNulty nahm sich Zeit mit der Antwort. Er ließ den Blick an der Fassade von Tierneys Haus auf- und abwandern. Er zog die Augenbrauen so weit zusammen, dass sie wie eine Linie wirkten. Dann erschien ein leicht spöttischer Ausdruck auf seinem Gesicht. „Du hast es nicht gerade gut getroffen hier, was, Paddy?"

Liam schnaubte verächtlich. „Nicht so gut wie du ... Paddy."

McNulty verzog die Mundwinkel. Der Mann neben ihm, ein riesenhafter Tölpel, der ihn vom Auto herbegleitet hatte, knurrte verärgert und machte einen Schritt auf Liam zu, doch McNulty winkte ihn zurück.

„Ja, meine Familie hat hier angefangen", räumte er ein. „Ein bisschen höher den Berg rauf, vielleicht. Ein kräftiger Windstoß, und man treibt den Fluss runter."

Liam wartete.

„Bist du wiederhergestellt? Von dem Unfall?" erkundigte sich McNulty schließlich.

„Ich weiß nicht, was dich das angeht."

„Ich bin hier, um dir zu helfen." McNulty schnippte mit den Fingern, und der Bulle neben ihm zog grunzend einen Umschlag aus seiner Anzugtasche und hielt ihn Liam hin.

Liam rührte sich nicht.

„Bring es ihm hoch", befahl McNulty seinem Handlanger.

Der Mann stieg die Stufen hoch und blieb stehen, bevor er Liam erreicht hatte. Er war mindestens hundert Pfund schwerer als Liam, doch er verharrte, wo er war, und reichte ihm noch einmal den Umschlag.

Liam nahm ihn und erwartete, dass der andere ihn angriff, aber nichts dergleichen passierte. Er öffnete das Kuvert und blätterte einen schwindelerregenden Haufen Geldscheine durch, mehr als er jemals auf einem Haufen gesehen hatte. Er sah zu McNulty hinunter. „Und?"

„Du glaubst nicht, dass es einfache Wohltätigkeit ist?" McNulty lachte. „Das nenne ich einen Iren, Junge!"

„Was genau willst du von mir?"

„Einfach nur die Beschreibung, die du der Polizei gegeben hast. Die Beschreibung von dem Wagen, der dich fast umgebracht hätte."

Jeglicher Hoffnungsschimmer, den Liam gehabt hatte, erlosch. Er streckte die Hand mit dem Umschlag aus, um ihn zurückzugeben, aber der Bulle war schon die Treppe hinuntergestiegen. „Ich will dein Geld nicht", sagte Liam. „Keinen Penny. Aber vielen Dank."

„Nur eine Beschreibung." McNulty fingerte an seiner Uhrenkette herum, die aus feinem glänzenden Gold war. „Das ist doch ganz, ganz einfach. Und wer sollte davon erfahren?"

„Ich hab überhaupt nichts gesehen", erwiderte Liam. Ihm war klar, dass er sich keine Hoffnung zu machen brauchte, ins Haus zu gelangen, bevor die beiden ihn packen könnten. Selbst wenn es ihm gelänge, das Schloss war alles andere als robust und konnte ohne weiteres mit der Schulter oder dem Fuß aufgestoßen werden.

„Da hast du aber den Cops was anderes erzählt", behauptete der Handlanger.

Die Stimme des Mannes war genauso kräftig wie seine Statur. Liam war sicher, dass er bis zu den Nachbarn zu hören war, aber keiner von denen erschien draußen. Er blickte die Straße zu beiden Seiten entlang. Die mit den langen Anfahrtswegen waren offensichtlich schon zu ihren Jobs aufgebrochen. Die anderen, die in der Nähe arbeiteten, waren noch zu Hause. Oder vielleicht hatte ihre Abwesenheit auch etwas mit dem Anblick von McNultys Cadillac zu tun.

„Das ist genau das, was ich den Cops gesagt habe“, widersprach Liam. „Ich weiß nicht, warum euch das interessiert, und es ist mir auch egal, aber ich hab euch nichts zu sagen.“

„Es ist viel Geld. Für so wenig.“

Liam seufzte, es war Zeit, dieses Spielchen zu beenden. Er zog die Scheine aus dem Umschlag und ließ einen nach dem anderen von oben hinunterflattern. Allerdings war er nicht so nobel, um vom ersten bis zum letzten Schein nicht an all die Dinge zu denken, die er damit hätte kaufen können.

Niemand bewegte sich. Er sah hoch, nachdem er seine Aktion beendet hatte. „Ich hab nichts gesehen. Ich erinner mich an nichts.“ Da er nicht wusste, wohin er sonst gehen sollte, drehte er sich um und überquerte die Terrasse Richtung Haustür.

Wie erwartet erreichte er sein Ziel nicht. Er hörte die schnelle Bewegung, spürte den Luftzug und wirbelte herum, um sich zu verteidigen. Aber es waren zwei Männer, die sich auf ihn stürzten, und er war nicht in bester Form. Trotz seiner ernsthaften Versuche, die beiden abzuwehren, wurde er zu Boden gerissen und wiederholt mit Fäusten bearbeitet. Unwillkürlich stöhnte er auf, als der Fahrer ihn gegen das verletzte Bein trat. Er krümmte sich vor Schmerz, während der andere Handlanger auf ihn einschlug, und jeder Muskel in seinem Rücken verkrampfte sich.

„Nur eine Beschreibung“, sagte McNulty, der sich über ihn gebeugt hatte. „Und du hast deine Ruhe. Es wäre doch schade, mein Junge, wenn du zum Krüppel würdest.“

Liam wusste, dass es seinen Tod bedeuten konnte. Er fragte sich, ob Irene wach war und drinnen zuhörte, wie ihr Vater ermordet wurde. Bei dem Gedanken kam ihm die kalte Wut, und er schlug um sich, so kräftig er konnte. Doch selbst mit seiner Rage hatte er den beiden Angreifern nichts entgegenzusetzen.

„Aufhören“, befahl McNulty nach einigen Minuten schmerzhaftem Kampf, und die beiden Männer ließen von Liam ab. Er konnte kaum noch etwas sehen. Ihm war schwindlig, und Blut tropfte ihm in beide Augen.

McNulty sah ihn mit gerunzelter Stirn an. „Nur ein, zwei Worte, Junge, dann sind wir weg, und du bist noch am Leben, ohne dass ein ernsthafter Schaden entstanden ist. Einfach nur die Farbe des Wagens. Eine Nummer?"

„Der Teufel soll euch holen", sagte Liam. Er sah die riesige Faust vor seinem Gesicht und wappnete sich, ohne einen Laut zu sterben.

„Genug", ließ sich jetzt McNulty vernehmen. „Lasst ihn. Gute Kumpel."

Liam sank gegen die unebenen Holzdielen, als die Handlanger von ihm abließen. Er fühlte sich, als wäre jeder einzelne Knochen in seinem Körper gebrochen.

„Weder Geld noch der Tod, Tierney? Nichts kann dich überzeugen? Wir könnten ja vielleicht mal deine kleine Süße fragen, was sie weiß. Ob du ihr womöglich etwas erzählt hast?"

„Wenn ihr ... sie anrührt, werde ich euch fertig machen!" Seine Stimme klang fremd, als wäre sie nicht aus seiner eigenen Kehle gekommen.

„Würdest du uns was erzählen, damit wir sie nicht umbringen? Oder deine Frau?"

„Ich hab nichts zu erzählen!"

„Ich habe selbst eine Tochter." McNulty lachte trocken auf. „Kinder sind schon starrsinnig, aber ich finde, man sollte sie nicht für die Fehler der Väter büßen lassen."

Er machte den anderen beiden ein Zeichen, und sie gingen die Treppe hinunter. Erstaunt rappelte sich Liam hoch und setzte sich aufrecht hin, auch wenn sich alles um ihn herum drehte und ihm jeder Nerv schmerzte.

Am Auto angelangt, drehte sich McNulty noch einmal um. „Behalte das Geld. Und berichte mir, wenn deine blauen Flecken verheilt sind. Du suchst einen Job, Junge? Ich habe Arbeit für solche Raufbolde wie dich, die gern für sich bleiben. Du wirst bald keine Kisten mehr herstellen müssen. Wer weiß, vielleicht bist du sogar in ein, zwei Jahren in der Lage, selbst eine Fabrik zu kaufen."

Er lachte über seinen eigenen Scherz und stieg ein. Der Handlanger schloss die Tür hinter ihm und wischte noch einmal das Trittbrett sauber. Dann hob er seine Pranke, um Liam zum Abschied zuzuwinken, ging um den Wagen und stieg ebenfalls ein.

Liam blickte den Männern hinterher, als sie wegfuhren. Wie durch Zauberhand kamen plötzlich die Nachbarn aus ihren Häusern, um zur Arbeit zu gehen. Doch sie vermieden es geflissentlich, in Liams Richtung zu sehen.

14. KAPITEL

Pater Ignatius Brady war ein schmächtiger Mann, der nur aus Fasten und Beten zu bestehen schien. Er sah aus wie ein Asket, aß und trank mit dem Eifer eines hungernden Hedonisten und schaffte es nach so vielen Jahren des Priestertums, noch immer ein humorvolles Zwinkern im Auge zu haben. Er war Niccolos Mentor seit dessen Priesterweihe gewesen, und blieb es auch weiterhin nach Niccolos Rückzug aus dem aktiven Kirchendienst. Er hatte Niccolos Trauung vollzogen und hoffte, auch dessen Kinder zu taufen.

Jetzt, wie auch immer, starrte Iggy einfach auf Niccolos „Wunder", das Tagesgespräch von St. Brigid's.

„Ich weiß nicht, Niccolo. So fantastisch dieses Bild hier auch sein mag, ich hätte es nie als Schrein für die Heilige Jungfrau Maria gesehen."

„Siehst du die Ähnlichkeit?"

„Ja, jetzt, wo ich darauf starre. Aber ich hätte den Fleck überhaupt nicht bemerkt, wenn du ihn mir nicht gezeigt hättest."

„An diesem Nachmittag, als ich darunter zu mir kam, statt in der Ewigkeit, war es schwer zu übersehen."

„Es hätte dich fast erwischt."

„Ich hab hochgesehen, und sie weinte."

Iggy wandte sich zu ihm um. „Die Jungfrau oder Megan?"

„Ganz eindeutig die Jungfrau. Tränen tropften von der Stelle, wo sich ihre Augen befinden."

Iggy schwieg.

Niccolo blickte wieder auf das Bild, in dem jetzt keine Tränen zu sehen waren. „Mich überkam plötzlich ein Wohlgefühl und tiefer Frieden. Es war unbeschreiblich."

„Eine natürliche Reaktion für einen Mann, der gerade dem Tod ins Auge geblickt hat."

„Ich weiß. Du brauchst dir keine Sorgen um mich zu machen. Ich bin ein Zweifler.“ Er lächelte bei der Erinnerung. „Aber selbst Megan hat sich bekreuzigt, als sie hochsah und das Bild entdeckte.“

„Nun, jetzt müssen wir uns aber wirklich Sorgen machen“, bemerkte Iggy lachend.

„Was tatsächlich ein Problem für uns ist, wie können wir die Geschichte herunterspielen.“

Iggy wusste genau, was Niccolo damit meinte. „Beatrice Lowell hat mich aufgesucht.“

Niccolo stöhnte.

Iggy klopfte ihm auf die Schulter. „Sie ist kein Mitglied unserer Gemeinde, aber ich habe mit ihrem Priester gesprochen. Er meint, sie hätte schon immer eine lebhafte Fantasie gehabt und ein außerordentliches Bedürfnis nach Aufmerksamkeit.“

„Casey hat Beatrice in das Seniorenprogramm vom Albaugh Center eingeführt. Mahlzeiten, Veranstaltungen, Ausflüge. Ich dachte, es würde ihr genug Ablenkung verschaffen, sodass sie nicht mehr ständig von ihrer Wunderheilung erzählen muss.“

„Ich fürchte, der Schuss ist nach hinten losgegangen. Jetzt hat sie lediglich ein noch größeres Publikum. Sie nimmt allerdings immer noch ihre Medikamente gegen die Arthritis. So viel konnte ich aus ihr herausbekommen. Aber sie behauptet, dass sie das nur aus reiner Sicherheit macht, sie diese eigentlich gar nicht braucht.“

„Und humpelt sie noch?“

„Sie sieht jedenfalls nicht so aus, als wäre sie schmerzfrei.“

„Offensichtlich sorgt sie dafür, dass alle im Zentrum darüber reden. Ich hatte bereits ein halbes Dutzend ...“ Niccolo brach kurz ab. „Mehr als ein halbes Dutzend Anrufe von Senioren. Die Leute wollen eine Führung durch den Tunnel. Sobald sie die Gelegenheit haben, hier runter zu kommen.“

„Es sind schwierige Zeiten, Niccolo. Überall suchen die Menschen nach einem Anzeichen dafür, dass Gott existiert und sich um sie kümmert."

„Es gibt jeden Tag Tausende echte Wunder. Ein Feuerwehrmann geht in ein brennendes Haus, um Menschen zu retten, die er vorher nie gesehen hat. Ein Passant zieht an einem kalten Wintertag seinen Mantel aus und verschenkt ihn an einen Obdachlosen."

„Aber diese sind am schwersten zu begreifen, Niccolo. Oder vielmehr ist es am schwersten zuzugeben, diese Art von Wunder gesehen zu haben, denn die verlangen etwas von dem Beobachter. Gib zu, dass es ein Wunder ist, wenn ein Mensch für einen anderen Opfer bringen kann, und mit einem Mal fühlst du dich verpflichtet, das Gleiche zu tun. Deshalb ist es leichter, sich davon abzuwenden. Das Bild von der Jungfrau Maria dagegen stellt keine Erwartungen an uns, oder? Vielleicht ein Gebet, aber nichts weiter. Die Arbeit macht sie. Sie sorgt für das Wunder, und wir akzeptieren es. Ansonsten wird nichts weiter verlangt."

„Soll ich den Tunnel schließen? Den Leuten sagen, es gebe nichts mehr zu sehen? Oder lieber warten, bis sich die Sache von selbst ergibt? Die Leute werden merken, dass Beatrice humpelt und gar nicht geheilt worden ist. Und für das, was mir passiert ist, gibt es auch eine logische Erklärung."

„Kannst du ihn zumachen? Oder vielleicht wird das die Neugier der Leute nur noch mehr anstacheln, und sie sind umso entschlossener, das Bildnis selbst zu sehen? Wirst du nicht erst ein übernatürliches Phänomen daraus machen, wenn es zum Geheimnis wird?"

Niccolo wusste keinen Rat. Doch eines war ihm klar. „Megan möchte, dass ich die Türen zuschließe. Sie ist eisern."

„Tatsächlich?"

„Das ist ein Saloon, keine Kirche. Sie hat ja irgendwie Recht. Dieser ganze Rummel könnte einige ihrer treuen Kunden vergraulen, unter denen eine Anzahl guter Katholiken ist, die womöglich Bedenken haben, ihr halbes Guinness direkt über dem Bildnis der weinenden Jungfrau zu trinken."

Iggy lachte, und Niccolo musste auch grinsen. „Sie steht nicht so auf gutem Fuß mit Wundern, meine Megan. Und auch nicht mit Leuten, die an so etwas glauben, besonders, wenn sie im Familien-Saloon stattfinden."

„Also besteht sie darauf, dass du den Tunnel verschließt?"

„Es wird irgendwann sowieso austrocknen. Wenn die ganzen alten Wasserrohre rausgerissen und durch neue ersetzt sind. Da drüber muss irgendwo ein winziges Loch sein, eine undichte Verbindung oder Kondenswasser durch nicht fachgerechte Installation. Wir finden und reparieren die besagte Stelle, und die Jungfrau wird einfach verschwinden."

Und in der Zwischenzeit entgeht dir für Wochen die Möglichkeit, mit Menschen darüber zu reden, die es besichtigt haben könnten, oder?"

Iggy kannte ihn zu gut. Niccolo streckte die Hand aus und strich über den Umriss der Robe seiner Jungfrau. „Beatrice Stowell ist nur eine Person. Es gab auch andere. Die meisten von ihnen waren Zweifler. Aber das Bild macht viele nachdenklich. Ich weiß nicht genau, was in ihnen vorgeht, und es ist mir auch gleich. Aber sie machen sich Gedanken, wenn sie gehen. Einige haben das Gefühl, Zeuge von etwas Übernatürlichem geworden zu sein, selbst wenn sie nicht an das glauben, was die Frommen darin sehen. Und wie ..."

„Und wie kann das schlecht sein?" beendete Iggy den Satz für ihn.

„Ich bin gern hier, um es ihnen zu zeigen. Es gefällt mir, wenn ich an ihren Gefühlen teilhaben kann. Ich habe kein Verlangen, wieder zum aktiven Priesterleben zurück…"

„Nebenbei bist du jetzt verheiratet, und es gibt diesen winzigen Faktor einer Ehefrau."

Niccolo grinste. „Winzig aber nur von der Statur her. Sie ist eine Riesin."

„Deine Riesin."

„Aber nur weil ich jetzt nicht mehr mit dem steifen Kragen herumlaufe, heißt das nicht, dass mir religiöse Dinge unwichtig geworden sind. Und an den spirituellen Reisen anderer teilzuhaben, ist ein Geschenk. Ich möchte das nicht missen, wenn es nicht unbedingt sein muss."

Iggy schwieg.

„Problematisch, was?" sagte Niccolo.

„Für mich nicht."

„Kein guter Rat?"

„Nur eine Frage. Warum redest du mit mir? Warum sprichst du nicht mit Megan?"

Niccolo kaufte einen Picknicktisch für den hinteren Teil des Parkplatzes, auf dem der unglückselige Ahornbaum einmal gestanden hatte. Gleichzeitig besorgte er 25er Terrakottatöpfe mit Ringelblumen und Petunien, um die Fläche abzuteilen, und zwei Drei-Meter-Zäune aus Pinienholz, um sich von außen abzuschirmen. Es war nicht gerade eine toskanische Terrasse, aber es bot ihnen allen einen privaten Rückzugsort, an dem sie eine Pause einlegen und die Sonne genießen konnten, solange die Renovierungsarbeiten andauerten.

An diesem Nachmittag hatte Niccolo Megan ein romantisches Mittagessen versprochen. Marco, den sie inzwischen sehr ins Herz geschlossen hatte, trotz seiner Vorliebe dafür, sie Meg zu nennen, war übers Wochenende nach Pittsburgh zurückgefahren, und nur zwei Steine-Kids waren noch da, um Niccolo später dabei zu helfen, die Küche zu installieren. Im Moment hatten die Kids ihr eigenes Picknick im Vorratsraum neben der Küche, der zu einem Ersatz-Clubhaus geworden war.

„Griechische Oliven", sagte Niccolo, während er eine weiße Schachtel aus der Einkaufstasche zog. „Frisches Brot vom Markt in der West Side. Ungarische Räucherwurst, Erdbeeren – von den schönsten, die ich gesehen habe –, ein wirklich guter Goudakäse. Ich habe Pierogies zum Abendessen gekauft. Josh liebt sie."

„Rooney auch." Megan hatte ein leichtes Schuldgefühl, dass Niccolo, der so hart arbeitete, derjenige war, der alle Zutaten zu diesem Essen besorgt hatte. Aber auch nur ein leichtes. Es war so wunderbar, verwöhnt zu werden, und sogar noch viel wunderbarer, ihn mal für sich allein zu haben.

„Und zum Trinken?" fragte sie.

„Limonade." Er sagte das ein bisschen wehmütig. Der Mann liebte wirklich einen guten Rotwein.

„Das ist besser, wenn du arbeitest."

Niccolo besaß die Hände eines Arbeiters, rau, mit Schwielen, kräftig, aber mit langen, schmalen Fingern. Einen kurzen Augenblick stellte sie sich vor, wie er damit den Abendmahlskelch umfasste oder eine feine Oblate.

„Du siehst so verwirrt aus", sagte er und hörte auf, die lange Reihe von Picknickgaben vorzuführen. „Stimmt was nicht?"

Sie schüttelte das Bild von ihrem Ehemann als Priester ab. „Ich bin am Verhungern, das ist alles. Ich scheine in der letzten Zeit gar nicht genug essen zu können."

Er hielt mitten in der Bewegung inne. „Dafür wird es doch wohl keinen Grund geben, oder?"

Der Grund war Angst, aber das würde sie ihm nicht sagen. Und außerdem hatte er etwas völlig anderes im Kopf. „Nick, denk nicht mal daran, ich nehme immer noch die Pille."

Ein Ausdruck von Enttäuschung flog über sein Gesicht, verschwand aber schnell wieder. „Na ja, ich hätte auch angenommen, dass du es mir gesagt hättest, wenn nicht."

„Ich weiß, du möchtest gern ein Kind."

„Nur ich?" Er versuchte einen leichten Tonfall anzuschlagen, aber sie wusste, dass dieses Thema für ihn ernster war.

„Eines Tages werden wir es beide wollen. Aber wir sind doch noch nicht so lange verheiratet. Meinst du nicht, wir brauchen erst mal ein bisschen Zeit für uns? Zeit, um gewisse Dinge zu regeln, bevor wir noch jemand anders in die Runde aufnehmen?"

„Was denn zu regeln?"

Er schien es tatsächlich nicht zu bemerken. In ihr stieg kurz der Ärger darüber auf, dann hatte sie sich wieder gefasst. Sollte sie nicht froh sein, dass er glücklich war? Dass nur sie diese Spannung fühlte und es daher sie allein war, die damit fertig werden musste? Wie viele Frauen hatten einen Mann, der sie so bedingungslos liebte?

Und blind.

„Du siehst nicht glücklich aus", bemerkte er.

„Nick, die Frage ist nicht, ob ich dich liebe. Das weißt du doch, oder?"

„Ich weiß gar nichts. Ich habe keine Ahnung, woher diese Sorgen kommen."

„Sorgen ist nicht das richtige Wort. Nicht direkt jedenfalls. Wir müssen einfach lernen, zusammenzuleben, herausfinden, was für uns gut ist und was nicht."

„Wir leben schon fast zwei Jahre zusammen."

„Nicht so. Ich hatte noch meine Wohnung in Lakewood und habe öfter dort übernachtet. Irgendeiner von uns beiden hatte immer viel Zeit, um sich zurückzuziehen, wenn die Dinge nicht so gut liefen."

„Mich zurückziehen war das Letzte, was ich wollte. Vom ersten Augenblick an, als ich dich getroffen habe."

Seine wundervollen dunklen Augen leuchteten nur für sie. Plötzlich schmolz sie dahin, und es tat ihr Leid. Denn sie befanden sich an der Schwelle zu etwas Neuem, das sie erst erkunden mussten. Doch wie sollte das gehen, wenn sie sich im Moment nichts weiter wünschte als ein ruhiges Plätzchen, an dem sie sich lieben könnten?

„Ich wollte mich auch nie zurückziehen", sagte sie leise. „Aber manchmal hatte ich solche Angst."

„Hattest?"

Was sollte sie darauf antworten? Sie fürchtete sich vor verschiedenen Dingen. Davor, dass die Ehe eine Art Selbstzufriedenheit mit sich brachte, die alle unbeantworteten Fragen in Vergessenheit geraten ließ. Dass ihr Ehemann, dessen Wunsch zu heiraten, nun in Erfüllung gegangen war, keinen Grund mehr sah, sich für ihre Beziehung neue Ziele zu stecken. Dass Niccolo sich ohne sie weiterbewegte und doch davon ausging, dass sie jeden Abend am Kaminfeuer auf ihn wartete, wenn er zurückkam.

„Na ja, es war ein interessanter Anfang", sagte sie. „Das musst du zugeben. Wir haben uns ja in letzter Zeit kaum gesehen."

Er sah echt überrascht aus. „Ich komme jeden Abend nach Hause, Megan. Ich sehe dich hier jeden Tag."

Sie fragte sich, warum ihr das nicht reichte. Und ihm schon.

„Wir haben nicht viel Gelegenheit, uns miteinander zu unterhalten mit dem ganzen Gesäge und Gehämmer um uns herum", begann sie vorsichtig.

„Geht es ums Reden?"

Das schöne Gefühl zu zerschmelzen löste sich auf. „Lassen

wir es einfach beim Reden, ja? Wie war denn bis jetzt dein Tag? Erzähl mal."

Er packte die Lebensmittel zu Ende aus, so als benötigte er die Zeit, um sich zu beruhigen. „Wir machen in der Küche Fortschritte. Nächste Woche werden wir schon die Geräte installieren können, vielleicht sogar ein paar von den neuen Schränken."

„Dann kann ich das Mittagessen für alle kochen." Sie füllte ihren Teller, aber das Essen, das so appetitlich ausgesehen hatte, schien ihr im Hals stecken zu bleiben.

„Iggy kam heute Morgen vorbei, als du bei der Historischen Gesellschaft warst", berichtete er.

Megan war ziemlich früh dorthin gegangen, weil sie versuchen wollte, etwas mehr über Liam Tierney herauszufinden, aber sie hatte keinen Erfolg gehabt. Bei den Mikrofilmen gab es keine Suchfunktion. Sie hatte die Zeitungen von zwei Wochen vor und nach dem Artikel durchgesehen, den sie im Tunnel gefunden hatte, jedoch nichts Neues herausgefunden. Wenn später in diesem Jahr noch etwas über Liam in der Zeitung gewesen war, gab es für sie keine andere Möglichkeit, es zu finden, als Seite für Seite die Zeitungen durchzugehen.

Sie griff nach der Limonade, die er ihr eingegossen hatte. „Was hat Iggy gesagt?"

„Er fand das Bild interessant."

„Nicht wundersam?"

„Nein, aber es war gut, mit ihm zu reden. Er kann immer zu jeder Frage etwas Wertvolles beisteuern."

„Er war die ganzen Jahre über ein guter Freund für dich, oder?" Sie wollte nichts anderes als Dankbarkeit empfinden, und das war auch hauptsächlich so. Aber trotzdem machte sie sich Sorgen. Niccolo hatte ihr von den vielen langen Gesprächen erzählt, welche die beiden während seiner Zeit als Priester geführt hatten, die besondere Verbundenheit, die sie miteinander hatten. Sie wollte, dass sie Freunde blieben, so unsicher war sie auch nicht, aber es machte ihr Angst, wenn Niccolo an sein anderes Leben erinnert wurde. Vielleicht wäre das nicht der Fall gewesen, wenn sie und ihr Ehemann mehr von sich selbst reden könnten.

„Er ist ein guter Freund", sagte Niccolo. „Ich habe ihm erzählt, dass du den Tunnel schließen willst."

„Und seine Reaktion?"

„Fragen. Er würde nicht seine Meinung dazu sagen. Du kennst doch Iggy."

„Ich mache mir auch Sorgen um die rechtliche Seite. Diese Gänge waren nicht nur jahrelang verschlossen, sondern wurden auch nie offiziell abgenommen. Was ist, wenn etwas passiert, während jemand da unten ist?"

„Marco und ich haben mal eine kurze Inspektion durchgeführt. Wir können sie ja durch jemanden überprüfen lassen, wenn du willst."

„Durch wen? Die Stadtverwaltung?"

Er verzog das Gesicht. „Wohl nicht so eine gute Idee."

„Es wird nicht lange dauern, bis uns jemand anzeigt."

„Und wir können uns dann damit befassen."

Sie schwiegen beide. Megan hatte das Gefühl, nichts erreicht zu haben, wusste aber auch nicht, welchen Weg sie noch einschlagen sollte.

Niccolo schob sein Essen auf dem Picknickteller herum. Schließlich seufzte er. „Tut mir Leid, Megan. Ich weiß, das ist nicht leicht zu verstehen. Es ist einfach so, dass es mir gefällt, den Leuten das Bild zu zeigen. Nicht weil ich an dessen Göttlichkeit glaube, sondern weil die meisten Leute es als das verstehen, was es ist. Abgesehen davon scheint bei ihnen irgendwas Gutes zu passieren, wenn sie es sich ansehen. Ich teile etwas mit ihnen. Ich mag dieses Gefühl dabei."

„Ist dir das jetzt erst bewusst geworden? Du hast mir nämlich vorher nie davon erzählt."

„Habe ich nicht?"

Sie wollte gerade etwas darauf erwidern, als sie aus dem Inneren des Saloons ein Krachen hörte. Zumindest glaubte sie, dass es von dort gekommen war. Ein dumpfer, lang anhaltender Knall. Sie legte den Kopf schief. „Hast du das gehört?"

Niccolo war bereits aufgesprungen. „Roy und Pete führen offensichtlich was im Schilde."

Roy und Pete hatten beide die Highschool abgebrochen, zu alt, um zum normalen Unterricht zurückzugehen, aber mühten sich mit ihren GED-Prüfungen ab, weil Niccolo darauf bestand. Megan mochte die beiden, fand sie aber nicht so vertrauenswürdig wie die anderen Steine-Kids. Pete, der mit seinem blonden Haar gut als Skandinavier durchgehen konnte, behauptete, er sei ein direkter Nachfahre von Häuptling Crazy Horse, und er schien entschlossen, mit seinem Benehmen die Verbindung zu beweisen. Alle Diskussionen über den tatsächlichen Beitrag von Crazy Horse für die Oglala Sioux, des Häuptlings außerordentlicher Mut und Führung, waren bisher unbeachtet geblieben.

„Soll ich mitkommen?" bot Megan an.

„Nein, ich bin gleich wieder zurück."

Sie blickte ihm nach, wie er durch die Hintertür verschwand. Es tat ihr Leid, dass sie unterbrochen worden waren. Wieder schienen sie kurz davor gewesen zu sein, ein echtes Gespräch zu führen, und wieder kam etwas dazwischen .

Sie trank gerade ihren letzten Schluck Limonade, als Nick zur Tür kam. „Ich sehe sie nirgends."

Sie hörte die Sorge aus seinem Tonfall heraus. „Der Tunnel?"

„Könnte sein."

Sie stand auf und folgte ihm durch den Saloon. Die neue Vordertür war immer noch verschlossen, also waren sie keinesfalls in diese Richtung gegangen.

„Ich habe versucht, Roy einzubläuen, dass er nicht rauchen soll, wenn er hier ist", sagte Niccolo. „Aber er macht es hinter meinem Rücken."

„Tabak oder was anderes?"

„Tabak. Hoffe ich." Drogen waren absolut verboten, und jedes der Steine-Kids hatte eine Einverständniserklärung unterzeichnen müssen, dass er oder sie sich davon zurückhielt, solange sie am Programm teilnahmen. „Lass uns mal runter und nachsehen, ob sie da sind", schlug Niccolo vor. Der unausgesprochene zweite Satz war, dass sie leise gingen. Wenn die Jungen etwas anstellten, war es Niccolos Job, das herauszufinden.

Megan hoffte, sie würden die Jungen lediglich beim Rauchen erwischen. Aber das ließ sich nicht mit dem Krach vereinbaren, den sie gehört hatten. Vielleicht hatten sie die Tür unten an der Treppe zugeschlagen, als sie in die Vorratskammern darunter gegangen waren. Oder sie waren an ein Regal gestoßen und hatten etwas runtergeworfen.

Sie nahm eine Taschenlampe auf ihrem Weg nach unten und folgte Niccolo. Die Tür war angelehnt, und niemand befand sich im Heizungskeller, aber das Licht brannte. Sie knipste ihre Taschenlampe an und folgte Niccolo in den Tunnel.

Sie war so dicht hinter ihm, dass sie ihn fast umrannte, als er abrupt stehen blieb. „Großer Gott", sagte er. „Seid ihr beide unverletzt?"

Megan blickte an ihm vorbei und sah, warum er nicht weiterging. Die beiden Jungen standen bewegungslos in einem Haufen von Geröll aus Gips und Zement.

„Die Decke ist runtergekommen." Petes Stimme zitterte. Er klang jetzt überhaupt nicht wie der wilde Mann. Eher wie ein kleiner Junge, der gerade das Monster im Kleiderschrank gefunden hatte.

„Seid ihr unverletzt?“ fragte Nick noch einmal.

„Ich denke doch.“

Nick arbeitete sich bereits weiter vor. Die beiden standen vor dem Bild der Jungfrau. Die Decke darüber war intakt. Nicht so die Stellen davor und dahinter. Megan musste unwillkürlich an den Tornado denken, dabei hatte sie gehofft, für den Rest ihres Lebens nicht mehr daran erinnert zu werden.

„Wie ist das passiert?“ wollte Nick wissen.

„Wir wollten nur sehen, was dahinter ist. Na du weißt schon. Eine undichte Stelle oder so, wie du schon gesagt hast. Zwischen der Wand und der Decke ist eine Art Spalte. Ich bin auf Roys Schultern gestiegen, und es ging zuerst ganz gut, aber dann begann er zu schwanken, und ich hab's mit der Angst gekriegt und nach einem der Balken da oben gegriffen, und Roy ist gegen die Wand gestolpert, ich hab da gebaumelt, und der Balken knarrte …“

Nick hob die Hand, um ihn zum Schweigen zu bringen. „Ich hab schon kapiert.“

„Es kam alles runtergekracht. Alles um uns herum. Aber ich hab nichts abbekommen.“ Im Schein ihrer Taschenlampe sah Megan, wie er sich zu Roy umdrehte. „Du auch nicht, oder?“

„Ich bin okay, ja.“

„Ich weiß nicht, was ihr da ausgelöst habt. Der Balken sieht gut aus. Aber wir sollten besser alle hier rausgehen, bevor wir nicht sicher sein können, dass noch mehr runterkommt“, sagte Niccolo.

„Wir hätten draufgehen können“, behauptete Pete. „Ich meine, richtig tot sein.“

„Wenn wir da drüben gestanden hätten“, fügte Roy dazu.

Pete klang jetzt wieder mehr wie er selbst. „Glaubst du, das war ein Wunder, Nick? So wie die Leute sagen? Noch ein Wunder? Wenn wir nicht genau hier gestanden hätten …"

„Ich denke, wir sehen lieber zu, dass wir hier rausgehen", unterbrach ihn Nick. „Bleibt da stehen und wartet, bis ich einen Teil von dem Schutt weggeräumt habe, damit ihr unbeschadet durchkommt. Megan, halte mal beide Lampen."

Sie griff nach seiner Taschenlampe und beobachtete, wie er ein paar Brocken Zement aus dem Weg schaffte. Nach kurzer Zeit bahnten sich die Jungen einen Weg hinaus, um durch den Tunnel zurückzugehen.

Bevor sie ihnen folgte, drehte Megan sich noch einmal um und richtete das Licht der Taschenlampe auf die Wand mit dem Bild. Wie sie befürchtet hatte, tropfte Wasser aus den Augen der Jungfrau.

15. KAPITEL

Tippys Schwester Shannon hatte mehr Begeisterung als Wissen zu bieten, aber sie lernte schnell. Sie wollte gerne Lehrerin werden, und deshalb kam sie dreimal die Woche zum Tierney Cottage, um so viel wie möglich Erfahrungen zu sammeln und nebenbei noch ein bisschen Geld zu verdienen. Ihre Liebe zu Kindern war wirklich echt, und als sie sich erst einmal an Kieran gewöhnt hatte, begann sie ihn auch zu mögen.

Allerdings war heute eine Ausnahme.

„Er will überhaupt nichts machen. Kein bisschen." Shannon war enttäuscht und wurde immer entmutigter. Peggy verstand nur zu gut, wie sich das Mädchen fühlen musste.

„Wir haben alle mal so einen Tag, denke ich." Peggy beobachtete ihren Sohn, der sich auf den Boden geworfen hatte und mit den Füßen um sich trat. Es passierte nicht zum ersten Mal an diesem Tag, und sie fürchtete, auch nicht zum letzten Mal.

„Es wird schlimmer mit ihm." Diese schonungslose Offenheit war typisch für Shannon und normalerweise auch kein Problem.

Heute verspürte Peggy einen aufkommenden Ärger. Nicht so sehr auf Shannon, nahm sie an, sondern auf das Leben im Allgemeinen. Es kam selten vor, dass sie so etwas wie Selbstmitleid und Wut empfand, aber manchmal passierte es einfach.

Sie zwang sich dazu, die gleiche Geduld aufzubringen, die sie von Shannon erwartete. „Es wird nicht schlimmer. Er macht einfach zurzeit keine Fortschritte."

„Also, als ich zuerst herkam, da hat er sich schon einen Moment ruhig hingesetzt, und er hat auf Dinge gezeigt. Er hat sogar eine Weile zugehört, wenn ich ihm was vorgelesen habe."

Shannon war ein hübsches Mädchen, mit einem runden Gesicht voller Sommersprossen und lockigem schwarzen Haar.

Peggy erinnerte sich daran, als sie selbst sechzehn gewesen war und geglaubt hatte, mit harter Arbeit und Toleranz die Welt verändern zu können.

„Ich weiß, du bist enttäuscht“, räumte Peggy ein. „Ich fürchte, das gehört dazu.“

„Wenigstens kann *ich* nach diesem Nachmittag wieder nach Hause gehen.“

Peggy fand diese Bemerkung sehr einfühlsam. Shannon mochte vielleicht frustriert sein, aber ihr war klar, wie viel frustrierter Peggy war. Shannon versuchte auf ihre ihr eigene direkte Art, ihr Mitgefühl zu zeigen.

„Warum gehst du nicht jetzt einfach nach Hause?“ schlug Peggy vor, stand auf und wandte ihrem Sohn den Rücken zu. „Du hast Recht. Heute kommst du mit ihm einfach nicht weiter, und es ist überhaupt nicht deine Schuld. Er hat nun mal einen schlechten Tag. Hattest du nicht gesagt, du wolltest heute Abend ins Kino gehen?“

„Ich würde es nicht richtig finden, wenn ich dich jetzt so allein lasse.“

Peggy legte dem Mädchen die Hand auf die Schulter. „Du bist eine gute Hilfe für einen Lehrer, Shannon. Ich wüsste nicht, wie ich ohne dich auskommen sollte. Aber es gibt keinen Grund, mit dem Kopf gegen die Wand zu gehen.“

„Das solltest du ihm auch mal sagen. Oder gegen den Boden, in diesem Fall.“

Peggy versuchte zu lächeln. „Das würde viel nutzen, was? Wie auch immer, mach weiter. Die Woche wird voll bezahlt. Du hast dein Bestes getan.“

Shannon blickte sehnsüchtig zur Tür.

„Geh schon“, drängte Peggy. „Ich seh dich dann am Montag wieder.“ Sie sah dem Mädchen nach, wie es ins Wohnzimmer ging, um sich von Irene zu verabschieden, bevor es zur Tür stürzte. Irene kam zum Klassenraum geschlurft.

„Sie ist nicht lange geblieben heute." Dabei sah sie Peggy an, nicht den kreischenden Jungen.

Wieder einmal freute sich Peggy darüber, dass diese Frau, die nie selbst Kinder gehabt hatte, so viel Verständnis für Kieran zeigte. Sie ging zu Irene, die an der Tür stand. „Er war heute ein kleines Ungeheuer", sagte sie so laut, dass sie das Geschrei übertönte.

„Vielleicht braucht er eine Pause, meine Liebe."

„Das könnte sein, aber davon hatte er mehr als sonst. Wir haben diese Woche immer früh Schluss gemacht."

„Der Zahn hat ihm zu Schaffen gemacht. Wahrscheinlich muss er sich immer noch davon erholen."

Peggy wusste nicht, wo das Problem lag. Sie war so sicher gewesen, dass die winzigen Fortschritte, die Kieran gemacht hatte, nur der Anfang von etwas viel Größerem, Besserem wäre. Nun, trotz allem, was sie Shannon erzählt hatte, befürchtete sie, dass auch diese kleinen Errungenschaften wieder verloren waren.

„Ich werde was Ruhiges mit ihm machen. Tut mir Leid."

„Mir tut es nur Leid, dass er so einen schlechten Tag hat." Irene tätschelte Peggy die Schulter, bevor sie wieder ging.

Kieran wurde langsam müde, und sein Wutanfall verebbte. Peggy hätte ihn so gern aufgehoben und ihn geknuddelt, aber sie wusste, das wäre das Letzte, was er wollte. Eine der traurigsten Seiten an Kierans Autismus war, dass er gegen all ihre natürlichen Instinkte arbeitete. Der Trost, den sie so gern gespendet hätte, wäre nur Wasser auf die Mühlen gewesen.

Sie suchte den Raum nach etwas ab, das ihn interessieren könnte, und bemerkte eine Lumpenpuppe auf dem Regal in der Ecke. Bridie war damit an einem Nachmittag erschienen, nachdem sie die Puppe von einem Nachbarn aus Shanmullin gerettet hatte.

Peggy hatte das Spielzeug gewaschen, es aber nicht zum Spielen benutzt, weil sie befürchtete, Kieran wäre mehr daran interessiert, lose Enden auseinander zu pflücken.

Doch jetzt beschloss sie es trotzdem zu versuchen.

„Was für ein hübsches Mädchen", sagte sie und nahm die Puppe vom Regal. Dabei versuchte sie ihren Sohn nicht zu beachten. „Ein hübsches Mädchen mit hübschen Augen." Sie berührte die Augen der Stoffpuppe.

Sie wusste, dass sie zu komplizierte Sätze bildete, wenn sie ihm das Wort „Auge" beibringen wollte, aber im Moment war sie mehr daran interessiert, ihn abzulenken. Ein Ziel nach dem anderen.

Sie setzte sich in einen Sessel und platzierte die Puppe so auf ihrem Schoß, dass sie ihr das Gesicht zuwandte. Sie begann ein irisches Schlaflied zu singen. Vielleicht war es nicht authentisch irisch, aber immerhin interessant genug für Bing Crosby und für ihre Zwecke sehr hilfreich.

„Duu-da-du-da-du-da. Duu-da-du-da-du-da ..." Sie fand, dass es ganz gut klang. Obwohl sie am liebsten vor Enttäuschung laut geschrien hätte, schaffte sie es, die Töne leise zu singen.

Kieran strampelte noch ein-, zweimal mit den Beinen, dann hörte er auf. Er mochte Musik eigentlich nicht besonders, aber etwas von ihrer Vorführung erregte seine Aufmerksamkeit.

„Ein i-i-risches Wiegen-lied", beendete sie den Song. Sie erinnerte sich daran, wie Megan ihr das Lied vorgesungen hatte, als sie noch ganz klein gewesen war. Megan hatte es zweifellos besser vorgetragen, aber niemals mit einem größeren Effekt. Kieran war jetzt ganz ruhig. Musiktherapie als Rettung.

Ermutigt von ihrem Erfolg, beschloss sie, dass noch ein weiteres Lied angebracht wäre. Sie entschied sich für etwas durch und durch Amerikanisches. „Sei still, mein Kind, sag jetzt nichts mehr ..." Sie strich der Puppe durchs Haar, während sie sang, ohne ihren Sohn zu beachten. „Wenn die Drossel nicht singt …“ Sie vergaß immer die letzten Zeilen, aber es machte sowieso mehr Spaß, sie sich auszudenken.

Aus dem Augenwinkel bemerkte sie, wie Kieran aufstand. In Gedanken registrierte sie das. Es funktioniert. Alles, was irgendwie funktionierte, war es wert, ein zweites Mal probiert zu werden. Vielleicht war sie hier auf eine Kombination gestoßen, die den kleinen Jungen ansprach, und ein winziges Gefühl der Hoffnung stieg nach der Enttäuschung des Tages in ihr auf.

Kieran kam einen Schritt auf sie zu. Sie sah nicht zu ihm hin, machte keine schnellen Bewegungen. Sie wartete einfach, bis er näher gekommen war, ein Schritt nach dem anderen. Sie sang etwas leiser, irgendwelche selbst ausgedachten Texte, die sich nicht reimten. Es war egal.

Sie liebte ihr Kind, und sie wollte es für ihn so gern richtig machen. Wenn sie ihn nur in die entscheidende Richtung schieben konnte. Sanft. Langsam. Voller Liebe.

„Wenn der kleine Ziegenbock sich die Hörner stößt, geht Mama los und holt das Brot …“

Er stand jetzt direkt vor ihr und streckte seine kleine Hand aus. Sie hörte auf zu singen. „Puppe“, sagte sie leise. „Will Kieran die Puppe haben?

Er wandte sich nicht ab, obwohl er natürlich auch nicht antwortete. Nicht einmal mit seinem Lieblingswort „Nein“. Er stand einfach da, mit der ausgestreckten Hand.

Sie hörte, wie die Tür aufging, und war sicher, dass Irene hereingekommen war und nachsehen wollte, ob es Kieran besser ging. Sie wagte nicht dorthin zu blicken. Es war besser, nichts zu tun, das ihren Sohn hätte ablenken können.

„Puppe.“ Sie zog die Stofffigur von ihrem Schoß und hielt sie ihm hin. „Kierans Puppe.“

Einen Moment war sie nicht sicher, ob er danach greifen würde. Dann schnappte er sie sich, schwang sie wie eine Keule und schlug damit auf Peggy ein.

Für einen Augenblick saß sie nur verblüfft da, ohne einen Ton von sich zu geben. Die Stoffpuppe war weich. Er konnte ihr damit überhaupt nicht wehtun, aber seine Absicht war klar. Er wollte es. Das war der größte Fehler gewesen, der ihr in dieser Woche unterlaufen war. Sie fühlte sich am Boden zerstört und schnappte entsetzt nach Luft.

„Kieran!"

Er schien sie nicht zu hören. Er schlug noch kräftiger zu.

Peggy sprang auf. „Kieran, nicht!"

Sie riss ihn hoch, und er schleuderte die Puppe noch einmal gegen sie, bevor sie sie ihm entreißen konnte. „Nein!"

Sie ließ die Puppe auf den Sessel fallen, und er versuchte danach zu greifen. Dabei schrie er und trat um sich und trat ihr heftig gegen die Hüfte, bevor sie es verhindern konnte.

Noch nie in ihrem Leben hätte sie so gern zurückgeschlagen.

Bevor sie es sich noch überlegen konnte, wurde sie von ein paar starken Armen ergriffen. Im nächsten Moment hatte Finn O'Malley ihr Kieran entrissen und hielt ihn mit festem Griff.

Peggy brach in Tränen aus.

„Bleiben Sie hier", befahl Finn. „Kommen Sie uns bloß nicht nach."

Damit drehte er sich um und verschwand aus dem Lernzimmer mit dem schreienden Kind, das er mit Abstand von sich weghielt. Peggy keuchte auf und wollte hinter ihm her, doch Finn drehte sich um und sah sie streng an. „Brauchen Sie Hilfe oder nicht?"

Sie wollte schon Nein sagen, aber das konnte sie nicht.

Ihr Gesichtsausdruck musste ihm die Frage ausreichend beantwortet haben. „Bleiben Sie hier, Peggy."

Diesmal rannte sie ihm nicht hinterher.

Irgendwie landete sie im Wohnzimmer. Und irgendwie hatte Irene sie in ihre knochigen Arme genommen und ihr einen kalten Waschlappen auf die Augen gelegt.

„Ich hätte nicht nach Irland kommen dürfen", schluchzte Peggy. „Das kannst du wirklich nicht gebrauchen."

„Ganz im Gegenteil, das ist genau das, was ich brauche, verstehst du nicht? Ich hab so was nie in meinem Leben durchgemacht. Ein bisschen Aufregung ist gut, bevor ich sterbe."

„Rede nicht vom Sterben!"

„Das war wohl nicht der richtige Moment, was? Weine dich ruhig aus. Kieran ist in den besten Händen."

„Finn hasst Kinder. Er hasst mich. Aber ich nehme es ja nicht persönlich, wirklich. Ich glaube, er kann niemanden leiden außer dir und vielleicht Bridie."

„Finn hasst niemanden außer sich selbst. Unser Finn braucht eine lange Zeit, um sich zu versöhnen. Aber ich bin da wirklich optimistisch."

„Ich bin eine Versagerin", seufzte Peggy.

„Du bist eine Frau mit einer schwierigen Aufgabe und keinerlei Garantien dafür. Das ist wohl kaum dasselbe."

„So bin ich normalerweise gar nicht, wirklich. Ich bin von uns Schwestern die vernünftigste und hab sonst den Kopf immer gerade gerückt."

„Dein Kopf scheint mir völlig in Ordnung, auch wenn er mal schief hängt."

Peggy verstummte mitten in einem erneut aufkommenden Schluchzen. Stattdessen kicherte sie. „Sollte ich dir nicht helfen? Bin ich nicht deshalb hergekommen?"

„Du hilfst mir mehr, als du dir vorstellen kannst." Irene tätschelte ihr die Hand.

„Wo sind sie denn hingegangen, was meinst du?“ fragte Peggy.

„Es ist doch egal, aber sie sind zusammen, das ist das Einzige, was zählt. Die beiden haben so viel gemeinsam, ist dir das nicht aufgefallen?“

Peggy sah auf. Ihr war nicht ganz klar, was Irene damit eigentlich meinte.

„Abgeschirmt von allem und jedem, beide“, sagte Irene. „Kieran findet keinen Zugang zu anderen Menschen. Und Finn? Nun, er weigert sich ganz einfach, sich zu öffnen. Vielleicht verstehen sich die beiden auf eine Art, die uns entgeht. Womöglich können sie sich nach einer Weile gegenseitig helfen, die Welt der anderen zu betreten.“

Peggy spürte, wie ihr erneut die Tränen kamen.

Finn blieb zum Mittagessen. Er wusste nicht, warum, aber er wollte nicht nach Hause gehen. Nach der Schule war Bridie aufs Land gefahren, um das Wochenende mit einer Schulkameradin zu verbringen. Er hatte es so gewollt. Jetzt bedauerte er fast, dass er es ihr erlaubt hatte. Bridie war in seinem Leben der Sonnenschein, der in seine finsteren Winkel schien, und obwohl man sich hüten musste, ein Kind mit den Problemen der Erwachsenen zu beladen, vermisste er sie immer, wenn sie nicht bei ihm war.

Doch er vermied es tunlichst, sie das wissen zu lassen.

„Haben Sie ihm wirklich keine Drogen gegeben?“ fragte Peggy ungläubig, während sie eine Platte mit gebackenem Pastinak herumreichte. Kieran, der neben ihr saß, war kaum noch in der Lage, die Augen offen zu halten. Der Löffel, der ihn nun für mehrere Wochen begleitet hatte, lag unbenutzt vor ihm. Das wenige, das er gegessen hatte, etwas dunkles Brot in Milch getunkt, hatte er mit den Fingern zu sich genommen.

„Er brauchte frische Luft und Ruhe.“ Finn nahm die Platte und füllte etwas Pastinak auf seinen Teller mit frischem Lachs und gekochten Kartoffeln.

„Er brauchte eine Erholung von seiner Mutter." Peggy lächelte, um ihm zu signalisieren, dass sie schon verstanden hatte und es ihr nichts ausmachte.

Es gab nicht viele Frauen, die nach so einem Weinkrampf noch schön aussahen. Unglücklicherweise gehörte Peggy dazu. Sie hatte sich die Nase geputzt und die Augen abgetupft, und obwohl ihr Gesicht noch gerötet war, sah sie wundervoll aus. Sheila, die mit ihrem hellen Haar einen zarten Teint gehabt hatte, hatte nach so einem intensiven Weinen tagelang ein fleckiges, geschwollenes Gesicht gehabt und sich am meisten darum gesorgt.

„Der Ausblick von meinen Schultern hat ihm gefallen." Finn nahm einen Bissen, dann noch einen. Das Essen schmeckte köstlich. Er wusste, dass Nora zum Mittag nach Hause gegangen war, was bedeutete, dass Peggy den Lachs während seines Spaziergangs mit Kieran gekocht hatte.

„Ich hab ihn oft Huckepack getragen, als er noch kleiner gewesen ist. Wahrscheinlich erinnerte ihn das an alte Zeiten."

„Vielleicht trägt ihn sein Vater so?" Finn hatte von Irene gehört, dass Peggy und Kierans Vater nicht verheiratet waren, aber eine freundschaftliche Beziehung pflegten.

„Das glaube ich nicht. Phil ist nicht oft da", bemerkte Peggy leichthin.

Finn staunte, dass ein Mann sowohl Peggy wie sein eigenes Kind verlassen konnte. Obwohl er sich dagegen wehrte, spürte er das Bedürfnis, mehr zu erfahren.

Peggy stand auf, nachdem sie gerade erst angefangen hatten zu essen. „Tut mir Leid, aber ihr müsst mich schon entschuldigen. Ich werde Kieran ins Bett bringen. Bin gleich zurück."

„Wir sind hier", erwiderte Irene.

Als Peggy mit Kieran verschwunden war, wandte sich Irene an Finn. „Das war eine gute Idee von dir, ihr den Jungen mal abzunehmen. Sie wird von ihm überfordert. Peggy ist die gewissenhafteste Mutter, die ich je kennen gelernt habe, aber es kostet sie mehr Nerven, als sie zugeben möchte."

Er überlegte, was er dazu sagen sollte, aber es fiel ihm nicht viel ein. „Das war das Wenigste, was ich für sie tun konnte. Peggy ist sehr freundlich zu Bridie", bemerkte er schließlich. „Und tut ihr gut."

„Ich hätte nicht gedacht, dass dir das auffällt."

„Ich bin nicht so blind den Dingen gegenüber, die um mich herum passieren, wie du denkst."

„Blind nicht, aber abgeschottet. Viel zu abgeschottet."

„Ich weiß nicht, warum du mich erträgst."

„Ich auch nicht. Wahrscheinlich ist es deine selige Großmutter, die mich von da oben anleitet."

Er lachte, aber er fürchtete, sie meinte es ernst. Außerdem hatte er Angst, dass es bald zwei alte Damen da oben sein würden, die versuchten, ihn auf die richtige Spur zu führen. Er fragte sich, ob Peggy klar war, wie schlecht es Irene ging und wie wenig Aussicht es gab, dass sie noch lange genug lebte, um ein paar richtige Fortschritte bei Kieran beobachten zu können.

Peggy kam zurück, als er seinen Lachs schon halb aufgegessen hatte. „Tut mir Leid, aber ich dachte, es würde sonst noch eine weitere Szene geben, wenn ich ihn nicht schlafen lege."

„Ich habe gar kein Wiegenlied gehört." Er begann das Stück zu summen, das er gerade gehört hatte, als er ins Lernzimmer gekommen war.

Peggy wurde rot. „Das war ein Schuss nach hinten, was?"

„Autistische Kinder haben meist hypersensible Hörorgane und keine Möglichkeit, ein Geräusch auszublenden oder es einzuordnen. Kombiniert mit deiner entsetzlichen Stimme ist das schon ein guter Grund für einen Tobsuchtsanfall."

Peggy blickte ruckartig auf, aber als sie sah, dass er lächelte, musste sie loslachen. „Das war also das Problem." Sie hielt sich die Serviette vor den Mund und konnte nicht aufhören zu lachen. „O je, ich wollte ihm nur helfen."

Jetzt lachte Irene ebenfalls, und Finn stimmte mit ein.

„Mein Vater kann gut singen, meine älteste Schwester hat eine wundervolle Stimme, Caseys ist ganz passabel, aber ich kann kaum einen Ton halten. Wie kommt das bloß?"

„Ich würde sagen, das ist ausgleichende Gerechtigkeit", entgegnete Finn. „Ich bin mir ziemlich sicher, dass sie nicht so schön sind wie Sie."

Peggy sah ihn überrascht an. Finn war selbst erstaunt darüber, dass er es laut ausgesprochen hatte.

„Der Herr verteilt seine Güter", bemerkte Irene. „Und dir hat er die irische Kunst des Schmeichelns mitgegeben, Finn. Esst jetzt, bevor die Eiszapfen am Teller wachsen."

Finn machte den Abwasch, obwohl Peggy ihn ständig ermahnte, dass er schon genug getan hätte.

„Sie haben wohl keine Vorstellung davon, wie viele arme irische Mütter sich ihr Leben lang gewünscht haben, dass der Ehemann oder die Söhne in der Küche helfen, was? Jetzt hat sich der Wind gedreht, und Sie gehen dagegen an?"

Sie lachte. Er war heute Abend irgendwie anders, und dieser neue Finn gefiel ihr außerordentlich gut. Er hatte ihr erlaubt abzutrocknen, sie stand neben ihm und wischte jeden Teller mit einem sauberen Küchenhandtuch ab.

„Bridie hat sich wirklich auf dieses Wochenende gefreut", sagte sie. „Die ganze Woche hat sie schon darüber gesprochen."

„Sie fühlt sich in der Stadt nicht so wohl. Für mich ist es bequemer, weil ich dort Leute habe, die sich um sie kümmern können, während ich arbeite. Aber sie ist gern draußen. Sie hatte ein Pony, aber ich musste es verkaufen, als wir umgezogen sind."

„Sie hat mir erzählt, dass die Freundinnen, die sie besucht, Ponys hätten und sie zusammen ausreiten würden."

„Die Eltern sind nette Leute, und sie laden sie so oft es geht ein."

„Sie ist ein wunderbares kleines Mädchen. Na ja, so klein wohl auch nicht. Es wird nicht lange dauern, da wird sie nur noch Jungen im Kopf haben, so wie jetzt Ponys."

„Und dann werde ich ganz schön ins Schwimmen kommen."

„Nun, Sie waren früher auch mal ein Junge. Daher haben Sie einen anderen Vorteil. Sie können ihr immerhin sagen, was die so denken."

„Ich kann ihr nur sagen, dass die überhaupt nicht denken."

Sie trocknete den letzten Teller ab. Finn machte seine Arbeit sehr gekonnt, nicht wie die meisten anderen Männer, die meinten, was immer an kleinen Resten vom Essen auf dem Geschirr blieb, wäre eine gute Würze für die nächste Mahlzeit. Es überraschte sie, wie gemütlich es sein konnte, zusammen in der Küche zu arbeiten. Er war der schwierigste Mann, den sie je getroffen hatte, zumindest der schwierigste, der sie je interessiert hatte. Wenn er jedoch diese Maske abnahm – und sie glaubte immer mehr, dass er sich eine Maske aufsetzte, um die Menschen von sich abzuhalten –, war er warmherzig, witzig und intelligent. Jedenfalls handelte es sich hier um die drei wichtigsten Eigenschaften, die sie bisher entdeckt hatte. Die vierte – seine außergewöhnliche Attraktivität – stellte einen Bonus dar, der dafür sorgte, dass die anderen drei Aspekte zu einer unwiderstehlichen Kombination wurden.

„Ich muss mich bei Ihnen entschuldigen." Finn blickte sie an und lehnte sich mit vor der Brust verschränkten Armen an das Waschbecken.

Sie widersprach ihm nicht. Entschuldigungen waren gut für die Seele – das hatten ihr die anderen störrischen Frauen in der Familie eingehämmert.

„An dem Abend, als ich Ihnen erklärte, ich wäre Alkoholiker, habe ich mich fürchterlich verhalten. Ich wollte Ihr Mitgefühl nicht. Das will ich immer noch nicht, aber ich möchte gern, dass Sie mir vergeben."

Auch das war etwas Neues für sie. Sicher, die meisten Männer, die sie kannte, hatten nicht oft einen Grund gehabt, sich für irgendetwas zu entschuldigen. Sie hatte sich für sie entschieden, weil sie so unkompliziert waren und es nicht viel Umstand erforderte, sie zu durchschauen. Doch wenn sie sich geirrt hatten, waren die meisten nicht fähig gewesen, es zuzugeben. Phil hatte ihr sogar vorgeworfen, dass sie von ihm verlangt habe, ein Kondom zu benutzen, statt sich selbst um die Verhütung zu kümmern, als er von ihrer Schwangerschaft erfuhr.

„Ich weiß das zu schätzen, Finn." Sie spürte das Bedürfnis, ihm noch deutlicher zu zeigen, was sie empfand. Da stand er, stolz, allein, die Arme vor der Brust verschränkt, als erwarte er, dass sie ihn jeden Moment mit den Fäusten angriff.

Sie ging zu ihm und berührte seinen Arm, nur ganz leicht mit den Fingerspitzen. Seine Muskeln fühlten sich steinhart an, sowohl von seiner angespannten Haltung wie auch von der körperlichen Arbeit. „Hätten Sie Lust auf einen Spaziergang? Ich weiß, Sie waren gerade unterwegs, mit Kieran. Aber ich würde so gern ein bisschen rausgehen, nur um den Ozean zu riechen. Ich kann sowieso nicht so lange wegbleiben."

„Das wird Ihnen gut tun."

„Und wie. Einen Moment, ich hole nur meine Jacke."

Er wartete vor der Tür auf sie, hatte sich zu Banjax hinuntergebeugt und redete auf ihn ein, als sie herauskam. Der Hund hatte den Kopf schief gelegt, als würde er dem Vortrag interessiert lauschen und darauf brennen, seine Antwort loszuwerden.

„Wie ich sehe, ist Bridie nicht die Einzige in der Familie, die Tiere liebt", bemerkte Peggy.

Er richtete sich wieder auf. „Ich bin froh, dass Irene ihn aufgenommen hat. Ich glaube, Bridie hätte mir nie verziehen, wenn er ein so böses Ende gehabt hätte."

„Irene ist begeistert, ihn hier zu haben, obwohl sie das nie zugeben würde."

„Sie macht sich bestimmt Gedanken, was mit ihm passieren wird, wenn sie stirbt."

Zum zweiten Mal an diesem Tag redete jemand von Irenes Tod. Peggy war von Anfang an klar gewesen, dass die alte Frau nicht mehr lange zu leben hatte. Aber sie wollte nicht daran erinnert werden. Sie wollte die unerwartete Gegenwart dieser so erfreulichen Verbindung zu ihren Vorfahren genießen.

„Vielleicht wird Irene ihn überleben", entgegnete sie.

„Sie haben doch Medizin studiert." Das war keine Frage gewesen.

Sie starrten den Weg hinunter. Durch die Felder führte ein ausgetretener Pfad bis zu einem Felsplateau, von dem aus man den Ozean überblicken konnte, und Peggy wollte dort entlanggehen.

„Sie machen ihr die letzten Tage tatsächlich zur Freude", sagte Finn, als sie in die Schneise durch das Feld bogen.

Sie hörte den Nebensatz: Obwohl ich das nicht erwartet hätte. „Ich nehme an, das soll eine weitere Entschuldigung sein."

„Überhaupt nicht. Ich hatte allen Grund, mir um Irene Sorgen zu machen, und will sie beschützen. Woher konnte ich wissen, dass Sie sich als Segen herausstellen und nicht als Unglück?"

„Ich bezweifle, dass sie mich heute Nachmittag als einen Segen betrachtet hat. Kierans Benehmen hätte schon ausgereicht, um eine gesunde Frau zu einer Herzattacke zu treiben."

„Sie genießt es, dass Sie mit ihm hier sind. Irene war schon immer sehr patent und verstand es, sich ständig irgendwie zu beschäftigen und glücklich zu sein. Ich glaube, es hat ihr gefallen, allein zu sein, als sie noch jung war. Aber jetzt braucht sie Gesellschaft. Das habe ich ihr schon seit Jahren versucht zu sagen."

„Sie haben nur nicht damit gerechnet, dass diese Gesellschaft in Form einer jungen Amerikanerin mit einem schwierigen Kleinkind kommt."

„Das stimmt."

„Ich weiß auch nicht, was ich eigentlich erwartet habe, Finn. Normalerweise gehe ich Probleme sehr rational an. Ich überdenke alles genau und führe dann das durch, was ich beschlossen habe. Ich habe geglaubt, dass ich Kierans Verhalten ändern könnte, wenn ich nur genug Zeit mit ihm verbringe und einen Weg finde, mit ihm jeden Tag stundenlang zu arbeiten. Dass er die Chance hätte, ein irgendwie normales Leben zu führen. Ich habe nicht bedacht, wie erschöpfend das für mich wird und für Irene genauso."

„Sie haben erwartet, dass er in ein oder zwei Monaten ein normales Kind wird?"

Sie dachte schweigend darüber nach, und schließlich schüttelte sie heftig den Kopf. „Nein. Zuerst war ich sicher, dass die Ärzte sich geirrt hätten. Dass es sein Gehör wäre oder eine Unfähigkeit, sich zu konzentrieren oder irgendetwas anderes, das man mit Medikamenten oder einer Operation beheben kann. Das hielt aber nur ein paar Tage an. Als ich mich erst mal intensiv darüber informiert hatte, bemerkte ich die Zusammenhänge, wie alles dazu passte. Und mir war dann auf einmal klar, wie die langfristige Prognose aussah."

„Es gibt ein breites Spektrum von unterschiedlichen Verhaltensweisen, genauso auch von Fähigkeiten."

„Ich weiß inzwischen nicht mehr, was normal bedeutet, aber ich erwarte nicht, dass sein Autismus sich legt. Ich weiß, dass es für den Rest seines Lebens ein Teil von ihm sein wird. Aber es gibt Hoffnung, weil wir es so früh erkannt haben. Manche autistischen Kinder gehen später zum College, lernen einen Beruf, heiraten. Ich will das Beste für ihn, das Beste, was er erreichen kann. Das ist alles."

Sie liefen ein paar Minuten schweigend nebeneinander her. Finn begann als Erster zu reden. „Vielleicht irre ich mich da, aber ich habe so ein Gefühl, als wäre das nicht alles, was Sie möchten." Sie waren an einer Felsgruppe angelangt, die Bänke von Mutter Natur, „Mother Nature's Benches", von denen aus man das Wasser überblicken konnte. Finn stellte seinen Fuß auf einen Stein und sah auf den Ozean hinaus. „Ich glaube, Sie wollen etwas wieder gutmachen."

Sie setzte sich auf einen Felsstein daneben und sah Finn an, statt auf das Wasser. Die Sonne war untergegangen, und am Mond fehlte nur noch ein winziges Stück für die volle Rundung. Die Landschaft war bereits in ein silbriges Licht getaucht. „Es gibt einen Fall von Autismus in Phils Familie. Sein Bruder, der zwei Jahre nach ihm geboren wurde, ist autistisch. Nachdem die Diagnose gefällt worden war, haben Phils Eltern beschlossen, ihn in ein Heim für autistische Kinder zu geben."

„Will Phil dasselbe für seinen Sohn?"

„Phil kann seine Gefühle nicht artikulieren, deshalb werde ich wahrscheinlich nie erfahren, was er möchte. Er hat letztes Jahr geheiratet, und seine Frau ist kurz danach schwanger geworden. Ich weiß, dass er sich Sorgen macht, sein neues Kind könnte auch autistisch sein, obwohl es immer noch nicht wissenschaftlich erwiesen ist, dass diese Krankheit direkt vererbt werden kann."

„Er hat wegen Kieran trotzdem Schuldgefühle. Wollen Sie das damit sagen? Auch wenn er das nicht ausdrücken kann?“

„Ich glaube, dass es so ist.“

„Und weshalb fühlen Sie sich schuldig, Peggy?“

Sie hatte gehofft, die Unterhaltung von diesem Thema weglenken zu können. Es überraschte sie, dass er nicht locker ließ. „In unserer Familie gibt es ein paar Fälle von mentalen Problemen. Ich habe Ihnen von meinem Vater erzählt. Aber ich habe keinen genauen Anhaltspunkt dafür, dass meine Gene etwas damit zu tun haben.“

Er schwieg. Sie nahm an, dass er darauf wartete, bis sie weiterredete.

„Ich hätte für ihn da sein sollen“, sagte sie schließlich.

„Für Kieran?“

„Ich dachte, ich könnte alles haben.“ Sie ließ den Blick über den Ozean zur Clare Island schweifen. „Ich wollte die super Alleinerziehende sein, eine Heldin wie aus einer Serie der Marvel Comics. Ich habe das Studium abgebrochen, als ich schwanger war, hab mir etwas freie Zeit nach seiner Geburt genommen und bin dann sofort in die medizinische Ausbildung. Ich hatte geplant, ein ganzes Jahr zu warten, aber Kieran war in so guten Händen. Ich hatte eine Familie, in der sich alle darum rissen, sich um ihn zu kümmern, und er schien mich nicht zu brauchen, so wie es bei anderen Babys der Fall ist. Ich dachte, der Grund wäre, weil es so viele andere Leute um ihn gab. Und jeder hat ihn vergöttert. Was konnte daran falsch sein, wenn man ihre Hilfe annahm?“

„Und wie hätte es sonst laufen können?“

„Sie sind selbst Mediziner. Sicher ist es hier nicht anders als in den Staaten. Ein aufreibendes Studium.“

„Ich hab den fehlenden Schlaf immer noch nicht nachgeholt.“

Er wollte sie zum Reden ermuntern. Das merkte sie, und sie

begann sich unwohl zu fühlen, trotzdem konnte sie nicht aufhören. „Ich wollte eine gute Ärztin werden. Dabei habe ich versucht, so viel Zeit mit Kieran zu verbringen wie möglich, aber meine Zeit war sehr begrenzt. Und wenn ich mit ihm zusammen war, konnte ich mich nicht voll auf ihn konzentrieren. Es schien ihm nichts auszumachen, und ich hab es so weiterlaufen lassen. Die Menschen, die ihn pflegten, haben sich um seine Bedürfnisse gekümmert, und ich bereitete mich auf eine Karriere vor, die uns gut ernähren würde. Ich wollte sogar eine Facharztausbildung machen, die mir einen regelmäßigen Dienst erlaubte, so dass ich an den Wochenenden zu diesen Fußballspielen gehen könnte und für Pfadfindertreffen Zeit hätte."

„Und jetzt haben Sie ein schlechtes Gewissen wegen der ganzen Zeit, die Sie nicht mit ihm verbracht haben. Obwohl Sie wissen – da Sie ja sagen, Sie hätten sich grundlegend informiert –, dass Kinder wie Kieran nicht gemacht werden, sondern von Geburt an so sind."

Sie schwieg, natürlich wegen des schlechten Gewissens. Sie hatte ihren Sohn vernachlässigt. Zwar liebevollen Menschen überlassen, ja. Um ihm eine gute Zukunft zu sichern, ja. Aber sie hatte das Medizinstudium geliebt und alles, was damit zusammenhing. Während es ihrem eigenen Kind schlechter ging, war sie dabei gewesen, ihre eigenen Träume zu erfüllen. Und sie hatte die Anzeichen nicht bemerkt.

„Ich hätte es bemerken müssen." Ganz einfach, offen und ehrlich gesagt. „Ich bin seine Mutter."

„Aber Sie möchten nicht seine Mutter sein, oder? Zumindest manchmal nicht, so wie heute. Und das ist es, was Ihnen am meisten Gewissensbisse macht."

„Er ist mein Sohn, ich liebe ihn."

„Daran zweifle ich nicht."

Es folgte ein langes Schweigen. Das Mondlicht glitzerte jetzt auf dem Wasser, und die ersten Sterne erschienen am Himmel.

„Es gibt Tage, da wünsche ich mir, die Dinge wären anders“, gestand sie schließlich. Sie wusste nicht, warum sie Finn das erzählte, wo sie doch nie vorher darüber gesprochen hatte.

„Alle Eltern würden dasselbe sagen. Selbst Eltern von den allernormalsten Kindern.“

„Ich glaube, er hat was Besseres verdient.“ Ihre Stimme wurde jetzt so leise, dass sie kaum noch zu verstehen war. „Er verdient unendlich viel Geduld, die bestmöglichen Mittel, eine Mutter, die jeden Morgen beim Aufwachen bereits weiß, was zu tun ist und wie. Einen Vater, der sich mit ihm beschäftigt und jeden seiner Schritte beobachtet.“

„Unglücklicherweise werden Kinder auf der Erde geboren und nicht im Himmel.“

„Ich versuche keine übermäßigen Erwartungen an mich zu stellen. Wirklich. Aber dann gibt es Tage …“

Er setzte sich neben sie auf den Felsen, das überraschte sie. Sie saßen Schulter an Schulter, wie zwei Menschen, die sich gut verstanden.

„Lassen Sie mich mal beschreiben, wie ich das sehe“, begann Finn. „Ich beobachte eine eifrige und intelligente Frau. Eine, die bereits Anzeichen bemerkte, als ihr Sohn immer noch jung genug war, um die beste Behandlung erhalten zu können. Eine Frau mit Sinn für Humor, die über ihre eigenen Unzulänglichkeiten lachen kann. Mit mehr Geduld, als ich bei jeder anderen Frau, die ich kenne, gesehen habe. Nehmen Sie doch nur mal die Ernährung von Kieran, für die Sie sorgen. Nur die frischesten, reinsten Lebensmittel. Kein Zucker oder chemische Zusätze. Die gut durchdachten Lehrpläne für ihn, die ständigen Bemühungen. Ohne irgendwelche Garantien den weiten Weg hierher nach Irland zu machen, weil Sie meinen, es wäre die beste Möglichkeit, ihm zu helfen.“

„Ich bin keine Heilige. Manchmal wache ich morgens auf und

weiß nicht, welchen Fuß ich zuerst auf den Boden setzen soll. Wenn ich mit Kieran arbeite und nichts richtig funktioniert, bin ich am Schwimmen. Ich wollte nie Lehrerin werden. Ich vermisse mein Studium. Ich frage mich, ob ich jemals in der Lage sein werde, meine medizinische Ausbildung fertig zu machen."

„Würden Sie ihn zurückschicken, wenn Sie könnten?"

„Wie meinen Sie das, sozusagen gegen eine normale Version eintauschen?"

„Wenn das möglich wäre?"

Sie überlegte. „Kann ich vielleicht Kieran behalten und nur sein neurologisches System eintauschen?"

Finn lachte kehlig. Es hörte sich gut an, so natürlich und ungehemmt.

„An meinen besten Tagen denke ich, er wurde mir aus einem bestimmten Grund geschickt", sagte sie. „Damit wir beide etwas lernen. Das ist ziemlich esoterisch für eine gute Katholikin, aber so ist es. Ich glaube, ich habe bereits ziemlich viel von ihm gelernt. Deshalb, nein, ich würde ihn nicht eintauschen wollen. Er gehört zu mir, und ich liebe ihn."

„Stärke durch Leiden?"

Sie genoss diese Vertraulichkeit und war sich bewusst, dass sie das jetzt zerstören könnte. „Haben Sie das manchmal im Zusammenhang mit Ihren Kindern gedacht? Oder über die Verluste, die Sie erlitten haben? Nicht dass die irgendetwas Gutes gehabt hätten, sondern dass man etwas daraus ziehen kann, abgesehen von dem Schrecken?"

„Haben Sie einfach keine Lust mehr, über sich zu sprechen?"

„Nein, ich würde Sie gern besser kennen lernen. Sie machen es einem schwer, wie Sie sicher genau wissen."

„Ich rede nicht über meine Kinder."

„Ja, aber das ist wie ein absolutes Begraben, oder nicht? So als wenn es sie nie gegeben hätte. Selbst Bridie hat Angst, sie zu erwähnen."

Sie spürte genau, wie er sich neben ihr versteifte. Peggy seufzte. „Finn, ich bin nicht Ihre Patientin, es ist also nicht Ihre Aufgabe, dafür zu sorgen, dass es mir heute Abend besser geht. Ich habe gedacht, wir hätten eine neue Ebene gefunden. So wie Freunde, die wirklich offen miteinander über ihr Leben sprechen können."

„Über mein Leben sprechen? Ich habe meine Kinder und meine Frau getötet." Er stand auf und lief zum Rand der Klippe. Ungefähr zwanzig Meter unter ihnen lag ein schmaler, felsiger Strand, dann nichts als Wasser über fünf Kilometer, wo die Clare Island zu sehen war.

Er drehte sich zu ihr um. „Ist es das, was Sie wissen wollten. Ist das die Ebene, die Sie erreichen wollten?"

Sie saß schweigend da und wartete.

„Sie haben die Geschichte inzwischen schon gehört."

„Ich habe gehört, dass es ein Bootsunfall war."

„Wir sind zur Clare rausgefahren. Sheila liebte das Wasser. Ihr Vater war Fischer, und als Kind ist sie oft mit ihm rausgefahren. Sie fühlte sich auf dem Boot wie zu Hause, und sie wollte, dass unsere Kinder es auch so empfinden. Wir haben uns eins angeschafft, nichts Teures oder Ausgefallenes, aber robust und mit genug Komfort, um einen Ausflug damit zu machen. Bridie leidet unter Seekrankheit, und sie wollte nicht mitkommen, deshalb hat sie uns darum gebeten, den Tag bei einer Freundin verbringen zu dürfen."

„Ich bin froh, dass sie das getan hat", bemerkte Peggy.

„Zuerst hat Sheila darauf bestanden, dass Bridie mit uns kommt, aber letztendlich gab sie nach. Wir sind früh aufgebrochen, und die Überfahrt ging problemlos. Wir haben den Tag mit Schwimmen und Wandern verbracht. Das Wetter schlug am frühen Nachmittag um, aber ich habe mir deshalb keine Sorgen gemacht. Es war nur wolkig, eine Witterungsänderung nach dem Sonnenschein am Vormittag. Es waren noch andere dort, die blieben. Wir ebenfalls. Der kleine Brian ist eingeschlafen, und Sheila wollte ihn nicht aufwecken, um ihm die Schwimmweste wieder anzuziehen und ihn aufs Boot zu tragen. Also warteten wir, bis er wieder aufwachte."

Peggy wollte ihn nicht unterbrechen. Sie sagte nichts dazu, sondern nickte nur.

„Als Brian aufwachte, hatte sich der Himmel schon extrem verdunkelt, und der Wind frischte auf. Die Wellen schlugen gegen die Bordwand, und ich zögerte kurz, ob wir den Weg antreten sollten. Sheila meinte, wir wären sicher, und ich befürchtete, dass wir über Nacht festsitzen könnten, wenn wir nicht aufbrechen. Also schafften wir die Jungen ins Boot und machten los."

Er drehte sich um starrte hinaus auf den Ozean. „Wir hätten es geschafft. Es fing an zu regnen. Zuerst ganz wenig, dann goss es plötzlich in Strömen. Uns konnte aber immer noch nichts passieren. Unser Boot war seetüchtig. Ich nahm volle Fahrt auf, um uns schnell nach Hause zu bringen. Bis heute weiß ich nicht, wogegen wir gestoßen sind. Der Seegang war beträchtlich, aber es schien weit und breit kein Hindernis zu sein. In einem Moment waren wir in voller Fahrt, im nächsten lagen wir alle im Wasser, irgendwo zwischen der Insel und dem Festland, und das Boot schwamm in Stücken um uns herum."

Peggy erschauderte. Er hatte keine Details beschrieben, aber sie konnte sich den Horror vorstellen. „Finn, wenn Sie nicht weiter darüber reden wollen …"

„Sie haben danach gefragt. Hier ist es. Ein Teil des Rumpfes lag noch über Wasser. Sheila konnte noch gut genug schwimmen, um mir dabei zu helfen, die Jungen darauf zu schaffen, aber sie erschien mir geschwächt und etwas benommen. Ich war hellwach und hatte auch keine Verletzungen. Ich hielt Brian fest. Er war zu klein, um sich an dem Wrackteil richtig festzuhalten. Das Wasser war kalt, und es gab auch keinen heißen Strand, wo wir uns aufwärmen konnten. Wir wurden von den Wellen hin und her geworfen, und Mark ging unter, trotz seiner Schwimmweste. Ich versuchte ihn über Wasser zu halten und Brian gleichzeitig nicht runterrutschen zu lassen. Da bemerkte ich, dass Sheila verletzt war und ebenfalls meine Hilfe brauchte. Ich rief ihr zu, sie sollte aushalten und dass Hilfe unterwegs wäre. Aber wir waren die Letzten, die aufgebrochen waren, und die Fähren hatten natürlich wegen der Wetterlage längst den Betrieb eingestellt."

Er räusperte sich. „Ich hab mich abgewandt, weil ich Mark besser zu fassen bekommen wollte, und als ich mich wieder umdrehte, war sie verschwunden. Ich habe sie nie wiedergesehen."

„Finn ..."

„Ich konnte nicht nach ihr suchen, ihr nicht helfen. Ich hatte die Jungen. Alle beide. Brian rutschte immer wieder vom Rumpf, der auch immer mehr auseinander brach. Mark klammerte sich an mich, aber er ging immer wieder unter, und mir war klar ..." Er schluckte. „Mir war klar, dass ich sie nicht beide retten kann."

Peggy zog sich der Magen zusammen. Ihr wurde übel, aber wenn sie schon allein beim Zuhören so empfand, wie musste es Finn wohl in den letzten zwei Jahren gegangen sein?

„Letztendlich habe ich gar keinen von beiden gerettet", sagte Finn schließlich. „Ich wusste, dass ich mich entscheiden und mit einem von den beiden zum Ufer schwimmen musste. Das war mir mit jeder Faser meines Seins bewusst. Aber ich konnte nicht zwischen meinen beiden Söhnen wählen. Deshalb wartete ich weiter, betete, kämpfte, bis es mit Brian zu Ende gegangen war. Und als ich mit Mark aufbrach, war es für ihn auch zu spät."

„Es tut mir so Leid“, sagte Peggy.

„Ich weiß nicht, warum ich überlebt habe. Ich wusste, dass Mark tot war, hielt ihn aber weiterhin fest. Ich dachte, ich hörte die Wellen ans Ufer schlagen. Bin immer weiter geschwommen, betete um ein Wunder, dann verlor ich das Bewusstsein. Am nächsten Tag bin ich im Krankenhaus aufgewacht. Jemand hatte mich gesehen, ein Rettungsboot ausgeworfen und mich im letzten Moment aus dem Wasser gefischt. Marks Leiche wurde am nächsten Morgen geborgen, als sie ans Land geschwemmt wurde. Brian und Sheila hatte man nie gefunden.“

„Sie müssen das Gefühl gehabt haben, dass Ihr Leben zu Ende ist.“

„Ich wünschte nur, es wäre so gewesen. Ich hatte einen Rettungsschwimmer, aber ich war nicht in der Lage, die Menschen vor dem Ertrinken zu bewahren, die ich am meisten geliebt habe. Ich bin Wissenschaftler. Ich wusste genau, was ich zu tun hatte, mir waren die Fakten klar, auch wenn ich schreckliche Angst hatte, aber ich konnte nicht handeln.“

Peggy stand auf und stellte sich neben ihn an den Rand der Klippe, doch sie achtete darauf, ihn nicht zu berühren. Sie wusste, dass er das jetzt nicht gewollt hätte. „Haben Sie deshalb den Arztberuf aufgegeben? Weil Sie sich dafür bestrafen wollten, dass Sie sich wie ein Vater verhalten haben und nicht wie ein Mediziner?“

Er sagte eine Weile nichts, als würde er drüber nachdenken, ob er fortfahren sollte. Als er schließlich weiterredete, klang seine Stimme müde.

„Ich habe meine Praxis zeitweise geschlossen, solange ich mich körperlich erholen musste. Ich habe drei Beerdigungen vorbereitet. Unser Haus musste ich verkaufen und mit Bridie in die Stadt ziehen. Und nach sechs Wochen begann ich wieder zu arbeiten. Mein erster Patient war ein kleiner Junge. Er erinnerte mich ein bisschen an Brian. Das Kind hatte eine Wucherung am Rücken, lediglich eine Art Leberfleck, wie sich später herausstellte. Aber ich habe nur darauf gestarrt, unfähig zu entscheiden, was zu tun wäre. War es bösartig? Sollte man ihn dafür in die Stadt schicken, damit sich ein Spezialist das ansieht? Schließlich überwies ich ihn nach Castlebar, weil ich nicht mehr zwischen einem einfachen Muttermal und einem Tumor unterscheiden konnte. Dann kam der nächste Patient. Es war ein Mädchen mit Halsschmerzen. Ich wusste nicht, wie ich dieses Mädchen behandeln sollte. Ich dachte an all die Teenager, die an Halsschmerzen gestorben waren, an resistente Bakterien, Komplikationen. Ich entschuldigte mich und schickte sie zu jemand anders, der sie untersuchen sollte.

Beim dritten Patienten handelte es sich um einen Notfall, ein Mann, den ich seit Jahren kannte, der über Magenschmerzen klagte und leichtes Fieber hatte. Schlechte Muscheln, wie sich nachher herausgestellt hatte, aber ich war sicher, dass er stirbt und ich ihn wahrscheinlich auch auf dem Gewissen hätte, wenn ich ihn nicht auf dem schnellsten Weg ins Krankenhaus brachte."

„Finn ..."

Er schüttelte den Kopf. „An dem Tag hab ich zugemacht, für immer. Muss einem die Wahrheit noch öfter vor Augen geführt werden? In einem Notfall, wenn es am wichtigsten ist, bin ich nicht in der Lage, Entscheidungen zu treffen. Ich kann nicht handeln, selbst wenn davon das Leben anderer abhängt. Und jetzt will ich es erst gar nicht mehr versuchen."

Der letzte Satz sagte am meisten. Von allem, was Peggy bisher gehört hatte, war Finn ein exzellenter Arzt, er hatte bei den seltensten Symptomen treffende Diagnosen gestellt, oft in kürzester Zeit. Er hatte nie die Hoffnung aufgegeben, die richtige Behandlung zu finden, bevor nicht ganz klar war, dass es keine gab. Aus ganz

Westirland waren Patienten nach Shanmullin zu ihm in seine Praxis gekommen, weil er der beste Arzt war und der einfühlsamste.

„Sie wissen, dass Heilung seine Zeit dauert“, sagte sie. „Als Arzt sollten Sie das wissen. Sechs Wochen waren nicht genug.“

„Keine Zeit wird jemals dafür ausreichend sein. Ich habe mir an diesem Tag nicht getraut, und ich tue es heute auch nicht. Ich habe angefangen zu trinken. Sechs Wochen später wachte ich auf und stellte fest, dass ich auch Bridie verlieren kann. Irene half mir, das zu erkennen, also blieb ich für Irene und Bridie nüchtern, und ich werde es weiterhin bleiben. Aber das würde ich nicht, wenn ich diese täglichen Entscheidungen fällen müsste, die ich vorher so einfach gehandhabt habe. Wenn ich am meisten gebraucht werde, kann ich nicht reagieren.“

„Sie haben reagiert, Finn. Sie haben eine Entscheidung getroffen und versucht, Ihre beiden Kinder zu retten. Wären Sie denn damit klargekommen in Ihrem Leben, wenn Sie anders gehandelt hätten?“

Er drehte sich um. Im Mondlicht konnte sie sehen, wie blass er war. „Komme ich denn jetzt mit meinem Leben klar? Ich weiß es nicht mehr.“

Sie dachte an Kieran, der es nicht zugelassen hatte, dass sie ihn tröstete. Finn ging es sicher genauso. Trotzdem strich sie ihm über die Wange. Er schloss die Augen, aber er wich ihr nicht aus.

Es war ein Anfang.

16. KAPITEL

Megan wachte von einem Alptraum auf, in dem sie Niccolo durch einen Eisenbahntunnel gejagt hatte. Ein Zug näherte sich von hinten. Sie konnte das Klicketi-Klack der Räder hören, schneller und schneller, das Signalhorn schrillte mit einem durchdringenden Ton. Sie rief Niccolo zu, von den Schienen zu gehen, aber er verstand sie nicht, egal wie laut sie schrie.

Sie setzte sich abrupt auf, ihr Herz klopfte wie verrückt in der Brust. Hektisch schnappte sie nach Luft.

„Ist alles in Ordnung?" Niccolo setzte sich ebenfalls auf und legte ihr den Arm um die Schultern. „Immer ruhig, ich bin bei dir."

„Verdammt, das warst du aber nicht. Du bist ... du bist vor mir gelaufen. Und hast mich nicht gehört."

„Das war ein Traum. Nur ein Traum."

Sie wusste, was ein Traum war. Das war keiner gewesen. Es war eine offensichtliche Warnung, wie eine Schleuse, die sich öffnete, ein Flehen, das kein Traumsymbol-Lexikon benötigte, sie möge sich ihrer Eheprobleme bewusst werden und sie angehen. Deutlicher hatte sich ihr Unterbewusstsein nicht melden können, das nächste Mal würde es ihr einen Schlag auf den Kopf versetzen.

„Du wolltest nicht von den Schienen runtergehen, und ein Zug kam angerast. Ich habe immer wieder nach dir gerufen, aber du hast mich nicht gehört."

Er küsste sie auf die Wange. „Bleib hier sitzen. Ich bring dir Kaffee. Das Koffein wird deinen Kopf wieder klären."

Er war draußen, bevor sie darauf reagieren konnte. Der gute alte Nick kümmerte sich um sie, so wie er sich um jeden kümmerte. Sie hatte ihm etwas zu tun gegeben, ein Problem zum Lösen, und das mochte er am liebsten.

Sie war wütend auf jemand, wusste nur nicht genau, auf wen

eigentlich. Wann hatte sich das Problem zwischen ihnen so ausgebreitet, dass es jede Stunde ihres Lebens ausfüllte? Wenn sie wach war, konnte sie rational sein – meist jedenfalls. Niccolo hatte eine Menge um die Ohren. Die Steine benötigten dringend noch weitere Unterstützung, wenn die Organisation seine Möglichkeiten voll ausschöpfen sollte. Die Renovierungsarbeiten am Saloon nahmen jeden Tag viele Stunden in Anspruch, und Niccolo stand unter dem Druck, sie so schnell wie möglich zu beenden, so dass Megan das Lokal wieder öffnen und Marco nach Hause geschickt werden konnte. Der Unfall im Tunnel hatte wieder einen neuen Schwall von Interesse an dem Bild an der Wand gefördert, und Leute, die es vorher nicht beachtet oder Witze darüber gemacht hatten, waren plötzlich angeheizt, um eine Tour zu bitten.

Zum Glück für Megan hatte die Stadtverwaltung den Tunnel schließen lassen. Leider konnte er sofort wieder geöffnet werden, nachdem die Reparaturen an der Decke fertig gestellt waren. Natürlich nicht, um Geschäfte zu machen, aber Niccolo wurde gesagt, dass niemand den Saloon schließen lassen würde, wenn jemand eine Führung wünschte. Schließlich sei der unterirdische Gang bautechnisch in Ordnung und ein Stück lokaler Geschichte.

Und unglücklicherweise *machte* er auch Geschichte.

Sie lehnte sich gegen die Kissen, nachdem sie sich schnell noch Niccolos geschnappt hatte, und machte es sich bequem. Wenn sie sich vor einen fahrenden Zug stellte, um ihn zu schützen, konnte er schließlich auch etwas für sie tun.

Ein paar Minuten später stieß er die Tür auf, Kaffee und den „Plain Dealer“ in der Hand. „Bitte sehr.“

Er hatte nur eine Tasse. Die Zeitung war unter seinen Arm geklemmt, sodass er eine Hand frei hatte. „Und wo ist deine Tasse?“ fragte sie.

„Ich habe Iggy versprochen, heute früh bei ihm vorbeizusehen. Er will was mit mir besprechen. Ich werde mit ihm Kaffee trinken."

Sie fühlte Ärger aufkommen. „Es ist noch nicht mal sieben."

„Bis ich geduscht und mich angezogen habe, wird es schon so spät sein. Und er ist Frühaufsteher. Außerdem habe ich einen vollen Tag."

„Das ist ja nicht ungewöhnlich." Die Worte kamen ziemlich schneidend, aber er schien es nicht zu bemerken.

Er reichte ihr die Tasse und die Zeitung. Er hatte sie in die Geheimnisse der richtigen Kaffeezubereitung eingeführt, sodass sie jetzt nichts anderes mehr akzeptierte. Er war dunkel geröstet, mit Sahne und einem Haufen Zucker. Seit der ersten Tasse, die sie zusammen getrunken hatten, wusste er, wie sie ihn gern trank.

„Worum geht es bei der Besprechung?" erkundigte sie sich. „Oder ist es einfach nur eine Diskussion zwischen Priestern?"

Wieder schien er für ihren scharfen Ton unempfänglich. „Iggy hat keine Einzelheiten genannt. Aber ich denke, es hat was mit dem Tunnel zu tun."

„So wie mein Traum."

Sie beobachtete, wie er einen Blick auf die Uhr neben dem Bett warf. Am liebsten hätte sie das Ding vom Nachttisch gefegt.

Niccolo setzte sich aufs Bett. Er trug Pyjamahosen, aber nie ein Oberteil. Seine breite Brust war mit weichem dunklen Haar bedeckt, das bis zum immer noch flachen Bauch hinunter wuchs. Sein Anblick nahm ihr den Atem. Meist.

„Erzähl mir genau, was du geträumt hast."

Sie hatte erreicht, was sie wollte, aber in diesem Moment musste sie an das Sprichwort denken, dass man vorsichtig mit seinen Wünschen sein sollte. Denn manchmal war es ein Fluch, wenn man tatsächlich das erhielt, was man sich ersehnt hatte.

„Ein Zug raste von hinten auf uns zu. In einem Tunnel, natürlich. Du warst vor mir. Ich hab dich aber nicht eingeholt. Ich konnte dich nicht warnen."

„Du ersparst uns eine Menge Geld für die Psychoanalyse, was, Megan?"

„Ich hab nie viel von solchen symbolischen Bedeutungen gehalten." Sie stellte die Tasse auf dem Nachttisch ab. „Ich bin mehr dafür, Klartext zu reden."

„Wir reden nicht miteinander, und du kannst mich nicht erreichen."

„Das drückt die Sache ganz gut aus."

Er fuhr sich mit den Fingern durchs Haar, eine typische morgendliche Geste, eine von vielen, die sie lieben gelernt hatte. Heute Morgen fand sie sie ärgerlich. Es kam ihr vor, als baute er so eine Barriere zwischen ihnen auf, räumte sich so genug Zeit ein, um nachzudenken, bevor er ihr auf ruhige, vernünftige Art erklärte, dass sie übertrieb.

„Ich weiß, dass ich zu viel gearbeitet habe", sagte er, als er endlich alle Haare durcheinander gebracht hatte. „Ich weiß nicht, wie ich es ändern sollte."

„Ich dachte, als die Decke runtergekommen ist, hätte sich das mit dem Tunnel für dich erledigt. Stattdessen gibt es nun noch mehr Reparaturarbeiten auf deinem Plan. Und es scheinen unendlich viele Leute über die Geschichte reden zu wollen, wie die Jungen bei dem Unfall davongekommen sind."

„Ich weiß."

„Nick, ich bin echt ein bisschen verzweifelt. Wir sollten eigentlich unser gemeinsames Leben beginnen, aber du bist ständig weg."

Er starrte sie an, als hätte sie chinesisch gesprochen. „Ich bin beschäftigt. Ich bin nicht ständig weg. Jeden Abend komme ich nach Hause."

„Und schließt dich ein, um dich über Kosten und Pläne und Unterstützungsanträge zu stürzen."

Wieder fuhr er sich durchs Haar. Am liebsten hätte sie ihm auf die Finger geklopft.

„Ich weiß, das ist alles wichtig für dich", zischte sie. „Ich versuche es zu verstehen."

„Ich muss mehr Geld für die Steine bekommen. Die einzige Möglichkeit, mich mit den Anträgen zu beschäftigen, habe ich abends, wenn ich von der Arbeit komme. Den ganzen Tag arbeite ich am Saloon. Und der Einsturz hat mich einmal mehr als alles andere davon überzeugt, dass wir mehr Mittel benötigen. Ich versuche zu viel zu tun ..."

„Allerdings."

Er ging nicht darauf ein. „Und ich versuche, es allein zu schaffen. Aber wir laufen auf kleiner Flamme. Entweder muss ich das Programm beenden, oder ich bekomme finanzielle Hilfe, um noch jemanden einzustellen, oder ich arbeite weiter wie verrückt. Ich versuche es auf die Art, die mir möglich ist, zum Erfolg zu führen."

Ein leises Schuldgefühl stieg in ihr auf, aber der Ärger siegte. Sie versuchte, rational zu denken. „Und du reparierst den Saloon für mich. Ich weiß. Es ist einfach nur, dass ..."

„Was? Er stand auf und blickte erneut auf den Wecker. „Was kann ich machen? Gib mir nur einen guten Tipp. Ich werde es tun. Was immer es sein sollte."

„Vergiss die Arbeiten im Tunnel. Schließ ihn endgültig ab und vergiss ihn. Vielleicht später mal, wenn alles fertig ist und der normale Betrieb wieder angefangen hat ..."

„Bis dahin ist das Bild verschwunden. Es hat wahrscheinlich nur eine kurze Existenz. Wenn wir erst mal die Leitungen repariert haben ..."

„Das Bild ist mir völlig gleichgültig. Lass es austrocknen.

Richtige Wunder verschwinden nicht einfach, wenn man undichte Stellen stopft. Das kannst du den Leuten erzählen. Dann gehen sie. Und wir kehren zur Normalität zurück."

„Ich will dich nur darauf hinweisen, dass hinter uns kein Zug kommt. Ich kann dich sehr gut verstehen."

Es war ihr nicht aufgefallen, dass sie lauter geworden war, aber sie ärgerte sich, dass er sie darauf hinwies, statt auf das einzugehen, was sie gesagt hatte. „Du hörst die Worte und den Tonfall, aber was ich damit sagen will, scheinst du nicht zu verstehen."

„Ich höre, dass du Forderungen stellst. Und ich habe die Nase voll von Forderungen. Ich fürchte, ich kann keine mehr erfüllen. Jedenfalls nicht mehr heute Morgen. Nicht, wo ich noch so viel zu tun habe. Und jetzt muss ich los."

Sie sah ihm nach, wie er im Bad verschwand. Vorsichtig nahm sie die Kaffeetasse vom Nachttisch, bevor sie ihrem Ärger Luft machte und dagegen schlug.

Der Wecker hatte nicht so viel Glück.

Iggy stellte eine Tasse Kaffee vor Niccolo hin. „Der Erzbischof ist gar nicht glücklich."

Niccolo sah schweigend zu, wie Iggy sich selbst Kaffee einschenkte. Sein alter Freund hatte bereits einen Teller mit frisch gebackenen Brioche serviert, die ein dankbares Gemeindemitglied an diesem Morgen vorbeigebracht hatte. Die Pfarrhausküche war hell und freundlich und, das Beste von allem, die Haushälterin, eine mürrische Frau, die jeden Krümel und jede Kalorie zählte, war schon nach Hause gegangen.

Er wartete, bis Iggy genießerisch an seinem Kaffee nippte, bevor er antwortete. „Ich habe nie verstanden, warum jemand so gern in der Kirchenhierarchie aufsteigen möchte."

„Natürlich nicht. Die Hierarchie hat dich nie interessiert. Das ist einer der Gründe, warum du jetzt verheiratet bist. Obwohl ich annehme, das ist auch eine Art Hierarchie, was?"

Niccolo dachte an Megan und ihre Forderungen an diesem Morgen. Er schämte sich für seine Reaktion, aber er wusste auch nicht genau, wie er reagiert hätte, wenn man ihm noch eine zweite Chance geben würde.

„Was ist denn diesmal das Problem?" Niccolo bestrich sich ein Brötchen mit Butter, während Iggy nachdachte.

„Nun, es ist das Gerede von den Wundern", sagte Iggy dann. „Obwohl, das ist natürlich nicht alles. Er behauptet, es wären die Gerüchte. Die Kirche hatte in letzter Zeit zu viele Public-Relation-Albträume. Es wäre ihm lieber, wenn wir in den Zeitungen nicht wie eine Horde von Verrückten erscheinen würden. Das ist ja zu verstehen."

„Ich nehme an, wenn das Bild in einer Kirche oder karitativen Organisation erschienen wäre, sähen wir besser aus", erwiderte Niccolo. „Aber Maria, die ihren Weg in einen alten Schmuggler-Tunnel findet, ist ziemlich weit hergeholt."

„Die Gerüchte sind eine Sache. Den Glauben auf die Probe stellen ist eine andere. Ein Ereignis wie dieses ist wie ein Rorschach-Test für Gläubige. Sieh auf die Wand, und was kannst du erkennen? Die Jungfrau streckt ihre Arme aus und bittet dich ins Reich Gottes zu kommen? Oder einfach nur ein hässlicher Wasserfleck?"

„Was hat er denn genau gesagt?"

„Ich soll mein Bestes tun, um die Gerüchte verstummen zu lassen."

Das überraschte Niccolo nicht. Er hätte anstelle des Erzbischofs sicher das Gleiche gesagt. „Und was hat er vorgeschlagen?"

„Dass ich meinen gesunden Menschenverstand benutzen soll." Iggy nahm sich ein zweites Brötchen und seufzte dabei genießerisch. „Er ist zu schlau, um mir zu sagen, wie ich genau vorgehen soll. Oder um auch nur Vorschläge zu machen."

„Mit anderen Worten, er weiß sich keinen Rat."

Iggy lächelte. „So hätte ich das natürlich nicht ausgedrückt."

„Hast du darüber nachgedacht?" Niccolo wusste nicht, warum er die Frage gestellt hatte. Zweifellos hatte Iggy darüber nachgedacht. Deshalb saß er ja hier zum Frühstück im Pfarrhaus.

„Hast du jemals versucht, ein schreiendes Kind zu beruhigen?"

„Ich hab Neffen und Nichten."

„Ich auch. Und dazu auch noch Dutzende von Großneffen und -nichten. Nicht einer von denen achtet auch nur im Geringsten auf mich."

„Aber von denen hast du gelernt ...?"

„Sag einem Kleinkind, es soll nicht schreien, dann brüllt es umso lauter. Leg deine Hand auf seinen Mund, dann beißt es."

„Du hast nie im Leben einem Kleinkind den Mund zugehalten. Niemals."

„Aber wenn ich's getan hätte, wäre das so gewesen. Das Gleiche passiert mit Leuten, die Gerüchte verbreiten. Sag ihnen, sie sollen es sein lassen, dann schreien sie noch lauter."

„Tadel sie, verweise sie, dann beißen sie dir in die Hand."

„Genau." Iggy verdrehte die Augen vor Genuss, als er den ersten Bissen nahm. Aus Erfahrung wusste Niccolo, dass er nicht viel mehr essen würde.

„Was exakt schlägst du denn vor, was man tun könnte?" wollte Niccolo wissen.

„Ich denke, wir müssen das offen und ehrlich diskutieren. Langweile sie zu Tode mit theologischen Auslegungen. Wenn du darüber debattierst, wie viele Engel auf dem Kopf einer Stecknadel tanzen können, und das lange genug, dann siehst du keine kreisenden Bewegungen mehr. Sie verschwinden. Puff."

„Und wer hat dich darum gebeten, darüber zu diskutieren?" Niccolo hatte schon sein zweites Brötchen angefangen zu essen, doch jetzt machte er eine Pause, lehnte sich zurück und sah seinen Freund an. „Denn darum geht es doch, oder?"

„Natürlich."

„Und?"

„Nachrichtensender 5 am Mittag. Du bist auch eingeladen. Ich habe bereits für mich zugesagt. Du kannst selbst entscheiden, ob du willst oder nicht."

Niccolo ging in Gedanken die Vor- und Nachteile durch. Wenn Iggy die Einladung angenommen hatte, dann hatte der Fernsehsender sicher nicht vor, sie zu verreißen. Wahrscheinlich war es ein Thema von lokalem Interesse und eine gute Gelegenheit, einige der wildesten Gerüchte zu entschärfen. Gestern wurde er gefragt, ob es im Tunnel tatsächlich nach Rosen duftete und ob es stimmte, dass ein Schein von unsichtbaren Kerzenlichtern das Bild beleuchtete.

„Du findest, ich sollte es machen, oder?" fragte er schließlich.

„Auf jeden Fall finde ich das. Wir beantworten Fragen über den Tunnel, und dann bringst du das Thema auf die Steine. Das ist deine Gelegenheit für gute Publicity. Vielleicht kannst du dabei sogar einen neuen Spender finden."

„Der Unfall hat klargemacht, dass mehr Unterstützung notwendig ist, das ist sicher. Ich weiß nicht, wie lange wir noch so weitermachen können wie jetzt. Mir macht die Arbeit nicht so viel aus, aber Megan stört es." Er wusste nicht, warum er das jetzt gesagt hatte, und bereute seine Worte sofort.

„Ganz schön selbstsüchtig, unsere Megan." Iggy biss in sein Brötchen.

Niccolo fühlte sich sofort zurechtgewiesen. Megan war alles andere als selbstsüchtig. Sie hatte den größten Teil ihres Lebens ihrer Familie gewidmet und sich niemals beschwert. Die Tatsache, dass sie tatsächlich einmal etwas für sich selbst fordern könnte, bedeutete doch nur, dass sie seelisch gesund war.

Und ein Zeichen dafür, dass sie ihn liebte.

„Ich mache es“, sagte Niccolo. „Ich rufe beim Sender an und sage zu.“

Iggy griff in die Tasche und reichte Niccolo ein Stück Papier. „Nummer und Name meiner Kontaktperson. Sie wollen uns am Freitag.“

„Wo ich schon mal hier bin. Ich wollte dich noch um einen Gefallen bitten.“ Niccolo dachte immer noch an seine Megan. „Für meine Frau.“

„Nur zu.“

Niccolo hatte Iggy die Geschichte von Irene Tierney erzählt. Iggy wusste, dass Peggy in Irland im Tierney Cottage wohnte und dass sie Irene versprochen hatte, Recherchen über Liam Tierneys Leben in Cleveland anzustellen. Er berichtete ihm, was Megan bisher herausgefunden hatte.

„Aber sie kommt jetzt an diesem Punkt nicht weiter“, beendete Niccolo seinen Bericht. „Sie hat nicht die Zeit, die ganzen Mikrofilme einzeln durchzugehen. Das könnte Monate dauern. Deshalb habe ich mich gefragt, ob es vielleicht etwas bringt, wenn man die Kirchenarchive überprüft, um zu sehen, ob da irgendwo ein Tierney auftaucht.“

„Du hattest letztes Mal, als du Informationen brauchtest, zweifellos eine Menge Glück.“

Niccolo wusste, worauf sich Iggy bezog. Um Details über einen Mord in der Vergangenheit der Donaghues herauszufinden, hatte Niccolo vor zwei Jahren das Tagebuch eines früheren Priesters der St. Brigid’s, Pater Patrick McSweeney, gelesen, das tatsächlich die Antworten auf seine Fragen enthalten hatte.

„Ich erwarte keinesfalls, wieder so viel Glück zu haben“, räumte

Niccolo ein. „Obwohl es schade ist, dass McSweeney seine Tagebücher nicht weitergeführt hat. Er war vielleicht sogar in der Zeit in St. Brigid's, als Liam Tierney mit seiner Familie hier war, zumindest für eine Zeitspanne."

„Es gibt keine weiteren Tagebücher, jedenfalls haben wir keine gefunden. Aber wir haben Briefe, die ihm seine Schwester in den zwanziger Jahren geschrieben hat."

„Ihre Briefe?"

„Natürlich nur ihre, seine sind ja nach Irland geschickt worden." Iggy lächelte. „Schreibe niemals einem Priester. Wir heben alles auf und sammeln es."

„Ich könnte wetten, die sind interessant. Eine Seite der Korrespondenz ..."

„Ist besser als gar nichts? In diesem Fall schon. Obwohl es ein Problem dabei gibt. Sie sind in Irisch."

„Gälisch?"

„Richtig. Manchmal von Zeit zu Zeit etwas Englisch, sie war also offensichtlich bilingual. Wahrscheinlich hat sie ihm in Irisch geschrieben, damit er es nicht vergisst. Sie war eine ziemlich nationalistisch eingestellte Frau. Ein paar haben wir davon übersetzt, aber nicht alle. Auch schade. Sie bilden ja eine Chronik dieser Zeit. Aber es gibt nur noch wenige hier in dieser Gegend, die das Irische beherrschen."

„Megan kann ein bisschen."

Iggys Augen leuchteten. „Was du nicht sagst."

„Nicht viel, aber genug, um dabei zu helfen. Sie war jahrelang auf dem College und hat hier und da ein paar Seminare absolviert, die ausreichen würden, um einen Abschluss zu machen, wenn sie das beabsichtigt. Sie wollte nicht Französisch oder Deutsch nehmen, also hat sie drei Semester in einem besonderen Programm Irisch studiert, und sie hat dann für sich selbst noch weitergelernt.

Sie spricht es nicht so gut, dazu braucht man lange Übung mit Muttersprachlern, aber sie könnte die Briefe wahrscheinlich übersetzen. Zumindest so weit, um ungefähr eine Ahnung vom Inhalt zu bekommen. Und im Moment hat sie so viel Zeit, dass sie nicht weiß, was sie damit anfangen soll."

„Warum kopierst du die Briefe nicht und nimmst sie mit nach Hause? Erkundige dich, ob sie Interesse hat."

„Das mache ich. Und könnte ich durch den Bibliotheksbestand des Pfarrhauses gehen und sehen, ob irgendwo ein Liam Tierney auftaucht?"

„Es steht dir alles zur Verfügung, und das Archiv daneben auch." Iggy stand auf.

Niccolo freute sich bis zu dem Moment, als Iggy ihn in der Bibliothek allein zurückließ, nachdem er ihm eingeschärft hatte, die Tür wieder hinter sich zu schließen, wenn er ginge. St. Brigid's brauchte eine Fachkraft, die sich um die Überfülle des Informationsmaterials auf den Regalen kümmerte und es ordnete und katalogisierte. Einige der Dokumente waren an die Historische Gesellschaft gegangen, aber das meiste befand sich noch hier. Iggy suchte ständig nach ehrenamtlichen Helfern, die ihm dabei zur Hand gingen, aber für die meisten Leute waren andere Arbeiten in der Gemeinde wichtiger als die Geschichte.

Niccolo ging durch die Regale und erkannte, wie sinnlos das war. Der größte Teil der Unterlagen war noch nicht einmal nach Datum sortiert, und er wusste, dass noch weitere Dokumente in Truhen und Kisten existierten, die im Abstellraum lagerten. Er hatte gehofft, einen Beweis zu finden, dass Liam und seine Frau Mitglieder der Gemeinde von St. Brigid's waren, vielleicht sogar mit einer Adresse oder einem Eintrag über bestimmte kirchliche Feierlichkeiten der Familie oder dem Eintritt in die Gemeinde. Aber die vorsichtige Einsicht in vergilbte Bücher zeigten sich nicht als besonders hilfreich, und er wusste auch, dass die Informationen im Computersystem der Gemeinde noch nicht so weit in die Vergangenheit reichten. Ehrenamtliche arbeiteten daran, aber sie waren noch nicht weiter als bis zu den 70er Jahren gekommen. Und die Eingaben würden schwierig werden, zudem befassten sie sich damit nicht gerade kontinuierlich.

Er verbrachte eine Stunde damit, durch Hauptbücher und Unterlagen zu blättern, bis ihm die Hände wehtaten und er von den vielen verblassten Handschriften alles nur noch verschwommen sah. Er klappte das letzte Buch zu, mit dem er es versucht hatte, und stellte es wieder zurück ins Regal.

Bevor Niccolo in der Bibliothek allein zurückgeblieben war, hatte ihm Iggy, der ein untrügliches Gefühl dafür besaß, wo sich welche Papiere in diesem Chaos befanden, die Briefe von Maura McSweeney an ihren Bruder herausgesucht und ins Gemeindebüro zum Kopieren gebracht. Die Kopien lagen jetzt hier in einem Ordner und warteten darauf, zu Megan gebracht zu werden. Alle Briefe waren chronologisch geordnet, und die obersten hatte man bereits übersetzt.

Niccolo blätterte sie durch. Er hoffte, dass Megan die Schriften interessant fand. Zumindest konnte er ihr sagen, dass er versucht hatte, an Informationen zu kommen, und ihr einen Trostpreis bringen. Damit konnte er womöglich ein paar Pluspunkte sammeln. Was ihm ja mit anderen Dingen, die er in letzter Zeit getan hatte, nicht gelungen war.

Er blätterte den vierten Brief durch, als ihm vom übersetzten Text ein Name ins Auge sprang.

„Liam." Er konnte kaum glauben, dass er es entdeckt hatte. Mit der Kopie ging er näher an eine Leselampe und kniff die Augen zusammen. Die Iren, die er kannte, kamen vom Donaghue-Clan. Dabei gab es keinen einzigen Liam, aber war das nicht ein ziemlich gebräuchlicher Name? Liam Neeson war ein Schauspieler, den er bewunderte. Er versuchte sich an weitere zu erinnern.

Dann las er den Satz laut.

„Du kannst versichert sein, dass ich Deine Sorge um Deine Schafe teile, lieber Patrick. Doch was soll man erwarten? Ein Mann tut das, was möglich ist, um seine Familie zu ernähren, und sollte man ihn dafür verurteilen, dass er ein dummes Gesetz brach, was er nicht gemacht hatte? Dein Liam hat einen Weg gefunden, um für sich zu sorgen. Nun musst du einen Weg finden, um auf ihn Acht zu geben, trotz seiner Entscheidung."

Niccolo wurde jetzt neugierig. Er hatte anfangs nur für Megan einen Blick hineingeworfen, aber dieses sich abzeichnende Drama interessierte ihn. In den Zwanzigern hatten die Gesetzesbrüche meist immer mit der Prohibition zu tun gehabt. Er wusste zweifellos von den Schmugglern. Der unterirdische Gang im Saloon war ein Hinweis darauf.

Er las den Rest des Briefes, aber Maura war zu anderen Themen übergegangen, keines schien mit diesem mysteriösen Liam zu tun zu haben.

Im nächsten Brief wurde sein Name nicht erwähnt.

Im ersten Abschnitt des letzten, der übersetzt worden war, konnte er den Namen, den er suchte, ebenfalls nicht finden, aber ein anderes Wort sprang ihm dafür ins Auge.

„Shanmullin." Er wusste, das war das Dorf, in dem Peggy gerade wohnte, die ursprüngliche Heimat der Donaghues – oder vielmehr der Tierneys – in Irland. Und Lena Tierney Donaghue kam ebenso von dort. Liam war sicher auch aus diesem Dorf.

Er begann nun den Anfang des Briefes etwas aufmerksamer durchzugehen und las den Teil, der ihn interessierte, laut.

„Ein junger Mann aus Shanmullin hätte hier in Irland keine großen Hoffnungen. Eines Tages vielleicht, aber dein Liam hätte hier sehr wenig Gelegenheit gefunden, um seine Familie zu unterhalten."

„Liam ..." Da war sein Name wieder. Und dieser Zusammenhang ließ mit Sicherheit davon ausgehen, dass es sich um Liam Tierney handelte. Vielleicht benutzte Maura McSweeney nur die Vornamen, um die Gemeindemitglieder zu schützen, falls jemand anders den Brief in die Hände bekäme. Ihr Bruder hatte wahrscheinlich das Gleiche getan.

Er überflog die Zeilen und kam zu einem anderen Abschnitt, der seine Aufmerksamkeit erregte.

„Ich muss dem zustimmen, dass ein Gesetz, das so vielen das Leben erschwert, schlimmer ist als gar keines. Wir Iren kennen uns nur allzu gut aus mit Verordnungen, die denen dienen, die bereits wohlhabend und mächtig sind. Die kriminelle Klasse profitiert von Bedürfnissen, die auf legalem Weg nicht befriedigt werden können."

Niccolo war sich jetzt sicher, dass Maura vom Schmuggel und Alkoholhandel sprach. Während der Prohibition waren zu viele Menschen umgekommen, die mit geschmuggeltem Alkohol gehandelt hatten, und auch vom Alkohol selbst. Zu viele zwielichtige Gestalten hatten Millionen verdient, während die ehemaligen Branntweinhersteller ihre Arbeit verloren. War Liam Tierney in den illegalen Handel verwickelt gewesen?

Er las bis zum Ende des Briefes weiter.

„Dein Leben war schon immer von der Kunst durchdrungen, das Gleichgewicht zu erhalten, teurer Bruder. Gottes Wort auszubalancieren mit den Bedürfnissen der Menschen, Deine eigenen Bedürfnisse auszubalancieren mit denen der Kirche. Jetzt scheint es so, als würde sich dies fortsetzen müssen. Du hast Mitglieder in Deiner Gemeinde aus allen Sparten dieses traurigen Geschäfts. Dein Tim, der sich sein eigenes Glück schmiedet und alle bedroht, die ihm dazwischenfunken. Dein Glen, der verzweifelt versucht, ein dummes Gesetz zu verteidigen, das nichtsdestoweniger ein Gesetz ist. Und nun Dein Liam, der für die sorgen möchte, die er liebt. Nur allzu oft ist das Leben so, oder nicht? Und es gibt keine einfachen Antworten dafür."

Niccolo fragte sich, wer all diese Leute wohl waren. Tim? Glen? Er verspürte tiefstes Mitgefühl für Pater McSweeney, der wohl gehofft hatte, in den Jahren seiner Pension Zeit zum Nachdenken und Ruhe zu finden und sich nun stattdessen solchen Anstrengungen ausgesetzt sah.

Er schloss den Hefter. Wenigstens hatte er etwas, um es Megan zu präsentieren. Er hoffte, sie würde registrieren, dass er an diesem Morgen an sie gedacht hatte.

1925
Castlebar, County Mayo

Mein lieber Patrick,
Du schreibst über die Anzahl der Polizisten in deiner Gemeinde und wie die jungen irischen Männer praktisch gezwungen werden, dem Gesetz Geltung zu verschaffen. Seltsam tatsächlich für jene, die in ihrem Land wenig Macht besitzen und deren ländliches Leben so wenig mit den Hintergassen und verlassenen Grundstücken der Großstädte zu tun haben. Und doch sind wir ein geselliges Völkchen. Ich lese Geschichten von amerikanischen Farmen, von deren riesigen Ausmaßen und großen Entfernungen zum Nachbarn, und ich verstehe sehr gut, warum meine Landsleute sie so wenig ansprechend finden. Wir haben mitbekommen, wie auf unserem Land während der Hungersnot Terror und

Leid blühte, und wir trauen dem Land nicht mehr. Stattdessen siedeln wir uns in Amerikas Städten an, wo unsere starken Rücken und rauen Hände gebraucht werden, und unsere eigenen Leute stehen über uns. Vielleicht werden wir nicht auf Grund unseres Mutes und unserer Intelligenz geschätzt, aber wir werden angeheuert wegen der Bereitschaft, Arbeiten zu übernehmen, die niemand anders tun möchte, Arbeit, die verlangt, die Befehle anderer auszuführen, die wenig Ausbildung erfordert und schlecht bezahlt wird.

Wenn wir schon nichts gelernt haben, teurer Bruder, dann doch den Zusammenhalt untereinander. Wir sprechen mit einer Stimme, organisieren uns und marschieren nebeneinander und bieten denen eine helfende Hand, die wie wir sind. Auf diese Weise haben wir bisher überlebt und werden es auch weiterhin tun.

Für mich ist es nicht überraschend, dass es so viele Polizisten und Feuerwehrleute in der Gemeinde von St. Brigid's gibt. Wir sind durch die Jahre des Leidens erzogen worden, zusammen für Gerechtigkeit zu kämpfen. Ist das nicht genau die Art von Job, für die so viele Iren geradezu geschaffen sind?

Deine Dich liebende Schwester
Maura McSweeney

17. KAPITEL

Brenna weigerte sich zuerst, ihren Job aufzugeben. „Ich traue diesem Timothy McNulty nicht", sagte sie zu Liam. „Ich habe von ihm gehört, musst du wissen. Er gibt der Kirche und Gemeinde Geld mit der einen Hand und schnappt sich, was er kann, mit der anderen. Er ist ein Dieb und ein Lügner, und die Tatsache, dass er Ire ist, macht da überhaupt keinen Unterschied. Sieh doch nur mal, was seine Männer mit dir angestellt haben. Meinst du denn nicht, sie würden es sofort wieder machen, wenn sie glauben, dass du ihnen in die Quere kommst?"

Liam hatte erst überlegt, ob er Brenna anlügen und behaupten sollte, dass McNulty die anderen Männer davon abgehalten hatte, ihn zusammenzuschlagen, und ihm dann einen Job angeboten hatte, weil er so mutig war. Aber zu viele Leute waren in der Nähe gewesen und hatten den Vorfall beobachtet. Brenna hätte sicher die Wahrheit herausgefunden und wäre wütend auf ihn gewesen.

„Er ist ein harter Typ", musste Liam zugeben. „Aber er hat mich auf die Probe gestellt. Jetzt weiß er, dass ich jemand bin, der Sachen für sich behält, jemand, dem er vertrauen kann."

„Und du vertraust Timothy McNulty? Einem Schwarzhändler? Einem Alkoholschmuggler?"

„Kannst du denn behaupten, dass so was falsch ist? Die Leute wollen ein zwei harmlose Drinks, und auf anderem Weg können sie's nicht bekommen. Irgendeiner verdient immer an unsinnigen Gesetzen. Wer kann das besser beurteilen als ein Ire? Jetzt werde ich mal zu denen gehören, die das Geld machen."

Nichts, was sie sagte, würde seine Meinung ändern. Sie war weiterhin zur Arbeit gegangen, hatte Irene jeden Morgen zu einer Nachbarin gebracht und immer wieder nachdrücklich verkündet, wenn sie jung zur Witwe gemacht würde, könne sie genauso gut schon mal dafür sorgen, dass sie einen Job hätte, der sie und ihre Tochter ernährte. Nach sechs Monaten kam sie jedoch eines abends nach Hause, erklärte, dass sie gekündigt habe und am Wochenende die Arbeit aufgebe.

„Irene braucht ihre Mutter", war alles, was sie dazu sagte. Liam wusste es besser, als in sie zu dringen.

Es überraschte ihn, wie normal sein Job eigentlich war. Er fuhr mit verschiedenen anderen Männern in einem Auto, das McNulty überallhin folgte. Er stand mit verschränkten Armen vor den unterschiedlichsten Gebäuden, in denen McNulty seine Zusammentreffen hatte. Wenn er dazu aufgefordert wurde, lud er Kisten von ungewisser Herkunft in Autos, Lieferwagen oder Boote, stellte keine Fragen und erhielt keine Erklärungen. Er wischte den Boden in dem Eisenwarenladen unter McNultys Büro, manchmal bediente er Kunden, manchmal trug er Tüten für Käufer.

Er erhielt einen regelmäßigen Lohn, der genauso gut war wie der in der Fabrik. Man hatte ihm keine Waffe gegeben und keine Anweisungen, Geheimes für sich zu behalten. Er war gleichzeitig erleichtert und beunruhigt. Er hatte nicht die Absicht, sein Leben aufs Spiel zu setzen, hoffte aber auf einen Job mit Zukunft. Seine Zukunft, so schien es, war ein Leben voller handwerklicher Arbeit.

Drei Monate nachdem er McNultys Angebot angenommen hatte, befand er sich unten im Eisenwarenladen und machte Inventur mit dem Geschäftsführer, als Jerry, der hünenhafte Schlägertyp, der Liam verprügelt hatte, nach unten kam und mit dem Finger auf ihn zeigte. „Der Boss will dich sehen."

Liam würde sich in Jerrys Gegenwart nie wohl fühlen, aber die beiden Männer hatten eine stillschweigende Übereinkunft. Er war nicht so dumm, sich in McNultys Geltungsbereich Feinde zu machen. Wenn er jemals mit einer wichtigen Aufgabe betraut würde, brauchte er diese Männer, damit sie ihm den Rücken freihielten. Und Jerry schien kaum etwas, das er für McNulty tat, persönlich zu nehmen. Liam zusammenzuschlagen war einfach Teil seiner täglichen Arbeit gewesen.

Liam staubte sich die Hände ab und folgte Jerry die Treppe hinauf. Er war diese Stufen selten hochgestiegen. Dies war McNultys Privatsphäre, und jeder Mann im Erdgeschoss hatte die Aufgabe, Eindringlinge davon fern zu halten.

Oben am Treppenabsatz gab Jerry ihm ein Zeichen stehen zu bleiben. Liam wartete mit dem Hut in der Hand darauf, dass er den Flur entlang geführt würde. Er stand eine ganze Weile so da, bewegungslos, ohne zu seufzen oder zu stöhnen. Man bezahlte ihn dafür, alles zu tun, was McNulty von ihm verlangte, und wenn er wollte, dass er hier stand, dann tat er das.

Eine halbe Stunde verging, bevor er in McNultys Büro gebracht wurde. Es war erstaunlich ordentlich für einen Mann, der mit so vielen Geschäften jonglierte. Liam fragte sich, ob er noch andere versteckte Büros irgendwo unterhielt, vielleicht sogar im selben Gebäude.

McNulty saß hinter einem Mahagonischreibtisch, der völlig staubfrei war und glänzte. Er blickte nicht auf, als Liam hereinkam, und er nahm auch in den folgenden Minuten keine Notiz von ihm. Stattdessen starrte er auf den Schreibtisch, als hoffte er, dort neue Erkenntnisse zu finden, strich einmal mit dem Finger über die Oberfläche, als wollte er sie für zukünftige Zwecke einteilen. Schließlich blickte er auf. „Gefällt dir dein Job? Verläuft alles zu deiner Zufriedenheit?"

„Ja, Sir. Mir gefällt meine Arbeit."

„Ich habe Gutes über dich gehört."

„Das freut mich."

„Deine Frau ist nicht unzufrieden? Sie beschwert sich nicht bei den Nachbarn?"

„Brenna kommt aus den gleichen Verhältnissen wie ich. Wir haben gelernt, für uns zu bleiben. Die Lektion behält man ein Leben lang."

McNulty lächelte. „Gefällt es dir dort, wo ihr lebt?"

„Es geht, danke."

„Aber du würdest gern irgendwo anders wohnen, wo es besser ist?"

„Alles zur rechten Zeit."

„Ich habe von Anfang an vermutet, dass du ein Mann bist, der sich schnell langweilt. Stimmt das, Tierney?"

„Das hält mich nicht davon ab, meine Pflicht zu tun."

McNulty schien die Antwort zu gefallen. „Du hattest in Irland ein paar Probleme mit dem Gesetz, oder?"

Liam war sicher, dass McNulty über alles Bescheid wusste. Der Mann war nicht dumm. „Das ist wahr."

„Ich mag Männer, die immer das tun, was sie für richtig halten. Männer, die alles für Irlands Zukunft tun. Ich habe einen neuen Job für dich. Du wirst dich dabei nicht langweilen."

„Ich mache das, was Sie von mir verlangen."

„Wir werden dich im Auge behalten."

„Damit hab ich keine Probleme, Sir."

McNulty sah zu Jerry hinüber und gab ihm ein Zeichen hereinzukommen. „Er wird eine Ausrüstung für die Arbeit benötigen. Kümmer dich darum." Mit einem Nicken entließ er Liam.

„Vielen Dank, Sir", sagte Liam. Den Hut immer noch in der Hand, folgte er Jerry hinaus in den Flur, bevor er seine Kopfbedeckung wieder aufsetzte.

„Schon mal mit einem Revolver geschossen?" erkundigte sich Jerry, als sie die Treppe hinuntergingen.

„Du wärst überrascht darüber, was ich schon so alles gemacht habe. Ich wüsste nicht, was ich zuerst erzählen sollte."

Die Möglichkeiten, alkoholische Getränke herzustellen, unterschieden sich beträchtlich, je nachdem, welche Grundstoffe zur Verfügung standen. Aber Fässer mit purem Alkohol, der destilliert werden, schmackhaft gemacht und zu horrenden Preisen verkauft werden konnte, gingen mit hohen Gewinnen weg. Die meiste Arbeit war getan, wenn man den puren Alkohol durch Gärung aus Wasser, Hefe und Zucker hergestellt hatte. Und das machte ihn zu einer begehrten Ware, für die es sich zu kämpfen lohnte.

„Ich sag dir jetzt, was du wissen musst“, kündigte Jerry an. Er und Liam waren die Dritten in einer Reihe von Autos, die in die Nachbarschaft von Woodland Richtung East Side in die 25th fuhren, die in der Gegend als Schmugglertreff bekannt war. „Squeaky Frank Donatone steht im Clinch mit McNulty. Aus irgendeinem Grund denkt er, McNulty will sich in seine Geschäfte einmischen. Also mischte er sich in McNultys und schnappte sich am Montag zwei Dutzend Fässer aus unserem Lager. Wir werden nun den Gefallen erwidern. Verstanden?“

Liam war klar, dass er sonst ein Trottel wäre und es nicht wert, etwas anvertraut zu bekommen.

Die abgesägten Flinten standen mit den Doppelläufen nach unten neben ihm. Nachdem er ihm die Waffe überreicht hatte, hatte Jerry ihm einen Schnellkurs verabreicht, den er nicht benötigt hätte, aber es war keine Zeit gewesen, um zu üben. Liam verspürte kein Bedürfnis, die Waffe zu benutzen – Gewalt hatte er noch nie gemocht. Trotzdem würde er nicht damit zögern, wenn er gezwungen wäre, sich zu verteidigen. Und wenn es nötig war, McNulty zu beschützen, der seinen Lohn bezahlte, so nahm er an, könnte er auch das tun. Squeaky Frank hatte trotz seines lächerlichen Spitznamens „der Quietschende“ den Ruf, außerordentlich rücksichtslos zu sein.

„Warum wird er denn Squeaky genannt?“ fragte Liam.

Jerry schnaubte. „Hat ein künstliches Bein, das beim Laufen quietscht."

Liam stellte sich vor, dass er auf diesen Teil vom alten Squeaky zielen würde, sollte er so viel Glück haben, wählen zu können.

Es war mitten am Nachmittag, als sie das Lagerhaus von Donatone erreichten, und ein kalter Wind fegte vom See herüber, rüttelte an Schildern und Zäunen und fegte den Abfall über die Straße. Als er aus dem Wagen stieg, blickte Liam nach unten auf die erste Seite des „La Voce Del Popolo Italiano", die sich über seinen Schuh gewickelt hatte. „Die Stimme des italienischen Volkes". Das musste keiner für ihn übersetzen.

„Die werden nicht mehr viel von ihrer Stimme übrig haben, wenn wir heute erst mal mit denen fertig sind", bemerkte Jerry.

Liam hatte nichts gegen Italiener, genauso wenig gegen Juden, was das betraf, die ebenfalls ihre Hände tief ins Schmugglergeschäft von Cleveland gesteckt hatten. Ihm war klar, dass alle nur versuchten, sich ihren Anteil zu holen. Und je unterdrückter sie waren, desto mehr Einsatz brachten sie dafür.

Daran musste er denken, während er Jerry durch das Unterholz an der Ostseite des Warenhauses folgte. Die Gasse, in der sich das Lager befand, lag ziemlich versteckt, trotzdem war es in der Nachbarschaft merkwürdig still. Er dachte an den Morgen, an dem Jerry und McNultys Fahrer ihn auf seiner Terrasse fast bewusstlos geschlagen hatten. Die Arbeiterklasse in Cleveland wusste, wie man sich aus fremden Angelegenheiten heraushielt.

Der Haupteingang befand sich am anderen Ende des Gebäudes, aber McNultys Männer waren jetzt im hinteren Teil und auf beiden Seiten postiert. Sie stellten sich neben die Tür und warteten. Niemand hatte Liam erklärt, auf welches Signal er achten musste, aber als eine Pfeife schrillte, wusste er, was zu tun war. Zusammen mit Jerry warf er sich gegen die Tür, bis sie aus den Angeln krachte. Liam hielt seine Waffe in Hüfthöhe und legte den Finger um den Abzug.

Das Lagerhaus war fast leer. Zwei verängstigte Wächter standen in der Mitte mit erhobenen Armen und zitternden Fingern. Jerry lachte. „Sie sollten sich auch besser fürchten, aber nicht vor uns. Squeaky wird ganz schön böse werden, und das ist nicht witzig. Binde sie fest."

Liam entdeckte Draht, der dem ähnelte, den er in der Kistenfabrik benutzt hatte. Er hob ihn auf und ließ sich die beiden Männer in einer Ecke auf den Boden setzen, Rücken an Rücken, benutzte ein paar kürzere Enden, um ihre Hände zu fesseln, und nahm den anderen Teil, um sie damit zusammenzubinden, bog den Rest so lange hin und her, bis er brach und er ihn befestigen konnte.

Während er sich damit beschäftigte, luden die anderen Männer Fass auf Fass in den Laster, der hinter Liam und Jerry gefahren war. Es handelte sich um einen städtischen Lieferwagen oder zumindest hatte er einen Anstrich, der ihn so aussehen ließ. Als sie fertig waren, zogen sie eine braune Leinenplane darüber und befestigten sie an allen Seiten, damit sie nicht weggeweht wurde.

„Fertig", sagte Jerry. „Sind die beiden gut verschnürt?"

Liam hoffte, er hatte die beiden Männer nicht zusammengebunden, damit sie so ein besseres Ziel abgaben. „Willst du sie so hier lassen?"

„Warum nicht. Squeaky wird schon wissen, wer das gemacht hat, ob die beiden nun singen oder nicht. Stopf ihnen was in den Mund."

Liam suchte sich ein paar Lappen aus der Ecke, faltete sie zusammen und machte daraus Knebel, die er den beiden umband.

Die Sache verlief zu reibungslos. Er hatte bereits in seiner frühen Kindheit einen sechsten Sinn dafür entwickelt, eine Überlebenswaffe, die ihn so weit gebracht hatte, wie er jetzt war. Er hatte gelernt, darauf zu achten, wenn sich der Wind drehte, und das war jetzt der Fall.

„Hörst du das?“ Er richtete sich auf. „Hör ...“

Jerry blickte über die Schulter zurück und lief zur Hintertür, wo die Autos und Lieferwagen geparkt waren. „Lass dich nicht von mir aufhalten, Tierney. Geh einfach weiter. Wir sind die Letzten, die übrig sind.“

Liam war fast am Ausgang, als er das Quietschen von Reifen und das Schlagen von Autotüren vernahm. Er packte Jerry am Hemd und riss ihn mit sich. „Hier lang.“

Jerry brauchte keine zweite Einladung. Sie wichen zu der Tür zurück, durch die sie gekommen waren, die Waffen schussbereit.

„Zollfahnder“, sagte Jerry gerade laut genug, damit Liam ihn verstand.

Liam war drauf vorbereitet gewesen, Ärger mit Squeaky und seiner Gang zu bekommen. Er fragte sich, ob die Prohibitionsbeamten geahnt hatten, dass McNultys Männer sich das zurückholen würden, was ihnen gehörte, oder ob es lediglich ein unglücklicher Zufall war. Aber im Grunde war das auch egal.

„Nicht da lang, hier.“ Liam wandte sich schnell zum Lagerraum um, wo noch ein paar Fässer Alkohol zurückgeblieben waren. Er hatte dort ein Fenster entdeckt, das groß genug war, um durchzuschlüpfen, und eher die Chance bot, ungesehen hinauszukommen. Das Fenster führte auf einen Abstellplatz voller verrosteter Maschinen und Fabrikabfall hinaus. Wenn sie schnell waren, hatten sie zumindest eine Chance, sich dort zu verstecken.

Eine Kugel aus irgendeinem Revolver zischte durch die Luft, und das Rattern eines Maschinengewehrs folgte. Reifen quietschten; eine Salve von einzelnen Schüssen wurde abgefeuert. McNultys Leute machten sich davon. Liam und Jerry schlichen in den Lagerraum.

Das Fenster war hoch, aber zwei aufeinander gestapelte Kisten boten eine perfekte Leiter. Liam entriegelte das Fenster, klappte es nach oben und steckte den Kopf hinaus. Das Geschehen schien auf der anderen Seite des Gebäudes stattzufinden, und wenn sie Glück hatten, würden die Beamten den Fluchtwagen verfolgen. Er machte Jerry ein Zeichen, ihm zu folgen, kletterte aus dem Fenster und sprang hinunter.

Jerry kam ihm nach, obwohl es für ihn nicht so einfach war, sich durch die Öffnung zu quetschen, wie für Liam. Zuerst glaubte Liam, sie wären unentdeckt geblieben; da kam ein Mann um die Ecke, die Pistole direkt auf Liams Brust gerichtet.

„Prohibitionsbeamter Glen Donaghue. Stehen bleiben. Waffen weg. Hände hoch."

Liam ließ nach der Aufforderung seine Kanone fallen und hob die Arme. Aus dem Augenwinkel konnte er sehen, dass Jerry vorgab, das Gleiche zu tun. Er hatte den Mann beobachtet, als er noch auf der anderen Seite gestanden hatte. Deshalb war ihm klar, dass dessen Aufgabe lediglich ein Täuschungsmanöver war, und er machte sich bereit.

Jerry riss seine Schrotflinte in dem Moment in die Höhe, als Liam ihn anrempelte und durch seinen Überraschungsangriff den riesigen Typ zum Straucheln brachte. Schrotkorn flog durch die Luft, verletzte aber niemanden. Jerry fiel hart auf den Boden und schlug mit dem Kopf gegen einen Betonpfeiler. Er blieb reglos liegen.

„Wolltest du mir das Leben retten?" Glen Donague war blass geworden. Er war ein junger Mann, ungefähr in Liams Alter, mit dem gesunden Körperbau der Generation, die sowohl den Ersten Weltkrieg wie auch die Spanische Grippe überlebt hatte. Die gerade Kinnlinie, dichte helle Augenbrauen und graue Augen waren ein Erbe seiner Vorfahren. Seine Ausstrahlung jedoch zeugte von einem besonderen Charakter.

„Keine Chance, Kumpel", erwiderte Liam. „Ich dachte nur, du willst ihn erschießen, das ist alles."

Glen starrte Liam an. Weitere Schüsse waren von der Vorderfront des Lagerhauses zu hören, wieder Reifenquietschen. „Gehörst du dazu?"

„Ich bin mitgefahren." Liam hatte Geschichten von Zollfahndern gehört. Der Job war äußerst undankbar, die Männer wurden schlecht bezahlt, und die Bestechung war so weit verbreitet wie die schicken Dienstmarken. Jedes Jahr verließen Männer die Abteilung, um sich kriminellen Gruppen anzuschließen, die sie vorher verfolgt hatten. Dieser Mann schien allerdings anders zu sein.

„Keine gute Idee." Glens Blick fiel auf den Mann zu Liams Füßen. „Du bist was Besseres als der, Landsmann."

Das bezweifelte Liam, aber er war nicht in der Stimmung zu diskutieren.

Streck die Arme nach vorn aus." Glen zog ein Paar Handschellen vor.

Liam gehorchte. Er wusste nicht, was er als Nächstes tun sollte. Selbst wenn er tatsächlich Glen Donaghues Leben gerettet hatte, würde er trotzdem ins Gefängnis kommen oder in Ketten zurück nach Irland verfrachtet werden, es sei denn McNulty bezahlte einen exzellenten Anwalt. Er dachte an Brenna und Irene und was mit den beiden geschehen würde.

Donaghue kam einen Schritt vor und blieb mit dem Fuß in einer Baumwurzel hängen. In dem Augenblick, als er taumelte, nutzte Liam die Gelegenheit, sprang vorwärts und schlug Donaghue mit den zusammengepressten Handkanten in den Nacken. Kurz darauf lag der Beamte am Boden, Kopf an Kopf mit dem bewusstlosen Schmuggler.

Von den beiden Männern hätte Liam lieber Glen Donaghue gerettet, aber Liam glaubte, der Beamte wäre auch ohne seine Hilfe okay. Es konnte jeden Moment jemand um die Ecke biegen, ihn finden und Hilfe rufen.

Fluchend rollte er Jerry auf den Rücken, griff dem Hünen unter die Arme und schleifte ihn zu einem Hohlweg hinunter und in Sicherheit.

18. KAPITEL

Peggy verbrachte die Abende damit, sich über alle Fortschritte, die Kieran an diesem Tag gemacht hatte, beziehungsweise das Fehlen derselben, Notizen zu machen und den Unterrichtsplan für den folgenden Morgen vorzubereiten. Es gab so viele wichtige Ziele, die erreicht werden mussten, dass sie es sich nicht leisten konnte, nachlässig damit umzugehen. Ihr Sohn brauchte Zeit zum Spielen und seine Kindheit auszuleben, soziales Verhalten zu lernen, sich geschickt zu bewegen, zu sprechen und allgemeine Kenntnisse zu erwerben, und das war nur der Anfang.

Freitagabends schrieb sie einen Bericht für die Therapeutin, die sie aus der Entfernung unterstützte. Wenn Mrs. Blackpool etwas Außergewöhnliches bemerkte, das sie besprechen oder wozu sie Ratschläge geben wollte, rief sie Peggy an, sobald sie den Bericht erhalten hatte. Ansonsten machte sie ihrerseits Notizen und schickte sie an Peggy. Das System war nicht gerade perfekt, aber die Anleitung und das Feedback waren hilfreich.

An diesem Freitagabend arbeitete Peggy an ihren Aufzeichnungen, während Kieran allein in einer Ecke spielte. Sie hatte große Würfel aus Pappkartons gebastelt und sie mit farbigem Papier beklebt. Er stapelte sie gern übereinander, genauso wie es ihm gefiel, in den einen zu kriechen, den sie nicht verschlossen hatte, und dazuliegen, eingekeilt in den Karton. Sie fragte sich, ob ihr Sohn sich besonders stark nach der Geborgenheit im Mutterleib sehnte.

„Es scheint ihm da drin wirklich gut zu gefallen."

Peggy blickte von ihrem Notizbuch auf und sah Irene an der Tür stehen. „Wie eine kleine Schildkröte, die sich in ihren Panzer zurückzieht."

„Eine Kistenschildkröte", sagte Irene lächelnd. „Hatte er denn einen guten Tag heute?"

Peggy wusste nicht, was sie darauf antworten sollte. In der vergangenen Woche hatte es keine außergewöhnlichen Wutanfälle mehr gegeben, und das war eine willkommene Entwicklung. Doch seine Sprachkenntnisse ließen wieder rapide nach. „Er hatte heute einen glücklichen Tag“, erwiderte Peggy. „Keine Tränen.“ Aber auch keine Worte und wenig Interesse an den Aktivitäten, die sie vorbereitet hatte. „Er benutzt tatsächlich wieder den Löffel. Allerdings, um damit auf seine kleine Spielzeugtrommel zu schlagen.“

„Wenn er wütend ist?“

Peggy überlegte. „Vielleicht. Ich habe eigentlich noch nicht rausgefunden, in welchem Zusammenhang, aber das könnte sein.“

„Das ist doch ein Fortschritt, würde ich sagen. Einen Weg zu finden, wie er bei anderen Gehör findet.“

Peggy stand auf und reckte sich. „Er zieht den Lärm der Trommel meinem Gesang vor. Und wer kann ihm das auch vorwerfen?“

„Ich habe mal über heute Abend nachgedacht, meine Liebe.“

Peggy überhaupt nicht. Ihre Tage und Abende bestanden übergangslos aus Arbeit mit ihrem Sohn, Gedanken über ihren Sohn und Gespräche mit ihrer Schwester und Mrs. Blackpool oder irgendjemand anders, der zuhören wollte, über ihren Sohn. Ihr letztes intensives Gespräch hatte zwei Wochen zuvor stattgefunden, als Finn ihr vom Verlust seiner Familie erzählte. Danach hatte er kaum noch mit ihr geredet, obwohl er jeden Morgen und fast jeden Nachmittag vorbeikam, um Irene zu besuchen. Und ersparte Peggy das Grübeln darüber, wie sie sich ihm gegenüber nun verhalten sollte, nachdem er ihr sein Seelenleben offenbart hatte.

„Wir können uns ein Video ansehen. Ich würde noch Popcorn machen.“ Peggy wusste inzwischen, dass Irene nach beidem verrückt war. Sie liebte gute alte Liebesfilme oder Krimis, wieder etwas, in dem sie und Peggy sich ähnelten. Sie liebte auch Salz und viel Butter auf ihrem Popcorn, beließ es aber bei der Vorstellung davon, und Peggy hatte das ebenfalls gelernt.

„Ich bekomme gleich Besuch“, sagte Irene.

„Oh.“ Peggy freute sich, das zu hören. Irene bekam viel Besuch, aber selten am Abend. „Ich kann mich ja gern dünn machen, wenn du möchtest.“

„Das möchte ich tatsächlich.“

„Dann verkrieche ich mich mit einem guten Buch in meinem Zimmer. Ich …“

„Du solltest dich noch dünner machen. Ich dachte da an einen Ausflug in die Stadt. Ein Abend in den Pubs wäre jetzt genau das Richtige für dich.“

Peggy wurde sofort misstrauisch. „Wer kommt denn?“

„Shannon, das gute Mädchen. Sie hat das Haus voll mit Verwandten aus Sligo und keine Rückzugsmöglichkeiten. Und sie muss Formulare für die Universität ausfüllen, deshalb habe ich ihr ein ruhiges Plätzchen angeboten, wo sie außerdem noch meinen Computer benutzen kann.“

Irene sah aus wie ein Engel mit ihrem weichen weißen Haar, das wie ein Heiligenschein ihr gealtertes Gesicht umrahmte. Aber Peggy wusste, unter diesem Heiligenschein steckte eine Frau, die sehr entschieden ihren eigenen Willen durchsetzte. „In anderen Worten, du hast sie gebeten, den Babysitter-Job zu übernehmen.“

„Sozusagen. Aber drücke es doch nicht so hart aus. Es passt uns beiden wunderbar. Und dir doch auch.“

Peggy wollte schon protestieren, aber wie gewöhnlich hatte Irene sehr klar durchschaut, was ihr fehlte. Peggy fühlte sich ruhelos und brauchte mehr als ein Video, um sich zu entspannen. Etwas Musik oder Unterhaltung oder beides würde ihr gut tun, was in irischen Pubs immer zu bekommen war. Plötzlich überkam sie ein sehnsüchtiges Verlangen nach dem Whiskey Island Saloon.

„Dann ist alles klar?“ sagte Irene. „Nach dem Essen lässt du uns Kieran ins Bett bringen, und du ziehst deiner Wege?“

Peggy wusste, dass Shannon ganz gut ohne sie auskam. „Ich weiß den Gefallen wirklich sehr zu schätzen.“

Tully's Tavern war eine der vier Pubs in Shanmullin, eine nicht gerade große Anzahl, wie sich manche Einwohner beschwerten. Peggy hatte sich bereits in zwei anderen Kneipen umgesehen, die sie aber nicht so interessant fand. Die Szene in der einen bestand größtenteils aus alten Männern, und der dicke Zigarettenrauch in der Luft hatte sie sofort wieder vertrieben. Die andere war unerträglich schmutzig und auch fast leer gewesen, ein sicheres Zeichen dafür, dass sie bei den Einwohnern nicht beliebt war oder kurz vor der Pleite stand.

Tully's litt nicht unter solchen Problemen. Sie kam kaum zur Tür herein, und die Musik war bereits von draußen zu hören – und nicht etwa U2 aus dem Galway-Radiosender. Die Wände des Lokals waren mit dunklen Holzpaneelen verkleidet, der Steinboden auf kuriose Weise in den Nischen mit Holzdielen kombiniert, die von der Bar bis hinüber in den Gesellschaftsraum verliefen. An jeder Wand hingen Regale, gefüllt mit allerlei Krimskrams wie Töpfen, Keramikpferden, kleinen ausrangierten Gerätschaften und gerahmten Fotos. Der Spiegel, der über der riesigen Bar aus Mahagoniholz hing, sah älter aus als das urtümliche Gebäude selbst.

Ein junger Mann lächelte sie an, und sie erwiderte das Lächeln gerade herzhaft genug, um freundlich zu sein, aber nicht zu warm, um einladend zu wirken. Sie wollte sich unterhalten und Spaß haben, suchte aber niemanden, um ihn über Nacht mit nach Hause zu nehmen.

Bevor er sich einen Weg durch die Menge hatte bahnen können, ergriff jemand Peggys Arm, und Tippy stand vor ihr.

„Hallo!" Sie schüttelten sich die Hände wie alte Bekannte. „Shannon macht heute den Babysitter für mich", rief sie über den Lärm hinweg.

„Möchtest du einen Halben?"

Peggy nickte, und Tippy verschwand wieder im Gedränge. In dem Moment konnte Peggy erst durch die Schneise, die in der Menge vor dem Durchgang entstand, in den anderen Raum sehen, aus dem die Musik ertönte. Sie entdeckte sechs Musiker, von denen sie einige vom neulichen Auftritt erkannte. Finn stand mit seiner Metallflöte vorn. Ihre Blicke trafen sich.

Das Stück war zu Ende, und die Zuhörer applaudierten stürmisch. Zweifellos würde das ein unterhaltsamer Abend im Tully's werden.

„Peggy Bawn", sagte Finn, und die Musiker begannen ein fröhliches Lied anzustimmen, das sie noch nicht kannte. Finn sang, und wie schon beim ersten Mal war sie von seiner Stimme mehr als beeindruckt.

„Oh Peggy Bawn, du bist mein, dein Herz in meiner Brust ..."

Den Rest des Textes konnte sie nicht verstehen, aber Finn ließ ihren Blick nicht los. Sie war fasziniert.

„Normalerweise singt er hier nicht, und das Stück habe ich noch nie von ihm gehört", bemerkte Tippy, die mit einem Glas Guinness für Peggy erschienen war, das sie ihr jetzt in die Hand drückte. Sie schüttelte den Kopf, als Peggy ihr ihre Euros geben wollte. „Das ist älter als die Leprechauns."

„Finn würde es fertig bringen, ‚Beowulf' wie ein Liebeslied klingen zu lassen", sagte Peggy.

„Nicht dass es dir auffallen würde, Pretty Peggy-o. Jedenfalls meist nicht."

Peggy stellte fest, dass Finn tatsächlich eine weitere „Peggy"-Ballade ausgewählt hatte und sie beim Singen direkt ansah.

„Unser Kapitän hat sich verliebt, in eine Lady wie ein Täubchen, und man nannte sie Peggy-o“, sang er.

„Es gibt wohl eine endlose Auswahl von Peggy-Liedern, was meinst du?“ sagte Tippy, als der Song fast zu Ende war. „Wenn das der Fall ist, wird er sie alle kennen.“

„Ich bin sicher, das ist ein Zufall“, entgegnete Peggy nicht sehr überzeugt. Finn sang noch immer mit dem Blick auf sie gerichtet, und jede einzelne Note schien ihr Herz zu erfassen.

„Es war am Markttage, als ich sie sah zum ersten Mal, süße Peggy …“, begann er das nächste Stück, als würde er seinen Kommentar dazu geben.

„Ich habe ihn schon lange nicht mehr so gesehen.“ Tippy nahm freundschaftlich ihren Arm, während sie zuhörten. „Als Mädchen war ich mal ein bisschen in ihn verliebt, aber das waren ja alle in der Stadt“, sagte sie, als das Lied aufhörte. „Er war ein wilder Typ, unser Finn, und hat eine ganze Reihe gebrochener Herzen hinter sich gelassen, als er Sheila heiratete. Wir haben nicht erwartet, dass er nach Beendigung seiner Ausbildung zurückkommt. Das schien uns ein zu großer Glücksfall zu sein. Jeder wusste, dass er bessere Angebote hatte, aber trotzdem kam er wieder hierher. Und dafür haben wir ihn geliebt.“

„Und deshalb vergibt man ihm auch sein ungehobeltes Verhalten der letzten Jahre.“ Das war keine Frage gewesen. Peggy hatte bemerkt, wie alle Leute in der Stadt über Finn sprachen, ihre Zuneigung für ihn, aber auch Besorgnis, und niemals mehr als ein winziges Anzeichen von Enttäuschung.

„Er hat wirklich ein hartes Schicksal gehabt. Vielleicht wird sich das ja jetzt ändern?“

„Peggy O’Neil ist ein Mädchen, das muss jedes Herz erobern, in jedem Städtchen …“, sang Finn und lächelte dabei. Peggy erwiderte sein Lächeln.

Tippy bemerkte es auch. „Wenn du nicht in Irland bleiben möchtest und keinen Mann in deinem Leben haben willst, Peggy, dann solltest du vielleicht besser die Flucht ergreifen, bevor jemand verletzt wird."

Peggy war so von Finns Vortrag ergriffen gewesen, dass sie zuerst gar nicht hörte, was Tippy sagte. Sie wandte den Blick von Finn ab und drehte sich zu ihrer neuen Freundin um. „Was meinst du?"

„Er braucht nicht noch mehr Sorgen." Tippy blieb ernst. „Ich will dir keine Predigt halten, bestimmt nicht, aber wenn er sich jetzt aus seinem Schneckenhaus entfernt, dann muss er nichts haben, was ihn wieder zurückdrängt."

„Wenn sie geht wie eine listige kleine Gaunerin, wenn sie spricht mit ihrem niedlichen irischen Ton … süße Person, und immer so frech, das ist Peggy O'Neil", sang Finn zum Ende des Liedes.

Peggy kannte sich im Flirten aus. Und was sie gerade taten, erschien ihr ziemlich harmlos.

Wieder sah sie zu Finn hinüber. Er nickte, zog die Augenbrauen hoch und begann ein neues Stück. „Oh Peggy Gordon, du mein Darling, setz dich auf meinen Schoß, sag mir bloß, warum machst du mich immer so schwach?"

Sie konnte nicht in die Zukunft sehen, aber wenn sie diese Gabe gehabt hätte, würde sie nicht zulassen, dass Finn O'Malley darin eine Rolle spielte. Trotzdem hatte sie im Augenblick nicht die Kraft, sich von ihm abzuwenden.

Sie war von einem Mann fasziniert, der immer noch unter der Vergangenheit litt. Sie war nie der Typ gewesen, der verletzte Vögel mit nach Hause nahm, es sei denn, sie wollte ihre medizinischen Kenntnisse in die Praxis umsetzen. Sie hatte genug zu tun mit einem Kind, das alles benötigte, was sie ihm geben konnte, womöglich für den Rest ihres Lebens. Aber dennoch konnte sie sich nicht losreißen.

Finn wusste nicht, was in ihn gefahren war. Wenn er von jemandem gefragt worden wäre, wie viele Peggy-Songs er kannte, dann hätte er sicher nur mit den Schultern gezuckt. Er hatte das Konzert sogar mit dem Instrumentalstück „Over the Moor to Peggy", einem Reel, beendet. Wahrscheinlich war ihm die Melodie bereits seit Wochen durch den Kopf gegangen. Er dachte wirklich mehr als genug an Peggy Donaghue.

„Also, du hast ja wirklich Geschmack, Junge", bemerkte Johnny Kerrigan, während er seine Konzertina einpackte. „Du bist nicht der einzige Kerl hier heute Abend, der sie sich ausgeguckt hat, aber für die anderen hat sie sich nicht interessiert."

Finns Verlegenheit war nicht gespielt. „Sie war sehr nett zu meiner Tochter."

„Du hast das ganze Theater nur aus Dankbarkeit veranstaltet?" Johnny zwinkerte ihm grinsend zu.

Finn kümmerte sich nicht mehr um ihn. Er blickte sich suchend in dem hinteren Raum der Kneipe nach Peggy um, die verschwunden zu sein schien. Langsam wurde es leerer im Pub, und er nahm an, dass sie bereits auf dem Weg zu Irenes Haus war. Er bückte sich nach seiner Flöte und schob dabei den Stuhl nach hinten zur Wand. Als er sich wieder aufrichtete, um zu gehen, stand Peggy vor ihm.

„Du hast ‚Peg O'My Heart' vergessen", sagte sie.

Es überraschte ihn, wie sehr er sich darüber freute, dass sie doch noch nicht gegangen war. „Ein altes Produkt aus eurer Schlagerindustrie."

„Vielleicht, aber mein Vater hat es mir vorgesungen, als ich ein kleines Mädchen war. Es ist eine der wenigen Erinnerungen, die ich aus meiner Kindheit an ihn habe. Ich sehe es aus meiner Sicht."

Er lächelte. „Nächstes Mal."

„Danke. Du hast mir zu einem schönen Abend verholfen."

„Das könntest du für mich auch tun."

Sie sah nicht überrascht aus. Fragend zog sie die Augenbrauen hoch.

„Es gibt einen Ausblick, den ich dir zeigen möchte. Bevor in der Stadt alle Lichter ausgehen."

„Ich weiß nicht so recht, Finn. Es ist ein ziemlich langer Weg zu Irenes Haus und schon spät."

„Ich bringe dich wieder nach Hause."

„Das ist aber ein Kathleen-Song, Finn." Sie summte leise die Melodie. Falsch.

Er zuckte zusammen. „Ob das erst mal reicht?"

„Ich würde mir den Ausblick gern ansehen."

Sie blieb an seiner Seite, während er sich flüchtig von allen verabschiedete und sie einigen Leuten vorstellte, die sie noch nicht kannte. Dabei entging ihm nicht, wie die Menschen, die ihn seit seiner Taufe kannten, bedeutsame Blicke miteinander wechselten. Er wusste genau, welche Gerüchte am nächsten Morgen im Umlauf sein würden.

„Alle hier sind so nett", sagte sie, als sie ihr Rad holte, um es auf seinem Wagen festzumachen. „Und die größten Fans von dir, Finn. Keiner hat versäumt, mir das zu versichern."

Er konnte sich diese Gespräche gut vorstellen. Das bisschen Privatsphäre, das er hier im Ort nach dem Unfall genossen hatte, würde ihm jetzt nicht mehr zugestanden werden. Die Trauerzeit war offiziell zu Ende, und das Dorf verlangte sein Recht.

„Was für eine wundervolle Nacht." Peggy blieb stehen und hob die Arme. „Ich habe noch nie so viele Sterne gesehen, nicht mal in dem Astronomie-Kurs."

Der Mond war abnehmend, und Finn erinnerte sich an die Nacht, als es auf Vollmond zuging und sie ihr langes Gespräch gehabt hatten. Peggy erfreute sich an den einfachen Dingen, nicht wie er es von einer Amerikanerin erwartet hätte, die mit so vielen anderen Attraktionen aufgewachsen war.

Als sie an ihrem Fahrrad ankamen, schob Peggy es zum Straßenrand, wo Finn seinen Wagen geparkt hatte. „Was macht Bridie denn heute Abend? Würde sie vielleicht gern mit uns mitkommen?"

Er fragte sich, wie viele andere Frauen wohl daran gedacht hätten, seine Tochter einzuladen. „Wieder mal übers Wochenende verreist. Sie macht Camping im Osten des Landes."

„Das hört sich nach Spaß an. Ich war als Mädchen bei den Pfadfindern. Meine Tante hatte darauf bestanden, und im Nachhinein war ich froh darüber. Ich bin im Marshmallow-Rösten einmalig."

„Dafür allein sollte man ein Abzeichen bekommen."

Sie hatten das Rad bereits auf dem Gepäckständer befestigt und fuhren aus der Parklücke, als Finn wieder zu reden begann. „Schwestern, Tante und Vater. Du hast noch nie deine Mutter erwähnt."

„Sie starb kurz nach meiner Geburt. Ich hatte eine eklektische Erziehung. Mein Vater ist nicht lange danach verschwunden – ich hatte dir ja von seinen Problemen erzählt. Meine älteste Schwester hat sich bemüht, uns alle zusammenzuhalten, aber sie war zu jung für so eine Aufgabe. Deshalb bin ich zu meiner Tante und meinem Onkel gekommen, und Megan und Casey blieben in unserem Apartment über dem Saloon. Ich bin bei ihnen geblieben, wann immer ich durfte."

„Keine Mutter, aber viele, die dich bemutterten."

„Genau. Es sind alles wunderbare Frauen. Ich kann gar nicht sagen, wie viel Glück ich hatte."

„Nicht jeder würde es so sehen."

„Doch, jeder, der meine Schwestern und meine Tante kennt." Sie schwieg einen Augenblick. „Sie haben einen großen Anteil daran, dass ich glaubte, ich könnte es fertig bringen, ein Kind allein großzuziehen."

„Und, bringst du es fertig?"

„Ich weiß nicht, wie siehst du es denn?"

„Ich kenne niemanden, der besser mit Kieran umgehen könnte." Er zögerte kurz, weil er wusste, das Folgende ging ihn eigentlich nichts an, aber er redete trotzdem weiter. „Aber du solltest nicht so allein sein. Ich bin sicher, deine Schwestern und der Rest der Familie helfen sehr viel, aber so etwas sollte man mit einem Partner machen."

„Redest du von Phil?"

„Ich denke schon."

„Er ist nicht so verantwortungslos, wie du denkst. Er hat mir angeboten, mich zu heiraten, als ich ihm sagte, dass ich schwanger bin. Und er zeigt sich auch großzügig, was die finanzielle Unterstützung angeht, obwohl ich glaube, dass seine Frau nicht so ganz glücklich darüber ist."

„Du wolltest ihn nicht heiraten." Das war keine Frage gewesen.

„Eine unzüchtige Frau und das alles?"

„Ich habe dich nicht verurteilt. Überhaupt nicht. Ich meine nur, dass es für jemand, der nicht so stark ist wie du, die leichtere Wahl gewesen wäre. Heirate den Mann und teile die Belastung."

Er war die ganze Zeit immerzu bergauf gefahren. Jetzt bog er in eine Seitenstraße ein, die weiter hoch zu einem der seltenen Waldgebiete dieser Gegend führte. Ganz oben parkte er am Straßenrand, stieg aus und kam um den Wagen herum, um ihr die Tür zu öffnen. Sie protestierte nicht dagegen, worüber er sich aus unerfindlichem Grund freute. Er wusste, dass sie sehr selbständig war.

Er reichte ihr die Hand, und als sie neben ihm stand, ließ er sie nicht los. Ihre Finger fühlten sich warm und weich an und schienen genau in seine zu passen. „Komm mit."

Sie zögerte nicht. „Meine Tante hat mir eingetrichtert, nicht mit Männern in den Wald zu gehen."

„Das waren amerikanische Wälder."

„Ich habe eine Menge irischer Märchen gehört. Die Grogochs, die Todesfeen, der Dullahan. Eure Wälder sind viel gefährlicher als unsere."

„Nicht, wenn ich bei dir bin."

„Das war genau das, was meine Tante meinte. Unabhängig von der Nationalität."

Ihm war klar, dass sie miteinander flirteten. So viele Jahre waren vergangen, seit er so etwas versucht hatte, und er bezweifelte, es besonders gut zu machen. Trotzdem, ein Teil von ihm wehrte sich gegen das angenehme Gefühl, sie zu berühren, sagte ihm, es sei Untreue. Er verdiente es nicht, dieses jungenhafte Flattern im Bauch zu spüren. Nie mehr.

„Oh, sieh dir das nur an!"

Er hatte sie zu einer Lichtung geführt, von der aus man über Shanmullin blicken konnte. Jetzt bereute er es und ließ ihre Hand los. Unter ihnen glitzerte der Ozean im sanften Mondlicht. Von der Stadt her leuchteten Dutzende von Fenstern, doch es waren auf Grund der späten Stunde bereits viele verlöscht. Der Blick war fantastisch und die Lichtung ein beliebtes Fleckchen bei Liebespaaren aus dem Ort. Heute Abend waren sie glücklicherweise allein.

„Kommst du oft hierher?" wollte sie wissen.

„Schon viele Jahre nicht mehr. Es gehört zu diesen Dingen, die man so selbstverständlich hinnimmt, wenn man ständig hier lebt."

„So geht es mir mit dem Lake Erie. Ich vergesse immer diese Schönheit. Dann komme ich eines Tages wieder dorthin und stelle fest, was für ein Schatz diese großen Seen darstellen."

„Das hier ist kein Ort, an dem man mal vorbeikommt. Hier gibt es nichts weiter als den Ausblick."

„Grund genug."

Er trug ein leichtes Jackett, denn obwohl es Juli war, konnten die Nächte immer noch ziemlich kühl werden. Er zog es aus und breitete es auf dem Boden aus. „Ich weiß, du musst nach Hause, aber lass uns nur ein paar Minuten hier bleiben und es genießen."

Sie lächelte und ließ sich anmutig auf die Jacke sinken. „Platz für zwei." Sie klopfte auf den noch freien Teil.

Er zog es vor, sich auf den Boden daneben zu setzen. Sie hatten zur Abwechslung nicht viel Regen gehabt in der letzten Zeit, und die Erde war trocken genug.

„Auf dem Weg hierher im Auto hatte ich den Eindruck, du wolltest wissen, warum ich Phil nicht geheiratet habe."

„Ich hätte nicht davon anfangen sollen."

„Ich wollte mehr. Ganz schön albern und romantisch, ich weiß. Beziehungen bin ich immer vorsichtig angegangen und habe nichts überstürzt. Ich hatte zu viele Pläne, um mich zu verlieben. Unglücklicherweise gab es bei Phil und mir diese augenblickliche Anziehungskraft, die fast genauso schnell wieder vorüberging, aber da es mir zum ersten Mal passiert war, dachte ich, es wäre die wirkliche, tiefe Liebe. Ich habe zum Glück schnell gemerkt, dass es nur eine Flamme war, die sich ausbrannte, und wir gingen unserer Wege. Dummerweise konnten die guten Vorsätze nicht verhindern, dass ich schwanger wurde. Ich habe über Phils Angebot, mich zu heiraten, nachgedacht, aber ich fand, dass Kieran etwas Besseres verdient hätte."

Sie seufzte laut. „Es ist schon komisch. Ich weiß gar nicht, ob Kieran jemals daran interessiert sein wird, ob seine Eltern verheiratet sind oder nicht. Ich habe keine Ahnung, ob er irgendwann in der Lage sein wird, solche Gefühle zu haben."

„Du wolltest mehr. Hast du es gefunden?"

Sie lachte, es war ein glockenheller Klang. „Wann hatte ich denn die Gelegenheit zu suchen?"

„Kieran lässt dir nicht viel Zeit oder Energie."

„Und außerdem habe ich studiert."

„Die vielen jungen Männer dort."

„Ich hatte genug Komplikationen in meinem Leben, danke, auch ohne eine Affäre mit einem Kommilitonen. Und jetzt, wo Kieran mit zum Paket gehört, braucht es einen sehr besonderen Mann."

Weit und breit war keiner zu sehen. Das hörte er deutlich heraus, aber es tröstete ihn keineswegs. Er fragte sich, ob er eine Ausflucht für seine sich entwickelnde Zuneigung gesucht hatte, einen Grund, sie zu unterdrücken, sodass er sich von ihr zurückziehen konnte und in einem gewissen Maße auch wieder von seiner Umwelt.

„Verurteilst du mich deshalb?" wollte sie wissen.

„Wäre das von Bedeutung?"

„Ich weiß nicht."

„Nur zur Erinnerung, ich bin nicht so altmodisch. Ich denke, du hast das getan, was richtig für dich war und von dem du meintest, es wäre für alle das Beste. Das war es wahrscheinlich auch. Niemand sollte in einer lieblosen Ehe gefangen sein."

„Du hast ziemlich jung geheiratet, oder?"

Sie musste immer wieder auf seine Vergangenheit zu sprechen kommen. Heute Nacht machte es ihm nichts aus – das Schlimmste hatte er ihr bereits erzählt. „Sheila war schwanger."

„Erzähl mir bloß nicht, es war einer dieser Ausflüge hierher."

Er musste lachen. „Ein Ausflug zum Haus ihrer Eltern, als die nicht anwesend waren. Wir haben ein einziges Mal die Beherrschung verloren, und das war genug."

„Unfruchtbarkeit scheint in unseren Familien nicht verbreitet zu sein."

Er nahm ihre Hand und drückte sie, dann lachte er wieder. „Neun Monate später waren wir Eltern und Bridie ein winziges Bündel. Als sie größer wurde, kam Mark, dann Brian. Sheila und ich hatten eigentlich nie die Gelegenheit, uns richtig kennen zu lernen, ich meine, so wie Männer und Frauen es gewöhnlich tun. Ich kannte sie als Frau, aber mehr als die Mutter unserer Kinder."

„Und von dem, was ich hörte, als eine wundervolle Mutter. Bridie spricht oft von ihr. Sie hat sie angebetet."

Er war überrascht zu hören, dass seine Tochter, die Sheila zu Hause nie erwähnte, in Peggys Gegenwart so frei von ihr erzählte. Er wusste, wie wichtig das war und wie sehr es den Schmerz heilte. Feige, wie er war, verspürte er Erleichterung darüber, dass sie nicht mit ihm über Sheila geredet hatte.

„Sie war tatsächlich eine sehr gute Mutter." Er starrte hinunter zu den Lichtern im Dorf, die langsam, eins nach dem anderen ausgingen. „Sie ist gestorben, um ihre Söhne zu retten."

„Wie meinst du das?"

„Ich glaube, Sheila hat in ihren letzten Minuten erkannt, dass uns niemand retten wird. Als ich mich bemühte, weiterhin die Jungen festzuhalten und mich noch dazu um sie zu kümmern, muss sie trotz ihrer schweren Verletzungen die Situation erfasst haben. Sie hat sich vom Boot weggestoßen. Es war ihr klar, wenn sie das nicht getan hätte, wäre ich zu ihr gekommen, um ihr zu helfen, und sie wusste auch, dass ich das nicht bewältigt hätte. Zuerst habe ich es nicht verstanden. Jetzt natürlich schon. Sie ist gestorben, um Mark und Brian zu retten."

Peggy zog seine Hand an ihre Wange. „Glaubst du, dass es so was wie ein Himmelreich gibt?"

„Nein. Du?"

„Ich bin mir nicht sicher. Niemand konnte mich bisher vom Gegenteil überzeugen."

„Wenn ich mich irre, und es gibt eins, dann wird Sheila dort sein, wo sie sein möchte. Mit unseren Jungen."

„Und wenn sie dort ist, dann weiß sie, dass du hier bist und für eure Tochter sorgst. Vielleicht hat sie an diesem Nachmittag gemerkt, dass du zu weit von der Küste entfernt warst, um jemand anders als dich selbst zu retten, und sie wollte, dass du um Bridies Willen weiterlebst."

Es kam Finn merkwürdig vor, dass Peggy, die seine verstorbene Frau nie getroffen hatte, an solch eine Möglichkeit dachte. Denn auch ihm war dieser Gedanke gekommen, und obwohl er diese Idee hatte verwerfen wollen, spukte sie weiterhin in seinem Kopf herum.

„Ich wollte dir nichts von diesem Tag erzählen", sagte er. „Ich habe nie darüber geredet, wenn ich es nicht musste. Seit zwei Wochen frage ich mich, warum ich mich von dir dazu überreden ließ."

„Hast du darauf eine Antwort gefunden?"

Er konnte sie nicht in Worte fassen. Deshalb zeigte er es ihr. Er küsste ihren Handrücken, und als sie sich zu ihm hinüberlehnte, ihren Mund. Sie duftete nach Citrus und Jasmin und einem ganz eigenen erdigen Geruch, der, da war er sicher, zu ihrer Haut gehörte. Ihre Lippen waren warm und weicher als irischer Regen. Sie zeigte weder Zurückhaltung noch Scheu, verhielt sich nicht wie eine schüchterne Jungfrau, die von der Entwicklung verschreckt worden war. Doch auch nicht so forsch wie eine erfahrene Frau. Sie war Peggy, intelligent, unabhängig, reif und begehrenswerter als jede, die er zuvor gekannt hatte.

Er ließ ihre Hand los und legte die Arme um sie, hielt sie so fest, dass er ihre Brüste an sich gepresst spürte. Sie fuhr ihm mit den Fingerspitzen durch das Haar, während sie seinen Kuss erwiderte, und diese federleichte Berührung ging ihm durch und durch.

Er fühlte sich, als würde er zu einem Abgrund geschoben, die Welt, die er sich eingerichtet hatte, die einzige Welt, in der er es ertrug zu leben, zerbröckelte unter seinen Füßen.

Sie war diejenige, die sich zuerst zurückzog. Sie lächelte ihn an und berührte seine Lippen mit dem Finger. Im Dunkeln sah es so aus, als hätte sie Tränen in den Augen.

„Antwort genug", flüsterte sie. „Wir sollten es langsam angehen lassen, Finn. Niemand von uns sollte zu voreilig sein. Du kannst dich zurückziehen, wann immer du möchtest."

„Und du?"

„Ich auch."

Keine leeren Versprechungen. Keine Reue. Keine Warnung. Er hörte Vorsicht und Sorge und eine Entschlossenheit zu leben, jetzt, mit beidem.

Er stand auf und hielt ihr die Hand hin, hob sein Jackett auf, als sie neben ihm stand. Aber sie hatte es nicht eilig wegzukommen. Erneut küsste sie ihn, lehnte sich an ihn und streckte sich, um ihn auf den Mund zu küssen. „Irische Zauberei", sagte sie schließlich.

„Also Feen im Wald?"

„Auf jeden Fall."

Er hatte den Verdacht, dass hier wohl stärkere Kräfte am Werk waren.

19. KAPITEL

Caseys Haus war in einer geschmackvollen Kombination aus einfachen modernen Stücken und nachgestaltetem Antiken eingerichtet – weder ihr noch Jons Gehalt hatten jemals für das Echte gereicht. Sie liebte Farben und hatte sie großzügig an den mit gerahmten preiswerten Postern geschmückten Wänden eingesetzt. Auf dem Wohnzimmersofa tummelten sich zahlreiche Kissen mit Leopardenmuster, und eine Bärenfellimitation zierte den Boden vor dem Kamin.

Megan liebte erdige Töne und Sammlerstücke, alles Handgearbeitete und Nostalgische, aber obwohl Casey einen völlig anderen Geschmack als sie besaß, fühlte sie sich im Haus ihrer Schwester immer wohl. Es strahlte eine solche Geborgenheit und Wärme aus, dass sie für eine Weile ihre Sorgen vergaß.

Am Samstagnachmittag reichte Megan Casey ein Glas Eistee, den sie ihr in ihrem gemütlichen Zimmer servierte. Casey war mit einem Teller voller selbst gebackenen Keksen vorausgegangen, die ein dankbarer Kunde gestiftet hatte. „Ich liebe die Farben dieser Tapeten", bemerkte Megan.

„Aubergine. Eigentlich nur ein anderes Wort für Purpurrot."

Ein massiver goldgerahmter Spiegel hing an der Wand gegenüber dem Sofa und reflektierte die Farben im Garten hinter ihnen. Casey hatte alle mit ihrem Talent zum Kultivieren von Pflanzen überrascht. Die Grünfläche neben dem Haus strotzte nur so von den Resultaten ihres bemerkenswerten grünen Daumens.

Das Sofa glänzte in burgunderfarbenem Velour, und Megan ließ sich in das weiche Polster sinken, um es sich bequem zu machen. „Ich bin froh, dass du daran gedacht hast. Heute wusste ich nicht, was ich mit mir anfangen sollte. Es gibt echt überhaupt nichts, was ich im Saloon noch machen könnte, bevor die Instandsetzung nicht abgeschlossen ist. Danach kann ich bei den Abschlussarbeiten helfen."

„Du überraschst mich. Ich dachte, du würdest mit den Steine-Kids Wände aufstellen und Leitungen, Isolierungen und sonstiges installieren."

Das hatte Megan eigentlich auch erwartet. Sie war immer handwerklich geschickt gewesen und hatte ihre Fähigkeiten in den Jahren mit Niccolo noch ausgereift. Aber sie hatte schnell gesehen, dass es nicht funktionierte, wenn sie bei der Renovierung des Saloons half. Niccolo war abgelenkt und fühlte sich dabei nicht wohl, und jedes Mal, wenn sie zu helfen versuchte, schien das die Spannung zwischen ihnen noch zu verstärken.

„Ich versuche unsere Ehe zu retten", erwiderte Megan. „Ich rege mich über alles dermaßen auf, wenn wir zusammen arbeiten, dass Jon uns bald einen Rechtsanwalt empfehlen wird."

„So schlimm, was?"

Megan wollte nicht über ihre Eheprobleme reden. Casey betete Niccolo an und Megan schließlich auch. Außerdem war sie fast ihr ganzes Leben lang ohne Ratschläge ausgekommen, und sie wollte das jetzt keinesfalls ändern.

„Also, wie steht es denn sonst?" fragte sie stattdessen. „Magst du deinen Job immer noch?"

„Er macht mich fertig, aber ich halte mich wacker. Und die Verwaltung hat zugestimmt, noch einen weiteren Mitarbeiter anzuheuern, sodass mir ein Teil der Last erspart bleibt."

„Das klingt aber nicht nach dir."

„Nein?"

„Nein, seit du zum Albaugh Center übergewechselt bist, hast du doch alles selbst in die Hand genommen."

„Es gab eine Menge, was neu organisiert werden musste. Aber das Gröbste ist jetzt geschafft, und ich brauche nicht mehr so hart zu arbeiten. Die alltäglich anfallenden Verwaltungsarbeiten können auch andere Leute erledigen."

„Was dir Zeit für die wichtigeren Aufgaben lässt?"

„Das und andere Sachen." Casey hob ihr Glas und hielt es sich erst gegen eine Wange, dann an die andere. „Wie heiß es heute Nachmittag ist."

Megan genoss das Wetter. Die Cleveländer beschwerten sich gern über die Sommerhitze. Aber es gab in den meisten Jahren höchstens ein, zwei Wochen, in denen es notwendig wäre, eine Klimaanlage anzuschalten. Und diese gehörte nicht dazu.

Der Duft von frisch gemähtem Gras wehte durch das offene Fenster, zusammen mit dem Lachen der Kinder, die in der Nachbarschaft in der Sprinkleranlage spielten. Megan nippte an ihrem Tee und entspannte sich. Demnächst würde sie nach einem weichen Bett und einem Fensterventilator fragen.

Casey setzte das Glas wieder ab, ohne etwas getrunken zu haben. „Nimm ein paar Kekse. Jon meint, die wären lecker."

„Ich bin überrascht, dass du dem Mann überhaupt welche übrig gelassen hast. Ich kenn doch dich und Kekse." Megan nahm sich eine gute Hand voll. „Welche sind besser, die mit Pekannüssen oder Schokoblättchen?"

„Keine Ahnung. Ich hab sie beide nicht probiert."

Megan hörte abrupt auf zu kauen. Sie begann die Informationen zu verarbeiten. Casey hatte ihren Appetit auf Kekse verloren. Der Tee war aus Kräutern. Casey hatte gerötete Wangen, und wahrscheinlich nicht von der Hitze. Und als Höhepunkt von allem freute sie sich darauf, dass sie bei der Arbeit Hilfe bekam.

„Du bist schwanger", bemerkte sie ohne Einleitung. „Wann wolltest du mir das sagen?"

Casey blickte sie ziemlich verlegen an und ihre Wangen erröteten noch mehr. „Hatte ich noch nicht entschieden."

Megan stürzte zu ihr hinüber, um sie kurz und heftig zu umarmen. „Das ist ja fantastisch, Case. Ich freue mich so für dich. Warum zum Teufel hast du mir das nicht gleich gesagt?"

Casey schwieg.

„Weil die Sache mit Nick nicht so gut läuft?"

„Ich hab keine Lust, damit zu prahlen, wie wunderbar alles bei uns ist. Ich weiß, dass du und Nick immer noch dabei seid, euch aneinander zu gewöhnen, eine Phase, die wir alle durchmachen müssen."

„Ihr nicht."

„Na gut, also Jon und ich haben uns schon in der Highschool aneinander gewöhnt."

„Warum lässt du dich denn von unseren kleinen Problemen davon abhalten, mir die Neuigkeit zu berichten? Wen interessiert es denn schon, ob Nick und ich uns durch ein, zwei Krisen kämpfen? Das werden wir schon überstehen. Aber vor allem sollte das deine Aufregung nicht dämpfen."

„Jon ist wie verrückt vor Freude." Casey lächelte schwach. „Ich bin selbst außer mir. Die ganze Woche leide ich schon wie ein Hund. Ständig ist mir von allen möglichen Dingen übel. Wie kannst du in dieser Hitze nur was essen?"

„Mit größtem Genuss. Ich esse für dich mit. In welchem Monat bist du?"

„Erst im zweiten oder so."

„Peggy hat nicht besonders unter Morgenübelkeit gelitten."

„Dafür hasse ich sie."

Langsam wurden ihr die Ausmaße dieser Neuigkeit bewusst. Megan erinnerte sich, dass Casey und Jon ein Baby hatten haben wollen und es nicht so schnell wie erwartet geklappt hatte. Casey, die jetzt zweiunddreißig war, hatte befürchtet, zu lange gewartet zu haben. Deshalb freute sich Megan wirklich für ihre Schwester, aber sie fragte sich unwillkürlich, wie Niccolo diese Nachricht aufnehmen würde.

Sie beschloss, darüber später nachzudenken. „Hast du schon geplant, ein Kinderzimmer einzurichten? Möchtest du gern einen Jungen oder ein Mädchen?“

„Es ist so ein Klischee, aber ich möchte einfach gern ein gesundes Baby. Alles andere ist mir egal.“

Megan wusste, woran sie dabei dachte. „Phil hat einen autistischen Bruder. Wenn Kierans Probleme irgendwas mit Vererbung zu tun haben, dann kam das bestimmt von Phils Seite.“

„Und unsere Familie ist so ungemein gesund, was? Nach wem würdest du dir denn genau wünschen, sollte das Kind kommen?“

Megan brach in Gelächter aus, und Casey stimmte mit ein. „Hoffen wir einfach, dass Jons ungarische Gene sehr durchsetzungsfähig sind“, prustete Megan. „Dieses Baby wird jede mögliche Hilfe brauchen können.“

Megan erzählte Niccolo nichts von Caseys Schwangerschaft. Nie schien die richtige Gelegenheit gekommen zu sein. Er war öfter abwesend als zu Hause, und wenn er tatsächlich da war, dann hatte er alle Hände voll zu tun mit Papierkram und Telefonanrufen. Sein Auftritt im Fernsehen hatte wirklich Interesse an „Stein auf Stein“ hervorgerufen, und es gab neue Hoffnungen für mehr Geldzuwendungen. Er beschäftigte sich mit Subventionsangeboten und beantwortete Anfragen von den Bewohnern des Ortes, die immer noch durch den Tunnel geführt werden wollten. Ein Reporter vom „Plain Dealer“ war im Saloon erschienen, um Fotos und ein Interview zu machen, und obwohl Niccolo und Iggy das so genannte Wunder sorgfältig als einen natürlichen Glücksfall beschrieben hatten, war durch den Artikel wieder das Interesse am Bild geweckt worden.

Sowohl Rooney wie auch Josh hielten sich dafür öfter im Haus auf als normalerweise. Rooney wanderte weniger durch die Gegend und schien immer zufriedener mit dem Leben in der Hunter Street, und Josh, der einen Sommerkurs belegt hatte, um mehr Punkte zu bekommen, saß jeden Abend zu Hause und lernte. Megan gefiel es so. Nachdem sie sich jahrelang immer hatte fragen müssen, wo ihr Vater sich gerade aufhielt, freute sie sich, ihn nun unter ihrer Obhut zu haben. Josh war zu alt, um ihr Kind zu sein, doch für sie war er trotzdem so etwas wie ein Sohn, und es freute sie zu beobachten, wie er sein Leben langsam in den Griff bekam.

Eine Woche nach ihrem Gespräch mit Casey kam Niccolo verdreckt und unnahbar vom Saloon nach Hause.

„Ich würde gern mit dir reden." Er ließ sich auf die Couch fallen, um seine Arbeitsstiefel auszuziehen.

Sie war überrascht, denn Reden war eines der Dinge, die sie nicht mehr taten. „Hier? Jetzt?"

„Hast du was gekocht?"

„Nein, ich wusste nicht, wann du …"

„Lass uns essen gehen."

Das hörte sich nicht an wie eine Verabredung oder gar eine Einladung. Es war eher ein Befehl.

„Was ist mit Josh und Rooney?" Sie verschränkte die Arme, bereit für eine Diskussion. So sehr sie auch wünschte, allein mit Niccolo zu sein, das war nicht gerade die Art und Weise, wie sie den Abend beginnen wollte.

„Josh kann Makkaroni mit Käse machen und ein paar Tomaten zerschneiden."

Sie wusste, dass es Josh nichts ausmachen würde und er wahrscheinlich nichts dagegen hätte, das Haus fast für sich allein zu haben, sodass sich niemand beschwerte, wenn er die Stereoanlage aufdrehte, oder er nicht befürchten musste, für andere die Leitung zu belegen, wenn er Freunde anrief.

Sie beschloss, nicht zu streiten. „Sollte ich mich umziehen?“

„Wir gehen nur zu Great Lakes.“

Er verhielt sich wie das Stereotyp eines italienischen Machos und nicht wie er selbst. Sie wollte ihn schon darauf aufmerksam machen, entschied sich dann aber anders. Sie würde früh genug erfahren, was ihn verärgert hatte.

Sie motzte ihre Frisur etwas auf und wechselte das T-Shirt, während er duschte und sich umzog. Im Auto sagte keiner ein Wort. Die Great Lakes Brauerei war eigentlich noch gut zu Fuß zu erreichen, aber er schien wenig geneigt, einen Spaziergang in der Abendbrise zu genießen. Unter etwas netteren Umständen wäre sie sehr gern gegangen. Die Brauerei-Kneipe war etwa fünfzehn Jahre alt, das Gebäude selbst aber mehr als hundert, und eine in der Gegend kursierende Legende behauptete, dass die Einschusslöcher an der Wand aus der Waffe von niemand Geringerem als Eliot Ness selbst stammten.

Sie hatten sich draußen auf der Terrasse an einen Tisch gesetzt, als er zum ersten Mal etwas von sich gab. „Wir bestellen erst, dann können wir reden.“

Sie hätte sich fast schon beschwert, beschloss aber erneut, ihm noch ein Zugeständnis zu machen, allerdings diesmal das letzte. Wenn er ihr das nächste Mal befahl, was sie zu tun hatte, dann würde sie ihm erklären, wohin er sich seine Kommandos stecken konnte.

Sie studierte eingehend die Karte und entschied sich für Tortellini-Salat und ein Glas von dem kalten Edmund Fitzgerald Porter der Brauerei. Sie hatten sich nebeneinander gesetzt, um sich so besser hören zu können. Es war genau der richtige Abend, um auswärts zu essen, und der ansprechende Garten war voll besetzt und laut.

„Ich habe gehört, dass John D. Rockefeller direkt über dem Lokal eine Kanzlei hatte", sagte sie, nachdem ihre Bedienung dort gewesen war, um die Bestellung aufzunehmen.

„Was hast du sonst noch so gehört, Megan? Ich meine, vor Kurzem."

Jetzt verstand sie, was mit ihm los war. „Wenn ich meinen Drink schon hätte, würde ich einen Toast auf meine Schwester aussprechen." Sie tat, als würde sie ein Glas anheben. „Auf Casey und Jon und das Baby, das sie erwarten."

„Warum hast du mir das nicht gesagt? Oder wolltest du nicht, dass ich es erfahre?"

„Ich hatte nicht vor, ein Geheimnis daraus zu machen. Es kam einfach nie die richtige Gelegenheit, und ich wollte nicht einfach so damit rausplatzen."

„Komm schon, Megan."

Sie wollte protestieren, aber es gab nichts mehr dazu zu sagen. Vielleicht hätte sie es Niccolo berichtet, wenn sich eine perfekte Gelegenheit ergeben hätte. Aber sie hatte auch nicht versucht, eine solche zu finden. Die Wahrheit war, dass sie ihn nicht mit der Nachricht von dem Baby hatte konfrontieren wollen. Denn sie hatte gewusst, was danach kommen würde.

„Ich nehme an, ich wollte einen weiteren Streit verhindern." Sie wartete, bis ihre Bierkrüge serviert worden waren, und nahm ein paar Schluck, bevor sie weitersprach. „Ich weiß, wie du über das Kinderkriegen denkst, und ich wollte einfach nicht deine Enttäuschung sehen, wenn du erfährst, dass sie es zuerst geschafft haben."

„Mir ist es egal, wer der Erste ist. Kennst du mich denn nicht besser?"

„Wie hast du's erfahren?"

„Jon kam in den Saloon. Ich glaube, er war gekränkt, als ich ihm nicht gratulierte."

Sie legte ihm die Fingerspitzen auf den Handrücken. „Tut mir Leid. Lass uns Champagner besorgen und auf dem Rückweg bei ihnen vorbeifahren. Casey kann zwar nichts trinken, aber sie kann zusehen."

„Jon ist völlig aus dem Häuschen."

Casey auch. Aber ihr ist leider auf dem Weg nach draußen schlecht geworden."

„In der Nacht vor meiner Priesterweihe hatte ich einen Traum von drei kleinen dunkelhaarigen Jungen. Wie die Orgelpfeifen, jeder einen halben Kopf größer als der jüngere. Sie winkten mir vom anderen Ufer des Flusses zum Abschied zu. Ich hätte meine Ordination fast abgesagt."

Sie schluckte einen Kloß in ihrem Hals hinunter und nahm noch einen kräftigen Schluck Bier. Es war so eine einsame Vision, ein Mann, der sich von einer Zukunft verabschiedete, die ihm nie zu erleben erlaubt wäre. „Du hast auch sehr eindeutige Träume, Nick. Und das ist nicht der einzige."

„Soll heißen?"

„Du träumst doch immer noch sehnlich davon, Priester zu werden, oder?"

Er widersprach nicht. „Woher weißt du das?"

„Ich schlafe neben dir, erinnerst du dich?"

„Wie, singe ich das Halleluja? Rezitiere ich das Abendmahlsgebet in Latein?"

„Selbst ich weiß, dass das heute nicht mehr gemacht wird." Sie versuchte ihn zu beruhigen. „Ich bin nicht sauer, und ich mache mir auch keine Sorgen. Aber wir befinden uns beide in einem Übergangsstadium. Es ist nicht der richtige Zeitpunkt, um noch ein Baby zu dieser Kombination dazuzufügen."

„Wenigstens ist das ein anderes Argument als die Behauptung, ich würde zu viel arbeiten und wäre zu viel mit anderen Dingen beschäftigt, um ein guter Vater zu sein. Dass ich mich mehr um diese Möchte-gern-Wunder kümmere als um meine Frau."

Das untergrub weitere Versuche, Einfühlungsvermögen zu zeigen. „Es ist ein Teil des anderen Arguments. Du bist nicht so weit, ich bin nicht so weit."

„Wenn ich davon ausginge, dass du so weit sein könntest, solange wir beide noch fruchtbar sind, würde ich das Thema nicht ansprechen."

Diese Bemerkung war so untypisch für ihn, dass sie ihn einfach nur anstarrte. Er hatte noch nie sein und ihr Älterwerden als Begründung aufgeführt, sich mit dem Kind zu beeilen. Jetzt fragte sie sich, wie lange er sich schon Sorgen deshalb machte.

„Vergiss, dass ich das gesagt habe." Er griff nach seinem noch immer unberührten Bier.

„Das wäre ziemlich schwierig. Du hast es gesagt. Und du hast es auch so gemeint."

„Ich hätte es anders ausdrücken können."

„Lass mich mal sehen, ob ich das richtig verstanden habe. Du meinst, wir wären so weit, in diesem Moment? Also wenn wir jetzt nach Hause stürzen würden, ohne was gegessen zu haben, könnten wir den nächsten Eisprung erwischen, und zwar im richtigen Augenblick?"

„Das habe ich nicht gesagt."

„Du willst, dass ich dir verspreche, in Kürze so weit zu sein. Das ist es, was du gesagt hast."

Er stützte den Kopf auf die Hände wie ein Mann, der zu schwach war, sich noch gerade zu halten. Nach ein paar Sekunden richtete er sich wieder auf. „Ich will das haben, was Casey und Jon haben."

„Wenn du nach einer Zuchtstute gesucht hast, da gab es weitaus bessere Möglichkeiten, Nick."

„Keine von ihnen warst du, und ich habe nach Megan Donaghue gesucht."

„Du willst, dass ich dir sage, nächste Woche oder nächsten Monat bin ich hundertprozentig bereit, ein Baby zu bekommen, aber das kann ich nicht. Jeden Tag scheinen wir uns weiter und weiter voneinander zu entfernen, Nick. Das ist das erste Mal seit einer langen Ewigkeit, dass wir allein sind. Wir haben noch nicht mal ..."

„Uns geliebt?" Er wirkte immer erschöpfter. „Ich weiß."

„Möchtest du ein Kind *und* eine unbefleckte Empfängnis?"

„Ich hätte nicht gedacht, dass es so schwierig wird. Wie können zwei Leute, die sich so lieben wie wir plötzlich so weit voneinander entfernt sein?"

Sie war froh über seine Erkenntnis, dass es keine Frage von Liebe war. „Lass uns den heutigen Abend genießen", schlug sie vor. „Wir reden von irgendwas, nichts, das mit den Steinen und Unterstützung oder Renovierung zu tun hat. Ich werde nichts von dem Küchenbecken sagen, das ich ausgesucht habe, wenn du mir nichts von dem neuesten Sponsorenangebot berichtest."

„Abgemacht."

„Dann besorgen wir eine Flasche Champagner und besuchen die Kovats-Familie. Du kannst Casey beim Grünwerden beobachten. Vielleicht wird dich das davon überzeugen, dass es gar nicht so eine schlechte Idee ist, mit dem Baby noch etwas zu warten."

„Ein Abend voller Sterne erwartet uns."

„Dann gehen wir nach Hause und verhalten uns wie ein frisch vermähltes Paar. Du wirst Josh nicht nach irgendwelchen Telefonanrufen fragen, und ich werde mich bei Rooney nicht erkundigen, ob er an seine abendlichen Medikamente gedacht hat. Zumindest nicht öfter als einmal."

„Und ich werde nicht einschlafen, sobald ich das Kopfkissen berührt habe."

„Das würde ich dir auch nicht raten, sonst gibt es Ärger."

Sie hatte Niccolo nicht gesagt, dass sie sich durch seine fehlende Aufmerksamkeit ihr gegenüber verletzt fühlte. Es war eine Tatsache, die ihr nur langsam bewusst geworden war. Sie hatte immer gedacht, über solchen Dingen zu stehen. Nie zuvor hatte sie besonders viel Zuwendung gebraucht, und sie war eine praktische Seele, die den Fehlern anderer immer sehr tolerant begegnete. Natürlich verstand sie, dass Niccolos Erschöpfung und das ständige Beschäftigtsein, selbst seine Wünsche ein Resultat von Bedürfnissen waren, die wenig mit ihr zu tun hatten.

Es überraschte sie, dass sie, obwohl sie das alles verstand, trotzdem noch verletzt war. Und sie war zu bestürzt über ihre Reaktion und zu beschämt deshalb, um es ihm zu sagen.

Den Rest des Wochenendes herrschte Waffenstillstand. Niccolo machte sich am Sonntagmorgen von seiner Arbeit frei, um Kaffee zu servieren und selbst gemachte Brezeln, um Joshs A-Benotung von zwei Prüfungen seines Sommerstudiums zu feiern. Abends überredeten sie Rooney zu einem Spaziergang in der Nachbarschaft und liefen zu Caseys und Jons Haus mit dem Rest des Gebäcks in der Hand. Aber am Montagmorgen war Niccolo um sechs fertig zum Gehen, und bevor er das Schlafzimmer verließ, warnte er sie, dass er auch zu spät zum Abendessen sein könnte.

„Ich habe ein Frühstücksmeeting mit jemand von den Katholischen Wohlfahrtsverbänden", sagte er auf dem Weg zur Tür. „Sie wollen mich im Vorstand haben."

Sie sah ihn entsetzt an. „Und du lehnst sicher ab, oder?"

„Höchstwahrscheinlich."

Das hörte sich für sie überhaupt nicht gut an, und ihre Reaktion darauf musste ihr wohl anzusehen gewesen sein. „Die Kontakte wären äußerst hilfreich“, fügte er dazu. „Das ist der einzige Grund, warum ich noch am Zögern bin.“

„Du könntest auch einen neuen Zweig der United Way aufmachen, wo du gerade dabei bist. Diese Kontakte wären auch äußerst hilfreich.“

„Wirst du nachher im Saloon sein?“

Sie hatte ihm gesagt, dass sie da sein würde. Jetzt, nachdem die notwendigen Reparaturen am Tunnel fertiggestellt waren, wollte sie den zweiten Lagerraum ausräumen. Sie hatte keine Ahnung, ob sie ihn jemals gebrauchen würde oder nicht. Am liebsten würde sie den unteren Gang für immer verschließen, sobald sie und Niccolo sich geeinigt hätten, aber andererseits war das Ausräumen des ganzen Mülls dort eine Beschäftigung. Sie hatte Niccolo gebeten, vorn im Saloon einen kleinen Ausstellungskasten für die interessantesten Stücke zu bauen. Sie war sicher, dass auch andere Leute die alten Zeitungen, Korrespondenz und Listen von Bestellungen genauso interessant finden würden wie sie selbst.

Sie wandte sich von ihm ab und zog die Decke höher. „Du kannst mich im Erdinneren finden, wenn du mich brauchst.“

„Wir sehen uns dort.“

Das bezweifelte sie allerdings sehr.

Sie sah ihn mittags für ein paar Minuten. Auf dem Weg zum Einkauf von Baumaterial kam er zum Picknicktisch. „War es ein gutes Treffen heute Morgen?“ erkundigte sie sich.

„Produktiv.“

„Hast du abgelehnt?“

„Fast. Ich hab gesagt, ich denke darüber nach.“

„Wahrscheinlich hast du zwischen Mitternacht und fünf nach zwölf ein paar freie Minuten, um dir schließlich Gedanken darüber zu machen.“

„Megan, es tut mir Leid, aber erwarte mich nicht zum Abendessen. Esst bitte schon allein, ich hole mir irgendwas aus dem Kühlschrank, wenn ich da bin."

Sie fragte nicht einmal, wo er sein würde. Jemand brauchte ihn, und er fühlte sich verpflichtet zu gehen. „Warte, ich schreibe dir unsere Adresse auf, falls du vergessen solltest, wo wir wohnen."

Er hatte sich bereits zum Gehen umgewandt. Jetzt drehte er sich noch einmal um. Sie hatte erwartet, dass er verärgert aussähe, aber er machte ein eher zerknirschtes Gesicht. „Lass uns übers Wochenende wegfahren. Bald. Nur du und ich. Irgendwohin, wo uns niemand findet. Okay?"

Sie brachte ein Lächeln zustande, obwohl sie befürchtete, dass sich diese Idee niemals verwirklichen ließe. „Okay."

„Wir sehen uns später."

Sie schüttelte den Kopf, und er ging.

Am Nachmittag war es heiß und schwül, und sie hatte nichts dagegen, in den Tunnel hinunterzugehen, wo es kühler war, wenn auch nicht gerade die beste Luft herrschte. Sie eilte zuerst an dem Bild vorbei, ohne einen Blick darauf zu werfen, dann drehte sie sich noch einmal um und hielt das starke Licht ihrer Taschenlampe darauf, um es zu betrachten. Niccolo und die Steine-Kids hatten in dieser Woche einige Leitungen repariert. Es hatte nirgends Anzeichen für eine undichte Stelle gegeben, aber er hatte sie gebeten, nachzusehen, ob sich das Bild verändert hätte. Für sie sah es genauso aus wie immer, auf unheimliche Weise wie die Jungfrau Maria. Keine Tränen heute, aber das Abbild zeigte sich so deutlich wie am ersten Tag, an dem sie es entdeckt hatte.

Sie erinnerte sich an ihre eigene Reaktion darauf, und das nervte sie. Nach dem Tod ihrer Mutter und dem Verschwinden ihres Vaters hatte sie Gott als zeitverschwenderisches Hobby abgetan. Sie verwendete die Stunden, die sie in der Kirche hätte sein müssen, damit, sich um ihre Schwestern zu kümmern. Wenn sie durch Familienmitglieder gezwungen gewesen war, zu einer Erstkommunion zu gehen, erschien sie immer auf die letzte Minute und brach früh genug auf, um sich nicht bekreuzigen zu müssen. Sie war nicht direkt sauer auf Gott, sondern eher abgeschreckt durch seine Gleichgültigkeit. Nun revanchierte sie sich dafür.

Nach dem Tornadoeinfall und dann der Explosion war sie zurück zum Tunnel gerannt und hatte dabei leise dafür gebetet, dass Niccolo überlebt hätte. Es war ihr nicht mal richtig klar gewesen, dass sie das getan hatte. Die Worte waren einfach tief aus ihrem Inneren gekommen, Bruchstücke aus lange vergrabenen Gebeten, die ihr ihre Mutter und die Nonnen der St. Brigid's beigebracht hatten. Und sie hatte Niccolo lebend vorgefunden, obwohl er nach den ganzen Umständen zu urteilen eigentlich hätte tot oder zumindest schwer verletzt sein müssen.

Dieser Platz hier war für sie immer noch irgendwie heilig. Nicht wegen des Bildes. Und vielleicht auch nicht, weil sie ihren Ehemann schließlich doch hier lebend vorgefunden hatte. Sondern weil sie sich hier wieder Gott zugewandt hatte. Nicht um ein Wunder bittend, nicht mit einem Versprechen, das sie später einzulösen vergessen würde, sondern einfach mit der Bitte um die nötige Stärke, dem gegenüberzutreten, was sie hier erwarten würde.

Und Kraft war nur ein Teil von dem gewesen, was sie erhalten hatte.

Sie starrte auf das Bild und fragte sich, ob Niccolo hier etwas Ähnliches empfand und ob das zumindest einer der Gründe war, warum er den Gang nicht schließen wollte. An diesem Punkt war sein Leben gerettet worden. Vielleicht bedeutete seine Bereitwilligkeit, anderen diesen wundersamen Ort zu zeigen, eine Art, seine Dankbarkeit auszudrücken.

Sie ging weiter zum Lagerraum. Vor einiger Zeit hatte sie hier bereits jede Menge getan, aber sie war lange nicht mehr zurückgekommen. Niccolo hatte ein Verlängerungskabel vom Heizraum hierher verlegt und eine starke Glühbirne installiert, um den Raum zu beleuchten. Sie knipste sie dankbar an und fragte sich, wo sie anfangen sollte.

Eine Stunde später hatte sie zwei Kisten bewältigt. Jemand anders hätte den Inhalt womöglich in den nächsten Mülleimer gekippt, aber sie war zu fasziniert. Das Leben in den zwanziger Jahren war so anders gewesen, und irgendein Vorfahre hatte jede Erinnerung daran gehortet. Sie fand Keksdosen mit Quittungen, mottenzerfressene Lederalben mit Musterspeisekarten, Bücher mit sorgfältig handgeschriebenen Eintragungen von noch sorgfältiger aufgelisteten Ausgaben. Die Speisekarten waren ein echter Fund, und sie legte sie beiseite für den Ausstellungskasten. Sie freute sich, dass einige der Spezialmenüs, die sie servierte, auch damals zu den beliebtesten gezählt hatten.

Die Quittungen landeten im Abfallbeutel, zumal die meisten keine Stempel trugen oder nicht einmal zu entziffern waren. Dann sah sie sich die Hauptbücher etwas genauer an. Sie war immer noch dabei, die Einträge Stück für Stück zu verfolgen, als sie Geräusche im Tunnel vernahm. Als sie aufblickte, stand ihre Tante Deirdre am Eingang zum Vorratsraum.

„Na hallo." Megan klappte das Buch zu und stand auf, um ihre Tante zu begrüßen. Sie und „Dee" hatten so etwas wie einen sehr steinigen Weg in der Anfangsphase überstanden, bis sie Freundinnen geworden waren. Als Mädchen war Megan dagegen gewesen, dass ihre Tante Peggy zu sich nach Hause genommen hatte, doch jetzt als Erwachsene sah sie die Notwendigkeit ein, die dazu bestanden hatte, und war dankbar für die Zuwendung ihrer Tante und auch die Sensibilität, mit der sie vorgegangen war. Megan war nicht gerade ein umgänglicher Teenager gewesen, aber ihre Tante hatte nie aufgegeben, ihr ihre Zuneigung anzubieten.

„Willkommen im Chaos." Megan zeigte auf die noch ungeöffneten Kisten.

„Du hast keine Witze gemacht, was?"

Tante Dee meldete sich mindestens einmal die Woche unter irgendeinem Vorwand, um zu hören, wie es ihr ging, und Megan hatte ihr beim letzten Telefongespräch von dem zweiten Vorratsraum erzählt. Megan wusste, sie machte sich Sorgen, dass ihre Nichte die erzwungene Arbeitspause nicht so gut verkraftete.

„Sieh dir die hier an." Megan reichte ihr die Speisekarten. „Das gleiche Essen, andere Preise."

Deirdre blätterte darin. „Ich sag's ja wirklich nicht gern, aber ich erinnere mich tatsächlich noch fast an solche Zeiten."

„Da warst du noch nicht mal geboren."

„Aber nicht allzu lange danach. Das ist ja köstlich. Was hast du noch entdeckt?"

Megan zeigte ihr den Stapel mit den Schätzen. „Ich habe gerade die Bücher durchgesehen. Wenn man bedenkt, dass die Prohibition herrschte, ging es uns ja in den Zwanzigern fürchterlich gut. Ich bin sicher, der Tunnel war eine große Hilfe, was? Der ganze geschmuggelte Schnaps?"

„Wir haben unseren Anteil verkauft, da gibt es keine Frage."

„Es gibt noch eine Menge zum Durchsehen."

„Möchtest du etwas Unterstützung?"

„Wäre echt eine Freude. Obwohl ich wahrscheinlich wieder nicht weiß, was ich als Nächstes tun soll, wenn das geschafft ist."

„Dich entspannen und lesen? Anfangen zu Nähen?" Deirdre lachte, als Megan eine Grimasse zog. „Du amüsierst dich nicht besonders, was?"

„Der Trubel fehlt mir. Ich vermisse die Stammkunden und die

Familienmitglieder, die immer in den Saloon kommen, dazu den Krach und selbst die Arbeit. Und das Kochen fehlt mir."

„Nick meint, es würde nicht mehr lange dauern, bis die Küche fertig ist."

Die Küche würde ein Traum werden. Megan kam buchstäblich ins Schwärmen, wenn sie durch den Raum ging. Sie konnte es kaum noch erwarten, bis sie endlich wieder in der Lage wäre, ihren berühmten Irishman's Stew oder Lenten Cod Cobbler zuzubereiten.

„Gib mir mal eine Kiste", sagte Deirdre. „Das wird großen Spaß machen."

Megan erklärte ihr, was sie aufheben und was sie wegwerfen wollte. „Alles, was interessant sein könnte und wir nicht behalten, geht an die Historische Gesellschaft zum Durchsehen", sagte Megan. „Wenn nicht, weg damit."

Fünfzehn Minuten arbeiteten sie in einträchtigem Schweigen. Deirdre kümmerte sich nicht um Megans Arbeit und wollte auch nichts von ihr, und Megan war froh darüber.

„Tante Dee, sieh dir das an." Megan hielt eine Zigarrenkiste voll mit ausgeschnittenen Zeitungsartikeln hoch.

„Was ist das?" Deirdre stand auf und stützte die Hände in den Rücken, während sie sich streckte. Die Kartons waren nicht gerade die bequemsten Sitze.

„Artikel und Fotos von Glen Donaghue", sagte Megan.

„Von meinem Vater?"

„Sieht so aus." Megan hatte Fotos vom älteren Glen Donaghue gesehen. Bei seinem Tod war sie erst vier gewesen. Fotos von ihrem Großvater Glen hatten die Wände des Saloons zusammen mit denen anderer verstorbenen Vorfahren geschmückt. Er hatte geheiratet, als er in den Dreißigern gewesen war, und sie hatte nicht viele Fotos von ihm gesehen, auf denen er noch jünger war. „Was für ein gut aussehender Mann. Ein richtiger Herzensbrecher. Ich bin überrascht, dass es so lange gedauert hat, bis ihn sich eine geschnappt hat." Megan stellte die Zigarrenkiste so hin, dass ihre Tante ebenfalls darin stöbern konnte. „Er hat mit Eliot Ness gearbeitet, nicht?"

„Nachdem Ness Sicherheitschef geworden war. In der Mitte der dreißiger Jahre irgendwann. Junge, was für Geschichten wir gehört haben, als ich aufgewachsen bin."

„Die hier sehen aus, als kämen sie aus einer früheren Ära."

„Er war zu der Zeit Prohibitionsbeamter." Deirdre überflog den Artikel. „Ein guter, übrigens. Was für ein Beruf für den Sohn eines Saloon-Besitzers, was?"

Megan ließ sich mit ihren Zeitungsausschnitten auf dem Kistenrand nieder. „Ich hab nach Informationen über Liam Tierney gesucht, und Nick hat von St. Brigid's ein paar Briefe mit nach Hause gebracht." Sie berichtete ihr von Maura McSweeney. „In einigen der Briefe, die bereits übersetzt waren, schreibt sie von einem Liam, der aus Shanmullin zu sein scheint, deshalb sieht es so aus, als könnte das Liam Tierney sein. Und in einem der Briefe ist die Rede von einem Glen, der das Gesetz verteidigen will. Haben die sich getroffen, was meinst du? Wäre das nicht der absolute Witz?"

„Ich weiß nicht viel über Dads Jahre im Finanzministerium. Er hat nie davon gesprochen."

„Von einem Tim wird auch gesprochen." Sie versuchte sich an den Wortlaut zu erinnern. „Irgendwas darüber, wie er sich sein eigenes Stück Welt zurechtschnitzt ... Nein, sein Glück zurechtschnitzt und jeden bedroht, der sich da einmischt."

„Das ist nicht so schwierig. Sie bezieht sich wahrscheinlich auf Tim McNulty. Eine ziemliche Berühmtheit in dieser Gegend. Ich weiß mit Sicherheit, dass er ein Mitglied der St.Brigid's war. Und Dad hat ihn gekannt, das ist auch sicher. Da gibt es eine ziemlich aufregende Geschichte, obwohl ich sie nie von Dad gehört habe. Teile davon habe ich von seiner Schwester Maryedith gehört, kurz bevor sie gestorben ist."

Megan erinnerte sich gut an ihre Großtante. Maryedith hatte eine scharfe Zunge gehabt und war ziemlich intolerant gewesen, leider, denn sie war auch die Historikerin in der Familie gewesen, diejenige, die sich in allen Farben und Schattierungen an sämtliche Geschichten aus der Familie erinnert hatte. Wenn jemand etwas von ihr erfahren wollte, musste er sich notgedrungen erst mal mit ihren Beschwerden und Befehlen abfinden.

„Sie hat mir immer in den Hintern gekniffen, wenn sie meinte, ich würde aus der Reihe tanzen, was meist der Fall war", sagte Megan. „Es war nicht gerade leicht, sie lieb zu haben, unsere Maryedith."

„Die Männer haben offensichtlich genauso gedacht. Sie hat ihr ganzes Leben allein gelebt."

„Was hat sie dir von Tim McNulty und deinem Vater erzählt?"

„Na ja, du wirst verstehen, warum er es mir nie selbst berichtet hat, wenn du die Story erst mal gehört hast."

Megans Neugierde war aufs Äußerste geweckt. Darüber konnte sie fast ihre Probleme vergessen. „Oben gibt es Eistee in einer Kühlbox. Vielleicht sollten wir uns an den Picknicktisch setzen. Die Zigarrenkiste und die Bücher können wir mit nach oben nehmen."

„Das hört sich gut an. Ich hab dich in Gang gebracht."

„Knips deine Taschenlampe an und bereite dich für den Auf bruch vor." Megan schloss die größere Kiste und klemmte sich ihre neuen Schätze unter den Arm.

„Ich habe schon lange darauf gewartet, weißt du?"

„Worauf? Diese Zeitungsartikel zu finden?"

„Nein. Deine Freundin zu sein."

„Tut mir Leid, dass ich all die Jahre so schrecklich zu dir war, Tante Dee. Ich weiß, du hast getan, was für uns alle das Beste war. Wir stehen tief in deiner Schuld. Wir alle."

Deirdre schaltete ihre Taschenlampe ein, als Megan die Glühbirne ausknipste. „Du schuldest mir überhaupt nichts. Ich habe es getan, weil ich wusste, irgendwann sitzen wir mal draußen in der Sonne und trinken zusammen Eistee. Darauf war es wert zu warten."

1925
Castlebar, County Mayo

Mein lieber Patrick,
Du fragst mich, warum ich nie geheiratet habe, eine merkwürdige Frage, nun, wo ich die letzten Jahre meines Lebens verbringe. Die Antwort hat, natürlich, etwas mit der Auswahl zu tun.

Ich hatte die Möglichkeit zu wählen. In meiner Jugend gab es zwei Männer, die mich baten, mit ihnen Haus und Bett zu teilen. Der erste, ein Farmer, besaß eine ansehnliche Anzahl von Kindern, die erzogen werden mussten, und eine erst kurz zuvor verstorbene Ehefrau im Grabe. Ich war nicht an dem Mann oder den Kindern interessiert, und ganz besonders nicht an der Farm, welche weder besondere Schönheit aufwies noch fruchtbare Erde. Natürlich war ich so vorsichtig, ihm dies nicht zu sagen, lediglich, dass ich eine Frau sei, die nicht an Heirat interessiert wäre und auch keine der üblichen Fähigkeiten besäße, die eine Frau bräuchte. Er suchte glücklicherweise woanders weiter.

Den zweiten Mann abzulehnen, war nicht so leicht gewesen. Er war ein guter Mensch, sehr ansehnlich, und das

Leben mit ihm wäre nicht schwer gewesen. Womöglich wären wir sogar zusammen auf Reisen gegangen, hätten die Bücher gelesen, die ich so liebe, und uns darüber unterhalten, unsere Kinder beim Erwachsenwerden beobachtet und in unseren späteren Jahren über sie gelacht.

Doch die Ehe ist nie eine sichere Aussicht für eine Frau. Wir sind geboren, um zu dienen. Pflichten der Kirche gegenüber, Pflichten den Eltern gegenüber und denen die höher stehen als wir. Wir sind untergeordnet, überarbeitet, schlecht bezahlt, wenn überhaupt, oft unterernährt, wenn es Männer gibt, die zuerst gefüttert werden müssen. Ich beobachtete meine eigene Mutter, wie sie unter der schlechten Behandlung durch unseren Vater gelitten hat, mein lieber Patrick. Du hast weniger davon mitbekommen, da Du das Haus zu Deiner Zeit verlassen hattest. Ich jedoch habe lange verfolgt, wie ihre Lebensgeister immer mehr verloschen, mit jedem Herzschlag mehr, mit jedem Mal, wenn sie erneut angeschrien wurde. Ich hatte dabei nicht gelernt, Männer zu hassen, nur das, was unsere Gesellschaft ihnen erlaubt zu werden.

Ich sagte Nein zu meinem Liebsten. Erklärte ihm, dass ich mit ihm ohne den Bund der Ehe zusammenleben würde, sodass ich immer die Wahl hätte, meine eigene Herrin zu bleiben. Gottesfürchtig, wie er war, und mit seinem Wunsch nach Kindern, hatte er das abgelehnt.

Und nun habe ich Dich schockiert. Womöglich betest Du für meine Seele? Oder vielleicht für die Irlands, wo Frauen gezwungen sind, solche Entscheidungen zu treffen. Ich kenne Dich gar nicht mehr gut genug, um zu wissen, welches von beiden Dir ähnlich wäre.

Deine Schwester
Maura McSweeney

20. KAPITEL

Als Glen Donaghue sich zum ersten Mal Clare McNulty näherte, trug sie eine Glocke, die das meiste ihres glänzenden braunen Haars bedeckte, von dem sich jedoch ein paar kecke Strähnen am Nacken und über der Stirn kringelten. Und der Hut besaß die gleiche blaue Farbe wie ihre Augen. Er wusste, um wen es sich bei ihr handelte, und ihm war auch klar, dass sie die letzte Frau war, mit der er gesehen werden sollte. Doch das hielt ihn nicht davon ab, sich nach dem Rosenkranz zu bücken, den sie auf dem Weg aus der St. Brigid's nach dem frühmorgendlichen Gottesdienst verloren hatte. Er fühlte sich warm und glatt an, und auch ohne das Kettchen an sein Gesicht zu heben, roch er den zarten Duft nach Rosen.

„Oh, vielen Dank." Clare blieb stehen und lächelte ihn an. „Der gehörte meiner Mutter. Es täte mir sehr Leid, ihn zu verlieren. Sie hat ihn selbst gemacht, aus Rosenblättern, die sie zurechtgeschnitten und getrocknet hat."

„Ein Rosengarten, um den Kopf der Jungfrau zu krönen." Glen lächelte und hielt ihr den Kranz hin. „Er ist sehr schön und passend."

„Wirklich? Meine Freundinnen finden, dass ich hoffnungslos altmodisch bin. Ihre Rosenkränze sind aus Gold, Silber und Gagat." Sie warf ihm einen Seitenblick zu, bevor sie dazufügte: „Ich habe Sie schon mal in der Kirche gesehen."

Clare ging durch den Ausgang und streckte dem Kirchendiener die Hand entgegen, der an diesem Morgen Geld für Kerzen sammelte, und wechselte ein paar Worte mit ihm, bevor sie die Treppe hinunterstieg.

Glen hätte seinerseits den alten Mann in ein Gespräch verwickeln können und so verhindern, dass er Clare folgte. Wenn er die

Konversation beendet hätte, wäre Clare bereits weg gewesen, und man hätte ihn nicht der Aufdringlichkeit beschuldigen können.

Doch der gesunde Menschenverstand siegte nicht. Er holte sie problemlos ein, denn sie ging sehr langsam. „Ich habe Sie auch gesehen. Aber nie allein."

„Oh, ich bin der größte Schatz meines Vaters. Er stellt immer sicher, dass ich bewacht werde." Sie klang nicht so, als würde ihr das besonders gefallen.

„Sollten Väter nicht auch ihre Töchter lieben?"

„Sie klingen wie ein Mann der Traditionen, Mister ..."

„Donaghue. Glen Donaghue."

„Ich bin Clare McNulty. Ich habe von ‚Schatz' gesprochen, nicht vom lieben."

„Gibt es da einen Unterschied?"

„Das, was wir schätzen, müssen wir nicht unbedingt lieben. Es heißt nur, dass wir ihm einen gewissen Wert beimessen."

„Und Sie sind Ihrem Vater etwas wert?" Er fragte sich, was genau.

„Frauen sind schon seit Jahrhunderten ein Besitz, mit dem gehandelt wird. Sollte es jemals nicht so gewesen sein, habe ich nichts davon erfahren."

„Wir leben im zwanzigsten Jahrhundert, es gibt Gesetze gegen Sklaverei. Wie können Sie zu etwas gezwungen werden, das Sie nicht wollen?"

Sie wechselte das Thema. „Ich habe das Haus verlassen, bevor irgendjemand mitbekommen hat, dass ich schon auf bin. Deshalb bin ich allein hier. Ich komme zu dieser Messe, wann immer ich kann."

„Ich kenne Ihren Vater." Er überlegte sich den nächsten Satz genau, aber letztendlich wusste er, dass er ihr alles erzählen musste. „Ich bin die letzte Person, von der er wünschte, dass Sie mit ihr sprechen. Wahrscheinlich sind ich und meinesgleichen diejenigen, vor denen er sie bewahren möchte."

Sie blieb stehen, und für einen Augenblick wirkte sie besorgt. „Sind Sie einer von Squeaky Franks Männern?"

Er lachte. „Sehe ich aus wie einer von seinen Leuten? Vor allem mit dem Namen Donaghue?"

„Sie sehen so jung aus, als sollten Sie noch Kniehosen tragen, wenn Sie das tun."

„Wenn ich was tue?"

„Lächeln. Lachen. Ihre Augenwinkel kräuseln sich dann wie bei einem kleinen Jungen."

„Ich fürchte, ich bin alt genug, um ein Prohibitionsagent zu sein."

Sie riss die Augen auf. Dann lachte sie ebenfalls. „Ach das meinten Sie. Sagen Sie, haben Sie an der Tür gewartet, in der Hoffnung, dass ich etwas verliere?"

„Keineswegs. Tatsächlich habe ich mir gesagt, ich sollte mich von Ihnen so fern wie möglich halten."

Sie begann wieder den Bürgersteig entlangzulaufen. „Und warum haben Sie das nicht getan?"

„Ich weiß nicht, was ich Ihnen darauf antworten soll."

„Die Wahrheit wäre nett."

„Ich nehme an, Sie haben einfach etwas an sich, das ist alles."

„Ich habe etwas an mir, na gut. Ich bin eine gefährliche Frau. Besonders für einen Mann wie Sie."

„Warum, brennen Sie Gin in Ihrer Badewanne? Reisen Sie einmal die Woche mit dem Schiff nach Kanada und kommen beladen mit Whiskey und Rum wieder zurück?"

„Ich führe den Haushalt meines Vaters, und ich gehe zur Schule. Da ist nicht mehr viel Zeit fürs Schmuggeln übrig."

Sie hatte den schönsten Teint, den er jemals gesehen hatte, so hell, klar und glatt wie das Hochzeitskleid seiner Mutter. Er schätzte sich als ernsthaften Mann ein. Er war mit Geschichten über seinen Großvater Rowan Donaghue und seiner langen Karriere als Polizist aufgewachsen. Glen wusste, dass sein Vater nur durch Adoption ein Donaghue war und keinen Tropfen von Rowans Blut in seinen Adern hatte. Doch Rowan war Glens Held, und er hatte schon vor langer Zeit beschlossen, sein Leben nach dessen Muster zu gestalten. Jetzt, wo er bereits die ersten Stufen die Leiter hoch geschafft hatte, wusste er es besser, als alles wegen einer Alabaster-Haut und Vergissmeinnicht-Augen wegzuwerfen.

„Sie scheinen viel zu sehr beschäftigt, um gefährlich zu sein", sagte Glen.

„Ich kann mir vorstellen, dass Sie auch viel zu tun haben. Zu viel, um sich mit Tim McNulty einzulassen."

„Ich habe öfter mit ihm zu tun, als Sie denken."

„Aber nie persönlich."

Er lächelte, um ihr zu verstehen zu geben, dass sie absolut Recht hatte.

Sie seufzte leise. „Er hat ein Dutzend Männer, um sich Leute wie Sie vom Leib zu halten, aber wenn wir noch öfter solche Unterhaltungen führen, werden Sie ihn schnell kennen lernen."

Sie sah bei diesem Gedanken traurig, aber auch resigniert aus, so als hätte sie begriffen, dass sie in ihrem Leben immer ihrem Vater auf Gnade und Ungnade ausgeliefert sein würde. Sie war sehr zart, fast zerbrechlich gebaut, und er verspürte den absurden Drang, sie in die Arme zu nehmen und ihr zu versprechen, dass er sie beschützte.

„Er hat seine Pläne für Sie?"

„Er hat für jeden Pläne, mit dem er zusammentrifft."

Glen hatte noch nie ein so persönliches Gespräch mit jemandem geführt, den er kaum kannte. Zum Teil war er schockiert, andererseits gab ihm dies das Gefühl, als wäre das Schicksal am Werk. Er war schließlich nicht umsonst hundertprozentiger Ire.

„Kommen Sie öfter zu dieser Messe? Können Sie sich davonmachen?“ fragte er.

„Wann immer ich kann.“

Er war ein gläubiger Katholik und so traditionsbewusst, dass er am Gottesdienst teilnahm, so oft er die Gelegenheit hatte. Bei seiner Arbeit konnte man nicht religiös genug sein. „Dann werden wir uns wohl wiedersehen“, entgegnete er.

Sie lächelte, kleine weiße Zähne und rosig schimmernde Lippen, die denen einer raffinierten Schönheit in nichts nachstanden. Ihr marineblaues Kleid war stilvoll, aber konservativ. Er mochte alles an ihr.

„Dann wird das ein weiterer Grund sein, früh aufzustehen.“ Sie drehte sich um und ging weiter den Bürgersteig entlang. Er folgte ihr nicht, auch wenn er sehr versucht war. Er wusste, sie würden in den kommenden Wochen noch Zeit füreinander finden, und ihm war auch klar, dass sie das besser nicht tun sollten.

Irgendwie schien ihn Letzteres nicht so zu beunruhigen, wie es sollte.

Wenn sie Glen Donaghue nicht sah, träumte Clare von ihm. Sie traf ihn lediglich in der Frühmesse, und das auch nur, wenn sie es schaffte, allein loszugehen. Jedes Mal unterhielten sie sich, und einmal gingen sie auf der anderen Straßenseite zusammen einen Kaffee trinken, ein kühnes und wahrscheinlich ziemlich dummes Abenteuer, das ihr so viel mehr Stoff zum Träumen verschafft hatte.

Glen war ein ruhiger, aber starker Typ, blond, aber nicht zu hell, groß, aber nicht zu lang, gut aussehend, aber kein Schönling. Seine Familie war ebenfalls irisch, „Harfen“ wie die ihre, aber liebevoll und glücklich – was man von ihrer allerdings gar nicht behaupten konnte. Glen hatte nur eine Schwester, Maryedith, aber Dutzende von Cousins und Cousinen.

Seine Familie betrieb den Whiskey Island Saloon, den Clare natürlich nie betreten hatte. Es war schon merkwürdig, dass er in einem solchen Job arbeitete, wenn man bedachte, womit die Familie ihren Lebensunterhalt bestritt. Er gestand, dass er ihretwegen beschlossen hatte, Prohibitionsagent zu werden anstatt Polizist. Es wäre sonst gut möglich gewesen, dass er zu einer Razzia im Lokal seiner eigenen Familie berufen worden wäre. Sein Job für das Prohibitionsbüro verlangte von ihm, zu verhindern, dass der Schnaps zu solchen Orten wie dem Saloon gelangte, ihn sozusagen an der Quelle abzufangen.

Seine Aufgabe war es, gegen Leute wie *ihren* Vater zu arbeiten, nicht seinen – jedenfalls nicht so direkt. Seine Familie tolerierte seine Entscheidung sowie die Tatsache, dass er sich von allen Veranstaltungen im Saloon fernhielt, und seine Vorgesetzten forderten nicht von ihm, seine Familie auszuspionieren. Glen bewegte sich ständig auf einem Drahtseil, aber bisher hatte er nie die Balance verloren.

Clare balancierte ebenfalls auf einem dünnen Draht. Ihr Vater würde vor Wut kochen, wenn er erführe, dass sie sich in jemanden verliebt hatte, noch dazu in einen Prohibitionsagenten. Tim McNulty hatte schon längst einen Ehemann für seine Tochter ausgesucht. Seine Wahl, Niall Cassidy, gehörte zur irischen Gang der Nordseite von Chicago, und Tim wollte nichts lieber in seinem Leben, als sich durch diese Heirat mit Bugs Moran und seinen Kumpeln zu verbinden.

Cassidy war ein Mitglied von Morans Junioren, eine Gangstertruppe, die zum Aufrücken in die Seniorliga ausgebildet wurde, und Cassidy hatte Clare seit ihrem ersten Zusammentreffen bei einer Schmuggler-"Konferenz", die bei Tim stattgefunden hatte, im Auge behalten. Cassidy war seitdem ein- bis zweimal im Monat nach Cleveland zurückgekommen. Er war ein ungehobelter Bursche ohne Bildung, und sein überschwänglicher irischer Charme konnte nicht darüber hinwegtäuschen, dass er die Seele einer Boa Konstriktor besaß.

Clares Vater, ein großer Fisch in dem relativ kleinen Teich Cleveland, Ohio, strebte nach Höherem. Clare hatte ihn ihr ganzes Leben lang beobachtet. Das Wort „genug“ stand nicht im Vokabular ihres Vaters. Der Ausdruck „Schmalspur“ brachte ihn zum Schäumen. Clare mit Niall verheiraten war für ihn gleichbedeutend mit dem automatischen Anwachsen seines Einflusses und der Einnahmen. Türen, die ihm jetzt verschlossen waren, würden sich für ihn öffnen. Clares Bedürfnisse und Wünsche waren in diesem Zusammenhang unwichtig.

Bisher hatte sie Cassidy einen Strich durch die Rechnung gemacht. Sie gab Kopfschmerzen vor oder wichtige Verpflichtungen, wenn er unangemeldet auftauchte, und schaffte es zu verschwinden, wenn sie bereits vorher erfahren hatte, dass er in die Stadt kommen wollte. Ihr Vater war langsam dahintergekommen, welche Taktik sie anwendete, und der Tag der Abrechnung stand nun bevor. Cassidy würde an diesem Nachmittag ihren Vater wegen einer unbedeutenden geschäftlichen Angelegenheit aufsuchen. Tim hatte sie davon unterrichtet, dass sie am Abend zum Dinner anwesend sein sollte, etwas eindrucksvoll Festliches für sie alle drei vorbereiten möge und dass sie Niall Cassidy danach, sollte er Lust auf einen ruhigen Spaziergang im Mondschein verspüren, gefälligst auf dem Weg am Wasser entlang begleiten würde.

Clare hatte weiß Gott kein Verlangen danach, einem Typ wie Cassidy ihre Fähigkeiten in der Haushaltsführung zu beweisen. Sie wies das Personal an, die unzähligen Stücke des viktorianischen Schnickschnacks abzustauben, die für ihren Vater Reichtum und guten Geschmack darstellten, die gerahmten Wappen, die Majolika-Vasen. Sie sorgte dafür, dass das Silber geputzt wurde – und ordnete anschließend eine sorgfältige Bestandsaufnahme an, da Cassidy ein Mann war, der sicher fröhlich alles einsteckte, was ihm gefiel. Sie arrangierte keine frischen Blumengestecke oder suchte das Menü nach seinen Vorlieben aus. Er schien jemand, der gern Schmorbraten mit Kartoffeln aß; sie wählte Chicken a la King auf Toast. Wahrscheinlich mochte er üppige Torten und Kuchen; sie bestellte gebackenes Obst. Die Brötchen waren vom Vortag, und sie wählte das Alltagsgeschirr zum Servieren.

Cassidy tauchte um Punkt sieben mit ihrem Vater auf. Sie begrüßte ihn in einem mausbraunen Hängekleid, das ihr überhaupt nicht stand.

„Mr. Cassidy", sagte sie, nahm seinen Chesterfield und reichte ihn der Magd im unteren Stockwerk. Sie bemühte sich, ihn nicht zu berühren oder zu lächeln.

„Niall", verbesserte er sie. „Und Sie sehen wieder reizend aus heute, Clare, wie immer."

Sie hatte ihr Haar streng zurückgezogen und festgesteckt und kein Stück von dem Schmuck angelegt, den ihr Vater ihr eigens dafür gegeben hatte, um mit seinem Reichtum zu protzen. „Elvira hat im Salon ein paar Kanapees serviert." Die Brote waren mit hart gekochten Eiern und Sardinen belegt, die am wenigsten ansprechende Kombination, die ihr eingefallen war. Sie hatte dafür gesorgt, dass Gin, Wermut und Oliven für die zurzeit beliebten Martinis bereitstanden, da ihr Vater alles verachtete, das zwischen ihm und seinem Glas mit purem Whiskey stand.

„Du setzt dich dazu, Clare?" Es war weniger eine Frage, so wie ihr Vater den Satz betonte.

„Ich fürchte, das geht nicht", flötete sie, „obwohl ich es natürlich gern tun würde. Aber wenn ich nicht alles überwache, wird das Dinner sicher eine Katastrophe. Und wir wollen doch nicht Mr. Cassidys Abend verderben."

„Dieses Risiko gehen wir ein." Tim nahm sie beim Arm.

Clare hielt jedoch stand, auch wenn sie wusste, dass sie am nächsten Tag überall blaue Flecke vom Griff ihres Vater haben würde. „Dann lass mich um Gottes Willen wenigstens ein paar Dinge in der Küche überprüfen, Daddy. Elmira erwartet mich."

Seine Finger bohrten sich so fest in ihre Haut, dass es schmerzte. Sie ließ sich nichts anmerken. Schließlich ließ er sie los. „Wir erwarten dich in Kürze."

Sie nickte würdig und floh dann in die Küche.

Elvira war keine Meisterin im Sahnesoße zubereiten. Ein angebrannter Geruch empfing Clare in der Küche, kaum dass sie die Tür geöffnet hatte. Zum ersten Mal an diesem Abend musste Clare lächeln. „Es läuft nicht so gut hier, was?"

„Oh, Miss, es tut mir so Leid. Es ist so schnell angebrannt. Ich hab mich nur einmal umgedreht, und schon ..."

„Machen Sie sich keine Sorgen. Lassen Sie einfach das Verkokelte in der Pfanne und kratzen sie den Rest raus."

„Lieber nicht, Miss. Es schmeckt schrecklich. Da gibt es noch jede Menge Huhn. Ich könnte noch mehr ..."

„Nein, nein. Das wird schon reichen. Vergessen Sie nicht die Erbsen und Karotten, und achten Sie darauf, dass sie sehr, sehr knackig bleiben."

Sie verschwendete noch so viel Zeit, wie sie wagte, doch schließlich ging sie zu den Männern in den Salon. Beide nippten lustlos an ihren Martinis und arbeiteten sich durch eine Packung Camel. Bevor sie den Raum ganz betrat, beobachtete sie Niall einen Moment. Für die meisten jungen Frauen wäre er ein Prachtkerl, mit dem glatten Rudolph-Valentino-Haar und den grünen Schlafzimmeraugen. Er war tadellos gekleidet und lächelte viel. Trotzdem empfand sie alles an ihm abstoßend, von den Tabakflecken an seinen Zähnen und Fingern bis zu dem widerlichen Geruch nach Pimentöl.

„Das Dinner ist gleich fertig.“ Sie trat ein und setzte sich auf den einzelnen Sessel neben dem Kamin, während sie zufrieden registrierte, dass die Kanapees offensichtlich nicht so reißenden Absatz gefunden hatten.

„Niall hat mir gerade erzählt, dass er in letzter Zeit viel Erfolg hat“, berichtete Tim, erfreut über diese Tatsache. Doch als er zu Clare hinübersah, bemerkte sie ein stahlhartes Aufblitzen in seinen Augen.

„Ich gratuliere“, bemerkte sie spröde. Sie wusste, dass sie sich besser nicht erkundigte, auf welchem Gebiet Niall denn so erfolgreich war. Fragen waren in der Welt ihres Vaters nie besonders geschätzt.

„Und er meint, er würde sich gern niederlassen und eine Familie gründen.“

Sie dachte einen Moment daran, ihm ins Gesicht zu sagen, was sie empfand, dass sie lieber ein Kind vom Teufel zur Welt bringen würde als Niall Cassidys. Stattdessen nickte sie nur. „Ich bin sicher, die jungen Frauen von Chicago sind darüber sehr erfreut und aufgeregt.“

Beide Männer starrten sie an. Sie hatte mit wohlmodulierter und ernster Stimme gesprochen. Es war offensichtlich, dass sie nicht wussten, ob sie sich über sie lustig machte. Sie stand auf, bevor sie sich die Wahrheit zusammenreimen konnten. „Soll ich die Kanapees etwas aufwärmen?“ Sie nahm die Platte und hielt sie hoch.

„Die sind nicht mehr zu retten“, sagte Tim. „Setz dich, Clare.“

Sie gehorchte und drehte den Teller in der Hand, um sich irgendwie zu beschäftigen.

„Wie läuft es in der Schule?" erkundigte sich Niall. „Lernst du da was Brauchbares?" Beide Männer lachten, als wäre das so unmöglich, dass die Frage einfach ein Witz war.

„Wir beschäftigen uns mit den Stücken von Shakespeare, der Philosophie von Kant." Ihr Blick wurde wehmütig. „Vielleicht möchte ich später mal Unterricht geben. Die Ursulinen betreiben eine so wichtige Arbeit. Ich bete jede Nacht für eine Berufung." Sie lächelte – nonnenhaft, wie sie hoffte.

„Eher wird ein schwarzes Mädchen zur Päpstin gewählt, bevor ich so was erlaube", schnaufte Tim finster.

„Es heißt, dass einer der ersten Päpste eine Frau gewesen sei."

„Gotteslästerung!" Tim mixte sich noch einen Martini. „Ich glaube, du hast jetzt wohl genug gelernt, Mädelchen."

„Finden Sie, dass eine Frau zu viel lernen kann?" wandte sich Clare an Niall. „Was denken die Leute in der großen Stadt darüber?"

„Meine Mutter konnte ihren eigenen Namen nicht schreiben, aber sie hat zehn Kinder aufgezogen, und alle haben überlebt."

Sie nickte und blickte ihn in vorgetäuschter Bewunderung an. „Glückliche Jahre und ein hohes Niveau für jeden, da bin ich sicher. Sie muss stolz auf Sie sein."

„Ach, sie hat vor ein paar Jahren den Löffel abgegeben."

Clare konnte eine Sekunde des Bedauerns für Mrs. Cassidy erübrigen. Wenn die anderen neun so waren wie Niall, dann war die arme Frau nicht einen Moment zu früh gestorben.

Elmira rettete den Abend, indem sie das Dinner ankündigte. Niall begleitete Clare zum Speisezimmer, und sie war gezwungen, seinen Arm zu nehmen. Er brachte sie zum Kopf der Tafel, ihr Vater setzte sich auf die gegenüberliegende Seite und machte ihm ein Zeichen, neben seiner Tochter Platz zu nehmen.

Elmira servierte, und Clare beobachtete die beiden Männer

unter den Lidern hervor. Sie war keine Schönheit, und die meiste Zeit war sie stolz darauf, andere glücklich zu machen und dafür zu sorgen, dass sie sich wohl fühlten. Sie erfüllte eine undankbare Aufgabe im Haus ihres Vaters, doch sie führte sie ohne zu murren und ohne große Erwartungen aus. Heute Abend wünschte sie sich nur, dass ihr Vater sich bei dieser Charade der Artigkeit genauso unglücklich fühlte wie sie.

„Was ist das für ein Zeug?“ wollte Tim wissen.

„Chicken a la King. Das ist der letzte Schrei. Magst du es denn nicht?“

„Wenn ich Toast gewollt hätte, würde ich's mit Eiern dazu haben wollen.“

„Mr. Cassidy, aber Sie mögen es doch, oder?“

Er brachte ein Nicken zustande und kaute unbeholfen an einem Bissen Karotten herum.

„Gut.“ Sie lächelte sanft und begann ihren Teller zu leeren.

„Ich kann nur hoffen, dass es was Gutes zum Dessert gibt.“ Tim schob seinen Teller von sich und machte sich über seinen Whiskey her, den er vor dem Verlassen des Salons eingegossen hatte.

„Es gibt Früchte. Das ist so herrlich gesund. Findest du nicht?“

Er schob auch das unberührt zur Seite, nachdem es vor ihn hingestellt worden war, und blickte wütend zu Clare hinüber.

Sie entschuldigte sich, als niemand mehr einen Bissen zu sich nehmen wollte, und stand auf, um den beiden zu signalisieren, dass sie sich zurückziehen könnten „Ich bin sicher, dass die Gentlemen jetzt rauchen möchten. Ich helfe nur mal Elmira, das Frühstück für morgen zu organisieren.“

„Lass uns einen Spaziergang machen, Clare“, sagte Niall. „Dein Vater hat mir die Erlaubnis gegeben, dich für eine Weile mitzunehmen.“

„Ich fürchte, ich kann nicht. Ich muss für eine Prüfung lernen.“

„Du wirst mitgehen", bestimmte Tim. „Oder es wird in Zukunft überhaupt keinen Grund mehr zum Lernen geben."

Sie wusste, dass ihre Chancen, von Cassidy wegzukommen, kleiner würden, je mehr sie widersprach. „Ich hole mir einen Pullover. Aber nur, wenn Mr. Cassidy verspricht, mich früh wieder nach Hause zu bringen."

Sie kehrte ein paar Minuten später zu den beiden ins Speisezimmer zurück, wo sie die Köpfe zusammengesteckt hatten und etwas besprachen. Sie blieb an der Tür stehen. „Soll ich ein bisschen später wiederkommen?"

„Nein, ich bin fertig." Niall holte seinen Mantel und warf ihn sich über die Schultern. Dann führte er sie zur Haustür.

„Sie und mein Vater scheinen sich über etwas ziemlich Wichtiges unterhalten zu haben", sagte sie, während sie durch McNultys Garten gingen. Das Haus ragte hinter ihnen auf, eine monströse Villa aus braunen Schindeln, die wunderbar zu diesem düsteren Winter von Cleveland passte.

„Ach, wir haben uns nur gerade über dich unterhalten."

Sie war froh, dass sie diese Unterhaltung nicht mitbekommen hatte.

Halb hatte sie erwartet, dass einer der Schlägertypen ihres Vaters ihnen unauffällig folgen würde, doch ausnahmsweise war sie allein mit einem Mann. Das ließ sie nichts Gutes ahnen. Ihr Vater war entschlossen, sie mit Niall Cassidy zu verheiraten. Offensichtlich hatte er Niall die unausgesprochene Erlaubnis erteilt, alle Mittel zu nutzen, um es durchzusetzen.

„Gefällt dir Cleveland?" wollte Niall wissen.

„Ich habe nie woanders gelebt." Sie hob die Hand, um einer Nachbarin zuzuwinken, aber die Frau wandte sich schnell ab und tat so, als habe sie Clare nicht gesehen. Wenn sie allein war, konnte sie sich mit den Leuten nett unterhalten, doch sie sahen zu, dass sie keine unnötige Aufmerksamkeit auf sich zogen, wenn einer von McNultys Männern mit ihr ging.

„Chicago würde dir gefallen. Es ist größer und besser. Eine Menge Kneipen. Viel Spaß. Ich könnte dir zeigen, wie man sich amüsiert.“ Er zwinkerte ihr zu.

„Ich fürchte, wir haben unterschiedliche Ansichten darüber, wie man sich amüsiert.“

„Ja? Was gefällt dir denn so?“

„Lesen. In die Oper gehen. Zur Messe.“ Sie war nicht ganz so spießig, wie sie sich darstellte, aber sie ging nicht weiter ins Detail.

„Ich mag eine klasse Lady.“

Sie blieb mitten auf dem Bürgersteig stehen. Der See lag direkt vor ihnen, ein schmaler Streifen Ufer, dann Wellen, so weit das Auge reichte. Sie hätten genauso gut an der Atlantikküste stehen können. Über ihnen krächzte eine Möwe, um diese Illusion noch zu vervollständigen.

„Mr. Cassidy, Sie haben einen falschen Eindruck von mir. Ich weiß nicht, was Sie und mein Vater besprochen haben, aber ich bin nicht auf der Suche nach einem Freund oder Ehemann.“ Sie versuchte es mit Schmeichelei. „Es muss ein Dutzend oder mehr Mädchen in Chicago geben, die begeistert wären, einen solchen Spaziergang mit Ihnen zu unternehmen.“

„Ich mag Ladys, die ihre Spielchen machen.“

„Ich spiele gar nichts.“

„Was ist los, bin ich nicht gut genug für dich?“

Sie hörte einen gefährlichen Unterton in seiner Stimme, und er war ein Typ, mit dem nicht zu spaßen war. Um diesen Abend unbeschadet zu überstehen, war es besser, nicht offen und ehrlich zu ihm zu sein. „Keinesfalls, im Gegenteil, ich bin nicht gut genug für *Sie*“, entgegnete sie. Wir sind so unterschiedlich. Ich bin langweilig. Sie brauchen ein Mädchen, das die gleichen Dinge liebt wie

Sie. Und jemand, der Ihnen eine gute Begleiterin auf dem Weg nach oben ist."

„Ich kann andere Mädchen finden, mit denen ich mich amüsiere. Was ich will, ist eine Ehefrau, die tut, was ich ihr sage, eine, die zur Mutter geboren ist."

„Ich bin nichts Dergleichen. Mit mir hätten Sie nur Ärger. Für unser beider Wohl, lassen Sie uns als Freunde auseinandergehen. Sie können eine viel Passendere finden."

Er schnappte sie am Arm und zog sie herum. Seine Augen waren dunkel vor Ärger. „Du meinst wohl, ich weiß nicht, was ich tue? Denkst womöglich, du wärst was Besonderes und ich bin nichts? Ein Niemand?"

Sie hatte Angst, aber sie war auch wütend. „Ich darf in dieser Angelegenheit auch etwas sagen. Wir leben im Jahr 1925. Frauen haben die Wahl. Und wenn ich jemals heiraten sollte, dann wird es kein Mann sein, der mir nicht zuhört. Und jetzt lassen Sie mich los."

Doch er zerrte sie noch dichter an sich heran. „Weißt du, was dein Problem ist? Dich hat noch nie ein richtiger Mann geküsst. Vielleicht haben's ja mal ein paar Waschlappen probiert."

„Lassen Sie mich los!" Sie kämpfte, um ihren Arm freizubekommen, aber sein Griff wurde nur noch fester. Einen Augenblick war sie in seinen Armen gefangen und versuchte verzweifelt zu verhindern, dass seine Lippen ihren Mund berührten und seine Hüften sich gegen ihre drückten, dann war sie plötzlich frei.

„Die Lady sagte, Sie sollen sie loslassen."

Wie durch einen Nebelschleier beobachtete Clare, wie Glen Donaghue Niall zu Boden schlug. Kurz darauf hatte er sich wieder aufgerappelt und stürzte sich mit dem Kopf zuerst auf Glen, doch der wich zur Seite aus, wie ein Matador es womöglich bei einem rasenden Stier tat. Sie sprang gerade rechtzeitig zurück. Niall wirbelte herum und rannte erneut auf ihn zu, und diesmal hob Glen nur ganz locker ein Knie.

Mit einem hörbaren Schnaufen entwich die Luft aus Nialls Lunge, und er krümmte sich stöhnend. Für einen Mann mit solch einem gefährlichen Ruf war er nicht gerade der beste Straßenkämpfer.

Sie hatte keine Ahnung, woher Glen mit einem Mal aufgetaucht war und warum. Sie wollte ihn warnen, dass Niall höchstwahrscheinlich bewaffnet wäre. Die Männer von ihrem Vater gingen nur selten ohne einen Revolver auf die Straße. Ein Mann wie Cassidy würde sich sonst nackt fühlen.

Ein Wagen hielt neben ihnen, und zwei Männer stiegen aus. Einer hielt eine Dienstmarke hoch. „Niall Cassidy?" fragte er.

Niall stöhnte zustimmend.

„Wir müssen Sie befragen. Zum Beispiel, wo Sie letzte Nacht waren und warum es in Ihrem Auto einen doppelten Boden gibt."

„Kommen Sie, Miss McNulty", sagte Glen und nahm vorsichtig ihren Arm. „Ich begleite Sie nach Hause."

Sie beobachtete entsetzt, wie die beiden anderen Männer Cassidy durchsuchten, entwaffneten, dann anschließend unsanft auf den Rücksitz des Wagens schoben und davonfuhren.

„Er wird dich umbringen", sagte sie. „So jemanden kann man nicht einfach auf diese Art demütigen, Glen." Sie zog sich zurück, und er ließ ihren Arm los. „Bist du mir gefolgt?"

„Ich wünschte, ich könnte dir folgen, aber nein, wir haben nach Cassidy gesucht. Euer Haus war ein erster möglicher Aufenthaltsort, um ihm nachzuspüren, deshalb haben wir den ganzen Abend am Ende der Straße geparkt. Wir haben euch beide rauskommen sehen."

Und keiner von den Männern ihres Vaters hatte es gesehen, denn Tim McNulty hatte Cassidy Zeit geben wollen, damit der sich an seine Tochter heranmachen konnte. Diese Ironie entging ihr nicht. „Er ist ein Affe. Ich hasse ihn. Mein Vater will, dass ich ihn heirate.“

„Und du wirst dich dem fügen?“

„Nein!“

Er lief in die Dunkelheit, und sie folgte ihm.

Er nahm sie in die Arme. „Er ist dein Vater“, erinnerte er sie. „Du sollst deinen Vater und deine Mutter ehren.“

„Du kannst auch jemanden ehren, ohne dass du etwas tust, das nicht richtig ist, nur um ihm zu gefallen.“

„Das ist verrückt“, sagte Glen, kurz bevor er sie küsste.

Sie erwiderte seinen Kuss, legte ihm ganz automatisch die Arme um den Nacken, fuhr mit den Fingern durch sein Haar.

Schließlich zog sie sich zurück, und die Welt schien eine andere zu sein. Keine Bedrohung, Betrug und Anmaßung, sondern mit vielen neuen Möglichkeiten.

„Ich kann allein nach Hause gehen“, sagte sie. „Ich *muss* allein nach Hause gehen. Mein Vater soll nichts von dir erfahren.“

„Was willst du ihm sagen?“

„Die Wahrheit. Dass uns drei Männer auflauerten und Niall mitnahmen.“

„Wirst du ihm denn auch erzählen, dass Cassidy zudringlich geworden ist?“

Sie lächelte traurig. „Das hat er wahrscheinlich erwartet.“

„Sehe ich dich in der Kirche wieder?“

„Und überall, wo du mich sonst sehen möchtest.“

Er hob ihre Hand an die Lippen und küsste sie. Dann sah er ihr nach, wie sie allein den Weg nach Hause zurückging.

21. KAPITEL

Peggy und Bridie trugen Shorts, beide mit Beinen, so weiß wie die Schaumkronen von der Clew Bay. Der Wind pfiff, doch die Augustsonne war heiß genug, um das wettzumachen. Bridie schloss genüsslich die Augen und wandte das Gesicht dem Himmel entgegen.

„Ich liebe die Sonne. Am liebsten würde ich sie in eine Flasche füllen und mir für Regentage aufheben."

„Ich auch. Wenn man an einem Ort lebt, wo sie so selten scheint, dann lernt man sie zu schätzen."

„Kieran gefällt es auch."

Peggy blickte zu ihrem Sohn hinüber, der ebenfalls in Shorts mit Eimer und Schaufel im Sand saß. Um ihn herum lagen verstreut bunte Holzklötze, aber bisher hatte er nur Interesse an den Lichtreflexen gezeigt, die durch die Äste der Bäume gefiltert wurden. Banjax lag im Schatten und bewachte ihn, während er die Sommerhitze genoss.

„Wenigstens hat er keine Angst vor dem Wind, so wie zuerst, als er ankam."

„Er lernt." Bridie zögerte. „Eben nur nicht besonders schnell."

Und deshalb, dachte Peggy, erwache ich jeden Morgen mit schwerem Herzen. Denn Bridie hatte Recht. Kierans Fortschritte gingen so schleppend voran, dass sie gar nicht mehr wusste, wovon sie ihren Schwestern berichten sollte. Sie fürchtete sich fast schon vor den fast täglichen Anrufen und den unausweichlichen Fragen nach ihrem Sohn.

„Ich freue mich, dass du den Tag mit mir verbringen konntest." Peggy machte Bridie ein einladendes Zeichen, damit sie sich zu ihr setzte, und als sie das tat, öffnete Peggy ihren nicht besonders gut gelungenen Zopf und flocht ihn neu. Sie und Bridie waren sich über den Sommer noch näher gekommen, und jetzt gehörten solche liebevollen Vertraulichkeiten zu ihrem Umgang miteinander.

„Meine Mutter hat das auch immer gemacht“, sagte Bridie. „Dad versucht es, aber er kann’s nicht so gut. Und ich glaube auch, er macht es nicht besonders gern.“

Die Steifheit, mit der Finn seiner Tochter begegnete, beunruhigte Peggy, aber das war ein Thema, über das sie nie gesprochen hatten. Sie wusste, dass er Bridie liebte und sie ihn, aber die beiden kamen ihr vor wie Fremde, die im Wald auf zwei gegenüberliegenden Wegen liefen.

„Jungen bringt man auch nicht bei, Zöpfe zu flechten.“ Peggy befestigte das Gummiband an den Haarspitzen und tätschelte dem Mädchen die Schulter. Bridie stand nicht auf, sondern lehnte sich an Peggy, die sie daraufhin kurz freundschaftlich umarmte. Bridie brauchte einen Erwachsenen, der ihr Zuneigung geben konnte, und Peggy wünschte sich ein Kind, dass diese Liebe erwidern konnte. Diese Beziehung war für beide erfüllend.

Nach einer Weile ließ sich Bridie auf den Bauch fallen. „Wenn ich erwachsen bin, will ich ganz, ganz weit weg wohnen.“

„Ja? Weg von Irland?“

„Warum sollte ich bleiben? Hier passiert immer irgendwas Schlimmes.“

Im ersten Moment wusste Peggy nicht, was sie meinte; dann wurde ihr klar, dass Bridie nicht von Politik oder der Geschichte des Landes mit Unterdrückung und Hungersnöten redete. Sie meinte sich und ihre Familie.

„Dein Vater ist hier“, entgegnete Peggy. „Und er würde dich vermissen.“

„Das glaube ich nicht.“ Bridie rollte sich auf den Rücken. „Er nimmt nicht besonders viel Notiz von mir.“

Peggy hätte lieber Ärger in der Stimme des Mädchens gehört

als Resignation. Es war klar, dass Bridie nicht viel Chancen sah, die Gefühle ihres Vaters zu beeinflussen.

„Das sieht vielleicht so aus.“ Peggy tastete sich langsam vor. „Wenn so traurige Vorfälle passieren wie in deiner Familie, dann betrifft das jeden. Manche Menschen wissen dann nicht, wie sie weitermachen, welche Schritte sie unternehmen sollen oder wie sich verhalten, vielleicht sogar denken.“

„Hast du dich so gefühlt, als Kieran geboren wurde? Für mich sieht es nicht so aus. Ich glaube, du liebst ihn nur umso mehr, weil bei ihm nicht alles so richtig funktioniert.“

„Dein Vater liebt dich, Bridie. Vielleicht kann er es nur nicht immer so zeigen.“

„Was machen wir heute mit Kieran?“

Peggy hatte einen Unterrichtsplan zusammengestellt. Sie hatte ihren Sohn ins Freie gebracht, um mit ihm an nonverbalen Nachahmungsfähigkeiten zu arbeiten. Einen Klassenraum zu haben war wichtig, aber Kieran musste auch in der Lage sein, woanders zu lernen, ohne sich ablenken zu lassen. Deshalb hatte sie den Sandberg für ihn ausgesucht und eine Liste von Verhaltensweisen zusammengestellt, die er nachmachen sollte. Wenn er lernte, nonverbale Tätigkeiten von anderen zu übernehmen, dann könnten andere auf natürliche Weise folgen.

Natürlich hatten sie auf die eine oder andere Weise solche Nachahmungsübungen schon seit Monaten und mit wenig Erfolg durchgeführt. An seinen guten Tagen sah er zu und machte mit und schien manchmal sogar Spaß an diesen Aktivitäten zu haben. Aber sehr oft wurde er wütend und lehnte es ab zu kooperieren.

„Warum versuchst du heute nicht, ihn dazu zu bringen, dir etwas nachzumachen? Er hat zurzeit genug von mir.“ Der Vormittag, den Peggy mit ihrem Sohn allein verbracht hatte, war nicht sehr gut gelaufen.

„Was soll ich tun?"

„Fangen wir damit an, Spielzeug in den Eimer zu legen. Du legst ein Stück in deinen und siehst, ob er dir folgt."

„Und ich lobe ihn, wenn er's macht."

„Darin bist du sehr gut."

Bridie ging zu ihm und setzte sich ihm gegenüber. Kieran protestierte auf seine Art, weil sie die Schatten störte, die ihn so faszinierten. Bridie blieb trotzdem, wo sie war, wahrscheinlich ging sie davon aus, so glaubte Peggy, dass sie seine Aufmerksamkeit anders überhaupt nicht erlangte, weil er sonst nur auf die Lichtreflexe achtete.

„Nein", sagte er.

„Doch", entgegnete Bridie. Sie nahm ihren Eimer und legte einen Klotz hinein. Dann nahm sie vorsichtig Kierans Hand und führte sie zu einem bunten Klotz. Als er ihn schließlich mit den Fingern umschloss, dirigierte sie seine Hand über den Eimer vor ihm und wartete gespannt darauf, dass er den Holzwürfel hineinfallen ließ.

Kieran riss seine Hand zurück und bewarf sie mit dem Holzstück. Dann nahm er eine Hand voll Sand und schleuderte sie Bridie ins Gesicht.

Peggy war sofort aufgesprungen, aber bevor sie eingreifen konnte, hatte Bridie ihrerseits eine Hand voll Sand genommen und sie zu ihm zurückgeworfen. Sie landete auf seinem Schoß. Kieran sah hinunter, dann auf zu Bridie. Er füllte sich die Hand erneut mit Erde, aber diesmal warf er sie ihr in den Schoß statt ins Gesicht, genau so, wie sie es getan hatte. Er kicherte anschließend, und es war das alberne Lachen eines kleinen Kindes, das sich an einem neuen Spiel erfreute.

Diesmal warf Bridie ihm einen Holzklotz in den Schoß. Kieran angelte sich seinerseits einen und warf ihn ihr zu.

Peggy war von der Wendung der Ereignisse derart fasziniert, dass sie Finns Schritte nicht wahrnahm, bis er direkt neben ihr stand.

„Was kommst als Nächstes? Bomben und Granaten? Ist die Übung von heute, die Probleme von Nordirland zu untersuchen?“ Er ließ sich neben ihr auf den Boden sinken.

Peggy blieb fast der Atem weg. Sie und die Kinder waren heute nicht die Einzigen in Shorts. Finns lange, muskulöse Beine waren nackt und, anders als ihre, gebräunt. Auch sein von der Sonne verwöhntes Gesicht zeigte, dass er viele Stunden im Freien verbrachte. Sie blickte auf seine Lippen und lächelte. „Hallo.“

„Hallo auch.“ Er sah sie voller Wärme an, berührte sie aber nicht. Soweit Peggy wusste, waren sie beide die einzigen Menschen auf der Welt, die darüber Bescheid wussten, dass ihre Beziehung inzwischen zu mehr als gegenseitigem Tolerieren aufgeblüht war. In dem Monat nach ihrem Kuss auf der Aussichtsplattform war ihre Vertrautheit langsam gewachsen. Sie fanden ständig einen Anlass, sich immer wieder zu treffen. Die sexuelle Anziehungskraft, die bei beiden von Anfang an geschwelt hatte, war inzwischen zu einem richtigen Feuer geworden.

„Sag jetzt nicht, du holst Bridie ab.“ Sie sah ihm in die Augen. „Das darfst du nicht. Wer soll Kieran sonst mit allem möglichen Zeug bewerfen?“

„Sie fährt mit der Familie von Sheilas Cousine für eine Woche nach Dublin. Hat sie dir das nicht erzählt?“

„Ich hab vergessen, dass es heute war.“

„Wir treffen sie nachher im Ort. Sie kommen auf dem Weg von Westport nach Shanmullin.“

„Sie wird mir fehlen.“

Finn machte keine Bemerkung, um ihr beizupflichten. Sie erinnerte sich an die Kommentare, die Bridie vorher über ihren Vater gemacht hatte, und fragte sich, warum er den Bedürfnissen seiner Tochter gegenüber so blind sein konnte.

Die Kinder warfen sich immer noch begeistert die Holzklötze in den Schoß. Es war etwas unorthodox, aber definitiv eine Nachahmung. Eine Trefferquote von acht zu zehn war der Standard, und Kieran hatte bereits das Maximum erreicht. Es wurde Zeit, zu einer anderen Übung überzugehen, doch Peggy hatte keine Energie dazu.

„Bist du hergekommen, um nach Irene zu sehen?" erkundigte sie sich.

„Ich bin drinnen gewesen, um sie wissen zu lassen, dass ich hier bin, aber sie hat mich einfach weggescheucht. Sie sieht sich gerade irgendwas im Fernsehen an. Eigentlich wollte ich noch ein bisschen Zeit mit Bridie verbringen, bevor sie für eine Woche wegfährt."

Das gefiel ihr. Er ignorierte seine Tochter überhaupt nicht. „Ich denke, das ist ein guter Grund, um auf meine Helferin zu verzichten."

„Überhaupt nicht. Ich dachte nämlich, wir könnten hier bleiben und mit Kieran arbeiten. Du solltest dagegen reingehen und Irene ein bisschen Gesellschaft leisten. Ich weiß, wie gern sie dich mal ab und zu ganz für sich allein hat."

Sie war nicht sicher, ob sie das richtig verstanden hatte. „Du willst mit Kieran arbeiten?"

„Arbeiten ist vielleicht nicht ganz der richtige Ausdruck, da ich bezweifle, dass ich die hochgesteckten Ziele erreichen werde, die du für ihn hast. Aber sag mir einfach, was du heute mit ihm geplant hast, und ich versuche es mal. Bridie kann mir dabei helfen."

So weit begriff sie. Finn wollte ihr etwas von der Last der Therapie mit Kieran abnehmen. Und Finn wollte Zeit mit seiner Tochter verbringen. Er brauchte ein Projekt, das er mit ihr zusammen durchführen konnte. Ohne diese Beschäftigung hätte er nicht gewusst, was er sagen oder wie er sich verhalten sollte.

„Das ist ja so ein Luxus."

„Du hast es verdient, Peggy-o."

Sie lächelte ihn an. „Dann nehme ich dich beim Wort. Ich weiß, dass Kieran in guten Händen ist."

Kieran begann das Spiel jetzt zu langweilen. Bridie reagierte darauf, nahm einen Klotz und warf ihn in den Eimer. Dieses Mal machte er es sofort nach. Mit diesem positiven Eindruck machte sich Peggy davon.

Irene freute sich, sie zu sehen. Sie saßen zusammen vor dem Fernseher und sahen sich „Crossroads" an, Irenes Lieblingsserie. Die Handlung spielte in einem gut besuchten Hotel, ein Remake einer älteren Version, die in einem Motel stattfand – eine kreative Modernisierung, die irischen Soziologen viel Stoff bot. Irene bemühte sich, Peggy mit den verwirrenden Lebensgeschichten der Charaktere vertraut zu machen. Jemand hatte einen Hund an einem illegalen Hundekampf teilnehmen lassen. Jemand anders hatte sich in einem Steinbruch versteckt. Als die Episode endete, wusste Peggy nur eines ganz sicher: Sie würde niemals ihre Ferien im Crossroads Hotel verbringen wollen, genauso wenig, wie sie beabsichtigte, im Melrose Place abzusteigen.

Sie stellten den Fernseher ab, und Peggy brachte Irene einen Snack, den Nora für sie vorbereitet hatte. Ein halber Apfel, ein Diätkeks mit einem Glas Magermilch.

Irene nahm es dankbar an, aber Peggy stellte fest, dass sie keinen besonderen Appetit darauf zu haben schien.

„Was ich wirklich will", begann Irene und bestätigte damit ihren Eindruck, „ist ein richtig guter Cheddar und ein Stück leckere Fruchttorte. Werd bloß nicht alt, meine liebe Peggy."

„Ich hab gehört, das wäre besser als die Alternative."

„Das stimmt. Vor allem, wenn man einen Grund hat, um am Leben zu bleiben. Seit du hier bist, wache ich jeden Morgen auf und bin ganz neugierig, was der Tag bringen wird. Die Informationen, die du über meinen Dad herausgefunden hast, tun meinem armen alten Herzen gut."

Peggy war berührt. Sie war sich nicht sicher gewesen, ob es Irene gefallen würde, die Details über die dunkle Vergangenheit ihres Vaters zu erfahren, die sie ans Licht beförderte. „Ich wünschte, ich könnte dich nach Cleveland zurückbringen, Irene. Es gibt dort so viele Menschen, die dich kennen lernen möchten."

„Ich bin zufrieden, einfach nur zu wissen, dass es sie gibt, obwohl ich deine Schwestern gern mal treffen würde."

Sie unterhielten sich so lange, bis Irene die Augen fast zufielen. Peggy sorgte dafür, dass sie sich hinlegte und dass das Kopfteil des Bettes – ein Krankenhausmodell – hoch genug gekurbelt war, um das Atmen für sie zu erleichtern. Kaum hatte sie die Schlafzimmertür hinter sich geschlossen, als Finn und Bridie mit Kieran ankamen. Peggy verabschiedete sich von Bridie, die schon Freudentänze angesichts der bevorstehenden Ferien aufführte. Das Mädchen ging nach draußen, um dort auf seinen Vater im Auto zu warten, als der Peggy ihren Jungen überreichte, damit sie ihn schlafen legen konnte.

„Ich glaube, es war eine gute Stunde", berichtete er. „Er hat seine Schaufel benutzt, um im Sand zu graben, und hat ihn sogar so aufgehäuft, wie Bridie es ihm gezeigt hat."

„Ich danke dir so sehr, Finn. Das war wirklich eine sehr willkommene Pause."

„Irene hat sich ins Bett gelegt?"

„Ja, ich fürchte, du hast sie verpasst."

„Dann habe ich die Gelegenheit für meine Untersuchung auch verpasst. Ich muss also später wiederkommen."

„Ich kann ihren Blutdruck und die Herztöne für dich überprüfen, wenn du möchtest."

„Ich komme lieber noch einmal her und esse zusammen mit euch zu Abend."

Sie strich ihm über die Wange. „Lass Irene nur ein bisschen Zeit für einen erholsamen Schlaf. Sie erschien mir heute ziemlich müde. Vielleicht schlaucht sie meine Gegenwart."

„Das bezweifle ich." Er gab ihr einen Kuss auf die Wange und ging.

Peggy badete Kieran schnell und gab ihm einen kleinen Imbiss, aber der Schlaf übermannte ihn bereits, als er erst den halben Keks gegessen hatte. Sie trug ihn ins Bett und beschloss, ebenfalls ein Nickerchen zu machen. Als sie eine Stunde später aufwachte, war es still im Haus, und sie ging auf Zehenspitzen ins Wohnzimmer, um zu sehen, ob Irene schon auf war. Als sie niemanden dort vorfand, überprüfte sie das von Nora vorbereitete Abendessen und schnitt noch ein paar Möhren und Rosinensalat dazu.

Der Nachmittag zog sich dahin. Kieran wachte nervös und schlecht gelaunt auf. Peggy staunte, dass er Irene mit seinem Gejammer und einem ordentlichen Tobsuchtsanfall, bei dem sich die Balken bogen, nicht aufweckte. Schließlich setzte sie ihn auf die vordere Terrasse und stellte eine Schüssel mit Eiswürfeln und einen Krug Wasser neben ihn. Als das letzte Eisstück geschmolzen war, gab sie ihm eine Kiste voll Plastikautos, mit denen er auf den Steinfliesen spielen konnte. Nachdem sie ihm gezeigt hatte, wie man sie auf dem Boden hin und her rollen konnte, hörte er auf zu nörgeln und schob sie weg. Dann drehte er ein Auto nach dem anderen auf die Rückseite und kickte sie in hohem Bogen von sich.

Sie war von der Rebellion ihres Sohnes so gefesselt, dass sie Finns Auto gar nicht hörte. Als er die Auffahrt hochkam, war sie ganz erstaunt.

„Ich nehme an, du hast dir das ein bisschen anders vorgestellt", sagte Finn.

Sie schüttelte den Kopf, dann bückte sie sich, hob die Autos auf und legte sie in die Kiste zurück. „Kieran, du kannst mit den Autos spielen, wenn du nicht nach ihnen trittst", sagte sie ruhig.

„Darf ich hierzu mal einen Vorschlag machen?" fragte Finn.

„Aber sicher."

Finn hockte sich vor den kleinen Jungen, der schon für einen weiteren Wutanfall bereit war. „Kieran, möchtest du dir ein Auto aussuchen, mit dem du spielen kannst?"

Kieran starrte ihn misstrauisch an, aber immerhin schien der Tobsuchtsanfall zumindest erst mal zurückgehalten.

Peggy wusste, dass es ein wichtiger Teil beim Heranwachsen und Lernen der Kinder war, sie wählen zu lassen, und das war auch bei Autisten nicht anders. Aber normalerweise, wenn sie ihm die Wahl zu etwas ließ, provozierte das einen weiteren Wutausbruch.

Finn griff in die Kiste, suchte zwei Autos heraus und hielt sie dem kleinen Jungen hin. „Welches hättest du gern?"

Kieran kniff die Augen zusammen und verzog den Mund.

„Du kannst den hier haben." Finn hielt eines hoch. „Oder dieses." Er hob das andere höher.

Kieran schien mit sich zu hadern. Peggy konnte fast sehen, was in seinem kleinen Kopf vorging. Sich auf den Boden werfen, eine vertraute und fast tröstliche Handlung, oder bei diesem neuen und merkwürdigen Spiel mitmachen. Schließlich, als Peggy selbst schon fast die Geduld verlor, kam er ein Stück näher und griff nach dem Spielzeugauto in Finns linker Hand. Dann, als hätte er schon die ganze Zeit gewusst, was man damit machte, stellte er es auf den Boden und begann damit über den Stein zu rutschen.

Finn richtete sich wieder auf und warf das andere Auto in die Kiste zurück.

„Zu viele Autos?" Sie kannte ihren Sohn besser als jeder andere, aber es war ihr nicht immer klar, wie sein kleines Gehirn funktionierte.

„Vielleicht, aber ich glaube eher, er hat die Szene aufgeführt, weil er mich die Auffahrt hochkommen sah."

„Das verstehe ich nicht. Er wollte nicht, dass du herkommst?"

„Im Gegenteil. Erinnerst du dich an den Tag, als er sich in seinen Tobsuchtsanfall steigerte und ich ihn zu einem Spaziergang mitgenommen habe?"

Sie erinnerte sich nur zu gut daran. Es war der Tag gewesen, an dem Kieran seine Stoffpuppe als Waffe eingesetzt hatte. „Du meinst, er wollte sich damit einen weiteren ertricksen?"

„Wutanfall und Finn ist gleich ein Ritt auf meinen Schultern."

„Er ist echt ein hinterhältiges Kerlchen, was?"

„Ich denke, wir können davon ausgehen, dass er ziemlich pfiffig ist, nur eben ohne die Möglichkeiten, seine Intelligenz zu zeigen."

Seine Worte wärmten sie. Intelligenz war bei autistischen Kindern schwierig zu messen, besonders in diesem frühen Alter. Selbst wenn ein hoher IQ keine Garantie für ein erfolgreiches Leben war, so stellte er doch für Kieran einen hilfreichen Faktor dar.

„Nun lass uns einen Augenblick warten, bis er eine Weile der brave kleine Junge gewesen ist, dann können wir ihn zu einem Spaziergang mitnehmen."

„Manchmal habe ich das Gefühl, mich inmitten einer ganz neuen Fassung von ‚Ein Werkzeug Gottes' zu befinden. Er kann sehen und hören, aber er ist von uns abgeschlossen, wie Helen Keller es gewesen ist."

„Und denk dran, was sie alles geschafft hat."

„Ja, aber wo bleibt Ann Bancroft, wenn man sie braucht?"

Er strich sich eine Haarsträhne von der Stirn. „Genau hier."

Bevor sie losgingen, sah sie noch einmal nach, ob Irene schon wach war, aber es kam kein Laut aus ihrem Schlafzimmer. Als sie mit einem ruhigen und zufriedenen Kieran wiederkehrten und Irene immer noch nicht aufgetaucht war, machte Peggy sich langsam Sorgen.

„Ich denke, ich sehe mal nach ihr", kündigte sie an.

Finn stimmte ihr zu. Sie klopfte leise, und als niemand antwortete, öffnete sie die Tür und ging an Irenes Bett. Irene öffnete die Augen, aber es zeigte sich im ersten Moment kein Erkennen in ihrem Blick.

„Tut mir Leid, ich wollte dich nicht wecken", sagte Peggy, „aber du hast so lange geschlafen, dass ich mir Sorgen gemacht habe."

Es dauerte eine ganze Weile, bevor Irene antwortete. Ihr Atem ging schneller. „Mir geht es nicht so gut", sagte sie schließlich.

„Finn!" Peggy machte ihm ein Zeichen zu kommen. „Sie sagt, sie fühlt sich nicht wohl."

„Hallo, mein Lieber", sagte Irene leise, als Finn zu ihnen ans Bett kam. „Kein Grund, sich zu beunruhigen."

„Ich überprüfe das mal, wenn es dir nichts ausmacht." Finn setzte sich auf die Bettkante neben sie und umfasste ihr Handgelenk, um den Puls zu fühlen.

Ohne dass er darum bitten musste, holte Peggy seine Arzttasche. Er bedankte sich mit einem Nicken und öffnete sie sofort. „Ruf mich, wenn du mich brauchst", sagte sie. „Ich kann Kieran in sein Bett legen."

Als er nicht nach ihr rief, setzte sie Kieran an den Küchentisch mit Käsewürfeln und Weintrauben, aber ihre Gedanken waren woanders. Sie dachte an Irene, die so auffallend blass ausgesehen hatte und offensichtlich nur mühsam atmete. Peggy war nicht dumm. Sie wusste, wie krank Irene war und was das bedeutete. Jeden weiteren Tag mussten sie als ein Geschenk betrachten. Peggy fühlte sich aber einfach noch nicht bereit, sie gehen zu lassen.

Finn erschien wenige Minuten später. „Sie muss ins Krankenhaus."

„Lass mich mal raten. Sie weigert sich."

„Genau. Sie hat fürchterliche Angst, dass sie dort stirbt."

„Sie möchte in ihrem eigenen Bett sterben." Peggy wusste, dass Irene es sich wünschte, was sie rein theoretisch auch bewundernswert fand. Aber Peggy war einfach noch nicht darauf vorbereitet, dass Irene überhaupt starb.

Finn schob die Hände in die Taschen. „Es gibt ein ziemlich neues Medikament auf dem Markt, das eine hohe Erfolgsrate gezeigt hat, ich muss es ihr einspritzen. Wenn ich es hier mache, muss ich dabei bleiben und ihren Blutdruck überprüfen. Ich weiß, dass du das auch übernehmen kannst, aber ich sollte hier sein, falls er zu niedrig wird."

„Kannst du denn bleiben?"

„Ja."

Ihr wurde klar, dass er um ihre Erlaubnis bat, Irene zu Hause zu behandeln. Peggy war Irenes nächste Verwandte. Wenn sie etwas dagegen hätte, könnte Irene sich immer noch über ihre Entscheidung hinwegsetzen, aber wenn sie zustimmte, machte das seine Aufgabe leichter. „Kann ich irgendwie helfen?"

„Wir können abwechselnd an ihrem Bett bleiben, wenn du möchtest."

Sie nickte. „Du hast das Medikament dabei?"

„Ich wusste, dass dieser Tag einmal kommen würde." Er verließ die Küche. Sie wartete, bis Kieran fertig zu sein schien, dann setzte sie ihn auf den Boden und räumte die Reste weg.

Im Wohnzimmer schaltete sie den Fernseher an und legte ein Video mit „Sesamstraße" für Kieran ein, etwas, das selten vorkam.

Kieran hatte zu viel zu tun und zu lernen, um seine Zeit damit zu verbringen, über den Bildschirm flackernde Bilder zu beobachten, selbst wenn es sich um so ein kreatives, erzieherisches Programm handelte. Doch dieser unerwartete Genuss würde ihn zumindest eine Weile beschäftigen.

Als sie ihn an seinen Platz gesetzt hatte, wo er aufgeregt vor sich hin murmelte, ging sie hinüber zu Irenes Schlafzimmer und blieb an der Tür stehen. „Wie geht es dir, Irene?"

„Ich will nicht ins Krankenhaus."

„Das weiß ich. Aber ich will dich auch nicht verlieren."

„Ich ... ich will rausfinden, was passiert ist ..."

„Mit deinem Vater, ich weiß. Wir bekommen es langsam zusammen. Du musst noch so lange hier bleiben, auch wenn das bedeutet, dass du zwischendurch einen kurzen Aufenthalt dort einlegst, wo sie für dich sorgen können."

„Ich gehe nicht ... nirgendwohin."

„Also wenn ich bisher irgendwelche Zweifel gehabt haben sollte, dass du mit mir und meinen Schwestern verwandt bist, dann wären die jetzt völlig ausgeräumt." Peggy ging zum Bett hinüber. „Hör zu, versprich mir, dass du Finn und mich entscheiden lässt, wenn es dir schlechter geht. Machst du das? Du weißt, wir machen nur das, was das Beste für dich ist."

Die Melodie von „Eins von diesen Dingen ist anders als die anderen" klang vom Wohnzimmer herüber, während Irene darüber nachdachte.

„Warten wir ... einfach ab", sagte Irene.

Peggy sah Finn stirnrunzelnd an, aber er nickte. „Ich glaube, die Spritze, die ich ihr gegeben habe, wird wirken. Wenn nicht, dann bekommt sie von mir eins über den Kopf, und ich werfe sie mir über die Schulter und lege sie auf den Rücksitz meines Wagens."

Irene lächelte und schlief ein.

„Sag mir mal etwas über das Medikament", flüsterte Peggy ihm zu.

„Das ist ein synthetisch hergestelltes menschliches Hormon. Hauptsächlich dehnt es Arterien und Venen. Es wird durch Gentechnik hergestellt, und es heißt, dass es in solchen Fällen von Atemproblemen wirkungsvoller ist als Nitroglyzerin. Man muss es in kleinen Dosen verabreichen, sonst kann es eine Hypotonie geben. Das überprüfe ich jetzt."

Trotz der Umstände fand sie es spannend, diese medizinischen Fragen mit ihm zu besprechen. Manche Frauen wollten Rosen und sanfte Musik. Peggy fand Chemie und Physiologie aufregend. Leise, aber voller Leidenschaft diskutierten sie die verschiedenen Behandlungsmöglichkeiten, während Irene schlief. Peggy hatte das Gefühl, dass die alte Frau bereits ruhiger atmete, als Finn aufstand.

„Sie ist nicht über den Berg, aber es kann sein, dass wir das Blatt noch mal gewendet haben." Er grinste schelmisch. „Tut mir Leid, wenn ich die Metaphern etwas durcheinander gebracht habe. Ich war eben Arzt und kein Literaturwissenschaftler."

„Du *bist* Arzt." Peggy überlegte sich die folgenden Worte genau. Doch wenn Finn und sie irgendeine Art von Beziehung eingehen sollten, dann musste sie sagen, was in ihrem Kopf vorging. „Du hattest keine Probleme, in diesem Fall eine Entscheidung zu fällen, Finn, und du hast schnell und entschieden reagiert."

„Sie hat mir keine andere Wahl gelassen."

„Und wenn doch, hättest du dann etwas anderes getan?"

„Ich hätte es im Krankenhaus gemacht, wo sie sorgfältig überwacht werden kann."

„Aber die Behandlung wäre dieselbe gewesen."

„Wie sagt ihr Amerikaner noch mal? Ich bin ein Technologie Freak?"

„Eins der wichtigsten Dinge, die ich beim Medizinstudium

gelernt habe, war, nicht mehr Medikamente anzuwenden als notwendig. Ein Arzt muss wissen, wann das Ziel erreicht ist. Manchmal ist es leicht, eine Krankheit zu vermuten, wenn alles normal verläuft."

„Ich glaube nicht, dass du von Irene redest."

„Nein, ich spreche von dir."

„Eine richtige Entscheidung macht noch keinen Arzt."

„Aber eine nach der anderen schon."

„Nicht hier, Peggy, und nicht jetzt. Das ist nicht der richtige Augenblick für so eine Diskussion."

„Nein, aber es war Zeit, damit zu beginnen." Sie stellte sich auf die Zehenspitzen und küsste ihn. Fast hatte sie erwartet, zurückgestoßen zu werden, aber er legte den Arm um ihre Hüfte und zog sie an sich.

Als Peggy sich von ihm zurückzog, warf sie einen Blick zu Irene hinüber. Die alte Frau hatte die Augen geöffnet, und sie lächelte.

Als Irene schließlich in einen mehr natürlichen Schlaf fiel, hatte Peggy Kieran sein Abendbrot gegeben und noch ein weiteres Mal gebadet. Die ganzen Spiele im Freien hatten ihren Tribut gefordert, und er legte sich früher als sonst ins Bett.

Sie hatte zwei Teller vorbereitet, als Finn in die Küche kam.

„Wie geht es ihr?“ Peggy füllte eine extra Portion Bratkartoffeln auf seinen. Noras waren immer vorzüglich, selbst aufgewärmt.

„Ich denke, sie ist über den Berg.“

„Sie hat überhaupt kein Abendbrot gegessen.“

„Hat sie denn viel zum Mittag gehabt?“

Peggy versuchte sich zu erinnern. „Nur Suppe, aber sie hat ihre Schüssel geleert, und Nora macht sie immer mit viel magerem Fleisch und frischem Gemüse. Und am Nachmittag bekam sie noch einen kleinen Imbiss.“

„Sie hat die ganze Zeit, wenn sie wach wurde, Wasser getrunken. Ich denke, das ist in Ordnung. Ich lasse sie lieber schlafen, statt sie zum Essen zu drängen. Sie ist erschöpft.“

„Unser Essen ist fertig.“ Peggy trug die Teller zum Tisch und lud Finn ein, sich zu setzen.

„Würdest du vielleicht gern draußen essen?“

Peggy wünschte, sie hätte selbst daran gedacht. Mit den geöffneten Fenstern konnten sie jederzeit hören, ob Irene oder Kieran wach geworden waren, und die Sonne ging so spät unter, dass sie noch viel Licht hatten. „Ich hole ein Tablett.“

„Ich breite schon mal die Decke aus.“

Ein paar Minuten später gesellte sie sich draußen zu ihm. Pochierter Lachs war nicht gerade eine Picknick-Mahlzeit, aber in der Abendluft schmeckte es nur umso besser. Sie aßen und lauschten den Geräuschen von Schafen auf den anliegenden Weiden und dem eindringlichen Ruf eines Kuckucks, der Peggy immer wieder erfreute. Die Temperatur war gefallen, und Wolken kamen auf. Peggy hatte sich gegen Abend eine Jogginghose angezogen und war jetzt froh darüber. Auch Finn trug inzwischen nicht mehr seine Shorts – was sie heimlich bedauerte –, aber der Mann sah auch in Jeans umwerfend aus.

„Ich glaube, es wird regnen", bemerkte sie mit einem Blick nach oben. Nach und nach sammelten sich die Wolkenbüschel zu einer dicken Decke, und sie wusste aus Erfahrung, was das im Westen von Irland bedeutete.

„Dann wäre das der passende Abend, um ein Feuer anzuzünden. Würde dir das gefallen?"

Sie liebte den Duft von verbranntem Torf, der ihr bereits seit dem ersten Tag ihres Aufenthalts hier so vertraut schien. Wahrscheinlich hatte sich dieser scharfe Geruch tief in die Tierney-Gene geschlichen und dort für immer verankert. In den Jahrhunderten des Landlebens, die diesen Menschenschlag zeichneten, lagen Triumph und Leid Irlands und auch das vieler ihrer Familien.

„Willst du wirklich bleiben?" fragte sie. „Ich kann sie auch die Nacht durch überwachen und dich zur Not anrufen, du bist doch nicht weit entfernt."

„Ich fühle mich besser, wenn ich dabei bleibe. Nimm mal deinen Teller weg."

Sie sah auf ihren Schoß hinunter. „Warum?"

„Weil ich meinen Kopf da rauflegen will."

Sie war froh, dass er im Moment nicht *ihren* Herzschlag überprüfte. „Und wenn ich mich weigere?"

„Wie kann ich denn Geschichten erzählen, wenn ich nicht dabei in den Himmel sehe?"

„Geschichten?"

„Na ja, die meisten Erzählungen von uns dauern Jahre. Wir sind ein ziemlich redseliges Volk."

„Das haben wir mit in die Neue Welt genommen. Du solltest mal meine Familie hören."

„Ich könnte dir was von Fionn Mac Cumhain erzählen, nach dem ich benannt bin, aber dann wären wir nächste Woche noch hier."

„Ist das Finn McCool, der Riese?"

„Ein und derselbe. Mehr oder weniger."

Sie lächelte. „Ich kenne ein paar von den Geschichten. Damit bin ich aufgewachsen. Was hat sich deine Mutter gedacht?"

„Das hat sie meiner Großmutter überlassen. Ich sollte ein Riese von einem Mann werden, in jeder Beziehung. Willst du nun was über unsere Sterne erfahren oder nicht?"

Ohne zu zögern stellte sie ihren Teller zur Seite. Er legte sich hin, der Kopf auf ihren Schoß, die Knie angewinkelt. „Wir beginnen mit der Sonne, da sie sich bereits zum Horizont verzieht. Wusstest du, dass eine Frau, die im Sonnenschein draußen schläft, fast immer schwanger wird?"

„Kann man das mit einem Sonnenschirm verhindern?" Sie strich ihm das Haar nach hinten. Ihr gefiel seine hohe Stirn und der fast spitze Haaransatz. Die Intimität dieser Position war ihr nur zu bewusst. Doch es fühlte sich absolut richtig an.

„Darüber gibt es keine Nachforschungen", erwiderte er. „Vielleicht können wir ein Forschungsstipendium beantragen."

„Was noch?"

„Der Mond hat auch so seine Geschichten."

„Peggy kannte ebenfalls eine Menge. „Wir hatten unsere Storys in der Notfallaufnahme, wo ich gearbeitet habe. Bei Vollmond mussten wir unsere Patienten einteilen. Es ging dann bei uns immer wie im Zoo zu."

„Das muss wohl universal und zeitlos sein. Früher glaubten die Menschen, dass man vom Mond wahnsinnig werden konnte."

„Es ist der alte Teufel Mond ..." Sie summte ein paar Takte, bis Finn sich wand. „Du weißt, dass du dich an meinen Gesang gewöhnen musst."

„Ich fürchte auch."

Sie lachte und zog ihn spielerisch am Haar. „Was war jetzt mit den Sternen?"

„Das Glück oder das Unglück, das du in deinem Leben hast, hängt davon ab, unter welchem Stern du geboren bist."

„Astrologie, was? Auf Irisch?"

„Wenn eine Seele aus dem Fegefeuer in den Himmel kommt, fliegt ein Meteor über den Horizont." Er dachte nach. „Könnte sein, dass mir im Moment die Himmelsgeschichten irgendwie ausgegangen sind."

„Wo hast du das alles her?"

„Meine Großmutter – dieselbe, die mir den Namen gegeben hat – lebte auf Inis Mór, auf den Aran-Inseln. Sterne sind das abendliche Unterhaltungsprogramm. Ich habe viele Sommer bei ihr verbracht und von sämtlichen Konstellationen erfahren. Wenn es dunkler wäre, würde ich sie dir zeigen."

„Immer der Wissenschaftler, was?"

„Ich bevorzuge die Mythen. Die romantische irische Seele. Ich bin zum Geschichtenerzähler geboren."

„Erzählst du Bridie welche?"

„Nicht mehr."

Sie wartete und ließ ihm Zeit zum Nachdenken. Über sich selbst zu reden war das Schwierigste für Finn.

„Ich habe den dreien immer Geschichten erzählt", sagte er schließlich. „Jeden Abend. Mark haben sie am besten gefallen, schon bevor die Worte überhaupt Sinn für ihn ergaben, glaube ich.

Er liebte die Satzmelodie, das Auf und Ab meines Tonfalls. Dabei saß er immer mit weit aufgerissenen Augen daneben und nickte mir zu, als wäre ich einer der Helden aus der Story, von denen ich gerade sprach."

Das Bild zerriss ihr fast das Herz. „Erzähl mir mehr von ihm."

„Warum?"

„Weil das die einzige Möglichkeit für mich ist, ihn kennen zu lernen, überhaupt für jeden. Du musst von Marks Geschichte berichten, von Brians auch. Damit sie in Erinnerung bleiben. So machen es die Iren."

„Und wenn es sich anfühlt, wie auf heißen Kohlen zu gehen?"

„Das wird nicht immer so bleiben."

„Du weißt das genau? Aus Erfahrung?"

Sie strich ihm übers Haar. „Finn ..."

Er schwieg so lange, dass sie glaubte, er würde nichts mehr sagen. Als er weiterredete, war seine Stimme etwas heiser. „Sein Haar war dunkler als Bridies. Mehr goldbraun, und seine Augen waren so dunkel wie meine. Er hatte diese typische kindliche Stupsnase und Sommersprossen. Als Baby litt er unter Koliken, und Sheila hätte ihn am liebsten eingetauscht. Ich habe ihr versprochen, dass wir's tun würden, wenn er mit drei immer noch damit zu tun hätte."

Peggy lachte leise.

„Er liebte Bridies Pony. Ich versprach ihm, dass er zu seinem nächsten Geburtstag selbst eins bekäme."

„Die Vorfreude muss wunderbar gewesen sein."

„Er markierte Tage im Kalender. Das war das Erste, was ich bemerkte, als ich nach dem Unfall wieder nach Hause kam. Marks Kalender, auf dem mit kindlicher Handschrift ein Kreuzchen nach dem anderen prangte."

„Und jedes war mit viel Enthusiasmus aufgemalt, Finn."

„Wenn ich ihm das Pony bloß zu Weihnachten gekauft hätte."

Sie strich ihm über die Stirn. „Erzähl mir was von Brian."

„Kleiner als Mark, als er im selben Alter war. Das dunkelste Haar von den dreien. Es wäre wahrscheinlich so dunkel wie meins geworden. Reifer, aber auch andererseits kindlicher. Es gefiel ihm, wenn alle um ihn herum waren. Mark tolerierte ihn, und das nur ein bisschen. Aber als Brian älter wurde, gab es Anzeichen dafür, dass sie Freunde würden."

„Wie hat sich Bridie mit ihnen verstanden?"

„Bridie hat den Ton angegeben, und keiner kam auf die Idee, ihr das streitig zu machen. Für ein so zerbrechlich aussehendes Kind ist sie erstaunlich stark."

„Ich finde, sie ist das entzückendste kleine Mädchen, das ich je getroffen habe."

„Sie redet von nichts anderem als dir und Kieran."

„Mit ihm ist sie so geduldig." Peggy zögerte, bevor sie weiterredete. „Ich denke, Bridie versteht sehr gut, wie es ist, in einer Welt zu leben, die man nicht versteht. Kierans Tage bestehen aus einer Mischung verschiedener verwirrender Zeichen, und in gewisser Weise sind es ihre auch. Ich kann mir vorstellen, dass sie sich in ihrem Leben genauso wie er ziemlich unsicher fühlt."

„Weil sie so viel verloren hat?"

„Ja, und weil sie nicht weiß, was sie noch hat."

„Ich nehme an, du redest von mir."

„Ich verurteile dich nicht. Es wäre dumm zu glauben, dass du nach einem so schrecklichen Erlebnis einfach so weitermachen könntest wie bisher. Das Leben hat sich für euch beide verändert. Ihr müsst euch euren Weg suchen."

„Sie braucht mehr, als ich ihr geben kann. Das weiß ich."

„Habt ihr euch vor dem Unfall nahe gestanden?"

„Ich hab mich in Bridie vom ersten Augenblick an, als ich sie zu Gesicht bekam, verliebt. Ich war zu jung, als sie geboren wurde. Verheiratet mit einer Frau, die ich gar nicht wirklich kannte, und die Schwangerschaft war schwierig. Mit meinem Studium dazu, hatten wir in diesen Monaten nicht viel Gelegenheit, uns richtig kennen zu lernen. Sheila hat mehr Zeit im Haus ihrer Eltern als mit mir verbracht. Bis zur Geburt war ich ziemlich sicher, dass ich gar kein Kind haben wollte, das unser Leben durcheinander brachte. Dann sah ich Bridie, und das war's."

„Ich habe mich gefreut, dass du heute hergekommen bist, um mit Kieran zu helfen. Es war eine gute Möglichkeit, die Zeit mit ihr zu verbringen."

„Ich glaube nicht, dass ich sehr oft mit deinem Sohn zusammen sein könnte, wenn er mehr von mir wollte."

Zweifellos war Finn ein Mensch mit versteckten Tiefen, ihr war nur nicht aufgefallen, dass er sie so gut erkannt hatte. „Kieran weiß wahrscheinlich gar nicht, was er will", sagte sie. „Und ich bin auch nicht sicher, ob es irgendwelche Bücher gibt, die mir helfen könnten, ihm zu zeigen, wie er seine Bedürfnisse erkennt. Aber wenn wir ihm beibringen können, auf die Außenwelt zu reagieren wie andere Kinder, dann wird er vielleicht irgendwann in der Lage sein, seine Gefühle zu verstehen und auszudrücken."

„Wir?"

„Keine Sorge, ich weiß, dass heute eine Ausnahme darstellte. Ich erwarte jetzt nicht jeden Tag eine Stunde Hilfe."

„Hilfe für dich oder für Kieran?"

„Beides."

„Ich bin beeindruckt, wie du dein und sein Leben in den Griff bekommst. Du nimmst Gelegenheiten wahr, die andere Frauen sicher nicht so ergriffen hätten. Wie zum Beispiel hierher zu kommen und auf das zu verzichten, was du wirklich liebst, um dich ihm zu widmen."

„Ich liebe die Medizin. Aber ich liebe ihn noch mehr."

„Musstest du dich wirklich zwischen beiden entscheiden?"

„Wegen der Mittel, die mir zur Verfügung stehen, schon. Er braucht jetzt jemanden, der sich mit ihm beschäftigt, nicht nachdem ich meine Assistenzzeit beendet habe und mir die besten Schulungsprogramme für ihn leisten kann."

„Wie geht es denn voran?"

„Nicht so gut."

„Was ist dann der nächste Schritt?"

„Es ist zu früh, um darüber nachzudenken. Drei Monate ist nicht genug Zeit, um einen bedeutenden Fortschritt zu erkennen, ich werde alles neu bewerten und einschätzen müssen."

„Du wirst auf jeden Fall wieder von Irland wegziehen?"

„Willst du mich loswerden?"

Er rollte von ihrem Schoß und stützte den Kopf auf die Hand. „Habe ich dir von meiner Lieblingsgeschichte aus all den Himmelsmärchen erzählt? Ich glaube nicht."

„Versuch es, dann werden wir ja sehen."

„Komm erst zu mir runter."

Der Gedanke, sich neben ihn auf die Decke zu legen, sandte prickelnde Warnsignale durch ihr Nervensystem. Sie sah ihn aus halb zusammengekniffenen Augen an. „Was passiert mit den Frauen, die beim aufsteigenden Mond im Freien liegen?"

„Denen wird kalt, es sei denn, sie haben einen Mann neben sich, der sie wärmt."

Sie fragte sich, ob Warnsignale die richtige Beschreibung für das war, was sie empfand. Vorfreude wäre vielleicht der bessere Ausdruck gewesen. Sie legte sich neben ihn auf den Boden, und durch ihre Baumwollhose spürte sie auf angenehme Weise die vertrauliche Berührung seiner Schenkel.

Er zeigte nach oben. „Sieh in den Himmel."

Die Sonne war untergegangen, und die üppig farbigen Lichtstreifen, die sie hinterlassen hatte, konnte man nicht mehr sehen. Es wurde schnell dunkler, sie hatte das Gefühl, beobachten zu können, wie das Licht verschwand, zusätzlich gedämpft durch die aufziehenden Wolken.

„Wonach suche ich?“ wollte sie wissen.

„Nach dem ersten Stern.“

„Dazu ist es zu bewölkt.“

„Nicht, wenn du richtig hinsiehst.“

Die Herausforderung nahm sie an. Sie lagen Seite an Seite und blickten schweigend nach oben, bis sie glaubte, es könnten Hunderte von Sternen aufgehen, und sie wäre zu blind, um einen von ihnen zu entdecken.

Sie schloss einen Augenblick lang die Augen. Als sie sie erneut öffnete, sah sie ein schimmerndes Licht direkt über ihnen aufblitzen. „Sieh mal.“ Sie zeigte rasch nach oben. „Der erste leuchtende Stern.“

„Sehr gut.“

„Und was gibt es jetzt für eine Geschichte dazu?“

„Also, wenn eine Frau den ersten Stern entdeckt, während sie mit einem Mann zusammen ist, der sie küsst, dann geht ihr sehnlichster Wunsch in Erfüllung.“

Sie schnappte nach Luft. „Dieser Teil mit dem Mann, der sie küsst. Das ist allerdings neu für mich.“

„Du musst eben immer noch lernen.“

„Wie umfassend darf mein Wunsch denn sein?“

„Verschwende nicht die gute Gelegenheit. Ein langer, mehrteiliger Satz ist die Norm.“

Sie dachte an ihren Wunsch, während er sich über sie beugte, ein Wunsch, der mit Irenes sich bessernder Konstitution begann und mit Kierans endete. Dazwischen gab es Wünsche für Finn und Bridie und einen für sie selbst. Sie alle endeten in einem inbrünstig ausgesprochenen „Bitte“, während sie ihm die Arme um den Nacken legte.

Finn war mit Irenes Fortschritten zufrieden. Sie hatte eine viel bessere Gesichtsfarbe, und das Atmen fiel ihr leichter. Sie wachte auf, als er ihre Vitalfunktionen überprüfte, schien nicht mehr desorientiert und hatte einen klaren Blick. Als er fertig war, schlief sie ganz ruhig wieder ein.

Er ging zu Peggy in die Küche, wo sie den Abwasch erledigte. Sie war eine moderne, selbstbewusste Frau, die trotzdem noch Freude an den einfachen Dingen zu haben schien. Ihr Haar schwang von einer Seite zur anderen, während sie sich vom Waschbecken zum Spülbecken hin und her drehte. Sie hatte die Ärmel hochgekrempelt und ihre schmalen Handgelenke und zarten Ellbogen entblößt. Alles an ihr gefiel ihm.

Sie drehte sich um, als sie merkte, dass er an der Tür stand. „Wie geht es ihr?“

„Ich denke, sie ist aus dem Gröbsten raus. Erst mal.“

„Aber diese akuten Vorfälle werden immer öfter kommen, oder wie siehst du das?“

„Es ist ein altes Herz, und dazu ein sehr schwaches. Es könnte sein, dass du das nächste Mal reingehst, um sie zu wecken, und feststellst, dass sie nicht mehr lebt.“

Sie hielt beim Spülen eines Tellers mitten in der Bewegung inne. „Sie braucht eine überwachte Langzeitbehandlung, nicht? Habe ich das jetzt dadurch verzögert, dass ich hier eingezogen bin?“

„Sie muss *hier* sein. Ein Leben zu verlängern, das sie ablehnt, ist kein Geschenk. Ich will einfach nur, dass du weißt, welches Risiko du eingehst. Wahrscheinlich wirst du dich schuldig fühlen. Du wirst sicher sein, dass du mehr hättest tun können, dass sie immer noch am Leben gewesen wäre, wenn du nur etwas früher nachgesehen hättest oder die Tür nicht geschlossen und ihr Rufen gehört oder nicht beschlossen hättest, mit Kieran spazieren zu gehen."

„Danke." Sie atmete einmal tief durch, als würde sie seine Worte tief in sich aufnehmen wollen. „Das war ein guter Hinweis. Und was ist mit dir? Kannst du Irene gehen lassen, ohne das Gefühl zu haben, du hättest versagt?"

Er hatte oft genug darüber nachgedacht, um sicher zu sein, dass er es konnte. „Es wäre eher ein Versagen, wenn ich Irene dazu zwingen würde, ihr Haus zu verlassen. Wenn ich nicht zugesagt hätte, mich um sie zu kümmern, wäre sie womöglich schon tot. Natürlich hat sie darauf bestanden, dass ich sie behandle, um mir zu beweisen, dass ich immer noch kompetent bin. Zwei Fliegen mit einer Klappe. Sie hat nie ein Blatt vor den Mund genommen oder Zeit vergeudet."

„Oder vielleicht ist es ihre Art, dir zu helfen, jemanden gehen zu lassen. Langsamer und natürlicher als die Weise, zu der du vorher gezwungen wurdest."

„So sollten die Menschen eigentlich sterben. Nach einem langen, zum größten Teil ausgefüllten Leben, das sie nach ihrem Wunsch gelebt haben. Begleitet von denen, die sie lieben. Glücklich mit dem, was sie geschafft haben." Er hatte nicht so verbittert klingen wollen, aber es hörte sich so an.

„O Gott, ich wünsche mir jetzt das Feuer." Peggy erschauerte. Der Wind hatte aufgefrischt, nachdem die Sonne verschwunden war, und Finn spürte die Kälte durch die alten Wände kriechen, obwohl er daran gewöhnt war. Sie mussten nicht heizen, aber es war der perfekte Abend, um ein kleines Feuer im Kamin anzuzünden.

„Wie tief schläft Kieran denn?" fragte er.

„Warum?"

„Weil ich eine Idee habe, wie ich dich heute Abend unterhalten kann."

Sie hob die Augenbrauen, und er lachte, weil er wusste, dass sie an die Küsse auf der Decke dachte. „Wie tief?" wiederholte er.

„Wenn ich ein paar Feuerwerkskörper unter seinem Bett krachen lasse, könnte er womöglich aufwachen. Oder wenn …"

„Gut, und Irenes Schlafzimmer ist von der Kaminstelle weit genug entfernt, sodass wir sie sicher auch nicht stören werden."

„Meine Neugierde wächst ins Unermessliche."

„Ich mache hier alles fertig, falls du noch mal nach Kieran sehen möchtest."

„Lass mich das lieber hier zu Ende bringen, und du zündest inzwischen das Feuer an. Ich hab vor Kurzem erst noch nach Kieran gesehen. Die einzige Zeit, wo niemand was von ihm will, ist, wenn er schläft, und das tut er unheimlich gern."

„Dann sehen wir uns in ein paar Minuten."

Einige Torfblöcke glühten schon, als sie fertig war. Finn hatte sich auf dem weichen Teppich vor dem Kamin ausgestreckt und machte Peggy ein Zeichen, sich zu ihm zu gesellen.

Sie setzte sich neben ihn, wenn auch nicht so dicht, wie er es gern gehabt hätte. „Noch mehr Geschichten? Zwanzig Fragen? Berichte aus deiner Kindheit? Du hast mir überhaupt nichts von deiner Familie erzählt, dabei hast du schon so viel von meiner erfahren."

„Ich war ein Einzelkind, das auf einer kleinen Farm aufwuchs. Spielte mit verwundeten Vögeln und Käfern und richtete ein Tierkrankenhaus für sie ein. Nach so vielen Jahren stellten meine Eltern dann fest, dass sie das Landleben hassten, und sie sind vor vier Jahren nach Cork gezogen und haben dort ein kleines Blumengeschäft eröffnet. Sie können nicht gut mit Kindern umgehen, und Bridie möchte sie nicht besuchen, es sei denn, ich komme mit.

Nach Shanmullin kommen sie nur zurück, wenn sie unbedingt müssen. Sie sind gute Leute, nur ein wenig merkwürdig."

„Das erklärt, warum sie nicht hier sind, um dir mit Bridie zu helfen."

„Sie wüssten nicht, was sie mir ihr anfangen sollten. Sheilas Eltern sind nach dem Unfall nach Belmullet gezogen, um vom Tatort wegzukommen. Sie wollten Bridie eigentlich mitnehmen. Wenn ich nicht endlich aufgehört hätte zu trinken, hätten sie es auch getan."

„Besucht sie sie?"

„Sie geben mir die Schuld für das, was passiert ist, deshalb wollen sie mich nach Möglichkeit nicht sehen. Sie würden Bridie hier nicht besuchen, und ich habe Angst, sie allein zu ihnen zu lassen. Ich könnte nie sicher sein, ob sie meine Tochter auch zurückschicken, und die Mühlen der Gesetze mahlen langsam."

„Sie hat etwas Besseres verdient, und du auch."

Er hörte den verärgerten Unterton in ihrer Stimme. „Wir meistern die Lage, so gut wir können. Sie standen Sheila und den Kindern sehr nahe. Ich glaube, die Tatsache, dass Bridie ihrer Mutter so ähnlich sieht, macht es ihnen nicht leicht, mit ihr zusammenzusein, und anschließend fällt es ihnen schwer, sie wieder gehen zu lassen."

„Das ist nicht unterhaltsam. Es ist traurig. Wir brauchen was zur Unterhaltung. Was kommt als Nächstes?"

Er war froh, das Thema zu wechseln. Trotz allem, was er gesagt hatte, schmerzte ihn die Abwesenheit der Eltern und Schwiegereltern, und er wusste, dass es Bridie genauso ging.

„Schließ die Augen."

„Kenne ich dich gut genug, um so was zu machen?"

„Vertraust du mir nicht?"

„Genug, nehme ich an." Sie kniff die Augen zu.

Er hatte diesen Gesichtsausdruck schon mal gesehen, bei ihrem Sohn. „Bleib hier, und beweg dich nicht vom Fleck."

„Wahrscheinlich halte ich es höchstens eine Minute aus. Ich war das jüngste Kind und nicht besonders gut im Warten auf Überraschungen." Sie zögerte. „Was wohl der Grund ist, dass ich selbst ein Kind habe."

„Ich war ein Einzelkind. Es scheint für die Selbstbeherrschung nicht besonders gut zu sein. Wie Bridies Existenz beweist."

„Noch dreißig Sekunden, dann gehen meine Augen auf. Tut mir Leid, aber du zwingst mich hier, gegen meine Natur anzugehen."

Er hatte etwas vorgeholt, das ihr beim Betreten des Zimmers nicht aufgefallen war. Dann setzte er sich hinter sie, lehnte sich gegen den Sessel, um eine Stütze zu haben, legte die Arme um sie und zog sie zu sich heran. „Okay, du kannst jetzt gucken."

„Sieht aus wie eine Blechflöte." Sie strich mit dem Finger über das Instrument. „Fühlt sich auch an wie eine Blechflöte."

„Deine Beobachtungsgabe ist außerordentlich."

„Ich bin selbst überwältigt."

Er ließ die Flöte los, als sie danach griff. „Du liebst Musik, und du behauptest, es wären nicht deine Ohren, wenn du falsch singst. Habe ich Recht?"

Sie lehnte sich dichter an ihn. „Hat Mozart gesungen? Oder Beethoven? Können wir ihre Musikalität an Stimmen messen, die wir nie zu hören bekommen?"

„Du willst doch nicht von dir behaupten, ein Mozart zu sein. Bitte sag mir, dass nicht."

„Na ja, vielleicht Elton John?" Sie lachte, als er aufstöhnte. „Meine Tante hat mich zum Klavierunterricht geschickt, aber ich war nicht besonders gut auf dem Instrument. Ich habe eine leichte Legasthenie. Zum Lesen lernen habe ich ein Jahr länger gebraucht als andere, und das Unterscheiden der rechten und linken Hand war für mich eine Plage."

„Ich würde an deiner Stelle die Chirurgie als Fachgebiet wählen. Besonders Hirnchirurgie."

„Das ist schon lange her. Ich hatte zwei Jahre lang ein großes R auf der einen und ein L auf der anderen Hand. Ich würde darin sehr gut sein."

Es war ihm im Moment eigentlich egal, wie gut sie war. Sie fühlte sich fantastisch an in seinen Armen, sogar viel besser als fantastisch. So natürlich und unentbehrlich. Er war zwei Jahre lang enthaltsam gewesen, ungeachtet der Angebote einer älteren Witwe und einer jungen Mutter, die für einen Skandal im Dorf gesorgt hatte, indem sie sich scheiden ließ, sobald es gesetzlich erlaubt gewesen war. Er hatte über beide nachgedacht, da keine feste Beziehung erwartet wurde. Letztendlich hatte er aus der Befürchtung heraus, entspannender Sex würde seine Depressionen noch verstärken, abgelehnt. Er war noch nicht so weit gewesen, sich gut zu fühlen oder sich in Gefühlen zu verlieren.

Er schien aber jetzt so weit zu sein.

„Okay, das hier musst du wissen." Er legte beide Arme um sie. „Es gibt zwei Arten. Diese hier ist eine D-Flöte, was gebraucht wird, wenn du mit anderen spielst."

„Als Kind habe ich gute Noten dafür bekommen, mit anderen zu spielen."

„Dann ist das ganz klar die richtige Flöte für dich."

Er drehte am Mundstück. „Das ist beweglich, damit man die Flöte auch stimmen kann, wenn man mit anderen Instrumenten spielt."

„Ich glaube auch, dass es wichtig ist, gut gestimmt zu sein. Ich hab dir gesagt, ich bin ein Naturtalent."

„Peggy, du musst es an die Lippen setzen."

„Technische Kleinigkeiten. Ich habe die besten Voraussetzungen."

„Okay, hier ist die Probe. Setze das Mundstück an die Lippen, und was immer du tust, kau nicht daran. Halte es einfach nur ganz locker, und dann blase. Und versuch, nicht den ganzen Haushalt aufzuwecken."

„Muss ich nicht wissen, wie ich die Finger halte, um die Töne zu ändern? So was in der Art?"

„Bist du der Lehrer oder ich?"

„Ein strenger Meister, was?" Sie tat, was er gewollt hatte, und blies sanft. Der Ton war gleichmäßig und rein.

„Ich bin beeindruckt." Das war er tatsächlich.

„Da bin ich sicher. Du dachtest bestimmt, ich würde quieken, oder?"

„Jetzt zeige ich dir, wie du sie halten musst." Er machte es vor. Es gab sechs Löcher, zu bedecken jeweils mit drei Fingern einer Hand. „Lass die Daumen auf den Zeigefingern ruhen. So." Er bewegte die Finger, damit sie es sehen konnte, dann gab er ihr die Flöte.

Sie bedeckte die Löcher sofort mit den Fingern und rutschte automatisch mit den Daumen an die richtige Stelle. „So?"

„Perfekt. Jetzt blase mit allen Löchern bedeckt. Das wird jetzt ein D."

„Da bin ich anderer Meinung. Das wird eine A plus werden."

„Der Ton wird ein D. Was die Qualität angeht, müssen wir erst mal hören. Wirst du mir bei jedem Schritt Probleme machen?"

„Ich hoffe doch." Sie legte das Mundstück an die Lippen und blies ein sauberes D. „Das macht Spaß."

Er verstärkte seinen Griff, als sie sich dichter an seine Brust lehnte. Ihr Haar strich über sein Kinn, mit den Hüften berührte sie seine Oberschenkel. Sein Körper reagierte spürbar.

Er schluckte, um sich die plötzlich trockene Kehle zu befeuchten. „Nimm den kleinen Finger deiner rechten Hand vom unteren Loch, dann hast du ein E."

Sie tat es und blies. Ein weiterer sauberer, süßer Ton. Sie nahm noch mehr Finger von den Löchern, so wie er es anordnete, und spielte weitere Noten.

„Jetzt versuch sie noch mal hintereinander, beginne mit allen Löchern bedeckt und spiele die Tonleiter aufwärts."

Sie tat es, und die Töne zitterten nur ganz leicht.

Er demonstrierte ihr, wie sie die Zunge einsetzen musste, um den Ton sauber zu beenden. Sie war nicht schlecht, doch sie brauchte Übung. „Und jetzt kommt der schwierigste Teil für die meisten Leute. Du brauchst für die meisten Songs mehr Töne als die, die du gerade kennen gelernt hast, und höhere als diese. Die einzige Möglichkeit, sie zu bekommen, ist stärker zu blasen. Das lernt man nicht sofort, und die ersten Versuche sind meistens nicht angenehm fürs menschliche Gehör."

„Mit anderen Worten, du möchtest nicht, dass ich die höheren Töne hier und jetzt zu spielen versuche."

„Du musst erst mal viel üben, meinst du nicht? Ich lass dir die Flöte hier, damit du allein spielen kannst. Ich habe mehr als eine."

„Du vertraust mir nicht, was?"

„Vertrauen hat damit nichts zu tun. Ich denke nur ..."

Sie wand sich in seinen Armen und drehte sich um, sodass sie mit den Brüsten an seiner Brust lag. „Du denkst, ich mache einen riesigen Lärm und wecke Irene und Kieran und jeden Tierney auf dem Friedhof."

„Du bist entschlossen, mir das Gegenteil zu beweisen, oder?"

Sie sah ihm einen Moment in die Augen, dann hob sie die Flöte an die Lippen. Den Blick immer noch auf ihn gerichtet, spielte sie die süßeste Version von „The Foggy Dew" von Anfang bis Ende.

„Du hast mich nicht gefragt, ob ich spielen kann", sagte sie, nachdem sie das Instrument wieder abgesetzt hatte.

Er versuchte, nicht zu grinsen. „Mach mir keinen Vorwurf daraus. Du hast so getan, als könntest du es nicht, und hast zugelassen, dass ich mich in Szene gesetzt habe."

„Freche und totale Selbstüberschätzung, Finn. Ganz einfach und simpel."

„Fass dir an die eigene Nase, Peggy-o."

„Warum? Und übrigens, das ist das einzige Stück, was ich spielen kann. Der Unterricht war also nicht ganz umsonst."

„Wo hast du das gelernt?"

„Von einer Cousine. Sie spielt in einer irischen Band. Sie hat gehofft, dass ich es schnell lerne und bei ihnen mitmache, aber kurz nachdem sie mir ‚Foggy Dew' beigebracht hatte, zog sie nach Milwaukee. Heute macht sie so was, das sie keltischen Rap nennt. Schauriges Zeug." Sie legte die Flöte beiseite. „Weißt du, Finn, das war kein schlechter Vorwand, um mir näher zu kommen."

„Meinst du, darum ging es?"

Sie berührte seine Wange. „Ich frage mich, wie lange wir so weitermachen werden."

Er hatte verstanden, was sie wissen wollte, aber er konnte keine Antwort darauf geben. In der letzten Zeit lief er ständig in erregtem Zustand durch die Gegend. Er wollte sie, dachte Tag und Nacht an sie und gleich darauf an Sheila und seine Söhne. Er hatte kein Recht, etwas zu fühlen.

„Würde Sheila gewollt haben, dass du mit ihr stirbst, wenn sie gewusst hätte, dass du eure Jungen nicht retten kannst?" fragte Peggy leise. Sie berührte seine Lippen mit dem Finger, bevor er etwas erwidern konnte. „Nicht, wenn sie dich geliebt hat, Finn. Hat sie das?"

Nach dem ersten Ansturm von Leidenschaft und dem Nachwuchsbekommen hatte sich die Liebe langsam eingestellt. Er hatte ebenfalls langsam seine Liebe zu ihr entwickelt, vielleicht nicht so, wie er eine Frau geliebt hätte, mit der er mehr gemeinsam hatte, aber als die Mutter seiner Kinder, diejenige, die sein Leben ordnete und versüßte, die ätherische Märchenprinzessin, die ihn mit ihrem Harfenspiel und der hohen, sehnsuchtsvollen Stimme verzauberte.

Peggy sah die Antwort in seinem Blick. „Sie hätte auch nicht gewollt, dass du halb tot bist", sagte sie. „Das hätte sie dir gegönnt. Leg dich hin." Sie legte ihm die Hände auf die Brust und drückte ihn auf den Teppich.

Er sollte das hier nicht zulassen. Er war noch nicht so weit, nicht für Peggy, die für ihn mehr bedeutete als ein hübsches Gesicht und ein angenehmer Körper. Ja, physisch sehnte er sich nach Erlösung, doch er sehnte sich auch in einer Weise nach ihr, die wenig mit Sex zu tun hatte. Durch Peggy fühlte er sich jung und lebendig, und er wusste, das war ein Grund gewesen, weshalb er so verzweifelt versucht hatte, sich von ihr fern zu halten.

Er lag auf dem Rücken, und sie beugte sich über ihn, knöpfte sein Hemd auf. Langsam zog sie den Stoff zur Seite und legte ihm die Hand auf die Brust, dann lehnte sie die Wange dagegen. Er hob die Hände und spielte mit ihrem vollen Haar. Als sie ihn küsste, überfielen ihn plötzlich alle Zweifel, als hätten sie sich noch einmal zu einem letzten Angriff versammelt.

„Pst ...", flüsterte sie. „Du kannst sie nicht zurückholen, in dem du unglücklich bist. Du lebst, und das ist richtig so."

Er drehte sie mit einem Schwung auf den Rücken. „Ist das Sex oder Trauertherapie?"

„Das sind zwei Menschen, die sich jetzt und hier brauchen. Einfach nur du und ich, Finn. Aber ich möchte mich nicht mit dir lieben, wenn noch eine andere Person hier im Raum ist."

Er wartete darauf, dass das Schuldgefühl zum tödlichen Stoß ansetzte, dass die Erinnerungen ihm die Kehle zuschnürten. Doch er stellte fest, alles, was er fühlte, war das wilde Schlagen von Peggys Herz an seiner Brust und die süße Wärme ihres Atems und ihrer Wange. Dann küsste er sie, und es gab nichts zwischen ihnen, außer ihrer Kleidung. Und bald auch dies nicht mehr.

Er sagte ihr nicht, dass er sie liebe, aber als er schließlich in ihr versank, spürte er in einem flüchtigen bewussten Augenblick, dass er mehr für sie empfand als Lust oder gar Dankbarkeit. Und nachdem sie beide ihre Erlösung gefunden hatten und sie mit dem Kopf an seiner Schulter lag, folgte sofort die Angst.

23. KAPITEL

Die Küche im Whiskey Island Saloon war fertig. Megan hätte nie erwartet, einen so schönen, gut organisierten Arbeitsplatz zu bekommen. Alles befand sich in greifbarer Nähe, und zum ersten Mal, seit sie denken konnte, gab es genug eingebaute Abstellflächen, sodass sie und ihr Stab nicht mit den Töpfen und Pfannen voll Zutaten jonglieren mussten.

„Das einzige Problem ist, dass es niemanden gibt, für den ich kochen kann", sagte Megan zu Casey, nachdem sie ihr alles gezeigt hatte. „Bis auf das Arbeits-Team. Und das ist mehr die Erdnussbutter-Sandwich- und Pizza-Fraktion. Niemand stürmt die Küche für meine Suppen und Eintöpfe."

Casey setzte sich auf die Kante eines Tresens, vorsichtig, um den Unterschrank nicht mit ihren schlammbedeckten Schuhen zu ruinieren. Der Westen von Cleveland befand sich inmitten einer kräftigen Regenphase. Der Herbst und sinkende Temperaturen würden nicht mehr lange auf sich warten lassen. „Wann werden wir denn wieder öffnen?" fragte sie.

„Nick denkt, es dauert noch einen Monat, höchstens."

„Wirst du mit einem richtigen Knaller anfangen?"

„Freies Essen und ein Dollar das Guinness für alle Stammgäste und Familienangehörige. Das sollte den Rest von unserem Versicherungsgeld aufbrauchen."

„Es wird wirklich schön. Nick und die Jungen leisten großartige Arbeit." Casey nahm den Kräutertee entgegen, den Megan für sie gekocht hatte. „Das Lokal ist jetzt auch ansprechend genug für erfolgreiche junge Geschäftsleute. Vielleicht sollten wir das Menü noch mit Tapas ergänzen oder samstagnachmittags eine Weinprobe einführen."

„Wenn du diejenige bist, die da oben am Himmelstor schon mal die wütenden Proteste abfängt, gern. Ich will den Donaghues, die dieses Lokal vor mir geführt haben, nicht erklären, was Tapas hier zu suchen haben."

„Meinst du, die Gäste sind abgesprungen?"

Das war wirklich ein großes Problem, die Sache nagte an Megans Selbstbewusstsein. Was war, wenn Nick, Marco und die Steine-Kids die ganze Arbeit geleistet hatten und der Laden geschlossen werden musste, weil die Leute nicht mehr wiederkamen?

Sie versuchte positiv zu denken. „Ich höre jeden Tag Beschwerden über die anderen Kneipen, in die die Leute stattdessen gehen müssen. Dann bekomme ich fünf bis sechs Anrufe wöchentlich, weil unsere Gäste wissen wollen, wann wir wieder öffnen."

„Dann sollte doch alles gut laufen, wenn wir bald wieder den Betrieb aufnehmen", beruhigte sie Casey. „Für viele unserer Kunden ist der Whiskey Island Saloon wie bei Großmutter zu Hause. Vielleicht gibt es von Großtante Fifis Stube einen besseren Blick und einen schicken Fahrstuhl, aber man fühlt sich da nicht heimisch."

„Wenn ich eine Großtante Fifi hätte, würde ich weit weg ziehen und vergessen, meine neue Adresse zurückzulassen."

Casey nippte an ihrem Tee, und Megan werkelte herum, wischte fleckenlose Tresen sauber und desinfizierte das Abwaschbecken. Niccolo und Marco waren losgefahren, um Material zu besorgen, und hatten eigentlich vor einer Stunde zurück sein wollen. Sie fragte sich, ob Niccolo in letzter Zeit dermaßen viel um die Ohren hatte, dass er sich nicht mehr an so grundlegende Handgriffe wie eine Telefonnummer wählen erinnerte.

„Geht es denn inzwischen besser, Megan?"

Megan blickte von ihrem außerordentlich sauberen Waschbecken hoch. „Was denn?"

„Mit dir und Nick."

„Er ist immer noch viel zu beschäftigt."

„Wird es denn leichter werden, wenn er hiermit fertig ist?"

Megan bezweifelte das ernsthaft. Gestern Abend, auf dem Weg nach Hause, war Niccolo bei einem Haus in der Nachbarschaft vorbeigefahren, das zum Verkauf stand. Es war genau die Art von Gebäude, die er gern instand setzte. Gute Bausubstanz, wenige notwendige Umbauten, die nur ein bisschen Zeit in Anspruch nahmen, und genug Fläche, sodass ein Anbau unnötig war. Er hatte den Makler am selben Tag angerufen und am nächsten Morgen den Kaufvertrag unterschrieben. Es würde das nächste Projekt der Steine-Kids werden.

„Es wird nie weniger zu tun geben für Nick", sagte Megan. „Je mehr er beschäftigt ist, desto glücklicher."

„Er hat ziemlich viel Energie."

„Er hat keine Sehnsucht nach Vertrautheit." Megan hörte auf zu schrubben, drehte sich um und lehnte sich gegen das Waschbecken. „Er ist total überfordert, und langsam fange ich an zu denken, dass er mich einfach nur um sich haben will, damit ich immer dann für ihn da sein kann, wenn er mal einen der seltenen Momente erlebt, wo er nichts für die Steine machen muss."

„Meinst du nicht, das wird sich ändern, wenn die Unterstützung gesichert ist?"

„Meine wirkliche Meinung? Ich denke, wenn er erst mal das Geld hat, wird er noch härter arbeiten. Er wird der Spenderorganisation zeigen wollen, dass deren Geld gut angelegt ist. Dann wird er neue Projekte ins Leben rufen, für die er wieder mehr Unterstützung braucht." Sie zuckte die Schultern. „Manchmal fragte ich mich, ob er sich nicht dauernd so verausgabt, damit er nicht über sein Leben nachdenken muss."

„Worüber will er nicht nachdenken?"

„Seine Entscheidung, das Priesteramt aufzugeben. Seine Entscheidung zu heiraten."

„Ach, komm schon, er ist verrückt nach dir. Vieles redest du dir bestimmt nur ein."

„Casey, ich könnte ihn verlassen, und er würde es womöglich erst Tage später bemerken."

„Das ist verrückt."

„Er wollte vor einer Stunde zurück sein. Wir wollten zusammen essen gehen. Schließlich habe ich kurz bevor du kamst etwas Suppe gegessen."

„Vielleicht ist was passiert."

„Ich bin sicher, dass was passiert ist. Ihm und Marco ist eingefallen, dass sie noch was anderes brauchten, das sie am anderen Ende der Stadt bekommen. Er wird hier einlaufen und eine Verpackung von McDonald's in den Mülleimer werfen. Dann sieht er mich, es fällt ihm wieder ein, er fühlt sich schuldig und bittet mich, ihm zu vergeben, und ich Trottel tu es."

Als hätte sie hellseherische Fähigkeiten, schlug die vordere Haustür zu, und Niccolo kam hereingeschneit, dicht hinter ihm Marco.

Die beiden Männer waren sich sehr ähnlich, obwohl Niccolo etwas feinere Züge besaß und bedeutend schlanker als sein fülliger Bruder war. Marco wirkte wie ein Linebacker, der sich zur Ruhe setzte, während Niccolo der Quarterback in Hochform war.

„Megan, tut mir Leid. Die Zeit ist mir davongelaufen. Hast du schon gegessen?"

„Hmm." Sie fing die zusammengeknüllte weiße Tüte auf, die er in den Müll hatte werfen wollen, und hielt sie für Casey hoch. „Burger King, aber ich war nahe dran."

„Das war Marcos. Ich dachte, ich erkundige mich lieber vorher, ob du auf mich gewartet hast", sagte Niccolo.

Sie wusste, eine bessere Ehefrau hätte ihm jetzt etwas von der Suppe angeboten, die sie vorher gekocht hatte. Doch sie zuckte nur die Schultern und wandte sich an ihren Schwager. „Zu welchem fruchtlosen Unterfangen hat er dich geführt?“

„War ein Anruf von der Katholischen Wohlfahrt.“ Marco zwinkerte. „Dein Mann ist ja wirklich sehr beliebt. Gut, dass er das Handy hat.“

„Katholische Wohlfahrt?“ Megan drehte sich zu Niccolo herum. „Sind sie immer noch hinter dir her?“

Er hob die Hände, als wolle er einen Schwarm Bienen abwehren. „Ich hab ihnen gesagt, dass ich nicht in den Vorstand kommen kann.“

Einen Augenblick verspürte sie echte Freude. Er hatte also auf sie gehört und die Position abgelehnt, obwohl es für ihn wertvolle Kontakte gewesen wären.

„Das wäre ein Interessenskonflikt“, fuhr Niccolo fort. „Ich habe mich bei ihnen um eine Unterstützung für die Steine beworben, und ich habe gute Chancen, sie zu bekommen.“

Das Glücksgefühl verflüchtigte sich sofort. Er hatte es nicht getan, um ihr einen Gefallen zu tun oder weil er einsah, dass er bereits überlastet war. Er musste ihre Gedanken gelesen haben, denn er legte ihr beschwichtigend die Hand auf die Schulter. „Ich hätte auf jeden Fall Nein gesagt.“

„Sicher. Es ist nur schwierig, das Wort auszusprechen.“

„Soweit ich es beurteilen kann, will jede Organisation im Mittleren Westen ein Stück von den Steinen.“ Marco ging zum Kühlschrank und holte zwei Softdrinks heraus, eine Büchse davon warf er seinem Bruder zu. „Noch jemand?“

„Nein, danke.“ Megan sah ihren Schwager fragend an. „Was meinst du damit?“

„So oft, wie das Telefon klingelt. Diese ganze Publicity hat nicht geschadet.“

„Ich hab diese Sponsorengeschichte auch schon durchgemacht.“

Casey stand auf, um ihre Tasse abzuwaschen. „Als ich Albaugh wieder auf die Beine helfen wollte. Unser Problem war nur, dass jeder Cent, um den ich gebeten habe, mit einer ganzen Liste Bedingungen kam. Wir mussten so viel Änderungen bei Personal und Service vornehmen, dass es jedes Mal, wenn ein Scheck eintraf, so war, als müssten wir wieder ganz von vorn beginnen."

„Das ist bei uns auch ein Problem." Niccolo öffnete seine Dose und nahm gierig einen großen Schluck, als hätte er den ganzen Tag nichts getrunken.

Megan seufzte und ging zum Kühlschrank. Sie schob Marco beiseite, um die Suppe herausholen zu können. „Willst du etwas hiervon?" Sie hielt den Topf hoch, damit Niccolo ihn sehen konnte.

„Aber sicher." Er wandte sich wieder an Casey. „Ich habe schon Angebote abgelehnt, die auf den ersten Blick ganz gut aussahen. Das Beste war ja ein Sponsor, der darauf bestehen wollte, dass die Kids kein Elektrowerkzeug in die Hand bekommen. Ein anderer wollte zur Auflage machen, dass alle in der Gruppe sich taufen lassen."

„Du wirst schon die richtige Quelle für das fehlende Geld auftreiben." Casey blickte auf ihre Uhr. „Ich habe einen Arzttermin. Wir sehen uns später." Als sie Megans Gesichtsausdruck sah, lächelte sie. „Nur eine Routineuntersuchung."

Marco warf seine Büchse in den Mülleimer. „Ich muss mich auf den Weg machen, wenn ich's noch bis zum Dinner nach Pittsburgh schaffen will. Paula hat versprochen, Pasta Fazul zu machen. Nick, wir sehen uns dann nächsten Mittwoch." Er zog Megan an sich und gab ihr einen Abschiedskuss. „Wir sehen uns."

Megan wärmte die Suppe in der Mikrowelle auf, während Niccolo die beiden zur Tür brachte. Das Essen war fertig, als er zurückkam, und sie stellte es auf den Küchentresen. Er zog sich einen Hocker ran. „Sieht lecker aus."

„Ist auch ein guter Tag dafür."

„Tut mir Leid mit dem Mittagessen. Ich habe das Handy so oft benutzt, bis mein Akku leer war und ich nicht anrufen konnte, um dir Bescheid zu sagen, dass wir's nicht schaffen. Ich hab nach einer Telefonzelle gesucht, aber keine gefunden."

„Es war nicht das erste Mal, dass ich versetzt wurde, und es wird auch nicht das letzte Mal sein, da bin ich sicher."

„Der Rest der Woche wird echter Stress. Ich habe nicht einen einzigen Nachmittag frei."

Es gab unzählige abgedroschene Phrasen für Situationen wie diese. *Und was ist Besonderes daran? Das habe ich doch schon öfter gehört. Erzähl mir doch mal was Neues.* Bevor sie irgendetwas Dummes sagte, nickte sie nur mit resigniert zusammengepressten Lippen.

„Aber ich habe nichts für das Wochenende geplant", sagte Niccolo, als sie schwieg. „Ich bin Freitag- und Samstagabend frei. Lass uns irgendwas Schönes für einen Abend unternehmen. Nur du und ich. Irgendwo, wo es nett ist."

„Aber nicht teuer", warnte sie.

Er legte ihr die Hände auf die Schultern. „Nett, aber nicht zu billig. Nur wir, eine Flasche Wein und frische Meeresfrüchte. Wie hört sich das an?"

Sie ließ den Kopf kreisen, als er begann, ihr die Schultern zu massieren. „Bist du sicher, dass du die Zeit dazu hast und nicht wieder etwas dazwischen kommt?"

„Ich werde sie mir freimachen. Wir müssen mal einen Abend zusammen ausgehen. Dann motzen wir uns richtig auf und gehen vielleicht noch anschließend tanzen."

Die Idee gefiel ihr, obwohl sie auf das Aufmotzen ruhig verzichten konnte. „Dann ist es eine abgemachte Sache."

„Wunderbar." Er zog sie an sich und liebkoste ihr Ohr mit den Lippen. „Willst du die Planung übernehmen? Oder möchtest du gern, dass ich wie ein richtiger altmodischer Mann versuche, mir was auszudenken, von dem ich meine, es würde dir gefallen?“

„Ich mach das.“ Sie drehte sich um und sah ihn an. „Vielleicht solltest du ja das Mittagessen mit mir etwas öfter verpassen. Das scheint sich ja zu lohnen.“

„Ich will dich nicht unglücklich machen. Das weißt du doch, oder? Ich möchte dir alles geben, was du dir wünschst.“

„Im Moment bin ich ganz zufrieden, wenn ich nur dich habe, Nick.“

Als er sie küsste, ging ihr durch den Kopf, diesmal vielleicht tatsächlich um etwas gebeten zu haben, das er ihr auch wirklich geben konnte.

Niccolo hatte ein Dinner und Tanzen vorgeschlagen. Megan entschied sich für etwas, das ein wenig romantischer war. Es gab südlich von Cleveland eine Ferienanlage im Herzen von Amish in Ohio, ungefähr anderthalb Stunden entfernt. Sie hatte gehört, die Zimmer im Gasthof von Honey Run wären sehr ansprechend und es gäbe sowohl Wälder in der Umgebung zum Spazierengehen wie auch interessante kleine Läden in der Nähe, die man durchstöbern konnte. Doch das Beste war, es lag so weit von Cleveland entfernt, dass Niccolo nicht einfach zurückfahren konnte, wenn er gebraucht wurde. Die Pension war nicht teuer, und wahrscheinlich gab es im Umkreis von hundert Kilometern kein Tanzlokal oder eine Möglichkeit, eine Flasche Wein zu kaufen. Doch sie hätte absolut nichts gegen zwei Nächte mit wundervollem Sex.

Sie rief dort an, erfuhr, dass es eine kurzfristige Absage gegeben hatte, und buchte mit ihrer Kreditkarte eine Suite.

Ihre gute Laune hielt bis vier Uhr an, als Niccolo zu Hause anrief, um ihr zu sagen, dass er ein Dinnertreffen hatte. Es hätte sich gerade ergeben, er konnte nicht ablehnen und er käme sicher so spät, dass er nur noch überall im Haus das Licht ausschalten und die Türen abschließen könne.

Josh war zu einem letzten Sommertrip mit seiner Explorer Post zu den Niagarafällen gefahren, und Rooney, den Deirdre und Frank zum Abendessen eingeladen hatten, war noch nicht zurückgekehrt. Megan aß am Küchentisch in Gesellschaft der „Newsweek“ ein paar Salatreste und eine übrig gebliebene Kartoffel, die sie in der Mikrowelle erwärmt hatte. Dann mühte sie sich mit den Briefen von Laura McSweeney ab, das irische Wörterbuch vor ihr auf dem Tisch, ihr irisches Lehrbuch aufgeschlagen daneben. Bisher wurde in den Briefen, die sie schon hatte übersetzen können, kein Liam mehr erwähnt, aber sie fand sie trotzdem interessant. Es war bedauerlich, dass sie Maura McSweeney nie kennen gelernt hatte.

Eine Stunde voller Frustration später, als sie gerade versuchte, sich auf einen Film zu konzentrieren, in dem Humphrey Bogart sich alle Mühe gab, Lauren Bacall zu verführen, kam Rooney nach Hause.

Wie immer atmete sie erst mal erleichtert auf, dass ihr Vater es wieder geschafft hatte, zu seinem Heim zurückzukehren. Sein Haar war windzerzaust und seine Wangen von zu viel Sonne gerötet, denn er hatte wieder einmal die Mütze, die sie ihm gekauft hatte, vergessen mitzunehmen. Aber er machte den Eindruck, als hätte er einen angenehmen Tag verbracht. Er kam ins Wohnzimmer und setzte sich auf den alten Ohrensessel, den er als seinen deklarierte.

Sie war sich nie sicher, welche Reaktion sie von ihrem Vater zu erwarten hatte, wenn sie ihn etwas fragte, aber in letzter Zeit hatte er sich größtenteils verständlich ausdrücken können. Bessere Medizin, eine gesunde Ernährung und keine Sorgen darum, wo er die Nacht verbringen sollte, schienen seine Lebensqualität maßgeblich verbessert zu haben. Die Gegenwart liebevoller Menschen, die ihm halfen, aber nicht zu viel von ihm erwarteten, tat offensichtlich ebenfalls gut.

Sie versuchte es mit einer Unterhaltung. „Regnet es noch?"

„Nicht so schlimm."

„Ich hoffe, du hattest ein leckeres Dinner."

„Steak."

„Ich hatte ein paar schlappe Salatblätter und eine Kartoffel mit mehr Augen als sämtliche Wirbelstürme von Mississippi."

Er lachte, und das ließ sie hoffen. Der Rooney aus ihrer Kindheit war ein Mann mit einem wundervollen Sinn für Humor gewesen und mit dem man viel Spaß hatte haben können.

„Dee lässt grüßen", sagte Rooney. „Frank auch."

Rooney hatte einen guten Tag. Er fand sich nicht nur in der Realität zurecht, sondern schien sie sogar zu genießen. Für solche Momente, die andere einfach als Selbstverständlichkeit hinnahmen, war sie immer sehr dankbar.

Sie nutzte die Gelegenheit. „Ich hatte mit Tante Dee vor zwei Wochen eine nette Unterhaltung über deinen Vater."

„Was hat sie dir erzählt?"

„Na ja, wir haben über die Zeit gesprochen, als er Prohibitionsagent war. Hast du gewusst, dass er sich in die Tochter von Tim McNulty, dem Schmuggler, verliebt hatte?"

„Na klar."

„Wir haben unser Gespräch nicht zu Ende führen können. Das ist das Einzige, was ich weiß." Deirdre und Frank waren zwei Tage später zu einer Kreuzfahrt aufgebrochen, und Megan hatte keine Gelegenheit mehr gehabt, ihre Tante weiter darüber auszufragen, was sie wusste.

„Ich weiß eine Menge darüber. Mehr als Dee."

Megan wurde neugierig. „Tatsächlich?"

„Er hat mit mir drüber gesprochen." Rooney grinste. „Dachte, ich hätte mich in die falsche Frau verliebt."

„Aber nicht Mama!"

„Nicht Kathleen. Schäm dich."

Sie fasste sich ans Herz. „Du hast mich vielleicht erschreckt."

„Sie ist weggezogen." Rooney runzelte die Stirn. „Weiß nicht mehr, wie sie hieß. Na ja, nicht so schlimm."

„Das würde ich aber auch sagen. Sonst hättest du *mich* nicht. Oder Casey oder Peggy."

Rooney lächelte ihr liebevoll zu, und Megan erwiderte sein Lächeln. „Erinnerst du dich an die Geschichte, die dir dein Vater über Clare McNulty erzählt hat?"

Er schwieg so lange, dass sie sich schon fragte, ob er wieder in seine eigene Welt abdriftete, in die ihm niemand folgen konnte. Dann nickte er. „Du bist jetzt alt genug, das zu hören. Ist aber traurig."

Sie war berührt, denn der letzte Satz sollte offensichtlich eine Warnung sein. Er sorgte sich um ihre Gefühle.

„Das ist schon okay", versprach sie. „So ist das Leben eben."

„Gute Frau, aber die falsche, um sich mit ihr einzulassen", bemerkte Rooney. „Ich sag dir, was ich noch weiß."

Sie wusste nicht, worüber sie sich mehr freute. Dass ihr Vater sich an die Geschichte erinnerte oder dass er jetzt in der Lage war, sie wiederzugeben.

1925
Castlebar, County Mayo

Mein lieber Patrick,
ich hatte ein ziemlich erschreckendes Erlebnis, und ich war zuerst nicht sicher, ob ich Dir davon schreiben soll. Doch was habe ich sonst schon zu berichten, das Deine Aufmerksamkeit erregt? So werde ich es Dir also erzählen. Doch

bevor ich beginne, sei versichert, dass es mir jetzt gut geht und ich weiser bin als noch vor einer Woche.

Vielleicht erinnerst Du Dich an die Familie Fitzgerald weiter unten in der Ballinrobe Street? Sean Fitzgerald und seine Frau Rose haben zwölf Kinder, und alle wohnen in der Gegend, einige auf demselben Land der Familie. Es war nie ein besonders ertragreiches Stück Erde gewesen, und jedes der Kinder war von Zeit zu Zeit in die Stadt arbeiten gegangen. Sie sind ein bewunderungswürdiges Völkchen. Diese Fitzgeralds tun alles, um ihre Familie zu ernähren, selbst die niedrigsten Arbeiten. Der älteste Sohn Hugh hat selbst zwei Jungen. Und von dem jüngeren, Jack, ist hier die Rede.

Ich höre mir immer die neuesten Geschichten von meinen Nachbarn an, so wie es ältere Frauen gern tun. Es ist ja im Grunde ein harmloser Zeitvertreib. Allerdings nicht an dem Tag, als ich hörte, dass Jack beschlossen hatte, Fiona O'Shea zu heiraten. Die O'Sheas kannst Du nicht kennen. Sie sind von der Church of Ireland und kamen erst kürzlich nach Castlebar. Ich habe noch nicht herausgefunden, wie Jack Fiona kennen gelernt und es geschafft hat, die nötige Zeit in ihrer Gesellschaft zu verbringen, um sich in sie zu verlieben. Doch zunächst muss es genügen, wenn ich Dir sage, dass beides der Fall war. Und die beiden heiraten wollen.

Manchmal übernimmt Jack für mich ein paar Arbeiten. Er ist ein charmanter Bursche, der entschlossen ist, seinen Weg im Leben zu gehen. Er hat ein wenig Bildung genossen und wünscht sich sehnlichst noch mehr. Jedes Buch, das ich besitze, hat er bereits gelesen und alles, was ich weiß, wie ein Schwamm aufgesogen. Von Fiona weiß ich weit weniger, nur dass sie sowohl freundlich wie auch temperamentvoll ist. Als Jack mir gestand, dass sie beide weglaufen würden, um zu heiraten, versuchte ich ihm das auszureden. Vielleicht werden sich unsere Leute eines Tages in der Zukunft daran erinnern, dass wir denselben Gott verehren und mehr Gemeinsamkeiten miteinander besitzen als Jahrhunderte der Auseinandersetzungen. Aber so weit ist es noch nicht, und ich habe mich um die beiden geängstigt.

Ich hatte natürlich allen Grund, mir Sorgen zu machen. Jack verließ sich auf meine Freundschaft, und in der Nacht, als die beiden durchbrannten, brachte er sie zu mir, um sich vor ihrer Familie zu verstecken, die nach ihr suchte. Er ging davon aus, dass ihre Angehörigen nicht so weit kommen würden, und wenn es erst mal dunkel wäre, hätten sie die Möglichkeit unentdeckt über die Straßen zu fliehen.

Natürlich hatten sie sich geirrt. Sie waren nur wenige Minuten weg, als ihr Vater und die Brüder ankamen, dicht gefolgt von Jacks Familienangehörigen. Jemand hatte sie in der Nähe gesehen und sich verpflichtet gefühlt, dies zu verraten.

Ich war allein, als die Gruppen hier eintrafen, eine nach der anderen, und ich kann nur sagen, der gütige Gott hat mich davor bewahrt, dass sie das Haus in Brand setzten. Ich weiß nicht, was mit Jack und Fiona passiert ist. Denn wenn man sie gefunden hat, würde das irgendjemand erfahren? Teilen sie womöglich irgendwo auf dem irischen Land ein Grab statt eines Ehebettes?

Mein lieber Patrick, manchmal schäme ich mich dafür, eine Christin zu sein. Viel zu oft sind wir die unchristlichsten Menschen.

Deine Dich liebende Schwester
Maura McSweeney

24. KAPITEL

Glen hatte sich auf den ersten Blick in Clare McNulty verliebt, und obwohl er sich gegen diese starken Gefühle wehrte, fand er unzählige Wege, sie zu treffen. Nachdem Niall Cassidy zur Polizeiwache verschleppt worden war, um verhört zu werden, achtete Clares Vater nur um so mehr darauf, dass er sie nicht aus den Augen verlor. Aber Clare war schlau und einfallsreich und Tim ein viel beschäftigter Mann. Glen und Clare trafen sich, wann und wo sie konnten, und mit jedem Mal wurde Glen sicherer, dass er die Frau gefunden hatte, die er heiraten wollte, trotz der Hindernisse, die ihrer Beziehung im Weg lagen.

Heute beabsichtigten sie zusammen ein Picknick zu machen, und Glen hatte seine Großmutter gebeten, ihnen ein Lunchpaket zusammenzustellen. Lena Donaghue wurde von ihren Enkeln geliebt, und sie wiederum war abgöttisch in sie vernarrt, in alle miteinander. Seine Mutter hätte ihn erbarmungslos ausgefragt, bis sie alle Gedanken, die ihm jemals über eine Frau durch den Kopf gegangen waren, aus ihm herausgequetscht hätte. Doch Lena war diskreter und mehr daran interessiert, ein richtiges Festessen zuzubereiten, um Clare zu beeindrucken.

Er ging an dem Morgen, bevor er Clare im Edgewater Park treffen wollte, zum Haus seiner Großmutter. Wie immer musste er sich durch einen Haufen Urenkel kämpfen, die auf der Terrasse Jacks und Domino spielten. Im Wohnzimmer stieg er über zwei Cousins im Teenageralter, die aus Lenas brandneuem Radio hörten, wie John McCormick eine sentimentale Ballade schmetterte.

Er fand sie in der Küche, wie erwartet. Lenas Haar war weiß mit ein paar wenigen roten Strähnen, und sie hatte es sich statt eines Knotens auf dem Kopf zusammengesteckt. Nicht gerade eine moderne Frisur, doch sie war noch immer schlank, obwohl sie sechs

Kindern das Leben geschenkt hatte, und die Linien, die ihr Gesicht zeichneten, taten ihrer trotz des Alters noch vorhandenen Schönheit keinen Abbruch.

Sein Großvater Rowan, der vor fast zehn Jahren dahingeschieden war, hatte darauf bestanden, dass seine Frau den Kindern das Kochen beibrachte, sodass sie sowohl im Saloon wie auch zu Hause Hilfe hatte. Mit einer Ausnahme hatte Lena ihrem Nachwuchs ein paar Grundkenntnisse und wenig mehr beigebracht. Nur an Terence, ihr Ältester und Glens Vater, hatte sie die geheiligten Familienrezepte weitergereicht. Glen nahm an, sie hatte sie nicht jedem verraten, um sicherzustellen, dass sich die Familienmitglieder auch nach ihrem Tod noch im Saloon versammelten. Dazu wären sie gezwungen, wenn sie weiterhin die richtig hausgemachten Speisen genießen wollten.

„Es riecht wundervoll, *Mamó.*“ Sie war für ihn und die anderen Enkel immer *Mamó* Lena gewesen, ein Ausdruck, den sie aus der alten Heimat mitgebracht hatte. Es war eines der Dinge, durch die sie immer eine Irin bleiben würde, zusammen mit dem melodiösen irischen Akzent, den sie sprach.

„Was hast du auch anderes erwartet, mein Lieber?“ Sie lehnte sich vor und gab ihm einen Kuss auf die Wange, als er zu ihr an den Herd kam. „Ich habe genug gemacht, um jeden Donaghue, der jemals geboren wurde, zu verpflegen.“

Glen war sicher, dass seiner Großmutter das Kochen für die Gäste im Saloon fehlte, doch ihr heftiger Kampf mit einer Lungenentzündung hatte sie so geschwächt, dass sie gezwungen gewesen war, sich zur Ruhe zu setzen. Aber sie hatte genug Enkelkinder, die ihr Freude machten, einen Sohn und eine irische Schwiegertochter, die den Saloon ihren hohen Ansprüchen gemäß führten. Und es gab immer jemanden in der Familie, wie jetzt Glen, der mal etwas Besonderes von ihr zubereitet haben wollte.

Er entdeckte einen Strohkorb auf dem Tresen und lugte hinein. Er war bereits mit Speisen gefüllt. Wenn er und Clare sofort anfingen zu essen, nachdem sie sich im Park getroffen hatten, und nicht aufhörten, bis sie wieder auseinander gingen, dann könnten sie vielleicht die Hälfte von allem schaffen.

„Jetzt sag aber nicht, das wäre zu viel", ermahnte ihn Lena streng. „Nimm, was immer ihr nicht essen könnt, mit in diese winzige Stube eines fremden Hauses, das du dein Heim nennst."

Als Glen die Arbeit als Prohibitionsagent angefangen hatte, war er aus seinem Elternhaus ausgezogen. Er glaubte, dass seine Familie Verständnis dafür hatte, auch wenn es schon eine Schande war. Doch er war nicht so dumm, dort zu wohnen, wo er womöglich etwas hörte, das ihn in Gewissenskonflikte brachte. Er kam oft zu Besuch, aber sein Umzug erinnerte die Familie daran, dass sie in seiner Gegenwart Vorsicht walten lassen mussten, wenn sie nicht eine Razzia riskieren wollten.

„Ich bin sicher, dass wir jeden Krümel aufessen werden", sagte er. „Es sieht köstlich aus."

„Weiß sie denn eigentlich eine gute Mahlzeit zu schätzen, deine Freundin?"

„Keine Ahnung. Wir haben noch nie zusammen gegessen."

„Und warum hat sie dich noch nicht zum Sonntagsessen bei sich zu Hause eingeladen? Hast du ihre Familie kennen gelernt?"

Er wusste nicht, wie viel er ihr erzählen sollte. Lena konnte sehr diskret sein, wenn sie das wollte. Aber sobald sie sich zu viele Sorgen um ihn machte, würde sie wahrscheinlich ihre Ängste mit seinen Eltern besprechen. „Ihr Vater würde mich nicht akzeptieren", erwiderte er und versuchte die Erklärung so knapp wie möglich zu halten.

Lena sah ihn an. „Sag mir nur, ob sie ein gutes katholisches Mädchen ist."

„Das ist sie. Wir haben uns in der Kirche kennen gelernt."

„Dann kenne ich sie vielleicht."

„*Mamó,* es gibt da Komplikationen. Sie ist alles das, was du dir für mich wünschen würdest. Ihr Vater ist allerdings ein anderes Kapitel."

„Vielleicht liegt das daran, weil du ihm keine Chance gegeben hast, dich kennen zu lernen. Kannst du denn sicher sagen, dass er so übel ist? Oder mag er die Iren nicht?"

„Er ist selbst Ire."

Lena sah ihn an, als hätte er ihr das Himmelreich versprochen.

„Er ist ein Schmuggler, *Mamó.*"

„Tim McNulty!" Sie verzog das Gesicht. „Glen, bist du von allen guten Geistern verlassen? Ich habe die Tochter von ihm gesehen. Sie ist ein nettes Mädchen, aber sicher gibt es überall in der West Side nette junge Frauen, deren Väter nicht mit Leibwächtern durch die Gegend laufen."

„Du bist die Einzige, die davon erfahren hat. Bitte erzähle es nicht weiter. Ich weiß nicht, was wir machen werden. Ihr Vater möchte, dass sie einen Burschen aus Chicago heiratet, auch ein Schmuggler. Aber sie verachtet ihn."

„Benutzt sie dich, um aus einer schwierigen Situation herauszukommen?"

„So eine ist sie nicht. Ich weiß nicht, wie sie es geschafft hat, so ein Mensch zu werden, aber sie ist freundlich und sanft und gut erzogen. Du wirst sie gern haben, wenn du sie kennen lernst."

„*Wenn* ich sie kennen lerne? Heißt das, du hast deine Ent scheidung schon getroffen, Glen? Du wirst um sie kämpfen?"

Er *hatte* seine Entscheidung getroffen, auch wenn es nicht so leicht war, sich das einzugestehen. Er war ein altmodischer Mann in einer sich verändernden Welt. Es gefiel ihm überhaupt nicht, dass er hinter McNultys Rücken um seine Tochter warb. Es gefiel ihm nicht, dass ihr Vater sie verstoßen würde, wenn er Clare heiratete.

Was ihn aber am meisten beunruhigte, war die Tatsache, dass er Clare durch ihre Beziehung zueinander in Gefahr brachte. Er kannte den Ruf McNultys, und er wusste, er würde es nicht zulassen, dass Clare seine Pläne durchkreuzte, zumindest nicht ohne Weiteres. McNulty war gefährlich, und er nahm auf die Gefühle seiner Tochter keine Rücksicht. Das war eine beängstigende Kombination.

„Ich werde für sie kämpfen", sagte Glen. „Aber ich bin kein Dummkopf. Es könnte sein, dass ich keinen Erfolg damit habe."

„Und das wäre wirklich sehr traurig, oder? Es klingt nämlich so, als würde sie dich brauchen."

„Bleibt das unter uns?"

„Fürs Erste." Lena drehte sich wieder zum Herd um, wo das Essen im Topf brodelte.

Tim McNulty war in Chicago, und Clare hatte eigentlich mit ihm kommen sollen. Sie hatte begeistert zugestimmt und ihre Koffer gepackt, doch im letzten Moment erklärt, unter gewissen weiblichen Problemen zu leiden, eine Entschuldigung, die Tim nicht nachprüfen oder diskutieren würde. Er wetterte über sie, doch letzten Endes ließ er sie zurück.

Jerry fiel die Aufgabe zu, sie zu beaufsichtigen, aber Jerry war ein Dummkopf und leicht zu überlisten. Außerdem hatte er eine Heidenangst vor Frauen. Nachdem sie ihm gesagt hatte, sie würde sich in ihr Zimmer zurückziehen und ins Bett legen – und nachdem sie einige Male aufgestöhnt hatte, während er an ihrer Tür vorbeipatrouillierte –, ging er bald ins untere Stockwerk. Aus Erfahrung wusste sie, dass er es sich mit einem Satz Karten und einem Flachmann voll Fusel im Wohnzimmer gemütlich machen würde. Wenn sie über den Dienstbotenaufgang im hinteren Teil des Hauses hinausgehen und auch wieder hereinkommen würde, bekäme er überhaupt nicht mit, dass sie gegangen war. Und wenn doch, dann könnte sie ihm erzählen, sie hätte unbedingt etwas frische Luft benötigt, weil sie sich so schlecht fühlte.

So etwas würde er seinem Boss nicht berichten.

Eine Stunde vor Mittag hatte Clare es bis in die Küche geschafft, ohne von jemandem entdeckt zu werden. Ihre Hand lag bereits auf der Türklinke, und sie war im Begriff, das Haus zu verlassen, als sie einen unbekannten Mann entdeckte, der den hinteren Garten beaufsichtigte. Er war groß und schlank, jünger als Jerry und offensichtlich beträchtlich schneller.

Damit hatte sie nicht gerechnet. Da ihr Vater sich in Chicago aufhielt, war sie davon ausgegangen, dass nur noch eine minimale Anzahl von Leibwächtern im Haus wäre. Obwohl die Gangster sich ohne Skrupel gegenseitig umbrachten, ließen sie ihre Wut selten an Familienmitgliedern aus. Sie war nicht in unmittelbarer Gefahr. Tim machte sich wahrscheinlich mehr Sorgen, dass sie hinausgehen könnte.

Sie überlegte, was sie tun sollte, als der Mann sich umwandte und zum vorderen Teil des Hauses ging. Kurz darauf hörte sie ein Auto ankommen und entfernte Stimmen in einer Unterhaltung. Ihre Gelegenheit war gekommen.

Clare schloss die Tür leise hinter sich und eilte hinter den Moorbirken, die am Weg standen, zur Straße. Die Boxer, die Tim als Wachhunde hielt, achteten nicht auf sie, als sie an deren Hütte vorbeikam, und sie war durch das hintere Tor und bereits in der Mitte der Straße, als sie einen Blick zurück wagte. Niemand war in der Nähe. Sie lief Abkürzungen durch Gärten und vermied es möglichst, auf dem Bürgersteig zu gehen, bis sie die Ecke erreichte, wo sie die Straßenbahn nehmen wollte. Sie wartete, bis die Bahn sie fast erreicht hatte, bevor sie hinter einer sorgfältig geschnittenen, dichten Hecke hervorsprang und einstieg, um zum Edgewater Park zu fahren.

Glen befürchtete, dass Clare nicht kommen würde, aber als er sie hinter einem Pavillon warten sah, war er so erfreut, dass ihn seine Reaktion erschreckte. Von Anfang an hatte er sich bemüht, ihre Romanze ruhig anzugehen, vorsichtig und vernünftig zu bleiben. Doch ein Blick auf ihre rosigen Lippen und das glänzende Haar, und er wusste, er hatte eine wichtige Grenze bereits überschritten. Wenn er Clares Gesichtsausdruck richtig deutete, ging es ihr genauso.

Er küsste sie, ohne auf die Passanten zu achten, die sich um sie herum tummelten. Er fühlte sich wie ein Mann, der wochenlang gefastet hatte und sich endlich vor einem Festbankett niederließ.

„Ich hätte es fast nicht geschafft." Sie stellte sich auf die Zehenspitzen und küsste ihn noch einmal, dann nahm sie seinen Arm. „Mein Vater hat die Hintertür auch bewachen lassen. Von jemand, den ich noch nicht kenne."

Glen wusste, dass McNulty einen ganzen Stab von Schlägertypen angeheuert hatte. Er bezweifelte, dass er Clare einem von ihnen anvertrauen würde. Der neue Bursche musste ein Emporkömmling aus dieser Reihe sein.

„Lass uns einen Platz zum Hinsetzen suchen." Glen führte sie Richtung Wasser. Es war ein sonniger Tag, und um sie herum genossen eine Menge Leute den See und das Augustwetter. Eine kühle Brise wehte vom Ufer her und sorgte dafür, dass die Temperatur fast perfekt war. Abseits des Hauptpfades fanden sie einen schattigen Baum, unter dem sie die Decke ausbreiteten, die Glen mitgebracht hatte.

Er packte den Korb aus und berichtete Clare von der Unterhaltung mit seiner Großmutter. „Du wirst sie gern haben", versprach er. „Und sie dich. Das geht jedem so."

„Glen ..." Sie stellte ihren Teller ab. „Wenn mein Vater das mit uns erfährt, kann ich nicht mehr wiederkommen. Das verstehst du doch, oder? Wenn ich mich meinem Vater widersetze und das unbeschadet überstehe, wird er mich verstoßen. Für ihn bin ich dann tot, und er wird sich rächen wollen. Solange er lebt und in Freiheit ist, wirst du in Gefahr sein. Das sollte das letzte Mal sein, dass wir uns treffen. Es wäre das Beste."

„Für wen? Für dich? Für mich? Für ihn?"

„Für dich."

Er hob ihr Kinn an und sah ihr in die Augen. „Und was ist mit dir, Clare? Was wäre für dich am besten?"

Sie versuchte wegzusehen. „Frag so etwas nicht."

„Ich muss es wissen."

„Du weißt, was ich empfinde."

„Sag es einfach."

„Ich liebe dich. Weißt du das nicht?"

„Gehofft habe ich es. Ich liebe dich auch."

„Wir hätten das nie zulassen dürfen."

Er ließ die Hand sinken. Natürlich hatte sie Recht. Aber sie hatten es nun mal zugelassen, und die Vergangenheit lag hinter ihnen.

„Vielleicht stimmt das. Aber was hättest du getan, wenn du mich nicht getroffen hättest? Cassidy geheiratet? Wenigstens haben wir jetzt eine Chance, das richtige Glück zu erleben, Clare. Was wäre gewesen, wenn wir uns nie gefunden hätten?"

„Was sollen wir denn machen?"

„Wir werden heiraten. Ich verdiene nicht viel Geld und kann dir nicht den Lebensstil bieten, den du von deinem Vater gewohnt bist, aber wir können bei meiner Familie leben, bis wir was für uns gefunden haben. Meine Großmutter hat genug Platz in ihrem Haus, und wenn sie dich erst mal kennen gelernt hat, wird sie bestimmt wollen, dass wir zu ihr ziehen. Darauf wird sie bestehen."

„Und mein Vater wird Rache nehmen."

„Vielleicht auch nicht. Wenn wir erst mal verheiratet sind, werden unsere Kinder seine Enkel sein. Die wird er doch nicht verlieren wollen. Und vielleicht macht er sich mehr aus dir, als du denkst."

Sie schüttelte den Kopf. „Du hast ja keine Ahnung."

„Dann ziehen wir eben weg. Wenn es hier gefährlich wird, bitte ich darum, in eine andere Stadt versetzt zu werden. Heirate mich, Clare. So bald wie möglich.

„Du würdest Cleveland und deine Familie verlassen?"

„Du wärst dann meine Familie."

Tränen schimmerten in ihren Augen, aber sie nickte. Und als er sich zu ihr hinüberbeugte, um sie zu küssen, erwiderte sie den Kuss leidenschaftlich.

Sie aßen das von Lena zubereitete Mittagsmahl und schmiedeten Pläne. Er erzählte ihr, dass Pater Patrick McSweeney, der pensionierte Priester der St. Brigid's, seine Großeltern und Eltern getraut hatte, und Glen wollte, dass er auch ihre Zeremonie durchführte.

„Sein Gesundheitszustand ist nicht sehr gut, und er zelebriert nur noch ab und zu eine Hochzeit oder Beerdigung, aber für uns wird er eine private Trauung abhalten. Ich bin sicher, dass er das tut. Er war immer ein guter Freund unserer Familie. Und vielleicht kann er ja sogar etwas Einfluss auf deinen Vater ausüben."

„Oder mein Vater auf ihn", sagte Clare niedergeschlagen.

„Nicht bei Pater McSweeney. Es ist egal, wie viel dein Vater für die St. Brigid's gespendet hat oder wer sich für ihn verwendet. Er wird das tun, was richtig ist."

„Wird deine Familie kommen?“

„Ja, natürlich. Gibt es in deiner Verwandtschaft irgendjemanden, der teilnehmen würde?“

„Niemand. Aber meine Mutter wird uns von da oben zusehen, das weiß ich. Und ich werde ihr Kleid tragen. Sie hat es für mich aufgehoben.“

Er nahm ihre Hand. „Wir müssen vorsichtig sein, Clare. Es war wahrscheinlich ziemlich unvorsichtig, sich hier in der Öffentlichkeit zu treffen. Bis wir verheiratet sind, müssen wir so vorsichtig wie möglich sein. Ich möchte nicht, dass dein Vater dir etwas antut oder dich wegschickt, sodass ich dich nie mehr wiedersehe.

„Wie sollen wir dann alles planen?“

„Wenn nötig, dann finde ich jemand, der dir eine Nachricht überbringen kann. Und wenn es dir gelingt, zur Frühmesse zu kommen, ohne bei deinem Vater Misstrauen zu erwecken …“

„Das schaffe ich. Du weißt, dass ich es schaffe.“

„Du hast gesagt, da war ein neuer Aufpasser?“

„Ich bin ihm heute entkommen. Das werde ich auch noch mal hinkriegen.“

„Meinst du, es wäre besser, wenn du jetzt zurückgehst?“

Sie war hin- und hergerissen, aber schließlich nickte sie. „Das sollte ich.“

„Ich bringe dich zur Straßenbahn.“ Er wollte aufstehen, aber sie legte ihm die Hand auf den Arm.

„Lieber nicht. Bleib hier. Ich verschwinde jetzt in der Menge. Du hattest Recht. Es ist besser, wenn wir nicht zusammen gesehen werden.“

Er nahm ihre Hand. „Es wird nur für eine Weile sein. Dann sind wir für den Rest unseres Lebens verheiratet. Wir sorgen dafür, dass es funktioniert. Du wirst schon sehen.“

Sie zog seine Finger an ihre Lippen. Dann stand sie auf, und kurz darauf war sie inmitten der anderen Menschen untergetaucht und verschwunden.

Glen saß da und starrte auf die Stelle, wo er sie zuletzt gesehen hatte. Zuerst bemerkte er den Schatten nicht, der auf seine Decke fiel. Als ihm klar wurde, dass er Gesellschaft hatte, stand der Mann bereits dicht vor ihm.

Er kannte ihn. Das registrierte Glen sofort. Doch wo und wann er ihm begegnet war, wollte ihm nicht gleich einfallen.

„Donatones Lagerhalle“, half ihm der Mann auf die Sprünge.

Glen wollte aufstehen, aber der andere hielt ihn mit einer Geste zurück. Er setzte sich zu ihm, zog die Beine an und legte die Arme um die Knie, als würde er mit einem Freund gemütlich in der Sonne sitzen. „Als ich dich das letzte Mal sah“, sagte er, „musste ich dich k.o. schlagen.“

Bei dem Gedanken daran begann Glen sofort der Nacken zu schmerzen. Nachdem er sich wieder erholt gehabt hatte, war es fast unmöglich für ihn gewesen, dieses Fiasko zu vergessen. Er hatte es nicht gewagt, irgendjemandem zu erzählen, dass der Mann, der ihn niedergeschlagen, ihn gleichzeitig vor den Kugeln eines anderen Schmugglers bewahrt hatte. Trotz seiner früheren Erfolge bezweifelte er, dass ihn seine Abteilung nach einem solchen Vorfall jemals wieder zum Einsatz geschickt hätte.

„Was machst du hier?“ wollte Glen wissen. „Ich könnte dich festnehmen.“

„Ich bin hier, um ein Auge auf Miss McNulty zu werfen.“

Glen hörte das Irische in den Worten des Mannes; ebenso die Warnung. Er machte sich nicht die Mühe, eine Lüge zu erfinden. „Sie ist nicht hier.“

„Ich weiß. Ich habe gesehen, wie sie gegangen ist.“

„Du warst der Typ im Garten hinter dem Haus. Also ist sie dir überhaupt nicht entwischt. Du bist ihr gefolgt.“

Der Mann grinste. „Genau, das war ich."

„Hast du auch einen Namen?"

„Wer hat den nicht?"

„Ich nehme an, ich bin der Letzte, dem du dich vorstellen würdest, was?"

„Liam schon."

„Erfreut, dich kennen zu lernen, Liam Schon."

Liams Grinsen wurde breiter. „Und du? Nimm's mir nicht übel, wenn ich's vergessen habe."

„Glen Donaghue."

„Also, Glen Donaghue. Ich bin hier, um dich zu warnen."

„Das ist alles? Sind zu viele Leute unterwegs, um die Warnung mit einer Tracht Prügel zu liefern?"

„Du könntest dich schon wehren, denke ich."

„Könnte ich."

„Mr. McNulty hat Pläne für seine Tochter. Und darin ist so einer wie du nicht mit eingeschlossen."

„Und ihre schließen ihn nicht mit ein. Wir leben im zwanzigsten Jahrhundert. Frauen wie Clare wählen selbst. Sie rollen die Strümpfe runter, schneiden sich die Haare kurz und rauchen Zigaretten. Sie gehen zur Schule und bestimmen selbst, wen sie heiraten. Sie lassen sich nicht von ihren Vätern an Männer verschachern, die sie verachten."

„Ist das so?" Liam zupfte einen Grashalm aus und schob ihn sich zwischen die Lippen. „Sie verachtet den guten Cassidy?"

Glen wurde klar, wie merkwürdig dieses Zusammentreffen war. Liam war ein Krimineller, und die waren gefährlich. Doch vom ersten Augenblick an, als er diesen Mann gesehen hatte, fühlte er sich von ihm angezogen. Natürlich schaffte auch die Tatsache, dass er ihm ohne zu zögern das Leben gerettet hatte, eine Verbindung.

„Sie hasst ihn", sagte Glen.

„Und dich liebt sie.“ Liam kaute an dem Grashalm.

„Das habe ich nicht gesagt.“

„War auch nicht nötig. Sie ist nicht der Typ, der für weniger durch die Gegend schleicht.“

„Woher willst du das wissen? Sie hat gesagt, dass sie dich vorher noch nie gesehen hätte.“

„Ich höre zu. Passe auf.“

„Na gut, du hast deine Warnung ausgesprochen. Dann kannst du ja wieder gehen. Pass auf, dass sie sicher nach Hause kommt.“

„Das war kein Rat. Es war eine Warnung, Donaghue. Ich hab dir gesagt, dass ich aufpasse. Und jetzt sag ich dir mal, was ich weiß. Tim McNulty ist kein Mann, der sich an der Nase herumführen lässt. Die charmante Art mit dem Zwinkern im Auge sollte dich nicht täuschen. Er ist skrupellos wie ein preußischer Soldat. Er wird nicht lange nachdenken, bevor er dich umbringen lässt. Und er wird sie auch töten, wenn er dazu gezwungen wird, oder, noch schlimmer, er wird dafür sorgen, dass sie wünscht, sie wäre tot. Du bringst euch beide in Gefahr.“

Glens Gespräche mit den kriminellen Elementen von Cleveland waren noch nie so verlaufen wie dieses hier. Liam Wer-auch-immer-er-war schien sich ernsthaft Sorgen um ihn zu machen.

„Warum erzählst du mir das?“ wollte Glen wissen. „Versuchst du dir etwas Arbeit zu ersparen? Oder hast du keine Lust, eine unschuldige Frau zu killen?“

„Ich habe keine Lust, überhaupt irgendjemand zu killen.“

„Dann bist du in der falschen Branche.“

„Bisher nicht. Und so hätte ich’s auch gern weiter gehalten.“ Liam warf den zerkauten Grashalm auf die Erde, stand auf und streckte sich. „Ich hab dir einmal dein Leben gerettet. Vielleicht fühle ich mich ja verantwortlich dafür, dass du’s nicht einfach wegwirfst.“

„Du schuldest mir nichts, hast du nie getan.“ Glen starrte hoch zu ihm, dann verzog er das Gesicht. „Aber danke für das letzte Mal, und auch für die Warnung."

Liam sah mit einem merkwürdigen Ausdruck auf ihn hinunter. „Was hast du gesagt, Donaghue heißt du?"

„Richtig, warum?"

„Nichts. Du siehst jemandem ein bisschen ähnlich, den ich mal kannte, das ist alles." Liam lüftete zum Abschied seinen Hut.

„Wenn du Clare von mir fern hältst, sorgst du dafür, dass sie unglücklich wird. Ich bin für sie die einzige Hoffnung für ein richtiges Leben, Liam."

„Nein, dadurch, dass ich sie von dir fern halte, garantiere ich meiner Frau und Tochter ein richtiges Leben. Ich mache, was man mir aufträgt. Und ich bin wenigstens nicht so dumm und lege mich mit Tim McNulty an."

25. KAPITEL

Rooneys Geschichte endete ziemlich abrupt. Er stand auf und streckte sich.

„Rooney, was ist mit Clare passiert?“ fragte Megan. „Hat sie beschlossen, ihrem Vater zu gehorchen, und Niall Cassidy geheiratet?“ Sie dachte schnell nach. „Da sie nicht meine Großmutter ist, kann ich davon ausgehen, dass sie nicht mit Großvater verheiratet war. Es sei denn, sie war seine erste Frau, und keiner hat mir erzählt, dass er zweimal geheiratet hat.“

„Ich geh ins Bett.“ Rooney lief auf die Treppe zu, ohne sich darum zu scheren, dass sie noch so viele Fragen beantwortet haben wollte. Er hatte die Geschichte ziemlich kompliziert erzählt, aber die eigentliche Information war klar. Unglücklicherweise schweiften seine Gedanken wieder ab, wie es so oft passierte.

Sie wusste, dass es keinen Sinn hatte, ihn zu drängen, und war dankbar, überhaupt so viel erfahren zu haben. „Gute Nacht, Rooney. Schlaf schön.“ Sie blickte ihm nach.

Während sie immer noch auf die Stufen starrte, schlug die Haustür zu, und Niccolo kam anschließend herein. Er sah so müde aus, dass sie trotz besseres Wissen fast Mitleid mit ihm empfand. Außerdem war es nicht förderlich für die Stimmung, nachtragend zu sein, wo sie doch ein langes romantisches Wochenende vor sich hatten.

Sie stand auf und küsste ihn auf die Wange. Hätte er eine Aktentasche gehabt, sie würde sie ihm abnehmen. Wenn er Pantoffeln tragen würde, hätte sie sie für ihn geholt. „Wie war dein Meeting?“

„Lang und erschöpfend. Was hast du heute Abend gemacht?“

Sie wollte ihm von Rooney erzählen, beschloss dann jedoch, dass es warten konnte. Wahrscheinlich würde sie doch nur ein

Nicken als Reaktion erhalten. Und wenn sie ihn dann am nächsten Morgen etwas dazu fragte, hätte er sicher nichts von dem behalten, was sie ihm erzählt hatte.

„Wie wär's, wenn ich uns einen Toddy mache?“ schlug sie vor. „Dann schläfst du besser.“

„Ich glaube, ich könnte jetzt sogar im Stehen einschlafen.“

„Toddy?“

„Hmm. Wunderbar“, sagte er im Hinausgehen.

Sie stand am Herd und rührte die Milch mit dem Honig, als er zurückkam. Er war barfuß und hatte sein Jackett und die Krawatte abgelegt. Das Hemd stand am Kragen weit offen und hing über der Hose.

„Wie ich sehe, hast du's dir bequem gemacht.“ Sie nahm zwei Becher vom Regal über dem Herd. „Das ist eine gute Kur für alles, was dich schlaucht.“

„Was mich schlaucht, sind zu viele lange Abende weg von zu Hause.“

„Mich auch.“

„Würde es dich eigentlich auch so stören, wenn der Saloon geöffnet wäre?“

„Wahrscheinlich nicht ganz so sehr. Ich würde drüben sein und Inventur machen oder irgendwelche anderen Sachen überprüfen. Aber in jedem Fall wäre ich lieber mit dir zusammen.“

„Das hört sich gut an.“ Niccolo setzte sich an den Tisch. „Die gute Nachricht ist, dass das Schlimmste wohl bald vorüber ist.“

„Wirklich? Und wie kommst du darauf?“ Sie stellte den Herd ab, ließ aber die Milch noch einen Moment auf der Platte, bevor sie sich abkühlte.

„Ich glaube, ich habe jetzt den Sponsor gefunden, den ich brauche.“

„Tatsächlich?“

„Eine Organisation, die ihren Sitz in Indiana hat. Sie unterstützen Jugendprojekte im ganzen Land, und sie interessieren sich für die Steine. Ihr Hauptanliegen ist die Prävention von Straftaten, ihr Motto heißt: Beschäftige die Kids, gib ihnen Aufmerksamkeit und eine Ausbildung, sodass aus ihnen produktive Bürger werden."

„Das ist großartig. Hört sich an, als wäre das ganz dein Fall. Und es gibt keine Bedingungen, die dir nicht gefallen?"

„Es gibt eine Menge Bedingungen. Ich weiß aber erst am Wochenende, ob ich damit leben kann."

In ihrem Kopf ertönten die Alarmglocken. „Am Wochenende?"

„Ich weiß, ich weiß." Er fuhr sich mit den Fingern durchs Haar. „Ich hab dir gesagt, dass ich frei bin."

„Du hast mir *versprochen*, dass du frei bist." Sie versuchte, ruhig zu bleiben, aber es kostete sie einige Anstrengung.

„Und das stimmte ja auch, als ich es versprochen habe. Hör zu, Megan, bitte versteh mich doch. Ich würde dir das nicht antun, wenn es nicht absolut notwendig wäre. Aber ich muss am Freitagnachmittag nach Indianapolis fliegen, und ich bin erst Montagmorgen wieder zurück. Deren Vorstand trifft sich am Wochenende, und wenn ich nicht da bin, muss ich warten, bis sie ihr nächstes reguläres Meeting haben, was erst in drei Monaten sein wird. Sie haben eine Menge Fragen an mich und ich an sie. Und das wird die Sache vorantreiben."

„Kannst du nicht am Telefon Fragen stellen?"

„Sicher könnte ich das, aber so macht es mehr Sinn."

„Wie viel weißt du denn über die Organisation?"

„Nicht annähernd so viel, wie ich wissen müsste. Aber was ich weiß, klingt viel versprechend. Ich …"

„Du fliegst also nach Indianapolis, ohne nähere Fakten zu besitzen? Lässt das einzige freie Wochenende, das du seit Monaten hast, für etwas sausen, das sich äußerst verdächtig nach einem Spleen anhört?“

„Hör zu, du kannst mit mir mitkommen, wenn du möchtest. Ein bisschen zum Shopping gehen. Am Pool relaxen, während ich auf den Sitzungen bin.“

„Na prima, das klingt ja echt nach Spaß. Es ist immer so unterhaltsam, allein in einer fremden Stadt zu sein.“

„Weißt du, ich dachte, du hättest ein bisschen mehr Verständnis dafür im Hinblick auf den Stellenwert für die Steine. Es wäre doch nur ein Ausgehabend gewesen. Es kommen sicher noch andere.“

„Nick, ich habe im Inn von Honey Run für das ganze Wochenende gebucht.“

„Ich habe nie gesagt, dass ich das ganze Wochenende freinehmen kann. Ich meinte, wir könnten einen Abend ausgehen.“

Sie dachte an zahlreiche Dinge, die sie dazu hätte bemerken können. Dann beschränkte sie sich auf das Praktischste. „Jetzt ist es zu spät, um meine Anzahlung zurückzubekommen, wenn ich absage.“

„Dann lass sie sausen. Es tut mir wirklich Leid, aber das ist nur einmal eine Ausnahme. Wir haben noch unser ganzes Leben.“

„Darauf zähle mal lieber nicht.“

„Was soll das heißen?“

„Das heißt, dass du nicht darauf zählen sollst, Nick.“ Einen kurzen Moment hatte sie geglaubt zu explodieren, aber jetzt erfüllte sie eine eiskalte Ruhe. Sie blickte zur Uhr über dem Tisch. „Ich werde heute bei Casey übernachten. Mach dir keine Sorgen um mich. Verschwende dafür nicht einen Augenblick vom Rest deines Lebens.“

„Das ist unglaublich kindisch.“

Sie erwiderte nichts darauf. Stattdessen ging sie die Treppe hoch und packte etwas Kleidung zum Wechseln und ihre Zahnbürste ein. Er war nirgends zu sehen, als sie die Tür hinter sich schloss und sich auf den Weg zum Haus ihrer Schwester machte.

Casey bereitete das Gästebett vor und schickte Megan den Flur entlang, um saubere Handtücher zu holen.

„Bist du sicher, dass du das tun willst?" fragte sie, als Megan aus dem Gästebad zurückkam.

„Ja, ich bin sicher." Megan setzte sich auf das frisch bezogene Bett. Die Decke, auf der sie saß, war in einem knalligen Tomatenrot gefärbt, und die Wände im Zimmer hatten ein tiefes Curry-Gold. Eine großer Batikteppich mit Hindugöttern in anstößigen Positionen hing über dem Bett. Sie hoffte, dass sie schlafen könnte.

„Das ist nicht die richtige Art, um Probleme zu lösen."

„Hör zu, keine Vorträge, ja? Ich muss einfach etwas Zeit von Nick entfernt verbringen, um über vieles nachzudenken."

„Wie lange willst du bleiben?"

„Kommt darauf an."

„Du weißt, du bist natürlich immer willkommen, hier zu bleiben, aber ich möchte nicht, dass Nick mir das vorwirft."

„Casey, ich fahre nach Irland."

Casey sah so verwirrt aus, als hätte Megan in einer ihr unbekannten Sprache gesprochen.

Megan versuchte es noch einmal. „Irland. Die Smaragdinsel. Ich werde Peggy und Irene besuchen. Wenn der Saloon erst mal fertig für den Betrieb ist, wird das nicht mehr möglich sein. Dann bin ich zu beschäftigt, der Zeitpunkt ist also perfekt. Peggy möchte so gern, dass wir sie besuchen. Ich nehme an, Irenes Gesundheitszustand ist schlechter, als sie erwartet hat, und sie hat Angst, dass wir nie mehr die Gelegenheit bekommen, sie kennen zu lernen. Also werde ich die Einladung annehmen."

„Hast du Nick das gesagt?"

„Nein, aber ich fliege, sobald ich einen Platz reservieren kann. Morgen, wenn möglich."

„Wenn du das auf den letzten Moment buchst, kostet der Flug ein Vermögen."

„Weißt du was? Das ist mir egal. Ich bezahle es mit meiner Kreditkarte und zahle es nach und nach ab. Himmel, ich werde keinen Koch für abends einstellen, wenn der Saloon wieder geöffnet hat. Ich mache das Essen für ein paar Monate allein, bis ich wieder im Plus bin. Nick wird gar nicht auffallen, dass ich nicht da bin."

Casey setzte sich neben sie und nahm ihre Hand. „Meinst du nicht, es ist gefährlich, wenn du in diesem aufgebrachten Zustand verschwindest? Solltest du nicht lieber erst mal alles klären und dann nach Irland reisen, wenn du es dann immer noch möchtest? Bitte, werde jetzt nicht sauer. Aber kannst du dich erinnern, was mit *unserer* Beziehung passierte, als ich Cleveland verlassen habe?

Als Teenager hatte Casey Cleveland verlassen und gedroht, nie wiederzukommen, verärgert darüber, dass Megan den Saloon nicht verkaufen und den Erlös unter den Schwestern hatte aufteilen wollen. Es hatte Jahre und Zeit der Reife gebraucht, bis die Schwestern ihre Differenzen wieder hatten bereinigen können.

„Wir waren noch Kinder", entgegnete Megan. „Nick und ich nicht. Und im Moment stecke ich so tief im Wald, dass ich den Weg nicht mehr raus finde. Ich brauche Zeit und Abstand, um die Dinge in meinem Kopf zu klären. Ich muss abhauen, weil ich erst mal mit mir selbst ins Reine kommen muss."

„Ihr müsst das zusammen klären."

„Im Moment bin ich noch zu wütend, um es zu versuchen."

Casey drückte ihrer Schwester die Hand, bevor sie sie wieder losließ. „Was kann ich denn tun?"

„Pass auf Rooney auf. Tust du mir den Gefallen?"

„Natürlich."

„Solange Josh und Nick da sind, haben sie ein Auge auf alles, es wird kein Problem sein. Aber wenn du ihn mal besuchen könntest, vor allem an dem Wochenende, wenn Nick weg ist. Und vergewisser dich, dass sie alles haben, was sie brauchen. Dass Rooney seine Medikamente nimmt und genug Lebensmittel da sind."

„Keine große Sache. Ich werde jeden Tag vorbeifahren, und wenn Nick weg ist, koche ich für sie. Rooney schwärmt für Jons Huhn Paprika. Wenn nötig, bringe ich ihn hierher, damit er hier schlafen kann."

„Ich danke dir." Megan überlegte, was sie noch sagen könnte. „Ich freue mich so darauf, Peggy zu sehen." Ihre Augen füllten sich mit Tränen.

„Das glaube ich dir."

„Und ich kann mal diesen Finn O'Malley ein bisschen unter die Lupe nehmen."

„Nimm nicht so viel unter die Lupe. Das wird ihr nicht gefallen. Sei ihre Freundin, nicht die große Schwester."

„Ich fühle mich so schrecklich, Casey."

Casey legte den Arm um ihre Schultern und drückte sie. „Ich weiß."

„Lass mich jetzt allein, ja?"

„Ich bin schon draußen." Casey stand auf und verließ das Zimmer.

Megan zog sich aus und streifte ein langes T-Shirt über, ihre Augen wurden wieder feucht. Sie schaffte es ins Bad, um sich die Zähne zu putzen und das Gesicht zu waschen. Aber zurück im Gästezimmer, als sie im Bett lag und an die Decke starrte, kamen die Tränen wieder.

„Verdammt, Niccolo Andreani", flüsterte sie wütend. „Warum wolltest du mich überhaupt heiraten?"

26. KAPITEL

Peggy wusste nicht so genau, was sie von Megans Überraschungsbesuch halten sollte. Sie freute sich wahnsinnig, ihre Schwester zu sehen und dass sie nun die Gelegenheit hatte, Irene kennen zu lernen, aber die Entscheidung, hierher zu kommen, war offensichtlich überstürzt getroffen worden. Sie war allein, Niccolo in Cleveland. Das bedeutete nichts Gutes für die Frischverheirateten.

Nach dem langen Flug und stundenlanger Autofahrt auf der linken Seite der Straße in einem fremden Land, war Megan erschöpft, aber doch zu aufgedreht, um sich auszuruhen. Irene hatte sie sehr warm empfangen und sich dann zu ihrem Mittagsschlaf hingelegt und die beiden Schwestern allein gelassen, damit sie die letzten Neuigkeiten untereinander austauschen konnten. Peggy hatte eine Kanne Tee gekocht und einen Teller mit Noras Gebäckstückchen serviert. Kieran schlief ebenfalls, was den beiden sehr gelegen kam.

„Das ist einfach zu malerisch." Megan wanderte nervös umher und untersuchte jeden Winkel im Cottage. „Ich kenne Leute, die ein ganzes Leben lang nach ihren irischen Wurzeln suchen, und hier werden uns unsere auf einem Silbertablett serviert. Kein Haufen moosbedeckter Steine auf einem freien Feld, sondern das hier." Zur Betonung des Ganzen wedelte sie mit den Händen in der Luft.

„Du musst am Verhungern sein. Setz dich doch und trink deinen Tee."

„Ich habe Angst, dass ich sofort einschlafe und für den Rest meiner Reise nicht mehr aufwache, wenn ich mich jetzt setze."

„Wie lange kannst du bleiben?"

„Ich hab noch nichts entschieden. Mein Ticket ist ohne Rückfahrdatum."

„Megan, das muss dich ja ein Vermögen gekostet haben."

„Ist mir egal. Ich wollte Irland schon immer mal sehen. Und jetzt tu ich's."

„Ich kann mich erinnern, ihr wolltet in den Flitterwochen ..."

„Aber wir sind viel zu praktisch, Nick und ich. Wir haben ein paar Tage zusammen in Michigan verbracht und dachten, das würde reichen."

Peggy wartete in der Hoffnung, dass dieser Satz etwas einleiten würde, aber Megan ging einfach schweigend hin und her, nahm jeden Schnickschnack in die Hand und untersuchte ihn.

„Wie geht es Nick?" erkundigte sich Peggy, als Megan das Ende der Menagerie erreicht hatte, der Eiffel-Turm aus Keramik, ein Mitbringsel aus Paris, wo Irene als Mädchen gewesen war. „Du hast nicht viel über ihn gesagt."

„Beschäftigt. Du solltest mal den Saloon sehen. Natürlich wirst du ihn ja besichtigen können, wenn du wieder nach Hause kommst. Er und die Steine-Kids haben fantastische Arbeit geleistet. Die Küche ist inzwischen ganz fertig, und es gibt wirklich genug Platz, um alle Töpfe und Pfannen abzustellen. Und der neue Ofen wird so schnell heiß, dass ich fürchte, ich werde erst mal alles anbrennen lassen, bis ich mich daran gewöhnt habe."

Megan redete so hektisch, als hätte sie Angst, plötzlich mit der Wahrheit herauszurücken, wenn sie ihren Redeschwall darüber, wie wunderbar alles wäre, erst mal stoppte. Peggy wusste ein bisschen darüber Bescheid, wie ihre Schwester funktionierte. Peggy war die „kleine" Schwester, diejenige, die beschützt und verhätschelt werden musste. Ungeachtet dessen, dass sie inzwischen erwachsen war und ihre eigenen Probleme in Angriff genommen und bewältigt hatte. Egal, dass sie mit ihren dreiundzwanzig Jahren sehr gut in der Lage war, ihrerseits Unterstützung anzubieten. Für Megan war sie immer noch die kleine Peggy, auch wenn sie inzwischen im Gegensatz zu Megan selbst ein Kind hatte.

„Und wie machen sich die Steine?“ forschte Peggy weiter.

„Nick arbeitet hart daran, noch mehr Unterstützung zu bekommen. Dieses Wochenende fliegt er nach Indianapolis, um sich mit den Vertretern einer Organisation zu treffen, die eventuell als Sponsor infrage kommen.“

„Und da dachtest du, während er weg ist, kommst du nach Irland? Ein guter Vorwand?“

„Ich wusste, dass ich keine Gelegenheit dazu haben würde, wenn der Saloon erst mal wieder geöffnet ist. Es schien der richtige Zeitpunkt zu sein.“

„Mir geht einfach nicht der Gedanke aus dem Kopf, dass da noch mehr ist …“

„Habe ich dir das von Rooney erzählt? Es scheint ihm wirklich immer besser zu gehen. Gestern Nacht hat er mir etwas von Großvater berichtet, und er behauptet, er wäre der Einzige, der davon weiß. Ich hab nicht alles von ihm erfahren können, aber immerhin den Anfang. Er bekommt neue Medikamente, die helfen ihm, sich zu konzentrieren. Er scheint auch zufrieden zu sein und wandert weniger herum.“

Peggy freute sich, dass es ihrem Vater gut ging. Sie fürchtete nur, er könnte zurzeit damit der Einzige im Haus in der Hunter Street sein. „Wirst du mir die Geschichte erzählen?“

„Was ich so weit erfahren habe, ja. Und Casey geht es auch gut. Man sieht ihr die Schwangerschaft noch nicht an. Ich wette, so lang und dünn, wie sie ist, wird man es eine ganze Weile nicht sehen können. Wenn ich jemals schwanger werden sollte, würde man wahrscheinlich schon am zweiten Tag bemerken, dass ich ein Baby erwarte.“

Peggy hörte das „jemals“ besonders deutlich heraus. „Wann hörst du eigentlich auf zu schnattern?“

Megan drehte sich ruckartig um, da ihr wahrscheinlich der scharfe

Unterton in Peggys Stimme nicht entgangen war. „Schnattern? Ich habe dir nur von unserer Familie berichtet."

„Und nicht einen Ton über dich selbst."

„Da gibt es nichts zu sagen."

„Jedenfalls nicht zu mir, nehme ich an."

„Was soll das heißen?"

„Das heißt, dass wir jetzt mal etwas ändern sollten, Megan. Entweder ich werde für den Rest meines Lebens für dich ein kleines Mädchen bleiben, das man beschützen und behüten muss, oder ich werde in unserer Beziehung endlich eine gleichberechtigte, ernst zu nehmende Partnerin. Du erzählst mir von deinen Problemen, ich dir von meinen. Du bietest mir Trost, ich nehme ihn an. Ich biete dir Trost ..."

„Und ich nehme ihn an." Megan setzte sich auf ihren Stuhl und blickte in die dampfende Teetasse vor sich.

„So ist es", bestätigte Peggy. „Du weißt, dass ich dich liebe, und ich würde fast alles für dich tun. Doch dieses Spiel will ich nicht weiterspielen. Ich bin erwachsen, du bist erwachsen. Ich war nie deine Tochter, sondern deine Schwester. Behandle mich auch so."

Megans Hand zitterte leicht, als sie nach ihrer Tasse griff. Peggy wusste, dass die Ursache dafür Erschöpfung sein konnte. Aber auch Kummer.

„Ich weiß nicht, was ich sagen soll." Megan hob die Tasse an die Lippen, dann setzte sie sie wieder ab. „Wir sind nicht glücklich, und ich habe keine Ahnung, warum. Nick arbeitet zu hart. Ich vermute, er tut es nur, um zu verhindern, dass er seine Zeit mit mir verbringen muss. Wahrscheinlich bereut er es inzwischen, mich geheiratet zu haben."

Peggy wusste, dass es keinen Zweck hätte, ihrer Schwester zu erklären, wie lächerlich das war. Niccolo liebte Megan, daran zweifelte sie nicht, aber Megan war sich offensichtlich nicht mehr sicher.

Megan blickte auf. „Wenn ich in der Lage bin, darüber zu reden, dann spreche ich mit dir darüber. Einverstanden? Im Moment weiß ich einfach nicht, was ich sagen soll. Deshalb bin ich auch hier."

„Einverstanden." Peggy hielt den Teller mit Noras Gebäck hoch. „Iss was, dann verfrachte ich dich für einen Mittagsschlaf zu Kieran ins Schlafzimmer."

„Ist beides eine gute Idee." Megan brachte ein Lächeln zustande. „Peggy, alte Gewohnheiten kann man schwer ablegen. Wenn ich wieder versuche, nach deiner Hand zu greifen, bevor wir die Straße überqueren, dann haust du mir einfach auf die Finger, okay?"

„Solange du in Irland bist, werde ich wohl nach deiner Hand greifen. In der ersten Woche wirst du nämlich auf der falschen Seite nach Autos Ausschau halten und sonst womöglich überfahren werden."

Irene war so freundlich und ungekünstelt, wie Peggy berichtet hatte, und Megan mochte sie vom ersten Augenblick an. Das Cottage war bezaubernd und die Landschaft atemberaubend.

Und sie war tief deprimiert, dort zu sein.

„Hast du ein bisschen schlafen können?" erkundigte sich Irene, als Megan aus dem Schlafzimmer kam.

„Genug, um mir darüber klar zu werden, wie viel ich eigentlich brauche." Megan streckte sich. „Aber ich fühle mich schon besser. Was ist mit dir?"

„Ich habe schon viel zu viel Zeit im Bett verbracht. Es ist nicht gut, die Tage, die mir noch bleiben, mit Schlafen zu verbringen."

Peggy kam aus der Küche. „Es ist aber gut, um sicherzustellen, *dass* dir noch Tage bleiben."

Megan war auf Zehenspitzen aus dem Zimmer gegangen, um ihren Neffen nicht zu wecken. Aber trotz aller Anstrengung hatte ihn irgendetwas aus dem Schlaf geholt. Die Laute, die sie hinter seiner geschlossenen Tür hörten, zeigten das unmissverständlich. „Soll ich ihn holen? Meinst du, er erinnert sich an mich?"

Peggy warf ihr einen gequälten Blick zu. „Ich bin nicht mal immer sicher, ob er sich überhaupt an *mich* erinnert, Megan."

Für einen Augenblick vergaß Megan ihre eigenen Sorgen. „Es läuft nicht so gut, wie du gehofft hast?"

„Vielleicht bist du ja in der Lage, es mir zu sagen. Du siehst womöglich irgendwelche Veränderungen, die uns entgehen, weil wir immer mit ihm zusammen sind. Geh und hol ihn, wenn du willst."

Megan wollte. Sie ging zurück ins Schlafzimmer, und diesmal stand Kieran in seiner Krippe und rüttelte an den Stäben.

„Hallo, Kumpel, ich bin deine Tante Megan." Sie bewegte sich langsam, wohl wissend, dass er Zeit brauchte, sich auf sie einzustellen. „Immer noch verschlafen?"

Kierans kleiner Mund bebte, als würde er jeden Moment anfangen zu weinen.

„Pssst..." Sie hob den kleinen Stoffbären auf, den sie unterwegs gekauft hatte, ein Sammlerstück von Cleveland Brown in einem orange-schwarzen Pullover. Sie wedelte damit vor ihm herum. „Sieh mal, was ich dir mitgebracht habe, Kieran. Das ist für dich."

Er starrte sie an, als käme sie von einer fremden Galaxie. Dann begann er zu jammern.

Sie warf den Bär aufs Bett und ging schnell zur Krippe, um ihren Neffen auf den Arm zu nehmen. „Ist schon gut, mein Süßer, ich weiß schon, wie du dich fühlst."

Als sie ihn gerade ohne großen Erfolg hin und her wiegte, kam Peggy herein und erlöste sie. Während sie seine Windeln wechselte, schrie Kieran unentwegt weiter.

Er beruhigte sich ein bisschen, nachdem Peggy ihn in die Küche gebracht und ihm ein Glas Saft eingegossen hatte. Doch er sah weder zu ihr noch auf das Glas vor sich, stattdessen beobachtete er nur die flackernden Schatten des Sonnenlichts, das durchs Fenster fiel, auch als sie noch einen Keks und ein paar Weinbeeren dazulegte.

„Du willst wahrscheinlich heute Nachmittag mit ihm arbeiten", sagte Megan. „Ich werde dir nicht in die Quere kommen."

Peggy versuchte, ihren Unmut nicht zu zeigen, aber Megan kannte sie zu gut, um ihr das abzunehmen. „Ich denke, wir werden heute mal eine Pause machen. Bridie kommt nachher zu einer Kochstunde. Und Finn wird mit uns essen, obwohl er bisher noch nichts davon weiß. Nora hat dem Mädchen ein paar Sachen gezeigt, und das Wenige, das ich weiß, habe ich ihr auch beigebracht. Sie scheint ein Naturtalent zu sein. Und sie will ihren Vater beeindrucken. Es gibt frische Forelle, den ein Freund Irene gebracht hat, und Knoblauch-Kartoffelpüree."

„Vielleicht kann ich ja auch ein paar Dinge von Nora aufschnappen, während ich hier bin, und den Flugpreis von der Steuer abziehen. Neue authentische Spezialitäten für den Saloon."

„Sie ist einmalig, aber ich kann mir eher vorstellen, dass *du* ihr das eine oder andere beibringen könntest. Um Kieran mach dir keine Sorgen. Die Pause kann er gebrauchen und ich genauso."

„Dann werde ich also Finn kennen lernen?"

„Hmmm."

„Und ihr beide seid noch zusammen?"

„So würde ich es nicht ausdrücken." Peggy ging zu ihrer Schwester ans Fenster, rückte jedoch zur Seite, als Kieran nörgelte. Sie hatte die Lichtreflexe an der Wand gestört.

„Wie würdest du es denn ausdrücken?"

„Wir sind Freunde. Gute Freunde. Aber wir gehen es langsam

an. Er ist gerade dabei, seine Probleme zu lösen, er hat eine schwere Zeit hinter sich."

Megan fand, Peggy hätte bereits genug Erfahrungen mit schwierigen Männern. Phil hatte sie nie gemocht, und trotz der Entschuldigungen, die Peggy für ihn gefunden hatte, und der bescheidenen Unterstützung, die von ihm kam, fand Megan ihn verantwortungslos und egoistisch. Ihre Schwester war immer zu verständnisvoll und geduldig gewesen, und jetzt befürchtete Megan, dass sie sich einen weiteren Nichtsnutz ausgesucht hatte, nur eben einen irischen.

„Du hast auch eine schwere Zeit durchgemacht", entgegnete Megan. „Kümmert sich jemand um dich?"

„So ist das nicht, ehrlich. Das wirst du merken, wenn du ihn siehst. Und es handelt sich nicht um eine Existenzkrise. Er muss nicht lernen, was der Ernst des Lebens ist. Er hat seine Familie verloren."

„Erzähl mir was über Bridie."

„Ich bete sie an." Peggys Augen begannen zu leuchten. „Sie ist so wundervoll und hat so ein gutes Händchen für Kieran."

„Und du hast dich in den Vater verliebt, weil du dich bereits in die Tochter verguckt hast?"

Peggys Wangen röteten sich. „Wie kommst du darauf, dass ich in ihn verknallt bin?"

„Ich weiß nicht genau. Aber das werde ich schon herausfinden, bevor ich abreise."

„Du kannst nicht wissen, was ich selbst nicht weiß."

Sie hörten, wie die Haustür zuschlug und eine Kinderstimme. Irene kam mit dem schönsten Mädchen, das Megan je gesehen hatte, herein. „Seht mal, wer gekommen ist, um für uns zu kochen", sagte Irene.

„Ich habe ein Kochbuch von zu Hause mitgebracht, Granny Rene." Eine strahlende Bridie hielt einen dicken Wälzer hoch, der aussah, als hätte man ihn schon unzählige Male benutzt. „Sie müssen Megan sein. Peggy redet die ganze Zeit von Ihnen. Ich hätte nicht gedacht, dass ich Sie mal kennen lerne. Hallo, Kieran." Ohne auf eine Antwort zu warten, ging Bridie zu dem Kleinen hinüber und störte seine Konzentration, indem sie sich direkt vor ihn stellte. „Sieh mich an, nicht die Wand, du Knirps."

Kieran sah zu ihr hoch und runzelte die Stirn. Dann schoss er vor und begann mit den Fäusten auf sie einzutrommeln. Als wäre das die normalste Begrüßung, setzte sie ihn sich auf die Hüfte und wischte ihm mit einer Serviette das Gesicht ab, während sie seine Schläge abwehrte.

Megan sah zu Peggy hinüber und bemerkte, dass diese sie beobachtete. Megan zuckte die Schultern. „Liebe ist manchmal wie eine Zielrakete, was? Genau auf dich gerichtet, und es gibt nichts, was sie aufhalten kann."

Finn hatte keinen guten Tag gehabt. Zweimal hatte er bereits eine Aufsichtsposition abgelehnt, die ihm von der Baufirma, für die er arbeitete, angeboten worden war. Doch in letzter Zeit stieg in ihm der Verdacht auf, dass sie ihm den Job trotzdem zugeschoben hatten, ohne den Lohn zu erhöhen.

Er liebte die körperliche Arbeit, die für ihn eine gute Methode war, alles andere aus seinem Kopf zu verbannen. Was er nicht mochte, war, anderen Männern zu sagen, was sie zu tun hätten und wie, und er fällte ebenso wenig gern die Entscheidungen über nächste Schritte. Heute war er gezwungen gewesen, dies alles zu tun.

Niemals hatte er vorgehabt, diesen Job zu behalten, jedenfalls nicht für sehr lange. Er hatte Zeit gebraucht, um sein Leben und seine Möglichkeiten neu zu überdenken. Ein Jahr war vergangen, dann zwei, und er installierte noch immer Rohre und Wasserleitungen und drückte sich vor Verantwortung, wann immer er konnte.

Der Ärger über die Arbeit machte nur einen Teil von seiner Unzufriedenheit aus. Er hatte hart geschuftet, seinen Job und den des Vorarbeiters erledigt, doch es war ihm nicht möglich, Peggy aus seinen Gedanken zu vertreiben. Es war nie seine Absicht gewesen, sich mit ihr einzulassen. Er war in diese Beziehung gerutscht, obwohl er sich dagegen gewehrt hatte. Vielleicht, wenn sie nicht jedes Mal aufeinander getroffen wären, während er Irene untersucht hatte ... Wenn seine Tochter nicht lieber mit Peggy zusammen gewesen wäre statt mit ihren Freundinnen ...

Vielleicht, wenn er Peggy nicht so überwältigend lebendig gefunden hätte und so anziehend ...

Finn spürte den schlüpfrigen Boden unter seinen Füßen. Vor dem Tod seiner Frau und ihrer beiden Söhne war er stark und selbstsicher gewesen, der Student mit einer erfolgversprechenden Zukunft, der Hochschulabsolvent, um den Krankenhäuser von Edinburgh bis London warben. Als junger Vater hatte er Probleme mühelos bewältigt und Lob ausgeteilt, als Ehemann Sheila unterstützt und stets dazu ermutigt, ihren eigenen Platz in der Welt zu finden.

Dieser selbstsichere junge Mann war an der Küste von Irland gestorben, und zurückgeblieben war eine leere Hülle, die jeden Morgen allein schon bei der Entscheidung, welchen Schnürsenkel er zuerst schnüren sollte, in Schweiß ausbrach. Dieser junge Mann, der lediglich ab und zu einen gemütlichen Drink in der Bar mit Freunden zu sich genommen hatte, war durch einen verzweifelten, gebrochenen Alkoholiker ersetzt worden, der jeden Tag aufs neue Mühe hatte, nüchtern zu bleiben.

Und dann hatte er eine Frau eingeladen, an diesem Leben – oder was man so bezeichnete – teilzunehmen. Nicht irgendeine

Frau, natürlich, sondern eine mit einem Kind, das selbst unter besten Bedingungen permanente Betreuung und eine extra Portion Liebe und Zuwendung benötigte. Peggy brauchte einen Mann, der beides erübrigen konnte, genauso wie ein starkes Durchhaltevermögen.

Peggy brauchte ihn nicht.

Er benötigte dafür keine weiteren Komplikationen durch eine Beziehung oder die zusätzliche Belastung durch ein autistisches Kind. Er kämpfte sich durch jeden Tag, sorgte für das Essen auf dem Tisch und stellte sicher, dass seine Tochter etwas zum Anziehen hatte. Er mied die Pubs, und wenn er das nicht konnte, dann fand er irgendwie die Kraft, jeden Drink abzulehnen. Er kümmerte sich um Irene, aber niemand wusste, dass er im Grunde bezweifelte, dafür kompetent genug zu sein.

Was konnte ein Mann wie Finn O'Malley einer Frau wie Peggy Donaghue denn schon bieten?

Diese Frage war ihm den ganzen Tag nicht aus dem Kopf gegangen. Die Antwort war scheinbar einfach. Er musste sich von ihr trennen. Sie hatten sich keine Versprechen gegeben und keine gegenseitigen Schwüre geleistet. Peggy wusste, wie wenig er sich für eine langfristige Beziehung eignete. Er hatte aus seinen verzweifelten Kämpfen und Niederlagen kein Geheimnis gemacht. Sie würde vielleicht traurig sein, aber sicher nicht überrascht.

Das Problem war, dass er das, was kaum angefangen hatte, nicht beenden wollte. Seit diese Affäre begonnen hatte, gab es für ihn Momente von schmerzhaft intensivem Glück. Sich mit Peggy zu lieben fühlte sich an, als würde wieder Blut durch einen abgestorbenen Arm fließen. Er fürchtete, nicht wieder zu dem Leben zurückkehren zu können, das er vor ihrem Auftauchen geführt hatte. Seine Maßnahmen, sich vom Rest der Welt abzuschirmen, waren für ihn ein Polster gewesen. Doch jetzt war er wieder dort hineingezogen worden und hatte Angst, diese Polsterung für immer verloren zu haben.

Als er zu Irenes Haus fuhr, war er einer Entscheidung kein bisschen näher gekommen. Je näher er dem Cottage kam, desto mehr schienen sich seine Probleme zu verflüchtigen. Er fragte sich, worüber sie wohl reden würden, ob sie ihm von den Einzelheiten ihres Tagesgeschehens berichtete, ob sie ein paar Momente für sich allein fanden. Bevor er es verhindern konnte, malte er sich aus, wie es wäre, jeden Abend zu ihr nach Hause zu kommen.

Er hatte halb erwartet, dass Bridie ihn draußen empfing, doch bis auf Banjax war niemand zu sehen. Der dumme alte Hund lag im schmalen Schatten einer windgepeitschten Esche, und als Finn sich näherte, wedelte er kurz mit dem Schwanz, ohne aber den Kopf zu heben.

Finn bückte sich, um ihm die Ohren zu kraulen. „Wenn du noch ein kleines bisschen mitleidsvoller aussiehst, wird sie dich reinholen.“

Banjax wedelte wieder mit dem Schwanz, vielleicht aus Dankbarkeit für den guten Rat.

Finn klopfte und öffnete sich dann selbst die Tür. Aus der Küche hörte er Lachen, und plötzlich hob sich trotz allem seine Stimmung. Er erinnerte sich an eine Party zu Bridies viertem Geburtstag mit einer Menge zusammengebündelter mit Gas gefüllten Ballons, ein Geschenk von Sheilas Mutter. Sie hätten das kleine Mädchen fast davongetragen. Jetzt schienen seine Gefühle wie die Ballons über ihm zu schweben, und alle Gewichte, die er aufbringen konnte, brachten sie nicht auf den Boden zurück.

„Hallo, Finn.“ Peggy steckte den Kopf aus der Küchentür. „Wir haben eine Überraschung für dich. Eigentlich zwei.“

Sein Herz begann bei ihrem Anblick schneller zu klopfen. Sie trug grüne Shorts, die ihre schlanken, gut geformten Beine entblößten, und ein Shirt in etwas hellerem Grün, das einen Streifen nackter Haut am Bauchnabel freiließ. Das Haar hatte sie in einem Knoten zurückgebunden, und er verspürte den Drang, es zu öffnen, damit es lose auf die Schultern fiel. Das würde ihr gefallen. Peggy mochte zwar jetzt wie ein natürliches Mädchen vom Land aussehen, doch sie war eine intelligente und überraschend sinnliche junge Frau. Er hatte den großen Verdacht, dass die Tiefen ihrer Sexualität, die er bisher kannte, lediglich ein Anfang waren.

„Hat Bridie was damit zu tun?“ Er wagte nicht, ihr näher zu kommen, da er befürchtete, sich nicht beherrschen zu können und die anderen sie dabei beobachteten.

„Der Teil der einen Überraschung. Ich gebe dir einen Hinweis. Du bleibst zum Dinner.“

Das war keine Frage gewesen. Er runzelte die Stirn. Eigentlich hatte er vorgehabt, Irene zu untersuchen und dann seine Tochter mit nach Hause zu nehmen. Sie hatte hier schon fast den ganzen Tag verbracht, und obwohl Peggy behauptete, Bridie sei eine Hilfe für Kieran, wusste er, als ihr Vater, dass sie, wie jedes Kind, auch ziemlich anstrengend sein konnte.

„Bitte mach nicht so ein Gesicht“, warnte ihn Peggy. „Du wirst darüber sehr froh sein.“ Sie drehte sich um und machte jemandem in der Küche ein Zeichen, zu ihr zu kommen.

Eine Frau, kleiner und fülliger als Peggy, kam hinter ihr zum Vorschein. Sie hatte dichtes, rotes Haar, das ihr rundes Gesicht in kurzen Locken umrahmte. Oberflächlich betrachtet hatte sie wenig Ähnlichkeit mit Peggy, doch er wusste irgendwie sofort, dass es eine ihrer Schwestern war.

„Darf ich dir denn Megan vorstellen, meine wundervolle Schwester?“

Es blieb ihm nichts anderes übrig, als ein Stück nach vorn zu gehen, als Megan ihre Hand ausstreckte.

„Ich freue mich, Sie endlich kennen zu lernen, Finn."

Einen kurzen, verrückten Augenblick fragte er sich, ob Megan den ganzen Weg von den Staaten hierher zurückgelegt hatte, um ihre kleine Schwester davon abzuhalten, sich mit einem Iren einzulassen. Er griff nach ihrer Hand und murmelte ein paar Begrüßungsworte. Sie sah ihm dabei unablässig in die Augen. Er war sicher, dass er abgecheckt und beurteilt wurde, den Schiedsspruch konnte er allerdings nicht erahnen.

„Ich wusste nicht, dass Sie zu Besuch kommen", sagte Finn.

„Ich auch nicht", erwiderte Megan. „Es war aus einer spontanen Laune heraus."

„Peggy freut sich bestimmt. Waren Sie schon mal in Irland?"

„Ich bin bisher kaum aus Cleveland herausgekommen."

„Dann gibt es für Sie ja eine Menge zu sehen." Nun fiel ihm nichts mehr ein, was er hätte sagen können. Es hatte mal eine Zeit gegeben, da war es ihm nicht schwer gefallen, endlose Gespräche mit jemandem zu führen, damit derjenige sich wohl fühlte. Jetzt gab er oft einsilbige Antworten, wenn sie ihm nicht erspart wurden.

„Ich werde schon zufrieden sein, wenn ich hier in Shanmullin bin und das Dorf und Peggys Freunde kennen lerne."

Das konnte er gut verstehen. Auch wenn er nicht genau wusste, warum Megan hierher gekommen war, aber einer der Gründe war sicher, um zu sehen, was ihre Schwester machte.

„Daddy." Bridie quetschte sich zwischen die beiden Schwestern, und Peggy legte ihr eine Hand auf die Schulter. „Bleibst du zum Essen?"

Er sah in das leuchtende Gesicht seiner Tochter, und ihm war klar, dass er keine Wahl hatte. „Ist das Dinner die Überraschung?"

„Ich hab's gemacht!" Sofort hielt sie sich den Mund zu. „Oh."

Peggy lachte. „Ist schon gut, Bridie. Er hätte es früher oder später erfahren müssen. Jetzt kann er sich ins Wohnzimmer setzen und daran denken, was er für ein glücklicher Mann ist."

Finn wusste, dass sie eine Reaktion von ihm erwartete. „Hast du es selbst gekocht?"

„Hmm. Forelle und Kartoffeln und alles Mögliche dazu."

Sie hörte sich schon an wie eine Amerikanerin. Zu viel Fernsehen oder zu viel Peggy, er hatte keine Ahnung, aber ihre Begeisterung war global.

„Darauf freue ich mich aber", versicherte er.

„Ich hab Mommys Rezept fürs Dessert benutzt."

In dem Moment, während sie auf eine Erwiderung wartete, gingen ihm tausend Dinge durch den Kopf. Wie stolz Sheila auf Bridie gewesen wäre. Wie es sie gefreut hätte, dass Sheila ihr Lieblingsessen zubereitete. Wie unfair es war, dass Sheila nie miterleben würde, wie ihre Tochter, die ihr so ähnlich sah, zu einem schönen, offenherzigen Mädchen heranwuchs.

Die Worte blieben ihm im Hals stecken. Peggy erkannte sein Dilemma und antwortete für ihn. „Deine Mutter wäre begeistert darüber, dass ihre Rezepte in so guten Händen sind. Dann lass uns jetzt mal sicherstellen, dass alles perfekt wird." Damit drehten sie sich um und gingen wieder in die Küche.

Megan blieb an der Tür stehen. „Sie ist ein großartiges kleines Mädchen."

„Ich weiß."

„Peggy mag sie sehr gern."

Er wartete auf den Knackpunkt, aber sie ging nicht weiter auf das Thema ein. „Machen Sie es sich bequem", sagte sie. „Ich kann Kieran rausschicken, wenn Sie sich langweilen. Irene unterhält ihn mit Holzlöffeln und einem umgedrehten Kessel. Unsere ganz eigene Trommler-Abteilung."

Er wollte Megan versichern, dass er nicht vorhabe, ihre Schwester zu verletzen. Doch was sollte er sagen? Er wusste am besten, dass gute Absichten sich drastisch auswirken konnten.

„Ich würde Kieran gern mit zu einem Spaziergang nehmen, wenn noch genug Zeit dafür ist", sagte er stattdessen.

„Er ist gerade ganz glücklich. Aber Sie sehen aus, als hätten Sie einen anstrengenden Tag gehabt. Warum ruhen Sie sich nicht ein wenig aus?" Megan verschwand ebenfalls in der Küche.

Ihm war klar, dass niemand von ihm erwartete, ihnen zu folgen. Er suchte sich den gemütlichsten Sessel im Wohnzimmer und war sofort eingeschlafen, kaum dass er sich gesetzt hatte.

Er wachte auf, als Peggy hereinkam und eine von Irenes alten Schellackplatten aufs Grammophon legte, von dem er bis zu diesem Augenblick geglaubt hatte, es wäre lediglich zur Zierde. Der kratzige Sound einer Tanzkapelle aus den 40er Jahren erfüllte den Raum. „Ich habe letzte Woche einen Stapel Platten im Schrank gefunden. Ist das nicht nett?"

Er stellte sich vor, wie junge Frauen mit Pagenkopf und geblümten Nylonkleidern im Foxtrott-Schritt ins Wohnzimmer getanzt kamen. „Brillant."

„Wir erwarten dich."

Er folgte ihr in die kleine Küche mit dem gedeckten Tisch, auf dem neben dem Porzellan Blumen und Kerzen in silbernen Haltern standen. Bridie hatte die Servietten zu kleinen Schwänen gefaltet, und sie konnte vor lauter Aufregung darüber kaum ruhig stehen. Die Töpfe und Pfannen, die sie benutzt hatte – eine beachtliche Anzahl, soweit er erkennen konnte –, waren unter einer Tischdecke auf dem Küchentresen versteckt.

„Siehst das nicht schön aus?" wollte Bridie wissen.

„Wunderschön", bestätigte er. Er erinnerte sich an andere Abende, als Bridie fast außer sich vor Freude gewesen war, aber er hatte sie nach Sheilas Tod nicht mehr so erlebt. Ihm war nicht klar gewesen, wie abgestumpft sie geworden war. Jetzt fragte er sich, inwieweit er sich selbst dafür verantwortlich machen musste.

„Setzt du dich an den Kopf der Tafel?“ fragte Peggy. „Irene sitzt am anderen Ende.“

Er wollte den wichtigsten Platz nicht einnehmen. Abend für Abend hatte er am Kopf des Familientisches gesessen und seine Kinder beobachtet, wie sie sich zankten und lachten. Er und Sheila hatten sich dann Blicke zugeworfen, die nur Eltern deuten konnten. Die Mahlzeiten waren immer die schönsten Momente gewesen.

Er setzte sich an das Ende, denn was er wollte, war heute nicht wichtig. Er sagte sich, dass er es für seine Tochter tat und in gewisser Weise auch für Peggy.

Bridie erschien neben ihm, hielt die Serviette hoch und löste sie. Der Schwan schwebte wie ein Fallschirm direkt auf seinen Schoß.

Selbst Kieran beobachtete die Aktion interessiert.

Alle saßen nun, und Bridie trug das Essen vom Tresen zum Tisch. Sie stellte jede Platte und Schüssel so weit wie möglich in die Nähe ihres Vaters. Dampfende Forelle, cremiges Kartoffelpüree, geröstetes Gemüse, mit Kräutern bestreut und etwas, das wie Mandeln aussah. Der Duft ließ ihm das Wasser im Mund zusammenlaufen. Er konnte es kaum erwarten, seine Gabel zu nehmen.

„Bridie, du hast dich selbst übertroffen.“ Er lächelte ihr zu. „Es sieht wirklich köstlich aus.“

Bridie strahlte vor Stolz.

„Sie ist ein Naturtalent als Köchin“, bemerkte Megan. „Das ist etwas, das man nicht lernen kann. Es ist zwar möglich, jemandem detailliert beizubringen, wie man nach einem Rezept kocht, und dann wird das schon ganz gut, aber Bridie hat ein Gefühl für den Geschmack der Zutaten und ihre Beschaffenheit.“

Finn nahm sich ein Stück Filet und reichte den Teller mit der Forelle weiter. Die folgenden Minuten waren erfüllt vom zufriedenen

Schweigen der Tischgäste, die sich ihre Teller füllten. Als alle sich bedient hatten, sah Irene zu ihm hinüber. „Finn, kannst du bitte das Tischgebet sprechen?"

Seit dem Unfall hatte er das nicht mehr getan. Bridie sagte es manchmal, und er saß dann immer daneben und gab vor zu beten. Aber Irene hatte ihn noch nie gefragt, ob er es tun würde. Er fragte sich, was sie jetzt dazu getrieben hatte.

„Ich würde sagen, wir haben heute Abend einen besonderen Grund, uns zu bedanken", begann sie zu erklären, als habe sie seine unausgesprochene Frage gehört.

Genauso wenig, wie er sich dagegen hatte wehren können, am Kopf der Tafel zu sitzen, konnte er Irenes Bitte abschlagen. Er wartete, bis alle den Kopf geneigt hatten, dann bekreuzigte er sich, und die anderen taten das Gleiche.

Er erinnerte sich an zwei Dankgebete. Ohne darüber nachzudenken, begann er mit dem, das er am seltensten aufgesagt hatte.

„Wir danken dir, allmächtiger Gott, der du bist in Ewigkeit, für all deine Gaben, Amen. Mögen die Seelen der Gläubigen, die dahingeschieden sind, durch deine Barmherzigkeit in Frieden ruhen. Amen."

Die Worte schienen noch eine Weile nachzuklingen, nachdem er sie ausgesprochen hatte. Mit diesen Sätzen hatte er praktisch seine Frau und seine Söhne in diesen Raum geholt und sie zur Ruhe gelegt. Er fragte sich, ob das noch jemand anders aufgefallen war. Ein Blick zu Peggy, die an seiner Linken saß, zeigte ihm, dass sie es gemerkt hatte. Sie nickte fast unmerklich. Es fühlte sich an, als würde sie ihm tröstend die Hand drücken, auch wenn sie ihn nicht berührt hatte.

Die anderen begannen zu essen und zu plaudern. Peggy legte etwas Fisch und Gemüse auf Kierans Teller. Bridie und Megan diskutierten das Für und Wider von Rosmarin, während Irene, in ihrem blauen Lieblingshauskleid, konzentriert zuhörte und wann immer sie konnte, ein gutes Wort für die Petersilie einlegte.

Der Duft, der von seinem Teller aufstieg, ließ einem das Wasser im Mund zusammenlaufen, das friedliche Durcheinander von Stimmen erinnerte an das von Millionen anderen Haushalten überall auf der Welt, wo Familien zusammensaßen, um sich von den Ereignissen des Tages zu erzählen und die Zusammengehörigkeit der grundlegendsten aller Gemeinschaften zu pflegen.

Er hob seine Gabel, und plötzlich verging ihm der Appetit. Ihm war schlecht, und einen Augenblick dachte er, er würde den Tisch nicht mehr rechtzeitig verlassen können.

Er schob seinen Stuhl zurück und stürzte aus der Küche, in seinem Kopf drehte sich alles, dann folgte ein fürchterliches Pochen in den Schläfen, und sein Magen schien sich umzudrehen. Draußen, in der kühlen Abendluft, lehnte er die Wange gegen das Terrassengeländer und holte tief Luft. Das Schwindelgefühl ließ etwas nach, aber seine Knie wurden immer weicher. Er legte den Arm um den Pfeiler und sackte dagegen.

„Dad?"

Er schloss die Augen. „Geh wieder rein, Bridie."

„Geht es dir gut?"

„Mach schon."

„Nein." Sie stellte sich neben ihn. „Ist dir schlecht?"

„Ich sagte, du sollst wieder reingehen."

„Und ich hab Nein gesagt!"

Er riss die Augen auf und starrte sie an. Er konnte sich nicht erinnern, dass sie jemals in solchem Ton mit ihm gesprochen hatte.

„Du ekelst dich vor meinem Essen." Bridie verschränkte die Arme. „Ich hab mir soviel Mühe gegeben und den ganzen Tag daran gearbeitet, und du hast es nicht angerührt. Ich will wissen, warum. Ist es, weil *ich* es gekocht habe?"

Er stellte fest, dass er zu schnell geatmet hatte. Mit Hyperventilation und den Auswirkungen kannte er sich aus. Er fragte sich, wie lange er schon nach Luft geschnappt hatte, um seine Panik in den Griff zu bekommen. Seine Haut fühlte sich kalt an, und seine Hände kribbelten.

Unter dem Baum, wo er vorher den Hund getroffen hatte, stand eine Bank. Er schleppte sich dorthin und ließ sich darauf fallen, legte den Kopf auf die Hände und bedeckte Nase und Mund. Dann atmete er die Luft wieder ein, die er ausgestoßen hatte, und nach einer Minute hatten die schlimmsten Symptome nachgelassen.

Bridie kam herüber und stellte sich vor ihm auf. „Ich bin schuld, dass sie tot sind. Das weiß ich, und deshalb hasst du mich."

Als das Dröhnen in seinem Kopf nachließ, klangen ihre Worte nach. Im ersten Moment war er verwirrt. „Du bist schuld?"

„Glaubst du nicht, dass ich alt genug bin, um das zu verstehen? Du gibst mir die Schuld an Mommys Tod und an Marks und Brians. Wenn ich an dem Tag mit euch mitgekommen wäre, hätte ich dir helfen können, sie zu retten. Ich bin eine gute Schwimmerin. Ich hätte einen der beiden halten können und du den anderen. Und Mommy hätte sich so lange festhalten können, bis sie jemand gerettet hätte! Aber ich war nicht da. Ich war egoistisch. Ich wollte mit meinen Freundinnen spielen. Auf Sallys Pony reiten. Deshalb bin ich hier geblieben, und alle außer dir sind umgekommen! Und deshalb hasst du mich seitdem."

Sie begann zu schluchzen.

Er schaffte es nicht, zu ihr zu gehen. Seine Arme fühlten sich wie Bleigewichte an. So wie an dem Nachmittag, als er verzweifelt versucht hatte, seinen älteren Sohn an Land zu ziehen. Er hatte es versucht, aber nicht fertig gebracht, Mark zu retten, und jetzt war er nicht in der Lage, Bridie zu trösten. Weil er wie gelähmt war.

„Bridie …“ Seine Stimme klang angestrengt. „Nein. Nein. Du irrst dich.“

„Ich irre mich nicht! Ich weiß, was passiert ist. Und dass es anders gewesen wäre, wenn ich da gewesen wäre, aber das war ich nicht!“

Schließlich fand er die Kraft, nach ihr zu greifen und sie in seine Arme, auf seinen Schoß zu ziehen. Er begann sie hin und her zu wiegen, wen er damit mehr tröstete, wusste er nicht.

„Du irrst dich, du irrst dich so sehr.“ Er küsste ihr Haar und hielt sie noch fester. „Jeden Tag, jeden einzelnen Tag danke ich Gott, dass du nicht bei uns warst. Was sollte ich denn sonst ohne dich machen, Bridie? Und stelle dir das nicht falsch vor, du wärst genauso umgekommen. Du hättest den anderen nicht helfen können. Obwohl du eine gute Schwimmerin bist, die Wellen waren zu hoch, das Wasser zu kalt und wild. Du wärst genauso untergegangen wie sie. Weißt du nicht, dass du *mich* gerettet hast, mein Schatz? Es hat mich am Leben gehalten, dass ich wusste, ich muss zu dir nach Hause. Wenn du nicht gewartet hättest, hätte ich aufgegeben. Du hast also jemandem das Leben gerettet, indem du an diesem Tag zu Hause geblieben bist. Nämlich mir.“

Sie lehnte das Gesicht gegen seine Schulter und schluchzte so heftig, dass sie kaum sprechen konnte. „Aber … Aber du … hasst mich!“

Er drückte sie an sich. „Wie kannst du so etwas sagen?“

„Du benimmst dich so!“

„Bridie … Bridie.“ Er strich ihr über das Haar und küsste ihr die Stirn, dann fragte er sich, wann er sie das letzte Mal so gehalten hatte. Nach dem Unfall war er zu krank gewesen. Als er wieder gesund gewesen war, hatten ihn die Schuldgefühle zu sehr geplagt.

„Ich kann es nicht so gut erklären“, sagte er. „Ich mache mir selbst Vorwürfe. So wie du. Ich ... ich konnte sie nicht retten. Und jedes Mal, wenn ich dich ansehe, dann muss ich dran denken, dass sie meinetwegen nicht mehr da sind und du sie nicht mehr um dich hast."

Sie legte ihm die Arme um den Nacken. „Aber ich habe immer noch dich."

Er gab ihr einen Kuss auf die Wange. „Oh ja, natürlich." Fieberhaft wiederholte er die Worte. „Natürlich hast du mich noch!"

„Und es war nicht deine Schuld. Das sagt jeder. Und dass du der Einzige auf der Welt bist, der das denkt. Selbst Gram behauptet das. Sie hat gesagt, dass sie nicht mit deinem und ihrem Kummer leben kann. Deshalb sind sie und Granda nach Belmullet gezogen."

Er konnte nicht fassen, dass Sheilas Mutter einem Kind so etwas gesagt hatte. Aber war das schlimmer, als überhaupt nicht zu reden? Zuzulassen, dass Bridie so lange geglaubt hatte, sie wäre an dem Tod der anderen schuld?"

Hatte er nicht alles auf sie abgeladen, indem er nicht offen über seinen Schmerz und die Schuldgefühle gesprochen hatte?

„Wir haben unseren Kummer nicht geteilt, so wie es eigentlich hätte sein sollen." Finn wiegte sie weiter. „Wir haben zugelassen, dass es uns auffrisst, getrennt vom anderen. Es tut mir Leid, so Leid, dass du auch nur einen Augenblick daran gedacht hast, ich würde dich nicht lieben. Ich hab dich so gern, dass es manchmal wehtut, Bridie. Aber es gibt mir auch die größte Freude."

„Warum konntest du dann mein Dinner nicht essen?"

Sie war immer noch ein Kind, und das war die Frage des Tages. Er suchte nach einer Entschuldigung, aber davon hatte er bisher viel zu viele gebraucht. Er beschloss, die Wahrheit zu sagen.

„Es hat mich an früher erinnert. Das hat mich bedrückt, und einen Moment ging es mir schlecht, ich konnte nicht atmen oder schlucken. Kannst du das verstehen?"

„Nachts habe ich manchmal das Gefühl, als wenn jemand auf mir drauf sitzt. Fühlt es sich so an?"

Er strich ihr das Haar zurück und gab ihr einen Kuss auf die Stirn. „Oh ja."

„Wird das immer so sein?"

Er schüttelte den Kopf, aber es war keine verneinendende Geste. Er wusste es wirklich nicht. „Bridie, in der Nacht? Wenn es dir passiert. Komm dann zu mir und weck mich. Ich steh dann auch auf und mache dir Kakao. Erzähle dir Geschichten von Fionn Mac Cumhail, damit es wieder weggeht."

Sie lehnte sich an ihn, und er hielt sie so ganz lange fest. Das Essen war kalt, als sie ins Haus kamen, aber weder den beiden noch den anderen, die drinnen auf ihre Rückkehr gewartet hatten, schien das etwas auszumachen.

„Ich fühle mich heute Abend in Hochform“, verkündete Irene. „Und Nora und ich müssen für den jährlichen Gemeindebasar Fausthandschuhe stricken. Sie wird mir Gesellschaft leisten und nach Kieran sehen.“

Megan sah zu ihrer Schwester hinüber, um festzustellen, wie Irenes Argumentation auf sie wirkte. Sie war jetzt den zweiten Tag in Irland und hatte bereits ein Bild davon, wie störrisch die nach außen hin so nette alte Dame sein konnte. Irene wollte, dass die beiden Schwestern sich den Abend im Ort mit Kneipenbesuchen vertrieben, aber Peggy machte sich Sorgen, wenn sie Irene abends allein ließ.

„Wann kommt sie denn?“ wollte Peggy wissen. „Sie hat mir heute Morgen gar nichts davon erzählt.“

„Jeden Augenblick. Wir haben das erst heute Nachmittag am Telefon verabredet.“

„Peggy, du bist überstimmt“, sagte Megan. „Und Irene wird sicher mal einen ruhigen Abend ohne uns verbringen wollen. Gestern herrschte hier wirklich genug Aufregung.“

„Gestern Abend war ein Wendepunkt“, sagte Irene. „Ich bin so froh, dass ich das noch erleben durfte. Zwei Jahre lang habe ich jetzt Bridie und Finn beobachtet, die wie zwei Zombies um sich herumschlichen, und ich habe wirklich schon befürchtet, dass die beiden sich nie wieder zusammenfinden.“ Sie zögerte, bevor sie weitersprach. „Aber dabei ist mir fast mein armes altes Herz stehen geblieben. Also deshalb stimmt es, ein ruhiger Abend wäre mir tatsächlich sehr genehm.“

„Was meinst du?“ fragte Megan ihre Schwester. „Willst du mir die Sehenswürdigkeiten zeigen?“

„Sehr gern. Ich wünschte, Finn würde heute Abend im Tully’s

spielen, damit du ihn hören kannst. Aber er ist mit Bridie übers Wochenende in den Norden gefahren, um ihre Großeltern zu besuchen."

„Und das wurde auch wirklich Zeit." Irene schlurfte in ihr Zimmer, um sich für den Besuch zurechtzumachen.

„Wird das auch kein Problem für sie, wenn Finn nicht in Reichweite ist?" erkundigte sich Megan, sobald Irene sie nicht mehr hören konnte.

„Ich werde ihre Werte messen und wenn nötig in Belmullet anrufen. Für den äußersten Notfall gibt es auch noch einen anderen Arzt hier im Ort."

Sie verabredeten eine Zeit, wann sie losgehen wollten. Megan brachte Kieran in sein Zimmer und legte ihn mit dem Stoffbären und seiner Lieblingsdecke ins Bett. Er schien sie überhaupt nicht zu beachten, aber als sie den Raum verlassen wollte, sagte er plötzlich „Hal-lo", und zwar zweimal. Sie war begeistert, dann fiel ihr auf, wie weit sie ihre Erwartungen schon hinuntergeschraubt hatte. Als Peggy nach Irland geflogen war, hatte sie fest geglaubt, ein Wunder bei ihrem Sohn zu bewirken. Doch Megan befürchtete, dass in den Monaten, die sie nun schon hier lebte, sehr wenig erreicht worden war.

Megan versuchte diese Gedanken aus ihrem Kopf zu vertreiben, als sie mit ihrer Schwester nach Shanmullin fuhr. Sie schlenderten durch den Ort, fütterten die Schwäne auf der Wiese am Bach und unterhielten sich mit Leuten, die Megan noch nicht kannte, die sich für einen Plausch zu ihnen gesellten. Jeder schien sich mit Peggy angefreundet zu haben. Megan war nicht überrascht, dass Peggy bereits großen Eindruck bei den Einheimischen gemacht hatte. Ihre Wärme rührte jeden an, und Peggy war eine geborene Heilerin. Wenn sie sich mit jemandem unterhielt, bekam sie bereits nach zwei Minuten dessen Lebensgeschichte zu hören, ohne dass sie dies forciert zu haben schien. Sie fand immer die richtigen Worte und wusste, wann sie besser schweigen sollte. Die Leute fühlten sich wohler, nachdem sie mit ihr gesprochen hatten.

Oder zumindest sah ihre stolze Schwester das so.

„Dir gefällt es hier, nicht?“ Megan ging in die Hocke, um eine Katze zu streicheln, die sich in den letzten Sonnenstrahlen auf dem Gehweg putzte. Über ihnen wurde ein Fenster geöffnet, und jemand rief nach Blackie. Die Katze blickte sich um, so als wolle sie sich vergewissern, dass keine andere Artgenossin das mitbekommen hatte, dann erhob sie sich majestätisch und stolzierte durch die geöffnete Ladentür.

„Das stimmt, und ich hatte vorher meine Zweifel. Eigentlich habe ich mich immer als Stadtmensch gesehen, aber mir gefällt diese langsamere Gangart hier und die Gelegenheit, sich auf eine kleinere Anzahl von Menschen zu konzentrieren.“

Megan richtete sich wieder auf. „Würdest du denn gern eine Praxis in einer kleineren Stadt aufmachen? Irgendwo außerhalb von Cleveland, nicht mitten in der City?“

„Es hängt so viel von Kieran ab. Ich weiß nicht, ob ich ihn jemals lange genug allein lassen kann, damit ich meine Medizinerausbildung zu Ende machen kann.“

Sie schlenderten gemächlich weiter, und Megan fand, es war an der Zeit, ihrer Schwester die Wahrheit zu sagen. „Ich habe ihn beobachtet, um zu sehen, ob er Fortschritte gemacht hat.“

„Und hast nicht viel gesehen. Ich weiß.“ Peggy schüttelte den Kopf. „Manchmal denke ich, dass ich zu ihm durchdringe. Als er gezahnt hat, gab es einen richtigen positiven Schub. Ich habe keine Ahnung, woher das kommt. Jetzt, Wochen später, geht es ihm ein bisschen besser, doch man sieht keine weitere Entwicklung. Selbst die Therapeutin scheint drauf keine Antworten zu haben.“

„Vielleicht solltest du nach Hause kommen, wo du ihn an

einem guten Programm teilnehmen lassen kannst. Du weißt, dass alle von uns finanziell aushelfen würden."

„Nein, ich muss es erst noch etwas länger probieren. Es ist zu früh, um aufzugeben."

Megan überlegte, wie sie ihr nächstes Anliegen ausdrücken sollte. Den ganzen Tag hatte sie darüber nachgedacht, wie sie Peggys Beziehung zu Finn O'Malley zur Sprache bringen könnte. Megan hatte gehofft, dass ihre Schwester jemand ganz anders gefunden hätte, einen romantischen Helden mit Schultern, die breit genug waren, um alle Last der Welt zu tragen, einen Ritter, der sie mit sich in ein leichteres Leben führte. So sehr Megan ihren Neffen auch liebte, aber sie konnte sehr gut erkennen, dass die Probleme sowohl für den Sohn wie die Mutter ein Leben lang anhalten würden. Peggy würde in den kommenden Jahren viel Unterstützung benötigen.

Und was konnte ihr Finn bieten?

Megan beschloss, dass die Gelegenheit gekommen war. „Und du möchtest Irene nicht zurücklassen. Oder Bridie." Sie schwieg kurz. „Oder Finn."

„Hier ist das Tully's." Peggy blieb vor einer hellgelben Tür stehen. „Das ist meine Lieblingskneipe." Sie horchte an der Tür. „Keine Band heute Abend. Vielleicht fangen sie später an. Es ist zwar schon zehn, aber gerade erst dunkel geworden."

Megan wusste, dass es keinen Zweck hatte, das Thema Finn hier und jetzt noch mal anzusprechen, nachdem ihr erster Schritt so nachdrücklich ignoriert worden war. „Das Guinness geht auf mich."

„Hast du im Lotto gewonnen?"

„Man lebt nur einmal."

„Nicht, wenn es nach den New-Age-Anhängern geht. Wer weiß, vielleicht waren wir hier an diesem Ort ja schon hundert Mal vorher."

Sie debattierten über dieses Thema, während sie sich einen Platz an der Bar suchten. Heute Abend war es entgegen Peggys Erwartungen nicht besonders voll, aber der Mann neben ihnen erklärte ihr den Grund dafür, als er aufstand, um zu gehen. In der Kirche fand eine Totenwache statt, und der Verstorbene war mit allen bekannt gewesen. Sie wurden ebenfalls eingeladen, um ihren Respekt zu erweisen, doch Peggy lehnte freundlich ab.

Der Barkeeper kam zu ihnen herüber und stellte sich als Jimmy vor. Er war groß, mit einer geröteten Knollennase und einem pfirsichfarbenen Haarkranz auf dem Kopf. Megan hätte ihn allein wegen seines Lächelns sofort für den Whiskey Island Saloon engagiert. Wenige Minuten später stellte er ihnen zwei zum Überlaufen gefüllte Biergläser hin.

Peggy entschuldigte sich, um auf die Toilette zu gehen, und als Jimmy sah, dass sie gegangen war, kam er auf einen Schwatz zu Megan zurück.

„Und was führt Sie nach Irland?"

Sie erkannte ihre Chance, an Informationen zu gelangen. Aus eigener Erfahrung wusste sie, wie unermesslich die Quellen eines Barkeepers waren.

„Also, ich bin in Irland, um meine Schwester zu besuchen und ihre Freunde kennen zu lernen. Sie wohnt bei Irene Tierney und verbringt ziemlich viel Zeit mit Finn O'Malley und seiner Tochter. Ich habe die beiden gestern das erste Mal gesehen."

„Ah ja, die Amerikanerin, mit der Sie gekommen sind."

„Genau."

„Ja, es scheint, als hätte der gute Finn ein Auge auf sie geworfen." Jimmy zwinkerte ihr zu.

„Sie kennt ihn kaum, das macht mir ein bisschen Sorgen."

„Sorgen wegen Finn? Er hat böse Zeiten durchgemacht, aber es gibt keinen Grund, sich jetzt seinetwegen Gedanken zu machen."

„Dann mögen Sie ihn?“

„Der beste Arzt, den wir je hier im Ort gehabt haben. Alle sind gern zu ihm gegangen, von den Babys bis zu den Halbtoten.“

Megan machte sich weniger Sorgen wegen Finns medizinischer Fähigkeiten als um seine psychische Gesundheit. „Sie ist eben noch sehr jung, und ich fühle mich für sie verantwortlich.“ Sie hoffte, dass ihn das veranlasste, noch mehr dazu zu sagen, und dass Peggy ihr vergab, sollte sie je von diesem Gespräch erfahren.

„Sie wohnen also im Tierney Cottage?“ fragte er stattdessen.

„Hmmm.“

„Nun, wenn Sie etwas über die Geheimnisse von Shanmullin erfahren wollen, dann ist das der richtige Ort, um mit den Nachforschungen anzufangen. Fragen Sie die alte Irene nach ihrem Vater. Sie können eine Menge erfahren.“

Megan hatte gerade noch mehr Fragen über Finn stellen wollen, doch sie hielt sie zurück. „Eine Menge?“

„Ja, ja, da gibt es schon eine Geschichte. Der alte Liam Tierney war entweder der Teufel selbst oder ein Held der Republik, das kommt darauf an, wer die Ereignisse wiedergibt.“

„Ich weiß nicht viel über die Jahre, die Liam in Irland gelebt hat.“ Megan fiel auf, dass sie gerade ein Champion der Untertreibung geworden war. „Ich hatte gehofft, mehr zu erfahren. Irene scheint nicht viel zu wissen.“

Er runzelte die Stirn, als wollte er sagen, das sei nicht möglich. „Na ja, es ist kein Geheimnis, so viel ist sicher. Er ist als junger Kerl von hier weggegangen, und das Cottage hat jahrelang leer gestanden, lediglich ein Haus für die Fledermäuse und Mäuse.“

„Es sieht so aus, als wäre er irgendwann zu dieser Zeit nach Cleveland ausgewandert und dort gestorben. Ich komme daher.“

Jemand rief nach Jimmy, um eine Bestellung aufzugeben. Megan nippte an ihrem Guinness und wartete, dass Peggy zurückkam. Es war klar, dass sie heute bei Jimmy nichts über Finn erfahren würde, nur über Liam.

„Bin schon da." Peggy schlüpfte auf den Hocker neben ihr.

„Hör zu, Jimmy hat mir gerade was von Liam erzählt. Es klingt so, als gäbe es da eine richtige Geschichte. Und außerdem weiß Irene möglicherweise mehr darüber, als sie uns gegenüber erklärt hat."

Peggy sah sie überrascht an. „Aber das kann ich mir gar nicht vorstellen. Sie sagt doch immer, dass sie kaum etwas darüber erfahren hat."

Jimmy stellte sich wieder zu ihnen. „Kann ich den Damen noch einen Halben eingießen?"

Megan lehnte ab, da ihr Glas immer noch nicht leer war. „Aber wir würden gern etwas über Liam hören, wenn Sie noch mehr wissen."

„Oh, da gibt es viel mehr. Nachdem seine Mutter ohne ein Wort zu irgendjemand das Dorf verlassen hat, ist er vom Priester der hiesigen Gemeinde in ein Waisenhaus im Süden geschickt worden. Ein paar Jahre später kam er als verheirateter Mann mit Kind hierher zurück und fing an, das Tierney-Haus für seine Frau Brenna und die kleine Irene herzurichten. Aber seinem Schicksal konnte er nicht entgehen."

Als Jimmy eine Pause machte, um die Tatsache zu genießen, dass er etwas wusste, was für die beiden Frauen ein Geheimnis war, stellte Peggy die unvermeidliche Frage: „Welches Schicksal?"

„Er war ein IRA-Mann, wussten Sie das nicht? Und scheute sich nicht, alles zu tun, um Irland zu befreien. So hat man es mir jedenfalls erzählt. Dreiundzwanzig hat er einen Mann bei einem Gemetzel getötet und ist dann vor dem Gesetz aus Mayo und Irland geflüchtet."

Megan versuchte sich an ihr Wissen über die irische Geschichte zu erinnern, die nie ein besonders wichtiges Thema im amerikanischen Unterricht gewesen war. „Aber ist Irland nicht 1921 oder 22 unabhängig geworden, als der Vertrag mit den Briten unterzeichnet wurde?“

„Nicht so, wie Sie denken. Wir waren immer noch an England gebunden. Manche meinten, dass es so in Ordnung wäre, dass es etwas länger dauern würde, wir aber auf lange Sicht die völlige Unabhängigkeit hätten – was wir 49 erreicht haben, bis auf den Norden, natürlich. Aber einige, und dazu gehörte Irenes Dad, waren der Überzeugung, alles müsste auf einmal passieren. Und dafür wollten sie sorgen. Wir hatten unseren eigenen Bürgerkrieg, wie Sie sich erinnern werden.“

„Also hat er jemanden getötet, der anders dachte als er?“

„Einen Polizisten, nicht einfach irgendjemanden. Die Republikaner haben Liam und seine Familie außer Landes und nach Amerika geschmuggelt.“

„Das war ja äußerst wohltätig von ihnen.“ Megan wünschte, sie hätte Jimmys Angebot vorher angenommen. Ihr Glas war jetzt leer, aber Jimmy immer noch inmitten seiner Erzählung. „Und ich bitte um Vergebung, falls ich mich irren sollte, aber ich habe noch nie gehört, dass die IRA eine Hilfsorganisation wäre.“

„Oh, zu jener Zeit war es noch was anderes, das kann ich Ihnen sagen. Aber dass sie ihm halfen, aus Irland rauszukommen, war mehr als eine Wohltätigkeit.“ Jimmy drehte sich um und schnappte sich einen Lappen, um den Tresen abzuwischen, während er weiterredete. „Sie haben ihn nach Amerika geschickt, damit er für die Sache der Republikaner Geld auftreibt.“

„In Cleveland?“

„Ich kann mich nicht erinnern, jemals gehört zu haben, wohin der Junge gegangen ist. Ich weiß nur, dass Brenna nach ein paar Jahren ohne ihn zurückkam, und Irene war zu der Zeit ein kleines

Mädchen. Sie sind wieder ins Tierney Cottage gezogen, so wie es zu der Zeit nun mal üblich war. Brenna war eine hübsche junge Frau, hat man mir erzählt, obwohl ich zu jung bin, um es aus erster Hand erfahren zu haben. Ein Mann aus der Gegend hat sich in sie verliebt, und sie haben hier in der Dorfkirche geheiratet. Er hatte ziemlich viel Geld, und sie haben zusammen gleich das Land gekauft und das Cottage zu dem gemacht, was es heute ist." Mit einem freundlichen Gruß ging Jimmy zu einem anderen Gast hinüber, um mit ihm zu plaudern.

Megan wandte sich an ihre Schwester. „Peggy, das ist eine ganze Menge Hintergrundwissen, was Irene uns da verschwiegen hat."

„Du meinst doch nicht, sie hat sich wegen dem, was Liam getan hat, geschämt und es uns deshalb nicht gesagt?"

„Zwei Gründe sprechen dagegen. Erstens, selbst wenn Liam jemanden getötet hat, dann wäre das wahrscheinlich noch unter Kriegsrecht gefallen. Ich bin sicher, dass einige Leute, womöglich die meisten aus Shanmullin, ihn als Helden sehen, oder zumindest als einen Mann, der für die Rechte gekämpft hat. Zweitens muss sie sich gedacht haben, dass du irgendwann von irgendjemand die Wahrheit erfährst, wenn du hier lebst. Es wundert mich nur, dass du nicht schon vorher davon gehört hast."

Peggy stellte ihr Glas auf den Tresen. „Ich habe niemanden nach Liam gefragt. Ich glaubte Irene, als sie behauptete, nicht mehr zu wissen, als sie mir erzählt hat. Und bin wohl davon ausgegangen, dass die Leute im Dorf auch nicht mehr darüber sagen können."

Megan versuchte eine verständliche Erklärung dafür zu finden. „Vielleicht weiß sie tatsächlich nicht, wie er gestorben ist. Das war es ja schließlich, was sie erfahren wollte."

„Wenn sie uns nichts über Liams wahre Beweggründe erzählt hat, das Land zu verlassen, dann war sie in diesem Punkt vielleicht auch nicht ganz offen."

Megan dachte über diesen Aspekt nach und nickte.

„Heute Abend ist es hier nicht besonders unterhaltsam", sagte Peggy. „Aber vielleicht wartet ja im Cottage was Interessantes auf uns. Lass uns nach Hause gehen und sehen, ob Irene und Nora schon mit dem Stricken fertig sind."

Zusammen hatten Nora und Irene ein Paar cremig weißer Fäustlinge geschafft. Als Mädchen hatten sie in der Schule das Stricken von den Nonnen gelernt, für die jede gut gelungene Masche eine weitere Stufe auf der Leiter zum Himmel bedeutet hatte. Obwohl es schon so viele Jahre her war, passte ein Fausthandschuh perfekt zum anderen.

„Ihr habt keine Ahnung, wie viele Reihen wir wieder auftrennen mussten, nur weil unsere Maschen um einen Millimeterbruchteil zu groß oder klein waren." Irene legte ihr Strickzeug beiseite. „Ich könnte jeden Pullover, den Nora angefangen hat, zu Ende stricken, ohne dass man einen Unterschied sieht."

Nora hatte bereits ihre Sachen zusammengeräumt und war auf dem Weg nach draußen. Megan bot ihr an, sie nach Hause zu fahren, aber Nora bestand darauf, lieber das Fahrrad zu nehmen.

„Sie hat ein Auto, musst du wissen", erklärte Irene, als Nora gegangen war. „Aber das Rad mag sie einfach lieber. Meint, da würde sie während der Fahrt mehr sehen."

Peggy machte Irene ein Zeichen, dort sitzen zu bleiben, wo sie war. „Mir scheint, es gibt eine Menge Dinge, von denen die Donaghue-Schwestern nichts wissen. Was haltet ihr davon, wenn ich dir einen Imbiss zubereite, bevor du ins Bett gehst?"

„Ach, danke, meine Liebe, aber Nora und ich hatten gerade vor Kurzem Toast und Milch. Habt ihr zwei hübschen Mädchen euch in der Stadt amüsiert?"

„Es war nett. Nicht viele Leute unterwegs allerdings, da sie alle zu einer Totenwache gegangen sind."

„Oh ja, für Thomas Harrigan, den armen Mann. Ich werde morgen zur Beerdigung gehen. Nora nimmt mich mit. Ist beim Melken umgefallen, und keiner hat was erfahren, bis er nicht zum Dinner erschienen ist."

„Wir haben ein paar interessante Geschichten gehört", sagte Megan.

Irenes Augen leuchteten auf. Einen kurzen Moment sah Peggy die junge Frau in ihr, die sie nie kennen gelernt hatte. „Bist du sicher, dass du nicht noch einen Tee oder ein Glas Milch haben willst?" erkundigte sich Peggy.

„Nein, aber ein Bericht wäre nett. Habt Erbarmen mit einer alten Frau, die darauf angewiesen ist, dass andere sie auf dem Laufenden halten."

„Na ja, ich kann mir gut vorstellen, wie du dich fühlen musst." Peggy setzte sich aufs Sofa. „Es ist manchmal eine unzuverlässige Sache, sich auf andere verlassen zu müssen, weil sie einem ja nicht immer alles sagen."

„Sehr wahr."

„Zum Beispiel, als ich heute Abend erfuhr, dass dein Vater vor dem Gesetz aus Irland geflüchtet ist, da war ich ziemlich überrascht. In unseren Gesprächen hast du das nie erwähnt."

Irene sah nicht im Mindesten schockiert oder etwa schuldbewusst aus. „Habe ich das irgendwie versäumt zu erwähnen?"

„Irene!"

Irene grinste. „Na ja, ich nehme an, ich habe zuerst keinen richtigen Grund gesehen, dir zu sagen, dass dein lieber Großcousin ein gesuchter Mann war."

„Und ich bin sicher, er war nicht der Erste und der Einzige in der Familie." Megan setzte sich neben ihre Schwester. „Ich könnte dir ein paar Dinge über den Donaghue-Clan erzählen, dass sich dir die Nackenhaare aufstellen. Die Frage ist aber, was hast du uns noch verschwiegen? Wir wissen, dass Liam mit der IRA zu tun hatte, dass er nach Amerika geschickt wurde, um Geld aufzutreiben, nachdem er hier einen Mann getötet ..."

„Es war nie seine Absicht gewesen, jemanden zu töten. Meine Mutter hat mir erzählt, dass er einen anderen IRA-Mann verteidigte und den Gegner, auf den er schoss, auch nur verwunden wollte. Waffen konnte er nie leiden."

„Ich bin sicher, dass das alles stimmt", bemerkte Peggy. „Und selbst wenn nicht, das ist vor so langer Zeit passiert, dass es uns kaum betrifft. Also warum hast du uns das nicht erzählt?" Sie machte eine effektvolle Pause. „Und was hast du uns sonst noch vorenthalten?"

Irene wirkte keinesfalls beleidigt, obwohl Peggys leise Frage auf ihre Art eine Kritik war. „Ich war nicht ganz offen, was die Aktivitäten meines Vaters in Cleveland betrifft. Ich hab zum Beispiel von dem Alkoholschmuggel und seinem Job bei Tim McNulty gewusst."

Peggy brauchte einen Augenblick, um das zu verdauen. „Aber ich kapiere das nicht. Warum hast du uns nichts davon gesagt? Gleich am Anfang, als wir noch keinen Anhaltspunkt hatten? Das hätte uns um so viel weiter gebracht."

Irene antwortete nicht direkt. „Tatsächlich weiß ich mehr über die Zeit mit Mr. McNulty als ihr. Heute Abend habt ihr von der Verbindung meines Vaters mit der Republikanischen Armee gehört. Und wie sie ihm zur Flucht verhalfen. Ihr habt den Rest noch nicht gehört, aber da kann ich aushelfen. Mein Vater hat den Job bei Tim McNulty angenommen, weil Mr. McNulty ein irischer Patriot war, jedenfalls glaubte Dad das. Und er hoffte, wenn er erst mal sein Vertrauen errungen hätte, dann würde McNulty eine beträchtliche Summe für die Sache spenden."

„Die Sache der IRA?“ warf Megan ein.

„Genau die. Dad war davon überzeugt, dass die einzige wahre Hoffnung für Irland wäre, die Briten recht zügig rauszuwerfen. Ich erinnere daran, dass er mit einem Vater aufgewachsen ist, der nach den vielen Jahren in einem englischen Gefängnis nicht mehr ganz richtig im Kopf war. Mein Dad hat das Großbritannien nicht gerade bewundert.“

„Und?“ Megan wartete, und als Irene nichts sagte, fügte sie an: „Hat McNulty der IRA Geld gespendet? Und hatte das etwas mit dem Tod deines Vaters zu tun?“

„Mr. McNulty war ein trauriges Beispiel für die Gattung Mensch. Nach einer Weile wurde meinem Vater klar, dass er, entschuldigt bitte den Ausdruck, wie die Katze vom Barbier war, voller Wind und Pisse.“

Peggy zog die Beine an und drückte sich ein Kissen an die Brust. Sie hatte das Gefühl, dies würde eine längere Geschichte werden. „Ich denke, für den Ausdruck brauchen wir keine Übersetzung.“

Irene nickte. „Und wie viele der politisch engagierten Männer seiner Generation, beschloss Dad, sich nicht aufzuregen. Er nahm sich stattdessen vor, zu kriegen, was er kriegen konnte.“

Anders als Peggy ließ Megan sich nicht ablenken. Sie lehnte sich vor. „Irene, du bist vorhin ausgewichen, als Peggy wissen wollte, warum du uns das nicht vorher gesagt hast. Ich denke, das müssen wir wissen. Denn hier gibt es zwei Geschichten, deine und Liams. Ich würde gern beide hören.“

„Alles zu seiner Zeit.“ Irene hob den Finger, um Megans Erwiderung zu stoppen. „Ich werde es euch erzählen. Ich habe es verschwiegen, und das gebe ich auch zu. Und ich habe euch irregeführt. Auch das gebe ich zu. Aber das war nichts Hinterhältiges. Es war meine Art, euch kennen zu lernen. Wir mögen zwar verwandt miteinander sein, aber deshalb konnte ich trotzdem nicht wissen, ob ich euch vertrauen darf. Deshalb habe ich euch um Hilfe gebeten und dann abgewartet. Und ihr habt euch bemüht, einer alten Frau, die ihr nicht mal gekannt habt, zu helfen. Was für Beweise brauchte ich noch?“

„Du musstest uns vertrauen? Weshalb das denn? Hast du befürchtet, wir würden nichts von dir halten, wenn wir über Liams wahre Motive, nach Cleveland zu kommen, Bescheid wüssten? Das ist achtzig Jahre her. Warum sollten wir uns um die Vergangenheit eines Mannes kümmern, den wir nie kennen gelernt haben? Selbst *du* hast ihn doch kaum gekannt.“

„Es wird euch schon noch alles klar werden. Aber wollt ihr für's Erste noch ein bisschen von Liams Geschichte hören?“

„Es ist ziemlich spät.“ Peggy hatte gerade zur Uhr gesehen und festgestellt, dass es bereits eine Stunde später war als Irenes gewöhnliche Schlafenszeit. So gern sie auch die ganze Geschichte hören wollte, sie fühlte sich jedoch auch für Irenes Gesundheit verantwortlich.

„Ich hatte heute einen langen Mittagsschlaf, und ich schlafe besser, wenn ich euch mehr erzählt habe.“

„Mehr?“ sagte Megan. „Nicht *alles?*“

„Willst du das hören, was ich heute noch in der Lage bin zu berichten, meine Liebe?“

Megan sah aus, als wollte sie noch eine Bemerkung machen, doch dann machte sie es ebenfalls bequemer, so wie Peggy. „Okay, schieß los.“ Sie zuckte zusammen. „Ups. Das war unter diesen Umständen vielleicht nicht der beste Ausdruck.“

„Es ist schön zu sehen, dass du dir deinen Sinn für Humor erhalten hast, meine Liebe.“ Irene schloss die Augen und lehnte sich zurück. „Ich habe schon lange gewusst, dass ich mit den Donaghues verwandt bin, die in Cleveland den Whiskey Island Saloon führen. Lasst mich erzählen, wie ich das erfahren habe.“

1925
Castlebar, County Mayo

Mein lieber Patrick,
in Deinem letzten Brief hast Du mich darum gebeten, Erkundigungen über die Tierney-Familie in Shanmullin einzuziehen. Ich fürchte, Du hast vergessen, wie weit entfernt wir alle wohnen und wie primitiv unsere Kommunikationsmittel sind. Aber Du hast Dich sehr gut daran erinnert, wie gern wir Iren über das Kommen und Gehen derer Bescheid wissen, die in unserer Reichweite sind. Irland mag noch ein armes Land sein (nein Danke zu den Grundbesitzern, auf die man wirklich gern verzichten kann), aber wir sind reich an Wissen übereinander, das wir gern an einen interessierten Zuhörer weitergeben. Also so viel kann ich Dir nun schon berichten, entnommen aus den Gesprächen mit meinen Nachbarn.

Vor Jahren gab es eine Familie namens Tierney, die außerhalb von Shanmullin wohnte. Gute Leute, wie alle behaupten, selbst in den Tagen, als Güte oft bedeutete zu verhungern. Nach der Hungersnot zogen sie weiter, so wie es viele unserer armen Familien gezwungen waren zu tun. Jahrelang war das Cottage verlassen, und der Grundbesitzer zog Schafe auf deren Äckern. Dann kehrte ein Sohn zurück, und der Grundbesitzer hatte Erbarmen und ließ ihn das Land bebauen. Der junge Mann heiratete und bekam einen Sohn, der später zum Waisen und in den Süden nach Cork geschickt wurde. Dieser Junge kehrte als Mann zurück, warum dies so war, konnte ich nicht erfahren. Der Anblick des Ozeans macht keinen Spatzen satt. Wie auch immer, der junge Mann schien sich davon nicht abhalten zu lassen und kam mit Frau und Kind.

Es gab Ärger, mein lieber Patrick. Welcher Art, muss ich erst noch in Erfahrung bringen, obgleich ich so meinen Verdacht habe. Selbst jetzt noch wird über manche Dinge hier in Irland nicht offen geredet. Ich weiß nur, dieser junge Mann, Liam Tierney, verschwand über Nacht mit Frau und Kind, nachdem ein Polizist ermordet worden war. Und das Tierney-Haus stand wieder verlassen und leer auf dem windgepeitschten Hügel. Wie merkwürdig, was, dass der Name des jungen Mannes Tierney war? Hieß nicht die junge Frau so, die auf Whiskey Island lebte und von der Du vor vielen Jahren geschrieben hast?

Ja, mein lieber Patrick. Mein Gedächtnis reicht lange zurück. Das ist sowohl ein Fluch wie auch ein Segen.
Deine Dich liebende Schwester,
Maura McSweeney

28. KAPITEL

Liam stellte diskrete Nachforschungen über Glen Donaghues Familie an, erfuhr aber nichts von Interesse. Niemand erinnerte sich noch genau daran, wann die Donaghues nach Cleveland gekommen waren. Vor vielen Jahren, das war klar. Die Donaghues hatten den Whiskey Island Saloon selbst aufgebaut und mit harter Arbeit und freundlichem Kontakt zu ihren durstigen Gästen zum Erfolg geführt. Irgendjemand glaubte, dass Rowan Donaghue als Erster aus der Alten Welt gekommen war. Selbst diejenigen, die eigentlich alt genug waren, um es besser zu wissen, schienen der Meinung zu sein, der Saloon und dessen Begründer seien schlicht und einfach schon immer ein Bestandteil von Clevelands Geschichte gewesen. Immer zugänglich. Da gewesen wahrscheinlich, bevor der erste Destillierapparat auf Whiskey Island gebaut worden war, dem das Land seinen Namen verdankte.

„Du solltest mit Pater McSweeney reden", riet ihm eine alte Frau, die im Eckhaus der Straße wohnte, in der das Tierney-Haus stand.

Liam hatte dort für einen Schwatz angehalten, als er mit Irene durch die ruhige Nachbarschaft geschlendert war. Die Häuser waren erst vor Kurzem gebaut worden und sehr weit ausladend; tatsächlich hatte man einige davon am anderen Ende des Blocks noch immer nicht fertig gestellt. Schatten spendende Eichen und Ahornbäume waren gepflanzt worden und große Terrassen angelegt, von denen aus man an einem Sommerabend den Duft der Rosen aus den Nachbargärten genießen konnte oder das Singen eines Kardinals. Nach den sechs Monaten, die sie dort schon wohnten, bestaunte Brenna noch immer ihren eigenen grünen Garten und die glänzenden Eichendielen. Liam konnte sie nur mit Mühe aus der Küche locken, wo sie buk und schrubbte und Lieder summte, die ihr die Schwestern im Heim beigebracht hatten.

Liam überlegte, wer Pater McSweeney sein könnte. „Der alte Priester, den sie zu den Feiertagen vorführen?"

„Das wird er sein."

Liam ging nur zur Kirche, weil Brenna sagte, sie müssten es Irene zuliebe tun. Für ihn gab es dort nichts von Interesse. Er hatte seinen nur dürftig vorhandenen Glauben ganz aufgegeben, nachdem er dazu verdammt worden war, seine Kindheit unter der strengen Aufsicht der Christlichen Brüder zu verbringen. Er versuchte sich zu erinnern, wie Pater McSweeney aussah. Dabei hatte er einen Priester vor Augen, der zerbrechlich und zusammengesunken war und dessen Stimme beim Singen zitterte.

„Ich habe ihn nicht oft gesehen", sagte Liam und hoffte, mehr Informationen zu bekommen.

„Ach, er war ein wunderbarer Priester, das war er", schwärmte die alte Frau. „Er konnte einem wahrlich die Gottesfurcht beibringen, aber gleichzeitig hat er uns auch geholfen zu verstehen, dass der Allmächtige uns auch liebt. Er hat meine Colleen mit ihrem Arthur getraut, das hat er. Die Leute sagen ja, von Pater McSweeney getraut zu werden ist wie der Segen von unserem Herrn selbst und dass alle diese Ehen glücklich wurden."

„Und er kennt ein bisschen von der Geschichte dieser Gegend, ja?"

„Oh, viel mehr als ein bisschen. Er weiß alles." Sie lehnte sich vertraulich vor. „Aber ich würde an Ihrer Stelle nicht zu lange damit warten. Seine Gesundheit ist nicht die beste. Und er wird nicht in den Süden ziehen, obwohl sie wollen, dass er seinen Ruhestand dort verlebt, wo das Wetter etwas freundlicher ist. Er meint, sein Leben wäre hier."

Liam fragte sich, ob ein Priester überhaupt ein Leben hatte. Er bezweifelte das, aber vielleicht besaß der alte Mann Freunde oder sogar Menschen, die er liebte. Sicher war er nicht hier geblieben, weil ihm das Klima so gefiel.

„Vielleicht frage ich ihn, obwohl es nicht so wichtig ist", erwiderte er.

„Sie fragen doch aus einem bestimmten Grund." Sie sah ihn mit leicht zusammengekniffenen Augen fragend an.

„Ach, es ist nur, weil der junge Glen Donaghue mich an einen Mann erinnert, den ich mal gekannt habe." Liam hob Irene auf seine Schultern, verabschiedete sich und ging wieder zurück nach Hause. Aber der Vorschlag der Nachbarin interessierte ihn. Warum hatte er nicht selbst an den Priester gedacht? Ein Pater befasste sich mit dem Lebens seiner Gemeindemitglieder. Taufte und traute sie, nahm die Beichte ab und beerdigte sie. Er beschloss, Pater McSweeney so bald er konnte aufzusuchen, um herauszufinden, was der alte Mann über Glen Donaghue wusste.

Die Möglichkeit ergab sich bereits ein paar Tage später. McNulty und seine Leibwächter waren zu einem Treffen nach New York gereist, und Clare, die Liams persönliche Aufgabe geworden war, besuchte ihre Tante in Buffalo. McNulty hatte sie auf dem Weg in die Großstadt dort persönlich abgeliefert, sodass Liams wachsames Auge nicht gebraucht wurde. Seine Liste von Aufgaben war während ihrer Abwesenheit kurz und unkompliziert.

Er rief im Pfarrhaus an und sprach mit dem Hausmeister, der seine Nachricht weiterleitete. Überraschenderweise sagte Pater McSweeney zu, ihn noch am gleichen Tag um vier zu empfangen.

Liam wartete, den Hut in der Hand, während der Priester zum Besuchszimmer der Gemeinde geschlurft kam. Jeder Schritt schien ihn anzustrengen, aber als Liam ihm den Arm anbot, um ihm beim Hinsetzen zu helfen, winkte der alte Mann ab. Es war nicht nur Altersschwäche, die McSweeney plagte. Irgendeine Lähmung erschwerte ihm jede Bewegung, eine Krankheit, die ihn verzehrte. Aber die blauen Augen des Mannes waren nach wie vor klar, und als er zu sprechen begann, wurde offensichtlich, dass er seinen scharfen Verstand noch nicht verloren hatte.

„Sie sind herzlich willkommen, aber ich nehme an, es hat Sie mehr hergeführt als der Wunsch, sich das Gemeindehaus anzusehen?"

„Ja, Pater." Liam kauerte auf der Kante eines reichhaltig gepolsterten Rosshaarsessels. Beide Armlehnen waren mit Häkeldeckchen geschmückt, und er befürchtete, dass sie auf den Boden rutschen könnten. Er hatte diese Unbehaglichkeit in der Nähe von Priestern, an deren harte Strafen er sich nur zu gut erinnerte, immer noch nicht abgelegt.

„Sie wollten mich etwas fragen?" Pater McSweeney versuchte Liam den ersten Schritt etwas zu erleichtern. Er klang nicht im Mindesten ungeduldig.

„Diese Unterhaltung bleibt unter uns?"

„Nun, es ist keine Beichte, aber so gut wie." Pater McSweeney musterte Liams Gesicht. „Aber Sie waren lange nicht mehr im Beichtsstuhl gewesen, oder?"

„Woher wollen Sie das wissen?"

Pater McSweeney lächelte. „Ich kann nicht Ihre Gedanken lesen, mein Sohn, und auch nicht die Schatten auf Ihrer Seele erkennen. Der Grund ist ganz einfach, dass ich Sie noch nie dort gesehen habe."

„Ach so." Liam ertappte sich dabei, dass er seinen Hut zwischen den Händen zerdrückte. „Ich bin einem Mann begegnet. Glen Donaghue heißt er. Und versuche etwas über seine Familie zu erfahren. Jemand hat mir geraten, mich an Sie zu wenden, weil Sie vielleicht was wissen."

„Ich weiß etwas über *Sie.*"

Liam sah ihn überrascht an. „Tatsächlich?“

„Ich habe vor einigen Wochen Erkundigungen eingezogen. In Irland.“

Das erstaunte Liam noch mehr, und es beunruhigte ihn. „Und warum haben Sie das gemacht?“

„Vielleicht aus dem gleichen Grund, der Sie hergeführt hat, um nach den Donaghues zu fragen.“

Während der Priester sich im Sessel etwas bequemer hinzusetzen versuchte, dachte Liam über seine Worte nach.

Schließlich seufzte Pater McSweeney resigniert und gab es auf. Eine für seine schmerzenden Glieder bessere Position zu finden schien unmöglich. „Ich habe Sie zu Ostern bei der Messe gesehen, und Sie haben mich an jemanden erinnert. Da habe ich einen anderen Priester nach Ihrem Namen gefragt. Sie kommen aus Shanmullin?“

„Das stimmt.“ Liam legte den Hut vor seine Füße und lehnte sich vor. „An wen habe ich Sie erinnert?“

„An jemand, der schon ziemlich lange tot ist. Und ebenfalls Tierney hieß.“

Liam wartete mit angehaltenem Atem.

„Ein Mann mit dem Namen Terence Tierney“, fuhr der Pater fort. „Ihr Onkel, wenn meine Information richtig ist.“

„Schon lange ... tot.“ So viel hatte Liam gewusst, doch die Nachricht war trotzdem ein Schock, obwohl er gar nicht hätte sagen können, warum.

„Terence hatte jedenfalls einen Sohn, der noch lebt“, sagte McSweeney. „Und dieser Sohn hat zwei Kinder.“

Liam glaubte den Namen des einen zu kennen. „Ist es Glen Donaghue?“

„Ja.“

„Die Frau hat wieder geheiratet?“ Das war die einzige Erklärung, die Liam einfiel.

„Ja. Lena Tierneys Sohn ist nach dem Tod seines Vaters geboren. Sie hat ihn ebenfalls Terence genannt, aber kurz danach heiratete sie einen Mann namens Rowan Donaghue, und der adoptierte den kleinen Terry. Terry wuchs als Donaghue auf."

„Als ich hier ankam, habe ich nach Tierneys gefragt, aber keinen gefunden. Das ist also der Grund. Warum haben Sie sich nach mir erkundigt? Bevor Sie überhaupt meinen Namen kannten?"

„Ich habe etwas von Terence in Ihnen wiedererkannt. Nur ganz kurz, eine Geste. Für einen Augenblick hat mich das in eine frühere Zeit versetzt. Ich dachte erst, das wäre nur so eine Laune eines alten Mannes, aber ich fragte trotzdem nach, für alle Fälle. Als ich Ihren Namen erfuhr, war mein Interesse geweckt."

„Und ich habe bei Glen Donaghue etwas von meinem Vater erkannt. So ungefähr muss mein Dad in diesem Alter ausgesehen haben. Aber ich finde absolut keine Ähnlichkeit zwischen uns beiden."

„Vielleicht nicht, aber jeder von Ihnen erinnert in irgendeiner Weise ganz wenig an den Vorfahren des anderen."

Liam ging durch den Kopf, wie verrückt das alles war. Er hatte Glen das Leben gerettet, ohne zu wissen, dass sie Cousins waren. Jetzt arbeitete Liam für Tim McNulty, und Glen bemühte sich darum, Tim das Geschäft zu vermasseln.

„Ich wusste nicht so recht, was ich mit meiner Information anfangen sollte", sagte Pater McSweeney. „Ich bin froh, dass Sie zu mir gekommen sind. Werden Sie es Glen erzählen?"

„Was wissen Sie sonst noch über mich?" wollte Liam wissen.

„Genug, fürchte ich."

„Dann wissen Sie, warum ich es ihm *nicht* sagen kann. Wird er etwa wissen wollen, dass sein lange vermisster irischer Cousin ein Schmuggler ist?"

„Seine Eltern führen einen Saloon, wie Sie wissen. Seine Großmutter hat ihn eröffnet."

„Seine Eltern arbeiten nicht für Tim McNulty."

„Das müssten Sie auch nicht."

Liam dachte darüber nach. Wenn er dort aufhörte, könnte er Glen sagen, wer er war und dass sie verwandt waren. Ironischerweise gehörte es zu Liams Job, Glen von Clare McNulty fernzuhalten, ein Auftrag, den er von Anfang an als äußerst unangenehm empfunden hatte, auch ohne zu wissen, dass er und Glen Cousins waren. Jetzt erschien es ihm noch schlimmer, und er könnte das beenden, indem er den Job bei Tim McNulty kündigte.

Doch konnte er überhaupt gehen? Selbst wenn er das wollte? Würde McNulty ihn einfach so laufen lassen, mit all dem Wissen, das er über ihn besaß? Außerdem gab es noch andere Dinge zu bedenken. Brenna, Irene und das schöne Haus, das sie sich jetzt leisten konnten. Und Männer zu Hause in Irland, die für ihre Hilfe bei der Umgehung der sonst üblichen Einwanderungsprozeduren für Amerika einen angemessenen Dank von ihm erwarteten.

Dann war da natürlich noch die Sache der IRA. Etwas, das über seine persönlichen Wünsche hinausging, die einzige größere Sache, an die er wirklich glaubte und die ihm wichtig war.

„Wahrscheinlich ist es nicht so einfach, wie es klingt, sich von Tim McNulty zu trennen?" sagte Pater McSweeney. „Würden Sie dafür gern ein Gebet mit mir sprechen?"

„Danke, lieber nicht. Ich bin kein Gläubiger, Pater, und wenn es einen Gott gibt, dann hört er schon lange nicht mehr auf mich."

„Unmöglich."

Liam nahm seinen Hut vom Boden und stand auf. „Ich bin Ihnen dankbar, dass Sie mit mir gesprochen haben. Sie erzählen doch Glen oder den anderen Donaghues nichts davon?"

„Sie würden Ihnen helfen, einen neuen Anfang zu machen, ganz sicher. Es ist eine gute Familie. Und Lena, Terences Frau, wäre so glücklich zu erfahren, dass jemand aus der Tierney-Familie überlebt hat. Wir sind alte Freunde, und ich sehe sie sehr oft. Sie ist in Ihrem Dorf aufgewachsen. Ich denke, sie kannte Ihren Vater, als er ein junger Mann war."

„Vielleicht, aber sie hat den Mann nie kennen gelernt, der er geworden ist. Diese Geschichte sollte sie besser nicht hören."

Pater McSweeney rappelte sich hoch. „Wenn Sie nicht mit mir beten wollen, dann bete ich für Sie." Er hob eine zittrige Hand, als Liam protestieren wollte. „Es kann doch nicht schaden, oder? Und es gibt einem alten Mann in seinen letzten Tagen etwas mehr als Briefe und endloses Nachdenken."

„Dann beten Sie auch für Glen und Tim McNultys Tochter, tun Sie das, Pater? Sie und Glen glauben, dass sie sich lieben. Und wenn das wirklich so ist, dann brauchen sie mehr als Gebete. Sie werden alle himmlischen Heerscharen benötigen, um McNultys Rache zu entgehen."

„Und Sie würden es zulassen? Bei Ihrem eigenen Cousin?"

Liam setzte seinen Hut auf. „Ich erledige, was man mir aufträgt."

„Und das hat Sie schon vorher in Schwierigkeiten gebracht, oder, mein Sohn? In Irland, kurz bevor Sie nach Amerika gekommen sind. Deshalb denken Sie, Gott hätte sich von Ihnen abgewandt."

Liam fiel nichts ein, was er darauf hätte erwidern können. Bevor sich dies änderte, drehte er sich um und ging.

Tim McNulty war reich, und er wollte noch reicher werden. Das war ein weit verbreitetes Leiden. Liam hatte diese Krankheitssymptome oft in seinem Heimatland beobachtet. Irland war in einen bedauernswerten Zustand geraten, weil die Raffgier um sich gegriffen hatte, so ansteckend und zerstörerisch wie der Mehltau auf den Kartoffelfeldern.

Zu McNultys Habgier gesellte sich außerdem noch ein nicht minder ausgeprägter Wahn nach Macht. Es reichte nicht, dass sein kleines Schmuggler-Imperium aufblühte und gedeihte und er der unbestrittene König der Kriminellen von Clevelands West Side war. Er wollte mehr. Er lechzte danach wie andere Männer nach dem Whiskey und einer willigen Frau. Und der einzige Weg, um von allem mehr zu erreichen, war, etwas zu riskieren.

McNulty, eine wahre Spielernatur, war dabei, sehr hoch zu pokern.

„Ich werde nicht so tun, als wäre das ein ganz gewöhnlicher Fischzug, Jungs“, erklärte McNulty den versammelten Männern im Inneren eines Lagerhauses. „Wenn ich das tun würde, dann wüsstet ihr nicht, dass ihr für diese Aktion alles geben müsst. Deshalb sag ich euch jetzt, das ist *das* Ding heute Abend, ein Clou, für den ihr euer Leben aufs Spiel setzt, wenn es sein muss. Denn wenn alles gut geht …“ Er kniff die Augen zusammen. „Und das sollte besser der Fall sein, dann geht jeder von euch hier um einiges reicher nach Hause. Es wird einen extra großen Bonus für jeden von euch geben, wenn wir diese Sache ohne Probleme abgeschlossen haben.“

Liam interessierte sich mehr für McNultys Erscheinung und seinen Tonfall als für das, was er sagte. Tim schwitzte wie eine Waschfrau, die an der Mangel arbeitete. Und sein Lächeln, das für ihn charakteristisch zu den Besprechungen über Geschäfte gehörte, selbst die grässlichsten, war vollkommen verschwunden.

McNulty fischte ein Taschentuch aus seinem Jackett und wischte sich die Stirn ab. „Wenn also jemand irgendwelche Fragen hat, jetzt ist die richtige Zeit dafür gekommen. Ansonsten, ihr Jungs seid auf euch allein gestellt.“

Niemand sagte etwas.

„Okay.“ McNulty gab ihnen ein Zeichen zu verschwinden.

„Kommt mit all den Waren wieder, sonst werde ich euch aufspüren, und ihr kehrt in einer Pinienholzkiste zurück." Diesmal lächelte er, aber es war eine schwache Imitation seiner üblichen Grimasse. Dann wandte er ihnen den Rücken zu und verließ das Lagerhaus, um in seinen Cadillac zu steigen.

Die Männer warteten, bis der Wagen weggefahren war, bevor sich jemand rührte.

„Was ist denn nun genau los?" erkundigte sich Liam bei Jerry. „Warum regt er sich denn so auf?"

„Kritisierst du den Boss?"

„Nein, aber wenn ich dabei bin, mein Leben zu riskieren, würde ich gern über den Einsatz Bescheid wissen. Das wäre es mir auf jeden Fall wert."

Jerry machte Liam ein Zeichen, ihm ein paar Schritte von den anderen weg zu folgen, drei von McNultys bevorzugten „Assistenten", die sich gerade untereinander beredeten. „Ich kann dir das erzählen, was ich gehört habe."

„Dann mach's."

„Dieser Stoff, den sie heute von Kanada rüberbringen. Also, das ist besseres Zeug als sonst, verstehst du? Viel besser und viel mehr. Der Boss hat alles in diesen Coup gesteckt." Er blickte sich um, bevor er weitersprach, um sicherzugehen, dass niemand anders zuhörte. „Er hat sich Geld geborgt, um diesen Deal machen zu können. Deshalb war er in New York, aber seine gewohnte Quelle hat ihn glatt abgewedelt. Also hat er sich eine riesige Summe von Bugs Moran und seiner Gang geliehen, und die geben nichts raus, wenn sie nicht davon ausgehen, dass dabei einiges mehr wieder reinkommt. Verstehst du, was ich meine?"

Liam verstand. Offensichtlich hatte McNulty einen Berg Schulden gemacht, um diese Lieferung bezahlen zu können. Wenn alles gut ging, bekäme er alles dabei wieder raus und eine Menge dazu, plus mehr Ansehen bei der Chicago-Gang der North Side. Wenn es allerdings nicht gut ging …

Jerry zog seine Taschenuhr vor. „Wir müssen los. Einer nach dem anderen." Er gab einem der anderen Männer ein Zeichen, der nickte. Jerry drehte sich wieder zu Liam um und zwinkerte ihm zu. „Du bist als Letzter dran. Lass die Katze raus, mach das Licht aus und schließe alles schön zur Nacht ab. Ich seh dich später dort."

Liam bemühte sich zu grinsen. „Das wirst du."

Die anderen verließen die Halle nacheinander im Fünfminutenabstand, jeder einzeln in einem Wagen. Liam wartete weitere zehn Minuten, bevor er durch die Tür des abgedunkelten Lagerhauses nach draußen schlüpfte. Man hatte ihm aufgetragen, nach Whiskey Island zu laufen, wo die Schiffsladungen ankommen sollten. Der Weg dauerte noch einmal zwanzig Minuten, über einen holprigen Pfad, der nur durch einen von Wolken verdeckten Mond und den gelegentlich aufflackernden Lichtern aus umliegenden Hütten beleuchtet wurde.

Die Wolkendecke wurde dichter, während er weiterging, und er hoffte, dass der Sturm, der sich zusammenbraute, erst losbrach, wenn sie alles erledigt hatten. Er lief am Industriegelände vorbei, passierte den Rangierbahnhof und trat zweimal nach streunenden Hunden, die auf der Suche nach Ratten und Unrat waren. Die Bars, die sonst in der Landschaft verstreut gelegen hatten, waren jetzt alle verschwunden, Opfer der Prohibition. Im Moment kam ihm das gerade recht, denn das hieß, dass weniger Leute unterwegs waren, die ihn bemerken könnten.

Die anderen hatten sich gut an der meist verlassenen Küste der Halbinsel versteckt, begünstigt durch eine dicke Wolkendecke, die immer bedrohlicher wurde. Am weit entfernten Horizont zuckten Blitze auf, aber das war im Moment das einzige Licht, das er ausmachen konnte.

Dieser Platz war ein bevorzugtes Ziel der Alkoholschmuggler, und Liam war nicht das erste Mal hier. Wenn er einer der Verantwortlichen bei der Prohibitionsbehörde gewesen wäre, hätte er einen Mann eingesetzt, der sich genau hier niederlassen und die zahlreichen Ernten des kanadischen Fusels einstreichen sollte. Aber er war es nicht, und er nahm an, die Küste des Lake Erie wies noch eine Menge anderer Plätze auf, an denen diese Art Geschäfte blühten. Er verbarg sich hinter einer Reihe von Büschen und wartete darauf, dass die anderen sich zeigten.

Das taten sie, einer nach dem anderen. Wie sie nach und nach auftauchten, erinnerte ihn an die Geschichten der Grogochs, Halbelfen, die erst sichtbar wurden, wenn sie sich in ihrer Umgebung wohlfühlten.

„Hat irgendjemand irgendjemanden gesehen, der hier nicht hingehört?" erkundigte sich Jerry, als sie in einer dichten Gruppe zusammenstanden.

Niemand. Die Männer scharrten unbehaglich mit den Füßen und wagten nicht zu rauchen, weil sie befürchteten, so entdeckt werden zu können. Wenn sie redeten, dann flüsterten sie nur und schluckten die letzten Silben, als würden die sie verraten.

Liam konnte seine Uhr, ein Geschenk von Brenna zu seinem letzten Geburtstag, nicht lesen, doch er glaubte, dass eine weitere halbe Stunde vergangen war, bis Jerry ihn am Arm schüttelte. „Sieh mal."

Liam blickte zu der Stelle, auf die Jerry zeigte. Etwas bewegte sich im Wasser, nicht weit von der Küste entfernt. Zwei Etwas, wenn er das richtig erkannte. „Zwei Schiffe?"

„Drei. Sieh mal da weiter hinten."

Liam wandte sich mehr nach links und bemerkte die Umrisse eines weiteren Kreuzers im Kielwasser des zweiten. Er pfiff leise. McNulty hatte Recht gehabt. Das hier würde ein echter Coup werden.

„Das erste Schiff nimmst du mit Slim. Lade alles, was reingeht, in den ersten Truck. Das letzte Schiff übernehmt ihr auch. Dann ab wie eine Gewehrkugel."

Liam wusste, dass nicht geplant war, den Lieferwagen zum Lagerhaus zu fahren, weil es womöglich überwacht wurde, sondern zu einem Restaurant in Lakewood, das jemandem gehörte, der McNulty noch einen Gefallen schuldete. An den Seiten des ersten Lasters prangten die Schriftzeichen der Finegan's Fruit Company. Die Kisten mit den „Früchten" würden im ehemaligen Weinkeller des Restaurants lagern, bis sie zu einer Reihe von Speakeasys geliefert werden konnten. Zwei andere Geschäftsleute würden die Waren aus dem zweiten und dritten Truck übernehmen, und ein Bestattungsinstitut schließlich würde ähnlich gesegnet mit einer Ladung brandneuer, überraschend schweren Särgen aus dem vierten Wagen.

„Wo wirst du sein?" wollte Liam wissen.

„Bezahlen." Jerry klopfte auf die Innenseite seines Mantels. „Muss sicherstellen, dass wir alles bekommen haben, wofür wir bezahlen. Ich werde das, was ihr reinfahrt, durchchecken, aber sie müssen an Land kommen, um sich ihr Geld zu holen. Will kein Risiko eingehen, gekidnappt zu werden."

Jerry war vielleicht nicht der schlauste von McNultys Männern, aber wahrscheinlich der loyalste. „Halt dir bloß den Rücken frei", riet ihm Liam.

„Klar, ich weiß, wie es läuft." Jerry starrte in die Finsternis. „Okay, dann los. Slim wird dich mit rausnehmen."

Es war geplant, mit kleinen Motorbooten zu den Schiffen zu gelangen. Zwei weitere von McNultys Männern hatten sie hierher gebracht, nachdem es dunkel geworden war. In dem Moment, als Liam das größere der beiden betreten hatte, wurden beide gewässert, und sie waren auf dem Weg. Die Mannschaft des kanadischen Schiffes begann bereits, die Kisten herunterzureichen, bevor das Skiff ganz am Kreuzer festgemacht hatte. Die Männer an Bord waren schweigsam und verbissen. So schnell und effizient, wie sie arbeiteten, konnte Liam davon ausgehen, dass sie Profis waren, obwohl McNulty nicht schon ein dutzendmal mit ihnen zu tun gehabt hatte. Sie rasten mit dem Boot zum Ufer zurück, bevor sein Rücken anfangen konnte wehzutun.

Jerry half, sie an Land zu ziehen. Er zählte die Kisten und öffnete ein paar Stichproben mit dem Stemmeisen, um sicherzugehen, dass sie das Versprochene enthielten. Ein paar Flaschen wurden ebenfalls geöffnet und geprüft. Als er mit der Ladung fertig war und ihnen das Okay für den Lieferwagen gab, kam das zweite Boot zurück.

Der größte Teil der folgenden Stunde verging damit, dass sie mit den Booten zu den Schiffen hin- und herfuhren, aufluden und abluden und die Kisten mit dem Whiskey in Behälter packten, die entsprechend dem Handel, den die Lieferwagen auswiesen, beschriftet waren. Der erste Laster war fertig, um zu seinem Ziel gefahren zu werden, der zweite ebenso, aber die Männer blieben noch in der Nähe, um sicherzugehen, dass es keine Probleme gab, bis das Geschäft abgeschlossen war. Die ersten beiden Schiffe waren bereits wieder auf der Rückreise.

Als es Zeit für die letzte Runde zum dritten Schiff war, fuhr Liam mit Slim und lud schweigend die Kisten ein, die man ihm reichte. Dann wandte er sich an einen von der Schiffsmannschaft. „Bist du der Typ, der das Geld entgegennimmt?“

„Nein.“ Der Mann drehte sich um, und in diesem Moment erschien neben ihm der Kapitän, stämmig und mit silbergrauem Haar.

„Ich bin derjenige, nach dem ihr sucht.“

Liam nahm an, dass ein großer Prozentsatz des Geldes bereits als Anzahlung geleistet worden war, als McNulty den Deal abgemacht hatte. Jetzt war die Zeit gekommen, den Rest einzustreichen.

„Mein Mann ist an Land“, sagte Liam. „Wir bringen Sie rüber und dann wieder zurück.“

„Ich hoffe, ihr macht keine krummen Sachen. Diese Jungs hier haben ihre Waffen auf euch gerichtet. Und wenn McNulty jemals wieder einen Tropfen aus Kanada haben möchte, dann bezahlt ihr besser das, was verabredet wurde.“

„Ich glaube, der Mann mit dem Geld hat Angst vor Wasser“, entgegnete Liam. „Er ist ein ziemliches Paket, das sicher oben schwimmen würde, aber er ist sich selbst nicht so sicher.“

„Bringen wir es schnell hinter uns, bevor es anfängt zu regnen.“

Liam war ganz seiner Meinung. Bisher war alles glatt verlaufen, doch je länger sie brauchten, desto höher wurde die Gefahr, dass es Ärger gab.

Der Kapitän kletterte nach unten ins Motorboot, und Slim lenkte es zur Küste. Jerry wartete auf dem festen Boden, und der Kapitän sprang aus dem Boot und ging auf ihn zu, sobald sie in flachem Wasser angekommen waren.

„Haben Sie alles überprüft?“ fragte er Jerry schon aus der Entfernung.

„Hab ich.“ Jerry griff in die Innentasche seines Jacketts und zog ein dickes Bündel Banknoten heraus. „Zählen Sie. Ob alles da ist.“

Der Kapitän griff nach dem Geld und blätterte die Scheine durch. Liam hatte noch nie so eine riesige Summe auf einem Haufen gesehen. Plötzlich wurde ihm der Mund trocken. Ihm fielen sofort Hunderte von Dingen ein, die man mit dem Geld hätte machen können, die allerdings die Möglichkeit, es den Kanadiern zu geben, nicht beinhalteten.

„Scheint in Ordnung zu sein.“ Der Kapitän nickte zufrieden,

und in diesem Augenblick riss die Wolkendecke auf, und das Gewitter brach über ihnen los.

Jerry fluchte und zog sich zum Schutz das Jackett über den Kopf. Um ihn herum taten die anderen Männer das Gleiche. „Slim wird Sie zurückbringen. Macht schnell."

Der Kapitän verstaute das Geld sorgfältig, und die beiden Männer schüttelten sich die Hand. Dann ging der Kanadier zum Motorboot.

Über ihnen auf der Straße flammten Lichter auf, und eine Stimme war über das tosende Unwetter zu hören. „Sie sind umzingelt! Hände hoch und keine Bewegung!"

„Mist!" Jerry nahm allen das Wort aus dem Mund.

Liam blickte durch den Vorhang des Regens hinüber zum See. Draußen auf dem Wasser entdeckte er Licht, das er vorher nicht dort gesehen hatte. Zwei Boote bewegten sich auf das letzte kanadische Schiff und die Motorboote zu. Die Razzia schien gut organisiert. Es war niemand zufällig auf sie gestoßen.

„Verstreut euch!" Liam war nicht so dumm, sich der Küstenwache oder den Prohibitionsagenten zu stellen. Wenn er festgenommen wurde, gab es nur Deportation oder Gefängnis. Wenn sie ihn nach Irland auswiesen, wartete der Galgen. Dann lieber hier sterben.

Er stürzte kopfüber in die Hecke hinter sich und hoffte, dass er ihnen so keine Zielscheibe mehr bot, auch wenn er dadurch den Männern, die ihn einsperren wollten, näher kam. Das starke Unwetter bot einen weiteren Schutz. Er hörte anhand der Flüche und scharrender Füße, dass die anderen ebenfalls mit unbekanntem Ziel das Weite suchten.

Schüsse fielen, und eine Kugel ließ direkt vor ihm den Sand aufspritzen. Er kroch weiter in den Busch, tastete sich zuerst mit einer Hand und einem Knie vor. Er bewegte sich so schnell, wie er konnte, rutschte und glitt weiter, weg von den Gewehrsalven und den Beamten, die alles mit Scheinwerfern absuchten. Doch er war sicher, schnell genug zu sein. Irgendwann musste er gebückt losrennen, in der Hoffnung, dass man ihn nicht entdeckte, bevor er festeren Boden erreicht hatte und entkommen konnte.

Ganz in der Nähe brach plötzlich jemand durch das Dickicht, und im ersten Moment dachte er, die Jagd wäre vorüber und er müsste kämpfen. Dann fiel sein Blick auf das silbergraue Haar und die breiten Schultern, und er erkannte, dass der kanadische Kapitän in die gleiche Richtung geflohen war wie er. Der Mann war so damit beschäftigt, sich seinen Weg durch die Büsche und den peitschenden Regen zu bahnen, dass er Liam nicht sah. Liam blieb in Sichtweite des Kanadiers, überließ es ihm, den Weg freizumachen und sich als erster in den Kugelhagel zu stürzen, falls dieser einsetzen sollte, doch offenbar besaß er einen guten Instinkt. Wenige Meter hinter ihm folgte Liam seiner Fährte.

Hinter sich vernahm Liam Rufe und Schritte. Über ihnen zerrissen Blitze den Himmel, sofort gefolgt von einem brüllenden Donner. Wieder fielen Schüsse, und er zuckte zusammen. Er war bewaffnet, so wie alle aus McNultys Gang, doch er hatte nicht die Absicht, auf unsichtbare Männern zu schießen. Er sagte sich, das sei ganz einfach eine Anwandlung von Menschlichkeit und hatte nichts mit der Tatsache zu tun, dass einer dieser Männer sein Cousin sein könnte. Er drängte weiter voran, behielt den Kapitän im Auge und ließ das Geschützfeuer hinter sich.

Er hatte keine Ahnung, wie weit sie gelaufen waren, als der Kapitän langsamer wurde und dann stehen blieb. Die Schüsse und Lichter waren jetzt ein gutes Stück hinter ihnen, doch der Regen prasselte immer stärker und bildete eine dunkle Wand. Es schien, als wäre ihnen bereits ein guter Vorstoß in die Freiheit gelungen, obwohl sie sich noch lange nicht außer Gefahr befanden.

Der Kapitän dachte wohl genauso. Liam beobachtete, wie er einen Moment zögerte, dann in die Jacke griff und sich gleichzeitig bückte. Dann richtete er sich wieder auf und rannte weiter durch das Dickicht. Nachdem er bereits einen Vorsprung von zwanzig Metern hatte, wollte Liam ihm gerade folgen, aber da hielten ihn Rufe zurück.

„Wir haben Sie, Mister. Keine Bewegung!"

Liam machte einen Schritt zurück, um nicht entdeckt zu werden. Er merkte, dass er zitterte, ob von der Anstrengung, dem Schock oder der Kälte wusste er nicht. Er zog seine Waffe vor und wartete, doch niemand erschien.

„Hände über den Kopf. Sieh her, Jake, wir haben hier einen richtigen Alkoholschmuggler."

Der Kapitän war verhaftet, und Liam wusste, die Chancen, dass die Männer in diese Richtung kamen, war groß. Er sah sich nach einem besseren Versteck um. Da entdeckte er eine Senke direkt unter dem Ast, vor dem er stand. Ein riesiger Baum war entwurzelt worden und seitwärts über eine flache Grube gestürzt. Er kroch darauf zu und schlüpfte vorsichtig darunter, sodass er der Länge nach vom Stamm verdeckt wurde. Der Regen strömte auf ihn herab, und er wusste, das Wasser um ihn herum würde ansteigen. Die Mulde war womöglich irgendwann vollständig mit Wasser gefüllt. Und wenn er sich nicht rührte, musste er ertrinken.

Er fragte sich, was schlimmer wäre, ertrinken oder hängen? Der Regen trommelte auf den Baumstamm, und das Geräusch hallte überall um ihn herum nach. Von seinem Versteck aus konnte er nichts weiter sehen, hörte nur das Trommeln und Klatschen der Wassermassen, die von oben kamen und langsam in sein Versteck sickerten.

Er fragte sich, ob Glen bei dieser Razzia im Einsatz war und woher die Beamten ihre Informationen hatten. Jemand, der

McNultys Vertrauen genoss, hatte geredet, aber wer? McNulty würde keine Ruhe geben, bis er ihm auf die Spur gekommen war. Und was geschah, wenn er irgendwie erfuhr, dass Liam ein Verwandter von Glen Donaghue war? Dann wäre Liam der Hauptverdächtige, obwohl er erst bei der anfeuernden Rede McNultys im Lagerhaus von dem Fischzug erfahren hatte. Doch McNulty würde sicher glauben, dass Liam jemandem die Information entlockt hätte, Jerry vielleicht, oder sogar jemand, der noch höher stand als er selbst. Liam war verdammt, wenn McNulty seine Verbindung zu Glen entdeckte.

Liam sagte sich, er solle sich nicht um ungelegte Eier kümmern. Es gab keinen Grund, sich um etwas Sorgen zu machen, das nie geschehen würde. Nur er und Pater McSweeney kannten die Wahrheit, und warum sollte der Priester es irgendjemandem verraten?

Das Wasser stieg. Der Abend war nicht kalt gewesen, aber mit dem Gewitter hatte es beträchtlich abgekühlt. Jetzt fühlte sich der Regen an wie geschmolzener Schnee, der unter seinen Kragen gerutscht war und in die Ärmel kroch. Er fragte sich, wie lange er nun schon hier lag und wie lange er das noch aushalten müsste.

Er schloss die Augen und dachte an den Schmuggler-Kapitän, der nun Gast der amerikanischen Regierung wurde. Was hatte der Mann da unten im Wald abgelegt? Während das Wasser weiter stieg und das Gewitter tobte, überlegte Liam, ob er die Stelle überhaupt noch finden würde. Sollte er weiterhin ein freier Mann bleiben, dann würde er in Kürze, wenn der Himmel klar wäre, einen Spaziergang durch den Wald hinunter zum See unternehmen.

29. KAPITEL

Niccolo stand vor einem Altar und blickte hinauf zu den Holzbalken, die quer über die hohe Decke verliefen. Durch ein prächtiges Mosaikfenster, das Jesus zeigte, wie er drei kleine Kinder segnete, fiel Licht auf die Stelle, an der er stand. Seine Stimme tönte voll und kräftig durch den Saal, seine Hände waren ruhig und sicher.

„Und ich sehe auf zum Himmel, zu dir, seinem allmächtigen Vater, er gab dir Dank und Lobpreisung. Er brach das Brot und reichte es seinen Jüngern und sagte …"

Ein durchdringender Schrei unterbrach die Predigt. Er verstummte und wollte sich umdrehen, sehen, woher dieser schrille Ton gekommen war. Doch seine Glieder fühlten sich plötzlich wie Blei an, und er war nicht in der Lage, den Kopf zu bewegen. Sein Herz begann schneller zu klopfen, und es schnürte ihm die Brust zu. Seine schwere Robe und das grüne Messgewand schienen ihn zu Boden zu ziehen, und die gewundene Stola fesselte ihn. Er bekam keine Luft mehr. Konnte sich nicht losmachen. Angst schnürte ihm die Kehle zu, seine Gewänder zogen sich immer fester um ihn zusammen.

Während er versuchte, sich freizukämpfen, wachte er vom Weckton seiner Uhr auf und der verdrehten Bettdecke, die sich um seine Hüften geschlungen hatte.

In dem Moment, als ihm klar wurde, wo er sich befand und *wer* er war, hörte er auf, mit seiner Decke zu ringen.

Blind tastete er nach dem Telefon, stieß es fast aus der Halterung und stellte den Alarm ab. Das hatte er am Abend vorher vergessen, und nun musste er dafür zahlen. Sein Atem ging schnell, und sein Herz raste. Mit Mühe öffnete er die Augen und starrte nach oben zur Decke, die so ganz anders aussah. Er hatte sie selbst verputzt, und das nicht gerade mit großem Sachverstand. Inzwischen arbeitete er schon viel routinierter mit Gips und hatte handwerklich große Fortschritte gemacht. Nur bei dem, was ihm wirklich wichtig war, hatte er versagt.

Er hatte es nicht eilig aufzustehen. Es gab kaum etwas, für das es sich lohnte, das Bett zu verlassen. Ein paar Treffen am Vormittag. Ermüdende Telefonate. Noch mehr Leute, die begierig darauf waren, den Wasserfleck zu besichtigen, der ihnen Vertrauen in etwas gab, das über ihre normale Existenz hinausging. Es gab keine Messe zu zelebrieren, keine Beichten abzunehmen, keine Seelsorgerpflichten und auch keine Besprechungen mit kirchlichen Würdenträgern. Er war kein praktizierender Priester mehr und führte ein säkularisiertes Leben. Als sein eigener Boss, der in seinem eigenen Bett lag.

Ohne seine Frau neben sich.

Er schloss unwillkürlich die Augen. Megan war weg, und plötzlich wurde die Turbulenz, die sein Leben bisher bestimmt hatte, von einer lähmenden Langsamkeit abgelöst. Seit ihrer Abreise hatte sich nicht viel verändert. Die gemeinnützige Organisation in Indiana, in die er so große Hoffnungen gesteckt hatte, war bereit gewesen, die Steine zu unterstützen. Dann hatte deren Vorstand ihre Bedingungen aufgelistet, und er war gegangen. Nicht nur, weil sie kleinlich und lächerlich gewesen waren, sondern er mit deren Einhaltung augenblicklich zum Bürokraten geworden wäre. Und Niccolo wusste, dass es seine wahre Berufung war, Menschen zu helfen, ihr Leben in den Griff zu bekommen, nicht deren verbesserte Situation zu dokumentieren, die andere bewirkt hatten.

Sein Alltag hatte sich also nicht verändert, seit Megan nach Irland gereist war. Die Steine schleppten sich weiterhin einer imaginären Ziellinie entgegen. Der Schmugglertunnel zog nach wie vor

Besucher an. Und Niccolo Andreani, der das aktive Priesterleben aufgegeben hatte, dies jedoch nie bedauerte, träumte immer wieder davon, wie er die Messe abhielt.

Plötzlich überfiel ihn ein so starkes, intensives Einsamkeitsgefühl, wie er es manchmal im Pfarrhaus in Pittsburgh empfunden hatte. Er wünschte sich, dass seine Frau an seiner Seite wäre. Er hätte gern eigene Kinder. Dazu wollte er sicherstellen, dass die Kids, mit denen er arbeitete, jede Chance bekamen, ihre besonderen Talente zu fördern und zu pflegen. Er wünschte sich genug Zeit, um sich mit ihnen zu beschäftigen, ihnen zuzuhören und Ratschläge zu geben. Es war sein Wunsch, dabei zu sein, wenn sie ihren Highschool-Abschluss machten und aufs College gingen, zu sehen, dass er getan hatte, was er konnte, um sie auf den richtigen Weg zu führen.

Und nun war jeder dieser Träume in Gefahr.

Das Telefon klingelte, und einen Moment überlegte er, ob er abnehmen sollte. Er tat es nach dem dritten Klingeln, da er fürchtete, es würde sonst Rooney oder Josh aufwecken, oder, noch viel wichtiger, es hätte Megan sein können. Sie hatte nach ihrer Ankunft in Irland zu Hause angerufen, damit er sich keine Sorgen machte, doch seitdem nicht mehr. Offensichtlich verspürte sie keine große Lust, über lange Entfernung mit ihm zu reden, wo sie es doch nicht mal geschafft hatten, wenn sie sich im selben Zimmer aufhielten. Iggy war am anderen Ende, und als sie ihr Gespräch beendet hatten, gab es für Niccolo einen Grund, aufzustehen und sich anzuziehen.

„Croissants“, sagte Niccolo und legte die weiße Tüte mit dem Gebäck auf den Küchentisch im Gemeindehaus der St. Brigid's. „Vom Bäcker um die Ecke von mir.“

Iggy war begeistert. „Ich hab Kaffee und ein paar Eier dazu.“

Die Haushälterin machte einen passablen Kaffee und exzellente Rühreier. Der Morgen sah schon viel besser aus.

Sie bedienten sich selbst aus einer Pfanne auf dem Herd, gossen sich Kaffee ein und trugen alles zum Tisch. Iggy nahm ein Croissant, brach es in der Mitte auf und hielt es hoch, um Niccolos Aufmerksamkeit zu erlangen.

Niccolo blickte auf Iggys erhobene Arme und musste sofort wieder an seinen Traum denken, daran, dass er ständig wiederkehrte und ihn jedes Mal mehr erschreckte.

„Du weißt immer genau, was man kaufen muss", sagte Iggy. „Für Essen hast du einen untrüglichen Instinkt. Nur das Beste, das Frischeste. Die Italiener und die Franzosen. Was würde die Menschheit nur ohne sie anfangen?" Er steckte sich ein Stück vom Croissant in den Mund und lächelte genüsslich. „Was würde ich ohne dich anfangen, Niccolo?"

Niccolo war entschlossen, sich auf Smalltalk zu beschränken. Diskussionen über die Wohltätigkeitsveranstaltung nächste Woche, mit deren Erlös der Gemeindesaal renoviert werden sollte. Die Frage, ob ein Baum gefällt werden musste, der die Sicherheit auf dem Parkplatz der St. Brigid's gefährdete. Ob es ratsam war, dass die Steine mit der Renovierung des neuen Hauses weitermachten, obwohl sie auf Grund der fehlenden Mittel improvisieren mussten. Jetzt bekam er keinen Ton heraus.

„Niccolo?"

Niccolo blickte auf und wusste, er konnte nur über eines reden. „Ich habe geträumt, dass ich die Messe abhalte. Den Traum habe ich öfter." Er holte hörbar Luft. „Nachts."

„Seit du vom aktiven Priestertum zu etwas anderem übergewechselt bist?"

Niccolo gefiel die Art, wie er es ausgedrückt hatte. „Nein."

„Wann hat es angefangen?"

Niccolo antwortete nicht.

„Nach deiner Hochzeit.“ Iggy hatte es nicht als Frage betont.

„Ja.“ Niccolo hob seine Gabel und spießte sich etwas Rührei auf. Es schmeckte wie Gummi.

„Lass mich weiterraten“, sagte Iggy und steckte sich einen weiteren Bissen Croissant in den Mund. „Nicht direkt im Anschluss daran. Nach den Flitterwochen?“

„Ja.“

„Ich verstehe.“

„Ich aber nicht!“ Niccolo sah ihn an und schämte sich sofort über seinen scharfen Ton. „Tut mir Leid. Woher kam das denn eigentlich?“

„Ich denke, du bist wütend. Daher kommt es. Aber keine Sorge, ich weiß, dass du nicht auf mich sauer bist.“

„Ich bin wirklich wütend. Ich komme mir vor, als wenn mich jemand bestrafen würde. Dabei muss ich doch nicht ständig daran erinnert werden, was ich aufgegeben habe. Und ich möchte auch nicht mit einem schlechten Gewissen herumrennen.“

„Du meinst, Gott würde dich bestrafen?“

„Nein, mit Gott habe ich keine Probleme. Ich bestrafe mich selbst. Und ich kapiere nicht, warum.“

„Natürlich nicht, weil es was anderes ist.“

Niccolo wusste nicht, was er dazu sagen sollte. Er hatte die Träume immer wieder versucht zu analysieren und war einfach zu keinem Schluss gekommen. Jetzt sah es so aus, als würde Iggy, der die Geschichte gerade erst gehört hatte, etwas sehen, das Niccolo entgangen war.

„Was ist es denn?“ wollte er wissen.

„Ich denke, wir müssen mal ein bisschen zurückgehen.“ Iggy nahm sein Rührei in Angriff.

„Bis wohin?“

„Bis zu der noch nicht allzu lange vergangenen Zeit, als du vor dem Altar gestanden hast."

„Im Traum?"

Iggy sah auf. „Nein, im richtigen Leben. Zurück zu der Zeit, als du noch die Messe abgehalten hast."

Niccolo lächelte zerknirscht. „Ich geh auch gern bis zu meiner Zeit im Uterus zurück, wenn du meinst, das hilft."

„Na ja, das ist ein bisschen zu weit. Fangen wir mit der Messe an."

„Was soll ich dir erzählen?"

„Erinnerst du dich, wie du dich in diesen Momenten gefühlt hast?"

„Vereint mit Gott. Als wenn er durch mich gewirkt hätte. Demütig. Ehrfurchtsvoll." Niccolo zuckte die Schultern.

„Immer?"

„Die Wahrheit?"

„Ich denke, das wäre am hilfreichsten, oder?"

„Nein. Manchmal habe ich an alle möglichen Dinge gedacht, die ich am Tag noch erledigen musste. Zum Ende meiner Amtszeit hin, in der St. Rose von Lima, als ich wusste, dass ich bald gehen würde, dachte ich, wie traurig es ist, demnächst nicht mehr an diesem Altar zu stehen."

„Nur traurig?"

„Erleichtert war ich auch", gestand Niccolo.

„Und?"

Niccolo versuchte tiefer zu graben, aber ohne Erfolg. Er zuckte die Schultern.

„Versetz dich rein, Niccolo. Zieh für einen Augenblick wieder die Robe an. Was machst du im Traum?"

„Die Hostie hochhalten."

„Stell dir das dann vor."

Niccolo legte seine Gabel beiseite. Er fühlte sich nicht gerade wohl dabei, aber darauf durfte man manchmal keine Rücksicht nehmen, wenn man ein Problem bewältigen wollte. Er hatte zu viele Menschen beraten, um das nicht zu wissen.

„Ich stehe am Altar. Es macht mich traurig, dass ich das nicht mehr lange tun werde, aber auch froh, weil ich diese Entscheidung gefällt habe." Er konnte fast die kühle, feuchte Luft von St. Rose riechen, das Rutschen von Stoffen auf den Holzbänken hören, das gelegentliche Wimmern eines Kindes.

„Es ist so einfach, die Worte zu sprechen. Ich kenne sie in- und auswendig, hab sie so oft wiederholt, dass sie mir in Fleisch und Blut übergegangen sind. Ich könnte das jeden Tag bis zu meinem Tod machen, ohne über ein Wort zu stolpern."

„Und was denken die Leute in der Kirche über dich?"

„Dass ich genau weiß, was ich tue. Dass ich sie anführe und sie mir vertrauen und meinem Rat folgen können."

„Du weißt, dass du bald aufhörst. Du sagst, du bist froh, die Entscheidung gefällt zu haben ..."

„Das bin ich auch." Niccolo erinnerte sich genau an die Erleichterung. Dieser Schritt war nicht einfach gewesen, doch damit war endlich auch Ruhe über ihn gekommen.

„Was noch?" drängte Iggy.

„Angst." Niccolo sah auf. „Nein, richtige Panik."

„Aha."

„Nicht die Panik darüber, dass ich vielleicht die falsche Entscheidung gefällt hätte, sondern weil ich mich fragte, was ich als Nächstes tun sollte. Ich wusste von dem Moment an, als ich alt genug war, über einen Beruf nachzudenken, dass ich Priester werden würde. Meine Eltern wünschten es sich, meine Großeltern auch. Ich dachte, ich wollte es selbst."

„Und als dir klar wurde, dass es nicht das Richtige für dich ist,

Niccolo, wie viel Zeit hattest du, um darüber nachzudenken, *was* denn richtig wäre?"

„Ich habe mir danach Zeit gelassen. Deshalb bin ich nach Cleveland gekommen. Ich wollte mir in Ruhe überlegen, was ich nun machen würde. Zuerst kaufte ich mein Haus und begann daran zu bauen, um die Tage zu überbrücken. Später hatte ich vor, es zu verkaufen, wenn es renoviert ist, und dabei ein bisschen Geld zu verdienen."

„Und nach und nach kamen die Nachbarkids und interessierten sich für das, was du da machst, und schon waren die Steine ins Leben gerufen."

„Die Steine waren kein Fehler, Iggy. Es ist genau das Richtige für mich."

„Daran habe ich keinen Zweifel."

„Und ich hab mich in Megan verliebt. Und wusste, das ist ebenfalls gut für mich."

„Auch darin stimme ich dir zu."

„Was dann?"

„Niccolo, du stehst am Altar. Und du spürst eine große Sicherheit bei dem, was du tust. Du könntest es für den Rest deines Lebens jeden Tag machen, ohne dass dir ein Fehler unterläuft. Die Menschen auf den Kirchenbänken vertrauen dir." Iggy zog fragend die Augenbrauen hoch. „War das vielleicht das allerletzte Mal, dass du genau wusstest, was du tust?"

Niccolo konnte nicht glauben, dass er nicht selbst darauf gekommen war. Es fiel ihm wie Schuppen von den Augen. Er hatte das Gefühl, als würden plötzlich Türen geöffnet, und für einen Augenblick verspürte er unglaubliche Angst. Er brachte kein Wort hervor.

Iggy redete für ihn. „Du wusstest, was du als Priester zu tun hattest. Du bist darauf trainiert worden, von Anfang an dort hingeleitet, dazu erzogen worden. Aber wer hat dir je gezeigt, wie man eine Ehe führt?“

Niccolo schloss die Augen.

„Im Gegenteil“, fuhr Iggy fort, „man hat dir eigentlich beigebracht, wie man die Ehe vermeidet, Beziehungen aus dem Weg geht. Wie man als Unverheirateter lebt und sich nicht in eine Frau verliebt.“

Also war Niccolo in seinen Träumen in die Zeit zurückgekehrt, als er genau gewusst hatte, was zu tun war, als die Menschen um ihn herum Vertrauen in seine Stärke und Kompetenz gehabt hatten, während er in der Realität verzweifelt darum bemüht war, ein guter Ehemann zu sein, und, ja, böse gescheitert war.

Die Angst ließ ein wenig nach, und langsam überkam ihn stattdessen ein wunderbares Gefühl der Erleichterung. Erleichterung darüber, dass der Traum keine Selbstzüchtigung darstellte, sondern etwas aufgeklärt hatte.

„Ich weiß in der Tat nicht, wie man eine gute Ehe führt.“ Er öffnete die Augen. „Ich fürchte, ich bin ein echter Flop in dieser Beziehung.“

„Sag mir, wie du es angepackt hast, ein Priester zu werden.“

„Ich verstehe nicht, was du meinst.“

„Was hast du für deine Gemeinde getan?“

Das schien so offensichtlich, dass Niccolo nicht verstand, warum man es noch mal in Worte fassen sollte. „Ich habe mich bemüht, unserer Gemeinde so zu dienen, dass alle zufrieden sind, so wie jeder Priester. Ich hab jeden Tag gearbeitet, jeden einzelnen Tag, beraten, gebetet, Besuche abgestattet, Verwaltungsarbeiten erledigt …“

„Erinnert dich das an was?“

Jetzt verstand Niccolo. Diese Tatsache war auch so offensichtlich, trotzdem hatte er es nicht erkannt. „Ich habe versucht, ein guter Ehemann zu sein, indem ich das Gleiche gemacht habe wie vorher als Priester.“

„Genau.“ Iggy machte sich wieder über seine Rühreier her, die zweifellos inzwischen kalt waren, genauso wie Niccolos.

„Weil es das Einzige war, von dem ich was verstand“, führte Niccolo weiter aus. „Es *ist* tatsächlich das Einzige, von dem ich was verstehe.“

„Natürlich. Du bist ja praktisch von der Wiege an darauf vorbereitet worden. Also hast du das, was du so gut konntest, auf deine Ehe mit Megan angewendet.“

„Ich weiß nicht, was ein guter Ehemann tut.“ Es war nicht leicht, sich die Wahrheit einzugestehen. Niccolo glaubte, dass er ein guter Mensch wäre. Ein guter Mann mit guten Absichten sollte doch eigentlich wissen, wie er der Frau, die er liebte, das gab, was sie brauchte.

„Sag mir mal, was möchte Megan von dir?“

Die Sache war so einfach, dass Niccolo sich wand. „Vertrautheit.“

„Und was hast du ihr gegeben?“

„Ich habe wieder versucht, alles perfekt zu machen. Den Saloon renovieren, aus den Steinen etwas entwickeln, worauf man stolz sein kann. Ich wollte, dass wir gleich eine Familie gründen. Alles, um die Sache vollständig zu machen.“

„Du wolltest das erreichen, was eine Ehe von außen wie eine Ehe aussehen lässt, und hast die Gefühle außer Acht gelassen.“

„Megan will *mich.* Das Drumherum ist ihr egal. Das kommt mit der Zeit. Aber was das Drumherum angeht, da bin ich ganz groß. Ich fühle mich sicher, wenn ich hart arbeite.“

„Und wie passt das Bild im Tunnel zu dem allen?“

„Ich habe dem Bild und den Leuten, die es sehen wollten, mehr Zeit und Aufmerksamkeit gewidmet als ihr.“ Iggy musste ihn nicht darauf hinweisen, woher das kam. „Weil das Bild etwas ist, von dem ich was verstehe. Das Bedürfnis der Menschen nach Glauben und Hoffnung ist mein Metier."

„Im Gegensatz zur Ehe."

„Intimität und Nähe." Niccolo schüttelte den Kopf. „Das Projekt schien mir nicht groß genug. Es war nichts, in das ich mich stürzen konnte, um dann die Resultate zu sehen."

„Und?" Iggy sah ihn an.

„Ich komme mir vor wie ein Idiot. Je härter ich gearbeitet habe, um alles zum Besten zu führen, desto schlimmer wurde es. Ich hätte nur aufhören müssen zu arbeiten und endlich mal richtig zuhören."

„Sie kommt ja wieder nach Hause zurück."

„Ja, ich weiß. Sie muss den Saloon führen."

„Und bis dahin hast du ein bisschen Zeit nachzudenken."

Niccolo dachte daran, was er fast verloren hätte. Er hoffte nur, dass es nicht zu spät war, um die Situation wieder in Ordnung zu bringen.

Er hoffte, es wäre nicht zu spät zu lernen, wie das ging.

Casey kam gerade die Straße herauf, als Niccolo vor dem Haus hielt. Er war überrascht, sie zu sehen, doch er nahm an, dass sie nach ihrem Vater sehen wollte.

Er hatte schon seit ein paar Tagen nicht mehr mit ihr gesprochen, weil er zu viel zu tun gehabt hatte. Was für eine Neuigkeit.

Niccolo parkte vor der Tür und stieg aus. „Es geht ihm gut", sagte er zu ihr. „Ich hätte anrufen sollen und dir Bescheid geben. Tut mir Leid."

Casey drehte sich um. Sie trug noch keine Umstandskleidung, doch sie hatte ein übergroßes T-Shirt und Leggins angezogen, wahrscheinlich wegen der Bequemlichkeit. Sie sah ausgeruht und zufrieden aus. Er hoffte für sie, dass sie die Morgenübelkeit überstanden hatte.

„Rooney? Mach dir darüber keine Gedanken. Ich habe ihn jeden Tag gesehen. Immer am späten Nachmittag, bevor du nach Hause kamst. Dann hat er was zum Dinner bekommen oder eine Einladung zu uns nach Hause. Aber er hat mir schon unmissverständlich erklärt, dass Megan besser kocht. Er vermisst sie."

„Ich auch." Er zögerte. „Unheimlich."

„Gut." Sie wartete auf der Veranda, bis er die Tür aufgeschlossen hatte, dann ging sie vor ihm hinein.

„Kann ich dir was anbieten?" fragte Niccolo. „Ich hab koffeinfreien Kaffee, wenn du zurzeit keinen richtigen trinkst. Saft ..."

„Nichts. Ich bin nur vorbeigekommen, um dir zu sagen, dass ich nach Irland fahre."

„Das glaube ich nicht. Du auch?"

„Warum sollten sich nur die anderen amüsieren?"

Er schob sie ins Wohnzimmer, wo Casey sich aufs Sofa fallen ließ und automatisch eines von Megans bezogenen Kissen umarmte, als wäre es ihr zukünftiges Baby. „Megan hat gestern Abend angerufen. Irenes Gesundheitszustand ist ziemlich prekär, und ich habe nachgedacht. Was ist, wenn sie stirbt, bevor ich dort hingefahren bin, um sie kennen zu lernen? Wenn meine Schwangerschaft erst mal weiter fortgeschritten ist, kann ich nicht mehr so weit reisen. Und wenn das Baby da ist, muss ich warten, bis sie oder er so weit ist, um einen solchen Trip mitzumachen. Ich hab noch ein paar Überstunden. Zusätzlich ein paar Urlaubstage, dann kann ich etwas Zeit dort nehmen und anschließend hier ein paar Tage, um mich vom Jetlag zu erholen, bevor ich wieder zur Arbeit gehe."

„Und du willst nichts verpassen. Sie dort, du hier."

„Du kennst mich ganz gut." Ihre Augen leuchteten auf. „Willst du mitkommen? Einfach alles stehen und liegen lassen und mit mir mitfahren?“

Er dachte kurz nach, aber dann schüttelte er den Kopf. „Nein, ich habe zu viel zu tun.“

„Nick, ich …“

Er hob abwehrend die Hand. „Ich weiß, Casey. Ich weiß, was du denkst. Ich war echt ein Idiot. Aber es gibt ein paar angefangene Sachen hier, die ich noch zu Ende bringen muss, bevor meine Frau zurückkommt. Ich glaube, ich verstehe jetzt einiges besser als vor ihrer Abreise. Und ich möchte, dass unser Wiedersehen hier stattfindet, in Cleveland. Nur wir beide.“ Er verzog die Lippen. „Und nicht umgeben von einem Haufen rothaarigen amerikanischen Racheengeln.“

„Was bist du doch komisch.“ Aber sie grinste auch. „Sie betet dich an, das weißt du hoffentlich.“

„Ich sie auch.“

„Gut.“ Casey stand auf. „Ist Rooney wach? Wird er gut versorgt, nur bei euch Männern für eine Woche? Jon meint, er würde jeden Tag nach ihm sehen.“

„Wir Strohwitwer können das schon in den Griff bekommen. Es wird ihm an nichts fehlen. Warum gehst du nicht zu ihm und erklärst es ihm, aber komm noch mal zu mir rein, bevor du abhaust, ja?“

„Sicher.“ Sie sah ihn neugierig an.

„Ich bin gerade von der St. Brigid's zurückgekommen. Pater Brady hat noch mehr Briefe von Laura McSweeney gefunden, alle schon übersetzt. Die Kopien liegen in meinem Auto. Als ich dich vorm Haus sah, hab ich vergessen, sie mitzubringen. Du kannst sie mit nach Irland nehmen. Es ist ein ziemlicher Stapel. Ich hoffe, sie geben etwas Auskunft.“ Er zögerte. „Und wenn du ein bisschen mit deinem Dad plauderst, hab ich noch Zeit, einen Brief von mir dazuzulegen. An Megan.“

Sie nickte verständnisvoll. „Ich werde sie im Flugzeug lesen – bis auf den an meine Schwester."

„Danke."

Sie ging zu ihm und gab ihm einen Kuss auf die Wange.

1925
Castlebar, County Mayo

Mein lieber Patrick,
unsere Korrespondenz ist meine größte Freude, das betrifft sowohl die Zeilen, die ich lese, wie auch die, die ich an Dich schreibe. Deshalb habe ich schon sehr genüsslich Deinen letzten Brief geöffnet. Ich kochte mir eine Kanne Tee und ging damit ins Wohnzimmer, wo das Licht am besten ist. Oh, wie ich mir wünschte, ich hätte diesen Brief nicht unter den anderen gefunden, dass er unbemerkt auf den Boden gefallen und nie wieder aufgetaucht wäre.

Ich habe immer das Gefühl, als würde ich die jungen Leute kennen, von denen Du so oft berichtest, jeder von ihnen so einzigartig und viel versprechend wie die ersten Rosen des Sommers. Die Winde mögen an ihnen rütteln, der Regen auf sie peitschen, doch die Rosen, wohlriechend und robust, gedeihen dadurch noch besser.

Anders ist das, mein lieber Bruder, mit den zarten Seelen der Liebenden. Im Moment kann ich gar nicht mehr dazu sagen.

Deine Dich liebende Schwester
Maura McSweeney

30. KAPITEL

Obwohl er an dem Tag keinen Dienst gehabt hatte, wusste Glen alles über die Razzia auf Whiskey Island. Die Beamten, die dort gewesen waren, plusterten sich stolz wie die Pfauen und prahlten damit. An diesem einen Abend war so viel Whiskey abgefangen worden, dass sie durch die Aktion sicher mehr als ein Dutzend hochrangiger Speakeasys ausgetrocknet hatten. Die Zeitungen waren voll davon, und obwohl niemand beweisen konnte, dass Tim McNulty hinter dieser Lieferung steckte, wurde weithin spekuliert, dass diese Razzia das Ende für seine Geschäfte bedeutete.

Zwei ortsansässige Männer, von denen man annahm, sie gehörten zu McNultys Gang, waren festgenommen worden. Doch beide hatte man auf Kaution wieder freilassen müssen, bevor sie irgendeine brauchbare Aussage gemacht hatten. Eine kanadische Schiffsmannschaft mit Kapitän, die im Gefängnis die Entscheidung der Richter auf Grund zwischenstaatlicher Verträge erwartete, hüllte sich ebenfalls in Schweigen. Trotz allem, der Schnaps war jetzt für McNulty verloren und ebenso eine hohe Summe Geld, die er schon an die Kanadier gezahlt hatte.

Als er von dem großen Abenteuer seiner Kollegen hörte, galt Glens erster Gedanke Clare. McNulty war in jeder Beziehung ein schlechter Vater, aber wenn er sich in einer solchen Bedrängnis befand, war er sicher noch schlimmer. Er würde Clare jetzt bestimmt hinter Schloss und Riegel halten, was es Glen unmöglich machte, sich mit ihr zu treffen.

Wie sich herausstellte, hatte er sich umsonst Sorgen gemacht. Als er drei Tage nach der Razzia abends von der Arbeit nach Hause kam, wartete Clare im Flur seines Apartmenthauses auf ihn.

„Clare.“ Er blickte sich um, dann öffnete er seine Wohnungstür und zog sie mit sich herein. „Was machst du denn hier?“

„Keine Angst, mir ist niemand gefolgt."

„Bist du sicher?" Der Typ, der dich beobachtet, ist ziemlich gründlich."

„Heute Abend findet eine Versammlung statt. Alle sind dort, bis auf einen Handlanger, der halb blind und dazu noch faul ist. Er hat geschlafen, als ich wegging. Außerdem glaube ich, dass mein Vater sich im Moment nicht mal daran erinnern wird, dass ich bewacht werden soll."

Glen glaubte den Tagesordnungspunkt von McNultys Meeting zu kennen. „Geht es dir gut?" Er umfasste ihr Gesicht und musterte sie. Sie sah müde aus, aber sie lächelte.

„Oh ja, inzwischen schon. Aber zu Hause herrscht eine ziemliche Anspannung. Du weißt sicher, warum."

Er wollte mit ihr nicht über die Geschäfte ihres Vaters reden. Egal, was Clare für Glen bedeutete, sie war auch McNultys Tochter. „Ich habe mir Sorgen um dich gemacht."

„Die meiste Zeit hat mein Vater mich ignoriert. Es gab wichtigere Dinge, um die er sich den Kopf zerbrechen musste. Aber ich weiß nicht, wie lange das noch andauert. Ich …" Sie seufzte. „Ich muss offen zu dir sein. Glen, ich habe ein bisschen herumgeschnüffelt." Sie legte ihm den Finger auf die Lippen, als er etwas sagen wollte. „Nein, nicht. Mir gefällt das genauso wenig wie dir, aber Tatsache ist, wenn ich nicht weiß, was mein Vater vorhat, kann ich mich nicht schützen. Ich kann *uns* nicht beschützen."

Unglücklicherweise hatte sie recht. Dagegen konnte er nichts sagen.

„Er hatte einen großen finanziellen Rückschlag", fuhr Clare fort. „Das Geld war nicht mal seins. Es gehörte einer Gang in Chicago, die gleichen Männer, für die Niall Cassidy arbeitet."

Bis zu diesem Augenblick hatte Glen, durch und durch Idealist, geglaubt, es wäre möglich, seinen Job, den Saloon der Familie und seine Liebe zu Clare streng voneinander zu trennen. Nun wurde ihm klar, dass es ein Wunschtraum gewesen war. Er konnte nicht einfach weghören, wenn sie ihm den Rest der Geschichte erzählte. Und wenn er darüber erst mal Bescheid wusste, war es nicht möglich, so zu tun, als wisse er nichts. Er hatte geschworen, für das Gesetz einzutreten.

Er ging einen Schritt zurück, griff in seine Tasche und förderte die Dienstmarke zu Tage, von der er naiverweise geglaubt hatte, er könne sie mit den anderen Komplikationen seines Lebens in Einklang bringen. Er legte sie auf den Tisch. „Von jetzt an bin ich kein Prohibitionsagent mehr."

„Glen, nicht."

„Es ist schon okay. Ich kann nicht mit dir verheiratet sein und gleichzeitig Alkoholschmuggler jagen. Ich hatte schon genug Probleme mit dem Geschäft meiner eigenen Familie. Aber es ist unmöglich mit dem deines Vaters."

„Dann gehe ich." Sie wandte sich zur Tür um.

„Bleib." Er legte ihr die Hände auf die Schultern. „Weißt du nicht, dass du mir wichtiger bist als der Job? Außerdem werden wir nicht in Cleveland bleiben können. Wir müssen irgendwohin, wo uns niemand findet. Und wenn wir uns erst mal niedergelassen haben, im Westen oder im Süden, dann bewerbe ich mich um eine neue Stelle bei den Ordnungskräften."

Sie schüttelte schon den Kopf, bevor er den Satz zu Ende gesprochen hatte. „Ich verlange von dir zu viel. Dein Heim aufgeben, deine Arbeit, die Familie."

„Ich würde alles für dich aufgeben – ohne einen Blick zurück. Es gibt für mich keine Wahl. Ich liebe dich. Das ist das Einzige, vor dem ich nicht weglaufen kann."

Sie drehte sich zu ihm um, zögernd. „Es ist so viel, zu viel."

„Nicht annähernd genug. Ich würde alles tun, um dich nicht zu verlieren, wirklich alles."

Sie wirkte immer noch hin- und hergerissen. „Was wir auch tun, mein Schatz, wir müssen schnell handeln. Die Männer, von denen ich gesprochen habe, die aus Chicago, kommen übermorgen, um ihr Geld zu holen. Darüber geht es in der Versammlung. Mein Vater versucht verzweifelt, das zusammenzubekommen, was er ihnen schuldet. Aber er wird es nicht schaffen. Jedenfalls nicht sofort. Er muss alles verkaufen, unser Haus auch, und das dauert eine Weile. Aber selbst dann kann es noch knapp werden."

„Und diese Typen sind nicht gerade geduldig." Das wusste Glen.

„Ich fürchte, ich bin Teil der Verhandlungen."

Glen hatte das Gefühl, als hätte ihm jemand in den Magen geboxt. „Mit Cassidy?"

„Niall hat genug Einfluss auf seine Chefs, um sie noch eine Weile zurückzuhalten. Wenn er ein glücklicher Mann ist. Und das Einzige, was ihm im Moment zu seinem Glück fehlt, bin ich."

„Bist du dir da ganz sicher?"

„Was ich gehört habe, reicht, um mir meinen Reim zu machen. Mein Vater ist verzweifelt genug, um mich auf irgendeinem Altar zu opfern. Und Cassidy scheint im Moment der meistversprechende Empfänger zu sein."

„Dieser Mistkerl."

Sie fragte nicht, wen er damit meinte.

Glen konnte nicht fassen, wie habgierig ein Mann wie McNulty sein konnte, dass er dafür sein Leben und das Glück seiner Tochter aufs Spiel setzte. Der Verlust des kanadischen Whiskeys war mehr, als er verkraften konnte, aber er musste das Risiko von Anfang an gekannt haben. Er war ein Spieler der übelsten Sorte.

„Morgen", sagte Glen. „Ich gehe heute Abend noch zu Pater McSweeney und erzähle ihm alles. Ich bitte ihn, uns ohne das übliche Aufgebot zu trauen. Wenn er ablehnt, suche ich einen Friedensrichter, aber wir werden morgen Abend verheiratet sein. Dann verschwinden wir."

„Ich habe etwas Geld. Meine Mutter hatte was für schlechte Zeiten gespart, und nach ihrem Tod habe ich auch noch was dazugelegt, wann immer ich konnte. Es ist nur ein kleiner Notgroschen, aber es wird helfen."

Er war ein traditionell eingestellter Mann, der meinte, er müsse in der Lage sein, für seine Frau zu sorgen, aber er war auch nicht dumm. „Ich bin sicher, dass du eines Tages jeden Penny zurückbekommst."

„Ich betrachte mein Leben mit dir als eine lohnenswerte Investition."

Er küsste sie, leidenschaftlich. Sie drängte sich an ihn. Als sie auseinander gingen, waren beide außer Atem.

„Morgen?" flüsterte sie.

Er wollte sie jetzt. Nicht morgen nach der Zeremonie, sondern jetzt, hier, in seinem Apartment. Er war noch nie so versucht gewesen, entgegen all seiner Überzeugung zu handeln.

Es kostete ihn alle Willenskraft, sich von ihr abzuwenden. „Ja, morgen."

„Wo soll ich dich treffen?"

„Ich möchte, dass meine Familie dabei ist, Clare. Damit sie dich kennen lernen, bevor wir verschwinden. Ist dir das recht?"

„Natürlich!"

„Dann werden wir uns im Saloon trauen lassen."

„Kannst du das so schnell arrangieren?"

„Mit ihrer Hilfe. Und sie werden uns helfen. Schaffst du es, morgen bei Einbruch der Dunkelheit dort zu erscheinen? Wirst du wegkommen?"

Sie nickte. „Glen, wenn sich das erst mal gelegt hat, wenn mein Vater sich wieder beruhigt hat, dann können wir vielleicht zurückkommen. Man wird sehen."

Er wusste, sie könnten sich erst in Cleveland sehen lassen, wenn ihr Vater entweder tot oder im Gefängnis war. Doch selbst dann wäre da noch Niall Cassidy, der nach ihr suchen würde. Er war nicht der Typ, der eine Zurückweisung so einfach hinnahm.

„Es sind schon schlimmere Dinge passiert." Er atmete tief durch und blickte sie an, hielt sich aber zurück, sie noch einmal zu berühren. „Wo immer wir leben werden, wir haben uns und unsere Kinder und ein Leben, auf das wir stolz sein können."

„Das wird reichen?"

Er berührte ihr Haar. Nur ganz kurz. „Glaub mir. Es ist mehr als genug."

Clare verbrachte den nächsten Vormittag damit, sich auf ihre Flucht mit Glen vorzubereiten. Sie besaß so wenig, das sie mitnehmen wollte, dass sie nur einen Koffer benötigte. Sie packte das Hochzeitskleid ihrer Mutter, dass sie am Abend tragen wollte, ein, Fotos von ihrer Mutter und eines von ihrem Vater als jungen Mann, der seine kleine Tochter auf dem Arm trug. Sie hoffte, dass er in diesen frühen Jahren seiner Ehe ein anderer Mensch gewesen war, noch nicht so verdorben wie jetzt. Es war ein schwacher Trost, aber ein Gedanke, an dem sie gern festhalten wollte.

Sie legte ein paar Kleidungsstücke in den Koffer, das Geld, von dem sie Glen erzählt hatte, den Rosenkranz und das Messbuch ihrer Mutter und ein paar persönliche Dinge, die sie benötigen würde. Sie nahm nicht sehr viel mit in die Ehe, trotzdem wünschte sie, es wäre noch weniger. Es gefiel ihr nicht, dass sie überhaupt etwas mitnehmen musste, was sie an das Leben mit ihrem Vater erinnerte. Sie hatte fest vor, jedes einzelne Kleidungsstück durch ein anderes zu ersetzen, sobald sie dazu in der Lage wäre.

Sie war gerade dabei, sich für den Tag anzukleiden, als jemand an die Tür klopfte. Bevor sie wem auch immer sagen konnte, er möge eintreten, hatte ihr Vater die Tür geöffnet und stand plötzlich vor ihr.

Glücklicherweise hatte sie den Koffer versteckt. Bereits als Kind hatte sie gelernt, dass alles Persönliche und Wichtige geheim gehalten werden musste. Das kam ihr heute zugute.

„Warum bist du noch nicht angezogen?“ wollte er wissen.

In diesem Fall war es sicher nicht angebracht, die Wahrheit zu sagen, und sie log ohne Skrupel. „Ich hatte Kopfschmerzen. Deshalb wollte ich mir Zeit lassen, in der Hoffnung, dass sie vielleicht wieder weggehen.“

„Deine Gesundheit scheint ja in letzter Zeit nicht die beste zu sein, Tochter. Oder bist du inzwischen Expertin für Ausreden geworden?“

„Es waren nur Kopfschmerzen. Ich glaube nicht, dass es ansteckend oder tödlich ist.“ Sie lächelte, um ihm zu zeigen, dass es sich um nichts Schwerwiegendes handelte.

„Geht es dir jetzt besser?“

Im Moment fühlte sie sich schlechter. Sie fragte sich, warum sie so lange im Haus dieses Mannes geblieben war. Warum hatte sie ihr Leben nicht selbst in die Hand genommen?

„Mir geht es gut“, sagte sie. „Ich glaube, ich muss bloß was essen. Ich ziehe mich an und komme runter. Du musst schon vor Stunden gefrühstückt haben.“

„Hast du nur die leiseste Vorstellung von dem, was hier los ist?“ Er schlug mit Faust gegen das nächste erreichbare Möbelstück, das zufällig ihr Toilettentisch war. Kleine Glasfläschchen klirrten und fielen um.

Sie hatte keine Angst. Herausfordernd hob sie das Kinn. „Woher sollte ich das wissen? Hast du jemals mit mir über irgendetwas Wichtiges gesprochen?“

Er kniff die Augen zusammen. „Du wohnst doch gern hier,

oder etwa nicht? Es gefällt dir, das zu bekommen, was du haben willst. Und es gefällt dir, wie die Leute dich ansehen, weil sie wissen, dass du jemand bist!“

Sie wusste, dass er streitlustig war. Aber ihr war auch klar, dass sie sich ihre ganze Zukunft verderben konnte, wenn sie ihm einen Kampf lieferte. Trotzdem hätte sie ihm zu gern gesagt, was sie von dem Leben hielt, das er ihr ermöglicht hatte. Sie wollte Tim McNulty nur ein einziges Mal sagen, wie sie den Mann verachtete, der er geworden war, wie sie ihren eigenen Vater und alles, was mit ihm zu tun hatte, verachtete.

Doch als sie gerade dazu ansetzen wollte, fiel ihr ein, dass sie dann niemals die Erlaubnis bekäme, das Haus heute Abend zu verlassen.

„Ich habe mich nie beschwert, oder?“ Sie bedauerte nur, dass es so war.

„Nun, es ist Zeit, dass du dich für das, was ich dir gegeben habe, auch mal erkenntlich zeigst.“

Sie wusste genau, was er meinte, aber sie spielte die Naive. „Ich dachte, wenn ich das Haus in Ordnung halte und mich um das Personal kümmere, könnte ich auf diese Art wenigstens etwas zurückgeben.“

Er starrte sie an, und ein Muskel zuckte in seiner Wange. Offensichtlich war er hin- und hergerissen. Zweifellos hätte er seine Gemeinheiten gern noch fortgeführt, denn ihr Vater war ein brutaler Typ. Aber er war auch nicht dumm und wusste, dass er bei dieser Auseinandersetzung ein bisschen raffinierter vorgehen musste.

„Deine Mutter hat dich in der Hinsicht gut erzogen.“ Es war offensichtlich, wie schwer ihm das über die Lippen gekommen war. „Du wirst eine gute Ehefrau abgeben.“

Ja, dachte sie, und zwar früher, als du denkst.

„Niall Cassidy hat ein Auge auf dich geworfen“, sagte er

schließlich. Seine Stimme klang freundlicher, fast schon, als würde er sie um etwas bitten.

„Ich weiß."

„Es würde mir sehr helfen, wenn du ihn ermuntern könntest."

„Ermuntern?"

„Seine Absichten sind ehrenhaft, Clare. Er möchte eine Ehefrau. Ich bitte dich nicht um etwas, das in deiner geliebten Kirche auf Ablehnung treffen würde. Sag ihm, dass du ihn heiratest."

„Er hat mich nicht gefragt."

„Er kommt heute Nachmittag!" Tim kämmte sich mit den Fingern durch sein pomadisiertes Haar. „Und ich möchte, dass du ihm ein bisschen schöntust, zeig ihm, dass du willig bist … ihn zu heiraten."

„Heute Nachmittag?"

„Was hab ich denn gerade gesagt!"

„Ich bin nur überrascht, das ist alles. Die Ankündigung ist ein bisschen kurzfristig, oder?"

„Es ist doch völlig egal, was für eine Ankündigung du bekommst! Gib dem Mann, was er will."

„Warum stopfst du mir nicht einfach einen Apfel in den Mund und servierst mich auf einem silbernen Tablett?"

Er hob die Hand, um ihr eine Ohrfeige zu verpassen, überlegte es sich aber anders. „Ich möchte nicht, dass du in meinem Haus so mit mir redest!"

„Die Frage war aber gerechtfertigt. Interessieren dich meine Gefühle in dieser Sache überhaupt nicht?"

Er runzelte die Stirn, als käme ihm diese Idee völlig absurd vor. „Er ist ein Aufsteiger, hat mit Leuten zu tun, die ihn zum reichen Mann machen können, und es würde mir helfen, wenn du ihn heiratest. Außerdem wird er dafür sorgen, dass du immer alles hast, was du möchtest, so wie ich das getan habe."

Es gab so viel, was sie darauf hätte erwidern können, aber das sparte sie sich lieber. Sie hatte schon genug gesagt.

Sie musste alle Kraft aufbringen, um freundlich zu lächeln. „Ich will einfach nur hören, dass es dir wichtig ist, was ich darüber denke." Sie legte ihm leicht die Finger auf den Arm. „Ich will nur wissen, dass *ich* dir wichtig bin."

Er räusperte sich leise. Der Laut schien tief aus seiner Kehle zu kommen, so als würde er sich damit jeder eventuell aufkommenden Sentimentalität entledigen. „Sag mir nur, was du tun wirst. Denn wenn du nicht machst, um was ich dich bitte …"

Sie unterbrach seine Drohung. „Ich werde Niall ermutigen. Es muss sehr wichtig für dich sein."

Er nahm ihre Antwort als Selbstverständlichkeit auf. „Na gut. Zieh dir was Hübsches an, und sag Ja, wenn er dir einen Heiratsantrag macht."

Plötzlich fiel ihr das Groteske dieser Situation auf. Sie, die ernsthaft darüber nachgedacht hatte, ins Kloster zu gehen, bevor sie Glen kennen lernte, war nun im Begriff, sich mit zwei Männern gleichzeitig zu verloben. Jedenfalls für ein paar Stunden.

Es war so absurd, dass die Unredlichkeit und auch die Gefährlichkeit einer solchen Handlung unwichtig, ja fast schon komisch erschien. Sie lebte eine schlechte Komödie. Wenn sie erst mal verschwunden war, hatte Cassidy seine aus welchen Gründen auch empfundene Enttäuschung nur verdient. Und ihr Vater? Sie wartete darauf, dass sie die sentimentalen Gefühle einer Tochter erfassten. Das Einzige, was sie womöglich empfinden könnte, war ein schlechtes Gewissen wegen all der Lügen.

Sie sah Tim McNulty an und verspürte nichts als Mitleid. Er besaß keinerlei innere Werte, die zählten. Vielleicht war er nicht immer so gewesen, aber irgendwann in seinem Leben hatte er es geschafft, sämtliche menschliche Gefühle abzutöten. Für ihn war sie nichts weiter als eine unbedeutende Schachfigur in seinem Machtspiel.

Sie bemühte sich noch einmal zu lächeln. „Ich werde mein schönstes Kleid anziehen. Wann wird Niall erwartet?“

„Keine Ahnung. Sei einfach bereit.“ Er drehte sich um und verließ das Zimmer.

Sie würde keinen einzigen Blick zurück verschwenden, wenn sie aus diesem Haus geflohen war, von diesem Mann und diesem Leben. Sie würde niemals zurückblicken.

Glen erwartete Widerstand von seiner Familie. Wie immer, ging er zuerst zu seiner Großmutter. Lena würde verstehen, warum sie heute Abend heiraten und anschließend sofort die Stadt verlassen mussten. Er hoffte, dass sie bei seinen Eltern und auch bei Pater McSweeney, bei dem er am Abend vorher noch ein Zögern bemerkt hatte, als er ihm die Situation erklärte, ein gutes Wort einlegen könnte.

Lena war mit dem Priester gut befreundet. Er wusste, dass die beiden oft den Nachmittag miteinander verbrachten, von alten Zeiten redeten, von der Weltpolitik und Skandalen. Ihre Beziehung war ihm immer sehr sonderbar vorgekommen. Der ehrenwerte, studierte Priester und die ungebildete Saloon-Besitzerin. Doch der Priester schien die selben Eigenschaften an seiner Großmutter zu schätzen wie er: Tugendhaftigkeit, Intelligenz und eine innere Stärke, die ihr half, in jeder Situation die Nerven zu behalten und zu tun, was zu tun war.

Glen hoffte, dass sie auch diese besondere Aufgabe in den Griff bekam.

Er besuchte sie am nächsten Morgen in ihrem Haus, war extra früh aufgestanden, um sie zu erwischen, bevor die anderen Familienmitglieder erschienen. Er fand sie in der Küche, was ihn nicht überraschte. Aber sie kochte nicht. Sie las die Zeitung.

„Irgendwas Interessantes?" fragte er.

Sie blickte auf und lächelte. „Mein Lieblings-Enkel."

„Das sagst du zu uns allen."

„Und es stimmt auch jedes Mal." Sie klopfte auf den Stuhl neben sich und wollte aufstehen, um ihm einen Tee einzugießen.

„Nein, bleib sitzen, ich hab schon gefrühstückt."

„Schlechte Neuigkeiten oder eine Bitte?"

Sie kannte ihn nur zu gut. Er zuckte die Schultern. „Eigentlich beides, fürchte ich."

„Die Zeit vergeht schnell. Spuck es aus."

„*Mamó,* ich werde heute Abend heiraten."

Sie hatte gerade die Zeitung zusammengefaltet und blickte jetzt auf. „Hab ich richtig verstanden?"

„Ich habe keine andere Wahl." Als sie das Gesicht verzog, lächelte er. „Nein, nicht, was du denkst, Ehrenwort. Hast du die Zeitung gelesen? Und hast du die Geschichte mit der Razzia auf Whiskey Island mitbekommen?"

„Ich hab's heute in der Zeitung gelesen und sogar die Schüsse gehört."

„Du warst im Saloon?"

„Ja, um deinem Vater und deiner Mutter bei einem Bankett zu helfen."

Es überraschte ihn nicht, dass die Schießerei zu hören gewesen war, da an der Küste ein heftiger Kampf stattgefunden hatte. Ihn wunderte nur, dass niemand dabei getötet worden war. „Clares Vater hat alles verloren. Es ist nur noch eine Frage der Zeit, bis er von ihr verlangt, dass sie einen seiner Komplizen heiratet. Er hat sich Geld geliehen und glaubt, dass er auf diese Weise bis zur Rückzahlung Zeit schinden kann."

„Was ist das bloß für ein Vater, der so was tut?"

„Ein besonders schlechter. Ich liebe Clare. Ich will sie heiraten und von hier fortbringen. Das ist die einzige Möglichkeit, wie sie dem entgehen kann. Und es muss heute Abend sein, bevor es zu Hause bei ihr noch schlimmer wird. Solange es immer noch möglich ist, von dort wegzukommen."

„Hat sie dich darum gebeten?"

„Nein. Sie würde niemanden um etwas bitten. Ich will sie schon seit Wochen heiraten. Es gefällt mir nicht, dass es auf diese Weise passiert, aber wir haben keine Wahl."

„Ich glaube dir. Ich kenne dich. Wo und wann genau?"

„Heute Abend, wenn es dunkel wird. *Mamó,* kannst du Pater McSweeney nicht gut zureden, dass er die Zeremonie ohne ein richtiges Aufgebot für uns durchführt? Heute Abend im Saloon? Er kennt meine Geschichte. Ich hätte gern die Familie dabei. Es könnte sein, dass wir uns danach für eine sehr lange Zeit nicht mehr sehen."

„Ich habe keine sehr lange Zeit mehr auf dieser Erde."

„Wir kommen zurück, sobald es nicht mehr gefährlich ist. Das verspreche ich."

„Ihr braucht eine Genehmigung."

„Ich denke, die kann ich ohne Clare besorgen. Ich habe Freunde beim Gericht."

„Wenn ich denn zu Pater McSweeney gehe ... und zu deinen Eltern?"

„Bitte, es ist eine wirkliche Notlage. Es tut mir Leid, dass ich dich um so viel bitte, aber ich muss heute noch alles notwendige vorbereiten."

„Du wirst Geld benötigen."

„Ich habe sparsam gelebt und etwas beiseite gelegt. Clare hat auch ein bisschen."

„Heute Abend hast du noch mehr."

Glen wusste, dass es keinen Zweck hatte zu diskutieren. Niemand stritt sich mit *Mamó.* Er stand auf und gab ihr einen Kuss auf die Wange. „Dich werde ich am meisten vermissen."

„Das ist deine Version von meinem Spruch mit dem Lieblings-Enkel. Mein lieber Junge, ich kenne dich. Uns zu verlieren wird für dich sein, wie deine Gliedmaßen zu verlieren. Du wirst uns alle vermissen, jeden einzelnen."

31. KAPITEL

Clare zog ein sittsames, lavendelfarbenes Kleid mit Pikeekragen und Perlmuttknöpfen an. Sie dachte, damit würde sie sehr jung und jungfräulich aussehen, zu jung, so hoffte sie, um jetzt schon zu heiraten. Den ganzen Vormittag herrschte große Anspannung im Haus. Sogar durch die geschlossene Schlafzimmertür konnte sie hören, wie ihr Vater die Männer anschrie, die für ihn arbeiteten. Sie bekam nicht genau mit, worum es ging, da sie ihm möglichst aus dem Weg gehen wollte. Aber sie hatte den Eindruck, als würde Tim sie noch einmal und noch einmal dazu anhalten, genau zu berichten, was sie an dem Abend der Razzia gesehen und gehört hatten. Sie wusste, dass ein ganzer Haufen Geld verschwunden war. Womöglich vermutete ihr Vater, dass einer seiner eigenen Männer es sich geschnappt hatte.

Als sie das Haus verließen, schlich sie nach unten, um Mittag zu essen. Erst überlegte sie, ob sie sofort zum Whiskey Island Saloon gehen sollte, noch bevor Niall kam, doch dann sah sie ihren Bewacher unten auf der Treppe sitzen. Sie fand den Mann netter als die anderen, doch vielleicht war das reine Sentimentalität. Das kam womöglich daher, weil er aus Irland war und so einen reizenden Akzent hatte.

„Mein Vater ist gegangen?" erkundigte sie sich.

„So ist es. Und Sie haben doch wohl nicht vor, selbst einen Ausflug zu unternehmen, oder, Miss McNulty?"

„Ich will Mittag essen. Wollen Sie auch etwas?"

„Ich fürchte, das wäre Ihrem Vater nicht recht, aber ich setze mich dazu."

Sie bezweifelte, dass er sie aus Geselligkeit oder Langeweile ins Speisezimmer begleitete. Die Fenster in dem Raum waren niedrig und leicht zu öffnen.

Er folgte ihr in die Küche, wo sie mit der Köchin sprach, die ihr Suppe und Sandwichs zubereiten wollte. Dann kochte sich Clare eine Kanne Tee und trug sie mit zwei Tassen ins Esszimmer. Sie stellte die Kanne auf den Tisch und wartete, bis der Tee lange genug gezogen hatte.

„Die Dinge laufen hier also nicht so, wie sie sollten", sagte sie betont locker. „Waren Sie vielleicht vor zwei Tagen auf Whiskey Island?"

„Whiskey Island?" Er tat so, als würde er nachdenken. „Ich bin immer noch neu hier in Ihrem Land, Miss, sodass ich nicht alles kenne. Aber Whiskey Island klingt wirklich interessant."

„Wir wissen beide, wovon ich rede."

„Ich nicht." Er schüttelte den Kopf.

Sie hätte wahrscheinlich auch nicht darüber gesprochen, wenn sie an seiner Stelle gewesen wäre. „Soweit ich weiß, erwarten wir heute Nachmittag Besuch. Ein Mann namens Niall Cassidy?"

„Ich habe den Namen gehört."

Sie beschloss, dass der Tee genug gezogen hatte, und goss zwei Tassen voll. „Ihr Name ist Liam, stimmt's? Wie trinken Sie ihn denn, Liam?"

„Überhaupt nicht."

Sie fügte Zucker und Sahne dazu und schob ihm die Tasse hin. Er seufzte und nahm einen Schluck.

„Ich weiß, es ist nicht klug, sich mit der Tochter vom Boss anzufreunden", sagte sie. „Besonders wenn es Ihr Job ist, mir das Leben so schwer wie möglich zu machen."

„Tut mir Leid, dass ich das tun muss, Miss."

„Haben Sie Frau und Kinder?"

„Ist das von Bedeutung?"

„Nein, aber einem Mann, der seine Frau liebt, sind andere Frauen normalerweise wichtig genug, um sie zu beschützen."

„Das ist mein Job."

„Ihr Job ist es, mich davon abzuhalten, nach meinen Gefühlen zu handeln und etwas zu tun, das vielleicht gegen die Interessen meines Vaters Tim geht. Zum Beispiel Niall Cassidy nicht zu heiraten."

„Davon weiß ich nichts."

„Nun, dann werde ich es Ihnen erklären. Ich denke, mein Vater hat alles bis auf die Haare auf dem Kopf verloren. Und um sicherzugehen, dass er nicht umgebracht wird, weil er seine Schulden nicht bezahlt, braucht er etwas Aufschub für die Rückzahlung. Er meint, wenn ich Mr. Cassidy heirate, wird ihm das diese Zeit erkaufen. Können Sie mir folgen?"

„Das geht mich nichts an."

„Oh, doch. Weil Sie derjenige sind, der mich überallhin verfolgt, und Sie wissen, dass es nicht Cassidy ist, den ich liebe."

Liam schwieg.

Sie senkte die Stimme. „Eigentlich kenne ich Sie nicht gut genug, um Sie um einen Gefallen zu bitten, aber ich habe keine andere Wahl. Heute, wenn Mr. Cassidy kommt, würden Sie dann immer in meiner Nähe bleiben? Ich ... ich traue ihm nicht. Verstehen Sie? Ich möchte nicht mit ihm allein gelassen werden."

„Werden Sie seinen Antrag ablehnen?"

Sie schüttelte traurig den Kopf. „Nein, ich werde Ja sagen, und das wird ihn ermutigen, etwas zu tun, das ich nicht mag."

„Das gehört zu einer Ehe."

Sie versteifte sich. „Ja, sicher, aber wenn alles gut geht, dann werden wir erst mal für eine ganze Weile nicht heiraten."

Liam dachte nach. Sie glaubte in seinen Augen den inneren Kampf zu erkennen, den er mit sich ausfocht. Eigenes Interesse gegen Menschlichkeit. Sie war sicher, dass Letzteres bei ihm vorhanden war – das sagte ihr Instinkt.

„Ich werde in der Nähe bleiben", versprach er. „Bei irgendwelchen Anzeichen von Problemen helfe ich Ihnen."

„Oh, vielen Dank!" Sie war wirklich erleichtert. Die Köchin kam mit zwei Schüsseln Suppe und einer Platte mit Sandwichs. „Bitte essen Sie mit mir. Dann fühle ich mich besser, weil ich Sie um Hilfe gebeten habe."

Liam wusste, dass er noch mehr von seiner Neutralität verlor, wenn er ihr Angebot annahm. Er seufzte, nahm dann ein Sandwich und aß es gierig mit einem Bissen auf.

Vom ersten Moment an, als die beiden Männer einander vorgestellt wurden, konnte Liam Niall Cassidy nicht leiden. Cassidy war ein Mann, der in seiner eigenen kleinen Welt keinen Platz mehr für andere hatte. Liam ging davon aus, dass er Clare McNulty nicht liebte; stattdessen liebte er das, was ihre Schönheit, Intelligenz und ihr Auftreten ihm in Zukunft bringen könnten. Liam befürchtete außerdem, dass Cassidy einer von diesen Typen war, denen es gefiel, alles Schöne zu zerstören. Als Junge hatte Cassidy wahrscheinlich Schmetterlingen die Flügel ausgerissen oder die neugeborenen Kätzchen der Nachbarn aus reinem Vergnügen im See ertränkt.

Es gehörte nicht zu Liams Job, sich mit den Männern, die mit Tim McNulty Geschäfte machten, gut zu verstehen. Warum sollte er sie mögen, wenn ihm McNulty selbst unsympathisch war? Dummerweise mochte er aber Clare, die ihn an Brenna erinnerte. Ihre Lebensumstände waren verschieden, aber keine der beiden Frauen hatte die Liebe bekommen, die sie verdiente. Brenna hatte nun Liam, aber was hatte Clare? Die Aussicht auf eine miserable Ehe mit diesem Widerling?

Er wollte sich nicht darum kümmern, aber es gelang ihm nicht, so sehr er es auch versuchte.

An dem Abend der Razzia hatte Liam glücklicherweise von Whiskey Island fliehen können. Nach stundenlangem Warten war er im Morgengrauen unentdeckt davongeschlichen. Jerry hatte nicht so viel Glück gehabt, aber er war jetzt auf Kaution frei. Zusammen hatten sie McNultys Ausbruch ertragen, der wie ein Verrückter etwas von Geschick und Unfähigkeit gebrüllt hatte. Wenn sie schneller gewesen wären, schlauer oder vorsichtiger, so McNulty, dann hätte man sie nie erwischen können. Der Whiskey wäre jetzt in den Kellerräumen der Speakeasys und der Profit in McNultys Taschen. Alle waren froh, dass er sie nicht mit bloßen Händen erwürgte.

Liam konnte nur staunen, dass McNulty einem solchen Vollidioten zutraute, auf seine Tochter aufzupassen. Doch er hatte Liam am Morgen beiseite genommen und ihm aufgetragen, Clare nicht aus den Augen zu lassen, jedenfalls so lange, bis Cassidy aufgetaucht wäre. Danach sollte er sich blind und taub stellen, was immer auch passierte.

Als Cassidy an der Tür erschienen war, hatte Liam immer noch gehofft, dass seine Aufgabe und das Versprechen, das er Clare gegeben hatte, nicht kollidierten. Ein Blick auf Cassidys anmaßende Haltung und die Art, wie er Liam mit einer Handbewegung zu verstehen gab, er solle sich verziehen, als er ihnen ins Wohnzimmer folgte, und Liam wusste, der Konflikt war unvermeidlich.

„Miss McNulty, soll ich Ihnen etwas holen?“ erkundigte sich Liam, ohne auf Cassidys Geste zu achten.

Sie sah ihn dankbar an. „Etwas Wasser wäre sehr nett, Liam. Aber bringen Sie es später rein, ja?“

Cassidy mochte denken, sie wollte mit ihm allein sein. Doch Liam wusste, dass sie einen Vorwand gesucht hatte, damit er hereinplatzen könnte, wenn es brenzlig wurde. Er nickte und zog sich zurück, ging aber nicht weit weg. Nachdem er das Wasser besorgt hatte, setzte er sich in den Flur und lauschte angestrengt, während das Eis im Glas schmolz.

„Gefallen dir die Blumen, die ich mitgebracht habe?" fragte Niall sie.

Liam hatte den Strauß gesehen, eine protzige, exotische Masse von Blüten, die in den Salon eines Freudenhauses gehört hätte. Jeder vernünftige Mann müsste wissen, dass eine bescheidene Frau wie Clare Rosen bevorzugte oder ein kleines Sträußchen Veilchen.

„Sie werden jeden Raum aufleuchten lassen, in den ich sie stelle", erwiderte sie.

Liam grinste über ihren Takt und die leichte versteckte Spitze ihrer Bemerkung.

„Hast du an mich gedacht?"

„Sie sind niemals weit von meinen Gedanken entfernt", flötete Clare.

Wieder musste Liam grinsen. Zwei Punkte für die junge Lady. Aber Cassidy war zu dumm, um seine Niederlage zu erkennen.

„Ich hab dir noch was mitgebracht."

„*Ein* Geschenk bei einem Besuch ist schon mehr als genug."

„Ja? Also das hier ist kein Geschenk. Jedenfalls nicht direkt, sondern eher so was wie ein Vertrag."

Es herrschte Stille. Liam stellte sich vor, wie Cassidy etwas aus seiner Tasche vorzog. Er hoffte, dass sein Heiratsantrag an Brenna etwas kultivierter abgelaufen war als dieser hier, obwohl er auch nicht aus einem vornehmen Haus stammte.

„Gefällt er dir?"

Clare schwieg einen Moment. „Ich weiß wirklich nicht, was ich sagen soll", brachte sie schließlich hervor.

„Es ist ein schönes Stück, hat kaum einen Fehler. Ich kenne da einen Typen von der North Side, und er hat mir ein extra Angebot gemacht. Ich wollte einen großen. Er gab mir einen großen."

„Ja, das hat er in der Tat. Mit diesem Ring könnte ich mir den Finger brechen."

„Er gefällt dir nicht?" Cassidy klang nicht mehr so freundlich oder stolz.

„Oh, es ist wahrhaftig ein bemerkenswerter Ring. Ich habe noch nie einen gesehen, der so …"

„Groß ist?"

„Ja. Groß."

Liam versuchte sich den Klunker, um den es ging, vorzustellen und kam zu dem Schluss, dass der Schmuck den Blumen sicher in nichts nachstand, nach Clares Reaktion zu schließen.

Cassidy klang wieder zuvorkommender. „Setz ihn mal auf, ja? Ich will sehen, ob er passt."

„Mr. Cassidy … Niall, das ist zu großzügig. Ich kann von Ihnen nicht so … etwas annehmen."

„Wie sollen wir den Leuten sonst zeigen, dass wir heiraten?"

„Heiraten?"

„Sicher, das ist ein Verlobungsring. Du und ich. Was dachtest du denn, was es sein soll?"

„Na ja, Sie haben mir ja eigentlich gar keinen Antrag gemacht."

Liam musste sich das Lachen verkneifen.

„Das ist doch eine sichere Sache, oder?"

„Ich weiß nicht. Wir haben doch nie darüber gesprochen."

„Also, ich will, dass du mich heiratest. Und zwar bald. Du wirst nicht sehr froh werden hier, wenn du bleibst, so viel ist klar. Die Leute, für die ich arbeite, sind im Moment nicht sehr gut auf deinen Vater zu sprechen, da wird es keine Freude sein, hier zu wohnen. Du hast Glück, dass ich dich immer noch heiraten will. *Er* hat Glück."

„Wirklich? Ist das so?"

„Ja, er steht vor den Leuten da wie ein Pfuscher, und da wo ich herkomme, können sie Pfuscher nicht ausstehen. Die Tochter von einem Pfuscher?“ Liam sah ihn förmlich vor sich, wie er die Schultern zuckte. „Die Tochter von einem Pfuscher steht nicht gerade hoch im Kurs“, beendete Cassidy seinen Vortrag.

„Aber das würde mir gar nicht gefallen, wenn Sie sich mit der Tochter eines Pfuschers belasten.“

„Hey, hör zu, das Gerede wird sich nach unserer Hochzeit wieder legen. Dafür kann ich sorgen. Dein Vater wird auf mich hören müssen. Das ist eine klare Sache. Ich werde ihm sagen, was er tun muss.“

„Na ja, ich wünsche viel Glück dabei. Er ist nicht gerade ein guter Zuhörer.“

„Also, willst du jetzt ein Datum festlegen?“

Es entstand eine lange Pause. Liam konnte sich vorstellen, was der bedauernswerten Frau durch den Kopf ging. Sie war in der Falle gefangen, der sie hatte ausweichen wollen.

„Ich werde Sie heiraten, Niall … aber nicht sofort.“ Ihre Stimme wurde leiser, so als würde sie sich von der Tür entfernen, und wahrscheinlich von Niall. „Noch bis vor wenigen Monaten dachte ich, ich wäre berufen. Ich wollte Nonne werden. Und nun werde ich heiraten. Können Sie das verstehen? Ich brauche ein bisschen Zeit, um mich daran zu gewöhnen.“

„Wie viel Zeit?“ Er klang nicht sehr begeistert.

„Nur genug, um die Position als Verlobte eine Weile zu genießen. Sicher wollen Sie mir die Freude nicht nehmen, die Hochzeit zu planen, ein Kleid auszusuchen, nach Chicago zu kommen und Ihre Freunde kennen zu lernen.“

„Was für eine Hochzeit? Tim wird nicht in der Lage sein, irgendwas für dich zu tun.“

„Ach, nur eine ganz einfache und bescheidene, aber es soll doch alles stimmen. Ich möchte in meiner Kirche getraut werden, umgeben von meinen Freunden. Ich will, dass Sie stolz auf mich sind und dass unser gemeinsames Leben gut begonnen wird. Vielleicht bin ich abergläubisch, aber ich glaube ganz fest daran, dass auf eine gute Hochzeit immer eine gute Ehe folgt. Und wir müssen uns doch noch ein bisschen besser kennen lernen. Ich möchte erfahren, was Sie gern haben."

„Ach, das kann ich dir jetzt auf der Stelle zeigen. Aber zieh dir erst den Ring über."

Liam lehnte sich in seinem Stuhl nach vorn. Es herrschte Stille, dann schrie Clare leise auf. „Oh, Niall, das tut mir Leid, aber er ist viel zu groß. Wenn ich ihn jetzt anlege, wird er sofort wieder von meinem Finger rutschen."

„Wir werden uns morgen darum kümmern. Ich bring dich in die City, und dann lassen wir das in Ordnung bringen. Damit er schön eng sitzt."

„Ja, gut, in Ordnung …" Es entstand eine kleine Pause. „Niall, ich …"

„Komm schon. Meinst du nicht, dass ich mir dafür einen Kuss verdient habe? Einen für die Blumen und einen für den Ring, und vielleicht noch einen, weil wir heiraten." Er hörte sich nicht mehr so selbstzufrieden an. Sicher suchte sich Niall Cassidy normalerweise Frauen aus, die er nicht lange bitten musste.

Es herrschte Stille, und Liam stand auf. Aber er ging nicht ins Wohnzimmer. Noch nicht. Es war nicht notwendig, für nichts einen Wirbel zu veranstalten, und ein Kuss, oder sogar drei, rechtfertigte noch nicht sein Einschreiten.

„Das reicht jetzt, Niall." Clare klang atemlos, aber entschieden. „Denk daran, wir sind noch nicht verheiratet."

„Ja, schon, aber wir sollten es eigentlich schon sein. Ich weiß nicht, warum wir noch warten müssen, es sei denn, du versuchst

Zeit zu schinden. Ich wüsste hundert Mädchen, die mich auf der Stelle nehmen würden."

Liam wartete darauf, dass Clare ihm riet, dann doch zu diesen Mädchen zu gehen, aber offensichtlich hielt sie das nicht für schlau. „Was für eine Frau wünschst du dir, Niall? Eine, die sich an die Männer heranmacht?"

„Nö, ich wär mit einer zufrieden, die sich an mich ranmacht." Etwas schleifte über den Boden, und Liam schnappte sich sofort das Wasserglas. „Du musst noch einiges lernen. Kann ich dir genauso gut jetzt gleich beibringen."

Liam warf die Tür so heftig auf, dass sie gegen die Wand knallte. „Hier ist Ihr Wasser, Miss …" Cassidy hatte sie gegen die Wand gedrückt, während sie verzweifelt versuchte, ihren Kopf von ihm wegzudrehen. Liam spürte, wie die Wut in ihm hochstieg. Dieser Typ war ein Tier und hatte eine Frau wie Clare nicht verdient.

„Einen Moment bitte", sagte Liam. „Ich bin Miss McNultys Leibwächter. Ich denke, Sie haben sich ein wenig hinreißen lassen."

„Raus hier!" schrie Cassidy. „Oder *dein* Leib braucht gleich ein bisschen Pflege!"

Liam war nicht erpicht darauf, sich zu prügeln. „Ich weiß, wie das ist, wenn man erst mal Geschmack an etwas gefunden hat, mein Freund, aber wir sollten doch langsamer vorgehen. Schön vorsichtig und nichts überstürzt. Eine schöne Frau kann einem Mann schon den Kopf verdrehen. Ich weiß …"

Cassidy stürzte auf ihn zu, bevor er den Satz zu Ende sprechen konnte. Kurz bevor er ihn erreicht hatte, schüttete ihm Liam das Glas Wasser ins Gesicht. Aus dem Augenwinkel sah er, wie Clare zur Tür ins Speisezimmer rannte.

Cassidy spuckte und fluchte, als das Wasser an ihm herunterlief, aber er ließ sich nicht abhalten und schnaufte wie ein Stier. Liam fragte sich, welche Institution wohl ein besserer Lehrer gewesen war, die Straßen von Chicagos North Side oder das Waisenhaus der Christlichen Brüder?

Er sprang zur Seite und streckte blitzschnell sein Bein aus. Wie erwartet, stolperte Cassidy, aber er riss Liam mit sich zu Boden, wo sie hin und her rollten, bis Liam nicht mehr sagen konnte, wer unten und wer oben war.

Eine Faust landete auf seiner Wange. Liam umklammerte Cassidys Hals und drückte zu. Wieder schlug Cassidy zu, doch Liam schnürte ihm die Kehle noch fester ab. Schließlich versuchte Cassidy, Liams Hände zu packen und sie wegzuziehen. Liam rollte sich erneut mit ihm herum, und diesmal lag er oben. Cassidys Kopf schlug auf dem Boden auf, als er ihn schüttelte. Einmal, zweimal, bis Cassidy es schaffte, Liams Hände von seinem Hals zu lösen. Er fasste Liam bei den Handgelenken, während sie sich erneut herumrollten, aber das war alles, was er tun konnte, um ihn abzuwehren.

Cassidy hatte ein Grinsen auf dem Gesicht wie ein Wahnsinniger. Fraglos lag er gerade oben, und im Moment glaubte er sicher, auch die Oberhand zu bekommen. Da krachte es, und sein Grinsen erstarb langsam. Er sackte zusammen, fiel vornüber und ließ Liam, der immer noch seine Unterarme fest umklammerte, frei.

Clare stand über ihnen. Die restlichen Scherben einer riesigen Glasvase fielen ihr aus den Händen.

Liam starrte zu ihr hoch.

„So ein Pech, was?" sagte sie matt. „Das war die einzige Vase, die für den schrecklichen Blumenstrauß groß genug war, den er mitgebracht hat."

Liam war einen Augenblick sprachlos. Einerseits hätte er am liebsten laut losgelacht. Doch bei dem Gedanken an die Konsequenzen ihrer Aktion war er wie gelähmt.

„Seien Sie vorsichtig, wenn Sie aufstehen", warnte sie ihn.

Er schob Cassidy noch ein Stück weiter zur Seite und setzte sich auf. „Sie wissen, was Sie da getan haben, oder?"

„Ich denke, ich habe Ihnen vielleicht das Leben gerettet." Sie war total blass. Er befürchtete schon, sie könnte ohnmächtig werden.

Sein Stolz war angeknackst. „Ich wäre bestens klargekommen ohne Sie."

„Vielleicht. Vielleicht auch nicht." Sie ging ein paar Schritte zurück und stützte sich auf einen Sessel. „Was machen wir jetzt?"

Liam hatte keine Ahnung. Er konnte Cassidy schlecht vors Haus in den Garten werfen, auch wenn ihn jetzt niemand – besonders nicht der bewusstlose Cassidy – daran gehindert hätte. McNulty würde vor Wut rasen. Und der Deal war nun ganz offensichtlich gescheitert. Wenn Cassidy wieder zu sich kam, würde er sofort wissen, was vorgefallen war. Egal wie vehement Clare behauptete, es wäre jemand anders gewesen, der ihm die Vase über den Kopf gezogen hatte, Cassidy wüsste es.

„Ich werde nicht so tun, als wäre ich es nicht gewesen", sagte Clare, als hätte sie seine Gedanken gelesen. „Schluss mit den Lügen."

„Was wollen Sie tun?"

„Ich gehe." Sie hob die Hand. „Und sagen Sie mir nicht, dass Sie mich davon abhalten wollen. Denken Sie, hier gibt es noch einen Platz für Sie? Außerdem, es wartet keine Arbeit mehr auf Sie, Liam. Mein Vater ist ruiniert. Er wird froh sein, wenn er überlebt. Ganz sicher kann er Ihnen keinen Lohn mehr zahlen." Sie schluckte.

„Haben Sie schon gepackt?"

„Ja."

„Ich werde dafür sorgen, dass Sie auf jeden Fall sicher zu Ihrem Ziel kommen."

„Sie müssen aber nicht ...", begann sie.

„Holen Sie Ihre Sachen. Er wird gleich zu sich kommen, und dann bricht hier die Hölle los."

Sie drehte sich um und rannte aus dem Zimmer. Kurz darauf kehrte sie mit einem großen Koffer zurück. Liam war inzwischen aufgestanden und hatte sich durch die Glasscherben gearbeitet. Er wartete in der Diele auf sie. Cassidy gab ein Stöhnen von sich.

„Folgen Sie mir", sagte er. „Wir gehen hinten raus. Denken Sie darüber nach, wo Sie sich verstecken wollen."

„Ich weiß, wohin ich gehe. Zum Whiskey Island Saloon."

Sie flüchtete zu *seiner* Familie. Er hielt sich lieber nicht damit auf, über diese Ironie nachzudenken.

32. KAPITEL

Clare blickte sich um, vergewisserte sich, dass niemand sie gesehen hatte, und versuchte die Eingangstür vom Whiskey Island Saloon aufzuschieben. Die Tür war verschlossen.

Für einen Moment erfasste sie Panik. Niall würde inzwischen wieder zu sich gekommen sein, und er war nicht der Typ, der sich zurückzog. Ganz sicher suchte er nach ihr, und es war nur eine Frage der Zeit, bis ihr Vater alles erfuhr. Tim würde sofort auffallen, dass Liam ebenso verschwunden war. Was, wenn Liam jemandem von dem Picknick mit Glen erzählt hatte, nur irgendjemandem? Könnten sie sich dann den Rest zusammenreimen und auf die Idee kommen, sie hier aufzuspüren?

Diesmal rüttelte sie an der Tür, in der Hoffnung, dass sie sich geirrt hatte und sie nur klemmte. Aber die Tür war fest verschlossen.

Sie könnte zu Glens Apartment gehen, aber wenn sie ihn dort nicht antraf? Sie wollten heute Nacht aufbrechen. Sicher war er den ganzen Tag noch mit den Vorbereitungen beschäftigt. Aber was für eine Wahl hatte sie. Die wenigen Freunde, mit denen sie Umgang hatte pflegen dürfen, mochten ihr zwar Unterschlupf gewähren, doch das waren die Ersten, bei denen ihr Vater nachsehen würde. Sie dachte an die Kirche, aber sie wusste nicht, ob die Priester der St. Brigid's ihre Geschichte glaubten. Ihr Vater hatte große Summen für die Gemeinde gespendet.

Da sie keine andere Möglichkeit sah, drehte sie sich um und wollte zu Glens Wohnung gehen. Als sie sich ein paar Schritte entfernt hatte, hörte sie, wie die Tür sich hinter ihr öffnete, und wirbelte herum. „Ach, ich dachte, es wäre niemand da."

„Wir haben heute geschlossen. Wegen einer … Feier."

Clare lächelte erleichtert. „Oh, ich glaube sehr wohl, dazu bin ich auch eingeladen."

Die Frau runzelte die Stirn. Sie war im mittleren Alter mit einem eckigen Gesicht und grünen Augen. „Kennen wir Sie?"

„Noch nicht. Ich bin Clare McNulty. Sind Sie denn Mrs. Donaghue?"

„Clare ..." Die Frau musterte ihr Gegenüber, dann lächelte sie. „Nun, ich verstehe, warum der ganze Wirbel veranstaltet wird. Komm rein. Du bist ein bisschen früh dran, nicht?"

„Es ging nicht anders." Clare überlegte, wie viel sie ihr erzählen sollte. Sie wollte alle warnen, dass es Probleme geben könnte, falls ihr Vater sie finden würde, aber sie wollte ihrer zukünftigen Schwiegermutter eigentlich nicht eröffnen, dass sie gerade einen Mann mit einem Waterford-Glas-Erbstück tätlich angegriffen hatte.

Das Lächeln auf dem Gesicht der Frau verschwand plötzlich, und sie zog Clare schnell herein. „Du bist in Gefahr, oder?"

„Na ja, ein bisschen."

„Weiß jemand, dass du hier bist?"

„Ich hoffe, nicht, zumindest niemand, der mir was antun will." Ein mächtiges Schuldgefühl überkam Clare. „Es tut mir so Leid. Ich möchte niemanden in Gefahr bringen. Vielleicht sollte ich lieber wieder umkehren, und Glen und ich suchen uns einen anderen Ort aus, wo wir uns treffen können. Wir können ja heiraten, wenn wir uns erst mal niedergelassen haben."

„Blödsinn! Ich bin Glens Mutter, Fenola. Du darfst mich Mutter nennen." Fenola drehte sich um und stieß einen schrillen Pfiff aus. Gleich darauf waren sie umstellt. „Das ist Glens zukünftige Frau", verkündete Fenola, als sich das Durcheinander etwas gelegt hatte. Clare bekam vor Verlegenheit rote Wangen. „Einer von euch sollte sie nach oben bringen und ihr helfen, auszupacken und ihr Kleid aufzuhängen. Maryedith, das machst du."

Eine junge Frau, die Glen sehr ähnlich sah, trat hervor. „Ich hoffe, du weißt, was du tust. Der Himmel sei dir gnädig, wenn du jemals mit ihm reden willst, während gerade die ‚World Series' im Radio läuft. Und ich hoffe, du magst Hackbraten und Kartoffelpüree, denn soweit ich weiß, isst Glen das jeden Tag."

„Das reicht, Maryedith", mischte sich Fenola ein. „Du kannst dem armen Mädchen später noch Unterricht erteilen. Jetzt braucht sie erst mal ein paar Minuten, um sich von dem ersten Zusammentreffen mit uns zu erholen. Dann kann sie runterkommen und sich die ganzen Namen merken."

Auf eine Handbewegung von Fenola hin teilte sich die Gruppe und ließ eine Schneise wie der Drescher im Weizen, und Maryedith brachte Clare zu einer Tür, die offensichtlich nach oben führte.

Clare drehte sich um und ließ den Blick über die einzelnen Familienmitglieder schweifen. Keiner von ihnen hatte sich von der Stelle gerührt.

„Ich hoffe, eines Tages kann ich euch alle richtig kennen lernen. Jeden Einzelnen." Sie wandte sich wieder der Tür zu und folgte Maryedith eine Treppe hoch. Hinter sich hörte sie Fenola sagen: „Was glotzt ihr denn so? Sie ist hübsch, und sie hat gute Manieren, und Glen liebt sie. Was wollt ihr sonst noch wissen?"

Liam wusste, seine Tage in Cleveland waren jetzt gezählt. Obwohl es McNultys Tochter war, die er beschützt hatte, so war ihm klar, dass McNulty dafür kein Verständnis haben würde. Die ganze Zukunft dieses Mannes stand auf dem Spiel. Die Tugend seiner Tochter war von geringerer Wichtigkeit.

Doch Liam glaubte, dass er von McNulty weniger zu befürchten hatte als von Cassidy. McNulty war nicht der Typ, der sich die Hände schmutzig machte, und seine Angestellten hatten keinen Grund mehr, loyal zu sein. Es würde nicht lange dauern, bis McNulty sein Geschäft schließen musste. Liam war beliebt, und er bezweifelte, dass McNulty irgendjemanden dazu bringen konnte, ihn einfach nur aus reiner Freude umzubringen. Cassidy war allerdings jemand, der persönlich Rache nehmen würde. Zweifellos würde er Liam aufspüren, oder vielleicht sogar seine Familie, und an das, was folgte, wollte er gar nicht denken.

Nachdem Liam Clare am Whiskey Island Saloon abgeliefert hatte, machte er sich auf den Weg nach Hause. Kaum angekommen, rief er nach Brenna, und als sie die Treppe herunterkam mit Irene auf den Fersen, schnürte ihm das vor Kummer fast die Kehle zu.

„Brenna ..."

Sie musterte sein Gesicht, dann nickte sie. „Wohin sollen wir gehen?"

Er hatte auf dem Weg nach Hause über nichts anderes nachgedacht. „Ich möchte, dass ihr den Zug nach Toledo nehmt. Ich treffe euch dort, sobald ich kann."

„Nein."

„Brenna ..."

Sie hob die Hand, um ihn zum Schweigen zu bringen. „Ich werde die Stadt nicht verlassen, bevor ich nicht weiß, dass du in Sicherheit bist."

„Du musst an Irene denken."

„Ich fahre nicht."

Er dachte über eine andere Lösung nach, aber ihr fiel zuerst etwas ein. „Die alten Damen, für die ich gearbeitet habe. Sie würden mich aufnehmen. Niemand wird mich dort aufspüren. Du kannst mich anrufen, auch wenn du dich nicht mit mir treffen kannst. Versprich mir, dass du das tust."

Der Plan klang vernünftig. Die Frauen wohnten am anderen Ende der Stadt, und wahrscheinlich wusste niemand in der Nachbarschaft des neuen Tierney-Hauses, dass Brenna jemals als Haushälterin gearbeitet hatte, und schon gar nicht, für wen. Selbst wenn

Cassidy ihre alte Wohngegend ausmachte, würde sich wohl kaum jemand dort an irgendwelche Einzelheiten ihres Jobs erinnern.

„Ich bringe dich hin, aber du musst dich beeilen."

„Ich habe ein paar Sachen gepackt und Spielsachen für Irene."

„Woher wusstest du Bescheid?"

„Ich kann lesen, Liam. Meinst du nicht, ich habe mir gedacht, dass du bei der Razzia auf Whiskey Island dabei warst? Kannst du dir nicht vorstellen, dass ich mich schrecklich um dich gesorgt habe?" Sie rannte die Treppe hoch, und er sagte nichts dazu. Fürs Erste ließ er sie in dem Glauben, dass sie lediglich vor der Polizei Angst haben mussten.

Als es dunkel wurde und Glen den Familien-Saloon erreichte, wusste er nicht, was ihn erwartete. Ganz sicher hatte er nicht mit dieser aufgeregten Stimmung gerechnet, die ihn empfing, oder dem Duft der Festtagsspeisen seiner Großmutter, der in der Luft lag. Seine Mutter nahm ihn beiseite und hielt ihm eine Standpauke, weil er sich nicht gleich an sie und seinen Vater gewandt hatte. Sein Vater, Terry, ein großer, gut aussehender Mann, der in den letzten Tagen nicht mehr ganz so aufrecht ging und sich über seine ausfallenden Haare sorgte, nahm ihn sich seinerseits vor und beschuldigte ihn, seiner Mutter das Herz brechen zu wollen.

Seine Großmutter kam aus der Küche gehastet und berichtete ihm, dass Clare schon vor Stunden eingetroffen sei.

„Tatsächlich?" fragte Glen erstaunt und machte sich sofort Sorgen. Er hatte erwartet, dass Clare sich in der Dämmerung hinausschleichen würde, sodass ihr Vater erst am nächsten Morgen ihre Abwesenheit bemerkte. Wenn sie schon längst weg gewesen wären.

„Ich werde ihr sagen, sie soll nach Hause gehen. Du scheinst dich nicht besonders zu freuen, dass sie hier ist", sagte Lena. Sie trug ihr bestes Sonntagskleid und hatte ihr Haar mit Kämmen hochgesteckt.

„Ich bin über alle Maßen erfreut, dass sie hier ist. Ich will nur nicht daran denken, was es sie gekostet haben muss, im hellen Tageslicht zu entkommen."

„Sie ist mehr als erschöpft, aber sie lebt und ihr geht es so weit gut."

„Ich geh mal hoch zu ihr."

„Das überleg dir besser noch mal, Junge", sagte sein Vater. „Die Frau wird dir die Augen auskratzen, wenn du sie vor der Hochzeit sehen willst."

Er hatte noch so viel mit Clare zu besprechen und zu planen, aber sein Vater hatte Recht. Sie brauchten den Anschein von Normalität, und wenn es nur um eine so einfache Tradition wie diese ging. „Ist Pater McSweeney hier?"

„Noch nicht", erwiderte Lena. „Aber er ist unterwegs und wird sicher bald eintreffen."

Glen fragte sich, ob es eine gute Idee gewesen war, den alten Priester um die Durchführung der Zeremonie zu bitten. Hatte McNulty herausbekommen, dass Clare in einen anderen Mann verliebt war oder dass sie heute Abend vorhatte, ihren Liebsten zu heiraten? Liam, der Leibwächter, wusste es zweifellos und hatte sicher keine Bedenken, es zu verraten. Und bestimmt hatten ihn ein paar Leute mit ihr in der St. Brigid's gesehen, wo sie sich kennen gelernt hatten. Ob der Priester auf dem Weg zum Saloon verfolgt wurde? Die Möglichkeit war gering, aber Glen wünschte inzwischen, dass sie an eine andere, weniger auffallende Möglichkeit gedacht hätten, den alten Mann hierher zu bringen.

Er redete sich ein, dass er sich zu viele Sorgen machte. Wenn überhaupt, dann würde ihr Vater lediglich entdecken, dass sie das Haus verlassen hatte. Mit etwas Glück würde er das nicht sofort mit einem Liebhaber in Verbindung bringen, sondern mit dem Wunsch, Cassidy zu entkommen.

„Hast du die Heiratserlaubnis erhalten?“ erkundigte sich Lena.

„Ja, mit ein bisschen Mogelei.“

„Und einen Ring?“

„Dazu war keine Zeit mehr. Ich kaufe ihr einen, wenn wir uns niedergelassen haben.“

„Ich habe einen für dich.“ Lena griff in ihre Rocktasche und zog eine winzige Schachtel hervor. „Es war meiner, von meiner ersten Ehe mit Terence, deinem Großvater. Ich hab ihn weggelegt, als ich Rowan geheiratet habe. Er gehörte Terences Mutter. Keine große Kostbarkeit, etwas abgetragen und zerkratzt, aber es ist ein Teil deiner Geschichte. Und nachdem ich Clare kennen gelernt habe, denke ich, sie wird das zu schätzen wissen.“

Er war gerührt und küsste ihr die Wange. „Das wird sie ganz bestimmt. Ich danke dir von ganzem Herzen.“

Lena lächelte. „Du hast wirklich die Gabe, einer Frau gegenüber die richtigen Worte zu finden. Genau wie Terence.“

„Was soll ich denn jetzt machen?“

„Dich setzen und sorgen, was du ohnehin getan hättest, egal, was ich sage.“

Ein Cousin aus der Donaghue-Familie – ein besonders kräftiger – stand an der Tür, um Wache zu halten. Glen sah, wie er die Tür einen Spalt öffnete und Pater McSweeney hereinschob. Glen ging zu ihm, um ihn zu begrüßen, seine Großmutter folgte ihm.

„Sie erweisen uns allen einen großen Dienst, Pater“, sagte sie, nachdem Glen sich bei ihm bedankt hatte.

Der Priester wirkte von dem Weg hierher erschöpft, obwohl die St. Brigid’s nicht so weit entfernt war und ein Fahrer ihn abgeholt hatte. „Es wird gut, die beiden zu trauen und aus der Stadt zu bringen.“

Lena führte den Priester zu einem bequemen Stuhl. Glen wurde noch einmal von seinem Vater beiseite genommen, um ihn nach seinen Plänen zu fragen.

„Ich habe meine Dienstmarke heute Vormittag abgegeben, und ich habe Zugtickets nach Los Angeles. Mein Chef meinte, er könnte dort bei der Polizei ein gutes Wort für mich einlegen." Er zögerte kurz. „Und er hat mir meine Waffe gelassen, solange ich mich noch nicht irgendwo niedergelassen habe, obwohl es eigentlich nicht erlaubt ist."

Terry sagte lieber nichts dazu. „Los Angeles ist zu weit weg."

Glen befürchtete, dass es im Gegenteil nicht weit genug wäre, aber das war die beste Möglichkeit, die sie hatten. Sein Freund beim Gericht hatte versprochen, alle Aufzeichnungen über diese Trauung für ein halbes Jahr zu „verlegen", sodass Cassidy oder McNulty aufgeschmissen wären, sollten sie beschließen, nach so etwas zu suchen.

„Ich möchte dir das hier geben." Sein Vater reichte ihm ein kleines, in weißes Papier gewickeltes kleines Päckchen. „Mach es gleich auf."

Glen tat es und fand die Uhr seines Großvaters Rowan darin.

„Er hätte gewollt, dass du sie bekommst", sagte Terry. „Du bist der einzige Enkel, der für die Gesetzeshüter arbeitet. Er wäre so stolz auf dich gewesen."

Glen fragte sich, ob einer von Rowans leiblichen Enkeln nicht besser dieses Erbe bekommen sollte, doch Rowan hatte es ausdrücklich Terry vermacht, seinem Adoptivsohn. In der Familie war nie jemand bevorzugt worden.

„Ich werde sie gut aufbewahren."

„Und nimm das auch." Terry zog einen Umschlag aus der Tasche. „Es ist von uns allen. Um euch den Start zu erleichtern. Wir werden doch von dir hören?"

Glen hatte bereits Vorkehrungen getroffen, um über einen Freund Briefe an die Familie zu schicken. Zu viele Vorsichtsmaßnahmen vielleicht, aber besser zu viele als zu wenige.

Er griff nach dem Umschlag und blätterte die Scheine durch. „Vielen Dank. Das ist wirklich sehr großzügig von euch."

Plötzlich wurde es still im Saloon. Glen blickte auf und sah, dass alle ihn anstarrten.

„Deine Braut kommt herunter", sagte Terry. „Geh nach vorn und stell dich neben den Priester, mein Sohn."

Clare versuchte sich vorzustellen, wie ihre Mutter in diesem Kleid ausgesehen hatte. Es war aus elfenbeinfarbenen Satin mit verschiedenen Lagen besticktem Tüll und betonte die Figur in einer erfreulich altmodischen Art in diesen Zeiten, die knabenhafte Silhouetten vorschrieben. Der Ausschnitt war hoch, aber über ihren Brüsten war das Oberteil durchsichtig. Die Ärmel waren ebenfalls durchsichtig, aber was ihr am meisten gefiel, war der Schleier aus feiner Spitze, der von den Schultern fiel. Sie fühlte sich wie ein Engel mit Flügeln.

„Deine Mutter hat das Zeitliche gesegnet?" fragte Fenola.

Clare mochte Glens Mutter jetzt schon. Sie war so sachlich und zögerte nicht, das auszusprechen, was sie empfand. Sie schien auch fair, und Clare spürte, dass sie trotz ihrer etwas kühlen Fassade innere Wärme besaß.

„Sie starb, als ich acht war. Ich vermisse sie immer noch."

„Sie wird sicher vor Freude weinen, wenn sie sieht, was für eine schöne Braut du bist."

Clare ergriff Fenolas Hände. „Ich werde sehr gut auf ihn achten, Mutter. Und ihn lieben, bis zu meinem Tod."

„Das kann ich fühlen. Du wirst uns doch nicht übel nehmen, dass wir uns ein bisschen sorgen, oder?"

„Natürlich nicht. Und ich verspreche, sobald es nicht mehr gefährlich ist, kommen wir zurück. Ich werde ihn nicht von euch trennen."

„Wir werden euch besuchen, wenn es uns möglich ist. Wenn ihr ein Haus habt und wir sicher sein können, dass uns niemand hinterherspioniert."

Clare wusste, wie schwierig das mit ihrem Einkommen sein würde. Sicher war die Prohibition ein harter Schlag für ihr Familienunternehmen gewesen, aber dies waren Menschen, die für ihre Kinder jedes Opfer bringen würden.

„Fühlst du dich bereit?" fragte Fenola.

Clare blickte an ihrem Kleid hinunter. Ihre Hände zitterten, aber nicht vor Angst. „Ich hatte schon vor langer Zeit die Hoffnung aufgegeben, das richtige Glück zu finden." Es gab kein Selbstmitleid in ihrer Stimme, nur Freude. „Ich bin die glücklichste Frau der Welt, weil ich Glen heirate."

„Na gut, bevor ich jetzt hier an Ort und Stelle in Tränen ausbreche, lass uns runtergehen, damit ich Gesellschaft habe. Ich gehe zuerst und öffne die Tür." Fenola beugte sich zu Clare hinüber und gab ihr einen Kuss auf die Wange. „Er hat auch Glück, dass er dich heiratet." Sie verließ den Raum.

Clare wartete eine ganze Minute, bevor sie ihr folgte. Sie schritt die Stufen langsam hinunter, obwohl sie am liebsten direkt in Glens Arme gerannt wäre. Es gab keine Musik und keine Blumen. Niemand hatte die Zeit gefunden, etwas Entsprechendes zu arrangieren. Aber die Stille gefiel ihr. Sie konnte sich nicht erinnern, wann sie je dermaßen im Zentrum der Aufmerksamkeit gestanden hatte, und sie schämte sich nicht, es zu genießen.

Sie erreichte den Treppenabsatz und kam durch die Tür. Man konnte direkt hören, wie alle Luft holten, aber sie blickte nicht auf die vielen Menschen, die sich zu zwei Seiten aufgestellt und einen Gang in der Mitte frei gelassen hatten. Sie suchte nach ihrem zukünftigen Ehemann und entdeckte ihn vor Pater McSweeney stehend. Er hatte sich umgedreht, um sie ansehen zu können, während sie auf ihn zulief. Und er grinste breit.

Sie ging weiter, als würde sie sich im Takt einer imaginären Musik bewegen, und als sie an seiner Seite stand, nahm er ihre Hand. Pater McSweeney blickte sie beide über das ganze Gesicht strahlend an und begann seine Rede.

Clare wollte zuhören. Sie würde nur einmal heiraten, so Gott wollte, und sie wollte jede Silbe genießen. Doch sie konnte nur an Glen denken, wie sehr sie ihn liebte und wie unwahrscheinlich es ihr am Anfang erschienen war, dass ihre Liebe zu einer Hochzeit führen würde. Sie fühlte sich, als würde sie hoch über der ganzen Versammlung schweben, weit von all den anwesenden Familienmitgliedern und dem Priester entfernt, weit über dem Saloon. Es war leichtes, ätherisches Empfinden, die Verkörperung des Glücks.

Plötzlich waren Schüsse zu hören. Glas splitterte, und einige Frauen schrien auf. Clare lag auf dem Boden, Glen über ihr, schützte sie mit seinem Körper.

„Cassidy“, fluchte er leise. „Bleib hier.“

Sie fasste ihn am Arm. „Nein, Glen!“

„Ich muss ihn aufhalten.“ Er machte sich frei und stand auf. Als sie ebenfalls aufstehen wollte, sah sie, wie er einen Revolver aus einer Halterung unter seinem Jackett hervorzog.

Sie hatte nicht gewusst, dass er bewaffnet war. „Glen!“

Er warf ihr einen Blick zu, als wolle er ihr versichern, dass alles gut ginge. Dann lief er zur Vordertür. Clare wollte ihm folgen, aber Pater McSweeney hielt sie am Arm fest. „Bleiben Sie hier.“

Jemand war bereits zum Telefon gegangen, um die Polizei zu rufen; jemand anders scheuchte die restlichen Versammelten zum hinteren Teil des Saloons. Pater McSweeney zog sie mit sich. Aus dem Augenwinkel sah sie, dass einige der Männer zum vorderen Ausgang gingen. Einer von ihnen war zumindest bewaffnet.

„Glen …" Sie wollte zurückbleiben, aber für einen gebrechlichen, alten Mann war Pater McSweeney erstaunlich kräftig.

„Er ist da draußen ohne Sie sicherer, Clare", sagte der Priester.

Sie wusste, dass das nicht stimmte. Cassidy war verrückt, und zuallererst wollte er sie. Er war vor allem hierher gekommen, um sie zu töten. Stattdessen würden andere Unschuldige dabei umkommen. Alles nur, weil sie sich in Glen verliebt hatte.

„Runter!" rief Terry.

Clare wurde mit den anderen in die Küche gedrängt, dann eine Treppe hinunter, die zu einem Keller führte. Doch unten angekommen, sah sie, dass es kein gewöhnlicher Keller war. Ein Durchgang führte in einen schmalen Tunnel, den nur ab und zu eine nackte Glühbirne beleuchtete. Sie wusste sofort, wofür dieser Gang benutzt wurde.

„Wo kommen wir hin?" Pater McSweeney war jetzt hinter ihr, aber sie hatte die Frage an einen von Glens jüngeren Cousins gerichtet, der neben ihr lief.

„Zum Hügel und der Straße, die nach Whiskey Island führt."

Sie fragte sich, wie viele der Alkohol-Lieferungen ihres Vaters diesen Weg durch den unterirdischen Gang genommen hatten. Es war aber keine Zeit, um über die Ironie nachzudenken, dass nun Tims kostbarstes Gut durch diesen Tunnel geführt wurde. Sein Schnaps und sein Fleisch und Blut, das er nur zu bereitwillig hatte verschachern wollen. Sie wollte nicht wütend werden, nicht jetzt, wenn der Mann, den sie liebte, von den Kugeln eines Verrückten bedroht war. Sie wollte beten, Gott anflehen, dass er Glen am Leben ließe. Doch es war für nichts anderes Zeit, als sich schnell zu bekreuzigen und ihren sehnlichsten Wunsch vor sich hin zu murmeln, während sie weiterrannte.

Kurz vor dem Ausgang des Tunnels blieben sie stehen. Terence hatte die Führung übernommen, und er hob die Hand, um die anderen zum Schweigen zu bringen.

Clare sah die Tür am Ende, von innen verbarrikadiert. Ihr wurde klar, dass sie nicht nach draußen fliehen, sondern hier so lange warten würden, bis die Polizei kam. Glen und die anderen kämpften am vorderen Eingang um ihr eigenes und Clares Leben, und Clare war hier mit seiner Familie gefangen.

Sie standen schweigend da. Clares Herz klopfte wild, ihre Hände zitterten. Sie war vollkommen verängstigt und hatte sich mit ihrem Schicksal abgefunden. Stumm betete sie.

Am Eingang des Tunnels von der Treppe her waren Schritte zu hören. Zwei Männer stellten sich schützend vor sie.

„Alles in Ordnung", rief ihnen jemand zu. „Es sieht so aus, als hätten wir sie vertrieben. Wir nehmen an, der Typ, der geschossen hat, wurde erwischt und ausgeschaltet. Sie wollen erst noch sichergehen, aber wahrscheinlich könnt ihr in ein paar Minuten wieder hochkommen."

Die anderen begannen leise miteinander zu reden. Jemand legte Clare die Hand auf den Arm. Sie sah Fenola im spärlichen Licht der Glühbirne an, die über ihren Köpfen hing.

„Es ist alles meine Schuld", sagte Clare. „Alles meine Schuld."

„Nicht doch, Mädchen. Es ist die Schuld der Männer da oben, die kein Nein als Antwort akzeptieren können. Keine Sorge, es ist alles in Ordnung. Hast du nicht gehört? Alle haben es überstanden. Wir werden die Trauung fortführen, und dann bringen wir euch hier raus. Und zwar so schnell wie möglich."

„Aber jetzt seid ihr alle in Gefahr."

„Darüber brauchst du dir keine Gedanken zu machen. Die Donaghues haben Freunde. Wir werden schon auf uns aufpassen, keine Angst."

Aber Clare *machte* sich Gedanken und *hatte* Angst. Diese Menschen hatten sie aufgenommen, waren ihr behilflich gewesen, obwohl sie im Begriff war, ihnen den geliebten einzigen Sohn wegzunehmen. Und nun hatte sie sie in fürchterliche Gefahr gebracht. Denn wenn sie erst mal verschwunden war, an wem würde Niall Cassidy seine Rache nehmen? An ihrem Vater? Ja, wahrscheinlich an Tim, denn Clare hatte Cassidys Zorn entfacht. Aber es war anzunehmen, dass Niall sich ebenso an den Donaghues rächen würde.

„Ich denke, wir können jetzt zurückgehen", sagte der Mann, der zu ihnen nach unten gekommen war. „Ich gehe erst hoch und vergewissere mich. Kommt mir nicht nach, bevor ich nicht das endgültige Signal gegeben habe."

In Zweier- und Dreiergruppen gingen sie den Gang wieder zurück Richtung Saloon. Clare blieb zurück, und Fenola verharrte neben ihr.

„Alles in Ordnung?" fragte Fenola sie.

„Ich glaube, es war nur ein ziemlicher Schock. Mir ist ein bisschen schwindelig." Das war nicht mal gelogen, obwohl sie problemlos hätte zurückgehen können.

„Ich bleibe bei dir, bis es dir besser geht."

„Nein, ich glaube, ich brauche ein paar Minuten für mich. Bitte ..."

Fenola nickte. „Okay. Aber wenn du in ein paar Minuten nicht oben bist, schicke ich jemanden, um dich zu holen."

„Ja, danke." Clare lehnte sich gegen die Wand und schloss die Augen. Sie hörte, wie die anderen den Gang entlangliefen, die langsamen Schritte Fenolas, die noch immer zögerte, ihre zukünftige Schwiegertochter zu verlassen.

Clare war sich nicht klar darüber, was sie tun sollte. Sie wusste nur, dass sie nachdenken musste. Wie konnte sie Glen heiraten, wenn das so viele Menschen in Gefahr brachte? War ihr persönliches Glück wichtiger? Sie und Glen wären weit weg, doch diese Leute waren gezwungen, hier zu bleiben und für ihre Entscheidung zu zahlen.

Sie sah Glens Gesicht vor sich, Glens geliebtes Gesicht. Nichts wünschte sie sich mehr, als seine Frau zu werden und die Mutter seiner Kinder. Sie schloss die Augen und betete erneut, hoffte auf eine Antwort.

Die kam in Form von Schüssen, nur diesmal näher an der Tunneltür, die zum Hügel und der Straße nach Whiskey Island hinführte. Sie hörte Rufe und noch mehr Schüsse, und da wusste sie, was sie zu tun hatte.

An der Tür umklammerte sie den Riegel und hob ihn mit aller Kraft an, um ihn nach links zu schieben und den Eingang freizugeben. Der Schlüssel steckte im Schloss, und es quietschte, als sie ihn umdrehte. Kühle Abendluft zog herein, es war bereits fast dunkel. Zuerst konnte sie nicht viel erkennen, dann sah sie zwei Männer. Sie bemerkte, dass es sich bei einem von ihnen um Liam handelte.

Der andere war Niall.

„Aufhören!“ Sie trat hinaus, so sicher, was sie zu tun hatte, wie sie sicher war, wen sie am meisten liebte. Niall drehte sich um, und für einen kurzen Moment trafen sich ihre Blicke. Er richtete sofort seine Waffe auf sie, Clare zuckte nicht mit der Wimper.

„Du wirst sterben, Cassidy!“ rief Liam. Schüsse fielen, dreimal hintereinander.

Ihr war nicht klar gewesen, was für ein guter Freund Liam für sie geworden war. Er hatte sie weiter beobachtet, um sie zu beschützen, weil er befürchtet hatte, dass Cassidy sie aufspüren würde. Für den Bruchteil einer Sekunde spürte sie Dankbarkeit.

Dann nichts mehr. Keinen Schmerz, keine Überraschung. Nur, wie ihre Beine zusammensackten und sie zu Boden stürzte.

„Clare!“

Wieder fielen Schüsse, aber es schien, als kämen sie aus einer anderen Welt. Sie hörte eilige Schritte, Rufe und dann Glens Stimme. „Clare. Clare!“

Sie trieb dahin, bis sie bemerkte, dass er sie in die Arme nahm. Mit der letzten Kraft, die ihr noch blieb, öffnete sie die Augen. „Glen …“

„Wir holen einen Arzt. Wir retten dich. Du schaffst es, Clare. Halte durch.“

Sie spürte, dass noch jemand die Arme unter sie legte, und sah Liam, der Glen zu Hilfe gekommen war. Einen Augenblick schienen sie fest verbunden, einander noch näher als Brüder. Es wunderte sie überhaupt nicht. Gute Männer, beide.

„Niall?“ hauchte sie.

„Ich finde ihn. Damit kommt er nicht durch.“

Ihr wurde jetzt klar, wie unwichtig das war. Niall hatte das erreicht, weshalb er gekommen war. Er würde seine Aufmerksamkeit wieder anderen Dingen widmen.

Sie bewegten sich durch den Tunnel, doch als sie leise aufschrie, legten sie sie auf den Boden, immer noch Meter entfernt von der Tür. Sie spürte die Erde nicht mehr unter sich, aber sie konnte Glens Gesicht sehen.

„Heirate …“

„Nicht reden. Ich heirate dich, sobald es dir wieder gut geht und der Arzt sagt, es ist okay.“

„Nein, heirate … eine andere.“

Er weinte. Das hätte sie niemals erwartet. Sie wollte ihm sagen, er solle nicht traurig sein, dass er ihr in den wenigen Momenten, die sie zusammen gehabt hatten, mehr Liebe gegeben hätte, als sie je erhofft hatte. Er hatte ihr auch eine Familie gegeben. Sie war ein Teil von ihnen geworden. Zu kurz … aber wahrhaftig.

„Geh nicht, Clare." Er rieb ihre Hände. Sie hörte Liam, der sich die Treppe hoch zurückzog und ihm etwas zurief, als er ging.

„Ich … liebe dich. Sei nicht traurig", flüsterte sie.

Es war merkwürdig. Sie trug das Hochzeitskleid ihrer Mutter, doch als sie die Augen schloss, glaubte sie ihre Mutter in demselben Kleid zu sehen, in dem sie geheiratet hatte.

Clare lächelte, um sie zu begrüßen.

33. KAPITEL

Nur selten stand Peggy auf, bevor Nora kam. An diesem Morgen schlüpfte sie schon vor Sonnenaufgang aus dem Bett und zog Jeans und ein Sweatshirt an, um den Tag ganz allein zu begrüßen. Megan schlief noch fest auf der anderen Seite des Doppelbetts, und Kieran gab kleine, leise Seufzer von sich, als würde er von etwas träumen, das ihm gefiel.

Was gefiel ihrem Sohn? Sie war dem jetzt nicht näher gekommen, als sie es bei ihrer Ankunft gewesen war. Was die Dinge betraf, die wirklich wichtig waren, da kam Kieran ihr wie ein Fremder vor. Sie hatte die Tür, hinter der er sich vor der Welt versteckte, noch nicht öffnen können. Das Geheimnis, wie man ihn am besten erreichte, hatte sie noch immer nicht gelüftet. Die Fortschritte konnte sie an einer Hand abzählen. Jetzt benutzte er manchmal den Löffel zum Essen, und er erkannte Farben. Er hatte zu Bridie so etwas wie Zuneigung entwickelt. Wie eine Winkerkrabbe kam er seitwärts aus seiner kleinen Höhle geschossen, näherte sich Bridie immer weiter, bis er schnell wieder in sein Versteck verschwand.

In nur wenigen Wochen würde Kieran seinen zweiten Geburtstag feiern. Seine Unzulänglichkeiten waren noch nicht besonders auffallend, sodass man sie leicht übergehen konnte. Sein merkwürdiges Benehmen könnte als besondere Neigungen eines sensiblen Kindes erklärt werden. Doch was passierte, wenn er drei, vier wurde? Je mehr er zurückfiel und sich Beziehungen mit anderen Menschen verweigerte, sich hin und her wiegte und die Bewegung seiner Hand verfolgte oder dasaß und verzückt Lichtreflexe an der Wand beobachtete, desto mehr würde er zum Außenseiter.

Sie hatte nicht erwartet, dass die irischen Elfen ihren Sohn entführen und ein völlig neues Kind in die Krippe legen würden. Sie hatte damit gerechnet, dass es langsam voranginge, doch trotzdem gehofft, dass Kieran eines Tages, mit genug Hilfe, in der Lage wäre, eine normale Schule zu besuchen, sich den Pfadfindern anschließen könnte oder im Kirchenchor singen. Sie hatte inzwischen gar keine Vorstellung mehr davon, was „normal" sein bedeutete, doch sie wusste, dass sie sich für ihren Sohn wünschte, was andere Mütter als Selbstverständlichkeit hinnahmen. Die einfachsten Dinge, die ihm womöglich versagt bleiben könnten.

Draußen fiel leichter Regen. Sie hatte wirklich schon viel zu viel Regen während ihres Aufenthaltes hier erlebt, zu viel Wind, zu viele bewölkte Tage. Trotzdem liebte sie es, wenn der Morgennebel über Clare Island zog, wie sich in jeder Sekunde die Szenerie veränderte, die kühle, frische Luft zu atmen und zu spüren, wie der irische Regen in ihre Haut drang. Der Westen Irlands war nicht grün. Er bestand aus zahllosen Schattierungen von Braun und Grau, Felsvorsprüngen und tosenden Wellen, eine wilde Landschaft.

Sie schlug den Pfad ein, der den Hügel weiter hoch führte, von wo aus man Clare Island sehen und die Schafe des Nachbarn zählen konnte. Sie dachte, wenn sie richtig hier wohnte, würde sie Schafe züchten, nicht zum Schlachten, sondern wegen der Wolle. Sie würde Spinnen lernen und Färben, und wenn sie nicht Antibiotika verschrieb oder kleine Operationen durchführte ...

Sie verschränkte die Arme vor der Brust und blickte zu Clare Island hinaus, ein Anblick, der auf Finn wie das Salz in seine verwundete Seele wirken musste. Träume aufgeben tat weh. Seiner war mit dem Sturm untergegangen. Sicher könnte sie ihren eigenen Kindertraum, Ärztin zu werden, mit Willenskraft und Mut aufgeben. Sie wusste nicht, wie Kierans Zukunft aussah, doch ihr war klar, dass sie ihn begleiten musste. Nicht aus Pflichtgefühl, sondern aus Liebe zu ihrem Kind.

Megan duschte und zog sich an. Kieran schlief unruhig, und sie ging auf Zehenspitzen aus dem Schlafzimmer in die Küche, wo Nora gerade Kaffee kochte. Sie sagte Guten Morgen und fragte dann nach dem Offensichtlichen. „Peggy ist schon auf?“

„Als ich kam, habe ich gesehen, wie sie zum Hügel hoch lief.“

„Regnet es nicht?“

Nora sah sie verwundert an, als würde sie den Zusammenhang nicht begreifen. „Ja, ich denke schon.“

„Sie spaziert im Regen herum?“

Nora schüttelte den Kopf. „Und Sie behaupten, Sie wären hundertprozentige Irin?“

„Na ja, sagen wir neunundneunzigprozentig. Das eine Prozent ist dafür verantwortlich, dass ich es gern warm und trocken habe.“

„Wirklich schade. Wir haben nämlich einen besonders weichen Regen, und der Blick durch den Nebel ist fantastisch. Als würde man durch die Wolken in den Himmel sehen.“

Megan fragte sich, ob ihre Schwester gern Gesellschaft hätte. Es hingen jede Menge Regenmäntel in einem Raum, der so etwas wie eine Schmutzkleiderkammer sein könnte.

„Ich höre, ob sich der kleine Kerl meldet“, versprach Nora. „Wenn Sie denn Ihren Mut zusammennehmen können.“

Megan wusste, dass Kieran mindestens noch eine halbe Stunde schlafen würde. „Sind Sie sicher, dass Sie meine Hilfe nicht brauchen?“

„Ganz sicher.“

„Dann gehe ich zu ihr.“

Megan zog einen Regenmantel an, setzte sich einen Hut auf, aber verzichtete auf die Gummistiefel, die ihre Größe zu haben schienen. Ihre Turnschuhe sollten die Aufgabe bewältigen.

Als sie draußen war, musste sie eingestehen, dass Nora Recht gehabt hatte. Und es war ja nicht so, dass sie noch nie im Regen gelaufen wäre. Cleveland war nicht gerade als Sonnenschein-City bekannt. Sie gedeihte in der Düsternis, und sie würde den Cleveland-Regen dem irischen Nass jederzeit vorziehen. Niccolo, dessen Wurzeln tief im feuchten Westen Pennsylvanias verankert waren, sagte oft, dass ihre Kinder mal mit Schwimmflossen herumkriechen und durch Kiemen atmen würden. Niccolo, den sie so vermisste, wie ihr das Schlagen ihres Herzens fehlen würde.

Peggy hatte sich inzwischen wieder auf den Rückweg den Hügel herunter gemacht, und Megan ging ihr entgegen. Sie stellte fest, dass ihre Schwester nicht mal eine Jacke angezogen hatte. Wahrscheinlich war sie völlig durchnässt, ohne es zu bemerken. Megan hatte praktisch ihre Jugend damit verbracht, die kleine Peggy trocken zu halten.

Peggy war jetzt in Hörweite. „Das sieht dir aber gar nicht ähnlich, Megan. Ist dir nicht aufgefallen, dass es hier draußen nass ist?"

Megan wartete, bis ihre Schwester näher herankam. „Ich hab befürchtet, du würdest auf deinem Hintern den Berg runterschlittern. Deshalb bin ich hier, um dich aufzufangen."

„Komm mal hoch und sieh dir diesen Ausblick an."

Widerwillig kletterte Megan hinter ihr her. Sie verstand nicht, wieso manche Leute aus reiner Freude wanderten oder Berge hochstiegen. Im Whiskey Island Saloon war sie den ganzen Tag auf den Beinen, und mit „Spaß" hatte das nichts zu tun.

„Okay, was erwartet mich denn?" grummelte sie, als sie neben Peggy oben ankam.

„Sieh mal dahin." Peggy zeigte auf Clare Island. Während sie die Szene beobachteten, schienen sich der feuchte Dunst aus dem Wasser und die Wolken darüber zu verweben, auseinander zu gehen und ineinander zu verschlingen wie Liebende. „Ich kann mich an diesem Anblick nie satt sehen."

„Dich hat es schwer erwischt. Irisches Fieber. Es regnet schon den dritten Tag am Stück, und du bist klatschnass. Die meisten Leute hätte das kuriert."

„Fühlst du dich hier nicht wohl?"

Das tat sie tatsächlich nicht, aber es war nicht Irlands Schuld. Sie freute sich, Irene kennen gelernt zu haben, war froh, dass sie das Dorf und die Landschaft sehen durfte, wo ihre Vorfahren gelebt hatten, ergriffen, weil sie in ihrem Cottage schlief – obwohl es heute ganz anders aussah als damals. Doch so gern sie auch mit ihrer jüngsten Schwester und ihrem Neffen Zeit verbrachte, es war ihr nur zu bewusst, dass Niccolo eigentlich an ihrer Seite hätte sein müssen. Sie sollten dieses Erlebnis teilen, zusammen für die Erinnerungen leben, für Geschichten, die sie ihren Kindern später einmal in verschneiten Winternächten erzählen könnten.

Sie hatte Cleveland zurückgelassen, aber nicht ihre Probleme.

„Du vermisst ihn, nicht?" Peggy blickte weiter über den Ozean, um ihrer Schwester etwas Abstand zu lassen.

„Ja, ich vermisse ihn." Darüber ärgerte sich Megan.

„Du hast mir kaum etwas darüber erzählt, was eigentlich nicht stimmt. Hattet ihr einen Streit?"

Megan hatte Peggy nicht viele Einzelheiten geschildert. Jetzt, während sie beide zusammen im Regen standen, versuchte sie es. „In gewisser Weise schon. Ich habe dir gesagt, dass er an zu vielen Abenden unterwegs war, und selbst zu Hause war er nicht richtig anwesend. Ich habe ihm deshalb Vorwürfe gemacht. Nicht gerade sehr schön, aber wahrscheinlich hat er's inzwischen sowieso vergessen. Ich frage mich, ob er überhaupt bemerkt, dass ich weg bin."

„Was ist denn nun wirklich das Problem? Weißt du es denn?"

Megan war froh, dass Peggy nicht versucht hatte, Niccolos Verhalten zu entschuldigen. „Ich bin mir nicht sicher. Er liebt mich. Er behauptet, er wäre froh, mich geheiratet zu haben."

„Das ist er auch.“ Peggy klang sehr überzeugt.

„Ist dir aufgefallen, dass Männer verwirrend und frustrierend sind?“

„Allerdings.“

„So wie dein Finn zum Beispiel.“

Peggy drehte sich zu ihrer Schwester um. „Junge, das ging ja schnell.“

„Schnell?“

„Ein kurzes Zugeständnis mit sofortigem Rückzug. Hier ist mein Problem, jetzt lass uns über deins reden.“

Megan kaute an ihrer Unterlippe. „Ich weiß nicht, was ich sagen soll. Ich bin hergekommen, um ein paar Dinge zu überdenken, aber ich fühle mich ein bisschen wie Kieran mit seinem Puzzlespiel.“

„Wie war das?“

„Ich hab gestern mit ihm gearbeitet. Dieser kleine Teufel ist ganz schön schlau, das weiß ich, Peggy, aber er kann einfach nicht alles so koordinieren, dass die Teile an den richtigen Platz kommen.“

„Mit anderen Worten, du hast alle nötigen Voraussetzungen, die du für deine Beziehung mit Nick benötigst, aber du kannst sie nicht zu einem Ganzen zusammenfügen.“

„So ist es.“

„Wenn Kieran müde wird, dann fängt er an, die einzelnen Teile irgendwohin zu stopfen, nur um sie loszuwerden.“

„Das hat er gestern getan.“

„Und so ist das bei dir auch, oder? Du weißt zwar, wo die Details deines Zusammenlebens mit Nick ihren Platz haben, aber manchmal bist du zu frustriert, um sie richtig einzuordnen. Du willst sie einfach nur aus dem Weg haben.“

Peggy war mit der Metapher ein wenig weiter gegangen, als Megan geplant hatte. Sie hörte auf, an ihrer Lippe zu kauen und runzelte die Stirn. „Ich weiß nicht.“

„Fehlen denn irgendwelche Teile?“

„Na ja, er träumt, dass er wieder ein Priester ist“, gestand Megan, „und ich wünschte, er würde von mir träumen.“

„Natürlich möchtest du das.“

Ihre egoistischen Wünsche und Bedürfnisse zu offenbaren war nicht einfach gewesen. Dass Peggy es als völlig natürlich angesehen hatte, war eine Erleichterung. „Natürlich?“

„Megan, du hast jedes Recht, dir zu wünschen, dass du an erster Stelle kommst. Ihr habt gerade erst geheiratet, und Nick beschäftigt sich mit allem möglichen und jedem, nur nicht mit dir. Selbstverständlich ist das frustrierend. Was passiert denn, wenn du ihm sagst, was du empfindest?“

„Wenn ich mich über ihn ärgere?“

„Ärgerst du dich?“

„Ja.“

„Und das ist alles, was du fühlst?“ Peggy wartete mit hochgezogenen Brauen.

Schließlich seufzte Megan. „Ich fühle mich verletzt und zurückgestoßen. Als wäre ich irgendwie nicht interessant genug, um seine Aufmerksamkeit zu erregen. Als hätte ich versagt, bevor ich überhaupt einen Versuch starten konnte.“

„Und das hast du ihm erzählt?“

„Nicht in diesen Worten.“

„Ist das etwas, das er einfach bemerken müsste, glaubst du das?“

„Es würde mir gefallen, wenn es so wäre.“

„Wäre das nicht eine perfekte Welt.“

Wieder einmal wurde Megan klar, wie sich ihre Rollen verändert hatten. Peggy brauchte keine ältere Schwester mehr, die sie trocken hielt und aufhob, wenn sie gefallen war, doch Megan brauchte eine Freundin. Und hier hatte sie eine, die sie bereits sehr gut kannte. Was für eine Vernetzung.

Megan beschloss, noch einen Schritt weiter zu gehen. „Ich fürchte, wenn ich ihm sage, was ich fühle, dann prallt das genauso von ihm ab wie alles andere, was ich gesagt habe, seit wir verheiratet sind. Wenn ich es ihm gestehe, und er ignoriert es, damit könnte ich nicht leben."

„Also versuchst du deine Ehe zu retten, indem du nicht mit ihm redest?"

„Peggy, du sagst das, als wäre es sehr einfach."

„Glaube mir, ich weiß aus eigener Erfahrung, wie schwer es ist, mit dem Mann, den man liebt, über die Dinge zu reden, die einem wirklich wichtig sind."

„Ich nehme an, du sprichst nicht von Phil."

Peggy blickte wieder zu Clare Island hinüber. „Nicht Phil. Auf keinen Fall Phil."

„Finn?"

„Es gibt so viele wundervolle Eigenschaften an ihm, die du noch nicht kennen gelernt hast."

„Sag mir nur eins. Peggy. Willst du ihn lieben? Oder willst du ihn retten?"

„Meinst du nicht, ich hätte sowieso schon alle Hände voll zu tun? Ich bin nicht auf der Suche nach einer neuen Aufgabe."

„Aber er ist eine Aufgabe, nicht? Er trauert immer noch dem nach, was er verloren hat. Ist er schon so weit, eine neue Liebe zu finden?"

„Die Liebe überfällt einen eben manchmal, auch wenn der Zeitpunkt ungünstig ist. Wir haben uns wirklich nicht gesucht, aber irgendwie doch gefunden."

„Und die Zukunft?"

Peggy wandte sich zu ihr um. „Megan, ich bin froh, einen Tag nach dem anderen zu schaffen, und ihm geht es genauso. Das haben wir gemeinsam."

„Du wirst dir irgendwann mal mehr wünschen, Peggy. Willst du das mit einem temperamentvollen Iren haben, der sich selbst für etwas bestraft, für das er gar nichts kann?"

„Nein, eigentlich nicht. Aber es kann sein, dass ich Finn O'Malley will. Das erfährt man erst mit der Zeit."

Kieran wachte mit geröteten Wangen und glänzenden Augen auf, aber Peggy vermutete andere Ursachen als eine gute Stimmung. Sie berührte seine Stirn, als sie ihn aus dem Bett hob. Er war heiß und ließ sich willig von ihr in die Arme nehmen, was allein schon ein Zeichen war, dass etwas nicht stimmte.

Sie maß seine Temperatur, während sie die Windel wechselte, und war nicht überrascht, dass er neununddreißig Grad Fieber hatte. Seine Nase war verstopft und die Augen gerötet, als hätte er geweint. Sie fragte sich, ob er sich vielleicht mit der Erkältung von Tippys Tochter Maeve angesteckt hatte, die letzte Woche zum Spielen gekommen war.

In der Küche wollte er nichts außer Apfelsaft und saß lethargisch in seinem Kinderstuhl, während die anderen frühstückten.

„Er ist wirklich nicht er selbst", bemerkte Irene. „Wir können ja heute tatsächlich verstehen, was der andere sagt."

„Ich hoffe, es ist nur eine Erkältung", sagte Peggy. „Aber ich werde mir nach dem Frühstück mal seinen Hals ansehen, wenn Megan ihn für mich hält."

„Vielleicht kann Finn ja einen Blick auf ihn werfen."

Peggy fragte sich, ob er das tun würde. Sie war nicht allzu besorgt. Erkältungen und Fieber waren etwas Alltägliches, und Kieran wurde sicher nicht davon verschont. Trotzdem hätte sie nichts dagegen, ihn untersuchen zu lassen, besonders wenn er eine Halsentzündung hatte.

Sein Rachen war gerötet, wie sie nach dem Frühstück feststellte, und seit sie vor einer Stunde sein Fieber gemessen hatte, schien es gestiegen zu sein. Sie gab ihm Vitamin C und noch mehr Saft, dann setzte sie ihn sich auf den Schoß und wiegte ihn, während er nur apathisch an sie gelehnt dalag.

Als Finn kam, um nach Irene zu sehen, war sie schon ziemlich besorgt. Er kam zu ihr, um Hallo zu sagen, und runzelte die Stirn, als er sah, wie sie Kieran wiegte.

„Das ist aber ein sehr ungewöhnlicher Anblick“, sagte er.

„Er ist krank.“ Peggy drehte den Kleinen auf die andere Seite. „Sein Hals ist rot und geschwollen, und als ich das letzte Mal bei ihm Fieber gemessen habe, waren es neununddreißig Grad.“

„Das ist für einen Erwachsenen hoch, aber bei einem Baby nicht so schlimm.“

Sie ärgerte sich darüber, dass er sie beschwichtigen wollte. „Ich weiß, aber vielleicht ist es auch eine Infektion, gegen die er Antibiotika bekommen muss. Und bevor du mir sagst, dass die Ärzte heutzutage nicht bei jedem Schnupfen gleich Antibiotika verschreiben, das weiß ich.“

„Gut.“

Er bot nicht an, Kieran zu untersuchen, und sie seufzte. „Finn, würde es dir was ausmachen, ihn dir nur mal kurz anzusehen?“

Er schwieg so lange, dass sie bereits wusste, wie die Antwort lautete. „Ich praktiziere nicht mehr, Peggy. Das weißt du.“

„Du untersuchst auch Irene. Und hast immer noch deine Lizenz als Arzt. Du hast sogar noch deine Praxis. Ich bitte dich ja nicht um eine komplizierte Operation. Nur mal seinen Hals ansehen und etwas verschreiben, wenn er es benötigt.“

„Du musst ihn zu Beck bringen. Ich kann dir die Nummer geben. Er ist heute in der Praxis in Westport, aber wenn du seiner Sprechstundenhilfe sagst, ich hätte dir empfohlen, zu ihm zu gehen, dann wird er ihn sich bestimmt ansehen.“

Sie dachte an die lange Fahrt nach Westport mit einem kranken Kind, und nicht irgendein krankes Kind, sondern ein autistisches, für das jede unbekannte Situation eine Qual war. Sie hätte keinen Gedanken daran verschwendet, wenn Finn nicht vor ihr gestanden hätte. Aber er *war* da, und er hatte das Wissen und die Lizenz, etwas zu verschreiben. Ihm fehlte nur der Mut.

Sie verkniff sich eine Erwiderung. „Dann werde ich eben zu ihm gehen."

Er sagte nichts mehr dazu, wünschte ihr kein Glück oder versuchte sie zuversichtlich zu stimmen. Er ging, um nach Irene zu sehen, und Peggy traf ihn danach nicht wieder.

Megan begleitete sie nach Westport, und zusammen brachten sie Kieran ins Wartezimmer, wo sie sich hinsetzten, bis sie zu Dr. Beck ins Sprechzimmer gerufen wurden. Megan ging in der Zwischenzeit hinaus, um die Stadt zu erkunden.

Kieran war laut und aggressiv vor Erschöpfung, als sie endlich, nach zwei Stunden, vom Arzt hereingerufen wurden. Dr. Beck war ein junger Mann, fahrig und herablassend. Er schrieb ihr ein Rezept für Nasentropfen und Hustensaft auf und blickte sie mit arrogant verzogenen Mundwinkeln an, als sie nach einem Antibiotikum fragte.

„Ich bin derjenige, der die Medizin verschreibt, Miss Donaghue."

Sie bemühte sich, ruhig zu bleiben. „Das ist mir klar, und ich verstehe es auch, wenn Sie in der Beziehung vorsichtig sind. Aber er ist mein Sohn, und ich habe den Eindruck, dass es mehr als eine einfache Erkältung ist. Könnten Sie nicht eine Kultur von der Schleimhaut anlegen, nur um sicher zu sein?"

„Ich denke doch, dass ich den Unterschied zwischen einer ernsten Infektion und einem kleinen Virus erkennen kann." Er stand auf und drängte sie mehr oder weniger zur Tür. „Ich habe das in den vergangenen Wochen ständig gesehen. Nichts, worüber man sich Sorgen machen müsste."

„Ich weiß, wie viel Sie zu tun haben. Es gibt zu viele Patienten hier und zu wenig Zeit. Das verstehe ich. Aber bitte …"

Er schüttelte den Kopf und verließ das Sprechzimmer vor ihr.

Megan saß im Wartezimmer, als Peggy, im Stillen vor Wut kochend, herauskam. Inzwischen war Kieran so müde und fiebrig, dass er in Peggys Armen einschlief, als sie ihn zu Megans Leihwagen trug.

Als sie bei Irene ankamen, war Peggys Wut noch größer geworden. Sie hatte versucht, Verständnis für Finns Einstellung zu finden, aber ohne Erfolg. Kieran war nicht irgendein Kind; Kieran war das Kind seiner Freundin. Sicher hatte Finn gewusst, was auf sie zukam, als er sich weigerte, Kieran zu untersuchen. Er kannte Beck. Er wusste, dass der Mann vollkommen überlastet war und ihm jeder Sinn im Umgang mit Kranken abging. Beck hatte Kierans Autismus überhaupt nicht beachtet, sogar eine Bemerkung gemacht, das Kind sei einfach verdorben und benötigte Disziplin. Lediglich ihr von Hause aus gutes Benehmen und die Vernunft hatten sie davon abgehalten, ihm genau zu erklären, was sie von ihm hielt. Und Finn hatte gewusst, welche Schwierigkeiten sich ergeben würden.

Sie saß allein in der Küche, als Finn seinen abendlichen Besuch abstattete. Megan war in die Stadt gefahren, um Eiscreme zu kaufen, in der Hoffnung, dass sie Kieran dazu bringen konnten, etwas zum Abendessen davon zu kosten. Irene war in ihrem Zimmer, ruhte sich aus und las, und Kieran schlief fest.

„Hast du Kieran heute zu Beck gebracht?"

Sie wusch gerade Gläser für das Abendessen ab und drehte sich nicht um, als sie antwortete. „Hab ich, so ergiebig, wie es war."

„Er ist ein ganz guter Arzt."

„Vielleicht träfe das zu, wenn er nicht so ein arroganter Mistkerl wäre oder so überarbeitet, dass eine Kultur anlegen ihn bereits überfordert. Ich hätte genauso gut den armen Kieran hier lassen und drüben in der Apotheke die Medikamente kaufen können."

„Du bist sauer."

„Am Kochen." Sie drehte sich zu ihm um. „Du hättest ihn untersuchen und dem armen Jungen die Stunden im fremden Wartezimmer ersparen können. Und mir die Begegnung mit Doktor Gott. Aber du konntest dich nicht dazu überwinden, oder?"

„Nein."

Sie war völlig ausgepumpt, und sie spürte, wie sie durchdrehte, ohne sich noch zurückhalten zu können. „Wann wird diese Angst, Fehler zu machen, zum Selbstmitleid werden, Finn? Hast du Angst, oder tust du dir nur zu Leid, um weiterzumachen? Dieser Ort braucht einen eigenen Arzt. Und nicht irgendeinen. Sie brauchen Finn O'Malley. Kieran ist nur ein Kind, das den Weg nach Westport oder Castlebar oder wer weiß wohin zurücklegen musste, um sich von wer weiß wem behandeln zu lassen. Und du verlegst Rohre oder hämmerst Bretter oder installierst Öfen, was immer zum Teufel du tust. Und all die Jahre deiner Ausbildung und dein Talent liegen brach."

„Bist du fertig?"

Sie starrte ihn einen Augenblick an. „Ja, ich fürchte, ja."

„Es hört sich für mich an, als würde es um mehr gehen als meine Entscheidung, nicht mehr als Arzt zu praktizieren."

„Vielleicht ist es so. Vielleicht geht es darum, ob du jemals die Vergangenheit hinter dir lassen kannst, um in die Zukunft zu blicken."

„Aber nicht in irgendeine Zukunft, habe ich Recht? Sondern die, die du für mich geplant hast."

„Was soll das heißen?“

„Du willst mich ganz. Du willst den Mann, der ich war, bevor ich meine Frau und Kinder umgebracht habe.“

„Nein, ich will den Mann, der aufhört, den Unfall, den er nicht verschuldet hat, zu beklagen, den Mann, der sieht, dass seine Zukunft mehr für ihn bringen kann als Selbstekel und Verzweiflung, wenn er nur aufhören würde, sich selbst zu bestrafen.“

Sie war zu weit gegangen, und sie wusste es. Als er die Küche ohne ein weiteres Wort verließ, war sie nicht überrascht.

Irgendwo zwischen Shanmullin und dem Cottage wurde Megan klar, dass sie nach Hause musste. Irgendwann wollte sie eine richtige Tour durch Irland machen, aber im Moment brauchte sie Niccolo. Peggy hatte Recht. Sie hatte zu viel Angst gehabt, ihm zu sagen, was sie wirklich brauchte. Niccolo liebte sie – in der Distanz war ihr das klar geworden –, doch er war als Ehemann genauso hilflos wie sie. Jetzt erschien ihr das alles so einfach zu verstehen. Sie musste das Risiko eingehen und offen mit ihm reden, und auf der anderen Seite sollte sie ihm auch die Möglichkeit geben, ihr seine Sicht der Dinge klarzumachen.

So einfach, aber auch so schwierig. Es war erstaunlich, dass die Menschen unter diesen Umständen überhaupt so viele Tausende Jahre überlebt hatten.

Als sie mit Vanilleeiscreme und noch mehr Saft auf dem Weg zurück zu Irene war, hatte sie beschlossen, die Fluggesellschaft anzurufen und den Flug zu buchen.

Sie fuhr die Auffahrt zum Cottage hoch und bemerkte vor der Tür einen unbekannten Wagen, der an der Stoßstange den Aufkleber der gleichen Leihfirma kleben hatte wie sie. Einen kurzen Moment dachte sie aufgeregt, dass vielleicht ihr Ehemann nach Irland gekommen wäre, um sie zu holen. Das wäre eine gelungene

Überraschung von Niccolo. Doch sie war fast genauso erfreut, als sie Casey an der Tür stehen sah.

„Case!“ Es war nicht so, dass sie ihre Schwester nicht erst vor kurzer Zeit gesehen hätte, aber Megan rannte den Fußweg zum Haus hoch, um Casey zu umarmen. „Wie zum Teufel?“

„Ich hab mir gedacht, es ist nicht fair, wenn ihr beide hier euren Spaß habt. Also hab ich den Flieger genommen.“

Megans Vorsatz, nach Ohio zu fliegen, war verschwunden. Sie konnte jetzt nicht zurückfliegen, nicht, wenn das hier ein Donaghue-Schwesterntreffen wurde. Ihre Gefühle waren ohne Frage gemischt.

„Ich kann nicht lange bleiben“, warnte Casey sie, bevor Megan etwas sagen konnte. „Aber ich habe in den zwei Tagen viel vor.“

Megan hoffte, dass man ihr die Erleichterung nicht ansah. Sie konnte mit Casey zurückkehren und hatte außerdem noch Gesellschaft während der Reise. „Jetzt erzählst du mir gleich noch, dass Rooney und Tante Dee auf dem Weg sind, dann sind alle verbliebenen Mitglieder der Tierney-Familie unter einem Dach.“

„Ich glaube nicht, dass wir Rooney jemals in ein Flugzeug bekommen werden, aber Tante Dee plant bereits einen Besuch im Herbst. Das ist eine gute Zeit, da ich nicht glaube, dass wir alle auf einmal hier in diesem unglaublichen Häuschen unterkommen können.

„Unsere Vorfahren haben hier reingepasst, wer weiß, wie viele auf einmal?“

Peggy kam zu ihnen. Sie war begeistert, dass Casey sich auf den Weg zu ihnen gemacht hatte, aber sie sah erschöpft aus. Der Tag war frustrierend und schwierig gewesen. „Kieran wacht gleich auf. Wir wollen mal sehen, ob wir ihm noch etwas Saft einflößen können und ein bisschen Eiscreme. Dann sollten wir uns hinsetzen und uns unterhalten.“

Das taten sie vor einem Torffeuer, das mehr wegen des Effekts als zum Wärmen brannte. Irene hatte sich geweigert, vor ihnen ins Bett zu gehen, und sie setzte sich zu ihnen, um zu hören, was Casey im Flugzeug beim Lesen des letzten Stapels von Maura McSweeneys Briefen erfahren hatte. Zuerst berichteten sie Casey von Liams Verbindung mit der IRA und seiner Hoffnung, dass Tim McNulty etwas für ihr Budget spenden würde.

„Aber McNulty hat bei einer Razzia der Prohibitionsagenten auf Whiskey Island alles verloren“, beendete Megan ihre Ausführungen. „Da war also nichts mehr, was er irgendjemand hätte spenden können. Und Liam wurde fast verhaftet und ins Gefängnis geworfen.“

Casey machte es sich auf Irenes Sofa mit den Kissen etwas bequemer. „Es sind eine Menge Briefe. Ich hab die Kopien mitgebracht. Die einzelnen Stücke musste ich mir schon zusammenreimen, ein bisschen hier, ein bisschen da. Aber es scheint, dass unser Großvater Glen sich in die Tochter von McNulty verliebt hat und sie sich in ihn. McNulty hatte andere Pläne mit ihr, besonders nachdem sein Schmuggler-Imperium zusammenbrach. Er wollte, dass seine Tochter Clare einen anderen Schmuggler heiratet. Stattdessen schlich sie sich davon, um Großvater zu heiraten. Und ratet mal, wo?“

Megan sah zu Irene, die sich weigerte, irgendeinen Hinweis zu geben. „Du weißt es doch, oder? Das ist wieder was, das du für dich behältst.“

Irene riss mit Unschuldsmiene die Augen auf. „Ich bin eine alte Frau. Natürlich weiß ich sehr viel, aber ich kann mich nicht erinnern, wo ich’s gespeichert habe.“

Megan glaubte ihr nicht, aber sie drängte sie nicht weiter. „Also wo?“ fragte sie Casey.

„Im Saloon. In *unserem* Saloon. Pater McSweeney selbst hat

die Trauung durchgeführt, als der andere Schmuggler, ein Typ namens Cassidy, durch die Fenster in der Vorderfront schoss. Sie flüchteten in ..." Sie brach ab und lächelte wehmütig. „Ratet mal, wohin."

„Da gibt es nur eine Möglichkeit", sagte Peggy. „Das haben wir ja selbst rausgefunden. Der Tunnel?"

„Genau. Als sie dachten, es wäre alles vorbei, gingen sie wieder hoch, aber Clare blieb zurück, weil sie behauptete, sie wolle sich einen Augenblick erholen. In der Zwischenzeit war Glen draußen, um nach Cassidy zu suchen. Niemand weiß genau, warum sie nach draußen ging. Vielleicht, weil sie Glen suchen und ihn in den Tunnel bringen wollte? Vielleicht, um sich zu opfern? Keiner kann sich da sicher sein. Aber Cassidy hat sie erschossen. Und noch was, ratet mal."

Casey drehte sich zu Irene um, bevor irgendjemand seine Vermutung äußern konnte. „Dein Vater war auch da. Liam hat Clare geholfen, aus dem Haus ihres Vaters zu fliehen, und brachte sie in den Saloon. Und offensichtlich blieb er in der Nähe, um sicherzugehen, dass alles gut ging. Er hat zusammen mit Glen versucht, Cassidy aufzuhalten, als er sie erschossen hat. Sie brachten Clare in den Tunnel. Zusammen. Aber sie starb in Glens Armen."

Alle schwiegen. Im Kamin knisterte das Torffeuer hörbar.

„Das ist wohl die traurigste Geschichte, die ich je gehört habe", sagte Peggy schließlich. „Ich verstehe gar nicht, warum wir nie davon gehört haben. Das war unser Großvater, und ich dachte, ich hätte inzwischen alle Familiengeschichten mindestens hundert Mal erzählt bekommen."

„Ich kann mal versuchen zu erklären, warum es so war", meldete sich Megan. „Großvater muss ziemlich verzweifelt gewesen sein. Er hat spät geheiratet, wenn ihr euch erinnert. Und danach, als er schließlich doch noch mit unserer Großmutter glücklich wurde, hatte keiner Lust, ihn an die Tragödie in seinen jungen Jahren zu erinnern. Unsere Familie kann genauso gut wichtige Geheimnisse bewahren, wie alles andere, was nicht dazu gehört, ständig ausgeplaudert wird."

„Aber er ist jetzt schon eine ganze Weile tot."

„Ich denke, die Geschichte geriet einfach in Vergessenheit aus Respekt vor unserer Großmutter. Und die, die zu der Zeit lebten, sind jetzt alle nicht mehr da. Über die Prohibition spricht auch keiner oder von dem Speakeasy im oberen Stockwerk, das ja eigentlich nicht existiert haben dürfte. Andere Zeiten, Zeiten, in denen so was verschwiegen wurde."

„War da noch was, Casey?" erkundigte sich Peggy. „Irene weiß immer noch nicht, wie ihr Vater gestorben ist."

Irene meldete sich, bevor Casey etwas sagen konnte. „Eigentlich weiß ich es schon, meine Liebe."

Peggy sah nicht gerade überrascht aus. Sie stand auf und nahm eine Decke, die über einem Stuhl lag, und ging zu Irene, um ihre Beine damit einzupacken. „Dann werden wir es dir mal lieber etwas bequemer machen, das kann nämlich eine lange Nacht werden. Warum fängst du nicht damit an zu erklären, warum du uns eine Geschichte erzählt hast, die gar nicht stimmte? Wenn du die ganze Zeit wusstest, wie dein Vater starb, dann hast du uns noch mehr vorgemacht, als ich dachte. Und bring jetzt nicht die Entschuldigung an, dass du rausbekommen wolltest, was wir eigentlich für Menschen sind. Das hast du schon längst mitbekommen."

„Und es gibt keine bessere Art, den Charakter einer Person zu erkennen, als wenn du sie um Hilfe bittest", sagte Irene. „Aber da hängt noch ein bisschen mehr dran. Ich denke, ich werde warten, bis der Rest der Geschichte sich ganz von selbst entwickelt. Es ist so weit. Und der Zeitpunkt könnte nicht besser sein mit Casey hier.“ Sie strahlte Casey an. Die beiden hatten sich sofort glänzend verstanden.

„Kommt jetzt der entscheidende Moment?“ Megan zog die Beine an und lehnte sich nach hinten. „Irgendwann muss ich nämlich nach Hause, musst du wissen. Wir alle.“

„Oh ja, du musst nach Hause, meine Liebe. Und wenn es nur aus dem Grund wäre, das Ende der Geschichte zu erfahren.“

„Ich dachte, das wirst du uns jetzt erzählen.“

„Nun, so gut wie. Habt einfach Geduld. Ihr werdet schon sehen, was ich meine.“

Megan schloss die Augen und dachte an Niccolo, der in Cleveland auf sie wartete. „Ich nehme dich beim Wort.“

1925
Castlebar, County Mayo

Mein lieber Patrick,
wie kostbar ist die Familie, und wie leicht geben wir sie auf, wenn wir jung sind. Ich habe viele Freunde und Nachbarn, doch in meinen letzten Stunden werde ich Dich sehen, wie Du an meinem Bett stehst, so wie ich früher so viele Stunden an dem Deinen verbracht habe, als Du ein kleiner Junge warst und eine schlimme Krankheit nach der anderen durchlitten hast.

Deine Pflege fiel auf mich zu, da unsere Mutter täglich die Arbeit von vier Frauen verrichten musste. Trotzdem bedaure ich nicht die vielen Stunden, die ich damit verbrachte, für Dich zu sorgen, mein teurer Patrick. Später hatte ich keine eigenen Söhne oder Töchter, doch ich besaß die Erinnerung, wie ich Deine Kindheit begleitete. Sollte

dies der letzte Brief sein, denn ich je schreiben werde, so sei Dir versichert, dass Deine Liebe und die Liebe unserer Schwestern mich zu der Frau gemacht haben, die ich bin. Ich bin glücklich, eine solche Frau zu sein, und wenn ich sterbe, dann in Gedanken an Euch alle.
Deine Dich liebende Schwester
Maura McSweeney

34. KAPITEL

Für Liam war frühes Aufstehen keine Freude. Die Morgendämmerung enthielt für ihn keinerlei Romantik. Als Kind hatte er die Aufgabe gehabt, die Kuh der Familie zu melken, und wenn er länger im Bett gelegen hatte, als seine Mutter für notwendig hielt, dann gab es dafür Schläge. Seine Tage bei den Christlichen Brüdern begannen ebenfalls vor Sonnenaufgang.

Eier von Hühnern zusammensuchen, die eifrig produzierten, zur Messe gehen, noch bevor das Frühstück aus Haferschleim auf den Tisch kam, das so kärglich ausfiel, dass die Jungen sich vorher wie nachher schwach fühlten. Er konnte sich nicht am Aufhellen des Himmels erfreuen oder dem Singen der Vögel. Heute jedoch begrüßte er beides mit einiger Begeisterung. Er hatte sich drei Tage lang versteckt, und dies war sein erster Ausflug nach draußen.

Nach Clare McNultys Tod hatte sich Liam in den ödesten Gegenden von Cleveland versteckt, doch er wusste aus der Zeitung, dass Cassidy nach dem tödlichen Schuss die Stadt verlassen hatte. Liam war sicher, dass Cassidy sein Rattengesicht niemals freiwillig in der Stadt sehen lassen würde, und genauso sicher, dass die Mühlen der Justiz in Chicago sich nicht energisch genug drehten, um ihn in diese Richtung zurückzuschicken. Cassidy war für immer weg.

McNulty nicht. Seine einzige Möglichkeit, die Gunst der Gang von der North Side zu erwerben, war im Tunnel gestorben. Vielleicht betrauerte er ja seine Tochter nicht nur aus diesem Grund, aber Liam würde das nicht herausfinden. Sein Job war es gewesen, Clare zu bewachen und sich dann zurückzuziehen, wenn Cassidy die Szene betrat. Stattdessen hatte er ihr geholfen, aus dem Haus zu entkommen, um einen anderen Mann zu heiraten. Wenn McNulty die Wahrheit kannte – und sicher konnte er sich einen Teil davon denken –, würde er Liam nie vergeben. Es war allerhöchste Zeit, dass Liam mit seiner Familie die Stadt verließ.

Abgesehen von einer Sache.

Während der Himmel langsam immer heller wurde, befand sich diese Sache fast in Greifweite. Er lag bäuchlings im Gestrüpp auf Whiskey Island und dachte an den Abend der Razzia und den Weg, auf dem der kanadische Kapitän durch diesen Wald geflohen war. Da es dunkel gewesen war, hatte er Probleme gehabt, sich alles genau zu merken. Doch er hatte in dem ganzen Chaos versucht, sich besondere Orientierungspunkte einzuprägen. Er glaubte sich nicht weit von der Stelle zu befinden, wo der Kapitän sich gebückt hatte und für einen Moment aus Liams Sicht verschwunden war, um womöglich etwas zu verstecken. Liam konnte sich ziemlich gut vorstellen, worum es sich gehandelt hatte. Nun musste er nur die genaue Stelle wiederfinden und es herausholen.

Er hatte lange intensiv gehorcht, aber die einzigen Geräusche, die er hörte, waren ein einzelner Schlepper draußen auf dem See, das Rascheln und Scharren von Vögeln und kleinen Tieren, das schrille Signal eines Zuges. Er kroch ein kleines Stück vorwärts, wartete, dann setzte er seinen Weg fort.

Endlich hatte er den Punkt erreicht, von dem aus er seine Suche beginnen wollte. Er hockte sich hin und ließ Blätter und Erde durch seine Finger rieseln. Er tastete den Boden nach Löchern ab, achtete auf Steine, die sich leicht herausnehmen ließen, auf Spalten in Baumstämmen oder toten Ästen. Er arbeitete sich langsam weiter und horchte jeden Augenblick intensiv, ob sich jemand näherte.

Zehn Minuten vergingen, dann noch mal zehn. Er war frustriert und fühlte sich zermürbt, obwohl er so etwas erwartet hatte. Er hatte gewusst, dass seine Suche ergebnislos sein könnte. Andere hätten ihm zuvorgekommen sein können. Sicher war der Kapitän auch im Gefängnis in der Lage gewesen, mit jemandem zu reden. McNulty selbst hatte womöglich schon mit Jerry den Wald abgesucht. Oder vielleicht hatte Liam sogar das, was er in jener Nacht beobachtet hatte, vollkommen falsch interpretiert.

Er wandte sich zur rechten Seite und begann weiter die Erde zu sieben und umzugraben. Eine halbe Stunde verging, während er den Boden im Halbkreis überprüfte, dann noch eine Stunde, nachdem er den Kreis erweitert hatte. Er begann zu zweifeln, ob er sich im richtigen Bereich bewegte. Er dachte, er wäre der einzige Zeuge bei der Flucht des Kapitäns gewesen, aber in der Dunkelheit und bei dem Gewitter hatte ihn vielleicht sein Orientierungssinn verlassen.

Die Sonne würde jeden Moment über dem Horizont aufgehen. Er wusste, dass er jetzt gehen müsste. Er war in den letzten Tagen zu Fuß unterwegs gewesen, sein beliebtes T-Modell stand verlassen in einer Seitenstraße, für den Fall dass jemand danach Ausschau halten sollte … und nach ihm. Er könnte am nächsten Tag weitermachen, doch das hieße, noch einen Tag in Cleveland zu bleiben. Brenna hielt sich mit Irene noch immer bei ihren früheren Arbeitgeberinnen versteckt, doch je länger sie blieben, desto größer wurde die Chance, dass McNulty sie entdeckte. Und McNulty würde Liams Familie dazu benutzen, sich an ihm zu rächen. Da war sich Liam sicher.

Er rannte geduckt ein Stück weiter nach rechts und beschloss, das zu durchsuchende Gebiet noch ein bisschen auszudehnen. Er hob einen Stein an und fand nichts darunter, schob die Finger in das wilde Wurzelwerk eines Baumes und ertastete wieder nichts. Gerade als er die Suche abbrechen wollte, fiel sein Blick auf einen verrotteten Ast, der seitlich von ihm lag. Er musste dort schon jahrelang liegen, denn Holzameisen und Käfer hatten sich dort bereits eingerichtet und sich zielbewusst an die Zerstörungsarbeit gemacht. Als er den Ast anhob, zerbröselte ein Teil unter seinen Fingern. Doch er bemerkte, dass er nicht der Erste war, der das tat. Sägemehl und Rindenteile lagen schon in kleinen Häufchen unter dem Stück Holz, so als hätte es jemand vor nicht allzu kurzer Zeit angehoben.

Zuerst konnte er nichts Besonderes sehen, dann fiel ihm die Delle im Boden auf. Nicht sehr tief und fast verdeckt von dem verrottenden Ast. Er schob ihn ganz zur Seite, um den Schatz zu finden, den er gesucht hatte.

Der Batzen Geld war erstaunlich groß. Er hatte weniger erwartet, weil er geglaubt hatte, McNulty hätte den Alkoholschmugglern den größten Teil der Bezahlung bereits vorher übergeben. Jetzt verstand er, warum sein ehemaliger Boss so entschlossen war, herauszufinden, was der Kapitän am Ende der Aktion eingestrichen hatte. Bestimmt war das hier genug Geld, um das meiste von dem zurückzugeben, was sich McNulty geliehen hatte. Mit dem, was er schnell verkaufen konnte, und was immer für einem Deal, den er noch zustande brachte, wäre McNulty gerettet. Aber jetzt nicht mehr. Nicht, wenn Liam das Geld in den Händen hatte.

Der Gedanke freute Liam.

Während er sich die Scheine in die Tasche steckte, blickte er sich noch einmal um. Die Vögel waren lauter, und das Quaken der Frösche hatte sich gelegt. Der Tag begann jetzt wirklich, und bald würde man ihn hier sehen können. Er kroch wieder tiefer in den Wald und zu dem Pfad, den er sich vorher bereits für seinen Rückzug ausgewählt hatte. Als er sich wieder aufrichtete, bemerkte er, dass er nicht mehr allein war. Unter den schützenden Zweigen eines Baumes stand Glen Donaghue und beobachtete ihn.

„Als ich noch ein Junge war“, sagte Glen, „hörte man Geschichten von Leichen, die hier vergraben wären. Die armen Iren hatten nicht genug Geld für eine Beerdigung in geweihtem Boden.

Wenn also einer von uns starb, vergruben wir sie selbst. Und wenn es einen Priester gab, der großherzig genug war, dann ist er den entsprechenden Weg langgelaufen und hat ein paar Gebete gesprochen und das Grab mit Weihwasser besprenkelt."

Liam dachte an Clare, die nicht weit von hier entfernt gestorben war und morgen auf dem Grund und Boden der McNultys begraben wurde. „Ja, hier spukt es", bestätigte Liam.

„In mehreren Beziehungen." Glen stieß sich vom Baum ab. In sein jungenhaftes Gesicht hatten sich neue Falten gegraben. Seine Augen waren glanzlos. „Weshalb treibt sich denn ein abergläubischer Ire wie du ausgerechnet im Morgengrauen hier herum? Die Feen und Geister sind immer noch in der Nähe. Im Dunklen kann auch der Puka durch den Wald kommen und nach Menschen mit bösen Absichten Ausschau halten."

„Sollte *ich* mich da fürchten?"

„Es gibt ein paar dunkle Flecken in deinem Lebenslauf, Liam. Du hast auf McNultys Gehaltsliste gestanden."

„Es heißt ja, Gleiches gesellt sich zu Gleichem."

„Trotzdem hast du gegen ihn gearbeitet, um Clare zu beschützen."

Liam schwieg. Er war sicher, Glen wusste, warum er hierher gekommen war und was er hier gefunden hatte. Er fühlte sich wie die Maus unter dem scharfen Blick der Farmersfrau. Er hatte eine Waffe, aber die würde er nie gegen diesen Mann einsetzen. Glen wusste das natürlich nicht, aber das machte die Situation nur noch gefährlicher.

„Du bist mir gefolgt", sagte Liam schließlich.

„War nicht so einfach, das muss man dir lassen."

„Was willst du von mir?"

„Sehen, was du in der Tasche hast."

„Und was geht dich das an?"

„Zeig es mir, dann werden wir ja sehen."

Bisher hatte Glen keine Waffe gezogen. Aber was für einen Unterschied machte das? Liam würde nicht mit ihm kämpfen, und er würde ihm nicht sagen, warum. Er befand sich in einer Zwickmühle. Seine Gedanken gingen zu Brenna und Irene. Er hoffte, wenn Glen das Geld in der Hand hätte, würde er ihn gehen lassen und ihn nicht festnehmen. Glen war ein Ehrenmann, aber vielleicht konnte Liam ihn davon überzeugen, dass er nichts weiter getan hatte, als nach dem Geld zu suchen und es zu finden.

„Nimm es." Liam streckte die Arme zu beiden Seiten aus. „Ich habe einen Revolver. Aber den werde ich nicht gegen dich benutzen.

„Warum nicht?" Glen trat auf ihn zu und griff in die Innentasche von Liams Jackett.

„Weil ich an dir nichts auszusetzen habe."

Glen zog das Bündel Geldscheine hervor. Er stand sprungbereit und angespannt da. Offensichtlich war er auf alles gefasst, das Liam versuchen könnte. Als Liam nichts weiter unternahm, als nur dazustehen, ging er einen Schritt zurück. Er hielt die Banknoten hoch, sodass er gleichzeitig auch Liam im Auge behalten konnte. Leise pfiff er durch die Zähne.

„Mehr, als ich je auf einmal gesehen habe." Liam grinste. „Ich bin darüber gestolpert, als ich meinen Morgenspaziergang machte."

„Ach so?"

„Keine Ahnung, wie das dahin gekommen ist."

„Das wäre eine Geschichte, mit der sich die Polizei befassen könnte."

„Ich hatte gehofft, dass es nicht so weit kommen würde. Ich hatte gehofft, dass du der Freundschaft willen einfach sagst, du hättest es selbst gefunden, wenn du es bei der Polizei ablieferst."

„Freundschaft?"

„Meiner Freundschaft mit Clare. Deiner mit Clare. Sie war wirklich in Ordnung. Tut mir Leid …“ Liam senkte den Kopf.

„Und du meinst, weil du ihr am Ende geholfen hast, sollte ich dich gehen lassen?“

Liam war nicht sicher, wohin diese Unterhaltung führen sollte. Glens Stimme war völlig neutral. Er könnte genauso gut vorhaben, Liam aus Rache an denen, die mit McNulty oder Cassidy zu tun hatten, umzubringen. Oder vielleicht beabsichtigte er, der Held des Tages zu werden, der Mann, der das Geld zurückbrachte, das McNultys Schmuggler-Imperium für immer und ewig versenkt hatte.

„Ich meine gar nichts“, sagte Liam schließlich. „Das Einzige, auf was ich im Leben immer gezählt habe, war die Überraschung.“

„Warum hast du für ihn gearbeitet?“

„Um es mit den Worten meiner Frau auszusprechen: Um seinen Herd zu reinigen, muss man sich die Hände dreckig machen. Ich muss eine Familie ernähren.“

Glen hielt das Geldbündel hoch. „Das wäre mehr als genug gewesen, was? Alles an der Börse einsetzen, und du könntest Millionär werden.“

„Nein, ich hatte auch noch was anderes damit vor.“

„Ich habe ein bisschen nachgeforscht. Deine Immigrationspapiere sagen, dass dein voller Name William Francis Tierney ist, über Kanada eingereist. Merkwürdig, ein Mann in deinem Alter und mit deinem Aussehen, der den Namen Liam Patrick Tierney hat, wird in Irland von der Polizei gesucht. Er hat einen Monat, bevor du hier aufgetaucht bist, einen Mann dort erschossen.“

„Tatsächlich? Und wie viele Iren sind um die gleiche Zeit noch in dieses Land gekommen?“

Glen ging nicht auf die Bemerkung ein. „Er war ein IRA-Mann. Die IRA wäre doch aber nicht der andere Zweck, den du für das Geld im Sinn hattest, oder?“

„Wie schon gesagt, ich bin zufällig über die Scheine gestolpert. Ich hatte nicht viel Zeit gehabt, mir zu überlegen, wie man es am besten nutzt.“

Glen blätterte die Banknoten mit dem Daumen durch. „Und wäre eine Möglichkeit vielleicht McNulty selbst gewesen?“

„McNulty? Ich habe nichts mehr mit ihm zu tun und empfinde schon gar keine Zuneigung für ihn. Er hat seine eigene Tochter praktisch gezwungen zu fliehen. Er wollte sie einem Mann geben, vor dem er sie eigentlich mit allen Mitteln hätte beschützen müssen. Er ist ein Dieb und ein Lügner, und wenn er jemals einen Penny davon bekäme, dann wäre das nur über meine Leiche.“ Liam war über seine Wut überrascht. Er bemühte sich, etwas ruhiger zu sprechen. „Dann ist mir schon lieber, dass die Polizei das Geld bekommt.“

„Wenn die Polizei oder das Finanzministerium das Geld einzieht, was meinst du, würde das für Auswirkungen auf McNultys Fall haben?“

Liam verstand nicht, was er meinte. „McNultys Fall?“

„Die Sache mit den Männern in Chicago, von denen er sich das Geld geliehen hat.“

Liam war nicht überrascht, dass Glen darüber Bescheid wusste. In diesem Punkt herrschte sicher nicht mehr viel Loyalität in McNultys Organisation. Die Männer gaben der Polizei bestimmt Informationen, um ihre eigene Haut zu retten. „Ich weiß nicht, was es für McNulty bedeuten würde. Was denkst *du* denn?“

„Ich denke, wenn die Chicago-Jungs wüssten, dass das Geld tatsächlich an dem Abend verschwand, so wie McNulty behauptet, und dass die Polizei es jetzt hat, wären sie weniger geneigt, ihn wegzupusten. Sie würden das als Bezahlung nehmen, was er zusammenkratzen kann. Sie könnten ihn womöglich zur Warnung für andere töten, aber auch das ist die Frage. Es ist wie beim Spielen.“

Liam hatte kapiert. „Aber wenn sie glauben, dass McNulty

das Geld noch hat oder nicht genug in Bewegung setzt, um es zu finden, dann bringen sie ihn auf jeden Fall um?"

„Unfähigkeit ist eine Sache. Selbst die am besten ausgeklügelten Pläne können vereitelt werden, sie sind schlau genug, um das zu wissen. Aber Abtrünnigkeit oder die Jungs von der North Side wie Idioten behandeln ist schon was anderes."

Liam war nicht sicher, worauf Glen hinauswollte. Er wartete ab.

„Weißt du, dass ich meine Dienstmarke an dem Tag abgeben habe, als ich Clare heiraten wollte? Sie haben mir meine Waffe gelassen, obwohl das eigentlich nicht erlaubt ist, aber sie wussten, dass wir in Gefahr sind. Ich wollte den Revolver später zurückbringen."

„Glaubst du, es interessiert mich, ob du bewaffnet bist oder nicht? Es sei denn, du richtest die Pistole auf mich."

„Ich war überrascht, dass dein Nachname Tierney ist. Ich habe ein paar Tierneys in der Familie. Wusstest du das?"

„Woher sollte ich?"

„Alle tot. Und selbst ich trage den Familiennamen nicht mehr. Sag mal, ich kann mich von deinen Unterlagen her nicht mehr daran erinnern. Hast du einen Sohn?"

„Eine Tochter."

Glen nickte. „Ach ja. Auch keiner, der den Familiennamen weitertragen kann."

„Ich hoffe, dass ich das eines Tages ändern werde. Allerdings, wenn du mich festnimmst und die Polizei mich irgendwie mit dem anderen Typen aus Irland verwechselt und mich ausliefert, werde ich bald in Dublin an einem Seil hängen."

„Ich werde meine Dienstmarke wieder zurücknehmen. In einer Woche oder einem Monat. Nach der Beerdigung und nachdem ich etwas Zeit für mich gehabt habe."

Wieder wartete Liam.

Glen blätterte die Scheine noch einmal durch. „Aber im Moment bin ich einfach nur ein normaler Bürger und keinem Schwur verpflichtet, die Gesetze zu vertreten, weder die guten noch die schlechten. Die Prohibition ist ein dummes Gesetz, denn es züchtet solche Leute wie McNulty und Cassidy und macht ehrliche Schnapsbrenner und Händler und Saloon-Betreiber wie meine eigenen Eltern arbeitslos. Doch wir haben nun diese neue Brut von Kriminellen, und einer muss ja den Schmugglern das Handwerk legen. Dann kann genauso gut ich es tun. Und jetzt, wo Clare nicht mehr lebt, werde ich mich mehr einsetzen als die meisten anderen."

„Es tut mir Leid, dass du das machst."

Glen betrachtete das Geld in seiner Hand, dann sah er Liam an. Er trat einen Schritt vor und hielt es ihm hin. „Es hat genug Tod und Verwüstung in Irland gegeben, meinst du nicht ... Liam Patrick Tierney? In meiner Hand ist mehr als genug Geld, damit du ein neues Leben für dich und andere aufbauen kannst."

„Du gibst es mir zurück?"

„Nutze es gut, sodass es McNulty nichts mehr hilft." Glen reichte ihm die Scheine, schob die Hände in die Taschen, drehte sich um und ging. Kurz darauf war er im Wald verschwunden.

35. KAPITEL

Als Liam Whiskey Island verließ, begann die Stadt zum Leben zu erwachen. Er hatte gehofft, dass er es noch schaffte, zu Brenna und Irene zu gehen, bevor es hell wurde. Ihm war nicht klar, ob Tim McNulty darüber Bescheid wusste, welche Rolle Liam bei Clares Verschwinden und ihrem Tod gespielt hatte. Doch ganz bestimmt glaubte er zumindest, dass er nicht richtig auf sie aufgepasst hatte, und dieses Vergehen war bereits groß genug. Es war eher unwahrscheinlich, dass McNulty aus der schrumpfenden Zahl seiner Anhänger jemanden entbehren würde, der nach Liam suchte statt nach dem Geld, aber Liam konnte nicht vorsichtig genug sein.

Er fragte sich, wo er die Zeit bis zum Dunkelwerden verbringen sollte. Seit dem Abend, an dem Clare getötet worden war, hatte er sein Haus nicht mehr betreten. Er brauchte ein Bad und musste frische Kleidung anziehen, und er wollte ein paar Sachen holen, die Brenna zurückgelassen hatte. In ihrem einzigen kurzen Telefongespräch hatte sie bedauert, dass sie mehrere kleine Andenken dort gelassen hatte. Er wollte sie holen, zum Dank für alles, was sie aufgab. Im Moment war es zu gefährlich, aber ob es vielleicht sicher wäre, abends zu gehen? Clares Totenwache würde bei Sonnenuntergang beginnen, wahrscheinlich in McNultys Haus. Jeder, der sie kannte, alle, die irgendwann einmal Geschäfte mit McNulty gemacht haben, würden dort erscheinen.

Wenn McNultys Kohorten bei der Totenwache waren, wären Liams Chancen, unbemerkt in sein Haus zurückzuschleichen, besser. Dann würde er sich im Schutz der Dunkelheit zu Brenna und Irene aufmachen, und am nächsten Morgen könnte die Tierney-Familie sicher auf dem Weg nach Westen sein. Liam wusste bereits genau, wohin sie ziehen würden, nach Colorado oder Wyoming vielleicht, weitab vom Stadtleben und der Versuchung. Aber wenn die Tierneys Cleveland erst mal verlassen hatten, dann hätten sie Zeit zu entscheiden, wo sie den Rest ihres Lebens verbringen wollten.

Er beschloss, dass er tagsüber am besten in einem der leer stehenden Häuser am Ende des Blocks bleiben könnte. Von diesem strategischen Punkt aus war sein Haus gut sichtbar, und er konnte sich vergewissern, dass niemand vorbeikam. Zu Fuß machte er sich durch die Seitenstraßen auf den Weg zu seiner Nachbarschaft und achtete darauf, dass er keine Aufmerksamkeit erregte. Er erreichte sein Ziel ohne Zwischenfälle und stieg durch ein Fenster im hinteren Teil eines Hauses nach drinnen. Bis auf Wandschränke und den Putz war alles fast fertig. Auf einem seiner Spaziergänge in der Nachbarschaft hatte er erfahren, dass die Schreiner in der nächsten Woche mit der letzten Bauphase beginnen würden.

Liam machte es sich so bequem wie möglich. Er war immer noch hungrig, obwohl er sich unterwegs Brötchen und Milch gekauft und alles gierig aufgegessen hatte. Hunger war ein alter Freund und würde ihm helfen, wach zu bleiben. Er setzte sich weit genug von den vorderen Schlafraumfenstern entfernt hin, um nicht gesehen zu werden, und so dicht wie möglich, um einen guten Blick auf die Nachbarschaft zu haben. Dann wartete er.

Der Tag verlief glücklicherweise ohne Zwischenfälle. Er döste zweimal ein, als sich der Nachmittag hinzog, wachte erschrocken auf und stellte fest, dass sich auf der Straße nichts verändert hatte. Außer einer Mutter, die ihren Kinderwagen schob, und ab und zu einem umherwandernden Hund aus der Nachbarschaft war niemand draußen zu sehen. Als sich der Himmel verdunkelte und die Männer von der Arbeit nach Hause gekommen waren, war er am Verhungern und hatte keine Geduld mehr. Er verließ das Haus so, wie er es betreten hatte, und schlich vorsichtig hinüber zu seinem.

Er hatte an dem Tag, als sie ausgezogen waren und das meiste zurückgelassen hatten, alle Fenster und Türen verschlossen. Jetzt stand die Hintertür offen. Er zog seinen 45er Colt, den McNulty ihm so zuvorkommend übergeben hatte, und horchte angestrengt, bevor er eintrat. Im Haus war alles ruhig. Kaum war er drinnen, sah er, dass alles durchwühlt worden war. Jemand hatte fast die gesamte Einrichtung zerstört. Brenna hatte immer solche Sorgfalt auf das Haus und die Möbel verwandt, seine Brenna, die das Leben mit so wenig begonnen hatte und nun wieder nach all den Jahren vor dem Nichts zu stehen schien.

Dies war kein Vandalismus gewesen. Jemand hatte systematisch alles durchkämmt und etwas gesucht. Und was besaß Liam schon, das von nennenswertem Wert gewesen wäre?

Wirklich nichts, das nicht ein Loch in seine Hosentasche gebrannt hätte.

Es gab nur eine Erklärung. McNulty vermutete, dass Liam das Geld des Alkoholschmugglers gefunden hatte. Wenn McNultys Männer lediglich hierher gekommen wären, um Liam zu finden, hätten sie nicht das Haus so gründlich durchwühlt. Nein, in seinem verzweifelten Versuch, das Geld aufzutreiben und die North-Side-Gang auszuzahlen, ließ McNulty keinen Stein auf dem anderen.

Liam fragte sich, ob er nur ein winziger Kiesel oder ein großer Felsstein in McNultys Verdächtigungen darstellte. War diese Durchsuchung reine Routine gewesen, oder gehörte er zu den Hauptverdächtigen? Und sollte das Letztere zutreffen, wie viele Chancen hatte er, das Haus wieder zu verlassen, ohne entdeckt zu werden? Wenn McNulty ihn tatsächlich auf dem Kieker hatte und die Männer zusammentrommeln konnte, dann würde er jemand zurücklassen, der Wache hielt. Jemand konnte ihn jetzt gerade beobachten.

Er überlegte, ob er nach Brennas vermissten Andenken sehen sollte. Eine Locke von Irenes erstem abgeschnittenen Haar, eine

Schleife von dem Kleid, das Brenna an ihrem Hochzeitstag getragen hatte, das Foto einer Freundin aus Kindertagen, die an Grippe gestorben war. Sie besaß so wenig, trotzdem wollte sie nur diese einfachen Dinge. Er wusste, wo Brenna sie aufgehoben hatte, und beschloss, das Risiko einzugehen. Er war bewaffnet, und es würde nur einen kurzen Augenblick dauern.

Er stieg die Treppe hoch, zwei Stufen auf einmal. Im Schlafzimmer fand er Brennas Erinnerungsstücke auf dem Boden unter der umgedrehten Zigarrenschachtel, in der sie sie aufbewahrt hatte. Er hob sie auf, wickelte alles in ein sauberes Taschentuch, das auf dem Boden lag, und steckte es sich in die Hosentasche. Für ein Bad war keine Zeit, aber er entdeckte ein sauberes Hemd und tauschte es schnell gegen das alte, kämmte sich das Haar, wischte die Schuhe mit dem zerfledderten Laken sauber und rollte sorgfältig ein paar frische Socken zusammen und stopfte sie zu den Andenken in die Tasche. Es war Zeit zu verschwinden.

Dummerweise dachte ein alter Freund anders darüber.

„Dachte ich mir doch, dass du zurückkommst“, sagte eine bekannte Stimme.

Liam wirbelte herum und sah Jerry an der Tür stehen. Er war nur überrascht, dass ein so riesiger Typ die Treppe hochsteigen konnte, ohne dass er ein Geräusch wahrgenommen hatte.

Jerry zuckte die Schultern, als wüsste er, dass er diese Frage jetzt klären musste. „Keine Sorge. Du konntest mich nicht hören. Ich hab im Zimmer deines kleinen Mädchens gewartet. Muss wohl eingeschlafen sein.“

„Für wie lange?“

„Nicht so lange. Ich bin hier kurz vor Einbruch der Dunkelheit reingekommen.“

Liam verfluchte sich im Stillen dafür, dass er selbst auch eingeschlafen war. „Ist das hier dein Werk?“

„Du kannst dein Schießeisen wegpacken. Ich bin nicht hier, um dich umzupusten."

Jerry breitete die Arme aus. „Siehst du? Wenn ich's hätte machen wollen, wär's gleich passiert, bevor du überhaupt mitbekommen hättest, dass ich hier bin."

„Was tust du dann hier?"

„Das war ich nicht." Jerry zeigte auf das Chaos. Selbst die Matratze war aufgeritzt worden, zusammen mit der Decke, die aus Stoffstücken von Brennas und Irenes Kleidern gemacht worden war.

„Ich kann mir vorstellen, wonach die gesucht haben", sagte Liam.

„Haben nichts gefunden. Ich hab ihnen gesagt, du hättest das Geld nicht gestohlen. Du bist an dem Abend genauso gerannt wie wir alle, nur dass du das Glück hattest, nicht geschnappt zu werden."

Liam wusste, das hier war kein Freundschaftsbesuch. „Warum bist du nicht bei der Totenwache?"

„Und warum bist *du* nicht da?"

„Ein Mann, der seine Schläger losschickt, um mein Haus zu demolieren, hat sicher kein Interesse daran, dass ich seiner Tochter die letzte Ehre erweise."

„Da hast du Recht. Egal, was ich sage, Mr. McNulty denkt, du hast sein Geld."

„Und wie kommt er auf diese Idee?"

„Weil du nicht da warst, um Miss Clare an dem Tag, als sie getötet wurde, daran zu hindern wegzurennen. Du hättest im Haus sein müssen, um sie zu bewachen. Warum sonst solltest du abhauen und sie allein lassen, doch nur, weil du den Job nicht mehr brauchst."

Für einen Augenblick war Liam verblüfft. McNulty glaubte,

er hätte Clare allein gelassen, und deshalb war sie zum Whiskey Island Saloon geflüchtet? „Wie kommt er darauf, dass ich nicht da war?"

„Weil ihr beide weg wart, als Cassidy ankam."

„Er hat mit Cassidy gesprochen? Mit dem Mann, der seine Tochter umgebracht hat?"

„Cassidy hat ihm eine Nachricht geschickt, nachdem, na ja, du weißt. Er meinte, als er ins Haus kam, hätte er eine Notiz von Clare an ihren Vater gefunden, auf der stand, dass sie weglaufen würde. Cassidy hat sie gesucht und versucht zurückzubringen, das ist alles. Sie hat eine Kugel abbekommen, die für ihren neuen Freund bestimmt war."

So wie Jerry es erzählte, war Cassidy derjenige gewesen, der alles zum Besten hatte kehren wollen und die impulsive Handlung einer Frau verhindert hatte, eine Art Held. Plötzlich war aus dem Mord ein Unfall geworden, und die beiden Männer, die eigentlich Schuld hatten, waren Liam und Glen Donaghue – jetzt bekannt als der neue Freund.

Offensichtlich wollte Cassidy verheimlichen, dass Clare ihm eine Vase über den Kopf gezogen hatte und Liam ebenfalls dort gewesen war, um Cassidys Annäherungsversuche zu verhindern und Clare zur Flucht zu verhelfen. Liam fragte sich, warum die Haushälterin nicht gesagt hatte, was wirklich losgewesen war, da sie es zweifellos von der Küche aus mitbekommen hatte. Er nahm an, dass sie einen Blick auf den niedergestreckten Cassidy geworfen hatte, nachdem er und Clare aus dem Haus gewesen waren, ihre Sachen gepackt und für immer das Weite gesucht hatte.

Liam versuchte, eine Erklärung zu bekommen. „Also McNulty glaubt, ich hätte das Geld gefunden? Hat er einen Grund?"

„Dieser Kapitän, der Kanadier, hat ihm ausrichten lassen, dass er das Geld auf WhiskeyIsland versteckt hätte, bevor sie ihn festgenommen haben."

„Selbst wenn das stimmt, warum sollte er das McNulty erzählen?"

„Weil sie ihn nach Hause schicken, und er wird nie wieder zurückkommen können, um es zu holen."

Das überraschte Liam nicht. Der Kapitän dachte, es wäre besser, wenn McNulty das Geld finden würde, statt es unter dem toten Ast zerfallen zu lassen. Vielleicht hatte McNulty ihm ein Geschäft angeboten. Oder vielleicht hatte der Kapitän gedacht, es wäre ein kleiner Preis für seine eigene Sicherheit. Wenn McNulty sein Geld zurück hätte, brauchte der Kapitän nicht zu befürchten, dass er sich rächen würde.

„Das erklärt aber immer noch nicht, warum er glaubt, dass *ich* es habe", sagte Liam.

„Ein paar Leute haben beobachtet, dass du und der Kapitän in die gleiche Richtung gerannt seid. Sie denken, du hast vielleicht gesehen, wo er es versteckt hat."

„Vielleicht sind wir in die gleiche Richtung gerannt, aber ich habe den Mann danach gar nicht mehr gesehen. Du weißt, wie dunkel es war und wie viele Wege von da wegführen. Ich hab nur daran gedacht, nicht geschnappt zu werden, an sonst nichts."

„Weißt du, das wär doch jetzt der richtige Zeitpunkt, um deine Taschen zu leeren, nur um es mir zu beweisen, okay?"

„Was beweisen?"

„Dass du das Geld nicht hast. Wir wissen, es ist nicht hier im Haus."

„Jerry, wenn ich es hätte, meinst du, dann würde ich es mit mir rumschleppen?

„Es ist nicht hier. Mach es einfach, dann kann ich McNulty noch mal versichern, dass ich nicht glaube, du hättest es genommen."

„Wenn ich es gefunden hätte, könnte ich es sonst wo versteckt haben."

„Zeig es mir einfach, okay?"

Liam war derjenige, der den Revolver in der Hand hatte, doch er nahm an, dass Jerry bewaffnet war. Er wollte eine Konfrontation vermeiden. Sein Gegenüber war riesig wie ein Bulle und sicher nicht durch eine einzige Kugel zu stoppen. Jedenfalls nicht schnell genug.

Liam legte seinen Colt auf das Fensterbrett, dann zog er die Socken aus der Tasche und wedelte damit herum, um sie Jerry zu zeigen, und legte sie ebenfalls aufs Fensterbrett. Er nahm das Taschentuch mit dem sorgfältig eingewickelten Schatz heraus und faltete es auseinander. Auch das landete vor dem Fenster.

Dann, langsam, zog er die umgestülpten Hosentaschen heraus. Ein Schlüssel fiel auf den Boden, ein paar Münzen und sonst nichts. „Zufrieden?"

„Zieh die Schuhe bitte auch noch aus, okay?"

Liam lachte. „Der Geruch wird dir nicht gefallen."

„Mach es einfach."

Liam tat es und hielt ihm die Schuhe hin, damit Jerry sehen konnte, nichts war darin verborgen. Dann zog er das Hemd aus der Hose und schüttelte sie zum Beweis dafür, dass auch nichts unter den Hosenbeinen verborgen war.

„Warum bist du in der Stadt geblieben, nachdem Clare getötet wurde?" wollte Jerry wissen.

„Eine gute Frage. Erst mal, wenn ich das Geld *vorher* gefunden hätte, meinst du, dann wäre ich in Cleveland geblieben? Nein, ich blieb, weil ich hier einen Job habe, und ich dachte, McNulty würde sich von seinem Verlust erholen."

„Und danach?"

Liam erzählte die Geschichte, die er sich ausgedacht hatte für den Fall, dass McNulty ihn aufgespürt hätte. „Nachdem Clare getötet worden ist, wusste ich, dass McNulty mich verantwortlich macht, aber es dauert eine Weile, bis man alles vorbereitet hat, um die Stadt zu verlassen. Ich hatte nicht viel Geld auf der Kante. Ich musste ein paar Sachen verkaufen, überlegen, wohin ich gehe, sicherstellen, dass meine Familie in Sicherheit ist …"

„Das leuchtet ein. Aber du hast Clare allein gelassen. Wo warst du, als du eigentlich auf sie hättest aufpassen sollen?"

„Cassidy ist ein Lügner. Als er ankam, war ich da, und sie ebenfalls. Er ist ziemlich grob über sie hergefallen, und ich hab versucht, ihn aufzuhalten. Er lag besinnungslos auf dem Boden, als wir das Haus verlassen haben."

„Und du hast wirklich zugelassen, dass sie zu einem anderen Mann läuft?"

Liam betete im Stillen, dass Jerry wenigstens ein bisschen romantisch veranlagt war. „Ja, das habe ich, und ich wusste, dass McNulty mir das nie verzeihen würde. Mir war klar, dass ich weg musste."

„Also bist du zurückgekommen und hast deine Familie weggebracht."

„Und ich habe vor, selbst ebenfalls zu gehen. Wenn du mich lässt."

„Du könntest zu McNulty gehen und ihm die Wahrheit sagen."

„Welche Wahrheit, dass ich seiner Tochter geholfen habe, dem Mann zu entkommen, den er für sie ausgesucht hat? Er wird nicht glauben, dass Cassidy seine Tochter angegriffen hat, weil es ihm nicht ähnlich sieht. Du weißt, wie wenig er von ihr hielt. Vielleicht spielt er heute Nacht den trauernden Vater, aber wir wissen beide, wie es wirklich ist."

Jerry runzelte die Stirn. „Ja, okay. Dann bist du wohl gestorben. Ich denke, du hast Recht."

„Würde es irgendwas nützen, wenn ich tatsächlich tot wäre?"

Jerry hob die massigen Schultern. „Ich erinner mich an den Tag bei Squeaky Frank. Du hast mich da rausgebracht, obwohl du mich den Pro-Agenten hättest überlassen können."

„Ich will nur irgendwo anders einen neuen Anfang machen, Jerry. Das ist alles."

„Ich denke, du hast das Geld nicht. Ich denke, du kannst jetzt gehen."

Liam begann langsam so etwas wie Erleichterung zu fühlen.

„Dieser Donaghue-Kerl wird aber nicht so viel Glück haben", sagte Jerry. „Mr. McNulty wird dafür sorgen, dass er nicht allzu lange lebt."

„Und was soll der Sinn dabei sein?"

„Ganz einfach. Wenn er nicht wäre, dann hätte Miss Clare Cassidy geheiratet."

„Glückliche Clare, was?"

„Hast du jemals darüber nachgedacht, wer uns verpfiffen hat und wem wir die Razzia verdanken?"

„Ich hab mir gedacht, man hätte die Schiffe gesehen."

„Diese Kanadier waren gut. Die besten bisher. Man hat sie vorher noch nie erwischt. Nein, Mr. McNulty denkt, dass Miss Clare irgendwie Wind von der Lieferung bekommen hat. Schließlich hat sie in dem Haus gelebt, und sie hatte Ohren. Sie hat es gehört, ihrem neuen Freund erzählt, und Donaghue plant eine Razzia." Wieder zuckte er die Schultern. „Donaghue muss dran glauben. Wenn er nicht gewesen wäre, hätte McNulty jetzt nicht den ganzen Ärger, oder? Und Miss Clare wäre noch am Leben."

„Ich kann mir vorstellen, dass Donaghue es drauf ankommen lässt. McNulty hat zurzeit nicht viel Einfluss."

„Vielleicht nicht, aber er hat ein Ass im Ärmel. Miss Clares Grab. Wenn Donaghue sie wirklich geliebt hat, wird er sie besuchen. Mr. McNulty wird ihn dann auflesen wie eine Krähe auf dem Zaunposten."

„Ich bezweifle, dass dieser Donaghue so dumm ist. Er wird nicht zur Beerdigung gehen."

„Wer hat was von der Beerdigung gesagt?" Jerry grinste. „Ich geh jetzt. Sei vorsichtig. Mach, was du heute Abend noch machen musst, und dann verschwinde. Ich werde nicht sagen, dass ich dich gesehen habe. Darauf kannst du dich verlassen. Aber mehr kann ich nicht für dich tun." Er wandte sich um und quetschte sich durch den Türrahmen.

„Jerry?"

„Ja?"

„Danke."

Ein weiteres Schulterzucken, und dann war Jerry verschwunden.

Liam wartete, bis er sicher sein konnte, dass er allein war, bevor er Brennas Erinnerungsstücke wieder in die Hosentasche steckte und die Socken hinterher stopfte, in die der Schatz des Schmugglers eingerollt war.

Wenn Glen jemand anders gewesen wäre, hätte Liam ihm im Stillen Glück gewünscht und nicht mehr an ihn gedacht. Er wäre zu seiner Familie gegangen, hätte den alten Damen erklärt, wo sein Wagen stand, die Autoschlüssel getauscht und wäre nach Toledo gefahren, um den Zug nach Westen zu nehmen. Eigentlich war er ziemlich sicher, dass Glen zu klug war, um Clares Grab zu besuchen. Aber die Trauer konnte schon komische Dinge mit einem machen. Der Abwehrmechanismus funktionierte nicht so gut. Vernunft wurde durch impulsive Handlungen ersetzt. Als Glen ihm das Geld des Alkoholschmugglers überließ, hatte er entgegen seinen strengen Moralvorstellungen gehandelt. Verständlich, ja, aber auch riskant.

Und wo würde er noch unvorsichtig sein, solange die Erinnerung an Clares Tod noch so frisch war?

Liam wollte nicht eines Tages erfahren, dass die einfache Warnung, sich von Clares Grab zurückzuhalten und aufzupassen, das Leben seines Cousins hätte retten können.

Liam wusste mehr über Glen, als er eigentlich wissen dürfte. Er kannte seine Adresse, das chinesische Restaurant, wo er manchmal sein Dinner aß, seinen Friseur und bevorzugten Zeitungsstand. Er hatte seinen Cousin zeitweise beobachtet, teils wegen der Beziehung zu Clare, teils weil Liam das Bedürfnis gehabt hatte, seinem Verwandten näher zu sein. Jetzt waren diese Informationen von Nutzen. Er machte sich auf den Weg zu Glens Wohngegend, verbarg sich in den Schatten und blickte immer wieder über die Schulter. Trotz der Versprechen Jerrys, traute Liam seinem Kollegen nicht ganz. Jerrys Loyalität gehörte in erster Linie McNulty.

Er ging zu Glens Wohnung, aber er war nicht zu Hause. Eine Nachricht hätte ausgereicht, aber er hatte kein Papier, und selbst das frische Hemd hatte sein Erscheinungsbild oder den strengen Geruch nicht ausreichend für ein Zusammentreffen mit den Nachbarn verbessern können. Als eine alte Frau gegenüber ihre Tür öffnete und ihn misstrauisch ansah, beschloss er lieber, woanders zu suchen, bevor sie die Polizei rief.

Er hatte in der St. Brigid's nachgesehen, aber er tat es noch einmal. Zwei Frauen in gegenüberliegenden Sitzreihen waren intensiv mit ihrem Rosenkranz beschäftigt, und vorn, neben dem Altar, putzte ein Mann im Overall Messing. Die Pfarrei und Pater McSweeney waren nicht weit. Er hätte eine Nachricht bei dem alten Priester hinterlassen können und sicher sein, dass sie auch weitergegeben wurde, doch als er an dem Haus vorbeikam, waren alle Lichter aus. Wenn er klopfte und unnötigen Wirbel veranstaltete, würde er zu viel Aufmerksamkeit erregen.

Es gab noch einen Ort, wo er es versuchen könnte. Er machte sich auf den Weg zum Whiskey Island Saloon.

Man kannte ihn jetzt dort. Nicht als Familienmitglied, sondern als den Mann, der versucht hatte, mit Glen zusammen Clares Leben zu retten. Aus Achtung für sie war das Lokal seit der Nacht, in der sie gestorben war, geschlossen, aber heute konnte er im Inneren Licht sehen. So wie von Anfang an, sah er sich vorsichtig nach allen Seiten um, bevor er versuchte die Tür zu öffnen. Sie war verschlossen, doch von drinnen rief ein Mann, dass sie erst wieder in der nächsten Woche öffnen würden.

Liam ging nach hinten zur Küchentür und klopfte so lange, bis sie geöffnet wurde. Glens Vater stand vor ihm.

„Sie sind es", sagte Terry.

„Darf ich reinkommen?"

Donaghue trat zur Seite. „Sie sehen schlimm aus."

„Ich suche Ihren Sohn. Haben Sie ihn heute Abend gesehen?"

„Er ist nicht bei der Totenwache, so viel ist sicher."

Liam hatte das Gefühl, dass Terry wusste, wo sich Glen aufhielt, aber nicht sicher war, ob er es verraten sollte. „Ich muss ihn sehen." Er überlegte, wie viel er sagen könnte. „Ich muss ihn warnen."

„Wovor?"

Liam kaute an seiner Unterlippe. Terry war sein Cousin – obwohl der ältere Mann es nie erfahren würde. Er wünschte, die Umstände wären anders, dass er Terry alles erzählen könnte und ihn um Hilfe bitten. Bisher hatte er den sehnlichen Wunsch, eine Familie zu haben, eine gute, stabile Familie, immer verdrängt. Jetzt war sie in greifbare Nähe gerückt, und was konnte er diesem Mann erzählen, das ihm nichts weiter brachte als Schande? Liam war ein Rebell, ein Mörder, ein Schmuggler. Und Terry, der so weit entfernt war von den Problemen Irlands, würde es ganz bestimmt nicht verstehen.

„Ich sage Ihnen nicht, wo er ist, wenn Sie mir nicht erklären, warum Sie das wissen wollen."

Liam wusste, je länger er schwieg, desto weniger würde Terry ihm glauben. „Einer von McNultys Männern hat mir heute aufgelauert", sagte er, bevor er seine Glaubwürdigkeit verspielt hatte.

„Sie haben für McNulty gearbeitet."

Liam dachte sich, dass Glen seinem Vater das erzählt hatte. „Habe. Jetzt ist er hinter mir her, weil ich Clare geholfen habe." Er hob flehend die Hände. „Ich muss Ihren Sohn finden. Er ist auch in Gefahr."

„Wegen McNulty?"

„McNulty macht Glen für Clares Tod verantwortlich. Er wird einen Mann bei Clares Grab postieren, in der Hoffnung, dass Glen dort auftaucht."

„Und Sie sind auf eigene Gefahr hergekommen, um mir das zu sagen?"

„Er denkt im Moment nicht so klar, oder?"

Terrys Gesichtsausdruck war Antwort genug. „Ich werde ihm das ausrichten."

Das hätte eigentlich ausreichen müssen. Liam war jetzt frei, um seine Flucht vorzubereiten. Außer dass da etwas in Terrys Blick war, das ihn beunruhigte. Terry glaubte ihm, aber er vertraute auch dem gesunden Menschenverstand seines Sohnes. Er würde Glen die Nachricht überbringen, aber vielleicht erst morgen. Terry war sicher, dass Glen nicht das Risiko einging, Clares Grab zu besuchen, bevor ein paar Tage nach der Beerdigung verstrichen wären, wenn überhaupt.

„Ich bin nicht sicher, ob ich mich auch klar genug ausgedrückt habe", sagte Liam. „Es geht nicht nur um den Friedhof. Er ist überall in Gefahr, wo er sich zeigt, jedenfalls für eine Weile. Soweit ich weiß, sind sie dabei, ihn zu suchen."

„Glen ist vorsichtig und klug."

„McNulty hat nicht mehr viele Männer zur Verfügung, aber er wird trotzdem einen auf dem Friedhof postieren. Das zeigt, wie ernst er es meint."

„Glen war bei seiner Großmutter."

„Dann werde ich …"

Terry hob die Hand. „Dann wollte er einen Freund besuchen. Da ist er jetzt wahrscheinlich gerade."

Liam wusste, wo Glens Großmutter wohnte. Er war einmal an dem Haus vorbeigelaufen, einfach nur, um es sich anzusehen, eine hoffnungslos sentimentale Geste. „Sagen Sie mir, wo ich hingehen soll, dann suche ich ihn."

Terry runzelte die Stirn, offensichtlich hin und her gerissen. „Die beiden Häuser liegen an entgegengesetzten Enden der Stadt."

Liam merkte, wie ihm die Zeit entglitt. „Haben sie denn Telefon?"

„Meine Mutter ja, aber nach Einbruch der Dunkelheit geht sie nicht mehr ran. Sie meint, es gebe keine Nachricht, die nicht bis zum nächsten Tag warten könnte, ob gut oder schlecht. Und sein Freund hat kein Telefon."

„Dann verschwenden Sie nicht noch mehr Zeit. Sagen Sie mir, wohin ich gehen muss. Ich habe keinen Wagen, aber wenn ich Glück habe, gibt es eine Straßenbahn."

„Nein, ich werde es machen, ich kann fahren. Ich versuche es erst bei seinem Freund, die Möglichkeit erscheint mir größer als bei meiner Mutter."

„Und wenn Sie ihn dort nicht antreffen?"

„Dann fahre ich zu seinem Apartment und hinterlasse ihm eine Nachricht, dass er mich anrufen soll."

Liam hatte getan, was er konnte. „Dann gehe ich jetzt. Da ist aber noch etwas, das Sie für mich tun könnten."

Terry sah ihn fragend an.

„Lassen Sie mich durch den Tunnel, in dem Clare starb, hinaus."

„Warum das?"

„Falls mich jemand verfolgt hat, wird er wahrscheinlich eher die vordere Tür bewachen."

„Verfolgt?"

„Ich war vorsichtig. Sie sollten auch vorsichtig sein."

Terry ging durch die Küche und öffnete die Tür, die nach unten führte. „Finden Sie allein?"

„Ja."

„Machen Sie nicht das Licht an, sonst kann man Sie von draußen sehen, wenn Sie rausgehen. Neben der Tür sind Kerzen. Wenn Sie runtergehen, nehmen Sie eine, und pusten Sie die aus, bevor Sie den Gang verlassen."

„Das werde ich tun." Liam streckte seine Hand aus. „Nehmen Sie das nicht zu leicht, Mr. Donaghue. McNulty ist verzweifelt, und manchmal bleibt einem verzweifelten Mann nur noch die bittere Rache."

„Glen wird vorsichtig sein, das ist er immer."

Liam starrte ihn einen Augenblick an und sah das, was er befürchtet hatte. Terry hatte solches Vertrauen in die Fähigkeiten seines Sohnes, dass er der Gefahr gegenüber blind war. Noch schlimmer, er schien zu glauben, dass sich das Gute immer durchsetzte. Er hatte die Lektion bereits vergessen, die Clare McNultys Tod ihm erteilt hatte.

Sie schüttelten sich die Hand, und Liam stieg die Stufen hinunter. Die Tür wurde in dem Moment geschlossen, als er die Kerze angezündet hatte.

Liam wäre fast Richtung East Side gegangen. Es war immer noch Zeit, Brenna und Irene zu holen und nach Toledo aufzubrechen.

Er hatte für Glens Schutz getan, was er konnte, nun war es Zeit, an seine eigene Sicherheit zu denken.

Stattdessen stand er jetzt vor Lenas Haus und fragte sich, warum er ein weiteres Mal zuerst daran gedacht hatte, Glen zu retten. War es die Befürchtung, dass Terry durch sein uneingeschränktes Vertrauen in seinen Sohn die Warnung doch nicht so ernst genommen hatte? Oder weil er wusste, es wäre die letzte Gelegenheit, seinen Cousin noch einmal zu sehen? Er war sich so sicher gewesen, dass er vom Fluch der irischen Sentimentalität verschont geblieben worden war, doch nun glaubte er ihr schließlich doch zum Opfer gefallen zu sein. Glen hielt sich bestimmt am anderen Ende der Stadt auf, trotzdem stand Liam da und blickte auf Lena Donaghues Haus, das Haus einer Tante, die er nie kennen gelernt hatte.

Das Gebäude war größer, als er erwartet hatte, aber immer noch nicht besonders groß für eine anwachsende Familie. Er konnte sich vorstellen, wie die Kinder morgens im Sommer auf die große Veranda rannten, sich auf dem Rasen balgten oder auf der mit Bäumen gesäumten Straße ihre Reifen rollen ließen. Er fragte sich, wie es gewesen wäre, hier aufzuwachsen. Wie sich solch ein Leben auswirkte, hatte er im Gesicht von Terry Donaghue erkennen können, wenn er von seinem Sohn sprach. Liebe, Respekt, Vertrauen. Wesentliche Faktoren, die in seinem eigenen und Brennas Leben gefehlt hatten, doch hoffentlich nicht in Irenes.

Eine Lampe schien auf einem Tisch in der Diele, und irgendwo im hinteren Teil des Hauses entdeckte er ein weiteres Licht. Er überlegte, wie er sich am besten bemerkbar machte. Er wollte Lena Donaghue keinen Schreck einjagen, doch er hatte auch nicht vor, einfach hier vor der Tür stehen zu bleiben und zu hoffen, dass Glen sich sehen ließ. Ihm war aufgefallen, dass hinter dem Zaun des Nachbarn ein Hund herumlief, und er wusste, wenn er sich zur Hintertür schlich, um durchs Fenster zu sehen, würde das Tier Alarm schlagen und in der ganzen Nachbarschaft zu hören sein.

Er stieg die Verandatreppe hoch und klopfte leise an die Tür. Kurz darauf hörte er Schritte, und jemand öffnete. Glen stand vor ihm. „Was machst du denn hier?“ fragte er mit gedämpfter Stimme.

„Dich suchen.“

Glen blickte an Liam vorbei auf die Straße hinter ihm. „Weshalb?“

„Darf ich reinkommen?“

„Meiner Großmutter geht es nicht so gut. Die Sache mit Clare ist ihr an die Nieren gegangen. Jetzt ist sie gerade eingeschlafen, ich will sie nicht wecken.“

Liam wünschte, sie könnten reingehen, wo es sicherer war. Es gab hundert Dinge, die er Glen sagen wollte. Wie Leid es ihm wegen Clare tat, die ihr Glück verdient hätte. Wie es ihn freute zu wissen, dass er aus einer guten Familie stammte, selbst wenn die, die ihn aufgezogen hatten, alles andere als perfekt gewesen waren.

Er sagte nichts von alldem. Dafür fehlten ihm die richtigen Worte, die Gelegenheit, und er wollte auch nicht Glens Gesichtsausdruck sehen, wenn er erfuhr, dass sie verwandt waren. Er schob die Hände in seine Taschen und zuckte die Schultern.

„McNulty ist hinter dir her“, ratterte er schnell herunter. „Er denkt, die Razzia geht auf deine Rechnung, dass du von Clare alles über die Lieferung erfahren hast. Deshalb und weil du mit ihr wegrennen wolltest, hat er es auf dich abgesehen. Geh nicht zum Friedhof. Er hat jemand abgestellt, der ständig Clares Grab bewachen soll. Sei auf der Hut und sieh dich vor, jedenfalls so lange, bis Moran und seine Jungs sich ein für alle Mal mit ihm befasst haben. Danach bist du sicher.“

„Ich dachte heute Morgen, du würdest die Stadt verlassen.“

„Ich konnte nicht gehen, ohne dich vorher zu warnen."

„Warum? Du schuldest mir nichts."

„Es hat genug Gewalt gegeben, finde ich. Ich wollte nicht, dass es weitergeht, wenn ich weg bin."

„Okay." Glen zögerte, dann streckte er die Hand aus. „Danke."

Liam nahm sie und schüttelte sie. „Wirst du aufpassen?"

„Ich will nicht, dass meine Großmutter noch mehr Grund zum Trauern hat."

Liam ließ Glens Hand los, dann drehte er sich zur Treppe um.

„Liam?"

Er blickte zurück. „Ja?"

„Soll ich dich fahren?"

Liam überlegte. Das hätte es ihm ermöglicht, noch in dieser Nacht aufzubrechen. Mit dem Auto wäre er innerhalb einer Stunde bei Brenna und Irene und dann auf dem Trip nach Toledo.

Glen musste gesehen haben, wie versucht er war anzunehmen. „Ich hole meine Schlüssel." Er hatte die Tür geschlossen, bevor Liam widersprechen konnte.

Liam beobachtete die Straße zu beiden Seiten, doch alles schien normal. Er war vorsichtig gewesen, seit er sein Haus verlassen hatte, und bisher schien er Glück gehabt zu haben. Glen konnte ebenfalls auf sich aufpassen. Sicher würde die Fahrt mit dem Wagen sie beide nicht zusätzlich in Gefahr bringen.

Trotzdem verbarg er sich im Schatten des Hauses und verschwand hinter dem dicken Stamm einer alten Eiche. Über sich entdeckte er ein Baumhaus zwischen den Ästen. Er stellte sich vor, wie Irene hier mit ihren Cousins und Cousinen spielen würde.

Liam musste sich zusammenreißen, um seine Gedanken auf andere Dinge zu konzentrieren, zum Beispiel auf das Auto, das an ihm vorbeifuhr und vor einem Nachbarhaus hielt. Ein paar Mädchen stiegen aus. Am Ende der Straße begann ein Hund fürchterlich zu jaulen, ein Terrassenlicht wurde angeschaltet, und ein Mann befahl dem Tier wütend, Ruhe zu geben.

Er lauschte nach Schritten, Automotoren, leisen Stimmen. Doch es war nichts zu hören, außer seinem eigenen Herzschlag und endlich das leise Quietschen von Lenas Haustür. Er beobachtete, wie Glen am Eingang stehen blieb, sich nach allen Seiten umsah und dann weiterging. Er hatte Liams Warnung offensichtlich ernst genommen.

Glen blickte zu Liam, der sich immer noch hinter dem Baum versteckte, und nickte ihm zu. Er lief zu einem blauen Ford, der vor dem Nachbarhaus parkte, und Liam folgte ihm. Als sie den Wagen fast erreicht hatten, heulte ein Motor auf, Reifen quietschten, und vom Ende der Straße raste ein Fahrzeug direkt auf sie zu. Liam erkannte sofort, dass sich seine schlimmste Befürchtung bestätigt und er trotz größter Vorsicht McNultys Männer direkt zu Glen geführt hatte.

Er war noch halb durch eine Hecke geschützt, doch Glen lief mitten auf der Straße. Liam zog seine Waffe, doch von seiner geschützten Stellung aus hätte er nicht richtig zielen können. In den Sekundenbruchteilen, als er immer noch die Wahl gehabt hätte, dachte er an Irene und Brenna, die so viel mehr verdienten, als sie bekommen hatten.

Er rannte auf Glen zu, schirmte ihn von der Straße ab und feuerte auf die Fahrerseite des auf sie zurasenden Autos. Einen Moment war er von den Scheinwerfern geblendet. Er hörte Glens Rufe, dann eine Gewehrsalve. Er wurde durch die Wucht der Kugeln herumgerissen und sah, wie Glen sich schutzsuchend hinter der Tür seines Wagens duckte.

Liam starb, ohne zu wissen, dass er mit seinem Körper die Kugeln abgefangen und das Leben seines Cousins gerettet hatte.

Niemand hatte neues Torf auf das Feuer geworfen. Keiner hatte Tee gekocht. Die Schwestern hörten gebannt zu und stellten Irene nur Fragen, wenn ihnen bestimmte Einzelheiten nicht klar waren, aber sonst unterbrachen sie sie nicht. Jetzt war nur das Schnarchen des alten Hundes zu hören, der irgendwann an diesem Abend hereingeschlichen war, sich den Befehlen, wieder nach draußen zu verschwinden, widersetzt hatte und nun friedlich zu Irenes Füßen schlief.

„Mir gehen so viele Bemerkungen dazu durch den Kopf", meldete sich Peggy schließlich. „Aber nichts würde das ausdrücken können, was ich fühle. Ich kann nur sagen, es tut mir Leid."

Megan war genauso berührt. „Wenn dein Vater ihn nicht geschützt hätte, wäre unser Großvater an diesem Abend gestorben, und wir wären jetzt nicht hier."

„Ich bin so froh, dass ihr hier seid", entgegnete Irene. „Es gibt keinen Grund zu bedauern, dass ihr lebt. Mein Dad hatte sich entschieden, oder? Nicht dass er sterben wollte. Ich bin sicher, er hat gehofft, es zu überleben. Aber er hat sich für einen Mann eingesetzt, den er bewunderte, für den er vielleicht sogar tiefe Liebe empfand. Das ist nicht die schlechteste Art, diese Welt zu verlassen. Manche Menschen gehen, ohne jemals irgendetwas für andere getan zu haben."

Caseys Augen fielen immer wieder zu, der Jetlag machte ihr zu schaffen. „Irene, woher weißt du so viel davon? Dein Vater hat doch nicht mehr gelebt, um dir diese Geschichte zu erzählen. Von wem hast du es erfahren?"

„Glen Donaghue hat meine Mutter aufgesucht, nachdem mein Vater erschossen wurde. Er selbst war einen Tag im Krankenhaus, weil er bei der Schießerei auch verletzt worden ist, allerdings nicht schwer. Aber als sie ihn entließen, ging er zu Mam und mir. Sie hatte bereits die Herausgabe des Leichnams beantragt und war leicht zu finden. Er hat ihr erzählt, was mein Vater getan hat, und half ihr bei der Beerdigung."

Megan musste es unbedingt wissen. „Hat unser Großvater jemals …"

„Jemals gewusst, dass Liam sein Cousin war?" Irene schüttelte den Kopf. „Meine Mutter hat es ihm nicht erzählt. Sie glaubte, dass mein Vater es so gewollt hätte."

„Und sie hat dich nach Irland zurückgebracht? Hierher in das Cottage?"

„Mam wollte nicht in der Stadt bleiben, in der Dad umgekommen ist. Es gab nicht viel, was sie hier erwartete, aber es erschien ihr besser, als in Amerika zu bleiben. Das Leben war hart, aber in Mayo hatte sie Menschen um sich, die sie verstanden. Und es gab Leute, die sich noch daran erinnerten, dass mein Vater für die Freiheit Irlands gekämpft hatte, und die halfen ihr so gut sie konnten. Sie kam zurecht, und irgendwann hat sie einen Mann geheiratet, der nicht nur gut war, sondern auch wohlhabend, jedenfalls für damalige Verhältnisse. In späteren Jahren war sie noch glücklich."

„Sie kam zurecht …" Megan wartete, aber Irene ließ sie zappeln. „Was war mit dem Geld?" fragte sie dann direkt. Du hast gesagt, Liam hätte es in den Socken gerollt. Hat die Polizei es bei ihm gefunden und sich denken können, woher es kam? Haben sie es ihr deshalb nicht gegeben? Oder haben die Schmuggler es sich geholt?"

„Das kann ich wohl beantworten", sagte Casey. „Jedenfalls zum Teil. McNulty hat sein Geld nie zurückbekommen, stimmt's, Irene? Er ist nämlich ungefähr einen Monat nach der Razzia auf Whiskey Island über Nacht verschwunden, und niemand hat je wieder was von ihm gehört. Jon hat ein paar Recherchen angestellt und mir das erzählt. Zuerst hat die Polizei vermutet, dass er sich aus dem Staub gemacht hätte. Aber in dem Herbst hat ein Fischer nicht weit von der Küste des Sees ziemlich teure Schuhe aus dem Wasser geholt, die Art, die McNulty sich immer extra aus New York hat bringen lassen. Außerdem haben sie ein blutbeflecktes Hemd entdeckt, von dem sie fast sicher waren, dass auch das von ihm war. Das hat jedenfalls sein Schneider beschworen."

„Und wenn er das Geld gefunden hätte, dann hätte er die Gang in Chicago ausbezahlt", sagte Megan. „Kaum anzunehmen, dass er dann umgebracht worden wäre."

„Es scheint so, als hätte er bekommen, was er verdient hat." Peggy sprach allen aus dem Herzen.

„Cassidy hat wohl auch seinen Teil abgekriegt", fügte Casey dazu. „Habt ihr von dem Valentinstags-Massaker gehört?"

„Du machst Witze." Megan stupste ihre Schwester in die Schulter. „Cassidy?"

„Eines der Opfer. Gegangen und vergessen."

„Zurück zum Geld", sagte Megan. „Irene, weißt du, was damit passiert ist? Das ist das letzte Teil vom Puzzle, oder?"

„Also, sie haben es nicht bei meinem Vater gefunden", sagte Irene. „So viel kann ich euch versichern."

„Dann weißt du also nicht, wo es gelandet ist?"

„Das habe ich nicht behauptet." Irene schien ihren Spaß zu haben, jetzt, nachdem sie die Schilderung vom Tod ihres Vaters hinter sich hatte. Sie wirkte nicht müde, obwohl man es nach diesem ergreifenden Bericht erwartet hätte. Doch die Geschichte war nur für die drei Schwestern neu gewesen. Sie hatte schon vor vielen Jahren von Liam Tierney Abschied genommen.

„Meine Mutter hat eine Stunde vor dem Tod meines Vaters noch mit ihm telefoniert", sagte Irene. „Er hat ihr erzählt, dass er das Geld versteckt hätte und auch, wo, für den Fall, dass ihm was zustieße. Sie wollte zuerst nichts davon wissen, aber er hat darauf bestanden, es ihr zu sagen."

„Er hat es versteckt?" fragte Casey nach.

„Er befürchtete, dass er bei der Suche nach Glen geschnappt werden könnte, obwohl er so vorsichtig war. Also deponierte er das Geld vorher an einer geheimen Stelle. Ich bin sicher, dass er vorhatte, es zu holen, bevor er zu uns kam, dass er Glen gebeten hätte, auf dem Weg dort vorbeizufahren. Bei der IRA hatte er gelernt, auf alles vorbereitet zu sein. Und ich fürchte, damit hatte er Recht."

„Er hat deiner Mutter gesagt, wo es versteckt ist?" Megan glaubte langsam, sie wäre dazu da, alle anderen ständig zum zentralen Thema zurückzuführen. „Hat sie es gefunden?"

„Sie hat nie danach gesucht." Irene nickte, als würde sie die Entscheidung ihrer Mutter vollkommen verstehen. „An dem Geld klebte Blut, seht ihr das nicht auch so? Ihrer Meinung nach ist mein Vater deswegen gestorben. Egal, wie dringend wir es gebraucht hätten, sie wollte nichts davon haben. Sobald sie die Tickets kaufen konnte, sind wir nach Irland zurückgereist, genauso arm, wie wir an der Küste von Cleveland damals angekommen waren."

„Und sie hat nie jemandem davon erzählt." Megan überlegte. „Außer dir, natürlich."

„Ach, was das betrifft, sie hat schon versucht, es jemandem zu sagen." Irene holte tief Luft, lediglich der Wirkung wegen, dachte Megan. Sie war ein echtes Talent, wenn es darum ging, die Spannung zu erhöhen.

„Sie wollte es eurem Großvater verraten", fügte sie schließlich hinzu.

Die Schwestern saßen schweigend da und warteten.

„An dem Tag, als sie meinen Vater beerdigt haben, nahm meine

Mutter ihn zur Seite und erklärte ihm, das Geld wäre seins. Und sie bot ihm an, ihm das Versteck zu beschreiben."

„Und er lehnte ab", sagte Megan, die sich dessen so sicher war wie über die Tatsache, dass Irene jetzt ihre Geschichte ein für alle Mal abschloss.

„Damit McNulty als Verräter dasteht", nahm Casey den Faden auf. „Und letztendlich war das sicher sein Todesurteil. Deshalb hat Großvater Liam überhaupt das Geld überlassen."

„Das muss ein echtes moralisches Dilemma gewesen sein." Megan versuchte sich die Situation vorzustellen. „Er war ein Mann, der sich immer streng an die Gesetze gehalten hat, aber er hat auch gesehen, wie seine Braut erschossen wurde. Also hat er McNulty bestraft, indem er nichts getan hat. Das kann ich schon verstehen."

„Großvater hat nach der Prohibition weiter für Eliot Ness gearbeitet", erzählte Casey an Irene gerichtet. „Er hatte eine lange, ausgezeichnete Karriere bei den Gesetzeshütern hinter sich. Und ich kann mich erinnern, wie Tante Dee uns berichtet hat, dass er an dem Tag, als der Alkoholausschank wieder erlaubt war, zu den Ersten gehörte, die im Saloon auf ihren Drink gewartet haben."

„Und das war die ganze Geschichte", sagte Irene. „Von meiner Mutter erfahren auf ihrem Sterbelager. Sie wollte, dass ich in meinem Vater mehr sah als einen Schmuggler und IRA-Schützen. Euer Großvater und mein Vater, gute Menschen, die von uns gegangen sind. Und die, die zurückgeblieben sind, versuchen die einzelnen Teile ihres Lebens zusammenzufügen. Meine Mutter hat später ihr Glück gefunden, euer Großvater hat doch noch geheiratet, und deshalb seid ihr jetzt hier."

„Großvater hatte auch eine glückliche Ehe", sagte Casey. „Man hat mir erzählt, dass er und Großmutter sich sehr geliebt hätten."

„Irene, hast du dieses Treffen angestiftet, weil du möchtest, dass wir für dich nach dem Geld suchen?" erkundigte sich Peggy. „Hattest du das von Anfang an vor? Brauchst du es?"

„Meine Liebe, sehe ich so aus, als würde ich es brauchen? Ich besitze alles, was ich mir wünsche. Und jetzt habe ich dazu noch euch, euch alle, die Familie, nach der ich mich immer gesehnt habe."

„Dann hast du uns das nur erzählt, weil es ein Teil unserer Geschichte ist?"

„Ich weiß, ihr seid anständige Menschen, und ich bin sicher, ihr würdet nie jemandem von der Rolle meines Vaters bei diesem Diebstahl erzählen, obwohl es so lange her ist, dass ich annehme, es ist eigentlich gar nicht mehr so wichtig, oder?"

Megan blickte Irene an. „Aber das ist nicht die ganze Story, oder? Du hast etwas ausgelassen, sehe ich das richtig?"

„Und was sollte das sein?"

„Der Verbleib des Geldes."

Irene zwinkerte. „Oh, ich habe euch erzählt, wo es ist. Habt ihr nicht richtig zugehört? Und zwar wollte ich es euch wissen lassen, weil ihr es bekommen sollt. Ihr seid anständige Menschen und werdet vernünftige Dinge damit finanzieren. Und das hatte ich gehofft."

„Ich würde lieber direkt aus deinem Mund hören, wo das Versteck ist." Megan lehnte sich vor. „Also wo genau hat dein Vater das Geld versteckt?"

„Meinst du, ich hätte was ausgelassen? Ich habe euch doch berichtet, wo er war, kurz bevor er getötet wurde." Irene machte erneut eine effektvolle Pause, dann lächelte sie. „Das liegt doch auf der Hand, meine Liebe, so einfach wie dunkles Brot und Kohl mit Kartoffelpüree. Dad hat es an dem letzten Ort versteckt, an dem er gewesen war, bevor er euren Großvater traf. Im Whiskey Island Saloon."

37. KAPITEL

Megan und Casey waren am Dienstagmorgen kaum eine Stunde weg, da vermisste Peggy sie bereits.

An ihrem letzten gemeinsamen Nachmittag, nach einigen telefonischen Nachforschungen, waren die Schwestern zu dem kleinen Gemeindefriedhof in der Nähe Castlebars gefahren, um Maura McSweeneys Grab zu besuchen. Sie betrachteten den schlichten gemeißelten Grabstein, jede für sich im Dank an die Frau, deren Briefe ihnen geholfen hatten, die einzelnen Episoden ihrer Geschichte zu einem Ganzen zusammenzufügen. Dann hatten sie einen Strauß Gänseblümchen aufs Grab gelegt und waren zum Lunch gefahren, um sich noch einmal zum Abschied zu unterhalten.

An diesem Morgen war Peggy versucht gewesen, mit ihnen nach Cleveland zurückzufliegen. Die Liste ihrer Misserfolge in Irland war schon viel zu lang. Mit Kieran hatte sie so wenig erreicht, dass sie fand, es hätte kaum noch Zweck, mit dem Programm fortzufahren, das sie so sorgfältig ausgearbeitet hatte. Inzwischen zweifelte sie an jeder Entscheidung, die sie ihn betreffend gefällt hatte.

Zudem zweifelte sie an ihrer Beziehung mit Finn. Was war nur in sie gefahren? Sich mit einem Mann einzulassen, der so in seine Vergangenheit verstrickt war, dass es keine Aussicht auf eine gemeinsame Zukunft gab. Sie hatte es nicht darauf angelegt, sich in Finn O'Malley zu verlieben, nein, sie hatte sich sogar dagegen gewehrt. Sie wusste, dass er noch nicht so weit war, wieder jemanden zu lieben. Womöglich würde er es nie sein. Doch ihre Abwehr hatte nur das Gegenteil bewirkt.

Vielleicht hatte sie bei Finn geglaubt Eigenschaften zu sehen, die er gar nicht besaß. Vielleicht hatte sich die Krankenschwester in ihr von seiner verwundeten Seele angezogen gefühlt.

Was immer auch der Grund war, an dem Abend, als er sich weigerte, Kieran zu helfen, war ihr die große Erkenntnis gekommen. Finn waren sein Schuldgefühl und seine Scham wichtiger als sie und Kieran. Sie sollte froh sein, dass sie das endlich erkannt hatte.

Doch sie war es nicht.

Natürlich würde sie in Irland bleiben, auch wenn sie versucht gewesen war, nach Hause zurückzukehren. Sie hatte Irene versprochen, ihr für ein Jahr Gesellschaft zu leisten, und Irene hatte sich solche Mühe gegeben, sich nie über Kieran beschwert und sein Weinen oder seine Wutanfälle ertragen. Peggy schuldete ihr zu viel, um einfach abzuhauen.

Ganz davon abgesehen hatte sie sowieso keine Möglichkeit gehabt, mit ihren Schwestern abzureisen. Kieran war immer noch krank und nicht in der Lage zu fliegen. Seit ihrem Arztbesuch in Westport war er apathisch, hatte leichtes Fieber und keinen Appetit. Und tiefen Schlaf, der sonst immer seine Rettung gewesen war, konnte er diesmal nicht finden.

„Ihm geht es immer noch nicht besser, was?" Irene stand auf einen Stock gestützt an der Tür, während Peggy ihren Sohn wiegte, der kurz vorher erwacht war.

„Was immer es auch ist, er scheint es nicht loszuwerden."

„Er ist so anschmiegsam, wenn er krank ist. Fast kuschelig."

Peggy war nicht glücklich darüber, dass ihr Sohn sich nicht wohl fühlte, doch sie nutzte diese seltene Gelegenheit, um ihn im Arm zu halten und zu trösten. Tatsächlich war es fast wie ein Lichtblick, dass er in solchen Momenten des Leidens seine Ängste vor der Nähe zu anderen Menschen abzulegen schien.

„Ich würde ihn wieder zum Arzt bringen, wenn es irgendwie helfen könnte", sagte Peggy.

„Ruf ihn doch an und sag ihm, dass es Kieran noch nicht besser geht."

Das hatte Peggy bereits versucht, aber sie war von einer schnippischen Sprechstundenhilfe abgefertigt worden, die vom Arzt ausrichten ließ, er sei der Meinung, der Virus habe nur noch nicht seinen normalen Verlauf genommen. Peggy hatte Irene von dem Anruf nichts erzählt, doch nun verriet es ihr Gesichtsausdruck.

„Du könntest ja noch mal mit Finn reden", sagte Irene.

„Finn hat seine Entscheidung darüber ganz eindeutig klargemacht. Ich bin nicht mal sicher, ob er Kieran behandeln würde, wenn sich der arme Junge zu seinen Füßen vor Schmerzen krümmt."

„Du klingst verbittert."

Das hatte Peggy nicht beabsichtigt. Irene und Finn waren schon lange vor Peggys Erscheinen auf der Bildfläche gute Freunde gewesen. „Tut mir Leid, ich weiß, er war dir gegenüber immer zuvorkommend. Es ist nur schade, dass er sich weigert, anderen zu helfen."

„Nicht mal dir."

„Besonders mir." Peggy blickte auf, nachdem sie Kieran das Haar aus der Stirn gestrichen hatte. „Ich dürfte nicht überrascht sein. Er hat nie ein Geheimnis daraus gemacht, was er fühlt. Wahrscheinlich dachte ich, wir wären für ihn etwas Besonderes, sodass er eine Ausnahme macht."

„Du bist etwas außerordentlich Besonderes für ihn. Das ist ganz sicher."

„Aber es reicht für ihn nicht aus, um seinem Herzen einen Stoß zu geben."

„Er ist ein komplizierter Charakter, unser Finn."

„Ich fürchte, er ist nicht *unser* Finn."

Irene sah sie traurig an. „Ich hatte gehofft, dass zwischen euch mehr wäre als nur Groll."

„Da solltest du dir keine Gedanken drüber machen, Irene. Es gibt Dinge, die selbst die netteste Person mit den besten Absichten nicht ändern kann. Ich weiß, du hast Finn losgeschickt, um mich vom Flughafen abzuholen, in der Hoffnung, dass sich auf der langen Fahrt hierher eine Romanze entwickelt."

„Wie kannst du so was von mir denken?"

Irene klang leider nicht sehr überzeugend. Peggy versuchte zu lächeln. „Weil es doch stimmt. Und wer weiß, vielleicht, wenn die Dinge anders gelaufen wären, wenn er in der Lage gewesen wäre, seine Vergangenheit zurückzulassen, hättest du damit ein Freudenfeuer gezündet. Aber jetzt, was auch immer zwischen uns geflackert hat ...?" Sie zuckte die Schultern, weil sie es nicht in Worte fassen wollte.

„Ist verlöscht?" fragte Irene.

Peggy zuckte erneut die Schultern.

„Ich glaube, du kannst ihn nicht so einfach loslassen, wie du vorgibst."

„Es ist überhaupt nicht einfach." Peggy sah zu Kieran hinunter, und ihre Augen füllten sich mit Tränen. „Aber notwendig."

Sie richtete es so ein, dass sie woanders war, als Finn an diesem Abend kam, um nach Irene zu sehen. Bei seinem morgendlichen Besuch hatte sie ihn mit dem Vorwand gemieden, zu sehr damit beschäftigt zu sein, ihren Schwestern beim Packen zu helfen. Diesmal jedoch verließ sie das Haus und ging mit Kieran den Weg entlang, von dem aus man den Strand überblicken konnte. Er hatte immer noch Fieber, trotz des fiebersenkenden Medikaments, das dritte, mit dem sie es versuchte. Sie hoffte, dass die Brise vom Ozean ihn ein bisschen abkühlte. Er beschwerte sich nicht oder versuchte, aus seinem Kinderwagen zu klettern, sondern saß nur vollkommen bewegungslos da, wie ein schlaffes Häufchen Mensch, das vor der Außenwelt resignierte.

Als sie zurückkamen, war Finn schon wieder gegangen. Sie bereitete für Kieran Apfelsoße und Getreideflocken zu, die er ablehnte, und wärmte Irenes Dinner auf, von dem sie nur wenig herauspickte. Peggy aß ein bisschen, dann ließ sie ein weiteres kühles Bad für ihren Sohn ein und hoffte, es würde sein Fieber so weit senken, dass er wenigstens wieder gut schlafen konnte.

Als sie ihn ins Bett legte, war seine Temperatur nur wenig über dem normalen Wert, und sie hatte ihn dazu gebracht, etwas Saft zu trinken. Er blieb ohne Protest liegen und schloss bereits erschöpft die Augen, bevor sie eine leichte Decke über ihn legte. Er hustete, murmelte etwas mit heiserer Stimme, und während sie noch neben dem Bett stehen blieb, fiel er in einen unruhigen Schlaf.

Sie spielte mit Irene eine Weile Karten und horchte mit einem Ohr auf Geräusche aus dem Schlafzimmer. Irene wurde schnell müde, und Peggy half ihr, sich für das Bett fertig zu machen.

Irene entschuldigte sich. „Zu viele lange Abende mit deinen Schwestern. Ich fürchte, ich bin erledigt."

„Du wirst heute Nacht gut schlafen, und morgen Vormittag bleibst du im Bett. Das Haus wird schon nicht zusammenfallen."

„Es war so schön, sie hier zu haben, als hätte ich lauter Töchter im Haus."

„Ich fürchte es war ein bisschen zu viel für dich."

„Es hat mir so gut getan. Ich wollte schon lange, dass ihr, ihr alle, von meinem Vater erfahrt."

Peggy, die gerade dabei war, Irenes Hauskleid aufzuhängen, drehte sich um. „Dann wusstest du von uns? Ich meine, bevor du Kontakt zu uns aufgenommen hast? Eine ganze Weile vorher?"

„Ich habe vor langer Zeit bei einigem Herumgraben gehört, dass euer Großvater spät geheiratet und zwei Kinder hatte. Von dir und deinen Schwestern habe ich vor ..." Sie schien nachzuzählen. „Vor sechs Jahren erfahren. Also, ich habe einen Mann in den USA angeheuert, der so viel wie möglich herausfinden sollte. Ein Privatdetektiv."

„Und damals bist du nicht mit uns in Kontakt getreten?“

„Ich wusste nicht so recht, was ich tun sollte. Ich wollte nicht, dass ihr euch durch eine alte Frau, die ihr nicht kennt, belastet fühlt. Zuerst hatte ich überlegt, die Geschichte einfach aufzuschreiben, damit sie euch nach meinem Tod in einem Brief überreicht wird. Aber dann glaubte ich, dass ihr euch dabei genauso betrogen fühlen könntet wie ich. Als ich dann den Computer bekam, beschloss ich, mich bei euch zu melden.“

Peggy nahm ihre Hände. „Ich bin so froh, dass du das getan hast. Das sind wir alle, Irene. Und du weißt, das hat nichts mit dem Geld zu tun. Wer weiß, ob Megan es überhaupt finden wird?“

„Ich habe großes Vertrauen in deine Schwester. Wenn sie sich erst mal was vorgenommen hat, setzt sie es auch durch. Ist das nicht so?“

Peggy musste zugeben, dass es stimmte. „Trotzdem, vergiss nicht, dass sie den Saloon bei der letzten Renovierung von vorn bis hinten umgekrempelt haben, und wenn irgendjemand was von Wert gefunden haben sollte, haben wir sicher nichts davon erfahren.“

„Meine Mutter wusste genau, wo im Saloon mein Vater das Geld versteckt hat, aber das hat sie mir natürlich nicht verraten. Sie wollte nichts davon, und ich sollte auch nichts bekommen. Ihr war nur wichtig, dass ich erfuhr, was für ein anständiger Mann mit gutem Herzen er war und dass sie nicht von seinen falschen Entscheidungen profitierte. Sie liebte die einfachen Lektionen, eine gute Mutter bis zu ihrem Tod.“

Peggy schüttelte Irenes Kissen auf und half ihr, die Beine unter die Steppdecke zu schwingen. „Schlaf gut. Du hast den Donaghue-Schwestern wieder ein neues Rätsel zum Lösen gegeben. Wir werden es jede Minute genießen.“

Irene wünschte ihr eine gute Nacht und schloss die Augen.

Wieder im Wohnzimmer, wanderte Peggy ziellos herum, rückte Sofakissen gerade, legte Zeitungen zusammen, fegte Banjax' Haare vom Kamin. Sie war noch nicht so weit, um sich schlafen zu legen. Es gab noch zu viel, über das sie nachdenken musste.

Das Telefon klingelte, und sie stürzte sich darauf, weil sie Angst hatte, Irene könnte aufwachen. Die tiefe Stimme am anderen Ende war vertraut.

„Peggy?"

Sie setzte sich auf den Stuhl neben dem Schreibtisch. „Hallo, Finn."

„Du klingst so atemlos."

„Irene ist gerade ins Bett. Ich wollte nicht, dass sie vom Telefon geweckt wird."

„Es ist ein bisschen früh zum Schlafen. Geht's ihr gut?"

„Nur etwas ermüdet von dem vielen Besuch."

„Wie geht es Kieran?"

Sie war fast überrascht, dass er sich danach erkundigte. Es leitete ein Thema ein, über das er gar nicht wirklich sprechen wollte. „Nicht besser." Ihr Tonfall wurde unwillkürlich schroff. „Dank der irischen medizinischen Versorgung."

„Verstehe. Ihr habt in den USA keine überlasteten, ungeduldigen Ärzte?"

„Natürlich haben wir das. Aber dort habe ich auch Freunde, die sich meinen Sohn im Notfall ansehen würden und dafür sorgten, dass er die beste medizinische Hilfe bekommt."

Es herrschte eine lange Pause. Peggy fragte sich, ob sie einhängen sollte. Dann sprach Finn weiter.

„Ich bin nicht die geeignete Person für so etwas, Peggy."

„Ich weiß, dass du das *denkst.* Das ist bei Weitem nicht dasselbe. Und ich fürchte, ich habe noch etwas erkannt. Kieran und ich bedeuten dir nichts. Denn wenn es so wäre, hättest du uns geholfen. Ich verdiene einen Mann, der ein richtiger Partner und ein Vater für meinen Sohn ist. Aus irgendeinem Grund habe ich so lange gebraucht, mir darüber klar zu werden, aber ich verkaufe mich nicht mehr unter Preis."

„Nun, das war kurz und bündig."

„Sei froh darüber. Frag nicht nach der ungekürzten Version. Die würde dir genauso wenig gefallen."

„Zum Beispiel die Stelle, dass ich ein selbstsüchtiger Mistkerl bin?"

Wut stieg in ihr auf, eine Wut, die sie versucht hatte zu unterdrücken. Ihre Stimme zitterte. „Nein, die Stelle, dass du Angst hast, wieder zu leben. Dass du offenbar glaubst, Gott der Allmächtige zu sein, dass du, und nur du das Leben und das Schicksal deiner Familie an diesem Tag in den Händen gehalten hast. Dass du meinst, jede Entscheidung, die du fällst, ist wichtig genug, um die Welt aus den Angeln zu heben, wenn du kurz zögerst!"

„Ich hänge jetzt auf."

„Das hättest du schon früher machen sollen." Peggy knallte den Hörer auf die Gabel und stützte den Kopf auf die Hände.

Sie hörte ein Geräusch, blickte aber nicht hoch. Sie wusste, wer es war und dass sie sie geweckt hatte. Irene legte ihr die Hand auf die Schulter. „Genau, lass es raus, meine Liebe."

„Ich liebe ihn. Deshalb tut es so weh." Peggy war genauso erstaunt wie enttäuscht. Die Liebe zu ihrer Familie war einfach da. Die Liebe zu Kieran war von seiner Geburt an so schnell gewachsen, so als hätte sie bereits in ihrem Bauch begonnen. So schwierig und traurig das Leben mit seinem Autismus auch sein konnte, es hatte ihre Gefühle für ihn nur noch verstärkt.

Doch das hier ... das war etwas anderes, es widersetzte sich jeder Logik und allen Versuchen, es auszulöschen. Sie hatte nie in

Erwägung gezogen, ein Leben mit Finn zu führen. Doch wenn sie es sich ohne ihn vorstellte, tat es weh.

„Ich muss mich jetzt zurückziehen", sagte sie unter Tränen. „Bevor es zu spät ist."

„Er ist alles, was du willst, und noch mehr. Wie konntest du dich nicht in ihn verlieben? Du hast den richtigen Mann gesehen, nicht die Schale."

„Er legt alles darauf an, nicht mehr dieser Mann zu sein."

„Und du bist jung und ungeduldig."

„Ich bin jung und logisch. Wenn ich mich gegen etwas entschieden habe, kann ich nicht mehr zurück. Er behandelt dich, Irene, weil er dich zu sehr liebt, um es abzulehnen. Aber sich nicht um Kieran zu kümmern …"

„Weil er ihn an seine Söhne erinnert, Peggy. Siehst du das nicht? Ich bin eine alte Frau und sterbe bald. Finns Job ist es lediglich, mir mein Ende zu erleichtern, es vielleicht auch ein bisschen hinauszuzögern. Aber dein Sohn hat ein langes Leben vor sich, genauso wie seine eigenen es hatten. Und er kann nicht anders, als immer wieder diese Verbindung herzustellen."

„Aber das muss er ändern!" Peggy wischte sich mit dem Saum ihres T-Shirts über die Augen. „Man kann nicht lieben, wenn man nicht handeln kann. Liebe ist Handeln, es geht nicht nur um Worte oder Gedanken. Vor allem steckt viel mehr dahinter als sexuelle Anziehung, die sich beim Anblick von Brüsten oder Lippen einstellt. Es hat etwas mit Bewusstsein zu tun, man zeigt seine Liebe, indem man etwas füreinander tut und versucht, die Beziehung zu verbessern."

„Du hast lange darüber nachgedacht, wie ich sehe."

„Nein, ich habe versucht, nicht darüber nachzudenken. Ich glaube, ich wusste genau, dass alles zwischen uns zu Ende ist, wenn ich erst damit anfange. Aber dann ist mir alles schlagartig klar geworden, und ich konnte mich nicht mehr weigern, darüber nachzudenken."

„Du machst dir Sorgen um Kieran, das hat auch was damit zu tun."

„Natürlich." Peggy griff nach einem Papiertaschentuch. „Wenn es ihm morgen früh nicht besser geht, bringe ich ihn zur Notaufnahme in Castlebar. Ich bleibe den ganzen Tag da sitzen, wenn es sein muss, aber irgendjemand wird sich um meinen Sohn kümmern."

„Das ist ein guter Plan. Nora kann dich hinfahren. Sie wird nicht …"

Ein Jammern unterbrach sie. Peggy sprang auf. „Da haben wir's. Jetzt ist er meinetwegen aufgewacht."

„Nein, du warst nicht so laut, meine Liebe."

Peggy war bereits halb aus dem Zimmer. Sie befürchtete, dass Irene Recht hatte. Kierans Jammern klang nicht wie das eines verärgerten Kindes, das aus dem Schlaf gerissen worden war. Es war ein schwacher Ton, so zittrig, als würde er keine Luft bekommen.

Er hatte sich aufgesetzt, nach vorn gebeugt und sich auf die Hände gestützt. Sie hob ihn aus der Krippe und erschrak darüber, wie heiß er war. Sie brauchte kein Thermometer, um zu wissen, dass seine Temperatur wieder gestiegen war, und zwar gefährlich hoch. Ihm lief Speichel aus dem Mund, er schien nicht schlucken zu können. „Kieran?"

Er starrte sie an wie schon so oft vorher, als wäre er nicht sicher, wer diese Frau war, die da etwas von ihm wollte. Aber diesmal war es nicht der Blick des autistischen Kindes. Kierans Augen blieben ins Leere gerichtet, sein Atem ging so flach, dass sie für einen schrecklichen Moment dachte, er hätte ganz ausgesetzt.

Sie hatte einen fürchterlichen Fehler gemacht. Sie war nicht ihrem Instinkt gefolgt und mit ihrem Sohn zu jemand anders gegangen, um eine zweite Meinung einzuholen. Sie hatte sich von einer Sprechstundenhilfe einschüchtern lassen, die sie gar nicht kannte, und von einem Arzt, der so überlastet war, dass er bei der Untersuchung ihres Sohnes nur das Nötigste getan hatte. Deshalb stand jetzt Kierans Leben auf dem Spiel.

Irene erschien an der Tür. „Wie geht es ihm?"

„Irene, ruf Nora an. Bitte. Ich muss ihn sofort nach Castlebar bringen. Ich darf keine Sekunde mehr verlieren."

„Jesus Maria ..." Sie entfernte sich mit schweren Schritten, und Peggy überlegte verzweifelt, was sie bis zu Noras Ankunft tun könnte, um ihrem Sohn zu helfen. Er atmete angestrengt, hustete aber nicht. Es konnte eine Lungenentzündung sein. Sie kannte sich auch ein bisschen über Krupp aus, über einen plötzlichen Anfall nach einer sich lange hinziehenden Erkrankung, über die Atemnot. Das kam häufig vor, und normalerweise konnte man es mit ...

„Dampf ..." Sie wickelte Kieran in eine dünne Decke, rannte ins Bad und schloss die Tür hinter sich. Dann drehte sie den Wasserhahn auf, dankbar, dass tatsächlich heißes Wasser heraus kam. Ohne einen Heizer, der dafür sorgte, dass es eine gleich bleibende Temperatur hatte, gab es nie die Garantie dafür, dass sie um diese Zeit heißes Wasser bekamen.

Sie drehte die Dusche an, trat in die Kabine, zog den Vorhang zu und richtete den Duschkopf direkt auf den Abfluss, sodass sie nicht bespritzt wurden. Es schien eine Ewigkeit zu dauern, bis der aufsteigende Dampf sich in dem abgeschlossenen Raum ausgebreitet hatte. Sie drehte ihren Sohn auf dem Arm so, dass er den Dampf einatmete, und betete, dass es ihm etwas Erleichterung verschaffen würde. Kieran war zu schwach, um sich zu wehren.

Minuten vergingen, und wie befürchtet verflüchtigte sich der Dampf, nachdem der letzte Tropfen heißes Wasser im Abfluss verschwunden war. Sie drehte den Hahn zu, blieb aber noch stehen, weil sie die verbleibenden Wasserwolken ausnutzen wollte.

„Peggy …"

„Komm rein." Peggy hörte, wie sich die Tür leise öffnete und schloss.

„Besser?"

Kieran schnappte noch immer nach Luft. „Nein. Hast du Nora erreicht?"

„Finn kommt."

Einen Augenblick dachte Peggy, sie hätte nicht richtig gehört. „Ich hab dich gebeten, Nora anzurufen."

„Aber Nora ist keine Ärztin, oder? Finn bringt dich zum Krankenhaus. Er ist schon unterwegs."

Peggy konnte sich die stattgefundene Unterhaltung gut vorstellen, aber das war ihr jetzt egal. Was auch immer Irene zu Finn gesagt hatte, es musste gewirkt haben. Er kam, obwohl sie wusste, dass dies der letzte Ort war, an dem er sein wollte. Und Finn würde schneller fahren als Nora, die allem misstraute, das durch einen Motor angetrieben wurde.

Peggy trat aus der Duschkabine. Kierans Haar klebte in kleinen feuchten Löckchen an seinem Kopf, seine Wangen waren vom Fieber und vom Dampf gerötet. Jeder Atemzug, den er machte, war deutlich zu hören, und sein kleines Herz klopfte wild gegen ihre Brust.

„Vielleicht müssen sie ihn dort behalten", sagte Peggy. „Ich packe eine Tasche."

„Sag mir, was du brauchst."

„Kleidung zum Wechseln, wenn er entlassen wird." Peggy konnte nur hoffen, dass dieser Fall eintrat. Sie wurde fast verrückt vor Sorge.

„Und Sachen für dich. Eine Zahnbürste …" Irene eilte davon. So schnell hatte Irene sich noch nie bewegt.

Sie folgte ihr hinaus, als der letzte Dampf verflogen war, suchte ihre Tasche, klemmte sie sich unter den Arm, stopfte eine zweite Decke in die Windeltasche, ein Bilderbuch, an dem Kieran am Tag vorher wenig Interesse gezeigt hatte. Erst gestern hatte sie ihren Sohn auf dem Schoß gehabt, die Seiten für ihn umgeblättert und auf die einzelnen Figuren gezeigt. So krank er auch gewesen war, er hatte versucht, das Wort Hund zu krächzen. Da war sie ganz sicher gewesen.

Ihre Augen füllten sich mit Tränen, und sie umfasste ihn fester.

Die Tür wurde energisch zugeschlagen. Sie hörte Schritte, die sich näherten, dann erschien Finn an der Tür.

„Lass mich einen Blick auf ihn werfen."

Sie war nicht so dumm, das Angebot abzulehnen. Sie setzte sich mit Kieran auf dem Schoß aufs Bett, und Finn hockte sich vor sie. Sie sah, dass er seine Arzttasche mitgebracht hatte und bereits das Stethoskop in seiner Hand hielt, um es zu wärmen. Er bat Peggy, Kieran die Pyjamajacke auszuziehen, dann beobachtete er, wie der Kleine atmete. „Seit wann hat er Probleme, Luft zu bekommen?" fragte er nach einer Weile, die ihr wie eine Ewigkeit vorkam.

„Seit er aufgewacht ist."

„Sag mir, was du noch beobachtet hast. Fieber, Appetit, Bauchschmerzen?"

Sie beschrieb ihm, was ihr aufgefallen war, dann berichtete sie ihm ausführlich von dem Anruf in Becks Praxis.

Während er dem apathischen Jungen das Stethoskop auf die Brust drückte und horchte, redete er leise auf ihn ein. Besorgt legte er ihm die Hand auf den Brustkorb und drückte vorsichtig am Ende jedes Atemzugs. Kieran zuckte zusammen, wandte sich aber nicht ab, der absolute Beweis, dass er ernsthaft krank war.

Peggy hielt den Atem an während Finn ihn abhorchte. Er hockte sich auf die Fersen und zog die Kopfhörer aus den Ohren. „Keine Geräusche, aber er hat Probleme, Luft zu bekommen."

„Willst du nicht den Hals untersuchen?“ Sie wollte Kierans Kopf zurückziehen.

„Tu das auf keinen Fall!“

Sie ließ die Hand sinken, überrascht über seinen Tonfall. „Warum nicht?“

„Ist er denn gegen die Haemophilus Influenza Typ B geimpft worden?“

„Er hat die erste Spritze bekommen, aber so ernsthafte Beschwerden danach gehabt, sodass ich beschloss, ihm die zweite zu ersparen. Die Meinung des Arztes war ambivalent, aber ich dachte, es wäre womöglich eine allergische Reaktion auf einen Bestandteil im Impfstoff. Ich …“

„Peggy, hör zu.“ Er redete ruhig und lächelte Kieran an. „Im Moment ist es am wichtigsten, Kieran nicht zu ängstigen. Verstehst du? Beweg dich langsam, und versuche ihn so gut wie möglich zu beruhigen. Wir dürfen nichts tun, was seine Atembeschwerden noch verstärken könnte. Wenn er sich aufregt, könnte das einen Stimmritzenkrampf verursachen.“

„Was ist mit ihm?“

Er sah ihr in die Augen. „Ich bin nicht sicher, aber wahrscheinlich Epiglottitis. Wir müssen ihn auf schnellstem Weg ins Krankenhaus bringen.“

Ihre medizinische Ausbildung hatte ein Jahr gedauert, aber sie wusste, dass Kehldeckelentzündungen durch Hib-Impfungen fast ausgelöscht worden war. Durch die Impfung, die sie beschlossen hatte, nicht zu Ende zu führen. „Dann ist es *meine* Schuld.“

„Denk jetzt nicht daran. Hauptsache du hast gemerkt, dass es ist mehr als eine Erkältung ist.“

Es war nicht der richtige Moment, sich Vorwürfe zu machen, aber sie war erschüttert. Wie viel lieber wäre es ihr gewesen, nicht Recht behalten zu haben, und Finn hätte ihr erklärt, es wäre nur ein lästiger Virus, dass die Lunge ihres Sohnes frei wäre und sich sofortige Besserung einstellte, wenn das Fieber nachließe.

„Peggy, kannst du ihn nehmen? Es ist besser, wenn du ihn trägst. Er vertraut dir.“ Finn nahm die Windeltasche vom Boden und griff nach der anderen, die Irene ihm reichte.

„Ja.“ Peggy zog ihrem Sohn das Hemd wieder an, stand vorsichtig auf und folgte Finn, Kieran sanft an sich gedrückt.

„Ich habe Nora angerufen“, sagte Finn zu Irene, während er zur Tür ging. „Sie kommt gleich zu dir rüber und bleibt hier.“

„Ruft ihr an? Sobald ihr etwas wisst?“

„Wir rufen dich an. Beck erwartet uns dort.“

Peggy wollte Kieran nicht noch nervöser machen. Sie senkte die Stimme. „Ich will nicht, dass er sich meinem Sohn nähert.“

„Er ist ein guter Arzt, Peggy, und in diesem Fall hatte er womöglich recht. Es kann am Anfang tatsächlich ein Virus gewesen sein, der mit der Epiglottitis nichts zu hat. Allerdings hätte er heute reagieren müssen, als du in der Praxis angerufen hast.“

Sie war zu wütend und zu besorgt, um darauf etwas zu erwidern.

Finn hatte bereits die Tür geöffnet und den Motor laufen, als sie mit Kieran kam. Sie schlüpfte in den Wagen und wartete, bis er ihren Sicherheitsgurt geschlossen hatte. „Er klingt nicht gut“, sagte er. „Ich will offen zu dir sein. Ich würde den Notfalldienst rufen, wenn ich wüsste, dass sie schnell genug hier sind. Aber hier auf dem Land dauert es zu lange. Wir müssen mit akuter Atemnot rechnen. Du musst darauf achten, dass er weiteratmet, während ich fahre. Solange er bei Bewusstsein ist, besteht keine Gefahr. Aber wenn er ohnmächtig wird, müssen wir uns um seine Atemwege kümmern. Sieh zu, dass er nach vorn gelehnt sitzt, das Kinn gerade.“ Er demonstrierte es. „So.“

Sie nickte, und als Finn den Wagen Richtung Hauptstraße lenkte, horchte sie auf Kierans angestrengtes Atmen. Er begann schwach mit den Armen zu wedeln, kämpfte gegen die Panik, nicht genug Luft zu bekommen. Sie redete tröstend auf ihn ein, hütete sich aber davor, ihm das Haar aus der Stirn zu streichen, so wie die meisten Mütter es getan hätten. Kierans Welt war so anders und unverständlich, und die Tatsache, dass er es überhaupt zuließ, wie sie ihn hielt, war schon ein Wunder an sich.

Sie befanden sich auf der Hauptstraße, in der Nähe von Shanmullin, als er die Arme hochriss, einmal, zweimal, dann zuckte und nach vorn fiel. Voller Panik horchte sie nach seinen Atemgeräuschen.

„Finn, ich glaube, er atmet nicht."

„Peggy, schieb ihn weiter nach vorn und zieh vorsichtig sein Kinn vor."

Sie tat es und zog ihn ein bisschen unsanft zurecht, aber sie hörte kein Luftholen. „Er atmet nicht! Und er ist besinnungslos. Oh Gott."

Finn bremste nicht. Er drückte das Gaspedal durch und schoss durch den Ort. „Halte durch", sagte er, „es dauerte nicht mehr lange."

„Aber er schafft es nicht bis zum Krankenhaus!"

„Nein." Er fuhr noch schneller und bog dann in eine Seitenstraße ab. Da wusste sie, wohin sie fuhren. Finns Praxis.

Kaum hatte er den Schlüssel aus der Zündung, rannte er zur Beifahrerseite, öffnete ihr die Tür und half ihr heraus. Dann ließ er sie den ohnmächtigen Kieran das Stück zum Haus allein tragen, rannte vor, um die Tür aufzuschließen und das Licht anzuschalten.

„Hier rein."

Er stand vor einem Behandlungszimmer hinter der Rezeption. Der Raum war blitzsauber. Vielleicht hatte er die Praxis aufgegeben, aber in diesem Moment wurde ihr klar, dass er, egal, was er sich auch einredete, nie die Hoffnung aufgegeben hatte, einmal wieder zurückzukommen.

„Lege ihn auf den Tisch, Gesicht nach oben." Finn suchte etwas in verschiedenen Kästen.

„Was hast du vor?"

„Wir müssen einen Luftweg schaffen, und zwar sofort. Damit können wir nicht bis Castlebar warten."

Sie legte Kieran auf die Liege. Sein Gesicht war nicht mehr fiebrig gerötet. Sie registrierte Zyanose. Ihr Sohn lief blau an.

Sie hatte in der Collegezeit bei der Notaufnahme gearbeitet, wo ihr die Ärzte der verschiedenen Fachrichtungen bestimmte Vorgänge erklärt und demonstriert hatten. Und sie hatte ein ganzes Jahr Medizin studiert.

Ihr Sohn würde sterben.

„Er wird gleich einen Herzstillstand haben!" Sie beugte sich über Kieran, klatschte gegen seine Wangen und rief seinen Namen."

„Nicht, wenn ich es verhindern kann." Er schob sie zur Seite und stellte sich vor den Jungen. Sie erkannte den Luftröhrenschlauch in seiner Hand, aber sie hatte noch nie so eine kleine Version davon gesehen. „Ich hab das schon mal gemacht, Peggy. Wir bekommen hier auf dem Land mehr Erfahrung in Notfallmedizin, als uns lieb ist. Wir legen einen Atemweg, dann Sauerstoff."

„Hast du Sauerstoff?"

„Wir bringen ihn weg." Finn machte nur knappe Bemerkungen und war voll auf das konzentriert, was er tat. „Nimm das Telefon vorn und ruf die Ambulanz an. Die Nummer ist an der Wand über dem Telefon. Jetzt."

Sie war hin und her gerissen. Finn hatte Kieran auf die Seite gerollt und begann die Plastikröhre in seinen Rachen zu schieben.

Er blickte nicht auf. „Geh, Peggy."

Sie rannte zur Rezeption und fand das Telefon und die Nummer wie beschrieben. Als sich jemand meldete, erklärte sie die Situation, so gut sie konnte. Der Mann am anderen Ende der Leitung versprach, dass sie so schnell wie möglich jemand zu Finn in die Praxis schicken würden.

„Sie kommen." Als sie am Untersuchungstisch ankam, blieb sie ruckartig stehen. Finn zog den Schlauch wieder heraus. „Was ist los? Warum nimmst du ..."

„Der Kehldeckel ist zu stark angeschwollen. Man kommt nicht daran vorbei. Wir müssen einen Luftröhrenschnitt vornehmen."

„Hier?" Sie wusste, dass es kein einfacher Eingriff war, den Schnitt in die Kehle zu machen, um den Luftröhrenschlauch einzuführen. Sie hatte es bereits öfter gesehen. Jedes Mal hatte es ein Anästhesist vorgenommen, und ein Facharzt für Endoskopie war in Bereitschaft, falls Schwierigkeiten auftraten. Die Operation wurde in sterilen Räumen vorgenommen, unter Narkose. Peggy konnte sich diesen Eingriff hier nicht vorstellen.

„Wir haben keine Wahl, Peggy. Gib mir dein Einverständnis."

Peggy schluchzte. *Sie* hatte ihrem Sohn das angetan, weil sie die Impfung hatte abbrechen lassen. Und sie war nicht ihrem eigenen Instinkt gefolgt und hatte darauf bestanden, dass Kieran noch von einem anderen Arzt untersucht wurde. Wenn Kieran starb, dann war es ihre Schuld.

„Sag Ja", drängte Finn sie. „Verdammt, Peggy, zum Zögern ist keine Zeit. Sag Ja!"

„Es ist so schwierig bei Kindern. Ich erinnere mich daran. Hast du das schon mal bei einem Kind gemacht?"

„Ja, Peggy. Sag einfach Ja."

Die Physiologie eines Kindes war anders. Woher sollte er die richtigen Instrumente haben?

Doch scheinbar war das der Fall. Sie sah, wie er Kierans Hand nahm und den kleinen Finger an verschiedenen Schläuchen maß, der er bereits neben ihm aufgereiht hatte.

Sie wusste nicht, was sie sagen oder tun sollte. Sie war vor Angst wie gelähmt. „Ja“, krächzte sie. „Mach weiter.“ Sie wurde das Gefühl nicht los, falsch entschieden zu haben, aber es war die einzige Wahl, die Kieran hatte. Ohne Sauerstoff würde sein Herz stehen bleiben. Ihr Sohn würde direkt hier sterben.

Er nahm den Schnitt in Sekundenschnelle vor und hatte nur einen Augenblick später den Schlauch zwischen die Stimmbänder des Kindes geschoben. „Geschafft“, sagte er. „In der obersten Schublade dort müsstest du Klebeband finden. Bring's mir, bitte.“

Sie war unfähig, sich zu bewegen. Ihr Körper versagte ihr vor lauter Angst den Dienst.

„Peggy!“

Sie setzte einen Fuß vor den anderen und schluchzte erneut auf. Als sie das Tape gefunden hatte, brachte sie es ihm. Er hielt den Schlauch an Kierans Mundwinkel fest. Sie riss Streifen ab, und er befestigte schnell den künstlichen Luftkanal, sodass er nicht verrutschen konnte. Dann trat er einen Schritt zurück und untersuchte Kierans Brustkorb. „Er atmet. Aber wir machen ihn zum Transport fertig.“

„Er atmet?“

„Jetzt, wo er kann, ja.“

Sie lehnte sich vor und stellte fest, dass Finn recht hatte. Kierans Haut war immer noch leicht bläulich, aber sie konnte förmlich zusehen, wie sich seine Farbe veränderte.

Wieder musste sie aufschluchzen. „Was werden sie im Krankenhaus mit ihm machen?“

„Wir legen ihm eine IV und starten in der Ambulanz mit der Infusion. Im Krankenhaus wird das Blut untersucht, geröntgt. Er wird wahrscheinlich zeitweise Sauerstoff zugeführt bekommen und auf jeden Fall Antibiotika. Das Ödem wird sich erfahrungsgemäß innerhalb der nächsten achtundvierzig Stunden zurückbilden. Wenn es Haemophilus ist, werden wir möglicherweise eine Lumbalpunktion vornehmen, um sicherzugehen, dass es keine Meningitis ist."

„Meningitis?"

„Es ist der gleiche Organismus."

Die Tür wurde geöffnet, und zwei Männer traten ein. „Glück für Sie", sagte der eine, „wir waren gerade auf dem Rückweg von einem anderen Einsatz."

„Und Glück für den Jungen, dass der Doktor nicht gewartet hat", bemerkte der andere und verzog mitleidig das Gesicht, als er den kleinen schlaffen Körper auf dem Untersuchungstisch sah. „Gute Arbeit. Das ist mehr, als wir für ihn hätten machen können."

Während ein Sanitäter eine Decke um die zitternde Peggy legte, erklärte ihnen Finn in knappen Worten, was passiert war. Dann trug er den immer noch bewusstlosen Kieran vorsichtig zum Ambulanzwagen.

38. KAPITEL

Der Anblick ihres winzigen Sohnes unter dem Beatmungsgerät in der Intensivstation hätte der traurigste in Peggys Leben sein sollen. Doch noch viel trauriger wäre es gewesen, ihr Kind bei der Totenwache zu betrachten. Sie war dem so nahe gekommen, nur wenige Minuten oder sogar weniger hatten sie davon getrennt.

Wenn Finn nicht so entschieden reagiert hätte, dann wäre Kieran erstickt, und zwar auf Grund *ihrer* Entscheidungen.

„Es hätte nicht viel gefehlt, und er wäre bei den Engeln gewesen", sagte die Krankenschwester, die Kierans Vitalfunktionen überprüfte. „Und was haben Sie in Ihrem Leben getan, Miss Donaghue, um sich so ein Wunder zu verdienen?"

Peggy versuchte zu lächeln. Alice, die Krankenschwester, eine matronenhafte Frau mit einer krausen Dauerwelle und auffallend buschigen Augenbrauen, versuchte Peggy seit einer halben Stunde klarzumachen, wie viel Glück Kieran gehabt hatte. Sie hätte sich nicht die Mühe machen brauchen. Peggy war sehr gut in der Lage, ein Wunder zu erkennen, und mit den irischen Engeln kannte sie sich ganz gut aus. Sie hatte vor etwas mehr als einer Stunde einen in Aktion gesehen.

Sie griff nach einem neuen Taschentuch. „Finn hat ihm das Leben gerettet."

„Es ist gut, den Doktor zurückzuhaben. Dr. O'Malley war einer der Besten. Nicht unbedacht oder herablassend, und seine Entscheidungen sind vom Mitarbeiterstab nie angezweifelt worden. Wie man so schön in Ihrem Land sagt, man hat Glück wie die Iren, wenn man mit ihm arbeiten kann."

„Kieran sieht immer noch so krank aus." Doch selbst Peggy mit ihrer mütterlichen Sorge und allen Zweifeln konnte sehen, dass es ihrem Sohn bereits besser ging. Er bekam Sauerstoff, Flüssigkeit und Antibiotika. Man hatte ihm Beruhigungsmittel gegeben, sodass er schlafen konnte. Und sobald die Schwellung seines Kehldeckels wieder zurückgegangen war, würde der Arzt ihm den Atemschlauch entfernen. Wenn alles weiterhin reibungslos verlief, würden sie in ein paar Tagen zu Hause sein.

„Na ja, er ist ja auch krank, der arme kleine Kerl, aber er wird es überstehen. Und da kommt ja der Doktor, der kann es Ihnen auch gleich sagen."

Seid ihrer Ankunft waren Leute hier in dem Raum ein- und ausgegangen, nur Finn hatte sich nicht gezeigt. Peggy drehte sich erwartungsvoll um, aber nicht Finn stand hinter ihr. Dr. Beck starrte sie an. Mit blondem Haar und ebenmäßigen Zügen würde er wohl normalerweise als gut aussehend gelten, doch heute Nacht sah er ziemlich derangiert aus, und die Augen hinter seiner Brille waren rot umrandet, als wäre er gerade erst aus tiefem Schlaf gerissen worden, bevor er sich auf den Weg ins Krankenhaus gemacht hatte.

Er bemühte sich, in neutralem Tonfall zu sprechen. „Ich habe mir den Behandlungsplan angesehen. Es wurde alles Notwendige getan. Ihr Sohn ist nur knapp davongekommen, aber er wird sich erholen."

Sie wartete auf eine Entschuldigung, eine Erklärung oder selbst einen kleinen Hinweis, dass er nachlässig gewesen war, doch er zuckte nur die Schultern. „Es ist typisch für Epiglottitis, dass sie sehr plötzlich auftritt. Heutzutage kommt es nicht mehr oft vor, und es gibt auch keine Möglichkeit, es vorherzusehen. Als ich ihn untersucht habe, war noch keine Schwellung irgendeiner Art vorhanden. Es war sehr klug von Ihnen, ihn bei den ersten ernsthaften Symptomen ins Krankenhaus zu bringen."

„Ich habe ihn zu *Ihnen* gebracht, als die ersten ernsthaften Symptome auftraten, und das war überhaupt nicht klug."

„Es ist zu bezweifeln, dass die beiden Infektionen miteinander zu tun hatten." Er schnitt ihr das Wort ab, als sie etwas erwidern wollte. „Aber wahrscheinlich werden wir das genau sagen können, wenn die ersten Testergebnisse da sind."

„Selbst wenn die Labortests mit einem neonfarbenen Pfeil auf Sie deuten würden, wäre ich sehr überrascht, von Ihnen zu hören, dass Sie mehr für meinen Sohn hätten tun können."

„Das war nicht notwendig."

„Doch, ich sehe das als Teil meiner Ausbildung. Sie haben viel dazu beigetragen, mir zu zeigen, was für eine Ärztin ich nicht werden möchte." Sie wandte sich von ihm ab und ging näher an Kierans Bett. Eine Krankenschwester und ein Laborant kamen auf dem Weg zu einem anderen Krankenbett an ihnen vorbei.

Beck senkte die Stimme. „Sie können gern mal meinen Job übernehmen, Miss Donaghue. Versuchen Sie fünfzig Prozent mehr Patienten zu behandeln, als eigentlich vertretbar wäre, und dann sehen wir, wie liebenswert die Sie finden. Ich versuche mich mit Qualität und Schnelligkeit abzufinden. Das war nicht mein Ziel, als ich anfing, Medizin zu studieren, aber ich bewältige so meine Arbeit."

„Außer heute Abend. Heute Abend wäre mein Sohn fast in Ihrer Schnelligkeitsfalle stecken geblieben."

„Das wird sich noch herausstellen." Er griff nach Kierans Karte und vermerkte etwas darauf. Dann reichte er sie Alice, die sich während des Wortgefechts zwischen Peggy und Beck in der Nähe des Bettes zu Schaffen gemacht und so getan hatte, als würde sie nichts von alldem mitbekommen.

„Warum schreiben Sie denn was in die Krankenakte meines Sohnes?" wollte Peggy wissen.

„Ich bin sein behandelnder Arzt."

„Nein. Finn O'Malley ist sein Arzt. Wenn Finn nicht gewesen wäre, würde Kieran jetzt gar keinen Doktor mehr benötigen."

„Dr. O'Malley hat mich gebeten, die Behandlung zu übernehmen."

Peggy konnte es nicht glauben. Sie blickte Alice an, aber die Krankenschwester zuckte nur die Schultern. „Tut mir Leid, ich habe keine weitere Information als das, was hier steht." Sie drehte Kierans Akte so, damit Peggy lesen konnte, dass Dr. Beck als behandelnder Arzt eingetragen war.

„Wo ist Finn?" Peggy hätte die Frage am liebsten hinausgeschrien, aber es hatte schon zu viele Aggressionen hier in diesem Raum gegeben. Kieran, auch wenn er tief schlief, brauchte Ruhe und sanfte, liebevolle Stimmen um sich.

„Miss Donaghue, es gehört nicht zu meinem Job herauszufinden, was Finn O'Malley denkt oder was er tun will. Als ich ankam, hat er mich davon unterrichtet, was mit Ihrem Sohn passiert ist, und dann das Krankenhaus verlassen."

„Verlassen?" Peggy wollte es nicht glauben. Finn hatte Kieran das Leben gerettet und ihn dann einfach dem Mann zur Weiterbehandlung überlassen, den Peggy verabscheute?

„Vielleicht ist er auf dem Weg nach Hause. Er wusste doch bestimmt, dass Sie die Nacht hier bei Ihrem Sohn verbringen würden."

Sie war sich nicht sicher, aber sie hatte das Gefühl, dass Beck womöglich versuchte, einen verständlichen und sogar vernünftigen Grund für Finns Verschwinden anzuführen, damit sie nicht so schockiert war. Das war die gefälligste und menschlichste Reaktion, die sie je bei diesem Mann erlebt hatte. Aber es half ihr kein bisschen.

„Ich verstehe." Sie biss sich auf die Lippe. Tränen schossen ihr in die Augen, doch sie würde ihm nicht die Genugtuung gönnen, es zu sehen. „Dann kann ich also heute Nacht bei Kieran bleiben?"

„Wir würden es gutheißen. Es ist am besten für ihn, wenn

er aufwacht und Sie vorfindet. Er sollte so ruhig wie möglich gehalten werden. Wir werden dafür sorgen, dass Sie es sich einigermaßen bequem machen können.“ Er verzog den Mund zu einem gequälten, nicht sehr überzeugenden Lächeln. „Aber ich fürchte, so einfach ist das nicht.“

Er verließ den Raum.

„Er ist kein Finn O'Malley“, sagte Alice, „aber ziemlich kompetent. Machen Sie sich keine Sorgen. Dr. Beck wird zweifellos sicherstellen, dass der Junge eine gute Behandlung bekommt. Unter diesen Umständen womöglich eine bessere als üblich.“

Peggy wollte Finn. Beck, selbst ein Beck, der sich Mühe gab, war nicht gut genug. Wohin war Finn verschwunden und warum? Die erste Frage konnte sie nicht beantworten, die zweite lag nur allzu deutlich auf der Hand.

Finn hatte einen letzten Rückzieher gemacht. Er war aus ihrem Leben und aus Kierans gegangen, so sicher und endgültig, als wäre er nie da gewesen.

Sie hatte gar nicht mitbekommen, dass sie weinte, bis Alice zu ihr kam und ihr die Schulter tätschelte. „Aber, aber, Miss Donaghue. Lassen Sie mich mal einen bequemen Stuhl für Sie besorgen. Sie brauchen etwas zum Trinken und ein wenig Schlaf. Morgen früh sieht alles schon wieder ganz anders aus. Sie haben allen Grund, glücklich zu sein.“

Finn wusste, er hatte Kieran Donaghues Leben gerettet. Er hatte entschlossen gehandelt und war sich in jedem Punkt hundertprozentig sicher gewesen, was zu tun sei. Die Instrumente hatten sich in seinen Händen richtig angefühlt, das Untersuchungszimmer war ihm vertraut gewesen, als wäre er nach Hause gekommen. Von einem Moment zum anderen hatte er die Identität Finn O'Malleys, dem besseren Tagelöhner, aufgegeben und war zu Finn O'Malley, dem Arzt geworden, Absolvent des medizinischen Instituts der National University von Galway mit besonderer Auszeichnung, Überlebender eines begehrten, aber harten Medizinalpraktikums am St. James Hospital in Dublin.

Ehemann von Sheila, Vater von Bridie, Mark und Brian.

Die junge Frau in der Castle Bar, die nebenan ein paar Tische sauber gewischt hatte, kam zu ihm herüber, obwohl er so weit ab in einer Ecke saß, dass er überrascht war, überhaupt bemerkt zu werden. „Noch einen?" Sie zeigte auf sein Glas.

Als Antwort reichte er es ihr. Sie nahm es und kehrte kurz darauf mit einem bis zum Rand gefüllten Guinness zurück. Er übergab ihr ein paar Euros, und sie nickte. Sie war ziemlich hübsch, gelocktes blondes Haar, locker hochgesteckt, rosa Wangen und Brüste, die groß genug waren, dass sie auch ein Mann bemerkte, der noch mehr getrunken hatte als er. Sie wagte ein verführerisches Lächeln und blieb länger an seinem Tisch stehen als notwendig. Als er ihr Lächeln nicht erwiderte, ging sie weiter.

Er war schon Jahre nicht mehr in dieser Kneipe gewesen. Als seine Praxis floriert hatte, war er über Mittag in die Castle Bar zu einer kurzen Besprechung mit Kollegen gekommen oder zu einem schnellen Drink nach abendlichen Hausbesuchen, bevor er sich auf den Weg nach Hause gemacht hatte. Nach dem Unfall hatte er zu Hause getrunken, nachdem Bridie ins Bett gegangen war. Morgens war er früh aufgewacht, noch vor ihr, immer noch voll bekleidet, den Kopf auf dem Küchentisch, um ihn herum eine Batterie von leeren Flaschen. Er hatte nicht den Wunsch gehabt, sich zu unterhalten, wenn er sich halb bewusstlos soff.

Finn glaubte nicht, dass er ein richtiger Alkoholiker war. Er sehnte sich nach dem Vergessen, nicht nach Alkohol. In den Jahren der völligen Abstinenz war er nicht nachts aufgewacht mit dem heftigen Verlangen nach einer richtigen Whiskey-Dröhnung oder dem sauberen Wodka-Rausch. Er hatte sich danach gesehnt zu vergessen. Und er nahm an, wenn er in der Lage wäre zu vergessen, dann könnte er auch problemlos nach einem oder zwei Drinks aufhören und in relativ unbeschadetem Zustand zu seiner Tochter nach Hause gehen.

Doch er konnte nicht vergessen.

Er hob das randvolle Glas in stillem Toast auf den kleinen Jungen, der alles wieder zurückgebracht hatte. Nicht dass die Gedanken an den Tod seiner Frau und seinen beiden Söhnen jemals weit weg gewesen wären. Aber er hatte gelernt, das Schlimmste einzudämmen, Situationen zu vermeiden, die ihm alles in Erinnerung brachten, zu verhindern, dass seine zerbrechliche Stabilität ins Wanken geriet. Heute Abend waren all diese Tricks zunichte gemacht worden. Er war in die Welt zurückkatapultiert worden, die er so geschickt vermieden hatte, weil er dem Kind eines anderen das Leben gerettet hatte.

Er war nicht in der Lage gewesen, seinen eigenen Söhnen zu helfen, aber er hatte Peggys vorm Tod bewahrt.

Es tat ihm nicht Leid, dass er Kieran geholfen hatte. Himmel, nein, es tat ihm nicht Leid. Das Kind Kieran war in eine fremde, beängstigende Welt gekommen, und nun verdiente der kleine Junge alles Gute, das die dortigen Bewohner für ihn tun konnten. Und Kieran war so tapfer gewesen, so fügsam. Im Angesicht dieser fast tödlich ausgefallenen Krankheit hatte er sich nicht wie ein Kind verhalten, schon gar nicht so, wie man es von einem autistischen Kind erwartet hätte. Er hatte nicht um sich geschlagen und sich gewehrt. Finn hatte in die fiebrigen blauen Augen des Kleinen gesehen und weder Feinseligkeit noch Angst gefunden, nur einfache, ergreifende Resignation.

Angesichts der Bedrohung Kierans hatte sich Finn moralisch verpflichtet gefühlt, sogar den verzweifelten Wunsch verspürt, ihn zu retten. Aber was für eine grausame Ironie des Schicksals hatte ihn veranlasst, Peggys Sohn zu retten und seine eigenen zum Tode zu verdammen?

Er war noch immer in der Lage, im Notfall Entscheidungen zu treffen, auch wenn es um Leben und Tod ging. Die Entdeckung heute Abend war sowohl überraschend wie bitter gewesen. Er hatte erfahren, dass er handeln *konnte,* wenn der dazu gezwungen war, komplizierte Zusammenhänge einschätzen und Maßnahmen ergreifen, auch verzweifelte, um ein Leben zu retten.

Sein Urteilsvermögen war nicht mehr durch Ängste und Trauer beeinträchtigt. Vielleicht war das schon eine ganze Weile so gewesen. Wenn er wieder als Mediziner praktizieren wollte, dann konnte er das tun. Eventuell benötigte er die Unterstützung und Führung eines Kollegen, bis er sein Selbstvertrauen endgültig wiedergefunden hatte, doch sein Sachverstand war noch immer geschärft. Es gab keine Lügen oder Fassaden mehr, hinter denen er sich verstecken könnte.

„Schon ausgetrunken?“ Die junge Kellnerin, die ihm das Bier gebracht hatte, stand wieder da. Er war überrascht, als er das Glas auf dem Tisch sah, das leer bis auf ein paar Reste vom Schaum darauf wartete, wieder gefüllt zu werden.

Wie viele hatte er gehabt?

„Gleich ist Polizeistunde.“ Sie lächelte. „Es könnte die letzte Gelegenheit sein.“

Die Polizeistunde war oft das Fantasieprodukt einiger Beamten, aber er wollte nicht das Risiko eingehen, dass sie in diesem Pub streng eingehalten wurde. Er nickte, sie griff nach seinem Glas und ließ ihn allein, den Blick starr auf den feuchten Fleck gerichtet, wo es gestanden hatte.

Ein neuer Gast schwankte zur Bar, nicht weit von der Ecke entfernt, in der Finn saß, und lehnte sich mit beiden Ellbogen auf den

Tresen. „Krieg nichts mehr rein, Sean", sagte er zum Barkeeper. „Hatte schon einen zu viel. Ich kann keine gerade Linie mehr langlaufen, wenn ich mich auf den Heimweg mache."

Finn versuchte ihn zu ignorieren, aber die Stimme des Mannes war laut und überdreht, und gleich darauf antwortete Sean der Barkeeper, dessen Organ fast genauso dröhnte.

„Du wirst wohl überhaupt nicht mehr laufen, wenn du nicht was isst." Sean hatte ein langes, schmales Gesicht wie ein Dickens-Charakter und das dazu passende seelenvolle Verhalten. „Du nimmst am besten noch was zu dir, bevor du gehst. Kartoffelchips oder Brötchen. Was willst du?"

„Versuchst mich zu vergiften, was?"

„Versuche eher das Gift in deinem Magen aufzusaugen."

„Na ja, ein Brötchen oder zwei, und du wirst dich nicht freuen, dass ich hier bin."

„Wer sagt denn, dass ich mich überhaupt freue, dass du hier bist?"

„Ich bin al… allergisch auf Getreide, das bin ich, und da beißt keine Maus den Faden ab. Weizen ist für mich wie Arsen, hörst du, Sean?"

„Und was passiert, wenn du's isst?"

„Dann werde ich zum wilden Mann." Er klopfte sich mit beiden Fäusten gegen die Brust." Mein Magen fühlt sich an, als wenn mich ein Pferd getreten hätte. Warum meinst du denn, trinke ich Rum statt guten irischen Whiskey? Aus Weizen gemacht, oder nicht?"

„Wilder Mann?" Der Barkeeper lachte.

Sein Gast schien langsam nüchterner zu werden. „Hab echt versucht mich umzubringen, als es zu viel wurde. Konnte an nichts anderes denken. Das war alles weg, als ich meine Ernährung verändert habe."

Sean schien nicht so ganz überzeugt, aber er griff nach einer

Tüte Kartoffelchips und winkte ab, als der Mann sie bezahlen wollte. „Ich will keinen wilden Mann hier."

Der Gast grinste und wankte zurück zum anderen Ende der Bar, wo ihm eine Gruppe von Freunden Platz machte.

Finns Unterhaltungseinlage war beendet, und ein neues Glas Guinness stand vor ihm. Er bezahlte und ermutigte die Kellnerin auch diesmal nicht zu einem Plausch. Die junge Frau ging endgültig, um sich saftigere Weiden zu suchen.

„Zöli...akie... Sssprue." Finn starrte auf das volle Bierglas. Er selbst hatte es mehr als einmal diagnostiziert, und er erinnerte sich an die erschreckenden Auswirkungen bei einem Patienten, ein junger Mann, der buchstäblich verfiel, weil er solche starken Magenschmerzen nach dem Essen hatte. Einige Forscher nannten es die Irische Krankheit, weil sie glaubten, dass von fünfzig irischen Männern und Frauen eine Person davon betroffen war, obwohl die meisten Schätzungen niedriger lagen.

Er hatte schon lange nicht mehr daran gedacht, an den jungen Mann, der später geheiratet und Kinder bekommen hatte, nachdem seine Gesundheit wiederhergestellt worden war, oder an andere Patienten, denen er geholfen hatte. Er hatte nicht an sie denken und sich für ihre weitere Gesundheit verantwortlich fühlen wollen oder an andere, denen es genauso erging und die seine Kenntnisse benötigten. Er hatte Shanmullin verlassen und alle Menschen, die darauf gehofft hatten, dass er sich um sie kümmerte.

Er wollte sich immer noch nicht für sie verantwortlich fühlen.

„Wilder Mann." Die Worte kamen genuschelt, das hörte selbst er. In der Kneipe ging es hoch her, aber es war nicht der Krach, der dafür sorgte, dass er seine eigenen Sätze kaum verstand. Er hätte jetzt gern die Gläser versammelt auf seinem Tisch gehabt, um sich zu erinnern, wie viel er getrunken hatte. Mehr als drei auf jeden Fall. Viel mehr.

„Wildes Kind." Er wusste nicht, woher diese Assoziation kam. Er schien die Gedanken an Kieran nicht loszuwerden, dessen neurologische Besonderheiten ihm das Leben schwer machten. Finn hatte Peggy von Anfang an für ihre Geduld angesichts Kierans Tobsuchtsanfällen bewundert, für ihre sichtbare Liebe zu dem Jungen, auch wenn er nicht in der Lage schien, ihre Gefühle zu erwidern.

Er hatte andere autistische Kinder in seiner Praxis gesehen. Es war ein mysteriöses Phänomen, mit sich widersprechenden Forschungsergebnissen und Meinungen. Peggy hatte all die Informationen mit dem Gespür der Wissenschaftlerin wie auch der Mutter aufgenommen und aus den überzeugendsten Beispielen ihr eigenes Programm entworfen. Für das, wie auch für so viele andere Dinge, verdiente sie Bewunderung.

Er konnte Kieran fast vor sich sehen, wie das Kind – fast noch ein Baby eigentlich – ihn heute angestarrt hatte, als wolle es sagen: Es war ein anstrengender Trip, und er wird wohl jetzt zu Ende sein, was?

Und fast wäre es auch so gewesen.

Etwas beschäftigte ihn, etwas, das er nicht so recht fassen konnte – auch wenn das nicht gerade überraschend war, wenn er bedachte, wo er saß und was er die letzten beiden Stunden getan hatte. Kieran war heute Abend anders gewesen, nicht nur wegen seiner schweren Krankheit, sondern weil er wirklich „da" gewesen zu sein schien. So oft erschien das Kind abwesend, uninteressiert, in einer einzelnen, selbst verschlossenen Zelle. Aber heute Abend, abgesehen davon, wie schlecht er sich gefühlt hatte …

„Wildes Kind."

Nein, er war heute nicht wild gewesen. Und das erinnerte ihn an etwas. Finn hatte Kieran bereits vorher so erlebt. Er versuchte sich zu erinnern, aber sein Gehirn arbeitete in Zeitlupe. Er hatte es schon einmal erlebt …

Als Kieran gezahnt hatte. Jetzt fiel es ihm wieder ein. Das Kind war nörgelig gewesen, so wie auch seine Kinder, als sie das Gleiche durchgemacht hatten. Doch er war gleichzeitig entgegenkommender gewesen, hatte sich willig auf den Arm nehmen lassen, war mehr … „da“ gewesen.

Finn hatte das Wort laut ausgesprochen, doch es kümmerte ihn nicht. Warum sollte er sich darum Gedanken machen? Darauf hob er sein Glas und prostete erneut dem leeren Raum vor sich zu. Was war also, wenn Kieran heute Abend konzentrierter gewirkt hatte und in dieser einen anderen Situation in der Vergangenheit? Beide Male war er krank gewesen, diesmal natürlich viel ernster als beim letzten Mal. Aber offensichtlich hatte das Leiden lediglich seine Energie verbraucht, und der Rest war Illusion. Man sah immer das, was man sehen wollte, selbst ehemalige Ärzte, die meinten, logisch zu denken und gut zu beobachten.

Aber war es wirklich eine Illusion?

Finn ließ der Gedanke nicht los. Ja, möglicherweise war Kierans Krankheit der Grund, warum er anders erschien. Aber wäre es nicht logischer gewesen, dass sein Leiden das gewöhnliche Verhalten noch intensivierte? Dass er, statt sich von Peggy halten und trösten zu lassen, sich noch stärker wehren würde?

Er bedauerte, dass seine Gedanken so verworren waren. Ein Klumpen formte sich in seiner Kehle, und für einen Augenblick glaubte er, er würde wie auf ein Stichwort anfangen zu heulen, wie das Klischee eines Betrunkenen. Das Nächste war wohl, dass er den Refrain von „Danny Boy“ sang.

„Was könnte … es noch sein?“

Seine Worte kamen jetzt noch undeutlicher, aber es war ihm im Grunde egal. Er fühlte sich wie ein Hund, der an einem alten Knochen nagte. Es war nichts Interessantes mehr dran, aber er konnte nicht davon lassen. Was noch? Was noch?

Kieran war krank gewesen. Er hatte Fieber gehabt … Dies verwarf er als Ursache. Vom Zahnen bekamen Kinder nur leichtes Fieber, wenn überhaupt. Kieran hatte Schmerzen gehabt … Auch das wurde verworfen. Durch Schmerzen wurden Kinder nicht liebevoller oder aufmerksamer.

Beide Male hatte Kieran nicht viel Schlaf bekommen, aber sicher hatte das auch nichts damit zu tun? Dass die Müdigkeit die Grenzen seines Autismus verschoben hatte, war auch unwahrscheinlich.

Er hatte nichts gegessen.

Finn starrte auf die Tischplatte, und die Teile setzten sich zusammen. Jetzt war ihm klar, warum die Zöliakie-Sprue des Mannes seine Aufmerksamkeit erregt hatte und warum er mit seinem geschundenen Gehirn die Verbindung zwischen dem Mann und dem kleinen Kieran hergestellt hatte.

Er versuchte sich an einen Artikel zu erinnern, der letztes Jahr in einem seiner medizinischen Fachzeitschriften gestanden hatte. Die Abonnements hatte er genauso wenig abbestellt, wie er die Praxisräume gekündigt hatte. Sie waren weiter regelmäßig gekommen, und nachts hatte er sie meist durchgeblättert, einige Artikel gelesen, andere überflogen. Er war ein Schwindler und Betrüger, ein Mann, der sich nicht dazu entschließen konnte, etwas anderes zu sein, außer vielleicht der Mörder von Menschen, die er am meisten liebte.

Der Artikel …

Er versuchte sich an die Forschungsarbeit zu erinnern, das Syndrom. Etwas über Weizen, sehr ähnlich der Zöliakie bei autistischen Kindern. Aber da war mehr.

Er stützte den Kopf auf die Hände, versuchte angestrengt, sich zu erinnern. Es schien so dringend, dass es ihm jetzt einfiel, nicht später, wenn er nach Hause gehen und den Artikel heraussuchen konnte. Finn verharrte grübelnd in dieser Position.

„Denk nach!"

„Nicht nur Weizen, sondern auch Milch. Getreide und Milch. Eine Diät, frei von Gluten, das in Weizen und in den meisten anderen Getreidearten vorkam, und Kasein, das Phosphoprotein, das in Molkereiprodukten zu finden war. Die Aussagen der betroffenen Eltern waren größtenteils positiv, obwohl noch zu wenig Forschungsarbeit dazu geleistet wurde. Die Diät hatte nicht allen Kindern geholfen und kurierte sicher keinen Autismus, doch es schien manche Autisten so weit zu beeinflussen, dass sie irgendwann ein Verhalten annahmen, das im normalen Rahmen lag.

„Kieran … hat nichts gegessen."

Er blickte auf, und der Raum drehte sich um ihn. Der Lärm und das Gedränge schienen wie Wellen über ihn zu schwappen, aber er kümmerte sich nicht darum. Kieran hatte keinen Appetit gehabt, während er am Zahnen gewesen war und auch vor Kurzem, seit er sich so schlecht gefühlt hatte. Er hatte größtenteils nur Saft getrunken. Peggy hatte eine Bemerkung darüber gemacht.

„Gluten und Ka…sein."

Peggy hatte einen Versuch dieser nicht bewiesenen Theorie durchgeführt, ohne überhaupt zu wissen, dass sie es tat. Kierans Ernährung war für einen kurzen Zeitraum umgestellt worden. Kierans Verhalten hatte sich in diesem Zeitraum ebenfalls geändert.

Selbst in seinem betrunkenen Zustand – und er *war* betrunken, „sterngranatenvoll", wie sein Vater gesagt hätte, blau, stinkbesoffen – war er ein zu guter Wissenschaftler, um zu glauben, dass es so einfach wäre. Doch er erkannte eine Möglichkeit. Das Kind war gerade im Krankenhaus, und dort könnte man eine Diät ansetzen, solange er bleiben musste. Peggy würde den Speiseplan ohne Getreidearten und Molkereiprodukte weiterhin einhalten können, wenn sie ihn mit nach Hause genommen hatte. Sie könnten sein

Verhalten beobachten und sehen, ob eine Besserung eintrat. Es gab viele Möglichkeiten, die Ernährung so umzustellen, dass beim Kind keine Mangelerscheinungen auftraten. Peggy würde sicher dafür sorgen, dass die Diät peinlich genau eingehalten würde, wenn sie glaubte, dass es gut für ihren Sohn wäre.

Hatten die Symptome von Kierans Autismus eingesetzt, nachdem Peggy ihn auf feste Nahrung umgestellt hatte, als sie vielleicht ihr Studium begonnen und ihn nicht mehr gestillt hatte?

Finn wollte es unbedingt wissen. Es interessierte ihn mehr, als hier zu sitzen und seinen Halben zu trinken. Hier, wo er sicher war, dass niemand etwas anderes von ihm wollte außer Geld. Hier, wo er genug in sich hineinschütten konnte, um zu vergessen, dass er nur noch die Hülle des Mannes darstellte, der er früher mal gewesen war.

Er rappelte sich auf, und der Raum drehte sich um ihn. Das überraschte ihn nicht. Er hatte in kurzer Zeit so viel konsumiert, dass er eigentlich aus den Latschen hätte kippen müssen. Eine leichte Übelkeit überfiel ihn, und er klammerte sich an die Tischkante, bis es vorüber war.

Was war, wenn er es vergaß? Wenn er sich einen Platz suchte, wo er die Nacht verbringen konnte, und am nächsten Morgen war die Entdeckung für immer und ewig aus seinem Kopf verschwunden? Oder noch schlimmer, wenn er am nächsten Morgen erwachte und feststellte, dass es nur die Idee eines Betrunkenen gewesen war, nur heiße Luft und nichts dahinter? Einen Moment überdachte er die beiden Möglichkeiten.

Es gab eine dritte. Er könnte sich Notizen dazu machen und es morgens bei einer Tasse Kaffee und einem fürchterlichen Kater beurteilen.

Und Peggy heute Nacht allein lassen, die sich fragen würde, wohin er verschwunden war und warum. Die sich fragen würde, wie sie jemals etwas in ihm hatte sehen können, das gar nicht vorhanden war.

Er ließ den Kopf hängen, und wieder drehte sich alles. Er schämte sich plötzlich, als ihm gleich darauf wieder schwindlig wurde. „Gott …“ Das war kein Fluch gewesen, sondern ein Gebet. Was war nur aus ihm geworden, dass ihn sein eigenes Elend davon abhielt, seinem Wunsch zu folgen und sie dabei zu unterstützen, das durchzustehen?

Er liebte Peggy Donaghue, und er liebte ihren Sohn. Und diese Tatsache, mehr als das, was heute Abend passiert war, hatte ihn an diesen ungeschützten Ort in seinem Inneren gedrängt und in diese Kneipe, die voller unbekannter Leute war. Er hatte Angst, so viel Angst davor, wieder zu lieben.

Er stolperte nach draußen. Das Krankenhaus war nicht weit entfernt. Er war zu Fuß hierher gekommen, hatte jeden Schritt genossen, der ihn weiter von ihr weggebracht hatte. Zehn Minuten hatte es gedauert, bis er in dem Pub angekommen war. Der Rückweg würde zweifellos länger dauern.

Finn bemühte sich, auf dem Bürgersteig zu bleiben. Jeder Schritt war wie ein Rätsel, das er lösen musste. Sich aufrecht zu halten forderte von ihm die Konzentration eines Leistungssportlers. Minuten vergingen. Er bog um eine Ecke und hoffte, sich noch richtig an die Strecke zu erinnern. Castlebar, das ihm einmal so vertraut gewesen war wie Shanmullin, kam ihm nun fremd und bedrohlich vor und die Straßen wie ein Labyrinth.

Die Nachtluft hatte nicht viel genutzt, um seinen Kopf zu klären, doch als er endlich beim Krankenhaus ankam, hatte er das Gefühl, etwas standfester zu sein. Er strich sich über das Jackett und vergewisserte sich, dass der Reißverschluss seiner Hose geschlossen war. Dann fuhr er sich mit den Fingern durchs Haar und betete.

Das Innere des Krankenhauses war ein Wirrwarr von Korridoren und Räumen. Er blieb in der Lobby schwankend stehen. Der Fahrstuhl war nicht weit entfernt, und er brachte den Weg mehr oder weniger würdevoll hinter sich. Glücklicherweise war er allein im Aufzug, und auch noch, als er das Stockwerk erreichte, das er anstrebte. Er stolperte, als er aus dem Lift stieg, und wäre fast gestürzt. Peinlich berührt machte er sich auf den Weg durch den Flur, prallte gegen die Wand, als er einem Handwagen auswich, der in der Mitte des Ganges stand. Glücklicherweise war es schon spät und kaum noch jemand hier.

Bis auf einen allzu bekannten Mann, der auf ihn zukam.

„O'Malley? Ich dachte, Sie wären gegangen." Joe Beck blieb direkt vor ihm stehen und runzelte die Stirn. Er musterte Finn einen Augenblick, dann zeigte sich Abscheu auf seinem Gesicht. „Sie sind ja stockbetrunken." Beck sah sich um, und als er niemanden entdeckte, schob er Finn in den nächstbesten Raum, bei dem es sich zufällig um die Wäschekammer handelte, und schloss die Tür.

Finn ließ sich ohne zu protestieren mitziehen. Er war zu unsicher auf den Beinen, um Widerstand zu leisten.

„Sehen Sie sich nur an." Beck schüttelte den Kopf. „Wir müssen Sie hier rausbringen, bevor jemand anders Sie so zu Gesicht bekommt."

„Ich will zu ... Peggy."

Finn wollte nach der Türklinke greifen, doch Beck stellte sich davor. „Machen Sie jetzt keinen Aufstand. Glauben Sie, dass Sie hier jemals wieder praktizieren können, wenn jemand das meldet? Falls es Ihnen entfallen sein sollte, Saufer sind nicht die besten Ärzte, O'Malley."

„Kieran Donaghue ..."

„Ist mein Patient. Ich bin als behandelnder Arzt eingetragen, und in diesem Zustand werden Sie nicht in seine Nähe kommen."

Finn versuchte an ihm vorbeizugehen, aber Beck schob ihn wieder zurück. Dabei stieß Finn gegen ein Regal, das sich nach vorn neigte, und eine Ladung Handtücher rutschte heraus und auf den Boden.

„Hören Sie zu!“ sagte Beck drängend. „Ich versuche nur, Ihnen zu helfen.“

„Kie... Kieran Donaghue hat ...“ Finn hatte Probleme, das Fachwort auszusprechen, geschweige denn seine Überlegungen widerzugeben, die er angestellt hatte. „Hören Sie ...“ Es klang mehr wie „Hör-shü“. Er war nicht betrunken genug, um sich nicht wegen seines Herumlallens zu schämen.

Beck unterbrach ihn. „Kieran Donaghue geht es gut. Das war eine exzellente Leistung heute. Sie waren immer der Beste. Wissen Sie, dass Sie eine Gabe besitzen, um die wir anderen Sie beneiden? Ich wollte so gut sein wie Sie. Und jetzt? Jetzt sind Sie ein besoffener Idiot. Sie verschwenden das Talent, das Gott ihnen gegeben hat, und sind eine Schande für die Ärzteschaft. Es macht mich ganz krank, das anzusehen.“

„Kie...ran ist vielleicht lergisch gegen Treide und Milch.“ Finn war stolz, dass er den Satz zu Stande gebracht hatte. „D'Autismus kann ...“

„Gehen Sie nach Hause, Finn!“ Beck senkte die Stimme, und er klang plötzlich nicht mehr verärgert. „Das ist doch Blödsinn, merken Sie das nicht? Ihr Gehirn funktioniert nicht, wie es sollte. Sie haben es heute ertränkt. Kieran wird künstlich ernährt. Es ist völlig egal, auf welche Lebensmittel er allergisch reagiert.“

„Muss es ... Peggy sag'n.“

„Wollen Sie wirklich, dass sie Sie so zu Gesicht bekommt?“

Finn ließ den Kopf hängen. Was hatte er getan? Er hatte eine so hoffnungsvolle Neuigkeit für Peggy, aber er hatte sich die Gelegenheit versaut, ihr davon zu berichten. Warum war er hergekommen? Beck hatte natürlich Recht. Indem er hier erschienen war, hatte er seine berufliche Zukunft riskiert. Er war sich nicht im Klaren darüber, ob er eine berufliche Zukunft wollte, aber zumindest die Möglichkeit dazu. Verdammt, ja, er wollte die Möglichkeit haben.

„Hören Sie." Beck legte ihm die Hand auf die Schulter. „Ich werde einen Pfleger suchen, und dann bringen wir Sie hier weg, ohne dass jemand anders Sie gesehen hat. Ich weiß, wo Sie Ihren Rausch ausschlafen können. Das braucht keiner zu erfahren."

Finn sah auf. Selbst in diesem Zustand wurde ihm klar, dass Beck ihm tatsächlich helfen wollte. „Warum?"

Beck starrte ihn an. „Mir ist bei dem Jungen ein Fehler unterlaufen, und Sie mussten den Schaden wieder gutmachen. Ich hätte eine Kultur anlegen sollen, als Miss Donaghue darum gebeten hat. Halsentzündungen können eine Epiglottitis nach sich ziehen. Nicht oft, aber es kommt vor. Wenn ich es damals gefunden hätte ..."

Finn schüttelte den Kopf, sofort wurde ihm wieder schwindlig. Für einen Augenblick dachte er, er würde ohnmächtig werden. „Sie haben ... Sie haben gemacht, was Sie für richtig hielten, Beck."

Seine eigenen Worte drangen durch den Dunstschleier, der ihn umgab, zu ihm durch. Er hätte genauso gut zu sich selbst sprechen können. In diesem Moment war ihm das so klar, wie es eigentlich schon lange hätte sein müssen, bevor er aus dem Gleis geraten war. Es hätte ihm klar sein müssen, wenn die Jahre der Reue und Scham nicht seinen Geist benebelt hätten. So wie Beck hätte er aus seiner Situation heraus keine andere Entscheidung treffen können.

Wenn er jetzt in diesem Augenblick mit den beiden kleinen Jungen im Wasser gewesen wäre, selbst jetzt, nachdem er wusste, welche Folgen es gehabt hatte, hätte er immer noch das getan, was er vor zwei Jahren getan hatte. Er würde versuchen, beide zu retten. Was könnte ein Vater sonst auch tun? Welche andere Wahl hätte er gehabt, mit der er leben konnte?

„Ich dachte damals, es wäre richtig“, bemerkte Beck. „Aber vielleicht war es das doch nicht.“

„Nächstes Mal … hören Sie zu.“

„Es wird mich eine Ewigkeit verfolgen.“

„Sie können die Zeit nicht zurückdrehen.“ Finn hörte seine eigenen Worte und wusste, betrunken oder nicht, dass er nie vorher etwas Weiseres von sich gegeben hatte. Es war eine einfache, unvermeidliche Tatsache.

„Sie können die Vergangenheit nicht ändern.“ Er sah Beck an. „Das war alles, was ich wollte … alles, an was ich gedacht habe, seit dem Unfall. Zeit zurückdrehen …“

Beck, ein nüchtern denkender Mensch, der in seinem Gegenüber oft nur einen zu heilenden Körper sah, schluckte. Seine Augen verschleierten sich. „Ich weiß, Finn. Das war uns allen klar, und es tut uns so Leid.“

39. KAPITEL

Finn hatte nie um seine Familie geweint. Er war halb tot gewesen, als die Rettungsmannschaft ihn nach dem Unfall gefunden hatte, und hatte danach um sein Leben kämpfen müssen. Dann waren da die Beerdigungsformalitäten gewesen, um Bridies Gemütsverfassung hatte er sich kümmern müssen, das Haus verkaufen, in dem er nicht mehr hatte leben können, der Versuch, seine Praxis weiterzuführen, dann später, sie aufzugeben.

Und schließlich waren Stunden um Stunden gefolgt, in denen er getrunken hatte, um den Schmerz zu lindern.

Er hatte nie geweint. Das hatte er sich nie erlaubt.

Am Morgen nachdem er Kieran das Leben gerettet hatte, blickte Finn im Spiegel eines fremden Badezimmers auf einen Mann, den er jetzt erst neu kennen lernte. Am Abend vorher hatte Beck eine unverheiratete Tante überredet, Finn das Gästezimmer zu überlassen. Sie war eine verkniffen wirkende Frau mit einem peinlich sauberen Haus und einem erfreulich unterentwickelten Drang zum Klatschen. Sie brachte ihn ins Bett und zeigte ihm, wo die frischen Handtücher aufbewahrt wurden. Dann ließ sie ihn in einem Zimmer allein, in dem er ohne Probleme Operationen hätte durchführen können.

Trotz seiner alkoholisierten Verfassung war er nicht sofort eingeschlafen. Als Miss Beck die Tür des Gästezimmers geschlossen hatte, war er am Schluchzen. Er dachte an all die, die er verloren hatte; dann verabschiedete er sich von jedem. Seine schöne, ätherische Sheila. Der kleine Mark. Baby Brian. Er verabschiedete sich von dem Leben, das sie zusammen geführt hatten. Von dem Mann, der er einst gewesen war. Alles vergangen, um nie, nie wieder zurückzukehren.

Er konnte die Vergangenheit nicht zurückholen.

Er erwachte in einer Welt, die ihm nicht vertraut war, saß aufrecht im Bett eines fremden, antiseptischen Zimmers und fühlte sich, als befinde er sich im Körper eines Unbekannten. Wie würde er jetzt weiterleben? Seit dem Unfall hatte er jeden Morgen mit Trauer und Reuegefühlen begonnen. Trauer und Reue waren seine Gesellschaft beim Frühstück gewesen. Er hatte mit ihnen zu Mittag gegessen und zugelassen, dass sie jeden Abend beim Dinner zwischen ihm und seiner geliebten Tochter saßen. Er hatte den Unfall überlebt, doch er war nicht froh darüber gewesen. Wie ein Kind, das an Wunder glaubte, hatte er sich nach dem gesehnt, was er verloren hatte, hatte sich fest an jede Erinnerung geklammert, um sich selbst zu bestrafen, so als würde er dadurch die Chance bekommen, eines Tages aufzuwachen und festzustellen, dass alles nur ein schrecklicher Traum gewesen war.

Und nun musste er den Tag als ein anderer, neuer Mann beginnen. Ein Mann mit einem neuen Leben, ja, aber auch mit dem Recht auf ein neues Glück. Er konnte das, was er verloren hatte, niemals zurückholen, doch er konnte nun weitergehen.

Er starrte auf diesen Mann im Badezimmerspiegel. Die Augen gerötet, erhitzte Wangen, Eintagebart. Er bemerkte, dass seine Gastgeberin vor ihm hier gewesen war. Eine Rasierklinge, neue Zahnbürste, ein Stück Seife.

Fast hätte er gegrinst. Er musste irgendwo beginnen. Und so einfach war das. Eins nach dem anderen. Er sagte ein stilles Dankgebet.

Peggy fühlte sich besser, nachdem sie am anderen Ende des Flurs kurz geduscht hatte und die frischen Sachen anzog, die sie sich mitgebracht hatte. Die Krankenschwestern waren mehr als freundlich zu ihr gewesen und hatten sich um sie gekümmert, als wäre sie eine ihrer Patienten. Und sie waren so wunderbar um ihren Sohn bemüht.

Sie stand an Kierans Bett und betrachtete ihn. Im Moment befand sie sich allein mit ihm im Zimmer, die anderen Patienten waren zum Röntgen oder auf andere Stationen verlegt worden.

Jedes Mal, wenn sie Kieran ansah, konnte sie die Besserung erkennen. Seine Hautfarbe sah bereits viel gesünder aus. Dr. Beck war um sieben vorbeigekommen, um ihn zu untersuchen und ihr zu sagen, dass er zur kommenden Nacht vom Atemschlauch befreit werden könne, wenn die Schwellung weiterhin so zurückging. Sie hatte sich nicht noch einmal nach Finn erkundigt. Was hatte das für einen Sinn? Er hatte seinen Entschluss gefasst und es auch deutlich gemacht.

Sie konnte wirklich dankbar sein. Finn hatte Kieran das Leben gerettet. Irgendwann, vielleicht in fünfzig Jahren, würde sie sich, wenn sie an ihn dachte, nur noch daran erinnern.

„Er sieht gut aus."

Beim Klang von Finns Stimme wirbelte sie herum. Sie war so erstaunt, ihn hier zu sehen, wie sie es am Abend vorher gewesen war, als er das Krankenhaus verlassen hatte.

Finn ging zu Kierans Bett und nahm seine Krankenakte, blätterte sie durch und überprüfte, welche Testresultate bereits da waren und welche noch erwartet wurden. Er nickte. „Genau, was ich gehofft hatte zu sehen." Er sah auf. „Und seine Mutter sieht auch besser aus. Konntest du ein bisschen schlafen?"

„Was machst du hier?"

Finn antwortete nicht sofort darauf. Er zog einen Kugelschreiber aus der Brusttasche seines Hemdes und schraubte die Miene heraus. Dann notierte er etwas in Kierans Akte und hielt sie ihr hin. Dr. Joseph Beck war als behandelnder Arzt ausgestrichen und durch seinen eigenen Namen ersetzt.

„Aus der Akte geht hervor, dass ich Kierans Arzt bin."

Sie war verärgert, frustriert und vollkommen durcheinander.

„Finn, das halte ich nicht mehr aus.“ Ihre Augen füllten sich mit Tränen. Sie hatte wirklich genug geweint, doch sie konnte es nicht verhindern, der Beweis, dass es ein Irrtum war zu glauben, man könne irgendwann alle Tränen verbraucht haben.

„Sag einfach, dass du mich als seinen Arzt akzeptierst“, bat Finn.

Sie nickte, weil sie im Moment kein Wort herausbrachte.

„Ich bin gestern Abend gegangen und habe mich voll laufen lassen. Und in diesem Zustand ist mir etwas aufgefallen.“

„Du hast ...“ Sie holte tief Luft. „Wieder angefangen zu trinken.“

„Nein. Ich bin gestern Abend schwach geworden. Heute Abend gehe ich zu AA. Morgen treffe ich meinen Priester. Es wird Zeit, oder?“

„Priester?“

„Der mir dabei helfen soll, das zu bewältigen, was immer noch zu bewältigen ist. Ich ... ich glaube, bis jetzt wollte ich mich nicht besser fühlen. Jetzt will ich es auf jeden Fall.“

Sie wusste nicht, was sie dazu sagen sollte. Er schien nicht gerade sicher auf den Beinen. Andererseits sah er besser aus, als sie ihn je gesehen hatte. Entspannter und gleichzeitig auch entschlossener.

„Was Kieran betrifft“, sagte er. „Der Abstecher in die Kneipe hatte zumindest einen guten Effekt. Ich habe einen Teil von einer Unterhaltung mitgehört, die mich auf eine Idee gebracht hat. Peggy, hast du von einer Gluten- und Kasein-freien Diät für autistische Kinder gehört?“

Sie hatte Schwierigkeiten, sich zu konzentrieren. Finn, ein anderer Finn, war in ihr Leben zurückgekehrt, nachdem sie ihm bereits zweimal Lebewohl gesagt hatte. Sie war wieder völlig aus der Bahn geworfen.

„Es gibt eine Theorie", erzählte er weiter, „eine ziemlich komplizierte, die wir zu einem späteren Zeitpunkt genau durchleuchten können, dass die unvollständige Verdauung von bestimmten Proteinen zu einer erhöhten Produktion von Peptiden führt. Die Theorie besagt, dass diese Peptide biologisch aktiv sind und bei manchen Menschen sogar die Symptome von Autismus verursachen können."

Sie ging im Geist die Hunderte und Hunderte von Berichten durch, die sie nach Kierans Diagnose gelesen hatte. „Das war mir bekannt, aber ich habe es mit Vorsicht genossen. Ich beschloss stattdessen eine Diät ohne Zusatzstoffe für ihn. Die Weizen- und Milchprodukt-freie Ernährung schien mir zu ungesund, und die meisten Studien zu Allergien haben das nicht bestätigt, oder?"

„Weil das Problem eher eine toxische als eine allergische Reaktion ist. Mehr ein Gift für das System als eine Sensibilisierung. Und das bedauerliche Resultat ist wie ein Halluzinogen im Gehirn."

„Was willst du damit sagen, Finn?"

„Ich meine, dass Kierans Verhalten sich deutlich verändert hat, als er krank wurde. Zuerst als er zahnte, und jetzt das." Er deutete mit dem Kopf zum Krankenbett. „Beide Male hatte er aufgehört zu essen. Er hat Saft getrunken oder Wasser und nur wenig anderes zu sich genommen. War das so?"

Sie dachte nach und meinte, es könnte stimmen. „Aber konnte das nicht einfach nur durch das Kranksein verursacht worden sein? Oder sich um einen Zufall handeln?"

„Lass uns versuchen, es rauszufinden. Setz ihn für drei Monate auf eine Gluten- und Kasein-freie Diät, Peggy. Diese Zeit braucht man, um irgendwelche Auswirkungen zu registrieren. Ich helfe dir herauszufinden, was er alles essen kann. Wir werden sein Verhalten beobachten und sehen, ob die neue Ernährung einen Effekt auf ihn hat. Ich sage nicht, ich bin davon überzeugt, dass es so sein wird, und es wird ihn sicher auch nicht heilen. Ich meine nur, es könnte helfen und dass wir bisher auch einige Anhaltspunkte dafür haben, auch wenn wir den Zusammenhang nicht gleich hergestellt haben. Und alles, was hilft, selbst wenn es nur ein bisschen ist, alles, was dir die Arbeit mit ihm erleichtert und ihm das Mitmachen, ist einen Versuch wert. Willst du es machen?“

In ihrem Kopf schwirrte es, Hoffnung breitete sich in ihr aus, so wie es immer war, wenn sie von etwas Neuem hörte, das ihrem Sohn helfen könnte.

Doch sie hatte ein Wort gehört, das sie eigentlich nicht zu hören erwartet hatte. „Wir? Wir beobachten sein Verhalten? Wir setzen ihn auf Diät und finden heraus, was er essen kann? Was ist das für ein Wir?“

Er legte die Krankenakte beiseite, stand auf und ging zu ihr hinüber. Seine Augen blickten traurig, er lächelte nicht.

„Ich bin nicht gerade ein guter Fang. Ich muss noch eine Menge an mir arbeiten, bis ich aus dem emotionalen Schneider bin. Aber für den Anfang habe ich schon mal den richtigen Weg eingeschlagen.“

Er griff nach ihren Händen und hielt sie fest. „Als ich mich das letzte Mal verliebte, hatte ich fast alles verloren. Aber so wie andere Entscheidungen, die ich getroffen habe, würde ich und könnte ich auch das nicht ändern. Auch nicht mit dem Schmerz, den es am Ende gebracht hat.“

„Das letzte Mal, Finn?“

Jetzt lächelte er. „Lass mich mein Leben wieder in den Griff bekommen. Damit ich ganz zu dir kommen kann.“

„Zu mir kommen?“

„Um all die Dinge zu sagen, die ich jetzt sofort sagen sollte. Ich will, dass du sie hörst, wenn du dir meiner sicher sein kannst.“

Sie war sich jetzt bereits sicher. Eigentlich war sie das fast die ganze Zeit schon gewesen, auch wenn die letzten Tage eine besondere Prüfung gewesen waren. Sie war sicher gewesen, dass der Finn, den die anderen alle kannten, eines Tages zurückkäme. Sicher, dass er der Mann war, den sie erwartete, um ihn zu lieben.

Und sie war auch sicher, dass er Recht hatte. Er musste den Weg zurück zu sich selbst ohne Hindernisse suchen. Er musste sicher sein, dass er bereit war, wieder zu lieben.

Sie glaubte, dass sie in der Lage wäre, so lange zu warten.

„Aber du wirst in der Nähe bleiben?“ Sie drückte seine Hände. „In der Nähe, um mir bei der Diät für Kieran zu helfen?“

„Ich werde so oft da sein, wie du es zulässt, Peggy-o. Es gibt keinen anderen Ort, an dem ich sein möchte.“

Sie beugte sich vor und küsste ihn. Es war einfach die natürlichste Reaktion, und zum ersten Mal hatte sie keine Zweifel. Er umarmte sie und zog sie so fest an sich, als befürchtete er, sie ebenfalls zu verlieren. Sie spürte die Wärme seines Körpers und die Stärke genauso wie die Sanftheit seiner Umarmung.

Peggy vermutete, dass sie nicht mehr viel länger würde warten müssen.

40. KAPITEL

Megan schloss das Haus in der Hunter Street auf, ging in die Diele und blickte durch die offenen Türen in die Zimmer dahinter. Sie war nicht sicher, was sie bei drei Generationen Strohwitwern erwarten würde, aber alles sah so aus wie immer. Sauber, ordentlich ... heimisch. Sie war mehr als dankbar.

„Niccolo?“ Sie hatte ihn nicht angerufen, um ihm zu sagen, dass sie zurückkäme, was sich als weise Entscheidung herausgestellt hatte, da sich ihr Flug wegen schlechten Wetterbedingungen und Streiks schmerzlich in die Länge gezogen hatte. Ihre Stimme hallte aus verlassenen Räumen zurück.

Niccolo war nicht zu Hause. Einen Moment hätte sie fast die zynische Bemerkung gemacht: „Natürlich ist er nicht da, ist er doch nie.“ Doch dann riss sie sich zusammen. Er konnte nicht wissen, dass sie heute ankam. Sie hatte es selbst kaum zu hoffen gewagt. Also warum sollte er sie hier mit geöffneten Armen empfangen?

Sie ließ ihren Koffer in der Diele stehen und ging in die Küche. In Irland war es Mitternacht, aber ihr Magen war zurück in Cleveland und rief nach Abendessen. Sie öffnete den Kühlschrank und zog das heraus, was nach frischen Resten eines Dinners aussah. Nichts, was Niccolo kochte, blieb lange liegen. Rooney war bekannt dafür, dass er Nicks Pesto-Tortellini direkt aus der Plastikschüssel verschlang.

Sie fand Spaghetti mit Muschelsoße und füllte sich eine Portion in eine Schüssel für die Mikrowelle. In einer anderen Box befand sich Salat, und der landete in einer zweiten Schüssel mit einem Klecks Dressing.

Am Tisch starrte sie auf ihr einsames Mahl und spürte plötzlich Wut aufkommen. Sie hatte ihrem Mann so viel zu erzählen, und er war nicht hier, um ihr zuzuhören. Sie fragte sich, ob er sich auch so gefühlt hatte, nachdem sie verschwunden war. Niemand, mit dem man reden konnte, keine Chance, das in Ordnung zu bringen, was schief lief.

Die Haustür wurde geöffnet, und Schritte tönten durch den Flur. Sie blickte durch die Türöffnung, in der Hoffnung, Nick zu sehen.

Stattdessen erschien Rooney, in sauberen, allerdings zerknitterten Hosen und dem grünen Polohemd, das er am liebsten trug. Sie nahm an, dass es ihn an den Saloon erinnerte, wo die Belegschaft immer in grünen Hemden arbeitete.

Sein Gesicht leuchtete auf, als er sie sah. Da sie nie sicher war, wie sie begrüßt werden würde, fühlte sie sich sehr herzlich empfangen.

„Zurück …“ Er nickte ihr lächelnd zu.

Sie freute sich, dass er sich an ihr Verschwinden erinnerte. „Wie geht es dir, Rooney?“

„Okay.“

Sie deutete auf einen Platz am Tisch und stand auf, um ihm das gleiche Essen zuzubereiten, das sie für sich gemacht hatte. „Bist du hungrig?“

Er runzelte konzentriert die Stirn. Manchmal waren die einfachsten Dinge für ihn eine Anstrengung. „Denke doch schon.“

„Na gut, ich mach dir was. Setz dich schon mal.“ Sie holte die Behälter aus dem Kühlschrank und dazu eine Cola, die sie in ein Glas mit Eis goss, während die Spaghetti gewärmt wurden.

„Weißt du, wo Josh ist?“ Sie reichte ihm die Cola und ging zum Counter, um seinen Salat zuzubereiten. „Oder Nick?“ fragte sie so locker, wie sie konnte.

„Josh …“ Er nahm zwei große Schlucke. Oft vergaß er tagsüber zu trinken, und Megans Aufgabe war es, ihn dazu anzuhalten. „Camping.“ Er grinste, froh, dass er mit einer Antwort aufwarten konnte. Ja, beim Camping.

Sie schnippte mit den Fingern. „Ach, stimmt ja.“ Josh hatte gerade sein Abschlussjahr begonnen, und das Schuljahr der Abschlussklassen begann mit einem einwöchigen Campingausflug in den Nationalpark. Es tat ihr Leid, dass sie nicht hier gewesen war, um ihm bei den Vorbereitungen zu helfen. Sie hoffte, Nick hatte das in die Hand genommen.

„Hat einen neuen Schlafsack“, fügte Rooney dazu. „Weich. Sagt, er wär warm.“

Es klang, als hätte Niccolo dafür gesorgt, dass Josh gut ausgerüstet war. Es freute sie zu hören.

„Und Nick?“ wiederholte sie.

„Hat dich vermisst.“

Sie blickte von dem Salat auf, den sie gerade zubereitete. „Was sagst du?“

„Hat dich vermisst. Rumgelaufen wie liebeskranker Teenager.“

Sie starrte ihren Vater an. Rooney ging es sehr viel besser, doch diese Art von Beobachtung seinerseits war ungewöhnlich. Selten kam er aus seiner eigenen fremden Welt heraus. „Hat er das? Freut mich zu hören.“

„Ich hab deine Mutter vermisst.“

Sie ging an den Tisch. „Und du erinnerst dich daran?“

Er sah verwundert aus, als wäre das die dümmste Frage, die er je gehört hatte. „Vermisse sie immer noch.“ Er nahm ihr den Salat ab. „Meinst du, das geht mal vorüber? Leute vermissen?“

Ihre Augen füllten sich mit Tränen. „Nein, natürlich nicht. Tut mir Leid, wenn ich mich überrascht angehört habe. Ich vermisse sie doch auch.“

„Du bist wie sie. Ich bin froh.“ Er begann genüsslich seinen Salat zu essen.

Megan setzte sich wieder. „Rooney, ihr habt eine glückliche Ehe gehabt, oder? Selbst mit all den Problemen, die es gab.“

„Nicht leicht für sie. Das weiß ich. Da stimmt was nicht mit mir. Hat mich trotzdem geliebt."

Megan legte ihre Hand auf seine. „Ja, das hat sie. Und wir lieben dich auch."

„Hab sie jeden Tag vermisst. Schwer aufzustehen morgens."

Megan fragte sich, warum niemand ihm diese tiefen Gefühle zugetraut hatte. Manchmal war er nicht in der Lage, sie zu artikulieren, manchmal war er sich ihrer bestimmt auch nicht bewusst. Doch der Verlust von Kathleen Donaghue war genauso Teil seines Lebens wie die Luft, die er atmete. Sie verspürte eine neue Woge von Zuneigung für diesen Mann, der ihr Vater war.

„Warum war deine Ehe gut? Kannst du das beschreiben?" Das Signal der Mikrowelle ertönte, und sie stand auf, um seinen Teller zu holen, dabei wischte sie sich verstohlen mit ihrer Serviette über die Augen.

Er lachte, so wie er das manchmal tat, wenn ihm eine Frage dumm erschien. „Liebe."

„Ja, sicher, das weiß ich auch. Aber es gehört doch mehr dazu, oder? Du kannst jemanden lieben und ihn trotzdem nicht verstehen, meinst du nicht?" Sie stellte die Spaghetti vor ihn auf den Tisch, und er schob den Salat beiseite, um sich über die Nudeln herzumachen, während sie sich wieder setzte.

Er hatte den halben Teller leer gegessen, bevor er antwortete. „Du redest, sie hört zu. Sie redet, du hörst zu." Er blickte auf, Muschelsoße klebte an seinem Kinn. „Nicht besonders schwierig."

Sie fragte sich, ob es wirklich so einfach war. Sie und Niccolo waren noch nicht so weit. Er hatte geredet, aber hatte sie tatsächlich zugehört, was er sagte? Oder hatte sie nur das aufgenommen, was sie wollte?

Und wie sollte er verstanden haben, was sie störte, wenn sie nie den Mut aufgebracht hatte, es ihm zu erklären?

„Sehr weise." Sie sah auf ihren Teller hinunter. Der Appetit war ihr vergangen. Rooney dagegen hatte sein Essen in Windeseile verschlungen. Kurz darauf stand er auf und trug seinen Teller zum Spülbecken. Die Geste berührte sie. Dies war zweifellos einer von Rooneys großen Lichtblicken, und sie genoss jede einzelne Sekunde davon.

„Peggy hat angerufen", sagte er an der Tür.

Sie hatte vorgehabt, ihre Schwester anzurufen, sobald es in Irland sieben Uhr war. Jetzt bedauerte sie, dass sie es nicht sofort getan hatte. Peggy fragte sich wahrscheinlich, warum Megan noch nicht zu Hause war. Sie hoffte, dass ihre Schwester mit Jon gesprochen hatte, denn Casey hatte ihn jede Stunde über den Stand ihrer Verspätung auf dem Laufenden gehalten.

„Kieran war krank, aber jetzt geht es ihm besser." Rooney verließ die Küche.

Megan blickte ihm verwirrt nach. Doch sie nahm an, dass sie von Rooney nicht mehr erfahren würde.

Das Wichtigste, was sie wissen wollte, hatte sie ohnehin bereits gehört.

Wieder stand jemand an der Tür. Sie hatte nicht mitbekommen, wie die Haustür geschlossen wurde, aber jetzt stand Niccolo da. Als sie aufsah, breitete er die Arme aus.

Sie sprang auf, rannte zu ihm und umarmte ihn.

„Du warst viel zu lange weg", sagte er mit den Lippen an ihrem Haar. „Ich habe dich vom ersten Moment an vermisst."

„Ach, du hast mir auch so gefehlt. Ich kann gar nicht sagen, wie."

„Du könntest es versuchen."

„Verdammt, Nick, sag bloß, was hat die Ehe bloß mit mir angestellt? Wenn wir nicht zusammen sind, ist mir, als wenn mir ein wichtiger Teil fehlt."

Er schob sie ein Stück von sich, um ihr in die Augen sehen zu können. „Mir geht es auch so."

„Ich weiß, warum wir Probleme hatten."

„Ich auch."

„Zuerst ich, ja? Rooney hat mir eben den Kopf so richtig gerade gerückt."

„Rooney?"

Sie betrachtete glücklich sein Gesicht. Er sah müde aus, aber so fantastisch. Wahrscheinlich hatte er nach ihrer Abreise ohne Pause gearbeitet.

„Kurz gesagt, er meint, das Geheimnis der glücklichen Ehe wäre, zuzuhören, wenn der andere redet. Mir ist aufgefallen, dass wir das beide nicht können. Ich zum Beispiel, Probleme werden einfach gelöst. Punkt. Ich höre auf mich, und nur auf mich, weil es so lange niemand anders gab."

Er lächelte und strich ihr über das Haar. „Megan, es tut mir Leid, das zu sagen, aber es gab immer andere Leute für dich, die dir hätten zuhören können. Du hast es nur nie gewollt."

Sie zuckte leicht zusammen. „Na gut, vielleicht war das so. Aber ich denke, du bist mit mir einer Meinung, wenn ich sage, dass Unabhängigkeit für mich wichtiger war als für Mädchen, die in einer normalen Familie aufwachsen."

„Da gebe ich dir auf jeden Fall Recht."

„Und du, Nick. Dir hat man beigebracht, nur auf eine Stimme zu hören."

„Gottes Wort, ja. Auf eine Frau zu hören war jedenfalls kein Bestandteil meiner Priesterausbildung."

„Es tut mir Leid", sagte sie. „Ich habe mir eingebildet, ich würde zuhören, aber alles, was ich mitbekam, war, dass du mehr an deiner Arbeit interessiert warst und daran, Leute durch den Tunnel zu führen, als an mir. Ich habe mich nicht um die Gründe dafür gekümmert und dir auch nie gesagt, dass ich mich dadurch gekränkt fühle. Nicht richtig, jedenfalls."

„Megan." Er strich ihr über die Wange. „Ich würde dir zu Füßen fallen, wenn du es zulässt. Und diese ganze Arbeit habe ich nur getan, weil ich aus irgendeinem missgeleiteten Glauben heraus meinte, das müsste man als Ehemann so tun. Sie sorgen für ihre Ehefrau, selbst wenn diese Ehefrau niemanden braucht, der für sie sorgt. Ich habe unsere Ehe mit der Kirchengemeinde verwechselt und alles Menschenmögliche getan, damit sie richtig läuft. Mir tut es auch Leid."

Sie griff nach seinem Hemd und zog ihn an sich. Dann küsste sie ihn. Leidenschaftlich.

Schließlich löste sie sich von ihm. „Wir brauchen jede Woche ein bisschen Zeit für uns. Nur wir beide. Essen gehen, vielleicht, wo uns niemand stören kann und wir wirklich die Möglichkeit haben, über Dinge zu reden, die wirklich wichtig sind. Und ich verspreche, dir zu sagen, was ich fühle, was ich wirklich empfinde. Und wenn du für den Rest der Woche mit Arbeit zugeschüttet bist ..."

„Das werde ich nicht."

„Warum nicht?"

„Ich habe beschlossen, nicht mehr nach einem Sponsor für die Steine zu suchen. Ich backe kleinere Brötchen. Wir werden mit dem auskommen, was wir haben und was immer uns aus der St.-Brigid's-Gemeinde von Wohltätigkeitsveranstaltungen zufällt. Sollte sich einmal etwas ergeben, ohne Stricke und ohne dass ich dafür mein Eheleben und meine Frau vernachlässigen müsste, dann können wir vielleicht expandieren. Bis dahin werde ich mit dem zufrieden sein, was im Moment zu erreichen ist."

Megan dachte an all die Kids, die eine Unterstützung der Steine bitter nötig hätten und nun nicht in diesen Genuss kommen würden. Sie wollte protestieren, aber er brachte sie mit einem Kuss zum Schweigen. „Ich habe lange darüber nachgedacht. Die Steine würden niemandem etwas nützen, wenn der Boss überarbeitet ist und sich einsam fühlt. So ist es eben."

Sie überlegte, was sie ihrerseits beitragen könnte, und die Idee kam auf der Stelle. „Vielleicht solltest du wirklich die endlose Suche nach einer Unterstützung beenden, zumindest für eine Weile. Aber ich möchte nicht, dass du die Führungen in den Tunnel abbrichst. Tut mir Leid, dass ich in der Hinsicht so verständnislos war. Ich hatte einfach solche Angst, dass du dich danach sehnst, wieder Priester zu werden, dass ich nicht bemerkt habe, dir ging es nur darum, ein Seelsorger für andere Menschen zu sein. Du willst ihnen Gott näher bringen, dazu musst du keinen Kragen tragen oder vor dem Altar stehen. Aber du musst die Freiheit haben, deinem Glauben zu folgen."

Ihm war anzusehen, wie sehr er sich über diese Bemerkung freute. Er nahm ihre Hände und drückte sie. „Danke."

Es gab noch so vieles, was sie ihm hatte sagen wollen, doch eins nach dem anderen. „Würdest du gern mit mir nach oben kommen? Ich werde eine Dusche nehmen und mich dann ins Bett legen. Es wäre schön, wenn du mir Gesellschaft leisten würdest."

Er zog ihre Hände an die Lippen. „Das würde ich sogar sehr gern machen, aber es gibt noch was, das ich dir vorher zeigen möchte. Hast du noch genug Energie für eine kurze Fahrt?"

Sie wusste nicht, ob sie jetzt neugierig oder enttäuscht war. „Sicher, wenn es so wichtig für dich ist."

„Du wirst bestimmt froh sein, dass wir das gemacht haben."

„Lass mich nur kurz das Geschirr hier abwaschen."

Fünf Minuten später saßen sie in Niccolos neuem Ford Focus, der Ersatz für den Honda, der den Tornado nicht überstanden hatte. Als er um die erste Ecke bog, wusste sie, wo er hinwollte.

„Seid ihr mit der Renovierung fertig?“ Sie lehnte sich ein Stück vor, als könnte sie die Fahrt dadurch beschleunigen.

„Abwarten.“

„Überraschungen machen mich ganz fertig.“

Er grinste sie an. „Daran werde ich das *nächste* Mal denken müssen.“

„Du wirst nichts weiter dazu sagen, was?“

„Wie viel Schlaf hast du eigentlich in den letzten vierundzwanzig Stunden bekommen?“

„Okay, okay.“ Sie lehnte sich zurück und schloss die Augen.

Er parkte an der Stelle, wo der Ahornbaum einmal gestanden hatte. Der Platz war deutlich mit einem Schild markiert, das ihren Namen trug. Passend für einen Wagen.

„Wirklich cool“, bemerkte sie. „Mein privater Parkplatz? Hatte ich ja noch nie.“

„Ich weiß, und das war ein Fehler. Jetzt hast du einen.“

„Danke.“ Sie stieg aus und bemerkte, dass sich die Umgebung verändert hatte, kleine, aber üppig grüne Büsche und große Terrakottatöpfe mit blühenden Chrysanthemen in bronze- und rostfarbenen Schattierungen. Das war ein großer Unterschied zu dem riesigen Schutthaufen, neben dem sie vorher geparkt hatte. Ein ganz anderes Universum. Niemandem außer mir wird das auffallen, Nick.“

„Und deine Meinung?“

„Hast du das extra für mich gemacht?“

„Ich sagte dir, ich falle dir zu Füßen, wenn du mich lässt.“

„Das gefällt mir viel besser, danke.“ Sie umarmte ihn kurz.

„Komm rein und sieh dir den Rest an.“

Sie folgte ihm und wartete, bis er die Küchentür aufgeschlossen hatte. Die Küche war fertig gewesen, bevor sie gefahren war, aber jetzt bemerkte sie die letzten Handgriffe, die hinzugefügt worden waren. Hinter Glas gerahmte Seiten eines Frauenmagazins aus dem frühen zwanzigsten Jahrhundert bedeckten jeden freien Zentimeter der Wand, Rezepte und farbenfrohe Anzeigen. Auf einer Seite stand eine minutiöse Anleitung zum Pökeln von Rindfleisch.

„Oh, wo hast du die denn her? Sie sind einfach perfekt."

„Ich hab die Magazine in einem Laden in Lorain entdeckt und ein Dutzend gekauft."

„Du tust so viel für mich."

„Komm und sieh dir den Rest an."

Sie bemerkte weitere Ergänzungen, die in der Küche vorgenommen wurden. Ein hellroter Emaillekrug für Putzbürsten, ein kobaltblauer Geschirrständer auf dem glänzenden Stahlspülbecken. Ihr juckten förmlich die Hände. Sie war bereit, für hundert Leute zu kochen, aber das erinnerte sie an eine andere Entscheidung, die sie gefällt hatte.

„Nick, meinst du, wir können nächste Woche oder spätestens die Woche darauf öffnen? Sobald ich alles eingekauft und annonciert habe?"

„Ich wüsste nicht, was dagegen spricht. Mit einer Eröffnungsparty."

„Sobald ich es mir leisten kann, werde ich noch mehr Leute einstellen. Wenn du deine Arbeitszeit dann reduzierst, mach ich das auch."

„Hast du darüber nachgedacht?"

„Ich sehe nicht ein, warum ich weiterhin abends im Saloon stehen sollte. Ich denke, ich habe dort nur so viele Stunden verbracht, weil ich allein war. Jetzt ist es Zeit, die ganzen Einzelheiten zu vergessen und gute Leute zu finden, die sich an meiner Stelle darum kümmern können."

„Das hört sich gut an. Kommst du?"

„Ja." Sie folgte ihm in den Saloon und blieb verblüfft stehen. Es war sensationell, besser, als sie es sich hätte vorstellen können. Die Raumgestaltung wich nur geringfügig von der altbewährten ab. Die glatt polierte Bar aus Walnussholz machte einen Bogen, der vorher nicht da gewesen war, und ließ so einen besseren Durchgang zur vorderen Eingangstür zu. Der alte Spiegel wurde von zuzüglich angebrachten Regalen umrahmt, die jeweils genau die Höhe einer Flasche hatten. Eingebaute Sitzgruppen in einer Ecke, in die vorher nur zwei Tische gepasst hatten, boten jetzt doppelt so viel Platz. Elishas „Schlupfwinkel" war Realität geworden, und das Wandbild eines idealisierten Irland, eine eigene Kreation der Steine-Kids, war fast fertig.

Es gab noch andere neue Einzelheiten, aber sie nahm sich nicht die Zeit, sie jetzt alle zu betrachten. Sie umarmte ihn stürmisch. „Es ist fertig?"

„Es ist fertig. Bis zum letzten Hammerschlag."

Familienfotos, die gerettet werden konnten, hingen wieder an den Wänden, zusammen mit neuen der Donaghue-Familie aus jüngerer Zeit. Die grünen Wände hatten einen etwas anderen Ton, weicher, fand sie und etwas zeitgemäßer. Das Holz war nicht mehr ganz so dunkel wie das originale, und das hellere Holz mit den Metallkronleuchtern, gaben dem Raum einen warmen Schein.

„Es ist einfach vollkommen." Sie konnte es kaum glauben, aber es war so. Nach allem, was sie durchgemacht hatten, war es perfekt.

Sie ging zur Wand und sah sich ein Familienfoto an, das sie bereits tausendmal gesehen hatte, aber inzwischen besaß es eine neue Bedeutung für sie. Sie zeigte auf einen Mann mit blondem Haar und ernstem Gesicht, in einem akkurat gebügelten Anzug. „Mein Großvater Glen Donaghue."

„Ich weiß. Deine Tante hat es mir gesagt, als wir die Bilder aufgehängt haben."

Sie dachte an Clare und Glen, an Liam und das Geld, das irgendwo in diesem Gebäude versteckt war. „Ich kann dir ja eine Geschichte erzählen."

„Und ich dir auch eine. Aber meine will ich dir nicht hier verraten. Schaffst du noch einen kleinen Ausflug?"

Sie war wirklich vollkommen erschöpft, aber sie nickte. „Ganz kurz. Dann nach Hause ins Bett."

„Das ist Ansporn genug. Komm." Er nahm sie bei der Hand und führte sie in die Küche zurück. Dort öffnete er die Tür zum Keller und schaltete das Licht ein. „Bereit?"

„Ich weiß nicht. Bin ich?"

Sie hielten sich nicht im Keller auf, der noch nicht renoviert war, sondern gingen weiter zum Tunnel. Irgendwie hatte sie geahnt, dass sie dorthin gehen würden.

„Ich hab hier unten noch ein paar zusätzliche Lampen angebracht. Ich denke, wir müssen noch mal richtig darüber nachdenken, was wir in Zukunft eigentlich mit diesen Räumlichkeiten machen wollen."

„Was ist mit dem Bild?"

Er knipste die Birnen an, und der Gang wurde in weiches Licht getaucht. „Sieh selbst."

Sie folgte ihm, vorsichtshalber mit einer Taschenlampe in der Hand. Sie blieben dort stehen, wo das Bild gewesen war, wo sie Nick an ihrem Hochzeitstag gefunden hatte, wie durch ein Wunder noch am Leben und unverletzt.

Von dem Bild waren nur noch ein paar klägliche Reste zu sehen. Sie war überrascht, als sie unwillkürlich aufstöhnte. Der Anblick erschütterte sie auf seltsame Weise. „Nein …"

„Es begann zu verblassen, nachdem wir die neuen Leitungen gelegt hatten."

„Also war es tatsächlich von einem Leck in den alten Rohren?"

„Oder undichten Verbindungen, Kondensation …“ Er zuckte die Schultern. „Genau werden wir das nie erfahren. Aber es ist jetzt fast weg. Mit der neuen Belüftungsanlage, die wir oben installiert haben, wird es wohl Ende der Woche völlig verschwunden sein.“

„Kein Wunder mehr.“ Sie hätte nie gedacht, dass sie das so traurig stimmen würde.

„Nun, das kommt darauf an, wie man es sieht.“

Er legte ihr die Hand auf die Schulter und zeigte auf eine Stelle über der verblassenden Umrisslinie. „Was siehst du da oben?“

Sie sah eine Wand und eine Decke. Die Decke war durch Balken gestützt, und an einigen Stellen ging die verputzte Wand nur bis zum unteren Teil der Streben. Dort war ein Hohlraum zwischen Wand und Decke, wie auch an anderen Stellen im Tunnel.

„Es sieht nicht anders aus als überall hier in den Gängen“, sagte sie.

„Es könnte für Liam Tierney anders ausgesehen haben. Ich bin sicher, er hat es irgendwie markiert.“

„Du weißt davon?“

Er nickte. „Casey hat Jon die ganze Geschichte von Liam und Glen bei einem ihrer Anrufe aus Shanmullin erzählt. Ich weiß es von ihm.“

Sie kniff die Augen zusammen. „Verdammt. Sie sind mir zuvorgekommen!“

„Du kannst mir deine Version ja später erzählen. Okay?“

„Warum hat Jon es dir erzählt?“

„Das werde ich dir zeigen.“

Jetzt bemerkte sie erst die Trittleiter, die an der gegenüberliegenden Wand lehnte. Niccolo zog sie durch den Gang und stellte sie vor dem Bild auf. Dann kletterte er bis zur obersten Stufe und langte in die Nische. Er zog einen schmalen Kanister hervor, in dem man vielleicht Kräuter oder Kaffee aufbewahren konnte.

Man musste Megan nicht erst sagen, was er enthielt.

Er kletterte wieder zu ihr herunter. „In der Nacht, als Liam starb, kam er hierher, um nach Glen zu suchen. Er muss hier langgegangen sein.“

„Das ist er. Ich erinnere mich daran, dass Irene das erzählt hat. Er behauptete, dass er nicht von McNultys Schlägertypen entdeckt werden wollte.“

„Er kam hier runter und muss sich hektisch nach einem Versteck für das Geld umgesehen haben. Es war sicher nicht so schwierig, einen Behälter dafür zu finden. Auch damals war der Keller als Lager benutzt worden. Er hat eine Büchse leer gemacht oder eine unbenutzte gefunden und das Geld reingelegt. Dann hat er einen geeigneten Platz für den Kanister gesucht.“

„Warum die Wand?“

„Ich nehme an, das werden wir nie erfahren. Vielleicht stand eine Leiter in der Nähe, weshalb er leicht rankam. Es war ein perfektes, kleines Versteck. Da verlaufen Bretter zwischen den Querbalken. Das war auf dem obersten, sehr gut verstaut. Er hat eine Kette rumgewickelt. Ich denke, das Ende der Kette hing gerade bis zum Beginn der Decke herunter, sodass es niemand bemerkte, es aber wiederzufinden wäre, falls er zurückkäme. Irgendwann ist es dann bestimmt mal reingerutscht.“

„Falls er zurückkäme?“

„Findest du es nicht auch merkwürdig, dass er es hier versteckt hat? Ich glaube, das hatte er getan, weil er nicht wirklich damit rechnete, aus der Sache lebend rauszukommen. Entweder hatte er so eine Vorahnung, oder er kannte McNultys Leute nur zu gut. Was immer es gewesen ist, er wusste, wenn er stirbt und Glen nicht, würde Glen seiner Frau helfen.“

„Und bevor er starb, hat er Brenna am Telefon verraten, wo sie nach dem Geld suchen sollte.“ Megan dachte kurz nach. „Oder vielleicht dachte Liam, selbst wenn Brenna es sich nicht holte, würde das Geld wenigstens eines Tages von der Familie gefunden werden. Von seiner Familie."

„Das Wasser ist auf die Büchse gelaufen. Ein Tropfen hier, ein Tropfen da. Sie stand genau an einer Stelle, wo sie die Wassersprenkel nach zwei Seiten verteilt hat, auf den Putz, manchmal auf den Boden. Die beiden Ecken des Kanisters waren genau da, wo wir die Augen der Jungfrau gesehen haben. Je nachdem, wie oft die Leitung täglich benutzt wurde, tröpfelte es in unterschiedlicher Stärke und verschiedenen Winkeln, sodass es aussah, als würde sie weinen. Irgendwann war der Gips darunter völlig durchgeweicht."

„Wie ein Tintenklecks. Der Gips hat die Flüssigkeit so aufgesogen wie Papier Tinte." Sie nahm ihm die Büchse aus der Hand. „Wie viel, Nick?"

„Öffne und sieh nach. Ich hab sie zurückgestellt, um die dir Freude an der Schatzsuche nicht zu verderben."

Sie mühte sich damit ab, den inzwischen rostigen Deckel abzubekommen, der seinen Inhalt nicht freigeben wollte. Wenn Niccolo ihn nicht schon vorher geöffnet hätte, hätte sie es mit ihren schmalen Händen kaum geschafft.

Nach einem weiteren, ungeduldigen Ziehen hatte sie ihn endlich abnehmen können. Sie warf erst einen Blick hinein, bevor sie nach dem Notenbündel griff. Die Büchse landete scheppernd zu ihren Füßen. Sie war verblüfft über diese Menge von Scheinen. „Mein Gott, was für eine Beute!"

„Es sind einhundert."

Es waren Tausend-Dollar-Scheine. Einhunderttausend Dollar. Sie sah zu ihm auf. „Das kann ich nicht glauben. Ist das eine Menge."

„Es ist wohl nicht so schwer zu erraten, warum McNulty sein

Geld so dringend zurückhaben wollte. Heutzutage ist das viel Geld, aber damals war es ein Vermögen."

„All die Jahre. Einfach hier rumgestanden. Nick, es war die ganze Zeit hier."

„Und hat Wasser auf den Putz verteilt und sein eigenes kleines Wunder kreiert."

Sie blätterte die Banknoten durch. Sie konnte es immer noch nicht glauben, wie viel Geld das war. Dann wusste sie genau, was sie damit anfangen wollte.

„Als Jon dir von der Geschichte berichtet hat, hat er auch von Liams Kindheit erzählt?" fragte sie.

„Ich weiß nicht viel, nur was ich hier und da mal aufgeschnappt habe."

„Seine Kindheit war ziemlich traurig. Er hatte nie Hilfe oder Anleitung von jemand erhalten. Alles, was er tat, hat er sich selbst beigebracht, und niemand sagte ihm, was Recht und Unrecht war. Wenn ihm jemand eine Hand gereicht hätte, wäre er sicher nie auf diese Art umgekommen."

„Woran denkst du?"

Sie blickte von dem Geld hoch, das nichts als Tod und Verwüstung angerichtet hatte. Es war höchste Zeit, das jetzt zu ändern. Allerhöchste Zeit. „Es gehört genauso auch Peggy und Casey, ich kann also nichts ohne ihre Einwilligung entscheiden, aber ich bin ganz sicher, dass sie da zustimmen werden. Wir legen etwas zur Seite für Kierans Therapie und Ausbildung. Da gibt es keine Frage. Aber der Rest sollte an die Steine gehen. Ein Andenken an Liam Tierney."

„Das kann ich nicht zulassen."

„Natürlich kannst du das. Verstehst du nicht? Du hilfst den Steine-Kids, in ihrem Leben den rechten Weg zu finden. Wenn Liam von jemand Hilfe bekommen hätte, denk doch, was aus ihm hätte werden können. Wir können uns nicht mit diesem Geld amüsieren, und keine von uns wird das wollen. Das nenne ich eine andere Art von Geldwäsche, Nick. Wir machen etwas Gutes aus etwas Schlechtem, und auf diese Art ehren wir Liam. Das wäre bestimmt in seinem Sinne gewesen.“

Er erwiderte nichts darauf, aber seine Augen leuchteten vor Dankbarkeit.

Sie lächelte und strich ihm mit einer Hand über die Wange, in der anderen hielt sie die neue Zukunft der Steine. „Warum hast du überhaupt dort nachgesehen? Wie hast du es gefunden? War es einfach nur Neugier, als das Bild anfing zu verblassen?“

„Nein, es war mehr als das. Als die Jungfrau langsam verschwand, dachte ich, jetzt wäre es langsam Zeit, das zu überprüfen. Ich wollte die Erklärung nicht zu früh finden und derjenige sein, der das Wunder zerstört, auch wenn ich selbst nicht meinte, dass es eins wäre. Das hätte zu viele Leute schockiert.“

„Und als es verschwand?“

„Ich bin hier eines Nachmittags während einer Pause runtergekommen und hab auf das immer blasser werdende Bild gestarrt. Es ist nicht leicht zu beschreiben, aber mich überkam plötzlich Traurigkeit, dass es verschwand. Ich wollte die Wand dahinter überprüfen, aber dann auch wieder nicht. Ich denke, ich wollte so lange an die Möglichkeit des Göttlichen glauben wie nur irgendwie möglich.“

„Und was dann?“

„Ich stand hier und starrte nur nach oben, und da hatte ich das Gefühl, jemand legt mir die Hand auf die Schulter. Nur eine ganz leichte Berührung, wie von einer sanften Frauenhand. Als ich mich umdrehte, war niemand da. Aber meine Besorgnis war verflogen. Ich wusste, jetzt war es Zeit, nachzusehen, wie das Bild entstanden ist.“

Sie sah ihn voller Liebe an. „Wer hat dich denn berührt? Die Jungfrau? Oder etwa Clare McNulty?"

Bevor er darauf antwortete, lehnte er sich vor und gab ihr einen Kuss, tief und voller Versprechen. „Das wird wohl immer ein Geheimnis bleiben, Megan. Es gibt ein paar Dinge, die wir einfach nicht erfahren sollen."

EPILOG

Wieder war es Frühling in Irland. Gelbe Schlüsselblumen blühten in den Gräben, Lämmer tollten auf mit Stechginster bewachsenen Weiden, Wolken schoben sich über Clare Island und verteilten ihre Wasservorräte zu den ungünstigsten Zeiten über der Küste. Aber der Regen war weich und warm, und die kühlen Abende waren perfekt für ein wohlriechendes Torffeuer.

An diesem Abend hatte Peggy nach dem Essen den Kamin angemacht, in der Hoffnung, Irene würde sich daran erfreuen können. Doch die alte Frau war nachmittags ins Bett gegangen und hatte nicht aufstehen wollen. Sie verbrachte jetzt von Tag zu Tag mehr Zeit im Bett, brauchte mehr und mehr Schlaf. Peggy wusste, dass sie eines Tages nach Irene sehen und feststellen würde, dass sie sich davongestohlen hatte. Gegangen in ihrem eigenen Bett, ihrem heimischen Cottage und mit Menschen in der Nähe, die sie liebte. Das wäre nicht so schrecklich, doch trotzdem würde sie bei jedem eine Lücke hinterlassen.

Doch da es nun mein Schicksal ist,
dass ich jetzt geh'n muss und ihr nicht,
steh ich ruhig auf und ruf leise zurück,
Gute Nacht für euch und auch viel Glück.

Die Haustür wurde geöffnet, und Finn und Bridie kamen herein. Bridie zog ihren Regenmantel aus und hängte ihn an einen Haken, und Finn klappte seinen Schirm zusammen. Banjax begrüßte die beiden, indem er mit dem Schwanz auf den Boden trommelte. Er verbrachte seine Zeit zu gleichen Teilen an Irenes Bett oder vor dem Kamin, und nun lag er vor dem Feuer und ließ sich durchheizen.

Finn lehnte sich vor und gab Peggy einen flüchtigen Kuss auf die Lippen. Bridie umarmte sie und war schon auf dem Weg zu Kieran. Kurz vorher war er noch in seinem Lernzimmer gewesen und hatte mit Klötzern Türme gebaut. Peggy hatte versucht, ihn mit Reiskuchen und selbst gemachter Erdnussbutter herauszulocken, aber er hatte das Gesicht verzogen und „Geh weg!“ gerufen.

Und das hatte sie natürlich getan, mit einem Lächeln auf dem Gesicht. In seiner Rebellion, so wie in vielen anderen Dingen jetzt, verhielt er sich wie ein normaler Zweijähriger.

„Wie ist es ihr heute ergangen?“ erkundigte sich Finn.

„Nicht besser, nicht schlechter. Es scheint ihr relativ gut zu gehen, und sie hat schöne Träume. Heute hat sie geträumt, dass ihre Mutter sie ihrem Vater vorstellt.“

„Isst sie genug?“

Sie nickte. „Und trinkt auch.“

„Und wie geht es dem kleinen Prinzen?“

Den Titel hatte Kieran in der Tat verdient. Der ganze Haushalt richtete sich praktisch nach ihm. Kein Kind hatte wohl je mehr liebevolle Fürsorge erhalten, nicht mal ein richtiger Königssohn. „Gute Momente und schlechte. Ich lerne immer noch, die Beschriftungen zu entschlüsseln. Ich habe ihm einen Kasein-freien Hot Dog gegeben und dann entdeckt, dass er modifizierte Stärke enthält. Ich hab die Hersteller angerufen, und unglücklicherweise war es Weizen. Kieran war danach ungefähr zwölf Stunden in übelster Verfassung.“

Finn machte darüber keine Witze. Er hatte Kieran selbst schon nach einem Ausrutscher im Diätplan in Aktion erlebt. Der kleine Junge hatte bemerkenswerte Fortschritte gemacht, seit Peggy seine Ernährung umgestellt hatte. Die meisten der Speisen, die sie ihm vorher so liebevoll zubereitet hatte, Vollkornbrot, biologischer Käse und frische Milch, waren jetzt verboten. Er hatte sich über diese Veränderung nicht gefreut, doch inzwischen auch schon ein paar Lieblingsspeisen unter denen, die erlaubt waren.

Kieran sprach und setzte sogar Worte zu einem Satz zusammen. Im Lernzimmer war seine Konzentrationsfähigkeit inzwischen erheblich größer, und er machte auch vieles gern, das er vorher frustrierend gefunden hatte. Er saß auf Peggys Schoß, wenn sie ihm vorlas, zeigte sogar auf Bilder, ohne dass er gefragt wurde, und benannte sie. Vor Kurzem hatten sie damit begonnen, ihm beizubringen, selbst auf den Topf zu gehen, und es sah so aus, als würde das bald Erfolg zeigen. Manchmal gab es Momente des Augenkontakts mit ihm, und er schien die Bedeutung von Namen verstanden zu haben, obwohl er selbst sie noch nicht benutzte. Es war noch ein langer Weg zurückzulegen, und niemand nahm das Wort „kurieren" in den Mund, aber Kieran kam voran. Eines Tages könnten die einfachen Dinge, die Peggy sich für ihn wünschte, möglich werden.

„Casey hat heute Morgen angerufen", berichtete Peggy.

„Und was macht Little Jon?"

Peggy versuchte sich das Baby vorzustellen, das sie noch nicht gesehen hatte. „Er wird sich wohl darauf vorbereiten müssen, für den Rest seines Lebens Little Jon genannt zu werden."

Er lachte, wickelte sich eine Locke von ihr um den Zeigefinger und zog sie näher heran. „Hat die Koliken hinter sich, oder?"

„Es geht ihm besser. Casey meint, er wäre ein kräftiger, gesunder Bursche, er liebt es einfach nur zu schreien."

„Und ich könnte wetten, sie legt ihn nie aus dem Arm."

„Mit Casey und Megan und dem Rest der Familie liegt er immer in irgendjemandes Arm. Aber deshalb hat sie nicht angerufen. Es gibt mehr Neuigkeiten." Peggys Augen leuchteten. „Zu Weihnachten wird es wohl noch ein weiteres Familienmitglied geben."

„Megan und Nick?"

„Ist das nicht fantastisch? Aber eigentlich dürfen wir's ja

noch gar nicht wissen. Die Meldung ist einfach so rausgerutscht, also tu, als wärst du überrascht, wenn Megan anruft und du ans Telefon gehst."

Er legte ihr den Arm um die Schulter. „Du musst zurückfahren, damit du alle sehen kannst, wenn das Baby auf der Welt ist."

„Ich weiß, ich vermisse sie alle so sehr."

Sie sagte nichts davon, dass Irene Weihnachten sicher nicht mehr unter ihnen sein und sie Peggy nicht mehr zur Gesellschaft brauchen würde.

„Und kommst du dann wieder nach Irland zurück?" Er hielt sie etwas von sich ab, sodass er ihr ins Gesicht sehen konnte. „Oder muss ich hinterherkommen und dich zurückholen?"

Sie tat so, als wäre sie erstaunt. „Habe ich nicht eine Verabredung in Shanmullin? Eine Arztpraxis, die wir teilen werden, Dr. Finn und Dr. Margret O'Malley, Allgemeinmedizin und Kinderheilkunde?"

„Da gibt es nur noch die unwichtige Sache mit der Beendigung deiner Ausbildung."

„Ich habe nächste Woche diesen Termin in Galway, wo ich mit der Verwaltung der medizinischen Fakultät sprechen werde. Meinst du, ich könnte hier leben und dort studieren? Ich werde in der Woche ein Zimmer in der Nähe der Uni nehmen müssen und für Kieran einen Kindergarten in Galway finden, wenn er erst mal so weit ist, aber …"

„Du könntest es machen. Du weißt, dass wir alle helfen."

„Finn, Irene hat mir heute Morgen etwas gesagt …"

Er wartete mit hochgezogenen Brauen.

„Sie überlässt mir Tierney Cottage. Sie möchte, dass wir hier wohnen, wenn wir verheiratet sind, mit der selbstverständlichen Voraussetzung, dass Megan und Casey mit ihren Familien hier immer willkommen sind."

Er blickte sie liebevoll an. „Ich weiß schon eine Weile davon.“

„Tatsächlich?“

„Wer denn sonst, außer dir, Peggy-o? Aus dem Grund wollte sie dich doch kennen lernen und hat dich hierher gelockt. Nicht nur das versteckte Geld, sondern zu wissen, dass du und deine Schwestern sich gebührend um Tierney Cottage kümmern.“

„Ihre Augen füllten sich mit Tränen. „Ich will nicht, dass sie geht.“

„Sie ist sehr bald so weit.“ Er griff nach ihren Händen und hob sie an seine Lippen.

Finn hatte so viel geschafft. Seine Praxis war wieder geöffnet, zuerst nur halbtags, doch inzwischen mehr als ganztags. Die Dorfbewohner hatten ihn warm empfangen, ebenso die anderen Ärzte, die in der Umgebung praktizierten und eine kleine Entlastung durch ihn erhofften. Er hatte einige Monate lang auf Rat seines Priesters einen Berater aufgesucht, und das offene Sprechen über seine Trauer war der letzte Schritt auf seinem Weg aus der Verzweiflung gewesen. Er und Peggy hatten ihre Beziehung zunächst langsam und vorsichtig fortführen wollen, doch alles hatte schnell eine eigene Dynamik entwickelt. Jetzt, Monate später, waren sie sich einander sehr sicher und bereit, den letzten Schritt zu unternehmen, sobald die richtige Zeit gekommen war.

Bridie erschien mit Kieran auf dem Arm. Diesmal wehrte er sich nicht und versuchte nicht, sich von ihr loszumachen. „Hallo, hallo“, rief er.

„Hallo, Kumpel, und wie geht es dir heute?“ erkundigte sich Finn.

Kieran bedeckte sein Gesicht mit den Händen, und Finn lachte. „Was, so schlimm?“

„Ist Granny Rene wach?“ wollte Bridie wissen.

„Lass uns mal nachsehen.“ Zögernd löste sich Peggy von Finn.

So wunderbar ihre Kinder auch waren, manchmal wünschte sie sich mehr Zeit mit ihm allein. Sie hatten inzwischen gelernt, jede freie Minute zu nutzen.

Sie öffnete die Tür zu Irenes Zimmer und sah hinein. Die alte Frau saß aufrecht im Bett. Oft schlief sie in dieser Position, da sie so leichter atmen konnte, doch jetzt war sie wach, und sie sah so aus, als wäre sie bereit für etwas Gesellschaft.

„Finn ist hier", sagte Peggy. „Und Bridie."

„Bring sie rein." Irene lächelte. „Bring sie um Himmels willen rein."

Peggy drückte die Tür ein Stück weiter auf. Bridie stellte Kieran auf den Boden, ging zu Irene, um sie zu begrüßen, und setzte sich zu ihr auf die Bettkante. Finn beobachtete sie von der Tür her, den Arm um Peggys Schultern gelegt.

Peggy spürte, wie sich etwas an ihren Beinen vorbeischob, dann lief ihr Sohn ins Schlafzimmer.

Neugierig beobachtete Peggy ihren Sohn und wartete darauf, was er als Nächstes tun würde. Er war immer noch von Bridie fasziniert, aber Irene ignorierte er meist. Während Peggy und Finn mit angehaltenem Atem zusahen, näherte er sich ihrem Bett.

Ein Schritt, noch einer. Bridie sagte nichts, Irene schwieg ebenfalls. Peggy glaubte, ihr würde die Luft wegbleiben, und Finn umfasste sie noch fester. Sie wusste, dass er genauso fühlte wie sie, weil er eine besondere Verbindung zu diesem Kind hatte, das er inzwischen liebte, und ebenfalls etwas ahnte.

Wieder ein Schritt, noch einer. Schließlich krabbelte Kieran aufs Bett. Er sah Irene kurz an, dann legte er sich vorsichtig neben sie und lehnte den Kopf an ihre Schulter.

– ENDE –

Der Abschiedstrunk

Was immer ich hier für Geld besaß
Ich hab es in guter Gesellschaft verprasst
Und was immer für Schaden ich angericht'
Das ging doch letztendlich nur gegen mich
Und was ich aus lauter Scherz getan
Daran kann ich mich nicht erinnern, Mann
So füll mein Glas ein letztes Mal
Gute Nacht für euch und auch viel Glück

Was immer ich für Kumpel hier traf
Sie bedauern, dass ich geh
Und all die Liebsten, die waren mein
Sie wünschten, ich bliebe noch hier
Doch da es nun mein Schicksal ist
Dass ich jetzt geh'n muss und ihr nicht
Steh ich ruhig auf und ruf leise zurück
Gute Nacht für euch und auch viel Glück

(Das ist eine traditionelle irische Ballade, die zum Abschluss des Abends, nach einer Zusammenkunft oder Festlichkeit gesungen wird. Eine der beliebtesten in Irland, deren Entstehen bis in die 70er Jahre des 18.Jahrhunderts zurückdatiert werden kann.)

Deutsche Erstveröffentlichung

Mary Alice Monroe

Dem Himmel entgegen

Fliegen kann nur, wer sich traut. Das müssen ein kleines Mädchen, ein wortkarger Falkner und eine junge Pflegerin im Herzen begreifen, wenn sie die Liebe neu finden wollen – eine wunderbare Parabel aus der Feder von Bestsellerautorin Mary Alice Monroe!
Band-Nr. 25175
7,95 € (D)
ISBN: 3-89941-233-8

Heather Graham

Das Geheimnis von Melody House

Es spukt. Doch weder Darcy Tremayne noch der attraktive Hotelbesitzer Matt Stone ahnen, was die Botschaften aus dem Jenseits mit dem grauenhaften Fund zu tun haben, der auf dem Grundstück gemacht wird …
Band-Nr. 25176
7,95 € (D)
ISBN: 3-89941-234-6

Emilie Richards
Das Geheimnis des Priesters
Band-Nr. 25141
7,95 € (D)
ISBN: 3-89941-180-3

Emilie Richards
Gefährliche Nächte
Band-Nr. 25124
6,95 € (D)
ISBN: 3-89941-163-3

Emilie Richards
Glut der Liebe
Band-Nr. 25172
6,95 € (D)
ISBN: 3-89941-230-3

Brenda Joyce
Es war einmal in New York
Band-Nr. 25167
7,95 € (D)
ISBN: 3-89941-225-7

Elizabeth Flock
Ich & Emma
Band-Nr. 25182
7,95 € (D)
ISBN: 3-89941-240-0

Alex Kava
Die Rückkehr des Bösen
Band-Nr. 25158
7,95 € (D)
ISBN: 3-89941-197-8

Erica Spindler
Spiel mit dem Tod
Band-Nr. 25183
7,95 € (D)
ISBN: 3-89941-241-9

Erica Spindler
Der Albtraum
Band-Nr. 25169
7,95 € (D)
ISBN: 3-89941-227-3